『三玉挑事抄』注釈

岩坪　健　編著

和泉書院

目次

注釈……一

凡例……二

三玉挑事抄　巻上

春部（1～92番歌）……四

夏部（93～137番歌）……七三

秋部（138～264番歌）……一〇七

冬部（265～332番歌）……二〇二

三玉挑事抄　巻下

恋部（333～487番歌）……二五四

雑部（488～750番歌）……三八〇

跋文……五八五

資料……五九一

凡例……五九一

三玉挑事抄序……五九一

三玉挑事鈔序……五九二

三玉集作者伝……五九四

引用書目……五九五

刊記……五九六

注釈

凡例

一、底本には、享保八年（一七二三）に刊行された『三玉挑事抄』（新潟大学附属図書館・佐野文庫所蔵）を使用した。

一、翻刻は原文のままを原則として、左右と中央に引かれた短い縦線（合符）もそのまま表記した。これは左が和訓読み、右と中央が字音読みであることを示し、中央は熟語を意味することが多い。合符は二つの漢字の間に引かれるが、まれに漢字のすぐ右に縦線が引かれることもあり、それはその漢字を音読みすることを表わす。

また、誤字・脱字・濁点・当て字・仮名遣等も、底本の通りに翻刻した。ただし、読解や印刷の便宜を考慮して次の操作を行った。

1　句読点を付け、会話文などは「　」で括り、底本の旧漢字・異体字は通行の字体に改めた。

2　誤写かと思われる箇所には、右側行間に（ママ）と記した。

3　和歌の頭に、通し番号（1～750）を付けた。

一、［出典］の欄には、和歌とその注釈の出典を示した。和歌には『新編国歌大観』の歌番号を記したが、無い場合は『三玉和歌集類題』から、それにも無いものは『一字御抄』か『一人三臣和歌』から探して部立などを示した。出典作品の解説は、巻末の「書名索引」に記した。

注釈本文が『新編日本古典文学全集』（小学館。略称『新編全集』）、または『新釈漢文大系』（明治書院）に収められている場合は、その頁数も記載した。注釈本文中の和歌が『新編国歌大観』に収められているものは、その歌番号（ただし『万葉集』は旧番号のみ）を示した。

一、［異同］の欄には、和歌と注釈の本文異同を列挙した。ただし、濁点の有無、漢字と仮名の相違（例、「はかり」と「計」）、仮名遣の相違（例、「花をりて」と「花おりて」、「むば玉」と「うば玉」）、送り仮名の相違（例、「吹くらん」と「吹らん」）、漢字の当て方の相違（例、「波」と「浪」、「杯」と「盃」）は取りあげなかった。

和歌の本文は『新編国歌大観』と、注釈の本文は原則として版本と、それぞれ比較して、異同がない場合は「ナシ」と記した。なお複数の作品すべてに異同がない場合は、書名をまとめて列挙して、末尾に「ナシ」と示す。異同がある場合は『三玉挑事抄』の本文―異文の順に列挙したが、『三玉挑事抄』の本文を欠く場合は、―の下に「(ナシ)」と記した。

『新編国歌大観』所収の版本には歌肩などに「続撰吟五大永三三廿五」(『続撰吟抄』巻五、大永三年三月二五日という意)のような注記が付けられているが、和歌の解釈に関わる場合(例、161番歌)を除いて割愛した。『続撰吟抄』の歌番号は、千艘秋男『続撰吟上・下』(『古典文庫』五八〇・五八五、一九九五年)による。

『源氏物語』の本文異同には承応三年(一六五四)に刊行された絵入り版本(略称『承応』)と、延宝元年(一六七三)に成立した北村季吟『源氏物語湖月抄』(略称『湖月抄』)とを用いた。

一、〔訳〕の欄には、和歌と注釈の現代語訳を置く。なお理解を助けるため、主語などの補足または語釈なども設け、それらは(　)内に入れた。

一、歌題が同じである和歌が連続する場合、底本では二首め以降の歌題は省略されているが、本書では〔訳〕に限りすべての歌に題を付けた。ただし補足した歌題には(　)を付け、底本には無いことを示した。

一、〔考察〕の欄には和歌と出典との関係など、〔参考〕の欄には参考資料などを記した。なお『三玉挑事抄』に採られた『三玉集』の和歌は「当歌」とした。

一、各歌の末尾に、担当者の氏名を示した。

三玉挑事抄　巻上

春部

元日宴

1もろ人の恵隔ぬ道しあれや春立けふの門ひらく声

江次第曰、元日ノ宴会、内弁起座、微音ニ称、唯経宜陽殿ノ壇上ヲ北行、出自軒廊東第二間斜行、到左近陣ノ南頭、謝座再拝、開門云云。

同鈔曰、時ニ百官、皆在門外、至テ是ニ命スル開門ヲ者ハ、令シテ群臣ヲ放入也。

[出典] 雪玉集、五番。江家次第、巻一、正月甲、元日宴会。江家次第鈔、第一、正月。

[異同] 『新編国歌大観』『江家次第』『江家次第鈔』ナシ。

[訳] 元日の宴

多くの人に分け隔てなく（帝が）恩恵を施す道があるからだろうか。立春の今日、門を開く声（が聞こえる）よ。

江家次第によると、元日の宴会で、内弁は起座して微音で称え、一人で宜陽殿《ぎょうでん》の壇上を経て北行し、軒廊の東の第二間より出て斜行して、左近の陣の南頭に到り、感謝の意を表わして二度礼拝して開門する云々。

江家次第鈔によると、この時に百官は皆、門外におり、この時に至ると、開門を命じる者は群臣を放ち入れさせるのである。

[考察] 『江家次第』は元日の宴会で、開門に至るまでの手順を記した箇所。当歌は、新年に開門を命じる声により群臣が入れる理由を、諸人に帝が恵みをもたらすからと推量する。

（森あかね）

元日

2けふにあひて吉野の国栖も万代の春のはしめの笛竹の声

日本書紀曰、応神天皇、十九年冬戊戌、幸《ニス》二吉野《ノ》宮《ニ》一。時、国栖人、来‐朝之。因以《テ》二醴‐酒一献二于天皇《ニ》一而歌《テ》之曰云云。今、国栖人献二土‐毛一之日、歌‐訖、即《チ》撃レ口以仰‐咲。上古之《ノ》遺《レル》則也。

延喜、宮内式曰、吉野国栖献二御贄一奏二歌曲一。毎《ニ》レ節以二十七人《ヲ》一為レ定。国栖十二人、笛工五人。

江次第曰、元日宴会、国栖奏歌笛、於承明門外、奏之云云。

【出典】 雪玉集、四番。日本書紀、巻一〇、応神天皇、四八五頁。延喜式、第三一、宮内省。江家次第、巻一、正月甲、元日宴会。

【異同】 『新編国歌大観』『江家次第』ナシ。『日本書紀』「十九年冬戊戌―十九年冬十月戊戌朔」「時国栖人―時国樔人」「国栖人献土毛―国樔献土毛」「咲上古之遺―咲者蓋上古遺」。『延喜式』「歌曲―歌笛」。

【訳】 元日

元日の今日に吉野の国栖人も出会って、限りなく続く世の春の初めに、音楽を演奏することよ。

日本書紀によると、応神天皇は十九年冬の戊戌に、吉野宮に臨幸された。その時、国栖人が来朝した。そして、濃い酒を天皇に献じて歌を詠んだ云々。今、国栖人が土地の産物を献じる日に、歌い終わってただちに口を打ち、上を向いて笑うのは、上古の遺風であろう。

延喜式の宮内省によると、吉野の国栖はご進物を献じ、歌曲を演奏する。節会ごとに十七人と定める。国栖が十二人、笛工が五人。

江家次第によると、元日宴会、国栖は歌笛を奏で、承明門の外でこれを奏でる云々。

【考察】当歌は元日という喜ばしい日に、国栖たちが奏でる音楽を聞き、永き世の春が始まる喜びを詠む。国栖は現在も、奈良県吉野町南国栖《くず》に名を残す。

【参考】当歌の第二句は、版本『雪玉集』では「よしの、玉栖も」であるが、『新編国歌大観』では「よしのの国栖も」に校訂されている。


（森あかね）

3立かへる春はけふとや万代の月日のはしめ年のはしめに

玉燭宝典曰、正月一日ヲ為二三元ノ之日ト一、歳ノ之元、時ノ之元、日ノ之元云云。


【出典】雪玉集、四二五四番。円機活法、巻三、節序門、元日。

【異同】『新編国歌大観』「立かへる—立ちかはる」。『円機活法』ナシ。

【訳】（元日）

立ち戻った春は今日であろうか。限りなく続く世の年の初めであり、月の初めであり、日の初めである元日に。

玉燭宝典によると、正月一日を三元の日とする。一年の初めであり、一月の初め、一日の初めである云々。

【考察】当歌は倒置になっていて、「万世《よろづよ》の月日の初め、年の初めに」「立ち返る春は今日」だと言う。

【参考】出典として引用された箇所は『玉燭宝典』（古逸叢書本）に見られないため、『円機活法』を参照した。また、『資治通鑑』（巻一四〇、斉紀六、建武三年三月）の「三元」の注にも、「玉燭宝典曰、正月為二端月一、其一日為二上日一、亦云二三元一、謂二歳之元、月之元、時之元一也」とある。


（大八木宏枝）

立春暁

4おき出てとなふる星の光まて春に明行空の長閑さ

江次第曰、四方拝、次ニ皇-上於二拝スルレ属-星ヲ座ニ一、端シテレ笏ヲ北面、称トナヘマシマス二御属-星ノ名字ヲ一七遍是北斗七星也云云。庶-人ノ儀卯時前-庭ニ敷レ座北-面ニ拝ス二属-星ヲ一。

【出典】 雪玉集、二六四九番。江家次第、巻一、正月甲、四方拝事。

【異同】『新編国歌大観』ナシ。『江家次第』「端笏北面―端笏北向」「北面拝属星―北向拝属星」。

【訳】 立春の夜明け

早朝に起き出して、新年の星の名前を唱えていると、立春の今日、夜が明け年も明けて、星の光までも穏やかな空であるなあ。

江家次第によると、四方拝において、次に今上がその年に当たる星を拝礼する場所で、笏を正して北を向き、その年の星の名字をお唱えになる。これを七遍くり返すのは、北斗七星にちなむからである云々。庶民の儀式は、午前六時前後に前庭に敷物を敷き、北を向いてその年の星を礼拝する。

【考察】 当歌の第四句「春に明け行く」の「明け」に、夜が明けると年が明けるとを掛ける。

【参考】『江家次第』の後半部「庶人儀」以下は、他の文献には見られない。一条兼良著『公事根源』に、「昔は殿上の侍臣なども四方拝をばしけるにや。近頃は内裏仙洞摂関大臣家などのほかはさる事もなきなり」とあるように、地下ではされなくなったからであろう。

（吉岡真由美）

立春

5 柏玉 なへて世のちからをもいれす波風をよもにおさめて春や立らん

古今集序。力をもいれすしてあめつちをうこかし云々。

【出典】 柏玉集、一二八番。古今和歌集、仮名序、一七頁。 **【異同】**『新編国歌大観』『八代集抄』ナシ。

【訳】　立春

総じて世の中は力ひとつ加えなくても、波風を至るところで落ち着かせて、立春は来るのだろうか。

　古今和歌集の序。力ひとつ入れないで天地の神々の心を動かし云々。

【考察】『古今和歌集』仮名序は、和歌が力ひとつ入れないでも天地の神々の心を動かし、目に見えない霊魂を感激させ、男女の仲を親密にし、勇猛な武人の心さえも和やかにすることが出来るなどと、和歌の効力を述べた箇所。当歌は春が来ると、自然に世がのどけくなる様を詠む。

【参考】仮名序の一節は、『毛詩』序の「動《シ》二天地《ヲ》一感《ゼシムル》二鬼神《ヲ》一莫《シ》レ近《キハ》二於詩《ヨリ》一」に拠る。

（植田彩郁）

試筆　于時八十歳

6いさやこら春に心をのはへてん八十にはやもみつの浜松

万葉集、巻一。在《テ》二大唐《モロコシニ》一時憶二本郷一作歌、山上憶良。

去来子等《イサトトモ》早日本辺《ハヤヒノモトヘ》大伴乃《ノ》御津《ミツ》乃《ノ》浜松待恋奴良武《ヌラム》

【出典】雪玉集、七番。万葉集、巻一、六三番。

【異同】『新編国歌大観』ナシ。『万葉集』「山上憶良―山上臣憶良」「イサトトモ―イサコトモ」。

【訳】　書き初め　時に八十歳

さあ皆の者よ、新春にのびのびと心の内にあることを書いてしまおう。早くも八十歳になってしまったなあ、三津の浜松よ。

　万葉集、巻一。山上憶良が唐にいた時に、本国を思って作った歌。

さあ皆の者よ、早く日本へ帰ろう。大伴の三津の浜松も、さぞ待ちわびていよう。

【考察】『万葉集』は、山上憶良が三津（海外使節船が出発する難波の港）を偲んで歌ったもの。当歌は「のばへ」に「延《の》ばへ」（気持ちをのびのびとさせる）と「述ばへ」（十分に述べる）を、「みつ」に「三津」と「満つ」を掛ける。

（城阪早紀）

初春

7春かすみたつやたゝすやふしのねの煙にたれかわきてみるらん

古今序。いまはふしの山もけふりたゝすなり云々。

【出典】雪玉集、三八番。古今和歌集、仮名序、二四頁。【異同】『新編国歌大観』『八代集抄』ナシ。

【訳】初春

春霞が立っているのだろうか、それとも立っていないのだろうか。富士の峰の煙で（春霞が立ちこめているかどうか）誰が見分けられるだろうか。

古今和歌集の仮名序。今は富士の山も煙が絶えることなく云々。

【考察】『古今和歌集』仮名序の「煙たゝず」の解釈をめぐり、二条家（絶たず）と冷泉家（立たず）で対立していた（439・527番歌、参照）。『雪玉集』の三条西実隆は宗祇から二条派の古今伝授を受けているので、富士の煙は絶えず立っているとする。当歌は富士山の噴煙がたなびく中で、春霞が立っているかどうか見分けられないと詠む。

（風岡むつみ）

子日

8袖はへてゆくや子日の小松原緑もあけもむらさきの野に

衣服令曰、一位《ノ》礼-服深《コキ》-紫《ノ》衣、三位以-上《ハ》浅-紫《ノ》衣、四位《ハ》深緋《ノ》衣、五位《ハ》浅緋衣、六位《ハ》深-緑衣、七位《ハ》浅緑衣。

【出典】雪玉集、三六五六番。令義解、巻六、衣服令、諸臣礼服・朝服。

【異同】『新編国歌大観』ナシ。『令義解』「礼服―礼服冠」「深紫衣―深紫衣。牙笏。白袴。條帯。深縹紗褶。錦襪。烏皮舃」。

【訳】子《ね》の日

袖を振り、子の日に小松を引きにわざわざ松原へ行くことよ。緑の衣を着た者も赤の衣を着た者も、そして紫の衣を着た者も紫野へ。

　衣服令によると、一位の礼服は深い紫の衣、三位以上は浅い紫の衣、四位は深い緋の衣、五位は浅い緋の衣、六位は深い緑の衣、七位は浅い緑の衣。

【考察】正月最初の子の日の小松引きは、野に出て小松を引き、若菜を摘み長寿を祝う野遊びで、紫野や北野などへ出かけた。当歌は「小松原」に小松と松原、「紫の野」に衣の紫色と地名の紫野を掛ける。初句の「袖はへて」は「袖ふりはへて」を縮約した表現で、「袖振り」と「ふりはへて」（わざわざの意）を掛ける。例、「春日野の若菜摘みにや白妙の袖ふりはへて人の行くらむ」（古今和歌集、春上、二二番、紀貫之）。

（大八木宏枝）

若菜

9祝ひ来し野へのわかなもいまはわれ仏の道につみはやしてん

法華経提婆品。採二薪及菓・蓏一ヲ、随レ時ニ恭敬与。

【出典】雪玉集、七二七三番。妙法蓮華経、提婆達多品第一二。【異同】『新編国歌大観』『妙法蓮華経』ナシ。

【訳】若菜

（子の日に）長寿を祝って摘んで来た野辺の若菜も、今や私は仏道において摘み、仏を賛美しよう。

法華経、提婆品。薪・木の実・草の実を採り、時に応じてつつしみ敬って献上した。

【考察】『法華経』は提婆達多という仙人から妙法蓮華経を得るため、釈迦が仙人に仕えて、木の実などを採った苦労話の一節。当歌は、今までは若菜を摘み長寿を願っていたが、今は仏に帰依する心を詠む。当歌を含む百首歌の冒頭に「桑門堯空」という署名があるので、六二歳で出家した後の詠作。

（大八木宏枝）

毎家有春

10時しあれは花鶯の数ならぬ垣根のうちも雪まみゆらん

源氏物語。初子巻云、年立かへるあしたの空のけしき、なこりなく、くもらぬ空のうらゝかけさには、数ならぬ垣ねのうちたに雪まの草わかやかに云々。

【出典】雪玉集、六三九番。源氏物語、初音巻、一四三頁。

【異同】『新編国歌大観』「雪まみゆらん—雪まある《みゆイ》らん」。『承応』『湖月抄』ナシ。

【訳】家ごとに春あり

（春の）時になったから、梅花もなく鶯も来ない庶民の垣根の内側にも、雪の消え間が見えるのだろう。

源氏物語の初音の巻によると、年の改まった元日の朝の空のけしきは、（昨日までの）冬空の名残もなく一片の雲もないうららかさなので、身分の低い者の垣根の内でさえ、雪の消え間からのぞく初草が若々しく云々。

【考察】『源氏物語』は初音の巻頭で、六条院の造営後に初めて新年を迎え、その庭の景色を描写した箇所。当歌は梅の木がないので鶯も飛んで来ない貧しい家にも、雪は降っていたので、雪が溶けて若草が芽を出すのが春のしるしだ、と詠む。

（風岡むつみ）

霞

11釣にともすよるの火よりも明石かた岩こす波にしく霞かな

白氏文集。霞《ノ》光《ハ》曙《ケテ》‐後殷《アカシ》二於火《ヨリモ》一。草《ノ》‐色《ハ》晴《レテ》‐来嫩《キコト》似《タリ》レ煙《ニ》。

【出典】雪玉集、四八番。白氏文集、巻六四、早春憶蘇州寄夢得、一三三〇頁。和漢朗詠集、上、春、霞、七五番。

【異同】『新編国歌大観』『和漢朗詠集』ナシ。『白氏文集』「於―于」「草色―水色」。

【訳】霞

夜、釣りをするときに灯す火よりも赤く、夜を明かすと明石潟の岩を越すほど高い波一面に広がる朝焼けだなあ。

白氏文集。朝焼け雲の光は夜が明けるにつれて、火よりも赤い。草の色も雨が上がると薄緑にけむり、靄《もや》がかかっているようだ。

【考察】『白氏文集』は、早春の時節に蘇州を思い、蘇州刺史の劉禹錫に寄せた詩の一節。「霞」は和漢で意味が異なり、当歌は朝焼けの意味で詠む。「明石」に形容詞「赤し」（漢詩の「殷《アカシ》」を踏まえる）と動詞「明かし」（「曙《ケテ》後」）を掛け、夜の灯火よりも朝の「霞」の方が赤いと詠む。

（風岡むつみ）

朝鶯

12かすかなる谷にならひて朝日さす木末やいかにうつる鶯

【出典】雪玉集、一〇九番。【異同】『新編国歌大観』ナシ。

【訳】朝の鶯

奥まった谷に暮らし慣れていて、朝日が射す梢はどのようであろうか。（梢に）移った鶯よ。

【考察】13番歌に引く漢詩に詠まれた「幽谷」を訓読すると、当歌の「幽《かす》かなる谷」になる。当歌は幽谷に住んでいた鶯が、陽の降り注ぐ高い梢に移ると、明るさに戸惑いはしないか、と鶯に呼びかけたもの。

（城阪早紀）

鶯為友

13末遠くたかきにうつる道しらは宿にちきらん谷のうくひす

詩経。伐《ルコト》レ木《ヲ》丁-々鳥《ノ》-鳴《クコト》嚶-々。出レ自二幽-谷一遷《ル》二于喬木《ニ》一。

【出典】 雪玉集、二六五二番。詩経（中）、小雅、伐木、一八二頁。**【異同】**『新編国歌大観』『詩経』ナシ。

【訳】 鶯を友とする

遥か彼方の高木に移る方法（出世する方法）を知っているならば、私の家に来て教えてほしい。谷の鶯よ。

詩経。木を伐る音はこんこんと、鳥鳴く声はおうおうと。深き谷間より出て、高き木に移る。

【考察】『詩経』の「丁々」は木を切る音を模したもの、「嚶々」は鶯が互いに鳴きあう声の擬声語。鶯は立春の日に幽谷から喬木に遷り、人に春の訪れを告げる鳥として和歌に詠まれる。

【参考】 菅原道真の歌に「谷深み春の光のおそければ雪につつめる鶯の声」（新古今和歌集、雑上、一四四〇番）がある。「谷の鶯」は不遇や籠居の隠喩とされ、谷を出る鶯は出世や昇進を意味する。当歌を含む百首歌は「宋世点」とあるので、飛鳥井雅康が出家して宋世と名乗った文明一四年（一四八二）から没した永正六年（一五〇九）までの詠歌。実隆は文明一二年に権中納言、長享三年（一四八九）に権大納言、そして永正三年に極官の内大臣に昇進したが二か月で辞職した。当歌が実隆の官位昇進と関わるならば、永正三年以前の作か。

（城阪早紀）

旧巣鶯

14[碧]花になくならひわすれぬ鶯は古すなからや咲をまつらん

古今序。花になく鶯、水にすむかはつの声をきけは云々。

【出典】一人三臣和歌、永正一〇年（一五一三）六月御百首、碧玉集。古今和歌集、仮名序、一七頁。

【異同】『一人三臣和歌』『八代集抄』ナシ。

【訳】古巣の鶯

花の咲くなかで鳴くという慣わしを忘れない鶯は、古巣にいながら花が咲くのを待っているのだろうか。

　古今和歌集の仮名序。花間にさえずる鶯、清流に棲む河鹿蛙《かじかがえる》の声を聞けば云々。

【考察】『三玉和歌集類題』にも『一字御抄』にも「旧巣鶯」の部立はあるが、当歌は収録されていない。『古今和歌集』仮名序は、鶯や蛙の声を聞けば誰でも歌を詠むとして、和歌の本質について述べた箇所（75番歌、参照）。

（城阪早紀）

鶯知万春

15 柏玉 よろつ代の春待出てかしこきも谷にのこらぬうくひすの声

　和漢朗詠集。鶯未タレ出遺‐賢在レ谷ニ。

【出典】柏玉集、一一五番。和漢朗詠集、上、春、鶯、六三番。【異同】『新編国歌大観』『和漢朗詠集』ナシ。

【訳】鶯、永遠の春を知る

ずっと春を待ち受けて、ようやく（春に出会って）谷から出てきた鶯が、「賢者も谷に残らず（朝廷に仕えているよ）」と（言うように）鳴いているなあ。

　和漢朗詠集。鶯が谷に籠ってひっそりとしているのは、賢者が民間にいていまだ召し出されないのに似ている。

【考察】『和漢朗詠集』の句は、政治が正しければ朝廷に出て仕え、正しくなければ山野に隠れ退く「遺賢」（民間に埋もれている賢者の意）を鶯に例えたもので、当歌もそれを踏まえる。

（植田彩郁）

春雪

16あつめきてなれしをしたふ身にしあらは春をや枝の雪に恨む

蒙求。孫氏世録曰、康家貧《シテ》無レ油、映《シテ》レ雪《ニ》読《ム》レ書《ヲ》。少々《ニシテ》清介《也》。交遊不レ雑。後至二御史大夫《ニ》一。

乙女巻云、窓の蛍をむつひ、枝の雪をならしたまふ心さしのすくれたるさまを云々。

【訳】春の雪

雪を集めて来て冬の間慣れ親しんだのを懐かしく思う身の上ならば、枝の雪を溶かす春を恨むだろうか。

蒙求。孫氏世録によると、晋の孫康は家が貧しいため明かりの油が買えず、雪の明かりに照らして書物を読んだ。幼少より心は清く節操は堅かった。交わり遊ぶにも、志を同じくしない者とは交際しなかった。後、（官に仕えて）御史大夫にまで進んだ。

乙女巻によると、窓の蛍を友とし、枝の雪に親しまれる（という刻苦勉励の）決意が殊勝であることを云々。

【出典】雪玉集、二六五一番。蒙求、孫康映雪、四六〇頁。源氏物語、少女巻、二六頁。

【異同】『新編国歌大観』『承応』『湖月抄』ナシ。『蒙求』「映雪―常映雪」「少々―少小」。

【考察】『蒙求』の「孫康映雪、車胤聚蛍」から生まれた故事「蛍雪の功」を、『源氏物語』も「窓の蛍をむつび、枝の雪をならし」で踏まえるが、「窓の蛍」「枝の雪」の本文を含む漢籍は見当たらない。109・273番歌、参照。

（植田彩郁）

垣根残雪

17山さとはなへての春の数ならぬ垣ねしらるゝ雪のかよひち

初子巻の詞、まへにしるし侍り。

【出典】雪玉集、一五五番。【異同】『新編国歌大観』ナシ。
【訳】垣根に残る雪
山里一面に春は来たが、粗末な家の垣根であることが知られてしまうなあ。誰も通わず（踏み分けられずに）道に残っている雪で。
　初音の巻の言葉は前述しています。（10番歌、参照）
【考察】初音の巻は、元旦に身分が低い者の家の垣根の内でさえ、雪の消えた間から草が色づいている景色を描写した箇所。当歌はそれを踏まえて、都から離れた山里にも春は来たが、人が通わず道に降り積もった雪を踏み分けることがない家の、垣根に残った雪を詠む。

（吉岡真由美）

夜梅

18あくかるゝ梅か香なから笛の音はこゝろあるへき朧月夜を
　三体詩。戒昱、聞《ク》レ笛《ヲ》詩《ニ》、平‐明独《リ》惆‐悵。落‐尽《ス》一‐庭《ノ》梅。

朗詠集。落‐梅曲‐旧《リテ》唇吹レ雪《ヲ》。註《ニ》引二語林一曰、虁吹《テ》レ簫《ヲ》而作《ル》二数‐曲《ヲ》一。有二折‐柳落‐梅《ノ》曲等一云云。

【出典】雪玉集、一八九番。三体詩、聞笛。和漢朗詠集、下、管絃、四六七番。和漢朗詠集私注。

【異同】『新編国歌大観』『三体詩』『和漢朗詠集』『和漢朗詠集私注』ナシ。

【訳】夜の梅
心ひかれる梅の香りを漂わせたまま、（梅花を散らさないように）笛の音色は気をつけるべき朧月夜だなあ。

　三体詩。戒昱の「笛を聞く」詩に、夜明け方に独り嘆き悲しむ。庭一面に梅の花が散ってしまった（のを見ると）。

和漢朗詠集。「落梅花」という笛の古曲を吹いていると、唇のまわりには雪のように梅花が舞う。註に『語林』を引用して言うには、夔が簫を吹いて曲をいくつか作った。折柳落梅の曲などがその中にあった云々。

【考察】『三体詩』は漢代の横吹曲《おうすい》「梅花落」にちなむ。『和漢朗詠集』では、梅の花が散る様子を雪に例える。当歌はそれらを踏まえ、梅花を散らさないように笛を吹いてほしい、と願う。夔は舜帝の臣下。

（吉岡真由美）

窓梅

19風もまたおもへや深き窓のうち人にしられな梅の匂ひを

長恨歌。楊‐家ニ有ㇾ女初テ長‐成レリ、養レテ在二深‐窓ニ一人未タㇾ識。

【出典】雪玉集、二二四番。白氏文集、巻一二、長恨歌、八〇九頁。

【異同】『新編国歌大観』「しられな―しられぬ」。『白氏文集』（金沢文庫本）ナシ。

【訳】深窓の梅

風もまた思いやって欲しいものよ、深窓には人に知られていない梅の香りがあることを。

長恨歌。楊家には妙齢となったばかりの娘がいて、深窓に養われた彼女の存在は、世の人々にまだ知られていない。

【考察】「長恨歌」は、天性の麗しさを持った楊貴妃が深窓に養われていたことを歌う。当歌は梅を深窓の佳人に見立てて、花を散らす風に呼びかけたもの。なお和歌の現代語訳は『新編国歌大観』の本文による。

【参考】那波本『白氏文集』と『古文真宝前集』巻八（五八三頁）には「深窓」ではなく、「深閨」の異文が見られる。

（大八木宏枝）

野梅

20なをのこる雪もそれかと遠き野の夕日かくれに咲る梅か香

若菜巻上云、「なをのこれる雪」と、忍ひやかにくちすさみたまひつゝ。

白氏文集。子城陰ノ‐処猶残ス㆑雪ヲ。

【出典】雪玉集、六七七五番。源氏物語、若菜上巻、六九頁。白氏文集、巻一六、庾楼暁望、三五四頁。

【異同】『新編国歌大観』『承応』『湖月抄』『白氏文集』ナシ。

【訳】　野の梅

遠くの野にまだ残っている雪も白梅かと思うことよ。夕日が当たらない陰に咲いている梅の香りを感じると。

若菜上の巻によると、（光源氏は）「なお残れる雪」と小声でお口ずさみになりながら。

白氏文集。子城（本城の外に張り出して築いた出城《でじろ》）の北には、まだ雪が残る。

【参考】『源氏物語』は光源氏が女三の宮と結婚して三日目の夜を過ごした後、紫の上の元へ帰る途中、口ずさんだ箇所。

（大八木宏枝）

梅有佳色

21咲からに色も匂ひもこる花の名に高かれや九重の春

順、和名鈔曰、凝華舎在㆓飛香舎北㆒牟倍豆保。

【出典】雪玉集、二三五五番。和名類聚抄、巻一〇、居所部第一三。【異同】『新編国歌大観』『和名類聚鈔』ナシ。

【訳】　梅に美しい色あり

咲くとすぐに色つやも香りも凝る花、その花によって凝華舎の名も高いのだろうか、宮中の春は。

源順の和名類聚鈔によると、凝華舎は飛香舎の北にあり、梅壺という。

【考察】当歌は、梅壺の別名である凝華舎の「凝華」を凝る華と訓読みして詠まれた。凝華舎は内裏の後宮五舎の一つで、中庭（壺）に梅の木が植えられていたことから梅壺とも呼ばれた。当歌の第四句にある「高かれや」は「高し」の命令形「高かれ」に詠嘆の「や」ではなく、「高く・あれ・や（疑問）」が縮まったもの。

（風岡むつみ）

里梅

22言の葉の花そむかしの春に猶にほふ初瀬の里の梅か香

古今集云、初瀬にまふつることに、やとりける人の家に、久しく宿らて、程へてのちにいたれりけれは、かの家のあるし、「かくさたかになん、やとりは有」といひ出して侍りけれは、そこにたてりける梅の花を折てよめる。貫之。人はいさ―

【出典】雪玉集、二一二番。古今和歌集、春上、四二番。【異同】『新編国歌大観』『八代集抄』ナシ。

【訳】里の梅

春になると初瀬の里は、今も昔のままの梅の香りが漂うが、（その梅に寄せて詠まれた貫之の）名歌の詞花こそ、昔から今なお薫り続けているなあ。

古今和歌集によると、長谷寺に参詣するたびに宿にとっていた家があったが、長らく泊まらず、しばらくしてまた訪れたところ、その家の主人が、「このようにちゃんと宿はありますよ」と言いかけましたので、そこに植えてあった梅の花を折って詠んだ歌。紀貫之。人はさあ、どうだか（心の中は分からないが、昔なじみのこの里は、梅の花が昔のままの香りで咲いているよ）。

【考察】当歌は貫之の「人はいさ心も知らずふるさとは花ぞ昔の香ににほひける」の歌を踏まえて、長谷寺のある初瀬の梅が毎年咲くように、貫之の名歌も今なお薫り続けると詠む。

（風岡むつみ）

夜梅

23あはらなる板間そひ行月影にこそはと忍ふむめのした風

いせ物かたり云、又の年のむ月に、梅の花さかりに、こそをこひていきて、立てみゐてみ見れと、こそに似るへくもあらす。打なきて、あはらなる板しきに、月のかたふくまてふせりて、こそをおもひ出てよめる云々。

【出典】雪玉集、三九六二番。伊勢物語、四段。【異同】『新編国歌大観』『伊勢物語拾穂抄』ナシ。

【訳】夜の梅

荒れ果てた天井板の隙間が増えていき、（その隙間から「月やあらぬ」と詠まれた春の）月が（いっそう）射しこみ、去年は（こうではなかったのに）と偲ぶ（風情で）梅の下風（が吹き、香りを漂わせること）だなあ。

伊勢物語によると、翌年の正月に、梅の花が盛りと咲いている時に、（男は）去年を恋しく思って（五条の西の対に）行って、立って見たり座って見たりして（辺りを）見まわしたが、去年（眺めた感じ）とはまるで違う。（男は）さめざめと泣いて、（住む人もなく几張や敷物などを取り払って）がらんとした板敷きに、月が西に傾くまでじっと臥せって、去年を思い出して詠んだ云々。

【考察】『伊勢物語』は、男の想い慕っていた女人が姿を消してしまい、男はかつて女が住んでいた西の対に行き、去年とは違う屋敷の寂し気な様子に涙して、「月やあらぬ春や昔の春ならぬわが身ひとつはもとの身にして」の名歌を詠む。当歌はさらに年月が経ち、板と板の隙間が「添ひ行く」（次第に増える）荒廃した邸宅を詠む。

（城阪早紀）

岸柳

24 きし陰に春ゆく水はあゐよりもなを青柳のなひく川風

荀子曰、学不レ可レ已。青《キコト》出《テ》二於藍《ヨリ》一而青《シ》二於藍《ヨリ》一。

［出典］ 雪玉集、二五四番。荀子、巻一、勧学篇第一、一五頁。

［異同］ 『新編国歌大観』ナシ。『荀子』「学不可已―学不可以已」「出―取之」。

［訳］ 岸の柳

春の岸辺の陰を流れてゆく水は、藍よりもいっそう青く、青々とした柳が川風になびいているなあ。

［考察］ 『荀子』の一節は、弟子が師より優ることの例えに用いられる。当歌は「青柳」に「青」を掛ける。荀子によると、学問は途中で止めてもよいものではない。青色の染料は藍の草から取るが、原料の藍よりもいっそう青い。

（城阪早紀）

門柳

25 柏玉
浅みとり柳の髪も打はへて老せぬ門の春やしるらん

朗詠集。不老門前日月遅。

［出典］ 柏玉集、一八六番。和漢朗詠集、下、祝、七七四番。

［異同］ 『新編国歌大観』「打はへて―折りそへて」「老せぬ―老いぬる」。『和漢朗詠集』ナシ。

［訳］ 門の柳

柳が浅緑の髪を伸ばしているのは、ここが不老の名をもつ門で、過ぎ去ることのない春を謳歌する場所だと知っているからだろうか。

和漢朗詠集。不老門のあたりでも、時はゆっくり流れて、天子は老いを迎えることはないのだ。
【考察】「不老門」は、洛陽にあった漢代の宮門の名。当歌は天子の治世が平和で万年も続くことを祝った『和漢朗詠集』の句を受け、伸びていく柳になぞらえて永久に続く春を詠む。なお、「緑の髪」は黒くつやのある美しい髪を指し、不老の象徴。

（植田彩郁）

古柳

26ふりにけりいくその人のわかれちをあはれとかみし青柳の陰

【出典】雪玉集、六七七七番。対床夜語、巻三。
【異同】『新編国歌大観』ナシ。『対床夜語』（四庫全書）「劉商詩―劉商柳詩」「東風―春風」。
【訳】古い柳
（柳の木は）古びてしまったなあ。いったいどれだけの人の別れを、しみじみと見てきたのだろうか。この青柳は。
劉商詩。幾-回《カ》離-別折《テ》欲《ス》レ尽《ント》、一-夜東-風吹《テ》又長。
劉商の詩。何度も別れを繰り返して、そのたびに柳の枝を折り、はなむけとしてきたので、柳の枝は無くなりそうだ。一晩中、東から春風が吹いて、それが長く感じられる。
【考察】漢代、長安の都を旅立つ人を見送るとき、柳の枝を折り餞別にした故事を踏まえる。

（植田彩郁）

海上暮霞

27波間《碧玉》よりよる舟近し雲かへる山はそれともわかぬかすみに
文選、巻二十二。謝霊運、遊二南亭一云、雲帰《テ》日西《ニ》-馳《ス》。

古文後集。酔翁亭記。日-出《テ》而林-霏開《ケ》、雲-帰《テ》而岩-穴暝《シ》。

【出典】一字御抄、巻二、三一、暮、碧玉集。文選、遊南亭、一七二頁。古文真宝後集、酔翁亭記、一六五頁。

【異同】『一字御抄』『文選』ナシ。『古文真宝後集』「岩穴―巌穴」。

【訳】海上の暮霞

波間から帰って来る舟は（霞に隠れて見えないが、櫓櫂の音で）近づいてきた（ことが分かる）。（夕暮れになると）雲が帰る山は、どこも分からないほどの霞に（おおわれている）。

文選、巻二十二。謝霊運の「南亭に遊ぶ」によると、雲は山に帰り日は西に馳せ隠れようとしている。

古文真宝後集。酔翁亭記。朝には日が出て林のもやが晴れて開け、暮には雲が山に帰って岩穴が暗くなる。

【考察】『三玉和歌集類題』に「海上暮霞」の部立はない。「遊南亭」は晩春の夕暮れ時、雨が止んだ後に広がるすがすがしい景色を、「酔翁亭記」は山間の朝暮や四季の景の素晴らしさを歌う。当歌は、夕霞が一面に立ちこめて舟も雲も見えないが、今ごろ漁舟は浜へ、雲は山に帰っているのだろうと想像する。

（吉岡真由美）

帰雁

28ゆく雁のおもひはさそな同し枝も南に巣くふ鳥をみるにも

文選、古詩。胡-馬依二北-風《ニ》一越-鳥巣《フ》二南枝《ニ》一。

【出典】雪玉集、三四四番。文選、雑詩、上、五五四頁。【異同】『新編国歌大観』『文選』ナシ。

【訳】帰雁

春になると北へ帰る雁は、きっと（北方の）故郷が恋しいのだろう。同じ木の枝でも、南の枝を求めて巣を作る（南方の越の国の）鳥を見るにつけても。

文選、古詩。胡の馬は北風に身をよせていななき、越の鳥は南の枝を求めて巣を作る。

【考察】歌題の「帰雁」は、春になると北国へ帰る雁のこと。『文選』「古詩」は、遠行の夫を思う妻の詩とされている。胡は北方、越は南方の国名で、北国出身の馬は北風が吹くと郷愁の念にかられ、南国の鳥は故郷に近い方角の枝を好む、と歌う。

（吉岡真由美）

29 碧玉 さく花の春をそむけて行雁はいかに色なき心なるらん

白氏詩句。背レ春ヲ有二去一雁一。

【出典】碧玉集、一三七番。白氏文集、巻一一、初到二忠州一登二東楼一寄二万州楊八使君一、六五一頁。

【異同】『新編国歌大観』『白氏文集』ナシ。

【訳】（帰雁）

花の咲く春に背いて去る雁は、どれほど情趣のない心を持っているのであろうか。

白氏詩句。春に背いて去る雁がいる。

【考察】『白氏文集』は、忠州の東楼に登ると憂いを増すばかりで、春に背いて去る雁はいても、川を上って来る船はない、と詠まれた箇所。当歌は来る春と行く雁を対比して、それは雁の「色なき心」によると詠む。

（大八木宏枝）

春雨

30 わつかなるかはらの色もさひしきはかすみをおつる夕くれの雨

朗詠集。都-府-楼ハ纔ニ看二瓦ノ色ヲ一。

【出典】雪玉集、三三二一番。和漢朗詠集、下、閑居、六二〇番。菅家後集、四七八番、不出門。

【異同】『新編国歌大観』『和漢朗詠集』ナシ。

【訳】　春雨

わずかに望める瓦の色もさみしく見え、夕暮れになると霞の中を落ちるように雨が降ることだなあ。

和漢朗詠集。大宰府政庁の楼門は、わずかに瓦の色を遠く眺めやるだけ（で私は閉じこもったまま）だ。

【考察】出典の詩句は、菅原道真が大宰府に左遷され謹慎蟄居のさまを歌ったもの。

【参考】「霞をおつ」の例は他に見当たらないが、「霞におつ」ならば寂蓮法師の名歌「暮れて行く春のみなとは知らねども霞におつる宇治の柴舟」（新古今和歌集、春下、一六九番）がある。また、「霞」と「雨」の組み合わせでは、「思ひあまりそなたの空をながむれば霞をわけて春雨ぞ降る」（新古今和歌集、恋二、一一〇七番、藤原俊成）がある。

（大八木宏枝）

庭春雨

31まさこしく深さ浅さも庭にみて草あをみ行春の雨かな

朗詠集。鑽《ル》レ沙《ヲ》草《ハ》只三‐分計。

【出典】雪玉集、五七五二番。和漢朗詠集、上、春、霞、七六番。菅家文草、四四五番、同賦春浅帯軽寒応製。

【異同】『新編国歌大観』「みて―見えて」。『和漢朗詠集』ナシ。

【訳】　庭の春雨

春雨が降り、庭に敷き詰めた砂の深さや浅さも目に見えて、草が青くなっていくことだなあ。

和漢朗詠集。砂を突き破るようにして芽を出した草は、まだ三分（一センチ弱）ほどである。

【考察】当歌は、砂の浅い所は砂を突き破りやすいので草の丈が長く、逆に砂の深い所は草の丈が短い、という不揃いなさまを詠む。まだらなさまを詠んだ歌としては、宮内卿の名歌「薄く濃き野べの緑の若草に跡まで見ゆる雪のむら消え」（新古今和歌集、春上、七六番）が挙げられる。

（大八木宏枝）

行路春草

32柏玉 時しあれは青きをふみし草のうへもはては行きの道によくらん

山谷詩。白‐白紅‐紅相間開、三‐三五‐五踏ミ㆑青ヲ来、戯ニ随㆓胡蝶ニ㆒不㆑知㆑遠ヲ、驚㆓見行人ヲ㆒笑テ却キ‐回ル。

【出典】三玉和歌集類題、春、行路春草、柏玉集。山谷外集、巻一四、行邁雑編六首。

【異同】『三玉和歌集類題』「時しあれは―時しあれと」「青き―青」「行き―往来」。『山谷外集』ナシ。

【訳】行路の春草

春になると草が青々となり、その上を踏んでいたが、しまいには人が往来する道（の真ん中）に茂って人が避けるほどになるのだろう。

黄山谷の詩。白い花と紅い花とがまぜこぜに咲いている中を、三人また五人ずつが青々とした草を踏み歩き、ふざけて蝶々についていき、思いがけず遠くへ来て、道行く人を見て驚いて笑って帰った。

【参考】引用された詩は、元の時代に編纂された選詩集『聯珠詩格』に採録された。それを江戸時代後期の漢詩人である柏木如亭が、当時の話し言葉を使って訳したのが、以下に引く『訳注聯珠詩格』（岩波書店、二〇〇八年）である。

白々《しろいはな》と紅々《あかいはな》とが相間《まぜこぜ》に開《さい》てゐるなかを　三々五々《さんにんごにん》づつ踏青《のがけ》が来る　戯《じやうだん》に胡蝶《てふ〳〵》に随《つい》て不知《おもは》ず遠くへきて　行《おほ》
人《ぜい》を見て驚《びつくり》して笑却廻《わらってかへった》

（風岡むつみ）

春駒

33時しありてかへしにけりな春の駒花の山辺にいはふ声々
　書経。武成曰、乃偃レ武修レ文《ヲ》帰ニ馬《ヲ》于華-山《ノ》之陽《ニ》一。

【出典】雪玉集、四〇六六番。書経（下）、武成、四七一頁。【異同】『新編国歌大観』ナシ。『書経』「干―于」。

【訳】春の駒
（平和な）時が来たので、馬を帰してしまったのだなあ。春の花が咲く山辺で、馬のいななく声が聞こえる。

　書経。武成によると、武器はしまって文徳を布き、馬を華山の南に送り返す。

【考察】『書経』は、外征から帰ってきた武王がその成功を知らせるために武器を納めさせ、馬を華山の南に送り、牛を桃林の野に放って、天下にもう用がないことを示したという箇所。

【参考】当歌を含む百首歌の冒頭には詠作の経緯が記され、それによると永正一六年（一五一九）一二月に詠まれ、「南海凶徒襲来」などと書かれている。当歌には、戦乱を経験した実隆の切なる願望が込められているか。

（風岡むつみ）

34はなちかふ野へも夕日の春の駒空に過行影をしそおもふ
　荘子、盗跖篇。忽-然《トシテ》無レ異ニ騏驥《ノ》之馳《テ》過レ隙《ヲ》也。
【出典】雪玉集、三六六六番。荘子（下）、雑編、盗跖第二九、七四九頁。
【異同】『新編国歌大観』「過行―ひま行」。『荘子』「怱然―忽然」。
【訳】（春の駒）
春になり、馬を放し飼いにしている野原にも夕日が射し込み、駿馬が天空を駆け行くように、地上の馬は空を通り過ぎる日の光を思うことだ。
　荘子、盗跖篇。ほんの一瞬の間のことで、駿馬が戸のすき間を走り過ぎるようなものである。

【考察】『荘子』は、天地に比べて人間の命は儚いものである、と盗拓が孔子に語った箇所。当歌は「駒」に地上の馬と天空の馬を重ねる。

（風岡むつみ）

柳桜交枝

35 柏 みたれあふみとりも花のかたはらの太山木ならぬ青柳の糸

紅葉賀巻云、立ならひては、花のかたはらの太山木なり。

【出典】柏玉集、三二七番。源氏物語、紅葉賀巻、三一一頁。

【異同】『新編国歌大観』「柳桜交枝—桜柳交枝」。『承応』『湖月抄』「太山木—深山木」。

【訳】柳と桜が枝を交わす

桜と枝を交わしている緑も、桜の傍らの山奥の木ではなく（もっと美しく）て、青柳のしだれた枝であるなあ。

紅葉賀の巻によると、（頭中将《とうのちゅうじょう》でさえも光源氏と）立ち並んでは、やはり花の傍らの深山木《みやまぎ》である。

【考察】『源氏物語』は、光源氏が頭中将と立ち並び青海波を舞う箇所。「深山木」は深山に生えている木、「青柳の糸」は青柳のしだれた枝を糸に見立てていう語。青柳は「花の傍らの深山木」ではなく、歌題の通り柳も桜も美しいと詠む。「糸」と「乱れ」は縁語。

（城阪早紀）

尋花

36しるへするまほろしもかな白雲のゆくゑをたとる花のありかに

長恨歌序云、玄宗却《リテ》二復宮闕《ニ》一思悼之至令《シテ》三方士《ヲ》求二致其魂魄《ヲ》一云云。

桐つほ御門 尋ねゆくまほろしもかなつてにても玉のありかをそことしるへく

【出典】雪玉集、三八四番。長恨歌并序。源氏物語、桐壺巻、三五頁。

【異同】『新編国歌大観』『長恨歌并序』『承応』『湖月抄』ナシ。

【訳】花を尋ねる
桜のありかまで道案内をしてくれる幻術士がいればなあ。白雲の行き先が分からず、あちこち迷っているよ。

長恨歌序によると、玄宗は再び宮殿に戻り、（亡き楊貴妃を）恋慕するあまり、彼女の魂を方士に求めさせた云々。

（亡き桐壺《桐壺帝の歌》更衣の魂を）捜しにゆく幻術士がいてほしいなあ。（そうすれば）人伝にでもその魂のありかを、どこそこと知ることができるだろうに。

【考察】『源氏物語』の和歌は、桐壺更衣を亡くした帝の深い悲嘆を玄宗の悲恋になぞらえたもの。当歌は魂のありかではなく、花のありかを幻術士に求める。桜を白雲に見立てることについては43番歌を参照。なお当歌は、藤原俊成の名歌「面影に花の姿を先立てて幾重越え来ぬ峰の白雲」（新勅撰和歌集、春上、五七番、遠く山の花を尋ぬ）も踏まえる。


（城阪早紀）

37只にやは見すはかへらん桜花かめのうへなる山にさくとも
列子、湯問篇。渤-海《ノ》之東、不レ知二幾《ク》億-万-里《ト云コトヲ》一、有二大-壑一焉。実《ニ》惟無レ底之谷《ナリ》。其-下無レ底。名《テ》曰二帰墟《ト》一。八-紘九-野《ノ》之水、天-漢《ノ》之流、莫レ不レ注レ之、而無レ増無レ減焉。其-中有二五山一、一曰、岱輿。二曰、員嶠。三曰、方壺。四曰、瀛洲。五曰、蓬莱。其《ノ》-山高-下周-旋三-万-里、其《ノ》-頂、平処九-千-里。山《ノ》之中-間、相-去《ルコト》七万里、以為レ隣居焉。其《ノ》-上《ノ》台-観皆金-玉、其《ノ》-上《ノ》禽獣皆純-縞。珠-玗《ノ》之樹皆叢生、華-実皆有二滋-味一、食レ之《ヲ》皆不-老不-死。所《ノ》レ居之人、皆仙-聖之種、一-日一-夕、飛《テ》相-

往-来《スル》者、不レ可レ数焉。而五-山之根、無レ所二連著一、常《ニ》随二潮-波《ニ》一、上-下往-還《シテ》、不レ得二暫《クモ》峙《ツコトヲ》一焉。仙-聖毒《ンテ》之、訴《フ》二之於帝《ニ》一。帝恐下流二於西-極《ニ》一、失中群-聖《ノ》之居《ヲ》上、乃命二禺-疆《ニ》一、使三臣-鼇十-五《ヲ》二、挙レ首《ヲ》而戴上之《ヲ》、迭《ニ》為二三-番《ト》一六-万-歳一-交《ル》焉云々。

【出典】 雪玉集、四六八一番。列子、湯問第五、二一五頁。

【異同】『新編国歌大観』ナシ。『列子』「八紘—八紘」「有五山—有五山焉」「臣鼇—巨鼇」。

【訳】（花を尋ねる）

どうして桜の花を見ないで空しく帰れるだろうか。たとえ亀の頭上にある五山に咲いていても。

列子、湯問篇。渤海の東の方、幾億万里と言っても計り知れない所に、大きな谷がある。本当にそれは底なしの谷である。その奥底は限りなく深い。名は帰墟と言う。天上界のすべての水、天の川の流れなど、全部この谷に注ぎ込んでいるのに、水量は一向に増えもせず減りもしない。谷の中に五つの山があり、一つ目は岱輿と言う。二つ目は員嶠と言う。三つ目は方壺と言う。四つ目は瀛洲と言う。五つ目は蓬萊と言う。これらの山々は、周囲が三万里もあり、頂上の平地は九千里もある。山と山の間は、七万里も離れているが、隣り合わせとされている。頂上にある建物は皆、金銀宝石の類でできており、そこに生息している鳥獣は皆、真っ白である。また、玉の木が群がり生えており、その果実はどれも美味しくて、それを食べると、食べた人は皆、不老不死になる。そこに住んでいる人は皆、仙人の類で、昼となく夜となく（山から山へと）飛行して、往き来する者は数えきれない。ところが、五つの山の根元はつながっておらず、常に波のまにまに上がったり下がったりして漂い巡り、すこしも静止していなかった。仙人たちはこれに困って、このことを天帝に訴えた。すると天帝は、（五山が）西の果てへ流れてしまい、仙人たちの住みかがなくなっては大変だと心配して、さっそく禺彊（北極を司る神）に言いつけ、大きな亀十五匹に、頭をもたげて五山を頭上に載せさせ、入れ代わって三交代することとし、六万年で一回りするようにさせた云云。

【考察】 当歌は『列子』で語られる亀の頭上にある五山のような、到底たどり着けない場所に咲いている桜であっても、花を見ないで帰るのは惜しいと詠む。

（植田彩郁）

遥尋花

38夜をこめて花にと急く山路かな馬にくらをき車よそひて

古文後集。送㆔李‐愿帰㆓盤谷㆒序、韓退之。膏㆓吾車㆒兮秣㆓吾馬㆒。

【出典】 雪玉集、三八七番。古文真宝後集、送李愿帰盤谷序、一二四頁。

【異同】『新編国歌大観』『古文真宝後集』ナシ。

【訳】 遥かに花を尋ねる

まだ夜が明けないうちに、桜の花を見に行こうと山道を急ぐことよ。馬に鞍を置き車を準備して。

古文真宝後集。李愿が盤谷に帰るを送るの序、韓退之。わが車に油をさし、わが馬にまぐさをくれ。

【考察】 出典の詩歌は、盤谷に帰る李愿の志に感心した韓退之が、安楽の地へ急ぎ、生涯、隠者として暮らしたいという願いを詠んだもの。

（吉岡真由美）

海辺花

39磯山の花のさかりは心なきあまもさかてや打詠むらん

いせ物語云、かの男はあまのさかてを打てなん、のろひをるなる云々。

【出典】 雪玉集、七七二一番。伊勢物語、九六段。**【異同】**『新編国歌大観』『伊勢物語拾穂抄』ナシ。

【訳】 海辺の花

磯べの山桜が盛りになると、風情を解さない海人も（天の逆手を打つではないが）、桜を眺めているだろうか。

伊勢物語によると、例の男は天の逆手を打って、呪っているとかいうことだ云々。

【考察】『伊勢物語』は、ある男に熱心に言い寄られ、女も情を寄せるようになるが、女は兄に連れて行かれ、それ以来、女の消息はわからなくなった。それを悔やんだ男は、天の逆手を打って呪っているという噂が立った、という内容である。「天の逆手」は『古事記』上巻、大国主神の子である八重言代主神が国譲りに賛同する旨を伝えた際にも登場する。詳細は不明だが、呪術的な動作であったらしい。当歌は「あま」に「海人」と「天」、「打《うち》」に「（天の逆手を）打ち」と「うち（詠《なが》む）」を掛ける。

（吉岡真由美）

花留人

40 柏玉
いかにいはん人もとゝめぬかへるさの花にをれつゝ一夜明さん

こてふの巻云、「けに春の色はえおとさせ給ましかりけり」と、花にをれつゝ聞えあへり。

【出典】柏玉集、三〇七番。源氏物語、胡蝶巻、一七二頁。【異同】『新編国歌大観』『承応』『湖月抄』ナシ。

【訳】 花が人を留める

どう言えばよいだろうか。誰かが引き留めるわけではないが帰る途中、桜の美しさに心ひかれて、ここで一夜を明かそう。

胡蝶の巻によると、「なるほど（あの見事な）春景色は、とても（秋の御殿の秋景色で）お負かしなされるものではなかったなあ」と、一同は花に魂を奪われて申しあげた。

【考察】『源氏物語』は、秋の御殿に住む中宮に仕える女房たちを、光源氏が春の御殿に招いて船楽を催し、夜も徹して遊宴が行われ、公卿や親王たちも参加した。その翌日、招待された女房たちが中宮に、昨夜の催しを報告した箇所である。当歌は早く帰りたいのに、花の美しさのために帰れなくなってしまうさまを詠む。

（吉岡真由美）

野花留人

41たつことやいとゝ交野の花ならん絶てさくらの外にさかすは

いせ物語云、いま狩する交野のなきさの家、其院のさくらことに面白し。その木のもとにおりゐて、枝を折て、かさしにさして、かみ中しも皆《ミナ》歌よみけり。うまのかみなりける人のよめる。世の中に絶えて―

【出典】雪玉集、三八六六番。伊勢物語、八二段。**【異同】**『新編国歌大観』『伊勢物語拾穂抄』ナシ。

【訳】野の花が人を留める

ますます交野の花のもとを立ち去りがたくなるだろうよ。もしもまったく桜が、交野以外で咲かないならば。

伊勢物語によると、いま鷹狩をする交野の渚の家、その院の桜がとりわけ趣深い。その桜の木のもとに馬から下りて、桜の枝を折り、髪の飾りに挿して、身分の上・中・下位の人々が皆、歌を詠んだ。馬の頭だった人が詠んだ歌。世の中にまったく（桜がなかったならば春の人の心はのどかであろうに）。

【考察】『伊勢物語』は、惟喬親王が交野にある渚の院を訪れたとき、業平がそこに咲く桜を見て、「世の中にたえて桜のなかりせば春の心はのどけからまし」と詠んだ箇所。当歌は業平の歌を踏まえながら、もし交野以外の桜がなくなったならば、その桜のもとからいっそう立ち去り難いであろうと詠む。「交野」の「交《かた》」に「難《かた》し」の「難《かた》」を掛ける。

（風岡むつみ）

竹間花

42 柏玉 折しもあれ花に雨よふ鳩の声も色なき竹のおくのさひしさ

埤雅云、鵓‐鳩陰《ル時ハ》 則逬二逐其《ノ》婦《ヲ》一、晴《ル時ハ》 則呼レ之《ヲ》。語《ニ》曰、天将《ス》レ雨《ント》 鳩逐レ婦。

【出典】 柏玉集、三一八番。埤雅、巻七、釈鳥、鵻鳩。

【異同】 『新編国歌大観』ナシ。『埤雅』「鵓鳩陰則逬逐其婦―鵓鳩灰色無繡項陰則屏逐其匹」。

【訳】 竹間の花

今まさに花が咲いている折なのに、花を散らす雨を呼ぶ鳩の声も聞こえ、薄暗い竹林の奥の寂しさよ。

埤雅によると、鵓鳩は天気が曇ると番いの雌を追い払い、晴れるとすぐに番いの雌を呼ぶ。語によると、今にも雨が降ろうとすると、鳩は雌を追い払う。

【考察】 当歌は花盛りの折に鳩が鳴くと、雨が降って花を散らすのではと不安に思う気持ちと、雨の降りだしそうな曇天で、ただでさえ薄暗い竹群の奥がさらに暗くなり、わびしげな鳩の鳴き声がするさまを詠む。また、竹と鳩との関係は、「竹の中に、家鳩といふ鳥のふつつかに鳴くを聞きたまひて」（源氏物語、夕顔の巻、一八七頁）による。なお、『三玉挑事抄』の本文で「逬」に相当する漢字は見受けられないので、**【異同】**に掲げた本文「屏」（しりぞく）により解釈した。

【参考】 鳩が雨を呼ぶと詠む例は、飛鳥井雅親（生没一四一七～九〇年）の家集『亜槐集』に、「いかにせむ草の廬に山鳩のよるの雨よぶ夕暮れの声」（山家鳥、一〇四〇番）とある。また、『埤雅』の一節を踏まえた歌としては、「山ふかみ雨より後に鳴く鳩の妻よぶ声ぞさらにさびしき」（碧玉集、鴿、一二四〇番）がある。

（風岡むつみ）

翫花

43 柏玉 しら雲にまかへしよりやみ吉野の花にかさなる人の言の葉

古今序。春のあした、よし野のさくらは、人丸か心には、雲かとのみなんおほえける。

【出典】三玉和歌集類題、春、翫花、柏玉集。古今和歌集、仮名序、一二四頁。

【異同】『三玉和歌集類題』ナシ。『八代集抄』「よし野のさくらは―吉野の山のさくらは」。

【訳】花をもてあそぶ

（人麿が山桜を）白雲に見間違えてからは、吉野の花に人々が和歌を詠み重ねたことだなあ。

古今和歌集、仮名序。春の朝に吉野山の桜は、人麿の心には雲かとばかり思われた。

【考察】仮名序は和歌の歴史を語る箇所であり、『新編全集』の頭注によると、人麿の歌に吉野の桜を詠んだものは見当たらないとする。当歌は、吉野の桜を白雲に例えた歌の多さを詠む。例歌「桜花咲きにけらしなあしひきの山の峡《かひ》より見ゆる白雲」（古今和歌集、春上、五九番、紀貫之）。

（風岡むつみ）

見花

44 春のうちのそをたに猶や思ひ草入ぬる磯と花に恨て

万葉集、七。寄レ藻歌、作者未詳。塩満者《ミテハ》入奴流《ヌル》礒之《ノ》草有哉《ナレヤ》見良久《ミラク》少《スクナク》恋良久《ラク》乃《ノ》太寸《ヲホキ》

【出典】雪玉集、五三〇九番。万葉集、巻七、一三九四番。【異同】『新編国歌大観』ナシ。『万葉集』「奴流―流」。

【訳】花を見る

（花の季節である）春の間でさえ、いっそう物思いの種になることよ。（潮が満ちると）隠れてしまう磯の草のように、花を（見ることが少ないのを）恨めしく思うと。

万葉集、巻七。藻に寄せる歌、作者未詳。潮が満ちると隠れてしまう磯の草のように、目にすることは少なく

恋しさは募るばかり。

【考察】「見花」題なのに和歌では「見る」と言わないのは、第四句「入りぬる磯」で万葉歌の「見らく少なく」を暗示しているから。当歌は花がたくさん咲く春でさえ、花への物思いは尽きないと詠む。

【参考】本作のように「入奴流」と表記したものは、『万葉集』の古写本や江戸期の注釈書にも見られない。「そをだに」は『古今和歌集』にも例がある。「飽かでこそ思はむ中は離れなめそをだにのちの忘れ形見に」（恋四、七一七番、よみ人知らず）。

（大八木宏枝）

花錦

45いくめくりひもとく花は小車のにしきたちける春をしるらん

八雲御抄云、小車錦、伊勢の御帳にまゐる紺地也云々。

【出典】雪玉集、五〇八番。八雲御抄、巻三、枝葉部、衣食部。**【異同】**『新編国歌大観』『八雲御抄』ナシ。

【訳】花の錦

紐を解くようにほころび咲く花は、小車錦を裁断したかのような美しい春を、どれだけ経てきただろうか。

八雲御抄によると、小車錦は、伊勢の御帳に献上する紺地（の錦）である云々。

【考察】当歌は「紐解く」に花が咲くの意味を重ね、「錦たちける春」に「錦裁ち」と「立ちける春」を掛け、「紐」「小車の錦」「裁ち」は縁語、「めぐり」「小車」「春」も縁語で、言葉の綴れ錦のように仕立てている。

【参考】当歌の第四句に使われた「錦裁ち」という表現は、『古今和歌集』で「神奈備の三室の山を秋ゆけば錦たちきる心地こそすれ」（巻五、秋下、二九六番、壬生忠岑）以来、和歌の世界では秋の歌に詠まれるのが通常である。例歌「くるるまでとどめてぞみる小車の錦たち出づる秋の林を」（通勝集、倚車愛楓、九三一番）。

46風たゝて日にさらす色は江にあらふにしきといふとも《本ノマヽ》春の花かも

左思、蜀-都《ノ》賦。貝-錦斐-成《テ》濯二色《ヲ》江-波一。

白氏六帖曰、蜀-成-都《ニ》有二濯レ錦《ヲ》之江一。

［出典］雪玉集、六〇四四番。文選、賦篇上、蜀都賦、一二三四頁。白氏六帖事類集、巻二一、錦第六三。

［異同］『新編国歌大観』『蜀都賦』ナシ。『白氏六帖事類集』「蜀成都有濯錦之江―蜀有濯錦江」。

［訳］（花の錦）

風が立たなくて日に当てた色は、江波で洗う錦といっても、（秋の紅葉の錦ではなく）春の花であるなあ。

左思の蜀都賦。華麗な貝錦という錦、色をさらすは錦江の清流。

白氏六帖によると、蜀の成都に錦をすすぐ川がある。

（大八木宏枝）

［考察］当歌の初二句は、次の漢詩と和歌も踏まえている。「瑩レ日瑩レ風高低千顆万顆之玉、染レ枝染レ浪表裏一入再入之紅」（和漢朗詠集、上、春、花、一一六番、菅三品）。「日にさらし風にさらして紅のこぞめの梅も色まさりつつ」（延文百首、二五〇八番、実名）。延文百首は延文元年（一三五六）に詠進の命が下り詠作された。

［参考］「貝錦」は錦のあやが貝の模様のように美しいもの、「斐」は各種の色が交錯してあやを成しているさま、「江波」は成都（蜀の都）の付近を流れる錦江で、この川ですすいだ糸で織った錦は蜀錦と呼ばれ天下の名品。

（城阪早紀）

47い《柏玉》かならん錦のとはり明くれをなへての花のきのふなりせは

白氏文集。蘭-省花《ノ》時錦-帳《ノ》下。

［出典］柏玉集、三四四番。白氏文集、巻一七、廬山草堂、夜雨独宿、寄二牛二・李七・庾三十二員外一、八二頁。

【異同】『新編国歌大観』『白氏文集』ナシ。

【訳】（花の錦）

どうなっているだろうか。夜明け前で（よく見えないが）、山一面、錦の帳《とばり》のようだった桜が昨日のことになっていたならば。

白氏文集。（貴公子たちは）尚書省の花盛りの時に、錦の帷帳の下で（愉快な時を）過ごしている。

【考察】当歌は「とばりあけくれ」に「とばり上げ」と「明け暮れ」（明け方の暗い時分）を掛け、昨日は山全体が錦の帳のようであった山桜が、今朝は散り始めて、錦の帳がほころびているのではないか、と懸念する。

【参考】『白氏文集』の詩の続きは「盧山雨夜草庵中」で、白楽天が盧山の雨の夜に草庵の中で寂しく過ごす様子を描く（53番歌、参照）。「蘭省」は宮中図書館を扱う尚書省、「錦帳」は錦で作った、室の仕切りに用いる垂れ布で、宮中の華やかな様を示す。

（城阪早紀）

嶺上花

48 同 隔来し花より出るみねの雲心なきしも色そわかるゝ

帰去来辞。雲無‐心ニシテ以出レ岫ヲ。

【出典】柏玉集、二六八番。文選（文章編）中、四五四頁。【異同】『新編国歌大観』『文選』ナシ。

【訳】峰の上の花

峰の白雲は山桜を隔てて（隠して）いたが、（雲には）心が無いことによって、かえって花のあたりを離れ、（花か雲か）見分けられるようになったなあ。

帰去来辞。雲は無心に峰からわきおこる。

【考察】陶淵明の「帰去来辞」は仕官の道をきっぱりと捨て、郷里の農村でわが心の命じるままに生きる決意を語った詩。心に雑念がない雲には、陶淵明の心象が反映されている。「岫」は山中にある洞穴で、雲はそこから湧き起こる、と考えられていた（493番歌、参照）。桜を白雲に例えることは43番歌、参照。当歌は山桜に白雲がかかっているときは区別できないが、白雲が山から離れると見分けられると詠む。

【参考】「三輪山をしかも隠すか雲だにも心あらなも隠さふべしや」（万葉集、巻一、一八番、額田王）のように、雲は見たいものを隠してしまう心無い存在として歌われた。

（城阪早紀）

花

49 同 見る人よ花に立ならふ太山木もあれは有とや袖かはすらん

【出典】柏玉集、二七九番。【異同】『新編国歌大観』「袖かはすらん―袖をかすらん」。

【訳】花

（桜を）見ている人々よ。山桜のそばでは映えない深山木が並ぶように、桜のような人と、いればいるで悪くはないという深山木のような人が、袖を連ねて（入り混じって）いるようだなあ。

【考察】第二・三句「花に立ち並ぶ深山木《みやまぎ》」は、35・50番歌に引く「立ち並びては、花の傍らの深山木なり」（桜のような光源氏と、山奥の木のような頭中将が並んで舞う箇所）を踏まえる。当歌は花見に連れ立って来た群衆を形容して、桜のような人もいれば深山木のような人もいる、とやや皮肉に詠む。「袖交はす」は男女が袖を敷きかわして共寝するという意味があるが、ここでは袖が触れるほど近くに並ぶという意味。例歌「袖かはす階のきはに年ふりて幾度春をよそに迎へつ」（六百番歌合、春上、六番、藤原兼宗）。

（植田彩郁）

花満山

50山は今みなから花のかたはらに立ならふへきときは木もなし

紅葉賀巻の詞、まへにしるし侍り。

うつほ物語第九云、花のかたはらのときは木のやうに見え給ふ云々。

【出典】 雪玉集、四四七番。うつほ物語、蔵開上、四〇一頁。**【異同】**『新編国歌大観』『うつほ物語』ナシ。

【訳】 花が山に満ちている

山は今、すべて花盛りで、桜の傍らに立ち並ぶと見劣りするような常緑樹も見えないなあ。

紅葉賀の巻の詞。前に記しています。（35番歌、参照）

うつほ物語の第九によると、花の傍らの常緑樹のように見劣りがなさる云々。

【考察】「紅葉賀巻の詞」とは、35番歌に引いた「立ち並びては、花の傍らの深山木なり」（源氏物語、紅葉賀の巻）を指す。『うつほ物語』の「花の傍らの常盤樹」も、優れたもののそばにあって見劣りするもののたとえ。

（植田彩郁）

野花

51よき人の吉野といふは世にしらぬ花さく春の名にこそ有けれ

万葉集、一。幸二吉野《ノ》宮《ニ》一時御歌、天皇御製。淑《ヨキ》人乃《ノ》良跡《ヨシト》吉見《ヨクミ》而《テ》好常《ヨシト》言師《イヒシ》芳野吉見《ヨクミ》欲《ヨ》良《ヨキ》人四《ヨ》来《キ》三《ミ》

【出典】 雪玉集、四六二番。万葉集、巻一、二七番。

【異同】『新編国歌大観』ナシ。『万葉集』「幸吉野宮時御歌天皇御製―天皇幸于吉野宮時御製歌」「吉見欲―吉見与」。

【訳】 野の花

昔のよき人が吉野をよい所だと言ったのは、世に知られていない桜が咲くという春の名声にあったのだなあ。

万葉集、巻一。天皇が吉野離宮に行幸された時の御歌、天武天皇御製。

昔の良き人（昔の君子）が、よい所だとよく見て、よいと言った、この吉野をよく見よ。今の良き人（今の世の君子）よ、よく見るがよい。

【考察】当歌は「吉野」に「良し」を掛け、吉野がよい所だと言われたのは珍しい桜が咲いているからだと詠む。ただし歌題は「野花」で、吉野は「野」（野辺、平地の意）ではないが、歌題の「野」は吉野の野を示すか。503番歌「野風」参照。

（植田彩郁）

百首歌中春

52花にあかぬ歎きこるてふ斧のえはこゝにくちなん山さくらかな

述異記曰、晋王-質《ノ》伐レ木《ヲ》至二信安郡石室山一。見二数童子囲一レ碁、与《フ》二質《ニ》一《ノ》物《ヲ》一。如二棗核一。含《テ》レ之《ヲ》不レ飢、局未《タ》レ終、斧《ノ》柯-爛-尽《ク》。既《ニ》帰《レハ》無二復時《ノ》人。

【出典】雪玉集、七一八一番。述異記（和刻本漢籍随筆集13）上。

【異同】『新編国歌大観』ナシ。『述異記』「晋王質伐木至信安郡石室山―信安郡有石室山晋時王質伐木至」「見数童子囲碁与質一物―見童子数人棋而歌質因聴之童子以一物与質」「含之不飢局未終―質含之不覚饑俄頃童子謂曰何不去質起視」。

【訳】百首歌のうち、春

花をまだまだ見足りない嘆き、という木を伐る斧の柄は、ここで朽ちてしまうだろう（と思われるほど美しい）山桜だなあ。

述異記によると、晋の王質は木を伐って、信安郡石室山に着いた。数人の童子が碁を囲んでいるのを見ていると、（子供が）王質にあるものを与えた。それは棗の種のようなものだった。これを口に含むと空腹になることもなく、碁の勝負がつく前に（ふと気づくと）、斧の柄が腐っていた。山から帰ると、知っている人は誰もいなかった。

【考察】当歌は「花に飽かぬ嘆きはいつもせしかども今日の今宵に似る時はなし」（伊勢物語、二九段）と、「薪こる事は昨日につきにしをいざ斧の柄《え》はここに朽たさむ」（拾遺和歌集、哀傷、一三三九番、道綱母）の著名な二首を、「なげきこる人いる山の斧の柄のほとほとしくもなりにけるかな」（拾遺和歌集、恋四、九一三番、よみ人知らず）のように「なげき」と「斧」の縁語でつないだもの。「なげきこる」に「歎き凝る」と「投げ木樵る」を掛ける。典拠の「爛柯《らんか》」（「爛」は腐る、「柯」は斧の柄）を踏まえた和歌は、すでに『古今和歌集』にも「古里は見しごともあらず斧の柄の朽ちしところぞ恋しかりける」（雑下、九九一番、紀友則）とある。当歌もその故事を踏まえて、斧の柄が朽ちてしまうほど見とれる山桜の美しさを詠む。

【参考】童子たちが碁ではなく琴を弾いていたという異伝がある。例『浜松中納言物語』（巻五、四四三頁）。

（吉岡真由美）

草菴花

53ふりはつる草の庵の雨にしもわすれんけふの花の時かは

白氏文集。蘭省花時錦帳下、廬-山ノ雨-夜草-庵ノ中。

【出典】雪玉集、四八〇番。白氏文集、巻一七、八二一頁。【異同】『新編国歌大観』『白氏文集』ナシ。

【訳】草庵の花

すっかり古くなってしまった草庵に降りしきる雨の中でも、忘れることがあろうか。今日の花盛りの時を。

白氏文集。（貴公子たちは）尚書省の花盛りの時に、錦の帷帳の下で（愉快な時を）過ごしているが、（私は）廬山の雨の夜、草堂の中に（寂しく）過ごしている。

【考察】出典の漢詩は、白楽天が廬山の草堂で夜雨の音を聴きながら独り宿った際に、長安にいる友人たちに寄せたもの（47番歌、参照）。当歌はそれを踏まえて、零落しても忘れることがない花の美しさを詠む。初句の「ふり」に「古り」と「降り」を掛ける。

（吉岡真由美）

花落衣薫

54二葉より匂ふ林にいる袖もかくやは花のちるをつゝまむ

観仏三昧経一云、如下伊蘭林《ノ》方四十由旬《ナラン》、有《テ》二一科《ノ》牛頭栴檀一、雖レ有二根芽一、猶《ヲ》未《タ》レ出レ土。其伊蘭林唯臭《クシテ》無レ香《シキコト》。若《シ》有《レハ》レ瞰《クラ》二其《ノ》花菓《ヲ》一、発《シテ》レ狂《ヲ》而死《ス》。後《ノ》時栴檀《ノ》根芽漸々《ニ》生長《シテ》纔《ニ》欲《ス》レ成《ント》レ樹。香気昌盛《ニシテ》遂《ニ》能改二変《シテ》此林《ヲ》一、晋皆香美《ニシテ》衆生見者皆生二希有《ノ》心一云云。

【出典】雪玉集、五三九番。安楽集、上。

【異同】『新編国歌大観』「花落衣薫―花落薫衣」。『安楽集』「雖有根芽―雖有根牙」「栴檀根芽―栴檀根牙」。

【訳】花が落ちて衣が薫る

二葉のときから香気が漂う（栴檀の）林に入っても、（いま桜の木の下にいるのと同様に）私の袖は花の香に薫るだろうが、このように散りかかった花を（袖で）包めるだろうか。

観仏三昧経によると、伊蘭の林が四十由旬も広がる中に、一本の牛頭栴檀があった。根と芽はあるが、まだ地面から芽を出していないとき、その伊蘭の林は悪臭を放ち、よい香りなどしなかった。万が一その花や果実を口にすることがあれば、気が狂って死んでしまう程であった。しばらくして栴檀の根や芽が次第に成長して、ようやく小さな樹になった。芳香は広く漂い、ついにこの林をすべて美しく香しいものへと変えてしまった。

これを見た人々はみな、めったにない素晴らしいことだという思いを起こすようなものだ云々。

【考察】伊蘭は煩悩を、栴檀は念仏の心を意味し、香りの良い栴檀の木は、悪臭を放つ伊蘭の林に混じっても芳香を失わず、最終的には林そのものを変えてしまうという例えをもって、どんな人でも功徳をつめば、煩悩・諸悪を断絶させることができると説く。当歌はそれを踏まえ、栴檀の林は香りだけで花が散り紛うことはないので、桜の林の方が優ると詠む。

（吉岡真由美）

寄花神祇

55葛のはの恨の秋に立かへり神のいかきも花そうつろふ

古今集云、神の社のあたりをまかりける時に、いかきのうちの紅葉を見てよめる、貫之。

千早振神のいかきにはふ葛も秋にはあへすうつろひにけり

【出典】雪玉集、五四三番。古今和歌集、巻五、秋下、二六二番。【異同】『新編国歌大観』『八代集抄』ナシ。

【訳】花に寄せる神祇

葛の葉の（色さえ変わってしまう）恨めしい秋に戻ったかのように、神社の玉垣にも桜が散ることだなあ。

古今和歌集によると、神社の近くを通った時に、玉垣の中の紅葉した葛を詠んだ歌、紀貫之。

神社の玉垣に絡まる葛は（神の威光で常緑かと思いきや、それさえやはり）秋の力にはかなわず、色が変わったのだなあ。

【考察】「葛の葉」は風に翻って見せる白い裏葉が印象的なことから、裏見草とも呼ばれ、「恨み」との掛詞として用いられることが多い。また、「かへり」は「葛の葉」の縁語。当歌は、境内の葛の葉でさえ秋になると紅葉するのだから、桜が散るのも仕方ないと詠む。ただし、この解釈では歌題は「寄花神祇」ではなく「寄神祇花」になる。

（風岡むつみ）

春月

56太山木のあらしや花のかたはらに月をなさしと雲はらふらん

紅葉の賀の巻の詞、前に見えたり。

【出典】雪玉集、七三八五番。**【異同】**『新編国歌大観』ナシ。

【訳】春の月

山奥から吹き下ろす風は、桜に対して春の月を添え物にしないように、（月を隠している）雲を吹き払っているのだろうか。

紅葉賀巻の文章は、前述した。（35・50番歌、参照）

【考察】『源氏物語』紅葉賀の巻では、光源氏と青海波を舞う頭中将を「花の傍らの深山木」にたとえる。当歌の「傍らになす」は、ある物を主役ではなく何かの添え物のようにするという意だが、当歌は花も月も愛でる姿勢を採る。

（風岡むつみ）

春暁月

57柏玉 雲にあふ影をおもへは春のよのあかつき月はかすまさりけり

古今集序いはく、秋の月をみるに、暁の雲にあへるかことし。

【出典】柏玉集、一三三二番。古今和歌集、仮名序、二七頁。

【異同】『新編国歌大観』「春暁月―春曙月」。『八代集抄』ナシ。

【訳】春の暁の月

（暁の）雲におおわれる秋の月を思えば、春の夜の暁月は霞んでいるうちにも入らないなあ。

古今和歌集の仮名序によると、秋の月を見ているうちに、暁の雲におおわれたようなものだ。

【考察】『古今和歌集』仮名序の一節は、喜撰法師の「言葉かすかにして、始め終りたしかならず」（言葉が控えめであって、歌の道筋が確かではない）という歌風を例えたもの。当歌は同じ暁月でも秋の月が雲に隠されるのに比べれば、春の朧月は残念な物ではなく、むしろ風情があると詠む。

（城阪早紀）

旅宿春月

58むすふへき夢もはかなし秋のよとたのまぬ月の春のまくらは

いせ物語云、おほみきたまひ、ろくたまはむとて、つかはさゝりけり。此むまのかみ、心もとなかりて、「枕とて草引むすふこともせし秋の夜とたにたのまれなくに」と、よみける。時は、やよひのつこもりなりけり。

【出典】雪玉集　三〇三番。伊勢物語、八三段。【異同】『新編国歌大観』「夢―草」。『伊勢物語拾穂抄』ナシ。

【訳】旅宿の春月

旅寝では見られる夢も、はかないものだなあ。秋の長夜のように頼みにできない月の、春の眠りでは。

伊勢物語によると、（親王は）御酒を下され、ご褒美を下さろうとして、お放しにならなかった。この馬の頭はお許しが待ちどおしく心せいて、「（今夜は）枕として草を引き結び、旅寝することもするまい。秋のようにせめて夜長をあてにすることもできない季節だから。（今は短夜の春なので、早くおいとましたい）」と詠んだ。時節は三月の末であった。

【考察】『伊勢物語』は、惟喬親王のお供として馬の頭だった翁が鷹狩りに行き、何日も経ってから親王が都の邸宅に戻られる際に、馬の頭は早く帰ろうとしたが引き留められた箇所。「三月の末」は、四季のうち最も夜が短い夏に接している。

（城阪早紀）

谷蕨

59ひかりなき谷にはなへて草木にもわきて物うき初わらひかな

【出典】雪玉集、二七八番。和漢朗詠集、上、春、早春、一二番。

【異同】『新編国歌大観』ナシ。『和漢朗詠集』「挙―拳」。

朗詠集。野相公。紫-塵《ノ》嫩《ウキ》-蕨人拳《ル》レ手《ヲ》。

【訳】谷の蕨

春の光が届かない谷では、おしなべて草木の中でも、とりわけもの憂げな初わらびであるなあ。

和漢朗詠集。小野篁。春になりいかにも物憂げに芽をもたげ始めた蕨は、その紫色の綿毛の穂が、あたかも人が拳を握ったように見える。

【考察】漢詩の「嫩蕨」を和歌に詠みこむ。蕨は早春、先端が拳状に巻いた新葉を出し、その様が頭を垂れているように見えるので「物うき」と表現された。

【参考】「光なき谷には春もよそなれば咲きてとく散る物思ひもなし」（古今和歌集、雑下、九六七番、清原深養父）。

（大八木宏枝）

呼子鳥

60のとかなる春をしらせて万代の声をも山のよふこ鳥かな

漢書武帝紀曰、元封元年行二幸緱氏ニ一詔シテ曰、朕用事華山至二于中-嶽一獲二駮麃ヲ一見二夏后啓母石一。翌-日親登二嵩高一御-史乗-属在二廟ノ旁一吏-卒咸-聞二呼フ万-歳ト一者三云云。註、荀悦曰、万-歳ハ山-神称レ之ヲ也。

【出典】雪玉集、五六〇番。漢書、本紀巻六。【異同】『新編国歌大観』『漢書』ナシ。

【訳】呼子鳥

平穏な御代には山が万歳を叫ぶが、そのようにのどかな春になったことを告げて山で鳴く呼子鳥だなあ。

漢書の武帝紀によると、元封元年（紀元前一一〇）、緱氏に行幸し詔を下して言った。朕は華山を祀り、ついで中嶽に来て駮麃《はくひょう》（斑鹿《まだら》の一種）を得て、夏后啓の母石を見た。翌日、親《みずか》ら嵩高山に登った。御史の乗曹二人が廟のかたわらにいて、吏卒たちは皆（山神が）万歳を三唱したのを聞いた云々。荀悦の注によると、万歳は山神がこれを称したものである。

【考察】武帝が嵩高山に登った時に、山神が万歳を三唱したことを踏まえて、当歌も「山」が「万代の声」を「呼ぶ」に、「呼子鳥」が「春」を「呼ぶ」を合わせる。

（大八木宏枝）

野雲雀

61なく雲雀猶床しめよ雲に入鳥を恨の春の末野に

朗詠集。花ハ-落テ随レ風ニ鳥ハ-入レ雲ニ。

【出典】雪玉集、五五八番。和漢朗詠集、上、春、三月尽、五五番。【異同】『新編国歌大観』『和漢朗詠集』ナシ。

【訳】野の雲雀

鳴く雲雀よ、それでもやはり寝床を確保しておくれ。雲の彼方に姿を消してしまう鳥を恨む晩春の野の果てに。

和漢朗詠集。花は風のまにまに落ち尽くし、鳥は雲の彼方に姿を消して（鳴き声も聞こえなくなって）しまう。

【考察】漢詩は、過ぎゆく春を引き留めるには関城の固めは役に立たず、花鳥は姿を消してしまうことを歌う（91番歌、参照）。当歌はそれを踏まえ、他の鳥は飛び立っても雲雀には行かないで欲しいと詠む。「春の末野」に「春の末」（三月の末）と「末野」（野原の果て）を掛ける。

（大八木宏枝）

簾外燕

62 柏玉 ふるす有とつはめや来つるかはほりのそれたにあらすこすのまきれに

大和物語云、む月十日の程なりけり。すのうちより、しとねさし出たり。ひきよせてゐる。すたれも、へりはかはほりにくはれて、所〱なし。内のしつらひ見いるれは、むかしおほえて、ゐなとよかりけれと、くちおしくなりにけり。

【出典】三玉和歌集類題、春、簾外燕、柏玉集。大和物語、一七三段。

【異同】『三玉和歌集類題』ナシ。『大和物語』「ひきよせてゐる―ひきよせてゐぬ」「ゐなとよかりけれと―たたみなとよかりけれと」。

【訳】簾の外の燕

古巣があると（勘違いして）燕は来たのだろうか。蝙蝠の古巣すらないのに、（蝙蝠に食われた）簾を（古巣と）見間違えて。

大和物語によると、正月十日のころだった。簾の中から敷物を差し出した。（男はそれを）引き寄せて座る。簾も縁《へり》は蝙蝠に食われて、ところどころない。家の中の調度や飾りつけをのぞいてみると、栄えた昔の様子が偲ばれて、絵など立派だったが、今はみすぼらしくなってしまった。

【考察】『大和物語』は、五条あたりで雨に降られた良岑の宗貞の少将が、貧しい女の家で雨宿りをした箇所。当歌は蝙蝠に食われた「小簾《こす》」（御簾の意）を、燕が古巣と勘違いして寄ってくる様を詠む。

（植田彩郁）

石清水臨時祭

63ちらしかし藤山吹も石清水けふのかさしは神のまに〳〵

花鳥余情曰、臨-時ノ祭、挿-頭、使ハ藤、舞-人ハ桜、陪-従ハ山吹云云。

【出典】 雪玉集、四二六一番。花鳥余情、第二〇、若菜下巻、二七二頁。

【異同】『新編国歌大観』『花鳥余情』ナシ。

【訳】 石清水の臨時祭

散ることはないだろうよ。藤も山吹も石清水八幡の臨時の祭で。今日の挿頭は、神の思し召しのままなのだから。

【考察】 花鳥余情によると、臨時の祭で、挿頭《かざし》として使者は藤、舞人は桜、陪従は山吹（をそれぞれ冠に飾る）云々。

石清水臨時祭は、石清水八幡宮で毎年三月の中の午の日に行う祭（72番歌、参照）。『花鳥余情』の注釈は『源氏物語』若菜下の巻（新編全集、一七一頁）で、光源氏が紫の上や明石の女御たちを伴ない、住吉神社に盛大な願果たしの参詣をした場面において、「かざしの花の色〳〵は」という箇所に付けられたもの。「挿頭《かざし》」は舞楽の人々が冠に飾る造花。

（植田彩郁）

桃花曝錦

柏玉
64あひおもふにしきともみる色なれや物いはぬ桃の花のうへをも

朗詠集。公乗億。織ルレ錦ヲ機ノ-中ニハ己ニ弁フ二相-思ノ之字ヲ一。

漢書、李広伝賛。諺ニ曰、桃-李不レ言、下自ラ成スレ蹊ヲ。

【出典】三玉和歌集類題、春、桃花曝錦、柏玉集。和漢朗詠集、上、秋、十五夜付月、二四一番。漢書、評林巻五四、李広蘇建伝第二四。

【異同】『三玉和歌集類題』『漢書』ナシ。『和漢朗詠集』「己―已」。

【訳】　桃花、錦を曝す

互いに思い合う情を織り込んだ錦とも見える色であるなあ。ものを言わない桃の花のあたりまでも。

和漢朗詠集。公乗億。（十五夜の月光があまりにも明るいので妻が夫のため）錦に織り込んだ相思の情をうたう文字も、機の中でははっきりと読み取れるだろう。

漢書、李広伝賛。諺によると、桃やすももの樹はものを言わないが、その木の下は自然と人に踏まれて小道ができる（ように、実践があれば名声もそれに伴なうものだ）。

【考察】『和漢朗詠集』は、東晋の竇滔の妻、蘇蕙が、流沙に左遷された夫のため、錦に回文の詩を織り込んで贈った故事に基づき、遠別の夫を恋う妻の気持ちを述べたもの。「桃李不言、下自成蹊」は、『史記』の「李将軍列伝」第四九にも収録。当歌は、桃園の美しさを広げた錦に例えて、ものを言わない桃花と、相思の情が織り込まれた錦を対比する。

（植田彩郁）

碧玉
65 うすくこき三千世の花のからにしきてかへらはやあかぬ木陰を

【出典】三玉和歌集類題、春、桃花曝錦、碧玉集。**【異同】**『三玉和歌集類題』「木陰を―木陰に」。

【訳】（桃花、錦を曝す）

濃淡のある美しい桃の花々は、三千年に一度だけ花を咲かせ、実を結ぶという西王母の桃の花のようだ。出世して、この花々のように美しい錦を着て帰りたいものだ。名残が尽きない故郷へと。

【考察】出典は67番歌に同じ。「木陰」は華やかな都に対して、故郷を比喩的に表現したもの。「錦を着て帰る」とは、立身出世をして故郷へ帰ること（519番歌、参照）。

【参考】「立ちよらん木陰まれなる都にも清水《しみづ》はありて汲むぞ涼しき」（草根集、納涼、二九五六番）。

（吉岡真由美）

桃

66 同 三千とせの花のうへにも咲てちるならひはかはる春やなからむ

【出典】三玉和歌集類題、春、桃、碧玉集。【異同】『三玉和歌集類題』ナシ。

【訳】桃

三千年に一度しか咲かないという西王母の桃の花でさえも、花が咲けば散るという定めがなくなる春はないだろうなあ。

【考察】出典は67番歌に同じ。当歌は、西王母の桃の花でさえ散る運命にあるのだから、どの花も散ることを惜しむ情を詠む。

（吉岡真由美）

67 匂へなを花にさく名も百年の十つ、みつの春をかさねて

事文類聚曰、西王母以二七月七日一降二帝宮一、命《シテ》二侍‐女《ニ》一索レ桃《ヲ》。須‐臾《ニシテ》至。盤盛二桃七‐枚《ヲ》一、母自《ラ》噉レ一《ヲ》以二五枚《ヲ》一与《フ》レ帝《ニ》。々留レ核《ヲ》著レ前《ニ》。母《カ》曰、「用此何為」。上《ノ》曰、「欲《ス》レ種《ント》レ之《ヲ》」。母笑《テ》曰、「此桃三‐千‐年《ニシテ》而著《ク》レ子《ヲ》。非《ス》二下‐土《ノ》所レ植《ル》」。

【出典】雪玉集、五五三番。古今事文類聚、後集、巻二五、桃実、方朔竊桃。

【異同】『新編国歌大観』ナシ。『新編古今事文類聚　後集』「須臾至―須臾已至」「々留核―帝留枚」「三千年而著子

――三千年一著子」。

【訳】（桃）

なおも桃の芳香を漂わせてくれ。三千年の春を重ねて（一度だけ）桃の花が咲くという（西王母の）評判のように。

事文類聚によると、西王母は七月七日に（崑崙山から）漢の武帝の住む宮殿へ降りてきて、侍女に命じて桃を探させた。侍女はすぐに（桃を探して）戻ってきた。平たく丸い大皿に桃を七つ盛り、西王母みずから二つを食べ、残りの五つを帝王に与えた。帝王は桃の種を残して、自分の目の前に置いた。（それを見て）西王母は、「それを用いて何をするのか」と帝王に尋ねた。帝王は、「この桃の種を植えようと思う」と答えた。すると西王母は笑いながら、「この桃は実をつけるのに三千年の歳月を要する。人の住む世界に植えるものではない」と言った。

【考察】西王母は西方の崑崙山に住む神女で、古くは半人半獣として描かれたが次第に美化され、漢代には女神として広く信仰された。当歌は第三句の「百年《ももとせ》」に「桃」を掛け、西王母の桃の評判が長い歳月の間絶えなかったように、今ここに漂う桃の花の芳香もずっとあり続けてほしいと願う。

（吉岡真由美）

桃花

68をのつから道有けりな山賤のそのふも桃の花をしるへに

李広伝、見右。

文選註。済曰、人皆好㆓桃‐李《ノ》之邑《ヲ》㆒、遊㆓其《ノ》下《ニ》㆒故《ニ》成《ス》㆑蹊《ヲ》。

【出典】雪玉集、四二六六番。文選、第三〇巻、雑詩下、謝玄暉、和㆓徐都曹㆒。

【異同】『新編国歌大観』ナシ。『文選』「桃李之邑―桃李之色」。

【訳】桃の花
自然と道があるのだなあ。山人の家の庭にも、桃の花をしるべにして。
　李広伝は右の通りである。(64番歌、参照)
　文選の註。呂延済によると、人々は皆、桃李の園を好むので、その木の下で遊び、そのために小道ができる。
【考察】当歌は、徳の高い人には自然に人が集まるという諺に対して、身分の低い者でも庭に桃の花があれば、自然に人が集まると詠む。「山賤《やまがつ》」は猟師や木こりなど、山に住む人。
【参考】「文選註」は、謝玄暉の漢詩「和㆓徐都曹㆒」の一節「桃李成㆓蹊逕㆒」に、呂延済が注を付けたもの。

（風岡むつみ）

三月三日

69空かけて色も匂ひも三千とせに咲てふ桃の花かつらせり
　万葉集、十九。三月三日宴歌、大伴家持。
新古今入
から人も船をうかへてあそふてふ今日そわかせこ花かつらせな
【出典】雪玉集、五五一番。万葉集、巻一九、四一五三番。新古今和歌集、春下、一五一番。
【異同】『新編国歌大観』ナシ。『万葉集』「花かつらせな—花かつらせよ」。『八代集抄』「から人も—から人の」「花かつらせな—花かつらせよ」。
【訳】三月三日
空一面に花の色も香りも満ちあふれ、三千年に一度咲くという桃の花で、花かずらを飾って遊んだなあ。
　万葉集、巻十九。三月三日宴の歌、大伴家持。
新古今和歌集に入る
唐土の人も船を浮かべて遊ぶという今日、わが友は皆、花かずらを飾って遊んでほしい。

【考察】『万葉集』は大伴家持が三月三日に自邸で行った、曲水の宴での詠歌。結句「花かつらせな」の「な」は、相手に願い勧める気持ちを表わす。三千年に一度咲く桃花については、65～67番歌参照。「三千《みち》とせ」の「みち」に「満ち」を掛ける。

（風岡むつみ）

70あひにあひて空も花にや酔のうちの光さしそふ春のさかつき

本朝文粋。三月三日詩序。菅贈大相国。春之《ノ》暮-月、月之《ノ》三-朝、天酔《リ》二于花《ニ》一。桃-李《ノ》盛《ナル也》　也云云。

【出典】雪玉集、七四七八番。本朝文粋、巻一〇、二九五番。

【異同】『新編国歌大観』「空も花にや―空の《本》花にや」。『本朝文粋』ナシ。

【訳】（三月三日）

（三月三日という）折に合って、空も桃李の花に酔っているのだろうか。夕暮の月の光がさらに射しこむ春の盃であるなあ。

本朝文粋。三月三日詩序。菅原道真。春の終りの三月、それも三日という日、天が一面に花に酔ったように紅に染まる。それは桃李が満開であるからだ云々。

【考察】出典は宇多天皇が催した三月三日の曲水の宴で、菅原道真が詠んだ詩「花時天似酔」の序。当歌は「酔のうち」に「宵のうち」、「さかつき」（盃）に「月」を掛ける。

【参考】菅原道真の詩は『菅家文草』巻五や『和漢朗詠集』（上、春、三月三日付桃、三九番）にも収められ、本文異同は見られない。

（風岡むつみ）

71色も香もあかぬ春かな鳥の跡をうつすなかれの花のさかつき

淮南子曰、昔《シ》蒼‐頡作レ書《ヲ》而天雨レ粟《ヲ》鬼夜《ル》哭《ス》。許慎《カ》曰、蒼‐頡始《テ》視《テ》二鳥‐跡《ノ》之文《ヲ》一造二書‐契《ヲ》一。則詐‐偽萌‐生《ス》
云云。

【出典】 雪玉集、五五一二番。淮南子、巻八、本経訓、三六九頁。淮南鴻烈解、巻八、本経訓、五丁裏。

【異同】『新編国歌大観』ナシ。『淮南鴻烈解』「昔蒼頡―昔者蒼頡」「許慎曰―（ナシ）」。

【訳】（三月三日）

色も香も飽きることのない春であるなあ。鳥の跡を写して漢字が作られたが、その漢字を写して漢詩を詠む曲水の流れに、花の宴の美しい杯が流れてくるよ。

淮南子によると、昔、蒼頡が初めて文字を作ると、天は粟の雨を降らせ、鬼は夜泣きした。許慎によると、蒼頡が初めて鳥の足跡の文様を見て文字を作った。それにより人々に、偽りの心が芽ばえた云々。

【考察】 当歌は、三月三日に行われた曲水の宴の様子を詠む。参会者は庭園の曲水の流れに沿って所々に座り、上流から流される杯が自分の前を通り過ぎないうちに詩歌を詠じ、杯を取り上げて酒を飲む。

【参考】「鳥の跡をうつす」に、鳥の跡を写して漢字が出来たことと、曲水の宴で漢字を紙に写すことを掛ける。許慎は後漢の人。彼の著書である中国最古の文字学書『説文解字』の序にも、黄帝の臣であった蒼頡が鳥跡を見て文字を創作したことは書かれているが、「許慎曰」以下の本文は見当たらない。

（城阪早紀）

春神祇

72 柏玉 石清水その神わさのそのかみに今たにかへす袖の春風

公事根源云、石清水臨時祭、まつ二月の頃より、奉行の蔵人、使、舞人を申さたむ。中の辰の日、試楽の事有云々。中略 竹台の下にて、竹の枝を折てかさしにさす。仁寿殿の廊の下よりすゝみて、御

前につらなりたつ。陪従、近衛の召人、求子うたひ、笛、篳篥の音をあはす。舞人まひおはりて、
大比礼かへしうたひて、舞たえすしてまかりいつ云々。

【出典】 柏玉集、一八七七番。公事根源、五五、石清水臨時祭。

【異同】『新編国歌大観』「かへす―かへせ」「春風―はつかぜ」。『公事根源』「求子うたひ、笛―求子うたひ、こと、笛」。

【訳】 春の神祇

石清水八幡宮はその昔、あの神業を成し遂げた神に、今でもなお舞人が袖をひるがえして舞い、その袖が春風にひるがえっているなあ。

公事根源によると、石清水臨時祭は、まず二月の頃より奉行の蔵人・祭使・舞人を定める。中の辰の日に、祭当日に社頭にて行う舞楽を、主上の御前で試みる云々。中略清涼殿の東庭にある竹を植えた台《うてな》の下で、竹の枝を折って舞人の冠に挿す。仁寿殿の廊のもとより進み、御前に列をなして立つ。（舞人に従い歌を歌い笛を吹き琴を弾く）陪従や、近衛司の将曹府生で音楽に堪能な者たちが、東遊の「求子」を歌い、笛と篳篥の音を合わせて奏でる。舞人が舞い終わると、東遊の終わりに歌う「大比礼かへし」を歌って、舞いながら退出する云々。

【考察】 石清水臨時祭は、朱雀天皇の天慶五年（九四二）、承平・天慶の乱平定の報賽のために臨時に行われたのが始まりで、のち恒例となる（63番歌、参照）。東遊は、東国の風俗歌に合わせて舞うものであったが、平安時代には宮廷に取り入れられ貴族や神社の間でも行われるようになった。当歌は第二句「その神業《かみわざ》」に「その上《かみ》」（昔の意）を掛ける。

（城阪早紀）

春居処

73花あれはよるも入来てとさしせぬ世を光なる春の家〳〵

白氏詩。遥見《ニテ》二人-家《ヲ》一花《アレハ》便《チ》-入《ル》。

【出典】雪玉集、六三二一番。白氏文集、巻六六、又題一絶、三七五頁。【異同】『新編国歌大観』『白氏文集』ナシ。

【訳】春の居るところ

花が咲いていれば、夜でも入って来られるように戸を閉ざすこともしない、平和な世を光とする（ので灯火が要らない）春夜の家々だなあ。

白氏文集。遥かに人の家を見て花が咲いていれば、すぐに入る。

【考察】「世を光」にするとは、灯りが無くても世の安泰がその代わりになること。治安が良いため灯火を必要としないこと。

【参考】漢詩の全文は、「貌随年老欲如何、興遇春牽尚有余、遥見人家花便入、不論貴賤与親疎」（容貌は一年増しに老衰してどうにもし難いが、春になると余りあるほどの感興に引かれる。遥かに人の家を見て花が咲いていれば、貴賤親疎に関わらず入りこんで見る）である。第三・四句は、『和漢朗詠集』（上、春、花付落花、一一五番）にも採録。

（城阪早紀）

春海

74とこよにもゆかはやゆかん水の江のうら、なる日のあまの釣舟

日本紀。大-泊-瀬幼-武《ノ》天皇二十二年、秋七月、丹後《ノ》国余社《ノ》郡管川《ノ》人、水-江《ノ》浦嶋子、乗レ舟而釣、遂得二大亀《ヲ》一。便《チ》化《シテ》為《レリ》レ女《ト》。於レ是浦嶋子、感《シテ》-以為レ婦、相-逐《テ》入レ海《ニ》到二蓬莱山一歴二観仙衆一。語《ハ》在二別-巻《ニ》一云云。

【出典】雪玉集、四一九四番。日本書紀、巻一四、雄略天皇、二〇六頁。

【異同】『新編国歌大観』「春海―海」。『日本書紀』「丹後国―丹波国」。

【訳】春の海（海の向こうにあるという）常世の国にも、もし行くならば行けるだろう。水の江の入江がのどかな春の日に、漁師の小さな釣り舟で。

日本書紀。大泊瀬幼武天皇の二十二年、秋の七月に、丹後国余社郡管川の人、水江浦嶋子は、舟に乗り釣りをして大亀を得た。大亀はたちまち女になった。浦嶋子は心ひかれて妻にし、あとを追って海に入り、蓬萊山に着いて、仙衆《ひじりたち》を見て廻った。この話は別巻にある云々。

【考察】当歌は長い春日を、のどかな春の日には蓬萊までも行けそうだ、と表現する。

【参考】「余社」は「与謝」に同じ。もと丹波国の管下にあったが、和銅六年四月に与謝郡を含む五郡とともに分かれて丹後国となる。神仙郷に渡ったという浦嶋子伝説は、『万葉集』巻九「詠㆓水江浦嶋子㆒一首幷短歌」一七四〇・一七四一番と、『丹後国風土記』（286番歌）に見られる。書名索引の「浦嶋子伝」参照。

（松井佑生）

春声

75 花《柏玉》に鳴初うくひすの声はかり我うち出ん言のはそなき

古今序。やまと歌は人の心をたねとして、よろつの言のはとそなれりける。世の中に有人、ことわさしけき物なれは、心に思ふことを、みる物、きくものにつけて、いひ出せるなり。花になくうくひす、水に住蛙の声をきけは、いきとしいける物、いつれか歌をよまさりける。

【出典】三玉和歌集類題、雑上、春声、柏玉集。古今和歌集、仮名序、一七頁。

【異同】『三玉和歌集類題』『八代集抄』ナシ。

【訳】　春の声

花間にさえずり春を告げるうぐいすの初声に劣らないほどの、私の口から出るような言葉はないなあ。

古今和歌集の仮名序。やまと歌とは、人の心を種にたとえると、（それから生じて口に出て）無数の葉、言の葉となったのである。この世に暮らしている人々は、さまざまの事にたえず接しているので、心に思うことを見たこと聞いたことに託して言い表わしたもの（が歌）である。花間にさえずる鶯、清流に棲む河鹿の声を聞けば、生を営むものにして、どれが歌を詠まなかっただろうか。

【考察】『古今和歌集』仮名序は、和歌とは何かについて述べた箇所であり、生きているもので歌を詠まないものはないと説く。当歌は、鶯の初声ほど優れた歌は作れない、と詠む。『古今和歌集序聞書三流抄』など中世に成立した『古今和歌集』の注釈書には、鶯も和歌を詠む例として、鳴き声を漢字の音読みに当てはめると漢詩になり、それを翻訳すると和歌になった、という説話が見られ、その話は『曽我物語』や謡曲などにも引用されている。

（松井佑生）

春祝

76春の水春の風もやおさまれる世の声そへてのとか成らん

白氏文集。春-風春-水一-時《ニ》来。

【出典】雪玉集、四二三〇番。白氏文集、巻五八、府西池、二〇一頁。【異同】『新編国歌大観』『白氏文集』ナシ。

【訳】　春の祝

春の雪解けの水も春風も、平穏になった世の声が加わって、穏やかになったのだろうか。

白氏文集。春の風と春の雪解けの水は同時に来る。

【考察】平和な世には風も静かに吹く。「王充、論衡曰、太平之《ノ》世、五-日一風、十-日一雨、風不レ鳴レ枝《ヲ》、雨不レ破レ塊ヲ」（734番歌、参照）。

【参考】「をさまれる世の声」で始まる和歌は、『柏玉集』に二首ある（二七番、一九〇四番）。

（牛窓愛子）

春野

77名のみしてとふ火も見えす春日野や風しつか成御代の春哉

続日本紀曰、元明天皇、和銅五年正月、廃シテ二河内国高安烽ノ一始テ置二高見烽及大和国春-日烽ノ一以テ通二平-城一也。

史記、周本紀曰、幽王為二燧燧太鼓ヲ一有二寇-至一則挙二烽火ヲ一。諸-侯悉ク至ル云云。正義曰、昼-日ニハ燃レ烽以望二火-煙ヲ一夜ハ挙テレ燧ヲ以望ム二火-光ヲ一也。

【出典】 雪玉集、六〇〇五番。続日本紀、元明天皇、和銅五年正月。史記、周本紀、一九九頁。史記正義、周本紀。

【異同】『新編国歌大観』『史記正義』（四庫全書）ナシ。『続日本紀』「大和国―大倭国」。『史記』「燧燧―燧烽」。

【訳】 春の野

飛火野《とぶひの》という名前だけで烽火《のろし》も見えない春日野であるなあ。風も静かな天皇の治世の春であることよ。

続日本紀によると、元明天皇の和銅五年（七一二）正月、河内国高安の烽を廃止して、初めて高見の烽と大和国春日野の烽を置くことで、平城京に連絡を通じさせた。

史記、周本紀によると、幽王は烽火と太鼓を造らせて、寇の侵入があると烽火を挙げ、すべての諸侯に連絡するようにした云々。正義によると、昼間は烽を燃やすことで煙を望見し、夜間は燧を挙げて火の光を望見する。

【考察】 春日野（奈良市春日山の裾野）の飛火野《とぶひの》には烽火台が置かれていたが、それが機能することもない平和な時代を詠む。当歌の第二句「飛ぶ火」（狼煙《のろし》の意）に地名を隠す。下の句の出典は76番歌、参照。

春獣

78鹿をさして馬ともけにそ夕霞三笠の野への遠きよそめは

史記曰、趙‐高欲《ス》レ為《ントヲ》レ乱。恐二群‐臣不一レ聴、乃先《ツ》設レ験《ヲ》持レ鹿《ヲ》献《シテ》二於二‐世《ニ》一曰、「馬也」。二‐世笑《テ》曰、「丞‐相誤《カ》邪、謂《テ》レ鹿《ヲ》為レ馬」。問二左‐右《ニ》一、左‐右或《ハ》黙《シ》、或《ハ》言《テ》レ馬《ト》、以《テ》阿‐二順《ス》趙‐高《ニ》一云云。

（牛窓愛子）

[出典] 雪玉集、六〇〇九番。史記（本紀　上）一、秦始皇本紀第六、三八一頁。

[異同]『新編国歌大観』ナシ。『史記』「於二世—于二世」。

[訳]　春の獣

鹿を指して馬と言ったのも、なるほどだなあ。夕方、霞に覆われた三笠の野を遠くから見ると（鹿が馬に見えるなあ）。

史記によると、趙高は反乱を起こそうと思った。群臣が自分の意見を聴き入れないのではないかと心配し、まず試してみようと思い、鹿を二世に献じて、「これは馬です」と言った。二世は笑って、「丞相《じょうしょう》は間違ったのではないか。鹿を馬だと言って」と言い、左右の臣下たちに問うと、左右の臣下たちのある者は沈黙したままであり、ある者は馬だと言って趙高にへつらい従った云々。

[考察] 趙高は秦の宦官で、始皇帝の死後、李斯《りし》と共に始皇帝の長子扶蘇《ふそ》を殺し、次子の胡亥《こがい》を二世皇帝とした。当歌は、趙高が馬を鹿だと言って、その反応から敵味方を判別しようとした『史記』の一節を踏まえ、遠目で見ると三笠の野（春日山の西峰である三笠山の裾野）にいる鹿も馬に見えることを詠む。「げにぞ夕霞」の「夕《ゆふ》」に「言《ゆ》ふ」を掛ける。

（植田彩郁）

春歌中　住吉法楽云々

79百千とりさこそはあまのさへつりも春のうみへのうら〳〵なる空

すまの巻。あまともあさりして、かいつ物もてまゐれるを、めし出て御らんす。浦にとしふるさまなど、とはせたまふに、さま〳〵やすけなき身のうれへを申す。そこはかとなくさへつるも云々。

【出典】雪玉集、七一七五番。源氏物語、須磨巻、二一四頁。【異同】『新編国歌大観』『湖月抄』『承応』ナシ。

【訳】春歌の中　住吉法楽云々《うんぬん》

百千鳥が空でのどかに囀《さえず》るように、海人たちの喋《しゃべ》り声も朗らかであるのは、さぞかし春の海辺がうららかだからだろう。

須磨の巻。海人たちが漁をして、貝の類を持参するのを、（光源氏は）お呼び出しになってごらんになる。海辺で長年暮らしている様子などを（光源氏が）尋ねさせなさると、いろいろ苦労の多い身の上のつらさを申しあげる。何やら分からぬことを、とりとめもなく喋っているのも云々。

【考察】『源氏物語』は、須磨にいる光源氏を頭中将が訪問し、料理に使う貝の類を持参した海人たちに光源氏が暮らしの様子を尋ねた箇所。「百千《ももち》鳥《どり》」は古今伝授の中の三鳥の一つで、和歌の神を祭った住吉大社にふさわしい。『三玉挑事抄』が詞書に「住吉法楽云々」とわざわざ記した意図を汲み取ると、当歌の第四句「春の海辺」は住吉の社前に広がる浜辺を指し、そこの海辺だから住吉明神に守られて「うらら」である、と読める。

【参考】「百千鳥さへづる春は物ごとに改まれども我ぞ古《ふ》り行く」（古今和歌集、春上、二八番、よみ人知らず）。

（植田彩郁）

春

宇津山

80あふ人も夢路はかりのうつの山わか入みちはくらき霞に

いせ物語云、行〱て、するかの国にいたりぬ。宇津の山にいたりて、わかいらんとする道は、いとくらふ細きに、蔦楓は茂り、物こゝろほそく云々。

【出典】 雪玉集、五〇七五番。伊勢物語、九段。

【異同】 『新編国歌大観』「くらき―くらき《ふかイ》」。『伊勢物語拾穂抄』ナシ。

【訳】 春の宇津の山

あの人に会えるのも夢の中だけで、これから自分が入ろうとする宇津の山辺の道は暗い霞に（覆われていて）。

伊勢物語によると、（一行は）旅を続けて駿河の国に着いた。宇津の山に来てみると、これから自分が入ろうとする道はとても暗く細いうえに、蔦や楓は茂り、なんとなく心細く云々。

【考察】 『伊勢物語』は、我が身を無用のものと思いこみ東国へ旅に出た男が、駿河の国に着き宇津の山を越えようとする箇所。そのとき男が詠んだ和歌「駿河なるうつの山辺のうつゝにも夢にも人に会はぬなりけり」も、当歌は踏まえている。

（植田彩郁）

款冬

81花の中にひとへに菊のたくひとや咲山吹に春もくれけり

元稹詩。不二是レ花ノ中ニ偏ニ愛スルニレ菊ヲ、此花開テ後更ニ無ケレハ也レ花。

【出典】 雪玉集、四八八八番。和漢朗詠集、上、秋、菊、二六七番。**【異同】** 『新編国歌大観』『和漢朗詠集』ナシ。

【訳】 山吹

（山吹は）花の中ではまったく菊と同類なのだろうか。（菊が散ると秋が暮れるように）山吹が咲いて春も暮れたなあ。

元稹の詩。私は多くの花の中でも、菊だけを愛するわけではない。（でもやはり菊に特別の思いを寄せるのは、）

この花の咲いた後に、来年の春までほかには花らしい花がないからだ。

【考察】歌題の「款冬《かんとう》」は山吹の異名。「花開後」の箇所、『元氏長慶集』には「花開尽」とある。この異同に関して北村季吟『和漢朗詠集註』には、「或記云、嵯峨隠君子ノ琴ヲヒキケルニ元慎ガ霊ノアラハレテ云ケルハ、「後ノ字ハアヤマリナリ。此花開尽トアルベキナリ」ト云シ云云」とある。

（大八木宏枝）

折款冬

82雨にきるみのなしとてや山吹の露にぬるゝは心つからを

後拾遺和歌集云、小倉の家に住侍る頃、雨のふり侍りける日、みのかる人の侍りければ、山吹の枝を折て、とらせて侍りけり。心もえてまかり過て、またの日、山吹心えさるよし、いひおこせて侍りけるかへしに、いひつかはしける。兼明親王。

七重八重はなはさけとも山吹のみのひとつたになきそあやしき

【出典】雪玉集、二六六六番。後拾遺和歌集、雑五、一一五四番。

【異同】『新編国歌大観』ナシ。『八代集抄』「住侍る頃―すみ侍ける比」「ふり侍りける日―降ける日」「山吹心えさるよし―やま吹の心もえさりしよし」「兼明親王―中務卿兼明親王」。

【訳】山吹を折る

雨の時に着る蓑《みの》がないからだろうか。実のない山吹が露に濡れているのは自分のせいであるよ。

後拾遺和歌集によると、小倉の家に住んでいました頃、雨が降っていました日に、蓑を借りる人がいましたので、山吹の枝を折って持たせました。（山吹の枝を与えた）意味が理解できないまま去りまして、またの日に、山吹の意味が理解できない旨を言い寄越して来ました返しに詠んで送った。兼明親王。

山吹の花は七重にも八重にも咲くけれども、実の一つすら付かないのは奇妙なことだ。貸せる蓑が一つもないのはおかしなことだ。

【考察】『後拾遺和歌集』の和歌は「みの」に「蓑」と山吹の「実の」を掛け、山吹の枝を渡したのは蓑がないからだと打ち明けたもの。当歌はそれを踏まえ、山吹が露に濡れるのは「実の」ない花、すなわち「蓑」がない花だからだと詠む。

（大八木宏枝）

春歌中

83おろかなる心の水のかはつまて言葉の花はしるかとそ聞

古今序。まへにしるし侍り。

【出典】雪玉集、四三六九番。【異同】『新編国歌大観』ナシ。

【訳】春歌の中

愚かな心の持ち主である水に棲む蛙の声までもが、ことばの花である和歌を知っているかのように聞こえる。

古今和歌集の仮名序。前に記しています。（75番歌、参照）

【考察】「言葉の花」には、修辞を凝らした華やかな言葉という意味もあるが、ここでは和歌を指す。

（吉岡真由美）

松藤

84雲をしのく松のうへなる藤の花水なき空の波かあらぬか

李白。南軒有㆓孤松㆒、柯-葉自綿-冪《ス》。何当凌雲霄、直上数千尺。

【出典】雪玉集、五八四番。李太白詩、巻二四、南軒松。【異同】『新編国歌大観』『李太白詩』ナシ。

【訳】　松と藤

雲を押しのけるような立派な松の上に藤の花が咲いている。その藤波は水がない空に波があるのか、と見間違えるほどだ。

【考察】「南軒松」は李白が孤松を賞賛して、その長寿を祝した詩。当歌の第四句「水なき空」の典拠は、「さくら花ちりぬる風のなごりには水なき空に波ぞ立ちける」（古今和歌集、春下、八九番、紀貫之）による。

（吉岡真由美）

惜春不駐

85しはしとて入日をまねく玉ほこの道たにもなくくるゝ春かな

淮南子曰、魯‐陽‐公与レ韓搆レ難《ヲ》、戦酣《ニシテ》日‐暮。援《テ》レ戈《ヲ》而揮レ之《ヲ》、日‐反《ルコト》三‐舎。

【出典】雪玉集、五九五番。淮南子、巻六、覧冥訓、二九二頁。

【異同】『新編国歌大観』ナシ。『淮南子』「援戈而揮之—援戈而撝之」「日反三舎—日為反三舎」。

【訳】　春を惜しむに留まらず

もう少しだけと思って、暮れていく日を招きよせる戈という手立てすらなく、暮れてゆく春であるなあ。

淮南子によると、楚の魯陽公が韓と戦っていたとき、まだ戦の最中だというのに日が暮れようとした。そこで戈を手に持ってぐるりと廻すと、太陽が三十度ほど元に戻った。

【考察】『淮南子』の逸話は、人が誠意を尽くせば、その心は天をも感動させ、両者は共鳴できることを説いた一例。当歌の第三句「玉ほこの」は「道」にかかる枕詞で、「ほこ」に「戈」を掛ける。

惜春似友

86と丶まらぬ恨を春にかくしてもなをその人としたふ空かな
論語。匿《シテ》レ怨《ヲ》而友《トスルハ》二其人《ヲ》一、左丘明恥レ之《ヲ》。丘亦《モ》恥《ツ》レ之《ヲ》。

【出典】雪玉集、五九四番。論語、公冶長第五、一一〇頁。【異同】『新編国歌大観』『論語』ナシ。

【訳】春を惜しむ思いは、友に似る。

（春が）とどまらない恨みを（過ぎ去る）春に隠しても、それでもやはり（春を）友人のように慕う空であるなあ。論語。心の底に怨みを抱きながら表面だけ友達づきあいをするのを、左丘明は恥じたというが、私もまた、これを恥ずかしいと思う。

【考察】『論語』は、孔子が弟子たちの賢否や得失を語りながら、その信じるところを述べた箇所。

（吉岡真由美）

（風岡むつみ）

暮春盃

87人ならはともに涙のわかれちにす丶めやせまし春のさかつき
白氏文集。酔《テ》悲《ノ》涙灑《ク》二春-坏《ノ》中《ニ》一。

【出典】雪玉集、六一一番。白氏文集、巻一七、律詩、十年三月三十日別二微之於灃上一、十四年三月十一日夜、遇二微之於峡中一、停二舟夷陵一、三宿而別。言不レ尽者以レ詩終レ之。因賦二七言十七韻一以贈、且欲下記二所レ遇之地与二相見之時一、為中他年会話張本上也。一一三頁。

【異同】『新編国歌大観』ナシ。『白氏文集』「酔悲涙灑春坏中―酔悲灑涙春盃裏」。

【訳】暮春の盃

（もし春が）人ならば、一緒に涙にくれる別れ路で勧めればよかろうか。春の杯を。

　白氏文集。酔って悲しみの涙を、春の杯の中にそそぐ。

【考察】『白氏文集』は元和一〇年三月三〇日、白居易が澧水のほとりで元微之と別れたが、四年後の三月一一日夜、長江の峡谷で偶然再会し、舟を夷陵に停めて三泊したのち再び別れ、その時語り尽くせなかったことを書き、再び逢った時の話の種にしようとの思いから白居易が作った詩。

【参考】「御土器《かはらけ》まゐりて、「酔《ゑ》ひの悲しび涙灑《そそ》く春の盃《さかづき》の裏《うち》」ともろ声に誦じたまふ」（源氏物語、須磨の巻、二一五頁）。

（風岡むつみ）

暮春

88おもかけを花に忍へは鳥もいま入ぬる雲の行ゑかなしも

【出典】雪玉集、五九九番。**【異同】**『新編国歌大観』ナシ。

【訳】　暮春

（散り果てた）桜花の面影を（峰の白雲に見て）偲んでいると、鳥もまさに今、雲の中へと姿を消してしまい、春も立ち去り、せつないなあ。

【考察】歌題の「暮春」は、春の終わりの三月の異称。当歌は、91番歌に掲載する『和漢朗詠集』の「鳥入雲」の表現を用いて、過ぎ去る春を惜しむ。初二句は、「面影に花の姿を先立てて幾重越え来ぬ峰の白雲」（新勅撰和歌集、春上、五七番、藤原俊成）や、「散る花の忘れ形見の峰の雲そをだに残せ春の山風」（新古今和歌集、春下、一四四番、九条良平）などを踏まえた表現。

（城阪早紀）

89雲に入わかれを鳥に恨ても音にもやたてん春のくれかた

【出典】雪玉集、三三七二番。【異同】『新編国歌大観』ナシ。

【訳】（暮春）

雲に入っていく鳥（そして春）との別れを恨んでも、もう鳴き声も聞けず、声に出して泣くこともできないだろう、春の暮れ方よ。

【考察】当歌も88番歌と同様に「鳥入雲」を踏まえ、惜春の感傷を詠む。第四句「音にもやたてん」の「音」は、鳥の鳴き声と人の泣き声を表わす。

（城阪早紀）

春帰日復暮

90くれにけり春よいつくにゆく鳥の入相のかねの峰のしら雲

【出典】雪玉集、三〇六九番。【異同】『新編国歌大観』ナシ。

【訳】春は過ぎ去り、日もまた暮れる

春は暮れてしまったなあ。春はどこに行き、鳥もどこへ行ってしまったのか。暮れ方の鐘が聞こえる山の頂にかかる白雲の中に入ったのだろうか。

【考察】当歌は第二・三句に「春よいづくに行く」と「いづくに行く鳥」を重ね、「鳥の入相のかね」に「鳥の入」（鳥が雲の中に入る。出典は91番歌の「鳥入雲」）と「入相の鐘」を掛ける。

【参考】歌題は『白氏文集』巻一〇「送春」の冒頭部分、「三月三十日　春帰日復暮　惆悵問春風　明日応不住（三月三十日、春は過ぎ去り、日もまた暮れていく。私は悲しみで胸がいっぱいになって春風に尋ねてみた。おまえはきっと明日の朝はここに留まってはいないのだろうな、と）」の一節による。

（城阪早紀）

三月尽夕

91鳥もみな雲に入日の影きえてむなしき春を猶やなかめん
朗詠集。留《ルニ》レ春不レ用二関城固《ノ》《ヲ》一、花《ハ》-落《テ》随レ風《ニ》鳥《ハ》入レ雲。

【出典】雪玉集、六一六番。和漢朗詠集、上、春、三月尽、五五番。【異同】『新編国歌大観』『和漢朗詠集』ナシ。

【訳】三月末日の夕べ
鳥もすべて雲の中に入り、夕日の光も消えて、何もなくなってしまった春を、それでもやはり眺めようか。

和漢朗詠集。過ぎゆく春を引きとめるには、関所や城門の固めは何の役にも立たない。花は風のまにまに落ち尽くし、鳥は雲の彼方に姿を消して（鳴き声も聞こえなくなって）しまう。

【考察】当歌は「雲に入日」に「（鳥が）雲に入る」と「入日」を掛ける。61番歌、参照。

【参考】「花は根に鳥は古巣に帰るなり春のとまりを知る人ぞなき」（千載和歌集、春下、一二二番、崇徳院）。

（城阪早紀）

三月尽

92よもすからおきゐてしたへ暁のかねよりさきは猶春そかし
賈嶋。三月正当三十日、風光別《ル》。我《カ》苦-吟《ノ》身《ニ》共《ニ》レ君《ト》今-夜不レ須《モチヒ》レ睡《ルコトヲ》。未レ到二暁-鐘一猶《ヲ》是-春。

【出典】雪玉集、六五九一番。賈浪仙長江集、巻一〇、三月晦日贈劉評事。

【異同】『新編国歌大観』「さきは―前は」。『賈浪仙長江集』ナシ。

【訳】三月末日
（三月最後の日には）一晩中起きていて春を愛惜しなさい。夜明けの鐘が鳴るより前は、まだ春なのだから。

賈《か》嶋《とう》。三月のちょうど三十日、春の美しい自然のながめに別れを告げた。苦心して詩を作っている我が身は、あなたと一緒に今宵は眠らないでいよう。まだ夜明けを知らせる鐘の時刻になっていないので、今もなお春なのだから。

【考察】 当歌は、夜が明けて四月になれば夏になるので、三月最後の夜は春を愛でて眠らないでいよう、という賈浪仙の詩を踏まえて詠む。

（松井佑生）

夏部

首夏

93南よりかほり来にけり花さそふ風のやとりやそなた成らん
　南風歌。南風之薫兮可㆔以解㆓吾民《カノ》之慍《ヲ》。

【出典】三玉和歌集類題、夏、首夏、雪玉集。円機活法、巻一、天文門、夏風。

【異同】『三玉和歌集類題』ナシ。『円機活法』「吾民之慍―吾民之慍兮」。

【訳】夏の初め
南から夏の薫りが吹いてきたなあ。春の花を散らす風が今夜泊まるのは、そちらの方角（南）であろうか。

　南風の歌。南風の薫りよ、それはわが民の怒りも解きほぐしてくれる。

【考察】当歌は、初夏の南風が花の香りを帯びているのは、春の花を散らした風の宿りが南にあるからだろうか、と詠む。「花散らす風のやどりは誰か知る我に教えよ行きて恨みむ」（古今和歌集、春下、七六番、素性法師）も踏まえる。

【参考】引用された漢詩は、「南風之時兮可《シ》㆔以阜《ニス》㆓吾民之財《ヲ》㆒兮」（時をたがわず吹きくる南風よ、それはわが民の財を豊かにしてくれる）と続き、草木を育成する夏風を名君の徳治にたとえる。「南風歌」は、『礼記』楽記第一九「昔者舜作㆓五絃之琴㆒、以歌㆓南風㆒」によると舜帝の作。ちなみに『うつほ物語』で天人が俊蔭に与えた三〇張の琴のうち、最上の二つには天人が南風《なんふ》・波斯風《はしふ》と名づけた（俊蔭の巻、三〇頁）。


（松井佑生）

首夏朝露

94花にあかぬたか涙をかそゝくらん青葉露けき朝ほらけ哉
杜詩。感レ時花《ニモ》 濺《ク》レ涙《ヲ》。

[出典] 三玉和歌集類題、夏部、首夏朝露、雪玉集。杜律集解、巻一、春望。
[異同] 『三玉和歌集類題』『杜律集解』ナシ。
[訳] 夏の初めの朝露

春の花に名残を惜しみ、誰が涙を流しているのだろうか。初夏の青葉が露に濡れている明け方であるなあ。
杜甫の詩。世のありさまに感じては、花を見ても涙をそそぐ。

[考察] 杜甫の詩では、平素は楽しむべきものである花も、国が荒れた状況下で見れば涙が流れ落ちると歌う。当歌は、初夏の朝の青葉についた露を、春を名残惜しく思う人の涙になぞらえる。

（松井佑生）

更衣

95夏ころもよしや卯花橘の色もにほひも染てきましを
桃花蘂葉云、下襲色、卯花同レ柳。盧橘《ハ》表朽葉、裏青、五月云云。

[出典] 雪玉集、六八七番。桃花蘂葉、胡曹抄、夏冬下襲色事。
[異同] 『新編国歌大観』「色もにほひも―にほひもいろも」。『桃花蘂葉』ナシ。
[訳] 衣替え

夏の衣は、えい、ままよ、卯花襲にも橘襲にも色を染め、薫らせて着ようものを。
桃花蘂葉によると、下襲の色で、卯花襲は柳襲に同じ。橘襲は表が朽葉色、裏が青色、五月の色である云々。

【考察】当歌は夏の訪れを喜ぶ思いを、夏の衣をどうしようかと迷い、全部まとめて着られたらよいのに、と表現する。

【参考】当歌の注釈は『桃花蘂葉』と合わせて収録された『胡曹抄』からの引用（『改定 史籍集覧』27、二八七頁）。

（牛窓愛子）

傾心向日葵

96君をあふく心をとは、あふひ草むかふ日影をさしてこたへん

説文曰、黄‐葵常ニ傾レ葉ヲ向レ日ニ不レ令レ照二其ノ根ヲ一。

【出典】雪玉集、三〇七三番。円機活法、巻一九、百花門、黄葵。【異同】『新編国歌大観』『円機活法』ナシ。

【訳】向日葵《ひまわり》に心を傾ける

君主を敬う私の心を問うならば、向日葵が向かう太陽を指さして答えよう。

説文解字によると、向日葵は常に葉を傾け太陽に向かい、その根を日光に照らさない。

【考察】当歌は君主を敬う心を、太陽に向かう向日葵に見立てて詠む。「葵傾」は君主の徳を仰ぎ慕う例え。「傾心向日葵」は『白氏文集』巻一三「代書詩一百韻寄微之」の一句で、心は向日葵のようにいつも天子の方を向いている、という意味。

【参考】『説文解字』（四庫全書）には該当する本文は見られないが、後世の文献には「説文」にあるとされる。

（牛窓愛子）

夏歌中

97階のもとの花もこそさけ卯花のわれのみ夏の折えかほなる

白氏詩。階ノ‐底ノ薔‐薇ハ入レ夏ニ開ク。

【出典】雪玉集、七六八〇番。白氏文集、巻一七、薔薇正開、春酒初熟。因招劉十九・張大・崔二十四同飲。五七頁。

【異同】『新編国歌大観』『白氏文集』ナシ。

【訳】夏歌の中

階段のもとの（薔薇の）花が咲くと困るのに、夏になって卯花は自分だけが時を得たように咲いているなあ。

　白居易の詩によると、階段のもとの薔薇は夏に入ると咲く。

【考察】当歌は、他の花を圧倒して勝ち誇って咲いている卯の花に対して、薔薇が咲くと世人の興味は薔薇に奪われるぞ、と警告する。第二句の「もこそ」の語意は、…すると大変だ。結句の「折得顔」は、「折知り顔」（時節をよく知っているような顔つき）の類語。

（牛窓愛子）

98わすれては小野の細道ふみ分し雪かとそおもふさける卯花

　いせ物語云、むつきにおかみ奉らんとて、小野にまふてたるに、ひえの山の麓なれは、雪いと高し。しゐて、みむろにまふてゝおかみ奉るに云々。下略

　わすれては夢かとそおもふ思ひきやゆきふみ分て君をみんとは

【出典】雪玉集、三七七六番。伊勢物語、八三段。【異同】『新編国歌大観』『伊勢物語拾穂抄』ナシ。

【訳】（夏歌の中）

ふと現実を忘れて、小野の細道を踏み分けた雪か、と見間違えそうなほど、卯の花が咲いているなあ。

　伊勢物語によると、正月に（馬の頭が出家した惟喬親王に）拝謁しようとして、小野に参上したところ、比叡山の麓なので、雪がたいそう高く積もっている。雪の中をおして、ご庵室に参上して拝顔すると云々。下略

（今のお姿を拝していると、ふと現実を）忘れて、夢を見ているのかという気がする。思ってもみなかったなあ。深い雪を踏みわけて、わが君にお会いしようとは。

【考察】当歌は、馬の頭（業平）が雪をかき分けて小野を訪れ「忘れては…」と詠んだ箇所を踏まえ、白い卯の花が雪と見間違えそうになるほど咲いている様を詠む。

【参考】「忘れてはいづれの年の雪ぞともわかぬ籬や咲ける卯の花」（雪玉集、籬卯花、六九八番）。

（植田彩郁）

菖蒲草

99 柏玉 ちかやふくむかしの宿をわすれすはねなから軒のあやめをもみん

事文類聚続集。堯之有二天下一也、堂高ノ三‐尺采‐椽不レ劉茅‐茨不レ剪。

【出典】柏玉集、四九四番。古今事文類聚、続集巻五、堯土階。

【異同】『新編国歌大観』ナシ。『古今事文類聚』「采―采」「劉―斲」。

【訳】　菖蒲草

茅葺《かやぶき》屋根の昔の住処を忘れなければ、軒先の根が付いた菖蒲も寝ころびながら見られるだろう。

古今事文類聚、続集。堯が天下を治めていたときは、高さが三尺ある建物で丸太の垂木《たるき》に鉋《かんな》もかけず、茅葺《かやぶき》屋根の端も切りそろえなかった。

【考察】端午の節句には、邪気を払うために菖蒲や蓬を軒に挿す風習がある。また、歌合のように左右に分かれ、菖蒲の根の長短を競う「根合《ねあはせ》」という遊戯も行われた。当歌は第四句「ねながら」に「寝ながら」と「根ながら」を掛ける。「采椽《さいてん》」は山から切り取ったままの木を材料として作った垂木で、転じて質素な建物のたとえ。

【参考】「堯之王二天下一也、茅茨《ばうし》不レ翦《きラ》、采椽《さいてん》不レ斲《けづラ》」（韓非子、五蠹第四九）。当歌の初句は、版本『柏玉集』では

「茅かや」であるが、『新編国歌大観』では「茅がや葺く」に校訂されている。

（植田彩郁）

夏歌中

100 声をなをいかにか忍ふほと丶きす血のなみたにもなくとこそきけ

格物論曰、杜-鵑、一名ハ杜宇、一名ハ子規。三-四-月ノ間夜-鳴達且。其ノ-声哀ニシテ而吻ニ有㆑血、漬ス㆓草-木ヲ㆒。初テ-聞ク人、則有㆓離-別ノ之苦㆒。唯、田-家俟ツテ㆓其ノ-鳴ヲ㆒興ス㆓農-事ヲ㆒。其ノ音、不如帰云云。

【出典】 雪玉集、七一九〇番。円機活法、巻二四、子規。

【異同】 『新編国歌大観』ナシ。『円機活法』「夜鳴達且―夜啼達旦」「初聞人―初聞」「唯―惟」「農事―農事或以為啼苦則自懸於樹自呼謝豹思帰楽」「不如帰云云―不如帰去」。

【訳】 夏歌の中

声をまだどのようにひそめて鳴いているのだろうか、ほととぎすよ。血の涙を流して鳴くとも聞くが。

格物論によると、杜鵑は別名を杜宇、または子規と言う。三月と四月の間、夜中に鳴き、朝まで続く。その声は憂いを帯び、吻《くちさき》には血がついていて、血で草木をひたす。初めて杜鵑の声を聞く人は、離別の苦しみがあると感じる。ただ、田舎では杜鵑が鳴くのを待って農事を始める。その音は、不如帰と（鳴いているように聞こえる）云々。

【考察】 当歌は、離別の苦しみが感じられる鳴き声や、血がついているかのような口ばしを踏まえ、声をひそめて鳴くほととぎすに思いを馳せる。「血の涙」は血が出るほど深く悲しんで流す涙。その出典は410番歌に掲載。

（植田彩郁）

市郭公

101さはきたつ市をやをのか忍ひ音のかくれ家に鳴山ほと、きす

高士伝曰、毛公薛公遭二戦-国ノ之乱ニ一。二人倶ニ以二処士一、隠二於邯-鄲ノ市一。毛公隠為二博-徒ト一、薛公ハ隠二於売膠一云云。

【出典】 雪玉集、七三五番。古今事文類聚、続集、巻三、関市、隠於市。

【異同】 『新編国歌大観』『古今事文類聚』ナシ。

【訳】 市場の郭公《ほととぎす》

（毛公と薛公のように）騒がしい市場を、自分の人目を忍ぶ隠れ家にして、声をひそめて鳴いているのだろうか。山ほととぎすは。

高士伝によると、毛公と薛公は戦国の乱世に遭遇した。二人はともに処士（教養がありながら官に仕えない者）であり、（趙の首都である）邯鄲の市の中に身を隠した。毛公は博徒の中に隠れ、薛公は膠売りの中に隠れていた云々。

【考察】 当歌は市の中に身を隠す賢者に、ひっそりと初音を告げるほととぎすを重ねる。「忍び音」の意味は、人知れず声をおさえて泣くこと、また、ほととぎすがまだ声をひそめるようにして鳴く初音のこと。

【参考】 右記の漢文は『高士伝』には見当たらない。ちなみに『史記』巻七七魏公子列伝のなかで、魏の信陵君という人物が大変明敏で慈悲深く、徳の高い人物であったことを表わす逸話のひとつに、市の中に隠れていた毛公や薛公などの在野の賢人たちに信陵君が自ら会いに行き、身分を問わず交際を持ったとある。

（吉岡真由美）

郭公声老

102ほと、きすかへる山路のいまはとや声も老木の雲うつむ空

三体詩。香-山-館ニ聴二子規一詩。雲埋二老-樹一ヲ空-山ノ裏、彷彿千-声一-度飛。

[出典] 雪玉集、七三七番。三体詩、竇常、香山館聴子規。**[異同]**『新編国歌大観』「老木―老樹」。『三体詩』ナシ。

[訳] 郭公《ほととぎす》の声、老いる

ほととぎすが帰っていく山道に、「今は（もうこれでお別れだ）」と鳴く声も老いて、老木が雲に埋もれた空に響くなあ。

[考察] 三体詩。香山館でほととぎすの声を聴く詩。うっそうと茂る古木が雲に包まれている人気のない山にこだまして、さながら、数知れぬ鳴き声が一時に飛びたつかのようだ。

ほととぎすは蜀魂の故事（蜀の望帝の魂がこの鳥に化した）を踏まえて、死出の山から来て鳴く鳥とも称された。当歌は「声も老い木」に「声も老い」と「老い木」を重ねる。

（吉岡真由美）

暁月郭公

103 柏 雲にあふ暁月のほとゝきすあらぬ光をそふる声かな

古今序の詞。春の部に見えたり。

[出典] 柏玉集、四七三番。**[異同]**『新編国歌大観』「暁月郭公―暁月聞郭公」「そふる声かな―わぶる声かな」。

[訳] 暁月の郭公《ほととぎす》

夜明け前の月は雲に覆われたが、ほととぎすの鳴き声は（雲に覆われて）あるはずもない月の光を添えてくれるなあ。

[考察] 古今和歌集序は喜撰法師の歌風の曖昧さを、いつの間にか暁の雲に覆われた秋の月に例えた一節。

古今和歌集の仮名序の言葉。春部に見える。（57番歌、参照）

【参考】当歌は結句の本文に異同がある。「わぶる声かな」の場合、現代語訳は、「夜明け前の月は雲に覆われ、月の光も消えてしまい、心細く思って鳴くほととぎすの声だなあ」となる。

（吉岡真由美）

五月雨

104 はれまなき心の中の八重葎軒をあらそふさみたれの頃

蓬生の巻。浅茅は庭の面も見えす茂り、蓬は軒をあらそひて、おひのほる。葎は、西ひんかしのみかとを、とちこめたるは、たのもしけれと云々。

【出典】雪玉集、四五〇七番。源氏物語、蓬生、三二九頁。

【異同】『新編国歌大観』ナシ。『承応』「茂り―しげき」「とちこめたるは―とちこめたるぞ」。『湖月抄』「とちこめたるは―とちこめたるぞ」。

【訳】五月雨

晴れ間のない心の中は、八重葎が軒と争うまで高く生えあがる五月雨の頃のよう（に陰鬱）であるなあ。

蓬生の巻。浅茅は庭の面も見えぬくらいに生い茂り、繁茂する蓬は軒と争うまで高く生えあがる。葎が西と東の御門を閉じ込めているのは、心丈夫であるけれども云々。

【考察】『源氏物語』は、末摘花の邸宅の荒廃ぶりを述べた箇所。伸び放題の葎が門を閉ざすことは、和歌にもよく詠まれる。当歌はそれを踏まえ、心が晴れず泣き暮らしているさまを、梅雨が降り続き晴れる間がなく、生い茂る葎で閉ざされた状況に例える。

（大八木宏枝）

砌橘

105ほと丶きすをのかとこよの木末そとうへしはしるや庭の橘

日本紀、垂仁天皇。九十年春二月庚子朔、天皇命二田道ノ間守一遣二常世国一、令レ求二非時香菓《トキシクノカクノミヲ》一。今謂橘是也。九十九年秋七月戊午朔、天皇崩二於纏向宮一。時年百四十歳。冬十二月癸卯朔壬子、葬二於菅原ノ伏見陵一。明年春三月辛未朔壬午、田道間守至レ自二常世国一。則賚物《モチマテモ》也、非時香菓八竿八縵焉。

【出典】 雪玉集、七四五番。日本書紀、巻六、垂仁天皇、三三四頁。

【異同】 『新編国歌大観』ナシ。『日本書紀』「非時香菓《トキシクノカクノミヲ》―非時香菓香菓、此云二箇倶能未一」「賚―齎」。

【訳】 軒下の橘

ほととぎすは、庭に植えた木の梢を自分の寝床にしているが、それは常世の国から伝わった橘であることを知っているだろうか。

日本書紀、垂仁天皇。九十年春二月の庚子朔《ついたち》（一日）に、天皇は田道間守《たじまもり》に命じられ、常世国に派遣して、非時香菓を求めさせられた。今、橘というのはこれである。九十九年秋七月の戊午朔（一日）に、天皇は纏向宮で崩御された。時に年は、百四十歳であった。冬十二月の癸卯朔の壬子（十日）に、菅原伏見陵に葬りまつった。翌年春三月の辛未朔の壬午（十二日）に、田道間守は常世国から帰って来た。その時、持ち帰って来た物は、八竿八縵の非時香菓であった。

【考察】 田道間守が常世国から持ち帰った「非時香菓」は橘の実であり、「八竿八縵」の「竿」は串刺しにした物の助数詞、「縵」は葉のついたままの物の助数詞。和歌の世界では、ほととぎすは橘に宿るとされた。第二句「をのがとこよ」に「己《おの》が床」と「常世」を掛ける。「賚物」に「モチマテモ」という訓が付けられているが、意味不明。『日本書紀』のある伝本（寛永九年版など）には、「モチマテイタルモノ」とあり、それが一部欠落したかと考えられる。

（大八木宏枝）

早苗

106うへわたす鳥羽田のさなへはるか成みとりや洞の名を残すらん

碧洞の二字、からのふみには、いまたかうかへ侍らす。

本朝文粋、巻十。紅桜花下作応《スル》二太上法皇《ノ》製《ニ》詩《ノ》序。後江相公。臣等少《ラ》《シテ》忽《ニ》出二紅-塵《ノ》之境《ヲ》一、得《タリ》レ入《ルコトヲ》二碧-洞《ノ》之中《ニ》一云云。

【出典】雪玉集、七五五番。本朝文粋、巻一〇、二九三番。【異同】『新編国歌大観』『本朝文粋』ナシ。

【訳】早苗

鳥羽の田んぼ一面に植えられた早苗が、遠くまで広がっている。その緑は、碧洞の名声を後世に留めているのだろうか。

「碧洞」の二文字は、漢籍ではまだ調べがついていません。

本朝文粋、巻十。紅桜花の下で太上法皇の製に応じて作る詩の序。大江朝綱。私たちはしばらくして、そのまま俗世の煩わしさから脱して、超俗的な世界に入ることができた云々。

【考察】「かうがへ（考へ）」は、物事を引き比べて調べること。「紅塵」は赤い土ほこり、俗世のわずらわしさ、俗塵を意味する（607番歌、参照）。「碧洞」はそれと対比させて超俗的な世界として用いられたと思われる。当歌は漢詩を踏まえて、一面に広がる早苗の緑の美しさを碧洞に例え、かつての碧洞の名声は鳥羽田に偲ばれると詠む。「鳥羽田」は歌枕で、京都市南部の鳥羽の田んぼ。鳥羽には鳥羽上皇の離宮があり、上皇の住まいを「仙洞」と呼ぶ。

（風岡むつみ）

池蓮

107 柏 水ちかくうつめはまさる一くさの匂ひもこれか池のはちすは

梅か枝の巻。右近の陣のみかは水の辺になすらへて、西のわたとの、したより出るみきはちかふつませたまへるを、惟光の宰相の子の兵衛尉、ほりてまいれり云々。

【出典】柏玉集、五八〇番。雪玉集、四五一六番。源氏物語、梅枝巻、四〇八頁。

【異同】『新編国歌大観』『湖月抄』ナシ。『承応』「うつませたまへるを―うつませたまへるに」。

【訳】池の蓮

水の近くに埋めたので深まっている一種の薫物《たきもの》（荷葉）の匂いも、これなのかと思う、池の蓮の花の香りだなあ。

梅枝の巻。右近衛の陣の御溝水の近くに（埋めて置く例に）なぞらえて、西の渡殿の下から流れている遣水の汀近くに埋めさせておかれたのを、惟光の宰相の子の兵衛尉が掘り出して持って参った云々。

【考察】『源氏物語』は六条院で行われた薫物合わせの場面で、遣水の水際に埋めておいた薫物を光源氏が取り出させた箇所。薫物は湿気のある土の中に埋めておくと、匂いが深まる。六種《むくさ》の薫物の一つに「荷葉《かえふ》」（蓮の葉という意）があり、蓮の花の香に似せている。当歌はその荷葉《かよう》と、池に浮かぶ蓮の花の匂いを対比させて詠む。

（風岡むつみ）

閑庭瞿麦

108 おしむへきとなりもしらぬ庭の面やひとりのための床夏の花

古今集云、隣よりとこ夏の花をこひにおこせたりけれは、おしみて此歌をよみてつかはしける。躬恒。塵をたにすへしとそ―

【出典】雪玉集、六九九九番。古今和歌集、夏、一六七番。【異同】『新編国歌大観』『八代集抄』ナシ。

［訳］　閑静な庭のなでしこ

（花をやることを）惜しむに違いない隣人も知らない、庭の面に咲く、私一人のための常夏の花であるなあ。

古今和歌集によると、隣の家から常夏の花を所望する由を伝えてきた時、（花をやるのが）惜しくて（花の代わりに）この歌を詠んで送った。凡河内躬恒。塵一つ積もらせまいと（思う。咲いた時から、いとしい妻と私が共寝する床という名を連想させる、この常夏の花よ）。

（風岡むつみ）

［考察］　凡河内躬恒の和歌は、「塵をだにすゑじとぞ思ふ咲きしより妹とわが寝るとこ夏の花」。「瞿麦《なでしこ》」と「常夏」は同じ花。

蛍

109　とふほたるあつめもをかははかなくや火をとる虫の尋ねよらまし

晋書。車胤、字武子、南平人ノ、恭勤ニシテ不レ倦、博覧多通。家貧ク不二常ニ得一レ油ヲ。夏月ニハ則練嚢ニ盛二数十ノ蛍火ヲ一以照レ書ヲ、以夜ヲ継レ日ニ。

陳去非詩。陽光不二照臨一、積陰生ス二此類ヲ一。非レ無ニハ二惜ムレ死ヲ心一、素有二賊レ明ヲ意一。粉ハ穿テ二紅焰ヲ一焦レ、翅ハ撲ッテ二蘭膏ヲ一沸ク。為レ汝一傷嗟、自ラ棄テ非二天ノ棄ルニ一。

［出典］　雪玉集、三三八〇番。晋書、列伝第五三、車胤。古今事文類聚、続集、巻一八、陳去非、火蛾。

［異同］　『新編国歌大観』ナシ。『晋書』「南平人―南平人也」。曽祖浚、呉会稽太守。父育、郡主簿。太守王胡之名知人、見胤於童幼之中、謂胤父曰、『此児当大興卿門、可使専学』。胤」。『古今事文類聚』「汝―爾」。

［訳］　蛍

飛んでいる蛍も集めて置いてしまうと、つかの間の命であるなあ。（蛍の光を灯火と間違えて）火に飛びこむ虫（蛾）

が集まり近寄ってくるだろうか。

晋書。車胤は、字は武子で南平の人である。礼儀正しく慎み深い性格で、学問に飽きることなく、広く書物を読み物事に精通していた。家が貧しかったために、いつも明かり油を買えるわけではなかった。夏には絹の袋に数十匹の蛍を盛り、その光で書物を照らし、昼も夜も勉強した。

陳去非の詩。太陽の光によって照らさられることなく、陰の気が積もり積もってこの虫が生まれる。死を惜しむ心がないわけではないが、もとより火の中に飛び込む本性をもっているのだ。粉は赤い炎によって焦げ、羽は灯の油によって焼かれる。私もおまえのために（おまえのことを）ひたすら悲しく思うが、（粉を焦がしたり、羽を焼いたりするのは）自ら棄てたのであって（自分のせいであって）、天が見棄てたわけではないのだよ。

【考察】蛍も蛾も「夏虫」（夏の虫の総称）と呼ばれるが、両者を組み合わせた意外性に当歌の趣向がある。「火を取る虫」または「火取り虫」は「火蛾」と同義。和歌の用例はきわめて少ない。「身をすつるひとりむしこそあはれなれなど後の世をかくはおもはぬ」（拾玉集、夏、六二五番）、「しらず我火をとる虫の生まれきてかかる思ひに胸こがすらん」（松下集、寄虫恋、二三七三番）。

【参考】『晋書』は、貧しいために灯火用の油が買えず、蛍を集めてその光で書を読んだ晋の車胤と、雪の明かりで書を読んだという孫康の故事をもとにした「蛍雪の功」として知られる（16・273番歌、参照）。陳与義（字は去非）は南宋の詩人、元版の『簡斎詩集』三〇巻が現存するが、出典とされる漢詩は収められていない。なお同じ詩が、『全唐詩』巻六八一には韓偓の作として収録されている。

（城阪早紀）

河蛍

110 行水も涼しき影をとめきてや蛍とひかふ中川の宿

帚木巻云、「中川のわたりなる家なん、この頃、水せき入て、涼しきかけに侍る」ときこゆ。中略かせ涼しくて、そこはかとなき虫の声〳〵きこえ、蛍しけく飛まかひて、おかしき程也云々。

【出典】雪玉集、七七六七番。源氏物語、帚木巻、九二頁。【異同】『新編国歌大観』『承応』『湖月抄』ナシ。

【訳】河の蛍

流れて行く水も、涼しい影を尋ね求めてきたのだろうか。蛍が飛び交う中川の宿に。

帚木巻によると、「中川のあたりにある家が、近ごろ水を堰き入れて、涼しい木陰でございます」と（光源氏に）申し上げる。中略 風が涼しくて、どこからともなく虫の声が聞こえ、蛍もしきりに乱れ飛んで、なかなか風情のある様子である云々。

【考察】『源氏物語』は、光源氏が方違え所として中川（京極川）のわたりにある紀伊守邸へ赴いた箇所。

（城阪早紀）

野亭蛍火

111身をしるもはかなき野への草の庵にとふや蛍の石の火の影

朗詠集。白居易。石-火《ノ》光《ノ》-中《ニ》寄《ス》二此-身《ヲ》一。

【出典】三玉和歌集類題、夏、野亭蛍火、柏玉集。和漢朗詠集、下、無常、七九一番。

【異同】『三玉和歌集類題』「身をしるも―身に《をイ》しるも」「蛍の―蛍も」。『和漢朗詠集』ナシ。

【訳】野中の小家の蛍

（私は）我が身をはかないものだと知りながらも、野原の心細い草庵に（住んでいるが、そこに）飛ぶ蛍は、火打ち石の火花のようだなあ。

和漢朗詠集。白居易。（人生は）火打ち石を打ち合わせて出る火花のような一瞬の時間に、この身を寄せて（生きて）いるのだ。

【考察】『和漢朗詠集』の引用部は「蝸牛角上争何事（かたつむりの角の上のような狭く小さな所で、いったい何をあくせくと争うのであろう）」に続く一節。当歌は、蛍火を火打石の火花に重ね合わせ、「身を知るもはかなき」に「はかなき野辺の草の庵」を重ねる。

【参考】「身をしる」の例歌には、「数々に思ひ思はず問ひがたみ身をしる雨は降りぞまされる」（伊勢物語、一〇七段）がある。

（城阪早紀）

蛍似玉

112 小車の行かたてらせむは玉のよるの光も蛍にそ見る

十八史略曰、威-王与二魏《ノ》恵王一会《ス》二田于郊《ニ》一。恵王《ノ》曰、「斉有レ宝乎」。王曰、「無《シ》レ有《ルコト》」。恵王《ノ》曰、「寡-人《カ》国雖レ小猶《ヲ》有下径《リ》寸之珠照二車《ノ》前-後各十二乗《ヲ》一者十-枚上」云云。

【出典】雪玉集、三四八四番。十八史略、巻一、春秋戦国、斉、九四頁。

【異同】『新編国歌大観』「むは玉―うば玉」。『十八史略』ナシ。

【訳】蛍、宝玉に似る

（蛍よ、）小車の行方を照らしてほしい。闇夜に輝く珠の光のように、蛍の光は見えるなあ。

十八史略によると、（斉の）威王は魏の恵王と会見し、郊外で狩をした。恵王が（威王に向かって）、「貴国には何か宝があるか」と言った。威王は、「何もない」と答えた。すると恵王は、「私の国は小さな国ではあるが、それでも直径一寸ばかりの珠で、車の前後それぞれ十二台ずつ（合わせて二十四台の距離）を照らすものが十個ある」と言った云々。

【考察】「むば玉の」は「夜」に掛かる枕詞だが、当歌では「玉」（宝玉）という意味も含む。ちなみに中世の古今和歌集の注釈書『古今和歌集序聞書三流抄』によると、秦の始皇帝が所有していた「うば玉」は「此玉ヨリサス光リ黒クシテ国暗クナル」であった。

【参考】夜光を発する珠（735番歌に全文掲載）は、大伴旅人の「酒を讃むる歌」に「夜光る玉」（万葉集、巻三、三四六番）とあり、『源氏物語』では明石の姫君（松風の巻、四〇三頁）、『夜の寝覚』では石山の姫君（巻二、一五五頁）の容貌を「夜光りけむ玉」に例える。

（松井佑生）

夏歌中

113 秋をまたて下葉色つく木かくれに露をかなしむ蟬や鳴らん

古今序。かくてそ、花をめて、鳥をうらやみ、霞をあはれみ、露をかなしむ心、詞おほく。

【出典】雪玉集、七一九六番。古今和歌集、仮名序、一八頁。

【異同】『新編国歌大観』ナシ。『八代集抄』「あはれみ―あはれひ」「かなしむ―かなしふ」。

【訳】夏歌の中

秋を待たずに下葉が色づく木の陰には、露に（命のはかなさを思って）嘆く蟬が鳴いているのだろうか。

古今和歌集仮名序。以来、花をほめ、鳥を慕い、霞に感じ、露にひかれる心は多感となり、歌は多く（なった）。

【考察】当歌の「露をかなしむ蟬」は、『古今和歌集』仮名序の「露をかなしむ心」を踏まえて、露にひかれる心が蟬にもあると詠む一方、色づきはじめた葉に夏の終わりを予感した蟬が、残された命の短さを露のはかなさに重ね合わせている、と考えられている。

【参考】「木隠れ」「露」「蟬」を詠み合わせた例としては、「空蟬の羽におく露の木がくれてしのびしのびにぬるる袖かな」（源氏物語、空蟬の巻、一三二頁）がある。

（松井佑生）

蟬

114蛬なく夕かけの秋かせも心にうかふせみの声かな

【出典】雪玉集、七七七一番。【異同】『新編国歌大観』「うかふ―かよふ」。

【訳】蟬

こおろぎが鳴く夕暮れの秋風の風情も、心に思いおこされる、蟬の声であるなあ。

【考察】当歌は115番歌の漢詩を踏まえ、夏に鳴く蟬の声を聞いて、こおろぎが鳴く秋の風情を思い浮かべる。

【参考】「きりぎりす（蛬）」は「こおろぎ（蟋蟀）」の古名。当歌の第一・二句は、「我のみやあはれとおもはむきりぎりすなくゆふかげのやまとなでしこ」（古今和歌集、秋上、二四四番、素性法師）による。実隆も、「きりぎりすなく夕かげの花のうへも心にかへる庭のしら雪」（雪玉集、一七二三番）と本歌取りしている。

（牛窓愛子）

樹陰蟬

115ひきうへし松も木高し年〳〵の蟬のおもひは身にもしら南

白氏文集。相-思夕上《ツテ》二松-台《ニ》一立、蛬《ノ》思蟬《ノ》-声満《ル》レ耳《ニ》秋。

【出典】雪玉集、三一七〇番。白氏文集、巻一三、題李十一東亭、九八頁。

【異同】『新編国歌大観』ナシ。『白氏文集』「蛬―蛩」。

【訳】木陰の蟬

（小松を）根ごと引き抜いて植え替えた松の梢も高くなった。それまでの長年にわたり積み重ねられた蟬の思いは、松の木自身も知ってほしい。

白氏文集。君を偲んで夕暮れに松が生えた台地に立つと、蟋蟀《こおろぎ》や蟬の悲しげな声が耳一杯に聞こえる秋だなあ。

【考察】 当歌は樹齢の長い松と寿命の短い蟬を、対照的に詠む。

【参考】「蛬」は114番歌の「蛩（きりぎりす）」と同じ。本歌は「引きて植ゑし人はむべこそ老いにけれ松の小高くなりにけるかな」（後撰和歌集、雑一、一一〇八番、凡河内躬恒）。

（牛窓愛子）

嶺夕立

116 あつき日のあやしき峰と見し雲はきえてや雨の夕立の空

陶潜、四時詩。夏雲多㆓奇-峰㆒。

【出典】 雪玉集、七六五三番。円機活法、一之巻、天文門、雲。**【異同】**『新編国歌大観』『円機活法』ナシ。

【訳】 嶺の夕立

暑い日に珍しい峰の形のように見えた入道雲は、消えて雨となり、夕立の空になるのだろうか。

陶淵明の四時詩。夏の雲は珍しい峰のような形で多く湧く。

【考察】 当歌は「四時詩」に夏の風物詩として詠まれた入道雲と、それから連想される夕立を詠み入れ、夏の情景を表わす。

【参考】「四時詩」は現代では陶淵明の偽作とされるが、『四庫全書　陶淵明集』には巻三末に収録されている。全文は265番歌に掲載。

（牛窓愛子）

沙月忘夏

117 秋ちかきまさこの月や松に住鶴も霜夜の声をなくらん

阮籍、鶴賦曰、縞-衣丹-頂暁-霜戒《ム》之註、鶴畏レ霜《ヲ》者也云云。

【出典】雪玉集、七七六五番。【異同】『新編国歌大観』ナシ。

【訳】砂に映る月影に、夏を忘れる秋の気配が感じられる、真砂を照らす月よ。松に住む鶴も、（月光を浴びて輝く白砂を見て）夜に霜が降りたのかと恐れて鳴いているのだろう。

阮籍の鶴賦によると、「白い羽毛の丹頂は明け方の霜を警戒する」の注、鶴は霜を畏れるものである云々。

【考察】阮籍は、中国、魏・晋時代の人物で、竹林の七賢の一人。当歌は阮籍の鶴賦と、118番歌の白氏文集の内容を踏まえる。

【参考】阮籍の残した賦は、「東平賦」「元父賦」「首陽山賦」「清思賦」「獼賦」「鳩賦」の六つで、「鶴賦」は見当たらない。『円機活法』巻之二、天文門、霜の「鷓鴣畏」の項目には、「崔豹古今注、鷓鴣向《テ》レ日《ニ》飛《テ》畏《ル》レ霜《ヲ》」と、鷓鴣《しやこ》（ミソサザイ）が霜を畏れる様子を記す。ちなみに『和漢朗詠集』巻上、冬、霜、三七〇～三七二番歌には、鶴は露が降りると警戒して鳴くが、霜になると鳴かなくなる、と詠まれている。

（植田彩郁）

118 [碧] 明やすき空にや夏を思ひ出るまさこの霜の深きよの月

白居易。月照《セハ》二平-砂《ヲ》一夏《ノ》-夜《ノ》霜。

【出典】三玉和歌集類題、夏、沙月忘夏、碧玉集。白氏文集、巻二〇、律詩、江楼夕望招レ客、四〇八頁。

【異同】『三玉和歌集類題』「出る—出ん」「まさこ—沙」。『白氏文集』ナシ。

【訳】（砂に映る月影に、夏を忘れる）
すぐに明けてしまう空に夏（であること）を思い出すだろうか。真砂を霜のように照らす深夜の月よ。
白居易。月に照らされた一面の川砂は、夏の夜の霜のように白く光っている。
【考察】白居易の詩は、江楼から眺めた夕暮れの絶景に、客を招いて共に涼を楽しもうとした様を詠む。「風吹二古木一晴天雨　月照二平沙一夏夜霜」は、大江維時『千載佳句』上、夏夜、藤原公任『和漢朗詠集』上、夏、夏夜などに収録され、日本文学に大きな影響を与えた。

（植田彩郁）

夏月

119 中に有かつらや宿り吹風も月の光を出て涼しき
酉陽雑俎云、月ノ桂、高キコト百-丈、下ニ有二一-人一、常ニ斫レ之ヲ、樹ノ-創随テ-合フ。


【出典】雪玉集、七八五番。酉陽雑俎（四庫全書）、巻一。

【異同】『新編国歌大観』ナシ。『酉陽雑俎』「高百丈―高五百丈」。

【訳】夏の月
月の中にある桂の木陰に宿ってから吹いてくるので、月の光に照らされた風も涼しいのだろうか。

酉陽雑俎《ゆうようざつそ》によると、月の桂の高さは百丈で、下に一人いて、常にこれを伐っているが、樹の傷はその度に合わさってしまう。

【考察】当歌は仙術を学んだ罪で、月の中にある桂の木を切り続けている呉剛という男の伝説を踏まえて、桂の木に吹く風を詠む。

【参考】「久方の月の桂も折るばかり家の風をも吹かせてしかな」（拾遺和歌集、雑上、四七三番、菅原道真母）。

（植田彩郁）

夏月透竹

120 柏 した風の涼しかるへき心をも月に見えぬる庭の呉竹

乙女巻。御まへ近き前栽、くれ竹、した風涼しかるへく云々。

【出典】柏玉集、五五七番。源氏物語、少女巻、七九頁。

【異同】『新編国歌大観』「庭―夏」。『承応』『湖月抄』ナシ。

【訳】夏の月、竹を透す

（呉竹の）下を涼しく吹き通う風の情趣も、夏の明るい月によって見せてくれる庭の呉竹だなあ。

少女の巻。御前に近い植え込みは、呉竹を下風が涼しく吹き通うように（植えて）云々。

【考察】『源氏物語』は、光源氏が建てた四町（四季を象徴）にわたる六条院のうち、花散里の住まいである夏の御殿の描写。当歌は月が無ければ何も見えないが、月が庭を照らすと、揺れている竹も見え、竹を揺らす下風の涼しさも視覚で享受できると、夏の夜の涼味を喜ぶ。

（吉岡真由美）

遠村蚊遣火

121 同 たか里に山をもおへる蚊遣火のけふりのうへは峰の白雲

荘子。応帝王云、其於治天下也、猶渉海鑿河、而使蚊負山也。

【出典】柏玉集、五六八番。荘子、応帝王、二八〇頁。

【異同】『新編国歌大観』「たか里に―この里や」。『荘子』ナシ。

【訳】遠村の蚊遣火

誰の里で、山を背負っている蚊がいるのだろうか。蚊を燻す蚊遣火の煙の上には、峰に白雲がかかっているよ。

荘子。応帝王によると、天下を治めることは、海を歩いて渡ったり、地面を掘って大河を作ったりするほど（危険を伴う困難なこと）だ。（それを人為によって治めようとするのは、）蚊に山を背負わせるようなものである。

【考察】『荘子』は、人為による天下平治の困難を述べ、君主も政治も無為が良いと説く。

（吉岡真由美）

夏草

122 雲か丶る山とみるまて茂る也ふもとのちりの野への夏草

古今。高き山も梺のちりひちよりなりて、あま雲たなひくまておひのほれることくに云々。

【出典】 雪玉集、三三七八番。古今和歌集、仮名序、一九頁。

【異同】『新編国歌大観』ナシ。『八代集抄』「のほれることくに—のほれるかことくに」。

【訳】 夏草

雲がかかる山に見えるほど茂っているようだ。山裾の塵《ちり》の野原の夏草は。

古今和歌集。高い山も麓の塵や泥土が集積して、空の雲のたなびく高さまで成長するように云々。

【考察】『古今和歌集』仮名序は、歌が興り今日に至るまで発展したさまを例えた箇所。当歌はそれを踏まえて、夏になり勢いよく生い茂る野辺の草々の生命力を詠む。

【参考】「塵も積もりて山となる」は『大智度論』の「積微塵成山」により、わずかな物でも積もり積もれば大きくなる、というたとえ。

（吉岡真由美）

夏草滋

123 柏 おもふそよ夏野の外も道しなき我をいさめの草はいかにと

杜律。晩出《ツ》二左‐掖《ヲ》一詩曰、避レ人焚二諫草《ヲ》一、騎《レハ》レ馬《ニ》欲《ス》二鶏‐栖《ント》一。

[出典] 柏玉集、五三三三番。杜詩集註、巻一七、晩出左掖。

[異同] 『新編国歌大観』「夏草滋―夏草深」。『杜詩集註』「晩出左腋―晩出左掖」。

[訳] 夏草が茂る

思うことだよ。夏の野原（には草が生い茂り、道が見えないが、そ）の外にも道がなく、道を踏み外した私を諫める草稿はどのようであるかと。

杜甫の律詩。「晩に門下省を退庁する詩」によると、人目を避けて草稿を焚き、帰宅の馬にまたがれば、それは鶏がねぐらに帰ろうとする時間だった。

[考察] 「諫草」とは皇帝への諫言を下書きした草稿で、それを人目に触れないところで焼く様子を詩に詠む。当歌は「道」に道路と道徳の意味を掛ける。

（風岡むつみ）

124 ましりなは麻もかへりていかならん心のまゝに茂るよもきに

荀子曰、蓬生二麻《ノ》中《ニ》一、不《シテ》レ扶《ケ》自‐直《シ》。

[出典] 雪玉集、六六〇一番。荀子、巻一、勧学篇第一、一二頁。

[異同] 『新編国歌大観』ナシ。『荀子』「不扶自直―不扶而直」。

[訳] （夏草が茂る）

思いのままに茂る蓬の中に混じってしまったならば、（まっすぐにのびるはずの）麻も却ってどうなるだろうか。

荀子によると、蓬は（低く地面に広がる草であるが）麻の茂みの中に生えると、つっかい棒を立てなくても、まっすぐ上に伸びる。

[考察]『荀子』は学問をする際には、その拠るところの信頼性をまず確かめる必要があると述べた箇所。

[参考] 前漢の儒者、戴徳編『大戴礼《だたいれい》』には、『三玉挑事抄』と同じ本文が収録されている。

（風岡むつみ）

扇

125 たとへても光やは有入月の跡にかひなきあふきとそみる

摩訶止観文。月隠《レヌレハ》二重-山《ニ》一兮挙《ケテ》レ扇《ヲ》喩《フ》レ之《ヲ》。

[出典] 雪玉集、四二七六番。和漢朗詠集、下、仏事、五八七番。**[異同]**『新編国歌大観』『和漢朗詠集註』ナシ。

[訳] 扇（扇を月に）例えたとしても（扇に月のような）光はあるだろうか。月が山辺に隠れたあとでは、甲斐のない扇と見ることだなあ。

摩訶止観文。（真理を象徴する）月が重なり合った深山に隠れてしまうと、扇をさし上げて月に例え（示し教える）。

[考察]『摩訶止観』は月を真理に、重山を煩悩にたとえ、身辺にあるものを借りて深遠な教理を解くことの大切さを述べた箇所。

[参考]『摩訶止観』には「月隠重山挙扇類之」とあり、『和漢朗詠集註』の本文とは異なる。

（風岡むつみ）

納涼

126 からころもひもときさけて夕涼み月もいつみにむかふ涼しさ

とこなつの巻。風はいとよくふけとも、日のとかに、くもりなき空の、にし日になる程、蝉の声なとも、いとくるしけにきこゆれは、「水のうへ、むとくなる、けふのあつかはしさかな。むらいのつみは、ゆるされなんや」とて、よりふしたまへり。「いとかゝる頃は、あそひなともすさましく、さすかにくらしかたきこそ、くるしけれ。宮つかへするわかき人〳〵、堪かたからんな。帯ひもゝ、とかぬほとよ。こゝにてたに打みたれ」云々。

【出典】雪玉集、八四一番。源氏物語、常夏巻、二二三頁。【異同】『新編国歌大観』『承応』『湖月抄』ナシ。

【訳】納涼

（泉のそばで）衣の紐を解きほどいて夕涼みをすると、（私だけでなく）月も泉に向かって涼を取るのだなあ。

常夏の巻。風はとてもよく吹くが、日も長くて雲一つない空が、やがて西日になるころには、蝉の声などもとても暑苦しく聞こえるので、（光源氏は）「水のそばも、いっこうに役に立たない、今日の暑さだなあ。不作法な格好になっても許してもらえるかな」とおっしゃって、物に寄りかかって横になっていらっしゃる。（光源氏は）「まったく、こういう暑い時には、管絃の遊びなどもおもしろくないし、（かといって何もしないのでは）なかなか日の暮れないのがつらいものだ。宮仕えをしている若い人たちは、がまんができまいね。（昼の長い時間）帯も解かずにいるのでは。せめて、ここでは気ままにくつろいで」云々。

【考察】『源氏物語』は、光源氏が六条院の釣殿に赴いて涼む箇所。当歌の初二句「唐衣紐解きさけて」は、宮中で束帯を着なくてはならない若い殿上人に、帯を解いてくつろぐよう勧める光源氏の言葉を踏まえる。当歌の下の句は、月が泉に映るさまを、月も涼を求めて泉にやって来たと取り成す。

【参考】室町時代中期成立の類題歌集『題林愚抄』（『和歌題林愚抄』ともいう）の夏部下には、「対泉忘夏」「対泉避暑」の歌題が掲載されている。

船納涼

127涼しさはこゝそとまりと舟うけて月のかつらのかち枕せん

前赤壁賦。桂ノ櫂兮蘭ノ槳、撃二空明ニ一兮泝ル二流光ニ一。

【出典】雪玉集、八五四番。古文真宝後集、巻一、蘇軾、前赤壁賦、四九頁。

【異同】『新編国歌大観』『古文真宝後集』ナシ。

【訳】船の納涼

ここが涼しさのたどりつく港であるとばかりに船を浮かべて、月光の中を桂の棹で漕ぎのぼるような船旅をしよう。

前赤壁賦。香り高い桂の櫂や木蘭の棹で、月光で透き通った明るい水を撃ち、水の面を輝き流れる月光の中をさかのぼりゆく。

【考察】当歌の「月の桂」は119番歌、参照。「桂の楫枕」に「桂の楫」と「楫枕」（船旅の意）を掛ける。

【参考】蘇軾の「前赤壁賦」は、美しい自然の中で酒を飲み、上機嫌で詠じた箇所で、「渺渺兮予懐、望美人兮天一方（はるか遠くまで広がってゆく我が思い、空の果てに麗しき人の姿を眺めやる）」と続く。当歌の初二句の発想は、「年ごとに紅葉《もみぢば》流す竜田川水門《みなと》や秋の止まりなるらむ」（古今和歌集、秋下、三一一番、紀貫之）による。

（城阪早紀）

夏月

128うきてよるみるめ涼しくすみわたる月も南の浦風そ吹

【出典】雪玉集、七八四番。【異同】『新編国歌大観』ナシ。

【訳】夏の月

（城阪早紀）

南から浜風が吹いて、浮いて打ち寄せられた海松布《みるめ》も浜辺の景色も涼しく、月も一面に澄むことだなあ。

（牛窓愛子）

【考察】129番に引く『伊勢物語』の一節「南の風吹きて（中略）浮き海松《みる》の波に寄せられ」を詠みこむ。「みるめ」は「海松布」（海藻の名）と「見る目」（目に見える様子）の掛詞。

夏海

129 あくるよの南のかせにうきてよるみるめ涼しき波のうへかな

いせ物語。其夜、南の風吹て、波いと高し。つとめて、その家のめのことも出て、うきみるの波によせられたるひろひて、家のうちにもてきぬ云々。

【出典】雪玉集、四一九五番。伊勢物語、八七段。【異同】『新編国歌大観』「夏海―海」。『伊勢物語拾穂抄』ナシ。

【訳】夏の海

翌日の夜の、南風に吹かれ、浮いて打ち寄せられた海松布も浜辺の景色も涼しい、波の水面であるなあ。

伊勢物語。その夜、南の風が吹いて、浪がたいそう高い。翌早朝、その家に仕える女の子たちが出て、浮かんでいる海松布が浪に打ち寄せられたのを拾って、家の内に持ってきた云々。

【考察】『伊勢物語』は、蘆屋《あしや》の里に住む男を訪ねてきた友人たちが、布引の滝に遊行した日の夜から翌朝の出来事を描いた箇所。「みるめ」に海藻の「海松布《みるめ》」と「見る目」（目に見える様子）を掛ける。

（牛窓愛子）

夏山

130 蔦楓《柏》みちなき物をうつの山折しも夏の色にあひぬる

いせ物かたりの詞、春の部にしるし侍り。

【出典】柏玉集、五三四番。【異同】『新編国歌大観』ナシ。

【訳】夏の山

蔦や楓が茂り道も無いような宇津の山に入ろうとするちょうどそのとき、いかにも夏らしく感じられる風物に出くわしたなあ。

伊勢物語の文章は、春部に記しています。（80番歌、参照）

【考察】『伊勢物語』では、旧暦の五月下旬に男が宇津の山に入ろうとするとき、修行者に出会ったとあり、また富士山を見て、「時しらぬ山は富士の嶺いつとてか鹿の子まだらに雪のふるらむ」という和歌を詠む。当歌はその場面を踏まえ、修行者ではなく夏の富士山を見たと詠む。

（牛窓愛子）

夏獣

131 ゆふ涼みあすもまた来ん飛鳥井の水かふ駒のみま草もよし

催馬楽、飛鳥井。あすかゐに宿りはすへし。かけもよし。みもひもさむし。みま草もよし。

【出典】雪玉集、八九一番。催馬楽、飛鳥井、一二五頁。

【異同】『新編国歌大観』ナシ。『催馬楽』「かけもよし—や　おけ　かけもよし」。

【訳】夏の獣

夕涼みをしに、明日もまた飛鳥井へ来よう。飛鳥井の水を与える馬の飼葉《かいば》も良いので。

催馬楽、飛鳥井。飛鳥井に休み所をとろう。木陰も涼しくてよい。お水も冷たい。お馬の飼葉もよい。

【考察】当歌は『催馬楽』で歌われる、休み所に最適な飛鳥井の様子を踏まえて、明日もまた飛鳥井で夕涼みをしたいと詠む。

夏箏

132 堪かたき秋風もこの中のをに吹よりけりな声の涼しき

紅葉の賀の巻云、「さうのことは、中の細をのたへかたき」とて、へうてうにをしくたして、しらへたまふ云々。

（植田彩郁）

【出典】雪玉集、八九二番。源氏物語、紅葉賀巻、三三二頁。

【異同】『新編国歌大観』「涼しき―涼しさ」。『承応』『湖月抄』「たへかたきとて―たへかたきこそ所せけれとて」。

【訳】夏の箏

（夏の暑さに）耐えきれず秋風も、この耐えきれず切れやすい中の細緒に吹いてきたのだなあ。それで琴の音色が涼しいのだ。

紅葉賀の巻によると、（光源氏は）「箏の琴は、中の細緒の切れやすい（のが面倒でね）」と言い、平調に下げて、調子をお整えになる云々。

【考察】『源氏物語』は、藤壺に拒絶されて落ちこんだ源氏が、若紫との遊びにより慰められる場面。当歌は、箏の琴の細緒を切れにくくするため、低い調子の平調に下げる箇所を踏まえ、秋風が中の細緒に吹き寄せて、そのため琴の音色が涼しくなったと詠む。初句の「たへがたき」に「暑さが耐え難い」と、「絃が切れやすい」とを掛ける。

（植田彩郁）

水辺納涼

133 なかめやる夕波涼し川かせの舟は一葉の秋をうかへて

淮南子曰、一葉落《テ》而天下知レ秋。

東坡。韓子華《カ》石淙荘《ノ》詩。一葉舞二澎淵《ニ》一。註《ニ》一葉《ハ》言二小舟《ヲ》一云云。

［出典］ 雪玉集、八四八番。淮南子、巻一六、九四五頁。新編古今事文類聚、前集、巻一〇、秋部。『蘇軾詩集校注』巻九。

［異同］『新編国歌大観』ナシ。『新編古今事文類聚』「落而―落」。『蘇軾詩集校注』「澎淵―澎湃」「言小舟―指小舟」。

［訳］ 水辺の納涼

遠く眺め渡すと、夕波が涼しく立っている。その川を、風に乗って落ちて行く舟は一枚の落葉のように見え、（一葉ということから）秋の姿を浮かび上がらせている。

淮南子によると、一枚の葉が落ちて、天下は秋を知る。

蘇東坡（蘇軾）の「韓子華の石淙荘」の詩。一葉の木の葉が波立つ淵に舞う。注によると、一葉は小舟を言う云々。

［考察］『淮南子』は身近なことによって未来を察知することを示し、東坡の詩は自らの身を大海の波濤に浮かぶ一枚の木の葉に例える。当歌は一枚の落葉のような舟から、秋の訪れを感じる様を詠む。

［参考］『淮南子』の本文は「見一葉落、而知二歳之将レ暮」で異なるが、『新編古今事文類聚』は『淮南子』を出典に掲げる。当歌は、文亀三年（一五〇三）に成立した『文亀三年三十六番歌合』に収録。

（植田彩郁）

夏歌中

134 しほせより顕れ出し神の代も隔ぬ波にみそきすらしも

［出典］ 雪玉集、七一九七番。**［異同］**『新編国歌大観』ナシ。

【訳】　夏歌の中
潮の流れの中から現れ出た神の御代も、変わることのない波で禊《みそぎ》をしたにちがいないなあ。
【考察】　出典は136番歌に同じ。黄泉の国から逃げ帰った伊奘諾尊《いざなきのみこと》が、その穢れを洗い去るため、河で禊をする場面を当歌は踏まえる。

（吉岡真由美）

河夏祓

135 川水の絶ぬみそきも橘のせとのしほ瀬をはしめとそ聞
【出典】　雪玉集、二七七九番。【異同】　『新編国歌大観』「河夏祓―川夏祓」。
【訳】　河の夏祓
流れる川の水のように絶えない禊も、橘にある小さな海峡の潮の流れで初めて行ったと聞くことだ。
【考察】　出典は136番歌に同じ。伊奘諾尊が筑紫の日向にある小戸の橘の河で禊をする場面を踏まえる。

（吉岡真由美）

貴賤夏祓

136柏 神はその人に上つ瀬下つ瀬のみそきもおなし波にうくらん
神代巻曰、「故当《ニ》滌二去《ントノ玉ヒテ》吾‐身之濁穢《シキヲ》一」、則往《テ》至《リ玉フ》二筑紫《ノ》日向小戸橘《ノ》之檍原一而祓除焉。遂《ニ》将《ニ》《ス》レ盪《アラハント》二身《ノ》之所《ヲ》レ汚《ル、》。乃興‐言《シテ》曰、「上‐瀬《ハ》是《レ》‐太疾《タシ》。下‐瀬《ハ》是‐太弱」。便濯二之中瀬一也。因以生‐神、号曰二八十柱津日神一。次将レ矯二其柱一而生神、号曰《テ》二神直日神一。次《ニ》大直日《ノ》神。又沈二濯於海底一因以生‐神、号曰《テ》二底津少童命《ト》一。次《ニ》底筒男命。又潜二濯於潮中《ニ》一因以生‐神、号曰《テ》二表中津少童命一。次《ニ》中筒男命。又浮二濯於潮上一。因以生‐神、号曰《テ》二表津少童命一。次《ニ》表筒男命。凡有《テ》二九‐神一矣。

【出典】一字御抄、巻四、一二二一、貴賤、柏玉集。日本書紀、巻一、神代上、四九頁。

【異同】『一字御抄』ナシ。『日本書紀』「遂将盪身―遂将盪滌身」「八十柱津日神―八十枉津日神」「次将矯其柱―次将矯其枉」。

【訳】　貴賤を問わない夏の祓

神は河の上流と下流を区別して波に浮いたが、人は身分の上下を問わず、同じ祓を受けているのだろう。

　神代の巻によると、「だから、我が身の穢れを洗い去ろう」と仰せられて、すぐに出かけて筑紫《つくし》の日向《ひむか》の小戸《をど》の橘《たちばな》の檍原《あはきはら》に着かれて、禊祓えをされた。こういう次第で身の穢れをすすごうとして、言霊の力を借りて、「上の瀬は流れがとても速い。下の瀬は流れがとてもゆるい」と仰せられ、そこで中の瀬ですすがれた。これによって神をお生みになり、名付けて八十枉津日神と申す。次にその神の枉《まが》っているのを直そうとして神をお生みになり、名付けて神直日神と申す。次に大直日神。また海の底に沈んですすがれ、これによって神をお生みになり、名付けて底津少童命と申す。次に底筒男命。また潮の中に潜ってすすがれ、これによって神をお生みになり、名付けて中津少童命と申す。次に中筒男命。また潮の上に浮いてすすがれ、これによって神をお生みになり、名付けて表津少童命と申す。次に表筒男命。合せて九柱の神である。

【考察】『日本書紀』は、黄泉の国から逃げ帰った伊奘諾尊が、その穢れを洗い去るため、河で禊祓をする場面。伊奘諾尊が、「上瀬は急流、下瀬は緩流で、どちらも禊に適さない」と宣言して、中瀬で穢れを濯いだ一節を当歌は踏まえる。結句の「うく」に「（波に）浮く」と「（祓を）受く」を掛ける。

（吉岡真由美）

　　夏祓

137　おもふ事ならんもさそなはや川の瀬にます神の心をそくむ

中臣祓曰、速川乃瀬仁座須瀬織津比咩登云神、大海原仁持出奈牟。

【出典】 雪玉集、八六一番。中臣祓（大祓詞註釋大成　上）。**【異同】**『新編国歌大観』『中臣祓』ナシ。

【訳】 夏の祓

思うことが成就しそうであるのも、いかにも速川の瀬にいらっしゃる神の心によるものだと、その心を（川から水を汲むように）酌みとることだ。

中臣祓によると、速い川の浅瀬においでになる瀬《せ》織《おり》津《つ》比《ひ》咩《め》という神が、（祓い清めた罪を川から）大海原に持ち出してしまうだろう。

【考察】 中臣祓は儀礼を行うことにより、罪が祓い清められる過程を述べた箇所。当歌はそれを踏まえ、自身の思いが成就するのは祓により罪がなくなったからだと見て、その喜びを詠む。「くむ」に「酌む」と「汲む」を掛ける。中臣祓は元々、毎年六月と一二月の晦日に朝廷で行われた公儀の大祓の行事および大祓の詞を指し、祭事を取り行う中臣氏に因んで「中臣祓」と称する。後に私的な祓の儀礼が盛んに行われるようになると、公的祓を「大祓」、私的祓を「中臣祓」と区別するようになる。

【参考】 宮地直一・山本信哉・河野省三編『大祓詞註釋大成』（内外書籍、一九四一年）所収のもので本文が一致するのは、慶長期の『中臣祓　仮名附本』のみである。注釈書では宝永元年（一七〇四）に刊行された『中臣祓句投』が同文である。

（森あかね）

秋部

新秋露

138 仙人のたふさにうくるためしをも君にはしめの秋の白露

文選。斑固、西都賦曰、抗テ二仙‐掌ヲ一以承レ露ヲ。

漢武故事曰、上作二承露盤仙人掌ヲ一。擎二玉‐盃ヲ一以取二雲‐表ノ之露ヲ一。和二玉‐屑ニ一服レ之ヲ求二不‐死ヲ一云云。

【出典】 雪玉集、九〇九番。文選（賦篇）上、西都賦、四四頁。漢武故事。

【異同】 『新編国歌大観』「たふさにうくる―たふさにうつる」「君にはしめの―君にはじめて」。『文選』ナシ。『漢武故事』「上作二承露盤一上於二未央宮一以レ銅作二承露盤一」「和二玉屑一服レ之求二不死一―擬レ和二玉屑一服以求レ仙」。

【訳】 新秋の露

仙人が掌《てのひら》で（露を）受けたという例はあるが、あなたに今年最初の秋の白露を（ささげよう）。

【考察】 前漢の武帝が神仙境を模して造営した宮殿において、不死の薬を作らせた故事による。

文選。班固の西都賦によると、天に向かって仙人の掌をおしあげて甘露を受ける。

漢武故事によると、帝は承露盤を作った。仙人は掌で玉の盃を捧げもち、雲の表面の露を取る。それを玉の粉と混ぜ合わせて飲み、不死を求めた云々。

【参考】 『円機活法』の巻二、露にも『漢武故事』を引くが、「和玉屑服之求不死」を欠く。

（森あかね）

新秋雨

139秋はまたきのふけふかの桐の葉のつれなき色に雨おつる声

白氏文集、長恨歌。秋-雨梧-桐葉《ノ》落《ル》-時。

【出典】 雪玉集、三一七一番。白氏文集、巻一二、長恨歌、八一三頁。**【異同】**『新編国歌大観』『白氏文集』ナシ。

【訳】 新秋の雨

秋はまだ昨日か今日（始まったばかり）で、いつもと変わらない色をした桐の葉に雨が落ちる音がするなあ。

白氏文集、長恨歌。秋雨の中、梧桐の葉が落ちる時。

【考察】「長恨歌」は、玄宗皇帝が亡くなった楊貴妃を偲ぶ箇所。

【参考】 類歌「人は来ず掃はぬ庭の桐の葉におとなふ雨の音のさびしさ」（建保二年（一二一四）内裏歌合、一七番、秋雨、源通具）。

（風岡むつみ）

都早秋

140音羽山けさ吹かせや都にはまた入たゝぬ秋を告らむ

【出典】 雪玉集、六八〇四番。**【異同】**『新編国歌大観』ナシ。

【訳】 都の秋の初め

音羽山に今朝吹く風は、都にはまだ訪れていない秋の到来を告げているのだろうか。

【考察】 出典は141番歌に同じ。『湖月抄』の頭注に「松虫の初声さそふ秋風は音羽山より吹きそめにけり」（後撰和歌集、秋上、二五一番、詠み人知らず）を引くように、音羽山は秋を告げる山として詠まれた。

（平石岳）

残暑

141秋かせそまた入たゝぬ涼しさの音羽の山や行てたつねん

椎本巻云、七月はかりになりにけり。都にはまた入たゝぬ秋のけしきを、まきの山辺もわつかに色つきて云々。

【出典】雪玉集、七七九七番。源氏物語、椎本巻、一七八頁。

【異同】『新編国歌大観』ナシ。『承応』『湖月抄』「秋のけしきを―あきの気色を、音羽の山近く風の音もいとひやゝかに」。

【訳】残暑

（都には）秋風はまだ吹いていない。音羽の山に行き、涼しさを探してみようか。

椎本の巻によると、（薫が、久しぶりに宇治の八の宮を訪ねたのは）もう七月ごろになっていた。都にはまだ訪れていない秋の気配だが、（宇治川に近い）槙の尾山のあたりもかすかに色づいてきて云々。

【参考】『古今和歌集』に詠まれた音羽山は、京都市山科区（山城国と近江国との国境）にある音羽山と考えられる。しかし、六波羅探題の設置に伴い、京都市東山区の音羽山が交通の要所（所謂「渋谷越」）になり、中世・近世においては後者が音羽山として認識されていた、と指摘されている（奥村恒哉「歌枕『音羽山』について」、「鹿児島県立短期大学紀要　人文・社会科学」三〇号、昭和五六年一月）。

（平石岳）

早秋

142来る秋もおなし宿りそ一葉ちる枝にのみ住鳥もこそあれ

格物論。鳳《ハ》瑞‐応《ノ》鳥、太平《ノ》世《ニ》則見《ル》。非《レハ》二梧‐桐《ニ》一不レ栖。

【出典】柏玉集、六三〇番。『円機活法』巻二三、飛禽門、鳳凰。

【異同】『新編国歌大観』ナシ。『円機活法』「太平《ノ》世—太平之世」「則見《ル》。—則見《ル》。其《ノ》為レ形《タルコト》、鶏頭、蛇頸、燕頷、亀背、魚尾、五彩《ノ》色《アリ》高《サ》六尺許」。

【訳】　早秋

訪れた秋も（鳳凰と）同じ木に宿るのだなあ。一葉が散る（桐の）枝にしか住まない鳥もいるのに。

【考察】「一葉ちる」は「一葉落《テ》天下知レ秋」を踏まえる。133番歌および143～145番歌、参照。その「一葉」は室町時代になると桐の葉に当てられ、それが散るのはそこに秋が来たことの徴証になる。当歌は秋を擬人化して、桐の木に秋が宿ると捉え、同じく桐を宿とする鳳凰と二重予約になるのでは、と戯れたもの。

　格物論。鳳凰は人間の良い行為に応じて現れるめでたい鳥で、太平の世に現れ、梧桐以外の木には宿らない。

（廣瀬薫）

初秋露

143天の川とわたるかちの雫より一葉の露もちりやそふらん

【出典】雪玉集、七七九六番。【異同】『新編国歌大観』ナシ。

【訳】　初秋の露

（七夕の夜、）天の川を渡る舟の櫂から滴る雫を受けて、散る一枚の葉に露も結ぶのだろうか。

【考察】当歌は「一葉落《テ》天下知レ秋」を踏まえ、七夕の景と地上に露が結び始める時節の気候とを結び付ける。

（加藤森平）

初秋風

144朝毎にさそ吹そはん秋風をいかにおとろく一葉成らん

【出典】雪玉集、七七九五番。【異同】『新編国歌大観』「初秋風—初秋月《風歟》」。

【訳】　初秋の風

朝ごとにさぞかし吹きつのる秋風に（季節の移り変わりを感じて）、一枚の木の葉はどれほど驚いているだろうか。

【考察】　当歌は「一葉落而《テ》天下知レ秋」を踏まえ、「一葉」が「驚く」のは秋が深まり風が強くなると吹き飛ばされてしまうからと見なす。

（加藤森平）

荻

145 秋は来ぬ一葉のうへの風よりも心にもろき荻の音かな

淮南子、出于夏部。

【出典】　柏玉集、六五七番。【異同】『新編国歌大観』ナシ。

【訳】　荻

秋が来てしまった。（「一枚の葉が落ちて、天下は秋を知る」とされる）木の葉に吹きつける風よりも、心にはかなく聞こえる荻（の葉の上を吹き過ぎる風の）の音だなあ。

淮南子、夏部に出る。（133番歌、参照）

【考察】　当歌は133番歌の『淮南子』「一葉落而《テ》天下知レ秋」を引き合いに出し、それ以上に秋を感じさせるものとして荻が風にそよぐ音を挙げる。

【参考】「秋はなほ夕まぐれこそただならね荻の上風《うはかぜ》萩の下露」（和漢朗詠集、上、秋、秋興、二二九番、義孝少将）。

（加藤森平）

江荻

146 更ぬるか入江の荻の花の色も白きをみれは月のしたかせ

琵琶行。潯-陽ノ江ノ-頭リニ夜送レ客ヲ。楓-葉荻花秋瑟-々。主-人下レ馬ヨリ客ハ在レ船。挙レ酒欲レ飲無ニ管-絃一。酔テ不レ成レ歓ヲ惨トシテ将ニス別レ別レントル、々-時茫-々トシテ江浸スレ月ヲ云云。

【出典】 雪玉集、九九六番。白氏文集、巻一二、琵琶引、二七七頁。

【異同】『新編国歌大観』ナシ。『白氏文集』「琵琶行—琵琶引」「瑟々—索索」。

【訳】 入江の荻の花

夜も更けたのかなあ。月に照らされて入江の荻の花も白いのを見ると、荻の葉に風が吹いているのだなあ。

琵琶行。潯陽の長江岸辺で、夜、客を見送った。あたり一面、紅葉と白い荻の花の穂がさわさわと風にそよぐ、もの寂しい秋景色である。主人は馬を下り、客は船中にいて、酒杯を挙げて飲もうとするが、管絃の調べもない。これでは酔っても一向に楽しくはなく、傷ましい気持ちのまま別れようとしたが、その別れの時、果てしなく広がる長江は、昇ったばかりの月をその水面に浸していた云々。

【考察】「荻の花の色も白き」とは、秋に咲く荻の花の穂のほか、月光も秋も白いという意味。秋は五行思想で白色に配する。

【参考】 第四句は、「かささぎの渡せる橋に置く霜の白きを見れば夜ぞ更けにける」（百人一首、大伴家持）と一致する。

（呉慧敏）

147 柏玉
ほしまつる庭の灯九重にあひあふ数も空にしるらし

乞巧奠

乞巧奠。江次第曰、立ツニ黒-漆ヌリノ燈-台九本ヲ於件ノ机ノ四方四角中-央ニ一加ニ打-敷一、謂ニ之九-枝-燈一ヲ内-蔵寮供スニ御燈明ヲ一云云。

【出典】 三玉和歌集類題、秋、星夕灯花、柏玉集。江家次第、巻八、七月、七日乞巧奠事。

【異同】『三玉和歌集類題』「乞巧奠―星夕灯花」。『江家次第』ナシ。

【訳】　乞巧奠《きっこうでん》

七夕の星を祭る庭の灯は九本あり、それは宮中を意味する「九重《ここのえ》」と数が合うので、天上の織女にも（宮中の催しと）自然に分かるだろうよ。

乞巧奠。江家次第によると、黒塗の灯台九本をその机の四方四角と中央に立てる。打敷を敷き、これを九枝灯と言う。内蔵寮が灯明を捧げる云々。

【考察】当歌は「九重」に九枝灯と宮中を、「空に」に「天空に」と「自然に」の意味を掛ける。七夕の夜は宮中以外でも庭に灯火を立てるが、九枝灯を見れば織姫も、九本の灯を立てるのが習わしである宮中だとすぐ分かるだろう、と詠む。

（劉野）

148　たへかたき契をやおもふかすことも二のほしの中の細緒は

紅葉賀巻の詞、夏の部にしるし侍り。

江次第曰、乞巧奠、東北ノ机。自二御所一申二下筝一張ヲ一、置二東北西北等ノ机上ノ北ノ妻ニ一延喜十五年例用二和琴一、立レ柱有二三一

様一常ニ用二半呂半律ヲ一秋ノ調子也。

【出典】雪玉集、七四九二番。江家次第、巻八、七月、七日乞巧奠事。

【異同】『新編国歌大観』ナシ。『江家次第』「東北ノ机自二御所一―東北机同レ上、無レ針、但自二御所一」。

【訳】（乞巧奠）

（七夕に）供える筝の琴は中の細緒が切れやすいが、その琴も二つの星の仲の（年に一度しか会えない）堪えがたい逢瀬を思っているのだろうか。

紅葉賀の巻の文章は、夏部に記してあります。（132番歌、参照）江家次第によると、乞巧奠、東北の机。御所より箏一張りを申し受けて、東北や西北などの机の上の北の端に置く。延喜十五年の例では和琴を用いる。琴柱の立て方には三様あり、常に半呂半律を用いて、秋の調子である。

【考察】当歌は「たへがたき」に「絃が切れやすい」と「我慢しにくい」を、「なか」に中（の細緒）と仲を掛ける。

【参考】「七夕は今日貸す琴は何ならで逢ふにのみこそ心ひくらめ」（六百番歌合、乞巧奠、三一七番、藤原有家）。

（大杉里奈）

織女契久

149 天の川すめるを空のはしめより幾世をうつすほし合の影

神代巻曰、其ノ清-陽者、薄-靡《タナヒイテ》而為レ天ト。

【出典】雪玉集、九八二番。日本書紀、巻一、神代巻上、一九頁。【異同】『新編国歌大観』『日本書紀』ナシ。

【訳】織女の契り、久し

（天地が分かれて）空が出来た当初から、澄んだ天の川に輝く二つの星の出会うさまを多年にわたり（盥《たらい》に）映すことだなあ。

神代巻によると、その澄んで明るい気が薄くたなびいて天となる。

【考察】『日本書紀』は神代巻の冒頭、天地開闢を語る箇所。488番歌、参照。「星合」は、七月七日の夜に牽牛星と織女星が出会うこと。七夕の空の風情を盥の水に映す風習があった。

【参考】「めづらしくあふたなばたはよそ人も影みまほしき物にざりける」（伊勢集、八三番、七月七日たらひにみづいれて影みるところ）。「天河影をやどせる水かがみたなばたつめのあふせしらせよ」（恵慶集、一〇番、七月、たなばたまつりして、たらひに水いれてかげ見る）。

（風岡むつみ）

霧織女帳

150あまの川君きまさなん秋霧のとはりも誰を待とかはしる

催馬楽、我家。わいへんは、とはり帳をもたれたるを、おほきみきませ、むこにせむ。下略

【出典】雪玉集、九八四番。催馬楽、我家、一五三頁。【異同】『新編国歌大観』『梁塵愚案抄』ナシ。

【訳】霧は織女の帳

天の河を越えて、あなたに来ていただきたい。秋霧の帷《とばり》も、誰を待つために設けたものか分かっていますか。（あなたのためですよ。）

催馬楽、我家。私の家は、帷帳《いちょう》も垂れているので、皇族さまも来てください、婿に迎えよう。下略

【考察】「我家」は寝殿に帳を垂らすことで、婿を迎える準備をした女性の歌。当歌はこれを踏まえ、七夕のころにかかる秋霧を帳に見立て、織女が牽牛との逢瀬を期待する気持ちを詠む。

（平石岳）

七夕草花

151花はなを時こそ有けれ七夕のにしきのひもは只一夜のみ

允恭天皇紀曰、天皇聆二是歌一則有感情而歌之曰、

佐《サ》瑳《ザ》羅《ラ》餓《ガ》多《タ》迩《ニ》之《シ》枳《キ》能《ノ》臂《ヒ》毛《モ》弘《ヲ》等《ト》枳《キ》舎《サ》気《ケ》帝《テ》阿麻哆絆《ハ》泥受迹《ト》多《タ》儺《タ》比《ヒ》等《ト》用《ヨ》能《ノ》未《ミ》

【出典】雪玉集、九五四番。日本書紀、巻一三、允恭天皇、一一八頁。【異同】『新編国歌大観』『日本書紀』ナシ。

【訳】七夕の草花

どの花にも、やはり（蕾《つぼみ》が開く）時があるのだなあ。七夕の錦の紐は（一年で）ただ一夜しか解かれないが。
允恭天皇紀によると、天皇はこの（衣通郎姫の）歌をお聞きになり、感動して歌を詠まれて仰せられるには、
細やかな模様の錦の紐を解き開いて、幾晩でも共寝したいものだがそうもいかない。ただ一夜限りだ。

【考察】『日本書紀』は允恭天皇が、衣通郎姫の姉である皇后（忍坂大中姫）の嫉妬心を気にしつつ、衣通郎姫を訪れて和歌を贈答した場面。当歌はこれを踏まえ、七夕の牽牛織女の一夜の逢瀬を天皇と衣通郎姫になぞらえる。「紐解く」には花の蕾が開く、という意味もある。

（平石岳）

七夕木

152 あまの川うき木の道の絶さらはいまも見てしかほし合の空

博物志曰、天-河与㆑海通、海-浜年-々八月有㆓浮-槎㆒往-来。不㆑失㆑期ヲ、博-望-侯張-騫乃多賚㆓粮-食ヲ㆒乗㆑槎ニ而去、忽不㆑覚㆓昼-夜ヲ㆒奄至㆓一処㆒。見㆓城郭居室ヲ㆒、望㆓室中ヲ㆒多見㆓織-婦ヲ㆒見㆓一-丈夫牽テ㆑牛ヲ渚-次ニ飲ヲ㆒㆑之ニ云云。

【出典】雪玉集、九五七番。祖庭事苑、巻二、霊槎。

【異同】『新編国歌大観』「いまも見てしか―いまもみて《まイ》しか」。『祖庭事苑』「不失期―不失信」「而去忽―而去忽忽」「望室中多見織婦見―室中多織女唯」「牽牛渚次飲之―牽牛臨渚不飲」。

【訳】　七夕の木

天の川に浮かぶ筏《いかだ》の道が絶えていなければ、今も見てみたいものだ。二つの星が出会う空を。
博物志によると、天の川と海は通じていて、海浜は毎年八月、筏が浮かんで行き来する。その時期を狙って、
博望侯張騫は多くの食糧を賜り、いかだに乗せて去ると、たちまち昼夜がわからなくなり、ある所に至った。

城郭や部屋を見渡し、室内を見ると、多くの機織り女を見た。ある青年が牛を岸辺に引いてきて、次に水を飲ませるのを見た云々。

［考察］当歌の第四句「今も見てしか」の「てしか」は願望を表わし、張騫のように自分も見てみたい、という意味。張騫が天の川に到達したという伝承は、『源氏物語』では「浮き木に乗りてわれ帰るらん」（松風巻、四〇七頁）に見られる。

［参考］出典の本文は、『円機活法』や『百子全書』（一八七五年刊）に収められた『博物志』とはかなり異なる。『祖庭事苑』は南宋の禅宗の辞典で一一五四年重刊。本文異同には正保四年（一六四七）版（国立国会図書館所蔵）を使用。

（廣瀬薫）

七夕管絃

153　けふにあへはこれも願ひの糸竹を吹つたへてよ天の川かせ

白氏詩。憶‐得少‐年《ノ》長《ク》乞‐巧《スルコトヲ》、竹‐竿頭‐上《ニ》願‐糸多《シ》。

［出典］雪玉集、九六一番。和漢朗詠集、上、秋、七夕、二一二番。**［異同］**『新編国歌大観』『和漢朗詠集註』ナシ。

［訳］　七夕の管絃

今日という日（七夕の日）に巡り会ったので、裁縫以外にこれ（音楽の技の向上）もお願いしてよいのだから、風よ、（私の祈願を）天上まで吹き伝えておくれ。

白氏文集の詩。思い出したことだ。少年のころ、七夕の夜に将来の願いごとをしたことを。竹竿の先には願いをこめた五色の糸が、たくさん付いている。

［考察］「願ひの糸竹」に「願ひの糸」（願糸。糸を供えて裁縫の技の向上を願う）と「糸竹」（管絃の意）を掛ける。

七夕では恒例の裁縫ではなく、音楽という意表を突いた転換を見せたのが当歌の眼目。「吹き」は「竹」（管楽器）を吹くことに寄せる。

【参考】 現存する『白氏文集』に該当する漢詩は見られないが、『和漢朗詠集』では白楽天の作とする。

（廣瀬薫）

七夕枕

154 あたならん契はきかし天の川絶ぬなかれに枕しつゝも

【出典】 晋書。孫楚、字《ハ》子荊、太-原中-都《ノ》人云云。初楚少《シ》-時欲二隠-居《セント》一、謂《テ》二王-済《ニ》一曰、「当《ニ》欲二枕《シ》レ石《ニ》漱一レ流《ニ》」、誤《テ》云、「漱レ石《ニ》枕レ流《ニ》」。済曰、「流非レ可《ニ》レ枕《ス》、石非レ可《キニ》レ漱」。楚曰、「所二以枕《ハ》一レ流欲レ洗二其《ノ》耳《ヲ》一、所二以漱《ハ》一レ石《ニ》欲レ厲《ント》二其《ノ》歯《ヲ》一」。

【異同】 雪玉集、九六六番。晋書、巻五六、列伝第二六、孫楚。

『新編国歌大観』ナシ。『晋書』「初楚少時―楚少時」「謂王済曰―謂済曰」。

【訳】 七夕の枕

あてにならない約束は聞くまい。天の川の絶えることのない流れを枕とし（て彦星と寝）ながらも。

【考察】 晋書。孫楚、字は子荊、太原中都の人云々。孫楚が若い頃隠居したいと思い、王済に言うことには、「石に枕し、川の流れで口を漱《すす》ぎたい」と言うべき所を間違って、「石で口をすすぎ川の流れに枕する」と言った。王済が、「流れに枕するのではない、石で口をすすぐのではない」と言うと、孫楚は、「流れに枕するのは耳を洗いたいため、石で口をすすぐのは歯を磨きたいからだ」と言い返した。

当歌は「漱石枕流」の故事を踏まえて、屁理屈をこねた孫楚のように、いい加減な約束をされても耳を貸さないと、織姫の立場で詠む。

七夕糸

155おもふことしるし見するや七夕の手にもをとらぬさゝかにの糸

帚木巻云、立田姫といはんにもつぎ（ママ）なからす、たなはたの手にもをとるましく云々。

（加藤森平）

【出典】雪玉集、九六二番。源氏物語、帚木巻、七六頁。

【異同】『新編国歌大観』「七夕の―織女の」。『承応』『湖月抄』ナシ。

【訳】七夕の願糸

願い事が叶うという前兆を見せているのだろうか。織姫の織る織物にも劣らない蜘蛛の糸は。

帚木の巻によると、（染め物の腕前は）竜田姫といっても不似合いでなく、（仕立物も）たなばた姫に劣らぬくらい云々。

【考察】「我が背子が来べき宵なりささがにの蜘蛛の振る舞ひかねてしるしも」（古今和歌集、巻一四、墨滅歌、衣通姫）により、「ささがに」（蜘蛛）は男が来る「しるし」を見せるものとされた。また、歌語「雲のはたて」（雲の果ての意）は「蜘蛛の機手」とも解して、蜘蛛はその手で機を織ると考えられた。当歌はそれらを踏まえて、七夕の日、蜘蛛がその機織りの手腕によって見事な巣を作っていくのを見ると、自分の願いが叶う証拠が得られたように思われる、と詠む。

【参考】『源氏物語』は雨夜の品定めで左馬頭が亡き妻を誉めるのに、染め物上手の竜田姫と、機織り名人の七夕姫を引き合いに出した箇所（239番歌にも掲載）。奈良の西方にある竜田山は紅葉の名所で、その女神である竜田姫は秋の神、また染色の神。「七夕の糸」については153番歌の解説、参照。竜田姫は226・239・690番歌、参照。

（加藤森平）

七夕即事

156宮のうちにもる玉水も音すみて更るよおしき星合の影

朗詠集。遅々《タル》鐘漏初長《テキ》夜、耿々《タル》星河欲《スル》レ曙《ナント》天。

【出典】雪玉集、九七八番。和漢朗詠集、上、秋、秋夜、二三四番。【異同】『新編国歌大観』『和漢朗詠集註』ナシ。

【訳】七夕の即詠

宮のうちに漏れる水時計の音も澄み、七夕星の光を見て、更けていく夜を惜しく思うことよ。

和漢朗詠集。鐘の音も漏刻（水時計）も遅々として時を刻まず、秋の長い夜は始まったばかり。耿々と夜空に輝く天の川を眺めていると、ようやく空の端が明るみ始める。

【考察】出典は「長恨歌」の一節で、楊貴妃を失った玄宗の寂しさを描く。秋の夜長を愁える玄宗に対して、当歌は年に一度しか会えない七夕の夜が更けるのを惜しむ。

【参考】歌題の「即時」は詩題の一つで、目の前の風景をそのまま詩歌に詠むこと。漢詩の「鐘漏」は、水時計で時刻を計り、鐘を鳴らして知らせること。

（呉慧敏）

七夕

157七夕《柏玉》のなつともつきぬ岩枕かはすもまれのあまの羽ころも

楼炭経曰、以レ事《ヲ》論《セン》レ劫《ヲ》。有二一大石方四十里一百歳《ニ》諸天来下取二羅穀《ノ》衣《ヲ》一撫レ石《ヲ》尽《サン》。劫猶《ヲ》未《タ》レ尽。

【出典】柏玉集、六四〇番、二二四一番。雪玉集、四五二六番。万松老人従容録、巻四、第六三則。

【異同】『新編国歌大観』「七夕の—七夕や」（六四〇番）。『万松老人従容録』「以事論劫—（ナシ）」「撫—拂」「尽—窮」。

[訳]　七夕

織姫が天の羽衣で撫でても尽きない岩の枕よ、一年に一度しか枕を交わせないのだが。

楼炭経によると、例を挙げて「劫」を論じよう。一辺が四十里の大石があり、百年に一度だけ天人が地上に降り、天の衣で撫でて石は無くなっても、劫はまだ続いている。

[考察]「岩枕」は石を枕にすること。154番歌、参照。

[参考]「君が世は天の羽衣まれにきて撫づとも尽きぬ巌ならなん」（拾遺和歌集、賀、二九九番、詠み人知らず）。

（呉慧敏）

七夕扇

158 かすとても秋のあふきの色はいさ七夕つめや心をかまし

朗詠集。尊敬。斑女閨《カノ》中秋《ノ》扇《ノ》色。

東屋巻云、さるは、扇の色も心をきつへき閨のいにしへをは、ひとへにめてきこゆるそ、をくれたるなめるかし。

[出典] 雪玉集、二六八五番。和漢朗詠集、上、冬、雪、三〇八番。源氏物語、東屋巻、一〇一頁。

[異同]『新編国歌大観』ナシ。『和漢朗詠集』「斑—班」。『承応』『湖月抄』「閨のいにしへをは—ねやのいにしへをばしらねば」。

[訳]　七夕の扇

貸すとしても、秋の扇は白色だから、さあどうだか、織姫は（借りるのを）遠慮するだろうか。

和漢朗詠集。橘在列。班婕妤の寝室に、秋になり（無用のものとして捨てられた）扇の色。

東屋の巻によると、実は扇の色にも心を留めなければならない寝室の故事を（浮舟は知らないので）、（薫を）ひたすらおほめ申し上げるのは、愚かであるだろうよ。

【考察】『和漢朗詠集』には「班女閨中秋扇色。楚王台上夜琴声」とあり、第一句は漢の成帝の愛妃班婕妤《はんしょうよ》が、趙飛燕に帝寵を奪われた我が身を、夏の白い扇が秋になると捨てられるのに譬えた故事による。『源氏物語』の場面は九月で、浮舟は季節に合わない夏の「白き扇」を持ち、薫は琴を押しやり「楚王の台の上の夜の琴の声」を吟じてから、縁起でもない第一句を踏まえた表現に気づいたが、ひたすら薫の朗詠に聞き惚れるばかりで何も気づいていない浮舟を、語り手は批判している。

（劉野）

159すつといふ思ひなくてや七夕の秋のあふきも手にならすらん

【出典】 雪玉集、九六三番。

【異同】『新編国歌大観』ナシ。『文選』「斑—班」「凉飆—涼飆」。

【訳】（七夕の扇）

捨てるということを考えずに、織姫は秋の扇も手に慣れ親しんでいるのだろうか。

斑婕妤、詩句。常ニ恐秋ノ節至テ涼飆奪炎熱ヲ、棄捐セラレテ篋笥ノ中ニ恩情中道ニ絶ンコトヲ。

班婕妤の詩句。いつも心配しているのは、秋の季節が訪れ、涼風が夏の暑さを奪い去ってしまうと、（扇が）箱の中に投げ込まれるように、（君の）恩情も中途で絶えてしまうことだ。

【考察】 初句の「捨つ」は出典を踏まえ、また第四句の「秋」に「飽き」を掛けて、秋になると扇が捨てられることに、彦星に飽きられて捨てられることを重ねる。195番歌に漢詩の全文を掲載する。

（劉野）

叢露

160色草を尽してにほふませのうちの花には露も置まよふらむ

野分巻云、中宮のおまへに、秋の花をうへさせ給へること、つねの年よりも見所おほく、色草を尽して、よし有くろ木あか木のませをゆひませつゝ、おなしき花の枝さし姿、朝露の光も世のつねならす。

【出典】 雪玉集、一〇四六番。源氏物語、野分巻、二六三頁。

【異同】『新編国歌大観』『湖月抄』ナシ。『承応』「朝露の光も―あさ夕露のひかりも」。

【訳】 草むらの露

あらゆる種類の草花を集めて咲きほこる籬の内の花には、露もどこに降りればよいか迷うことだろう。

【考察】『源氏物語』は秋が深まり、六条院の秋好中宮の庭園の美景を描写した箇所。当歌は、あまりの美しさに露も目移りがして、置き場所を決めかねて迷うほどだと詠む。

野分の巻によると、中宮の御庭には、秋の花をお植えになっていらっしゃるが、（それが今年は）例年以上にみごとな眺めで、あらゆる種類の草花を集め、趣向に富んだ黒木や赤木の籬垣《ませがき》をその間々に作り構えて、同じ花でも、枝ぶりといい格好といい、その上におく朝露の光までも、世間では見られない美しさである。

（大杉里奈）

原露

161跡とめておとろの道のおくまても露分みはや春日野の原

周礼。左九棘、公卿大夫位《シ》レ焉《ニ》群‐士在二其《ノ》後《ニ》一。右九棘、公侯伯子男位《シ》レ焉《ニ》群‐吏在二其《ノ》後《ニ》一。

拾芥抄。唐名部曰、大中納言通用棘‐路。

新古今集。俊成卿。春日山おとろの道の埋れ水すゑたに神のしるしあらはせ

【出典】 雪玉集、一〇四九番。周礼注疏。拾芥抄、中。新古今和歌集、神祇、一八九八番。

【異同】 『新編国歌大観』『拾芥抄』ナシ。『周礼注疏』「左九棘公卿大夫―左九棘孤卿大夫」。『八代集抄』「春日山―春日野の」。

【訳】 原の露

春日野の原の跡を尋ねて、草木の茂った道の奥までも、露が置いた草木を押し分けてみたいものだ（藤原氏の先祖の例に倣い大納言、さらには内大臣にまで出世したいものだ）。

周礼。左側（東側）に九本の棘木が植えてある。この場所は公卿大夫の位置であり、大勢の官吏が彼らの後方に居る。右側（西側）に九本の棘木が植えてある。この場所は、公侯伯子男の位置であり、多くの役人が彼らの後方に居る。

拾芥抄。唐名部によると、大中納言の異称として棘路を用いる。

新古今和歌集。俊成卿。春日山の草木が生い茂った道の埋れ水のように、私は一族の公卿の中で埋れている。せめて子孫にだけでも、春日の神のご加護の験を現わしてほしい。

【考察】「おどろの道」には草木が乱れ茂る道のほか、中国で「九卿《きゅうけい》」（九人の大臣）を「棘路」と言うことから公卿も意味する。「春日野」には藤原氏の氏神を祭る春日神社があり、藤原氏を示す。

【参考】『雪玉集』の肩付けには「文明一三一二廿点取」とあり、当歌は文明一三年（一四八一）一二月二〇日の詠。実隆はその前年に権中納言、長享三年（一四八九）に権大納言、永正三年（一五〇六）に父公保の極官である内大臣になった。当歌の詠作時には既に権中納言なので、「おどろの道」（大納言・中納言の称）に昇ってはいるが、「おどろの道の奥まで」昇進したい気持ちを詠む。

（大杉里奈）

愛萩

162もろくちる露をかなしむ心をも花にわするゝ萩のした風

古今の序の詞、まへにしるし侍る。

【出典】雪玉集、一〇〇二番。【異同】『新編国歌大観』ナシ。

【訳】萩を愛でる

萩の下を吹く風で、はかなく散る露を悲しく愛おしく思う気持ちも、萩の花を見ると自然に忘れられるなあ。

古今和歌集仮名序の文章は、前述しています。（113番歌、参照）

【考察】当歌は『古今和歌集』仮名序の一節「花をめで（中略）露をかなしむ」を踏まえる。

（平石岳）

翫秋花

163うへたてし其世はさそと秋の花野の宮人の跡もなつかし

野宮歌合。順判云、おまへの庭の面に、薄、萩、らに、しをに、草のかう、をみなへし、苅萱、なてしこ、小萩なと、うへさせたまふ。松むし、すゝ虫を、はなたせたまふ。人〳〵に、やかて其物につけて、歌を奉らせたまふ。

【出典】雪玉集、一〇三六番。野宮歌合。

【異同】『新編国歌大観』ナシ。正保四年（一六四七）版『歌仙家集』所収『源順集』巻一〇「順判云―（ナシ）」。

【訳】秋の花を愛でる

秋の花を植えつけた当時は、さぞや（美しかっただろう）と、野宮《ののみや》に住んでいた宮人（斎宮の規子内親王）の痕跡もなつかしく思われるなあ。

野宮歌合において、判者である源順が言うには、（規子内親王は）お住まいの庭に、薄、萩、蘭、紫苑、芸《くさのこう》、女郎花、苅萱《かるかや》、撫子、小萩などを植えさせなさった。（その庭に集まった男女）各々に、早速その庭にある草花や虫について、歌を献上させなさった。そこに松虫、鈴虫を放たせなさった。

【考察】 野宮歌合は規子内親王が天禄三年（九七二）に催し、源順が判者を務めた。当歌はその歌合に思いを馳せ、「野の宮人」に「野の宮」と「宮人」を掛ける。

【参考】 「順判云」とあるが、「おまへの庭の」以下の文章は、源順門下の源為憲による。なお247番歌、参照。

（平石岳）

秋蘭已含露

164 **藤はかまほころびてこそ紫の色にくたくる露も見えけれ**

朗詠集。菅三品。蘭‐蕙‐苑ノ嵐ハ摧クレ紫ヲ後。

【出典】 雪玉集、三〇八三番。和漢朗詠集、上、秋、菊、二七一番。**【異同】** 『新編国歌大観』『和漢朗詠集註』ナシ。

【訳】 秋の蘭は已《すで》に露を含む

藤色の袴の縫い目がほどけると、衣の紫色の露の部分が見えるが、藤袴（蘭）の花が咲いて嵐でうちくだかれると、紫色に染まった露が見えるなあ。

和漢朗詠集。菅原文時。蘭や蕙（蘭の一種）が植えられている香草園に、秋の嵐が吹き荒れ、紫の花々が打ち砕かれてしまった後に。

【考察】 当歌は「藤ばかま」に藤色の袴と藤袴（蘭）、「ほころび」に衣の縫い目がほどけることと花のつぼみが開くこと、「露」に衣装の露（袖くくりの紐の垂れ下がった部分）と草の露を、それぞれ掛ける。

【参考】 「荒籬見レ露秋蘭泣」（和漢朗詠集、下、故宮、五三五番、源英明）。歌題は文集題で、『白氏文集』巻一〇、「村居臥レ病」の一句。

（平石岳）

蘭薫風

165秋のかせ匂ひはをくれ藤はかましけきを破る名にはたつとも

本朝文粋。前中書王、菟-裘賦《ノ》。叢-蘭豈《ニ》不《ンヤ》レ芳乎、秋-風吹《テ》而先《ツ》-敗《ル》云云。

【出典】雪玉集、二六八八番。本朝文粋、巻一。和漢朗詠集、上、秋、蘭、二八七番。

【異同】『新編国歌大観』『本朝文粋』『和漢朗詠集』ナシ。

【訳】蘭の薫風

秋風よ、蘭の花の香りは運んでおくれ。群生する蘭を打ち砕くという評判は立っても。

本朝文粋。兼明親王、菟裘賦。群生する蘭は、どうして香わしくないことがあろうか。しかし、秋風が吹くと、真っ先に打ち砕かれて（香りを失って）しまうものなのだ云々。

【考察】『渓雲問答』（中院通茂述、松井幸隆記）には、「秋の風にほひはおくれ藤ばかま…」の出典として、「日月欲レ明浮雲蓋レ之、叢蘭欲レ芳秋風破レ之」（淮南子、説林訓）を引く。松井幸隆は『三玉和歌集類題』の編者。

【参考】兼明親王は醍醐天皇の皇子で詩文に優れ、賜姓源氏で左大臣に出世したが、藤原兼通らによって皇族に戻され、政権から遠ざけられた。本作品はその時の思いを述べたもの。「菟裘」は魯の国で、隠公が隠棲したとされる地名。

（廣瀬薫）

槿一日栄

166柏霜のゝちはるかにいはん松の色もおもへはけふの露の朝かほ

朗詠集。松‐樹千‐年終《ニ》是《レ》‐朽《ヌ》、槿‐花一‐日自《ラ》為レ栄《ヲ》。
又、順詩。十八公《ノ》栄《ハ》霜《ノ》‐後《ニ》露《ハレ》、一‐千‐年《ノ》色《ハ》雪《ノ》‐中《ニ》深《シ》。

【出典】 柏玉集、七〇二番。和漢朗詠集、上、秋、槿、二九一番。和漢朗詠集、下、松、四二五番。

【異同】『新編国歌大観』『和漢朗詠集註』ナシ。

【訳】 朝顔の一日の栄え

霜が降りた後、遥か千年の緑を表わす松の色も、考えてみれば今日、露が置いた朝顔（と同じ）だなあ。

和漢朗詠集。松は千年の長寿だが、ついには枯れ果てる時が来る。（それに対して）槿の花は一日の命だが、花開いて、自ら満足し楽しんでいる。

また、源順の詩。いかなる環境にもひるまない松の貞節の誉れは、霜の後に初めて誰の目にも明らかに見え、その千年の緑は雪の中でいっそう濃く見える。

【考察】 順詩の「十八公」は「松」の字を分解したもの（610番歌、参照）。当歌は寿命が千年でも一日でも、自らの分に安んじた生き方であれば同じことだと詠む。

（廣瀬薫）

女郎花

167なにしおはゝおらてそあるへき女郎花いはすは人の色をかへよと
論語、学而篇。賢《トシテ》レ賢《ヲ》易《ヘヨ》レ色《ヲ》。

【出典】 雪玉集、三六九三番。論語、学而第一、二四頁。**【異同】**『新編国歌大観』『論語』ナシ。

【訳】 女郎花《おみなえし》

女を意味する女郎花を折らないでいられようか。（『論語』に）「賢者には顔色を変易しなさい」と言っていなければ。

論語、学而篇。賢者を尊み、（賢者に対しては）顔色を改めて礼遇しなさい。

【考察】『論語』の「易色」には様々な解釈があるが、テキストの訓「色を易《か》ふ」に従って訳した。ちなみに「色に易《か》ふ」と読むと、賢者を重んじる心を、女色を好む心と取り替える、と訳せる。

【参考】「名にめでて折れるばかりぞ女郎花我《われ》おちにきと人に語るな」（古今和歌集、秋上、二二六番、僧正遍照）。

（廣瀬薫）

夕薄

168 柏 まねきてや入日をかへす袖ならし尾花に遠き夕くれの色

淮南子、出于春部。

【出典】柏玉集、六九〇番。【異同】『新編国歌大観』ナシ。

【訳】　夕暮れの薄

（夕日を）招いて沈む日を戻す袖だろうか。（袖に見える）薄の穂の遥か遠くに夕暮れの色（が見える）。

淮南子。春部に出る。（85番歌、参照）

【考察】85番歌に引く『淮南子』は、暮れてゆく日を戈で招きよせた話。当歌は風に揺れる薄の穂が、まるで夕日を招いて戻す袖に見えた、と詠む。薄の穂が袖に見えるという発想は、「秋の野の草の袂か花すすき穂にいでて招く袖と見ゆらむ」（古今和歌集、秋上、二四三番、在原棟梁）等に見える。

（加藤森平）

古砌薄

169 花すゝきうへしやいつのなき玉をまねく袖とものこるのへかな

楚辞註曰、招‐魂者《ハ》宋‐玉之所レ作也。古者《ハ》人死《スル時ハ》則使レ人《ヲ》以二其《ノ》上‐服《ヲ》一升レ屋《ニ》履レ危《ヲ》北‐面《シテ》号《ッテ》‐曰、「皐某復」、遂《ニ》以二其《ノ》衣一三招レ之《ヲ》乃‐下《テ》以《テ》覆《フ》レ尸《ヲ》云云。

【出典】雪玉集、二八八四番。古今事文類聚、後集、巻二〇、魂魄、招魂。

【異同】『新編国歌大観』ナシ。『新編古今事文類聚　後集』「楚辞註曰―朱氏曰」「則使人以其上服―則以其上服」「北面―北面而」。

【訳】古《いにしえ》の砌《みぎり》（軒下の敷石）の薄

花薄を植えたのはいつのことだろうか。死者の魂を招く袖のように（薄が）残っている野原だなあ。

楚辞の注によると、「招魂」は宋玉の作品である。昔、人が死んだ時は、その人の服を持って建物に上らせ、屋根の棟木を踏み、北に向かって、「ああ、誰それ返れ」と叫び、それからその衣で三度魂を招き、屋根から下りて（その衣で）屍を覆う云々。

【考察】「楚辞註」以下の本文は、『楚辞』に収められた宋玉作「招魂」に関する注釈。招魂は死者の魂を招き弔うこと。衣で魂を招くことから、当歌は薄を袖に見立てて詠む。今は「野辺」だが「砌」が残っているので、わざわざ庭に薄を植えた邸宅の跡だと知られる。

【参考】「楚辞註」とあるが『楚辞章句』『楚辞補註』『楚辞集註』には同文が見られない。

（加藤森平）

薄似袖

170 涼しさをまねく玉をもつ、みもつ袖や尾花か露の秋かせ

王子年、拾遺記第四曰、昔黄帝時、露成子遊寒山之嶺、得黒蚌在高崖之上。故知黒蚌能飛矣。至燕昭王時、有国献於昭王、王取瑶漳之水、洗其沙泥。乃嗟嘆曰、「自懸日月以来、見黒蚌生珠、已八九

十、遇此蚌千歳一生珠也」。珠漸軽、昭王常懐此珠、当隆暑之月、体自軽涼、号曰銷暑招涼之珠也。

【出典】 雪玉集、七六五五番。拾遺記、巻四。

【異同】『新編国歌大観』ナシ。『拾遺記』（『和刻本漢籍随筆集』）「露成子―霧成子」「珠漸軽―珠漸軽細」。

【訳】 薄が袖に似る

涼しさを招くという真珠をも包み持つ袖だろうか。（袖のように見える）薄の穂の露に秋風が吹いているなあ。

王子年の拾遺記、第四巻によると、昔、黄帝の時代に露成子が寒山の嶺に行き、カラス貝が高い崖の上にあるのを見つけた。それゆえカラス貝が飛べることを知った。燕の昭王の時代になり、ある国が昭王に献じた。王は瑶《たま》を漳河の水につけ、その泥を洗った。そして感嘆して、「長年かけてカラス貝の珠《たま》を八、九十は見たが、これは千年に一度の珠である」と言った。珠は軽く、昭王は常にこの珠を懐に入れて暑いときに体を涼めて、「銷暑招涼の珠」と名付けた。

【考察】 当歌の「涼しさをまねく玉」は、昭王が懐に入れて涼をとったカラス貝の真珠のこと。玉を包む袖から薄を連想して、薄の穂に置く露を真珠に見立てる。

（加藤森平）

秋草

171 雪玉十巻百首歌中、於南京春日被詠之云々
此ころの都の秋よあはれいかにあはまく野へのおほく成行

万葉集、巻三。報佐伯宿祢赤麻呂歌一首、娘子。千《チ》磐破《ハヤフル》神《ノ》之社四《シ》無有世《ナカリセ》伐《ハ》春日之《ノ》野《ノ》辺《ヘ》尓《ニ》粟種益乎《アハマカマシヲ》。王-風、黍-離《ノ》詩曰、彼黍離-々《タリ》、彼稷苗《アリ》云云。註曰、周既東-遷《シテ》、大夫行レ役《ニ》、至二于宗周一。過《レハ》二故《ノ》宗廟宮室《ヲ》一、尽為二禾黍《ト》一。閔周室之顛覆彷-徨《トシテ》不レ忍レ去《ニ》。故賦三其所レ見、黍之離-々《タルト》、与二稷之苗二云云。

此歌、もし黍離詩のふる事にて侍らは「此頃の都の秋」は南都の事に侍るへし。

【出典】 雪玉集、四一二四番。万葉集、巻三、四〇四番。詩経、王風、黍離、一八二頁。

【異同】 『新編国歌大観』「秋草―草」。『万葉集』「報佐伯宿祢赤麻呂歌一首娘子―娘子報佐伯宿祢赤麻呂贈歌一首」。『詩経集註』「彼稷苗―彼稷之苗」。

【訳】 秋の草

近ごろの都の秋よ、ああ、どれほど粟をまく野原が多くなっていくことか。

万葉集、巻三。佐伯宿祢赤麻呂の歌に娘子が答えた一首。神の社さえなければ、春日の野原に粟を蒔くのに。

詩経の王風、黍離の詩によると、あそこのキビは垂れ下がり、あそこのコキビは苗を出す云々。註によると、周は既に洛邑に都を遷していて、大夫が役目のために西周に行き、かつての都が置かれていた地に至った。西周の宗廟や宮殿を過ぎると、そこには悉く粟やキビが生い茂っていた。西周が倒されさ迷ったことが思われて、その場を去ることが出来ない。よってこの賦はその所を見て、「あそこのキビは垂れ下がり、あそこのコキビは苗を出す」と詠んだと云々。

この和歌がもし、黍離詩の故事を踏まえていますならば、（当歌の）「この頃の都の秋」の「都」は南都（奈良）のことでしょう。

【考察】 当歌を収めた百首歌には、「春日陪　春日社壇詠百首和歌」「従二位行権大納言兼行侍従藤原朝臣実隆」という端作りと位署があり、それにより野村尚房は歌肩に、「雪玉十巻百首歌中、於南京春日被詠之云々」と注記したと考えられる。実際に実隆が春日社に参詣して、この百首を詠作・奉納した年月は不明だが、位署から判断すると従二位になった明応二年（一四九三）から内大臣に任じられた永正三年（一五〇六）までの間になる。実隆の家集『再昌草』によれば、永正二年二月の春日祭の際に実隆は奈良に赴いており、当歌はこのときの詠作か。『再昌草』七四〇番歌の詞書には、「春日祭遂行」のため奈良へ出かけた道中、応仁の乱で荒廃したさまが書かれている。

当歌も戦火にさらされた都を哀嘆したもの。
【参考】『万葉集』の「神の社」は相手の妻を暗示し、「粟蒔く」に「逢はまく」を掛ける。『詩経』に注された周は初め洛陽（西都）を都と定めたが、後に洛邑（東都）に遷都した。これを「周の東遷」と言い、それ以前を西周、それ以後を東周と呼ぶ。黍離の詩は、西周の宗廟や宮室が荒れ果て、キビが生い茂っている風景を見て嘆いたもの。

（風岡むつみ）

虫

172 **いとはすやわひはつる身を秋の虫のさせるふしなくのこる命は**
後拾遺集序。其ほかの歌、秋の虫のさせるふしなく云々。

【出典】雪玉集、七四〇六番。後拾遺和歌集。**【異同】**『新編国歌大観』『八代集抄』ナシ。
【訳】虫
いやに思わないのだろうか、悩みつくした身を。秋の虫の「させ」（きりぎりす）ではないが、「させる」（たいした）こともなく生き残っている命は。
　後拾遺和歌集序。（三代集に採られなかった）そのほかの歌は、秋の虫の「させ」（きりぎりす）ではないが、「させる」（たいした）見どころもなく云々。
【考察】「きりぎりす」は「つづりさせ」（綴り刺せ）と鳴くことから、「させ」は「きりぎりす」の異名。「させる」（たいした、という意味）に「させ」を掛ける。当歌は、悩み苦しみ生きる気もしないのに、生き長らえているのは、命がわが身をいやに思っていないからだろうか、と詠む。
【参考】「秋風に綻《ほころ》びぬらし藤袴つづりさせてふきりぎりす鳴く」（古今和歌集、巻一九、雑体、一〇二〇番、在原棟梁）。

早蛩鳴復歇

173ほのかなる初秋かせのきり〳〵すまたゆか遠き声もめつらし

詩、七月篇。七月在レ野ニ、八月在レ宇ニ、九月在レ戸ニ、十月蟋蟀入二我カ牀ノ‐下一ニ。

（劉野）

【出典】雪玉集、一〇七五番。詩経（中）、国風、豳風、一一九頁。【異同】『新編国歌大観』『詩経』ナシ。

【訳】早くも蛩《きりぎりす》が鳴き、また止む

かすかに初秋の風の中で蟋蟀《こおろぎ》の鳴き声が、まだ寝床から遠く聞こえるのも珍しい。

詩経、七月篇。七月は野にいて、八月は軒下にいて、九月は家の戸口にいて、十月になると蟋蟀は、私の寝床の下に入りこむ。

【参考】歌題は『白氏文集』巻九、「夜雨」の一句。全文は以下の通り。「早蛩鳴復歇、残灯滅又明、隔窓知夜雨、芭蕉先有声」。

（劉野）

虫怨

174露霜に恨る虫よくるゝまをまたぬたくひもあれは有世に

毛詩。曹風、蜉蝣詩註云、蜉‐蝣ハ渠‐略也。朝ニ‐生シテ暮ニ死ス云云。

【出典】雪玉集、六八一一番。詩経、曹風、蜉蝣、一〇四頁。

【異同】『新編国歌大観』ナシ。『十三経注疏』「暮死―夕死」。

【訳】 虫の恨み

露や霜を恨めしく思う虫よ、日が暮れるのを待たずに死ぬ（蜉蝣のような）たぐいも、住めば住める世の中なのだから（恨めしく思うなよ）。

　毛詩。曹風、蜉蝣詩の注によると、蜉蝣は渠略（カゲロウの意）であり、朝生まれて夕暮れに死ぬ云々。

【考察】「露霜」は秋の末に露が凍って霜のようになったもの、という意味もある。この場合「露霜」は、虫たちの命の終わりを告げる冬の到来を示す。当歌は虫よりも短命な蜉蝣《かげろう》を引き合いに出して、虫たちを慰める。蜉蝣は成虫の寿命が数時間から数日と短いため、はかないものの譬えに用いられる。

【参考】「かげろふの夕べを待ち、夏の蝉の春秋を知らぬもあるぞかし」（徒然草、七段）。

（呉慧敏）

床間虫

175 なけやわかゆかをゆつらん蛩身は露のまの夢もたのます

　詩経、見右。

　蛍巻云、ゆかをはゆつりきこえたまふて、御木丁ひき隔ておほとのこもる云々。

【出典】雪玉集、一〇六六番。源氏物語、蛍巻、二一〇九頁。

【異同】『新編国歌大観』ナシ。『湖月抄』『承応』「隔て―隔てゝ」。

【訳】　寝床にいる虫

鳴きなさい。私の寝床を譲ろう。蟋蟀よ。私自身はほんの短い間の夢もあてにでき（ず寝られ）ないのだから。

　詩経は前掲。（173番歌、参照）

　蛍巻によると、（花散里は光源氏に）御帳台をお譲りなさって、御几帳を間に隔ててお休みになる云々。

【考察】『源氏物語』は、光源氏との共寝など自分には不似合いだとあきらめた花散里が、自分の寝所を源氏に譲る箇所。当歌は短命な虫を愛しく思い、自分の寝床を譲って思う存分に鳴かせたい気持ちを詠む。作中主体自身が夢を見られず、寝床を不要とする理由は不明だが、恋人が夢にも現れないなどのことが想定される。

【参考】「鳴けや鳴け蓬がそまのきりぎりす過ぎゆく秋はげにぞかなしき」（後拾遺和歌集、秋下、二七三番、曾禰好忠）。

（呉慧敏）

秋夕雲

176 柏 我のみや心をつけて心なき雲もかなしき秋のゆふくれ

帰去来辞、見于春部。

【出典】柏玉集、七八五番。【異同】『新編国歌大観』ナシ。

【訳】秋の夕雲

私だけが関心を寄せて、無心である（はずの）雲までも悲しく見える秋の夕暮れであろうか。

帰去来辞。春部に掲出。（48番歌、参照）

【考察】当歌は『帰去来辞』の「雲は無心に峰からわき起こる」を踏まえて、無心の雲を見ても悲しいと詠む。

（大杉里奈）

秋夕傷心

177 同 蟬の声にきけは鳴よる蛩人におもひの夕をもしれ

【出典】三玉和歌集類題、秋夕傷心、柏玉集。【異同】『三玉和歌集類題』「きけは―汝も《きけは》」。

【訳】秋夕の傷心

蟬の声を聞くと近寄り（互いに）鳴きあう蟋蟀《こおろぎ》よ、人に物思いをさせる秋の夕暮れ（だということ）も知ってほしい。

【考察】出典は178番歌と同じで、夏の蟬と秋の蟋蟀が短命を恨んで鳴きあう、秋の夕暮れを詠んだ『白氏文集』の一句。当歌はそれを踏まえつつも、秋の夕べは虫だけでなく人にも物思いをさせることを知ってほしい、と虫に呼びかける。

（大杉里奈）

虫声怨

178 同 せみのこゑくるしきよりも蛩秋のおもひの我やまされる

白氏文集註《ス》二于夏部蟬《ノ》歌《ニ》一。

【出典】柏玉集、七三〇番。【異同】『新編国歌大観』「虫声怨―虫声怨蟬」「くるしきよりも―くるしきよりは」。

【訳】虫の声、恨めし

蟬の泣き声が苦しそうに聞こえるが、蟋蟀よ、秋の思いは私の方が増さっているだろうか。

白氏文集、夏部の蟬の歌に注す。（114・115番歌参照）。

【考察】115番歌の『白氏文集』では、蟋蟀と蟬の鳴き声が悲しく聞こえたとするのに対して、当歌は虫よりも自分の方が秋のもの思いにふけると詠む。

（大杉里奈）

故郷秋夕

179 夕露の光や玉をのこすらん簾絶たるやとの秋かせ

白氏文集。題二于家-公-主《ノ》旧-宅《ニ》一詩《ニ》。台-傾《テ》滑-石猶《ヲ》残《リ》レ砌《ニ》、簾-断《テ》真珠不レ満レ鉤《ニ》。

【出典】雪玉集、七八一七番。白氏文集、巻六四、同諸客題于家公主旧宅、二一八頁。和漢朗詠集、下、故宮付破宅、五三一番。

【異同】『新編国歌大観』『和漢朗詠集註』ナシ。『白氏文集』「真珠―珍珠」。

【訳】 旧宅の秋の夕べ
夕陽の光を受けて照り映える露は、真珠の面影を残しているようだ。簾も無くなった屋敷に秋風が吹いているなあ。

白氏文集。于家公主の旧宅に題した詩。屋敷の楼台は傾いて、よく磨かれた礎石は今なお石畳のあたりに残っている。真珠の飾りを施した簾もちぎれて、鉤（簾を巻く留め金）に掛からない。

【考察】『白氏文集』は、唐代の憲宗の娘であった于家公主の荒廃した旧宅を、白居易が訪れ、その屋敷を題にして作った七言律詩の頸聯。当歌はこれを踏まえ、夕陽に輝く露を真珠に見立てる。歌題の「故郷（ふるさと）」は旧宅を意味する。

（平石岳）

野分
180 碧玉 はかなしや岩ほもいかゝと計の野分におもふ花の千くさは
野分巻云、野分、例の年よりもおとろ〱しく、空の色かはりて吹いつ。花とものしほるゝを、いとさしも思ひしまぬ人たに、あなわりなとおもひさはかるゝを、まして、草むらの露の玉のを、みたるゝまゝに、御心まとひもしぬへくおほしたり。又云、かせこそ、けに岩ほも吹あけつへき物なりけれ云々。

【出典】三玉和歌集類題、秋、野分、碧玉集。源氏物語、野分巻、二六四頁・二六六頁。

【異同】『三玉和歌集類題』『承応』『湖月抄』ナシ。

【訳】 野分
巌《いわお》もどうなるのか（吹き飛ばされてしまうのか）というぐらいの（激しい）野分で、種々の草花ははかなく散るなあと思われることだ。

野分の巻によると、野分が例年よりもはげしく、空模様も変わって吹き始めた。（秋好中宮がお庭に植えさせた）花々が風でしおれるのを、それほど（秋の草花に）執着のない者でさえ、ああ大変だと思って騒ぐのだから、（中宮は）なおさらのこと、草むらの露の玉が乱れ散るのを、ただお心を痛めておられた。また、同じ巻によると、（野分の）強風こそ、なるほど巌をも吹き上げてしまうものであったなあ（と夕霧は思う）云々。

【考察】『源氏物語』は、六条院に激しい野分（台風）が襲い、秋の美景で人々の目を奪っていた秋好中宮のお庭を、皆が心配する場面。「又云」以下は野分により御簾が吹き上げられ、人目に触れないように厳重に警戒されていた紫の上の姿を、夕霧が垣間見て、その警戒の厳重さを巌に例えた箇所。

（平石岳）

181 雲まよひ村雨すこく吹なしてさもさはかしき秋かせのこゑ

野分巻。夕霧歌。風さはきむら雲まよふ夕にもわするゝまなくわすられぬ君

【出典】雪玉集、一四〇三番。源氏物語、野分巻、二八三頁。**【異同】**『新編国歌大観』『承応』『湖月抄』ナシ。

【訳】（野分）

雲が（強風に）迷い（乱れ動き）、にわか雨が恐ろしい音で吹き荒れていて、まったく穏やかでない秋風の音だなあ。

野分の巻。夕霧の和歌。風が吹き荒れ、むら雲が（その風に）迷う夕べでも、片時も忘れられないあなたであるなあ。

【考察】『源氏物語』は、夕霧が幼なじみで恋人の雲居雁へ送った和歌。

（平石岳）

故郷野分

182 ふりのこるひわたかはらも庭もせに木のはと散て野分吹空

おなし巻云、おとヽの瓦さへ、のこるましうふきちらすに云々。又云、見わたせは、山の木とも、吹なひかして、枝ともおほくおれふしたり。草むらは更にもいはす、ひわた、かはら、所〳〵のたてしとみ、すいかいなとやうの物、みたりかはし。

【出典】雪玉集、三〇〇〇番。源氏物語、野分巻、二六八頁・二七〇頁。

【異同】『新編国歌大観』「ひわたかはらも―ひばらがはらも」。『湖月抄』『承応』ナシ。

【訳】旧宅の野分

古くなっても（屋根に）残っていた檜皮《ひわだ》や瓦も、庭も狭く思うほど、木の葉のように（庭に）散り、野分が吹きすさぶ空であるなあ。

同じ（野分の）巻によると、御殿の瓦までが一枚残らず吹き飛んでしまいそうで云々。また同じ巻によると、庭を見渡すと、（風は）築山の木々をも吹き倒して、枝が多く折れて散らばっている。草むらの荒れようは言うまでもなく、屋根の檜皮、瓦、あちこちの立蔀、透垣などのような物が雑然と散らばっている。

【考察】歌題の「故郷」は179番歌、参照。『源氏物語』は野分の風のすさまじさと、それにより無残になった六条院の様子を描いた箇所。異文の「ひばらがはら」（檜原）は、檜が生い茂っている原という意味。

（廣瀬薫）

須磨浦[秋]

183 [柏]すまの浦や木の間もりこぬ月も猶こヽろつくしの秋の波風

須磨の巻云、すまには、いとヽ心つくしの秋風に、海はすこし遠けれと云々。

【出典】柏玉集、九〇三番。源氏物語、須磨巻、一九八頁。

【異同】『新編国歌大観』「須磨浦[秋]―浦月」。『承応』『湖月抄』ナシ。

【訳】 秋の須磨の浦
須磨の浦では（木々が生い茂って）木の間から月の光は漏れてこないが、やはり物思いをさせる秋の波風（は吹いてくるの）だなあ。

　須磨の巻によると、須磨では、ひとしお物を思わせる秋風が吹き、海からは少し離れているが云々。

【考察】 須磨は光源氏が流謫された地。当歌は「木の間《こま》よりもりくる月の影見れば心づくしの秋は来にけり」（古今和歌集、秋上、一八四番、題知らず、よみ人知らず）も踏まえる。

（廣瀬薫）

月

184 秋の月中に有てふ薬もか老をかへして幾千世もみん
　錦繡万花谷曰、后羿、得二不-死ノ薬ヲ於西王母一ニ。其妻嫦-娥、竊ンテレ之ヲ奔レ月ニ、遂ニ託スニ身ヲ於月-中ノ仙一ニ云云。
【出典】 雪玉集、一一五九番。錦繡万花谷（明刻本）、前集巻一、月。
【異同】『新編国歌大観』ナシ。『錦繡万花谷』「后羿―嫦娥羿」「不死薬―不死之薬」「託―托」「身於月中仙―身月中仙」。
【訳】 月
秋の月の中にあるという不死の薬が欲しいものだ。（その薬を飲み）若返って幾千年も（月を）見てみよう。
　錦繡万花谷によると、后羿は不死の薬を西王母から貰い受けた。その妻の嫦娥はこの薬を盗んで月に逃げ、ついにその身は月にいる仙人になった云々。
【考察】 出典は「嫦娥奔月」の逸話。后羿《こうげい》は弓の達人で、夏王朝を簒奪した有窮国の君主。
【参考】『円機活法』『淮南子』にも類話があるが、本文は異なる。

十五夜翫月

185底に住魚の数さへあらはるゝ水に棹さす月そえならぬ

朗詠集。岸白《シテ》還迷《テ》松上《ノ》鶴、潭融《ツテ》可㆑竿《ヘツ》藻中《ノ》魚。

【出典】雪玉集、一一七六番、一三七四番。和漢朗詠集、上、秋、十五夜付月、二四七番。

【異同】『新編国歌大観』「水に棹さす―水に舟さす」（一一七六番、一三七四番）。『和漢朗詠集註』「潭融可竿―潭融可筭」。

【訳】十五夜に月を賞翫する

水底に住んでいる魚の数まで明らかにしてしまうぐらいに、棹を差す水面に差す月の光がなんとも言えないほどすばらしいなあ。

和漢朗詠集。（月光に照らされて）岸辺は所々白く見えるが、それは松の上にいる鶴かと見間違えるほどだ。池の水底まで（月光がさしこんで）よく見えるので、藻の中に潜む魚を数えられるほどだ。

【考察】当歌は「棹さす月」に「棹差す」（棹で水底を突いて舟を進める）と「射す月」（水面に射す月）を掛ける。

【参考】御物粘葉本『和漢朗詠集』には「潭融可算」とあるが、「算」「竿」「筭」はいずれも「かぞふ」と訓じる。

（廣瀬薫）

山月

186そめいろの山の南の秋つしま秋を時とや月もすむらん

円機活法。月部曰、釈氏書言、須弥山南《ノ》面《ニ》有㆓閻浮樹㆒月過㆑樹影《ヲ》入㆓月中《ニ》㆒云云。

法苑珠林曰、南閻浮提寿不定。西瞿耶尼寿二百五十歳。東弗波提寿五百歳。北鬱単越寿千歳。須弥之四方有也云云。

（加藤森平）

【出典】雪玉集、一二一八番。円機活法、巻一、天文門、閻浮樹影。【異同】『新編国歌大観』『円機活法』ナシ。

【訳】山の月

須弥山の南にある日本では、秋を一番良い時期として月も澄むのだろうか。

円機活法。月の部によると、釈氏書言には、須弥山の南側に閻浮樹があり、月が木の上を過ぎると樹影が月に映る云々。

法苑珠林によると、南閻浮提は歳が定かでない。西瞿耶尼は二百五十歳。東弗波提は五百歳。北鬱単越は千歳。須弥山の四方にある云々。

【考察】当歌の「そめいろ（蘇迷盧）」は須弥山、「秋つしま（秋津島）」は日本。南閻浮提・西瞿耶尼・東弗波提・北鬱単越は、須弥山の南・西・東・北にある大陸。南閻浮提には閻浮樹と呼ばれる大樹がある。第四句の「時」は「時めく」の「時」と同様に、移り変わる時間の中で最高の盛りの時期、という意味。

【参考】『円機活法』の一文は、『酉陽雑俎』にも見られる。現存する『法苑珠林』には「南閻浮提」以下の本文は見当たらない。天台教学の入門書としてよく読まれた『天台四教儀』（『大正新脩大蔵経』第四六冊No.1931）に、「謂東弗婆提（寿二百五十歳）南閻浮提（寿一百歳）西瞿耶尼（寿五百歳）北鬱単越（寿一千歳命無中夭。聖人不出其中。即八難之一）皆苦楽相間」とあるが、数字は一致しない。『仏説立世阿毘曇論』寿量品第一二（『大正新脩大蔵経』第三二冊No.1644）には、「西瞿耶尼人二百五十年是其寿命。東弗婆提人寿五百歳。北鬱単越定寿千年。人中五十歳是四天王一日一夜」とあり、数字は合う。

（加藤森平）

187 わするなよ三笠の山をさしてこそしらぬ海辺の月もみつらん

古今集云、もろこしにて、月をみてよめる。

あまの原ふりさけみれはかすかなる三笠の山に出し月かも

此歌は、むかし、仲まろを、もろこしに物ならはしにつかはしたりけるに、あまたの年をへて、えかへりまうてこさりけるを、此国より、又、使まかり至りけるに、たくひてまうて来なんとて、出たりけるに、めいしうといふ所の海辺にて、かの国の人、馬のはなむけしけり。よるになりて、月の面白くさし出たりけるを見てよめるとなん、かたり伝ふる云々。

【出典】 雪玉集、五三三三番、六五一六番。古今和歌集、巻九、羈旅、四〇六番。

【異同】『新編国歌大観』「みつらん―みつらん本」（六五一六番）。『八代集抄』「月の面白くさし出たり―月のいとおもしろくいてたり」。

【訳】（山の月）

忘れないでほしい。三笠山を目指し（て船出しようと来）たからこそ、（明州という）知らない海辺で月も見たのだろうということを。

古今和歌集によると、唐の国で月を眺めて詠んだ歌。

広々とした大空をはるかに見晴らすと、（月が出ているが、この月は故国の）春日にある三笠山に出た月（と同じ月）なのだなあ。

この歌は昔、阿倍仲麻呂を唐土に留学生として政府が派遣したところ、長年を経ても帰朝できなかったが、わが国から再び使節が派遣されて到着したので、一緒に帰ってこようとして出発したところ、明州という所の海岸で、その国の人々が送別会を開いてくれた。夜になって月がきれいにさし上ったのを眺めて詠んだ、と語り伝えられている云々。

【考察】 当歌の「三笠の山をさして」の「さし」は「笠」の縁語。

岡月

188 月よいかにたゝあたらよのと計に誰にしられん岡のへの松

あかしの巻に云、かの岡への家も、松のひゝき、波の音にあひて云々。又云、十三日の月の、花やかにさし出たるに、只「あたらよの」と聞へたり。

（劉野）

【出典】雪玉集、一二三二番。源氏物語、明石巻、二四〇頁・二五五頁。

【異同】『新編国歌大観』『湖月抄』『承応』ナシ。

【訳】岡の月

月はどうであろうか（美しく輝いているだろうか）。ただ「せっかくの夜を」とそれだけで、（光源氏以外の）誰に知られようか。岡辺（に住み、そ）の松（のように源氏の訪れを待つ明石の君）は。

明石の巻によると、あの（明石の君が住んでいる）岡辺の家でも、（源氏の弾く琴の音が）松風の響きや波の音と一緒になって云々。また同じ巻によると、十三日の月がはなやかに差し出ている頃合いに、ただ「あたら夜の」と（明石の入道は光源氏に）申し上げた。

【考察】「あたら夜の」は、「あたら夜の月と花とを同じくはあはれ知れらむ人に見せばや」（後撰和歌集、春下、一〇三番、源信明。月のおもしろかりけるに夜、花を見て）の初句で、入道が娘を源氏に会わせたい意をほのめかす。「岡のへの松」の「松」に「待つ」をかける。

（呉慧敏）

浦月

189 わかよはひふけゐの浦の秋の月わすれねよるの靍の思ひも

白氏文集、新楽府。第三第四絃《ノ》冷《ハ》々《トシテ》、夜《ノ》鶴憶《テ》レ子《ヲ》籠《ノ》中《ニ》鳴。

【出典】 雪玉集、一二六八番。白氏文集、巻三、新楽府、五絃弾、六三一頁。

【異同】 『新編国歌大観』『白氏文集』ナシ。

【訳】 浦の月

わたしは年をとり、吹飯《ふけい》の浦で秋の月を見ている。夜の鶴が子を思うようなわが子への思いも忘れてしまえ。

白氏文集、新楽府。第三・第四の絃は清々《すがすが》しくて、夜の鶴が子を思って籠の中で鳴くようだ。

【考察】 当歌は年老いたので、わが子を思う情愛の念を捨てて極楽往生を願ったか。

【参考】 「吹飯《ふけひ》の浦」は和泉の国の歌枕で、「更《ふ》け」を掛ける。「天つ風吹飯の浦にゐる鶴のなどか雲井に帰らざるべき」（新古今和歌集、雑下、一七二一番、藤原清正。殿上離れはべりて詠みはべりける）以来、鶴の名所。「夜の鶴」は親子の愛情の深さをたとえていう。当歌は実隆の家集『再昌草』によると、大永二年（一五二二）正月の「詠十首」のうちの一首。時に実隆は六八歳、当歌の初二句「我が齢《よはひ》更け」は実感のこもった表現。

（呉慧敏）

190 いくよわれつなかぬ舟のうき枕あかしの月のゆくにまかせて

文選。賈誼、鵩鳥賦曰、泛乎若二不レ繫之舟一。

【出典】 雪玉集、四五四七番。文選、賦編、下巻、一〇六頁。 **【異同】** 『新編国歌大観』『文選』ナシ。

【訳】（浦の月）

明石で幾夜も私は、つながれずに漂う舟の中で夜を明かし、明月の行くにまかせて（月を愛でている）。

文選。賈誼の鵩鳥賦によると、つながれない舟のように自由に漂う。

【考察】 当歌は「あかし」に夜を「明かし」（動詞）と、明るいを意味する「明かし」（形容詞）と、地名の「明石」

を掛け、月の名所の明石浦だからこそ、幾夜も波の上に漂い月を愛でると詠む。『文選』の「泛」は浮かび漂う、和歌の「浮き枕」は船中の旅寝という意味。明石での「浮き枕」には前例がある。「またや見ん明石の瀬戸の浮き枕波間の月の明け方の影」（正治初度百首、藤原忠良）。

【参考】 賈誼（前二〇〇～前一六九）は前漢の文帝に仕え、博士となる。

（大杉里奈）

橋月

191 **うちわたす音さやか成板はしの霜に跡なき秋のよの月**

温庭筠、詩句。人跡板橋霜。

【出典】 雪玉集、一二四二番。温飛卿詩集、商山早行。**【異同】**『新編国歌大観』ナシ。『温飛卿詩集』「跡―迹」。

【訳】 橋の月

（人々の）渡っている音が冴えてよく聞こえる板橋に、秋の夜の月が照らして霜が降りたかのように見えるが、足跡は残っていないなあ。

温庭筠の詩句。板橋に霜がおり、人の足跡が残っている。

【考察】 当歌の「霜」はまだ秋部なので、実際の霜ではなく、白い月光が橋を照らしていることの見立て。温庭筠の詩とは異なり、人が音を立てて板橋を渡っているのに、月光の霜の上には足跡が付いていないぞ、と興じた歌。

【参考】 301番歌も同じ温庭筠の漢詩を引用。

（大杉里奈）

192 **あたらしき橋うちわたす西ひかしひとつ色なる水の月影**

東坡全集、二十三。両橋詩幷引。

恵州之東、江谿合流、有橋、多廃壊、以小舟渡。羅浮道士鄧守安、始作浮橋、以四十舟為二十舫、鉄鎖石矴、随水漲落、榜曰東新橋。州西豊湖上、有長橋、屢作屢壊。栖禅院僧希固、築進両岸、為飛閣九間、尽用石塩木、堅若鉄石、榜曰西新橋。皆以紹聖三年六月畢工、作云云。

【出典】雪玉集、五二七六番。東坡全集（無刊記版）、巻二三、両橋詩幷引。

【異同】『新編国歌大観』『東坡全集』ナシ。

【訳】（橋の月）

新しい橋を東と西に渡して、（どちらの橋から見ても）同じ色の河水に月が映っているなあ。

東坡全集、第二十三巻。両橋の詩、並びに序。

恵州の東は、大河や谷川が合流しており、橋があっても多くは壊されるので、小舟で人を渡していた。そこで、羅浮の道士である鄧守安が始めて浮橋をつくり、四十葉の舟を二十の舫《もや》い舟として、鉄の鎖と石の礎石を備えて、河水の増減に従わせるようにし、表札を立てて「東新橋」と呼んだ。それから、恵州の西にある豊湖の上にも長い橋があり、たびたび作っては、たびたび壊れた。そこで、栖禅院の僧である希固が両岸を築き、九間の高殿を設け、すべてに石塩木（南方に産する堅木の名）を用いたから、その堅さは鉄石のようで、表札を立てて「西新橋」と呼んだ。両橋の竣工が紹聖三年（一〇九六）六月であったから（ここに二詩を）作り（落成を祝う）云々。

【考察】出典は、蘇軾（蘇東坡）が恵州に左遷された時、州の東西の橋を修復し、その竣工を賀して詠んだ漢詩（「東新橋」「西新橋」）の序。『東坡全集』では末尾が「畢工、作二詩落之」である。

（平石岳）

閨中月

193 さすそとはけしきはかりの槙の戸を明て夜深き閨の月哉
　あかしの巻。月いれたるまきの戸口、けしきはかりをし明たり。

【出典】雪玉集、一二九九番。源氏物語、明石巻、二五六頁。**【異同】**『新編国歌大観』『承応』『湖月抄』ナシ。

【訳】寝室の中の月
槙の戸を閉めたといっても形ばかりで、開けると夜更けの月が寝室に差しこむなあ。
　明石の巻。月の光の差し込んだ木戸口が、（光源氏を迎えいれるかのように）少しだけ押しあけてある。

【考察】当歌の上の句で形ばかり戸を閉めたとは、実は恋人の来訪を待っているので、すぐに開くようになっているということ。下の句は待ちわびて戸を開けると、深夜の月が寝室に射しこみ、夜が更けたのに恋人は来ないことを表わす。

【参考】『源氏物語』は、光源氏が明石の入道の期待に応え、入道の娘である明石の君を訪れた箇所。光源氏を迎える準備が整っていることを、入道が槙の戸を少し開けておくことで表わしている。

（平石岳）

194 秋かせにわすれし閨の扇をも月にたくへてまたやとらまし

【出典】雪玉集、一三〇〇番。**【異同】**『新編国歌大観』ナシ。

【訳】（寝室の中の月）
秋風が吹くと忘れられ、また飽きて忘れられた寝室の扇も、月になぞらえて、また手に取ってくれるだろうか。

【考察】「秋かせ」の「秋」に「飽き」を掛ける。「閨の扇」を月に見立てるのは、195番歌の漢詩による。当歌は月を愛でるように、忘れられた寝室の扇を手に取り愛でて寵愛が戻るだろうかと詠む。

（廣瀬薫）

月似扇

195おもかけは秋の扇のそれなからさも置かたき袖の月かな

斑婕妤詩曰、新《ニ》製《シテ》㆓斉紈-素《ヲ》㆒、皎-絜《トシテ》如㆓霜-雪《ノ》㆒。裁《シテ》為㆓合-歓《ノ》扇《ヲ》㆒、団-々《トシテ》似㆓明-月《ニ》㆒。出㆓入君《カ》褢-袖《ニ》㆒、動-揺微-風発《シテ》、常《ニ》恐秋-節《ノ》至、涼飇奪㆓炎熱《ヲ》㆒、棄㆓捐《セラレテ》篋-笥《ノ》中《ニ》㆒、恩情中-道《ニ》絶《ンコトヲ》。

【出典】雪玉集、一三三六番。文選、楽府上、怨歌行、四七三頁。

【異同】『新編国歌大観』ナシ。『文選』「斑―班」「新製―新裂」「皎絜―鮮絜」「裁為―裁成」「褢―懐」「涼飇―涼飈」。

【訳】月、扇に似る

（月の）姿は秋の扇に似ているけれども、（秋の扇のように）放っておくことのできないのは、（涙に濡れた）袖に映る月だなあ。

班婕妤の詩によると、新しく斉の国の白絹を使うと、それは白く清らかで雪や霜のようだ。それを裁ち合わせて貼った円扇を作ると、真ん丸で満月に似ている。（この扇は）君主の懐や袖に出入りして、動かしてあおぐ度にそよ風が起きる。（けれども）常に心配なのは、やがて秋がきて、涼しい風が暑さを吹き去らせると、（扇が）箱の中に投げこまれるように、君主の情けも途中で断ち切られることだ。

【考察】班婕妤は漢の時代、成帝に愛されたが、やがて趙飛燕により寵愛を失う。その悲しさを嘆いて作ったのが「怨歌行」で、自らを夏の暑さがなくなると忘れられてしまう秋の扇にたとえる。

（廣瀬薫）

山月入簾

196こすのうちもあらはに見えて黛のみとりに匂ふ山のはの月

玉京記。卓文君、眉ノ色不ㇾ加ㇾ黛如ㇾ望二遠‐山一ヲ。時ノ人効ㇾ之号二遠‐山眉一ト。
為長卿詩。小倉山ノ黛ハ当ルㇾ簾ニ色、大覚寺ノ泉ハ落ㇾ枕ニ声。

【出典】 雪玉集、一二二〇番。『淵鑑類函』巻三八一。河海抄、巻八、松風巻、大覚寺事。

【異同】『新編国歌大観』「こすのうちも―こすのうちに《もイ》」。『淵鑑類函』「眉色―眉」「如望―望如」。『河海抄』ナシ。

【訳】 山の月、簾に入る

御簾の内側（にいる女性の眉）も露わに見えて、黛のような緑色に染まる山の端の月に（照らされているなあ）。

玉京記。卓文君は眉に黛を付けずに、遠山のようにうっすらと青い眉であった。当時の人はこれに倣って、遠山の眉と呼んだ。

菅原為長卿の詩。小倉山の黛色は簾（の緑色）に照り映える。大覚寺の泉の音は枕元にまで聞こえる。

【考察】「遠山の眉」とは遠くに見える山のようにほんのりと青い眉で、美人の眉にたとえる。当歌はそれを逆に用いて、山の色を黛のようだと詠む。当歌の趣向は、歌題の「山」から「遠山の眉」を想起し、それと簾の内にいる女性の青黛で引いた眉とを「山月入簾」、すなわち山からの月光が簾の中を照らすことで結び付けようとした。

【参考】 卓文君は漢の武帝のころ、恋に生きた情熱的な女性の典型として知られる。『玉京記』は詳細不明。『淵鑑類函』は康熙四九年（一七一〇）に成立した類書で、日本に伝わりよく利用された。宋の潘自牧が編纂した類書『記纂淵海』巻八一では、出所を「玉京記」ではなく「西京雑記」とする。『河海抄』は「大覚寺の南に当たりて、滝殿の心ばへなど劣らずおもしろき寺なり」（松風、四〇一頁）を注した箇所。菅原為長の漢詩は、「落枕波声分岸夢、当簾柳色両家春」（和漢朗詠集、下、隣家、五七五番、菅三品）に似る。

（加藤森平）

197 玉すたれまきあけて見し峰の雪のおも影なからむかふ月かな

白氏詩。香炉峰雪撥簾看。

【出典】雪玉集、一二二一番。白氏文集、巻一六、香炉峰下新卜二山居一草堂初成偶題二東壁一、其三、四二四頁。和漢朗詠集、下、山家、五五四番。

【異同】『新編国歌大観』『白氏文集』『和漢朗詠集註』ナシ。

【訳】（山の月、簾に入る）

白居易が玉簾を巻き上げて見た香炉峰の雪の情趣を思い起こしながら（簾を巻き上げて）眺める月だなあ。

白居易の詩。香炉峰の雪は簾を撥ねあげて眺める。

（加藤森平）

秋歌中

198 木幡山打こえてみれはすむ月の千里もゆかん馬はなくとも

戦国策、巻三。秦昭襄王篇云、王-良《カ》之弟-子駕《シテ》云、取《ント》二千-里《ノ》馬《ヲ》一云云。

古文後集。雑《ノ》説《ニ》、世《ニ》有二伯-楽一然《シテ》後《ニ》有二千里《ノ》馬一。

【出典】雪玉集、七六八五番。戦国策、巻三、秦策、昭襄王、一二二頁。古文真宝後集、巻二、雑説、七六頁。

【異同】『新編国歌大観』「打こえてみれは―うちこえみれば」。『戦国策』『古文真宝後集』ナシ。

【訳】秋歌の中

木幡山を越えて見ると月が澄んでいる。（月が遥か遠く千里まで照らすように）千里でも行こう。たとえ（一日に千里を走れる）馬はなくても。

戦国策、巻三。秦の昭襄王篇によると、（有名な御者の）王良の弟子が、馬を車につけて、「一日に千里を走る良馬だ」と言った云々。

古文真宝後集。雑説に、世に伯楽（のような馬をよく見分ける人）がいて、それでこそ一日に千里を走れる馬が見出されて存在するのだ。

【考察】「千里馬」は一日で千里をかける馬で、すぐれた人材に例える。木幡《こはた》山は山城国の歌枕。そのイメージは、「山科の木幡の山を馬はあれど徒歩《かち》より我《あ》が来《こ》し汝《な》を思ひかねて」（万葉集、巻一一、二四二五番、人麻呂歌集歌）による。

（呉慧敏）

湖月

199 柏 月やすむ秋こそ西の水うみやうへし柳も一葉おとして《イのこらて》

宋史、三百九十八列伝、九十七蘇軾伝曰、又取葑田、積湖中、南北径三十里、為長堤以通行者。呉人種菱、春輒芟除、不遺寸草。且募人種菱湖中、葑不復生。収其利以備修湖、取救荒余銭万緡・糧万石、及請得百僧度牒、以募役者。堤成、植芙蓉・楊柳其上、望之如画図、杭人名為蘇公堤。

【出典】柏玉集、八九五番。宋史、巻三三八（四庫全書）。

【異同】『新編国歌大観』「水うみや—湖に」「おとして—のこして」。『宋史』ナシ。

【訳】　湖の月

月は澄んでいるかなあ。秋は西から来るが、西湖にかつて植えた柳も一枚の葉を落として（いるだろう）。

宋史、三百九十八列伝、九十七蘇軾伝によると、さらに葑田（マコモなどの水草が枯れて腐食し泥土になり、さらに干上がって田んぼ状になったもの）を集めて、西湖の中に南北長さ三十里に渡り積み上げて長堤とし、人の往来が出来るようにした。呉の地方では人々は菱《ひし》を植えるが、春になるとマコモなどの水草を刈り取り、一本も残さないようにした（その後、菱を植えるのである）。かつ、蘇軾は人を雇って西湖に菱を植え、マコモが二度と生えないようにした。菱を植えることで得られた収入（菱の実を売って得られた収入）は、西湖を浚渫《しゅんせつ》（泥を浚《さら》うこと）する費用として備蓄し、飢饉救済資金で余った一万緡の銭と一万石の穀物、および政府に申請して得られた百人分の僧の度牒（政府発行の僧侶の出家証明書。僧侶の地位は政府管理で、度牒が無いと僧侶になれず、宋代の政府は度牒を売買して資金を調達していた）を使用して、浚渫作業の労働者を雇用した。長堤が完成すると、そこに芙蓉や楊柳を植えた。遠望すると絵画のように美しく、杭州の人は「蘇公堤」と名づけた。

【考察】「一葉」は舟にたとえることもある（133番歌、参照）。

【参考】蘇軾は北宋の文人、政治家で、唐宋八大家の一人。「宋史三百九十八列伝」とあるが、宋史三百三十八列伝の誤りか。

（大杉里奈）

禁中月

200 にしになるひかりもあかすすむ月の花のとほその明かたの空

拾芥抄、宮城部、月華門。西謂之南殿西向門。安福校書両殿間、有此門云云。

【出典】雪玉集、二七九三番。拾芥抄、宮城部、月華門。**【異同】**『新編国歌大観』『拾芥抄』ナシ。

【訳】宮中の月

西に沈む月の光もまだ見飽きず夜を明かし、美しい月華門の扉を開けると、澄んだ月が明け方の空に（見えるなあ）。

拾芥抄、宮城部、月華門。西側で、南殿（紫宸殿）の西向にある門をいう。安福殿と校書殿の二つの殿舎の間に、この門はある云々。

【考察】「枢《とぼそ》」は扉または戸を指し、「月の花のとぼそ」は月華門を意味する。また「花の」は美称。「あかす」に「飽かず」と「明かす」を、「明けがた」に「（門の扉を）開け」を掛ける。

【参考】紫宸殿の東には日華門があり、月華門と対置する。

（平石岳）

201 碧 雲のうへや花のあしたの言の葉もおよはぬ月の秋のよのそら

古今序云、古しへの世ゝの御門、春の花のあした、秋の月の夜ことに、さふらふ人〳〵をめして、ことにつけつゝ歌を奉らしめたまふ。あるは花をそふとて、たよりなき所にまとひ、あるは月をおもふとて、しるへなき闇にたとれる心〳〵を見たまひ、さかしおろかなりとしろしめしけむ。

【出典】碧玉集、五一六番。古今和歌集、仮名序、一二頁。【異同】『新編国歌大観』『八代集抄』ナシ。

【訳】（宮中の月）

宮中では（春の）花の咲いた朝も、雲の上にある秋の月の夜空には言葉も及ばないなあ。

古今和歌集の仮名序によると、昔の代々の帝王は、花の咲いた春の朝や、秋の美しい月夜ごとに、お付きの人々をお召しになって、何事につけても常に歌を詠出させなさった。またある時は思いを花に託して作歌しようと、手がかりのない場所をさまよい、ある時は月を愛でるために、不案内の地をまごつき歩いた人々の心中をご覧になり、彼らの賢愚を識別なさったのだろう。

【考察】『古今和歌集』仮名序は歌の起源に立ち戻り、歌の理想的な姿を古代の帝王と歌の関わりから辿る箇所（549番歌参照）。当歌は春の花より、宮中から見える秋の月の美しさの方が勝ると詠む。春と秋の優劣を論議する春秋の争いは、古くは額田王の長歌（万葉集、巻一、一六番）に見られる。

【参考】当歌は「花」と「葉」が縁語で、「雲のうへ」に宮中と、月がある雲の上を掛ける。

（平石岳）

古寺月

202此ころの秋も見かてら露霜の野寺の月に一夜あかしつ

【出典】柏玉集、八六三番、一二三四七番。雪玉集、四七三八番。【異同】『新編国歌大観』ナシ。

【訳】古寺の月

近頃の秋を見るついでに、露や霜が降りる野の寺で月を見て一夜を明かしたなあ。

【考察】出典は203番歌と同じで、当歌の第二句「秋も見がてら」は『源氏物語』賢木巻の一節「秋の野も見たまひがてら」を踏まえる。

（風岡むつみ）

203こゝにてもうき人しもと月やみんをし明かたの雲の林に

榊巻云、秋の野も見たまひかてら、雲林院にまふてたまへり云々。所からに、いとゝ世中のつねなさをおほしあかしても、猶、うき人しもとそおほし出らるゝ、をし明かたの月かけに、法師はらの、あか奉るとて。

【出典】雪玉集、一二九〇番。源氏物語、賢木巻、一一六頁・一一七頁。

【異同】『新編国歌大観』ナシ。『承応』『湖月抄』「うき人しもとそ―うき人しもそとて」。

【訳】（古寺の月）

ここにいても「憂き人しも」（つれない人が恋しい）と思って、月を見るのだろうか。明け方の雲が群がっている雲林院で。

賢木巻によると、（光源氏は）秋の野辺をもごらんになりがてら、雲林院に参詣なさった云々。場所が場所とて、ひとしお世間の無常を夜通しお考えになるにつけても、やはり「うき人しも」と（つれない藤壺のことを）思い出されるが、その明け方の月の光に照らされて、法師たちが閼伽をお供えしようとして。

【考察】『源氏物語』は、桐壺帝の崩御に伴い里下がりした藤壺と密会した光源氏が、その心を鎮めるために雲林院に参籠した箇所。光源氏の心中思惟である「うき人しも」の出典は、「天の戸をおしあけ方の月見れば憂き人しもぞ恋しかりける」（新古今和歌集、恋四、一二六〇番、よみ人しらず）で、その第二句「おしあけ方の」は『源氏物語』と当歌の第四句に引用。結句の「雲の林」は群がっている雲の有様を林に見立てていう語で、雲林院を掛ける。

【参考】『雪玉集』の歌肩に「永正九七月次」とあり、永正九年（一五一二）七月の月次《つきなみ》歌。『源氏物語』には「紅葉やうやう色づきわたりて、秋の野のいとなまめきたる」（一一六頁）とあり、季節も合う。

（風岡むつみ）

樵夫帰月

204 柏 斧のえをくたすも有かあかなくに一夜の月に何かへるらん

　王質事実、註于春部。

【出典】柏玉集、八三七番。**【異同】**『新編国歌大観』「あかなくに—あかなくの」。

【訳】木こり、月夜に帰る

（ずっと眺めていて）斧の柄を腐らせるほどの時間が経ったというのか。まだ名残惜しいのに、この月夜になぜ木こりは帰るのだろうか。

　王質の故事は、春部に注す。（52番歌、参照）

【考察】出典は、斧の柄が朽ちているのを見て長い年月が経っていた事に気づいた、という王質の故事。当歌は斧の柄が朽ちるほどの長い時間、月を眺めていたわけでもないのに、なぜ帰らなくてはいけないのかと名残惜しく思う気持ちを詠む。

（廣瀬薫）

樵客帰月

205同 月のうちのかつらもをのか薪とやゆく〳〵袖のうへに見るらむ

西陽雑俎。見于夏月註。

【出典】三玉和歌集類題、秋、樵客帰月、柏玉集。

【異同】『三玉和歌集類題』「月のうちの―月の中の」「ゆく〳〵―ひかりを」「見るらむ―みゆらん」。

【訳】木こり、月夜に帰る

木こりは月の中にある桂も自分の薪にするつもりで、帰る道すがら（涙で濡れた）袖の上に映る月を見ているのだろうか。

酉陽雑俎。夏月の注に見える。（119番歌、参照）

【考察】出典は、月にある桂を伐り続けている男の伝説で、その故事は『万葉集』にも見られる。当歌は月の桂を高貴な女性に例え、桂の木を薪として思いを燃やし、叶わぬ恋に泣いているとも解釈できる。

（廣瀬薫）

在明月

206 おもへとも命なかきは有明のかたはなからに世を尽せとや

荘子、天地篇曰、寿《キ時ハ》則多《シ》レ辱。

【出典】雪玉集、一一八七番。荘子、三七三頁。【異同】『新編国歌大観』『荘子』ナシ。

【訳】有明の月

あれこれ思っても（死ねずに）寿命が長いのは、夜明けの空に残っている有明の月のように、見苦しくても長生きしろということだろうか。

荘子、天地篇によると、長生きすると恥をかくことが多い。

【考察】出典は、中国の伝説上の聖帝である堯が華に出かけた時、国境にいる隠者に、「堯が長生きするように、あるいは豊かになるように、あるいは男子が多く生まれるように祈ろう」と言われた。ところが堯は、「どれも必要ない」と答えた。引用箇所は、一つ目の祈る必要がない理由。

（廣瀬薫）

月前行客

207 更ぬともあはれをかはす友しあらはのこりの月に猶やゆかまし

【出典】雪玉集、二七九六番。和漢朗詠集、下、暁、四一六番。【異同】『新編国歌大観』『朗詠集註』ナシ。

朗詠集。佳‐人尽ク飾二於晨‐粧一ヲ。魏‐宮ニ鐘‐動ク。遊‐子猶ヲ行ク二於残‐月一ニ。函谷ニ鶏‐鳴ク。

【訳】月下の旅人

たとえ夜が更けても、心を通わす友がいれば、（旅中の孟嘗君のように）やはり残月のもとで会いに行くだろうか。

和漢朗詠集。宮女たちはみな朝のお化粧をして美しく装っている。今しがた、明け方を告げる魏宮の鐘が鳴ったからだ。旅中にある孟嘗君は残月の下で、なお歩き続けている。それは幸いにも暁の刻を告げて鶏が鳴いたために、函谷関の門が開いたからだ。

【考察】函谷関は秦が東方からの侵入に備えた関所で、絶壁に囲まれた難所。夜は閉ざされ、鶏が鳴いてから通行人を通す決まりがあった。孟嘗君が追手から逃げて夜にこの関を通るため、彼の食客の一人が鶏の鳴き真似をして欺いたとする故事が『史記』「孟嘗君列伝」に見られる（516番歌に掲載）。

（加藤森平）

月似弓

208 とはゝやなまゆみ月弓月影はいかなるしなか有明の空

梁塵秘抄、神楽歌。弓といへはしなゝき物を梓弓まゆみ月弓品こそ有らし

【出典】 雪玉集、一三三七番。梁塵愚案抄、巻上、神楽、弓。**【異同】**『新編国歌大観』『梁塵愚案抄』ナシ。

【訳】 月、弓に似る

問いたいものだなあ。真弓か槻弓か、どのような種類の弓（に似ているの）だろうか。有明の空に見えている月影は。

梁塵愚案抄、神楽歌。弓といえば、種類による差がないものよ。梓弓、真弓、槻弓と種々あるらしい。

【考察】 神楽歌によると、弓には多くの種類があるが優劣の差はない、とする。それでも今見ている月は、どのような弓に似ているか問いたい、と当歌は詠む。「梁塵秘抄、神楽歌」とあるが、現存する後白河院編『梁塵秘抄』には神楽歌は含まれず、巻末に翻刻した「引用書目」にある一条兼良編『梁塵愚案抄』を指す。

【参考】 神楽歌の結句「品こそ有らし」は重種本系の本文。鍋島家本（『新編日本古典文学全集』収録）では「品ももとめず」。

（加藤森平）

月似鏡

209 山とりも音にやたてましますす鏡それかと月のすめる尾上に

事文類聚後集、四十二巻曰、昔、罽‐賓‐王、結二罝《ヲ》峻卯之山《ニ》一、穫二一《ノ》鸞鳥《ヲ》一。王甚《タ》愛《シテ》レ之《ヲ》、欲二其《ノ》鳴《ンコトヲ》一而不レ能レ致《スコト》。乃《シ》飾《ルニ》以二金‐樊一、饗《スルハ》以二珍‐羞《ヲ》一対《シテ》レ之《ニ》逾‐戚《ム》。三‐年《マテ》不レ鳴、其《ノ》夫‐人《ノ》曰、「嘗《テ》‐聞《ク》、鳥見二其《ノ》類《ヲ》一而後鳴《クト》。何《ソ》不二懸《テ》レ鏡《ヲ》映一」。王従二其《ノ》意《ニ》一鸞覩《テ》レ形《ヲ》悲‐鳴《ノ》哀《シム》。

【出典】 雪玉集、一三三三番。事文類聚後集、巻四二、鸞鳥詩序。

【異同】『新編国歌大観』ナシ。『新編古今事文類聚』「何《ソ》不ニ懸《テ》レ鏡《ヲ》映一―何《ソ》不ニ懸《テ》レ鏡《ヲ》以《テ》映《セ》一也」。

【訳】月、鏡に似る

山鳥も声を立てて鳴くだろうか。山頂で真澄鏡のように澄んでいる月に（向かって）。

事文類聚後集、四十二巻によると、昔、罽賓の王が峻卯の山に網を仕掛けて一羽の鸞鳥を獲った。王はその鳥をとても愛し、その鸞鳥の声を聞こうとしたが鳴かせられなかった。そこで金の鳥籠を飾ったり、珍しい食べ物を食べさせたりして、その鳥をますます可愛がった。三年経っても鳴かず、王の夫人が、「鳥は同じ種類の鳥を見てその後に鳴く、とかつて聞いたことがある。どうして鏡を懸けて映さないのか」と言った。王は言われたことに従い（鸞鳥に鏡を見せると）、鸞鳥は自分の姿を見て悲しげに鳴いた。

【考察】罽賓は北インドのカシミール地方もしくはガンダーラ地方に在ったとされる国。当歌は出典の故事を踏まえ、鏡のように澄んでいる月を山鳥は鏡と見まちがえて鳴くだろうかと詠む。

【参考】「山鳥、友を恋ひて鏡を見すれば慰むらむ、心わかう、いとあはれなり」（枕草子、三九段「鳥は」）。

（大杉里奈）

月前鐘

210 此ころの月に夢みる里はあらしねよとのかねは声をたゝなん

小学、善行篇。至ニ人‐定‐鐘《ニ》一然《シテ》‐後《ニ》帰レ寝《ニ》云云。

万葉集、巻四。皆人乎《ヲ》宿《ネ》与《ヨ》殿《トノ》金《カネ》者《ハ》打《ウツ》奈《ナ》礼《レ》杼《ト》君乎《ヲ》之《シ》念《ヲモヘ》者《ハ》寝《イネ》不勝《カテヌ》鴨《カモ》

【出典】雪玉集、一三四〇番。小学、善行第六、四六二頁。万葉集、巻四、六〇七番。

【異同】『新編国歌大観』『小学』ナシ。『万葉集』（寛永版）「打《ウツ》奈《ナ》礼《レ》杼《ト》―打礼杼《ウツナレト》」。

【訳】月下の鐘

近頃の（美しい）月では、（月見で夜更かしして）夢を見る里はないだろう。寝よと合図する鐘は鳴ってほしくないなあ。

小学、善行編。亥の刻の鐘が鳴ってから寝室に帰る云々。

万葉集、巻四。皆の者に寝よと合図する鐘は鳴っているが、あなたのことを思うと眠れないなあ。

【考察】『万葉集』の第二句「寝よとの鐘」は陰陽寮で鳴らす鐘の一つで、亥の刻（午後一〇時）に打ち鳴らす鐘。当歌の結句「声をたたなん」は「立たなん」（声を立ててほしい）ではなく、「断たなん」（声を絶ってほしい）と解釈する。

（大杉里奈）

211 柏 雲にあふあかつき月にもれ出てひとりくまなきかねの声哉

古今序。まへにしるし侍る。

【出典】柏玉集、九一九番。**【異同】**『新編国歌大観』ナシ。

【訳】（月下の鐘）

夜明け前に雲に出会って隠れた月から漏れ出るのは、澄んだ鐘の音だけだなあ。

古今和歌集、仮名序。前に記しています。（57番歌、参照）

【考察】『古今和歌集』の仮名序の一節「秋の月をみるに、暁の雲にあへるがごとし」を踏まえる。

（呉慧敏）

212 同 月にもやみる心地せん三の嶋十の洲をもつけのまくらに

月前枕

開元遺事曰、亀-茲-国進レ枕ヲ。其ノ色若二瑪瑙一、温-潤如レ玉、製作甚タ工ナリ。枕シテレ之ヲ而寐ル時ハ-則十-洲三-嶋尽ク在㆓夢‐中㆒。帝因テ号ス㆓遊‐仙ノ枕ト㆒。

［出典］ 柏玉集、九一八番。開元天宝遺事、巻一、遊仙枕。

［異同］『新編国歌大観』ナシ。『開元天宝遺事』「進枕―進奉枕一枚」「若―如」「温潤―温温」「製作甚工―其製作甚樸素」「枕之而寐―若枕之」「十洲三嶋―十洌三島四海五湖」「夢中―夢中所見」「号―立名為」。

［訳］ 月下の枕

（仙境である）三島と十洲（の在りか）を告げる栢植《つげ》の枕で（眠ると）、月のもとで（それらを夢の中で）見るような心地がするだろうか。

開元天宝遺事によると、亀茲国から枕が献上された。その枕の色は瑪瑙《めのう》のようであり、温潤さは玉のようであり、製作は甚だ巧みである。これを枕にして寝ると、十洲三島はすべて夢の中に現れる。よって帝は（その枕を）遊仙枕と名づけた。

［考察］ 当歌は結句「つげ」に、「告げ」と「栢植」を掛ける。

［参考］ 出典本文の続きは「後賜与楊国忠」で、楊国忠（楊貴妃の従兄弟にあたり安禄山の乱で誅殺された）に下賜された。また、五山僧の月船寿桂（生没一四六〇～一五三三年）には「遊仙枕」を題にした漢詩、「一枕仙遊青書長。十洲三島黒甜郷。明皇未識神山路。只愛春風睡海棠」がある。

（呉慧敏）

月前蛩

213 柏 きり〳〵すをのか宿りにあらしてもかへの隙もる月をたにみん

［出典］ 柏玉集、九二九番。**［異同］**『新編国歌大観』ナシ。

［訳］ 月下の蛩《きりぎりす》

こおろぎよ、（ここが）自分の住居ではなく荒れていても、せめて壁の隙から漏れる月を見るがよい。
【考察】 出典は214番歌、参照。「あらし」に「あらじ」と「荒らし」を掛ける。

（竹田有佳）

秋歌中

214 かへの底もさそな雨夜の蛩ぬれて鳴よるともしひの影
月令曰、季‐夏ノ之月律在㆓林‐鐘㆒ニ、温‐風始テ至テ、蟋‐蟀居㆑壁ニ。
【出典】 雪玉集、三七九四番。礼記、上巻、二四六頁。
【異同】『新編国歌大観』ナシ。『礼記』「律在林鐘―律中林鐘」。
【訳】 秋歌の中
雨が降る夜、壁の奥もさぞかし濡れているのだろう。灯火に鳴きながら近づくこおろぎが濡れているからなあ。
月令によると、季夏の月（六月）の律は林鐘にあり、涼風が吹きそめ、蟋蟀《こおろぎ》が壁を這う。
【考察】「月令」は『礼記』の一篇で、一年の暦や行事について記す。「林鐘」は中国音楽の十二律の一つで、八番目の音を指す。「温風」は熱風ではなく、夏の末に吹く風。

（竹田有佳）

水郷月

215 柏 はる〳〵と月に見わたすうちはしの絶まを雲におもふ空哉
浮舟巻。宇治はしのはる〳〵と見わたさるゝに、柴つみふねの所〳〵に行ちかひたるなと云々。
【出典】 柏玉集、八九二番。源氏物語、浮舟巻、一四五頁。**【異同】**『新編国歌大観』『承応』『湖月抄』ナシ。
【訳】 水郷の月

月の光に照らされ、はるかに見わたされる宇治橋の絶え間が、（月がのぞく）雲の絶え間に重ねられる空だなあ。

浮舟の巻。宇治橋がはるかに見わたされるところに、柴を積んだ舟があちこちで行き交っているなど云々。

【考察】『源氏物語』は、久しぶりに宇治を訪れた薫が、浮舟の大人びたさまを好ましく思い、京に迎える準備が進んでいることを伝えたが、匂宮との秘事を持つ浮舟が泣きだしたことにとまどい、外の景色を眺めている場面。

（平石岳）

社頭月

216 秋の霜こゝに置ける光をも月にそみつるふるの神かき　同

神代巻曰、其断《キリシ》レ蛇《ヲロチヲ》剣、号曰《テ》二蛇《ノ》之麁正《アラマサト》一。此、今在《ス》二石上《イソノカミニ》一也云云。

朗詠集、順。雄-剣在レ腰抜《クトキハ》則秋《ノ》-霜三-尺、雌黄自レ口吟《スレハ》亦寒玉一-声。

【出典】柏玉集、八六一番、一二五二番。雪玉集、四五四八番。日本書紀、神代巻、九六頁。和漢朗詠集、下、将軍、六八六番。

【異同】『新編国歌大観』「月にそみつる—月にはうつる」（柏玉集、八六一番）。『日本書紀』『和漢朗詠集註』ナシ。

【訳】社前の月

布留《ふる》の社（石上神宮）の垣根におりた秋の霜が、月の光に照らされ輝いている。それはまるで当社に祭られている、秋霜にも例えられる霊剣「蛇之麁正」が輝いているかのように見えるなあ。

神代の巻によると、（素《す》戔嗚尊《さのおのみこと》が）八岐大蛇《やまたのおろち》を斬った剣を、名付けて「蛇《おろちの》之麁正《あらまさ》」という。これは今、石上神宮に安置されている云々。

和漢朗詠集、源順。雄剣のような三尺もある名剣を腰に佩し、抜けば秋の霜のように鋭い光を放つ。文字消しに使われた雌黄を口に含んだかのように、（充分に推敲された美しい文章を）吟じると、まるで澄んだ玉が一声震えるように響く。

【考察】『日本書紀』は八岐大蛇退治の場面で、このとき大蛇の体内から出てきたのが草薙剣《くさなぎのつるぎ》。『和漢朗詠集』は、藤原伊尹が文武両道に優れていることを称えたもの。「雄剣」は中国春秋時代の干将がつくったとされる雌雄二剣のひとつ。「秋霜」は刀剣の比喩。「雌黄」は樹脂の一種で、古代中国で文字消しに使用した。「寒玉」は清らかな容貌、声、水、月などの比喩。当歌の第二句「置きける」に「霜が降りた」ことと「剣を据え置いた」ことを重ねる。

（平石岳）

月前神祇

217 秋の月うつりてすむも石清水むかしの袖のひかりをそ思ふ

神社考引二本朝僧史一曰、世言《ニ》、教所《カ》レ見太‐神《ノ》本‐身於レ是弥陀・観音・勢至《ノ》三‐像現二袈裟《ノ》上《ニ》一云云。又見于続故事談、四巻。

【出典】雪玉集、一三六二番。本朝神社考、一。続古事談、巻四ノ一。

【異同】『新編国歌大観』ナシ。『本朝神社考』「教所見太神―教見大神」。

【訳】月下の神祇

秋の月が岩の間から湧き出る水に映り澄んでいるのを見るにつけても、昔、僧侶の袖に映った石清水八幡宮の後光を思うことだなあ。

本朝神社考が引く本朝僧史によると、世間では教（という僧侶）が見たところによると、八幡神の本来の姿が、ここにおいて阿弥陀如来・観音菩薩・勢至菩薩の三像として袈裟の上に現れた、と言われている云々。また、続古事談の巻四に見える。

【考察】当歌は第三句「石清水」に、普通名詞（岩の間から湧き出る水）と固有名詞（石清水八幡宮）を掛ける。第四句「むかしの袖」は『本朝神社考』などに見える説話を踏まえる。その僧の名前を『本朝神社考』では「教」、『続古事談』では「行教」とする。

（廣瀬薫）

釣夫歌月

218 柏 秋の水すめらは何をあら磯の月にそなれてうたふ舟人

文選、漁-父辞。漁-父莞-尓《トシテ》而笑《テ》鼓《テ》レ枻《ヲ》而去《ル》。乃歌《シ》曰《テ》、「滄浪《ノ》之水清《メラハ》兮可三以濯《テ》二吾《カ》纓《ヲ》一。滄-浪《ノ》之水濁《ラハ》兮可三以濯二吾《カ》足《ヲ》一」。

【出典】柏玉集、九一一番。雪玉集、一五三四番。文選、文章篇上、七〇頁。

【異同】『新編国歌大観』「釣夫歌月―漁父棹月（柏玉集）―（ナシ）（雪玉集）」。『文選』ナシ。

【訳】魚釣りの男性、月に歌う

秋の水が澄んでいるならば何を洗おうかと、荒波にも慣れて、岩石の多い海岸で月に歌う舟人だなあ。

文選、漁夫の辞。漁師はにっこりと笑い、櫂を音高く漕ぎながら去って行った。そして、歌って言うには、「漢水の下流の水が清らかに澄んでいる時は、その水で私の冠の紐を洗えよう。漢水の下流の水が汚く濁っているときは、その水で私の汚れた足を洗えよう」と。

【考察】出典は屈原の作。世の清濁を川の清濁にたとえて、世に正道が行われていれば宮廷に出仕し、世が乱れていれば官を辞すことを歌う（661番歌にも掲載）。当歌は「あら（荒）磯」に「洗い」を掛ける。

（廣瀬薫）

臨水待月

219 同
水に近きうてなのうへに待出て月は手にとる光とやみん
宋蘇鱗詩。近《キ》レ水《ニ》楼-台《ハ》先《ツ》得レ月《ヲ》云云。見于万姓統譜。

【出典】柏玉集、八二五番。万姓統譜、巻一二、蘇鱗。
【異同】『新編国歌大観』「臨水待月—谷月」。『万姓統譜』ナシ。
【訳】水辺に臨み月を待つ
水辺に近い高殿の上で月が出るのを待っていると、月は手に取れる光のように見えるだろうか。
宋蘇鱗の詩。水辺に立つ楼台では、他所よりも先に月が見られる云々。万姓統譜に見える。
【参考】出典は北宋の蘇鱗の詩で、断片のみ知られている。「近水楼台先得月、向陽花木易為春」（水辺に近い楼台は、遮る樹木が周りに無いために、月を先に見ることができる。太陽に向いた花木は、陽光を十分に受けるため、芽生えも早く、春景色を作りやすい。）

（加藤森平）

秋
布引滝

220 柏
くれゆかはいさ此山に待出ん月のひかりも布引の滝
いせ物語。「いさ、この山のかみにありといふぬの引の滝、見にのほらん」といひて。

【出典】柏玉集、八二〇番。伊勢物語、八七段。【異同】『新編国歌大観』『伊勢物語拾穂抄』ナシ。
【訳】秋の布引の滝
日が暮れていくならば、さあ、この山の上にある布引の滝で、月が出るのを待とう。月の光も布引の滝（のように降り注ぐだろう）。
伊勢物語。「さあ、この山の上にあるという布引の滝を見に登ろう」と言って。

【考察】『伊勢物語』は、男が有名な滝を見に登山した話。布引の滝は六甲山の南側、神戸市を流れる生田川上流の滝。

【参考】「ぬのびきの滝ときさしは雲ゐより月の光のおつるなりけり」（出観集、四一九番、月映滝水）、「山かぜに雲のしがらみよわからじ月さへおつる布曳のたき」（寂蓮法師集、三四三番。津の国のあし屋といふ所にしほゆあみける時、ぬのびきの滝見にまかりて、月の出づるまでありける）。

（加藤森平）

秋声

221 おもひわく身にこそとまれ秋の声木のまに有と誰かいひけん

【出典】雪玉集、一四九五番。【異同】『新編国歌大観』ナシ。

【訳】秋の声

秋の声は違いが分かるわが身に留まるのに、秋の声は木の間にあると、誰が言ったのだろうか。

【考察】222番歌の出典を踏まえて、秋の訪れは木の間ではなく、雨音などと枝の鳴る音とを聞き分けられるわが身に留まると詠む。

【参考】「いつとても月はかくこそあれとて、思ひわかざらむ人は、むげに心憂かるべき事なり」（徒然草、二一二段）では、秋の月をほかの季節の月と区別する。

（大杉里奈）

222 柏 たち出てしるへき秋の声ならし只月ほしの深きよの空

秋声賦曰、「汝出《テ》視《ヨ》レ之《ヲ》」。童-子《ノ》曰、「星-月皎-潔《トシテ》明-河在レ天《ニ》、四《ニ》無二人-声一々《ハ》在二樹間一」。

【出典】柏玉集、九四七番。古文真宝後集、四三頁。【異同】『新編国歌大観』『古文真宝後集』ナシ。

【訳】（秋の声）

外に出て知ることができる秋の声だなあ。（雨音ではなく）ただ月や星が輝く夜更けの空に（木の枝が鳴っている）。

秋声賦によると、「おまえ、家の外に出て調べて見よ」。童子は言った。「星や月が白く輝いて清らかで、天の川は空にあり、あたりには人声もなく、その音は樹の枝の間に鳴っている」と。

【考察】「秋声賦」は欧陽修の作で、風雨や人馬の音に聞こえたのは木の枝の鳴る音だと分かり、それを秋の声と捉えて慨嘆した。

（大杉里奈）

秋関

223 とゝむともかへりなれぬる道しあれは関のかためや秋になからん

朗詠集。留春不用関城固。

【出典】雪玉集、一四八九番。和漢朗詠集、上、春、三月尽、五五番。

【異同】『新編国歌大観』『和漢朗詠集註』ナシ。

【訳】秋の関所

（過ぎゆく秋を）留めようとしても帰り慣れた道があるので、関所の固めは秋には（役に立た）ないだろうか。

和漢朗詠集。過ぎゆく春を引きとめるのに、関所や城門の固めは何の役にも立たない。（91番歌、参照）

（大杉里奈）

秋書

224 天とふや鳥のなかにも鳥の跡を秋来る雁にいかてつけゝん

淮南子。蒼頡、始視鳥跡之文、造書契云云。

漢書。蘇武伝曰、常-恵請二其《ノ》守《ル》者《ニ》一、与《ニ》-倶《ニ》得三夜見二漢-使一、具《ニ》-自陳レ道。教レ使-者《ヲ》謂《テ》二単干《ニ》一言《ハ》、「天子射二上-林《ノ》中《ニ》得二雁《ノ》足《ニ》有レ係二帛書一、言《ク》武等《ラ》在《リト》二某沢《ノ》中《ニ》一」。使-者大《ニ》-喜《テ》如二恵《カ》語一以譲《ム》二単-干《ヲ》一。単-干視《テ》二左右《ヲ》一而驚《ク》。謝《シテ》二漢-使《ヲ》一曰、「武等《ラ》実《ニ》在」云々。

［出典］ 雪玉集、一四九三番。淮南鴻烈解、巻八、本経訓。漢書、評林巻五四、李広蘇建伝第二四。

［異同］『新編国歌大観』『淮南鴻烈解』ナシ。『和刻本正史　漢書（二）』「謂単干—謂単于」「単干単干—単于単于」。

［訳］ 秋の手紙

空を飛ぶ鳥の中でも、文字（が書かれた手紙）を秋に渡ってくる雁（の足）に、どのようにして付けたのだろうか。

淮南子。蒼頡が初めて鳥の足跡の文様を見て、文字を作った云々。

漢書。蘇武伝によると、常恵はその看守に請い、その者と一緒に夜、漢の使者に会い、みずからつぶさに事情を述べた。そして使者から単于に、「天子が上林苑内で射猟して得た雁の足に帛書（絹に書いた手紙）が結んであり、それには、蘇武らは某の沢中にいると書かれていた」と言うように教えた。使者は大いに喜び、常恵が語った通りに言って単于を責めた。単于は左右の者を見て驚き、漢の使者に詫び、「蘇武らは、実は生きている」と言った云々。

［考察］ 蒼頡が鳥の足跡を見て文字を創作したという伝承から、「鳥の跡」は文字や筆跡を意味する（71番歌、参照）。また、蘇武の故事により、雁は手紙を届けるとされた。

（呉慧敏）

秋祝

225 よもの国たへぬ田面も更に今年有秋としるしつくらし

江次第。不堪田申文云、不堪国云云。大弁巻レ紙染レ筆、上-卿《ノ》曰、「諸-国申当年不堪佃田事」云云。

【出典】雪玉集、一五〇六番。江家次第、巻九、九月、不堪佃田申文。

【異同】『新編国歌大観』ナシ。『江家次第』（神道大系）「不堪田申文云不堪国云云―（ナシ）」。

【訳】秋の祝い
四方の国は耕作不能だった田地も、新たに今では穀物がよく実る秋だと記されることだろう。

江家次第。不堪田の申文によると、不堪国云々。大弁は紙を巻き筆を染め、上卿は、「諸国、当年の不堪佃田のことを申す」と言う云々。

【考察】当歌は、凶作だった田地も稲が実り、朝廷に豊作の年と申請できると祝う。第四句の「年」は古代、稲作により年の区切りを考えたことから、穀物、特に稲、また稲が実ることを意味する。

【参考】「不堪佃田」とは、洪水などにより耕作不能となった田地。荒廃田、荒田ともいう。平安時代には毎年九月七日に、諸国から当年の不堪佃田を中央に報告させるという不堪田奏が行われ、その報告を不堪佃田申文という。「上卿《しやうけい》」は宮中の公事において、首席者として臨時に任じられた者で、大臣や大・中納言の中から選ばれた。当歌は歌肩に「文明十三九二庚申歌合」とあり、文明一三年（一四八一）九月二日、すなわちその公事より五日前の詠作。


（呉慧敏）

秋神祇

226 秋をへて染こそまされ立田山紅葉もあかぬ神やすむらん
神名帳曰、大和国平群ノ郡、竜田ニ坐天御柱、国御柱、神社二座、竜田比古、竜田比女、神社二座。

【出典】雪玉集、一五〇二番。延喜式、巻九。【異同】『新編国歌大観』「紅葉も―もみぢに」。『延喜式』ナシ。

【訳】秋の神祇

秋を経過して、ますます竜田山は色づいたなあ。（並の）紅葉には満足しない神が住んでいるのだろうか。
神名帳によると、大和の国（奈良県）の平群《へぐり》郡の竜田に、天御柱と国御柱の神社が二座、竜田比古と竜田比女の神社が二座あらせられる。

【考察】「神社二座」の「座」は祭神、仏像などの数を数えるのに用いる接尾辞。当歌は、竜田山が更に紅葉したのは、その山の神である竜田姫が並の紅色では不満なのかと詠む。竜田姫は155・239・690番歌、参照。

（竹田有佳）

秋歌中

227 朝ほらけ露のかゝれるくものゐは只しらきぬのつゝむ春かな
いせ物語云、其滝、物よりことなり、長さ二十丈、ひろさ五丈はかりなる石のおもてに、しらきぬに岩をつゝめらんやうになん有ける。

【出典】雪玉集、四三九三番。伊勢物語、八七段。

【異同】『新編国歌大観』「つゝむ春かな─つつむ木木かな」。『伊勢物語拾穂抄』ナシ。

【訳】秋歌の中
明け方に露が掛かっている蜘蛛の巣は、まるで白絹（のような水）に包まれ（濡れ）ている春のようだなあ。
伊勢物語によると、その滝はほかの滝とは異なり、長さ二十丈、広さ五丈ほどの石の表面に、まるで白絹で岩を包んだよう（に水が流れ落ちているの）であった。

【考察】『伊勢物語』は、男が布引の滝（220番歌、参照）を見物して和歌を詠む話。当歌は、秋の朝露が掛かった蜘蛛の巣を、春雨に濡れたようだと詠む。

（竹田有佳）

228小鳥つくる枝も色〱かり衣花を折たる野へのかへるさ
　松風の巻。小鳥しるしはかりひきつけさせたる荻の枝など、つとにしてまゐれり。

【出典】 雪玉集、三七九六番。源氏物語、松風巻、四一八頁。**【異同】**『新編国歌大観』『承応』『湖月抄』ナシ。

【訳】（秋歌の中）

小鳥を付けた枝（の葉）も狩衣のように色とりどりで、華やかな衣装を着て、野辺で花を手折って帰るところだなあ。

松風の巻。（貴公子たちは）獲物の小鳥をほんのしるしばかり結びつけた荻の枝などを、みやげにして参上した。

【考察】『源氏物語』は光源氏たちが桂の院で饗応をしていると、野宿までしたのに狩で大物が取れなかった青年貴族たちが、小鳥を荻の枝に結び付けて参上した箇所。当歌の「枝も色々」は枝の紅葉を、「色々狩衣」は色とりどりの狩衣を表わす。「花を折る」には衣装を華やかにする、という意味もある（531番歌、参照）。

（平石岳）

秋山家

229露もらぬ岩やのおくも尋ねはや身はかはほりの何ならぬ世に
　円機活法、石洞部《ノニ》曰、李太伯、「余聞荊州《ノ》玉泉寺。近清渓諸山、山洞往々有《ニ》二乳窟一。々中《ニ》多玉泉交流《ス》。有二白蝙蝠一、如レ鴉。千載之《ノ》後体如二白雪一。蓋《シ》飲乳水《ヲ》二而長生《ス》也」。

【出典】 雪玉集、四二三六番。円機活法、巻四、地理門、石洞、乳窟。

【異同】『新編国歌大観』「秋山家―山家」。『円機活法』「李太伯―李太白」「玉泉寺―上泉寺」。

【訳】 秋の山中の家

（長命の蝙蝠がいるという）露がまったく漏れない岩窟の奥も訪ねてみたいものだ。わが身は蝙蝠（のように日陰者）

で、取るに足りない世の中なのだから。

円機活法、石洞の部によると、李白は、「私は荊州の玉泉寺について、このように聞いている。近くに清らかな谷や山々があり、山の洞にはあちこちに鍾乳窟がある。洞窟の中には美しい泉が多く交わり流れている。白い蝙蝠がいて、（大きさは）鴉ぐらいもある。（蝙蝠は）千歳になると、体は白雪のようになる。思うに、鍾乳窟の水を飲むと長生きするのであろう」という。

【考察】当歌は「露」に副詞の「つゆ」を掛け、厭世観を詠む。

【参考】出典は李白の詩「答㆔族姪僧中孚贈㆓玉泉仙人掌茶㆒」の序の一節で、『李白集』下、巻一八（続国訳漢文大成『李白全詩集』3）にも収録。

（平石岳）

駅路鹿

230　こゝろなきむまやのおさもうき秋におとろく程のさほしかの声

大鏡、第二、菅家。駅ノ‐長莫レ㆑驚クコト時変ノ‐改、一‐栄一‐落是レ春‐秋。

【出典】雪玉集、七八〇九番。大鏡、七六頁。

【異同】『新編国歌大観』ナシ。『大鏡』（整版）「駅長莫驚―騎長無驚」。

【訳】街道の鹿

風流心のない宿駅の長も、物憂い秋に気づかされるほどの雄鹿の鳴き声であるなあ。

大鏡、第二、菅原道真。駅の長よ、驚くことはない。時勢が変わ（り、私が配流の身とな）ることを。春に花が咲き秋に葉が落ちるのは自然の摂理であり、人の世の栄枯盛衰も同じなのだから。

【考察】「小牡鹿《さをしか》」が妻を求めて鳴く様子は、和歌によく詠まれる。『大鏡』は、菅原道真が藤原時平の陰謀により左遷された際、それを嘆く明石の駅の長に対して道真が作った漢詩。「駅《うまや》」は古代の交通用の施設で、街道などの要所に旅人のため馬や人足を備え、宿舎も設けていた。

【参考】『大鏡』の版本には整版のほか慶長・元和年間（一五九六〜一六二四）ごろの古活字版があり、引用箇所は古活字版では第一巻、整版では第二巻に収められている。

（廣瀬薫）

秋窓鹿

231 ぬれて行山路もさそな夜の雨の窓うつ声にをしか鳴也

白氏文集。蕭-々《タル》暗-雨打《ツ》レ窓《ヲ》声。

【出典】 雪玉集、六八一三番。白氏文集、巻三、上陽白髪人、五七四頁。**【異同】**『新編国歌大観』『白氏文集』ナシ。

【訳】 秋の窓の鹿

雨に濡れて行く山道もさぞかし、夜の雨が窓をたたく雨音に交じり、牡鹿が鳴いているようだなあ。

白氏文集。窓をたたく夜雨の音が淋しく聞こえる。

【考察】 出典の「上陽白髪人」は、玄宗皇帝の治世に宮中に上がったが、楊貴妃により宮中の上陽宮に幽閉され続けて老いたことを嘆いた詩。引用部分は上陽宮での寂しい暮らしを歌った箇所（520番歌にも掲載）。当歌の妻を求めて寂しく夜に鳴く牡鹿に、上陽宮の老婆の姿が重なる。

（廣瀬薫）

霧

232 柏 山ふかみ霧分出んかへるさも暮はてけりな日くらしの声

夕霧の巻。日いりかたになり行に、空のけしきもあはれに霧わたりて、山の陰はをくらき心地するに、日くらし鳴しきりて云々。中略霧の只この軒のもとまて立わたれは、「まかてんかたも見えすなり行は、いかゝすへき」とて云々。

【出典】柏玉集、七八七番。源氏物語、夕霧巻、四〇一頁・四〇三頁。

【異同】『新編国歌大観』『承応』『湖月抄』ナシ。

【訳】霧

山奥にいるので、霧をかき分けて出ようとしたが、帰る間にも日はすっかり暮れてしまったなあ。ひぐらしの鳴き声（が聞こえるよ）。

夕霧の巻。日も入り方になるにつれて、空の風情もしみじみと思いをそそるように霧が一面に立ちこめて、山の陰は薄暗く感じられる折から、蜩《ひぐらし》がしきりに鳴いて云々。中略霧がすぐこの軒下まで立ちこめてくるので、「お暇《いとま》をして帰る道も見えなくなってゆくが、どうしたものか」と（夕霧は）言って云々。

【考察】『源氏物語』は小野の里に籠もった落葉の宮を夕霧が訪問して、霧が深いので帰れなくなったと言う箇所。ひぐらしは蜩の一種で、カナカナと高い金属音の哀調を帯びた声で鳴く。梅雨の頃から初秋にかけて朝や夕方に鳴くが、和歌では「日暮らし」に掛けて秋の日暮れ時に詠まれる。

（加藤森平）

河霧

233 道しあれな霧にまよひし其かみの跡をしるへのかもの川波

本朝神社考引テ二寛平御記ヲ一曰、宇多帝潜ノ‐竜時号王侍従、放レ鷹ヲ狩リシ玉フ二于賀茂ノ辺ニ一。俄ニ天‐陰霧‐降テ、東西迷レ路ニ、帝臥二藪中ニ一、憂‐恐玉フコトレ之ヲ甚タシ。有二一翁一、来‐告テ曰、「吾ハ此ノ辺ノ老‐翁也。春ハ既ニ有レ祭、冬未タレ有レ祭。願ハ賜二冬ノ祭ヲ一」。帝心ノ為二賀茂ノ明神ト一也。因テ答テ曰、「吾カ‐力ノ非レ所レ及。宜ク被レ奏二請于内一」。翁カ曰、「知二其ノ‐力之所レ

可レ及。願《クハ》自‐重《トシテ》而勿レ軽矣」。言‐已《テ》不レ見、帝大怪レ之《ヲ》。未《タ》レ幾、仁和三年八月廿六日、立《テ》為二皇太子一、即日即二天皇《ノ》位《ニ》一。於レ是信二神《ノ》言《ヲ》一而寛平之年十一月廿一日、始行二賀茂臨時《ノ》祭《ヲ》一云云。

【出典】雪玉集、四五五七番。本朝神社考、巻一、賀茂。

【異同】『新編国歌大観』「あれな—あれば《なイ》」。『本朝神社考』「知其力之所可及—吾知其力之所可及」「寛平之年—寛平元年」。

【訳】 河の霧

道があればよいなあ。霧で迷ったその昔、あの神が現れた跡を知り、神の教えに導かれた、川波の立つ賀茂（のように）。

本朝神社考が引用する寛平御記によると、宇多天皇がまだ天皇の位に就く前、王の侍従と呼ばれていた時、鷹を放って賀茂のあたりで狩りをなさった。急に空が陰り霧が立ちこめ、あたりの道に迷い、帝は藪の中にひそみ隠れて、非常に憂え恐れられた。一人の老人が来て、「私はこのあたりに住む老翁だ。春にはすでに祭があり、冬には祭が一度も無い。願わくは冬の祭を賜りたい」と告げた。帝は（その翁が）賀茂の明神だと気づいた。そこで老人に答えて、「私の力でできることではない。天皇に請い申し上げられるのがよかろう」と言った。翁は、「あなたの力でできると（私は）知っている。願わくは自重して軽率なことをしないように」と言った。（翁は）そう言い終えると消えてしまい、帝はこれを大変不思議なことだと思った。それからまもなく、仁和三年八月二十六日に（王の侍従は）皇太子になり、その日の内に天皇の位に就いた。これにより（帝は）神の言葉を信じ、寛平の年の十一月二十一日に初めて賀茂の臨時祭を行った云々。

【考察】出典は賀茂の臨時祭の由来を記す。当歌は「道」に「通り道」と「神仏が示した教え」、「其かみ」（その頃の意）に「その神」、「しるべ」（導きの意）に「知る」を掛ける。

雁

234秋はまた南に雁のかへる山都ををのかとこよとやおもふ

漢武帝、秋風辞。秋-風起《テ》兮白-雲飛《ヒ》、草-木黄-落《テ》兮雁南《ニ》-帰《ル》。

【出典】雪玉集、三六九八番。古文真宝後集、巻一、一〇頁。【異同】『新編国歌大観』『古文真宝後集』ナシ。

【訳】雁

秋にはまた雁が（毎年のように）南に帰る山があり、都を自分の（故郷である）常世の国だと思っているのだろうか。

漢の武帝、秋風の辞。秋風が吹き起こって白雲が飛び、草木の葉は黄ばみ散り、北地の雁が南に帰る（季節となった）。

【考察】「秋風辞」は、漢の武帝が地の神を祭るために河東（山西省）の汾陰に行幸した時の作。雁は秋に北方から飛来し、冬を越して春に戻る渡り鳥。当歌の「常世《とこよ》」は「常世の国」の略で、海のかなたにある不老不死の国を指し、雁の故郷と見なされた。例歌「常世いでて旅の空なる雁がねも列におくれぬほどぞ慰む」（源氏物語、須磨の巻、二〇二頁）。

（加藤森平）

秋鴻次第過

235見すやその雲井をわたる雁たにもつらをみたらぬ道は有世を

格物論曰、雁《ハ》陽-鳥泊二江-湖洲-渚《ノ》之間《ニ》一云云。飛《フコト》 有二先後行列一秋-南《ニシテ》而春《ハ》北《ニス》。

【出典】雪玉集、三〇八六番。円機活法、巻二三、雁付雁陣・雁字。【異同】『新編国歌大観』『円機活法』ナシ。

【訳】秋の鴻、順々に過ぎる

（大杉里奈）

（あなたは）見て気づいているだろうか。あの空のかなたを渡る雁でさえも列を乱すことがない、道はある世の中だと。

格物論によると、雁は陽鳥で、川や湖の洲の水際の間に泊まる云々。飛ぶと前後に行列をなして、秋は南へ、春は北へ飛んでいく。

【考察】 歌題の「鴻」は雁の一種。歌題は文集題で『白氏文集』巻九、「秋江送客」の一句。当歌の初句「見ずや」は、「君不見北芒暮雨、塁塁青塚色、又不見東郊秋風、歴歴白楊声」（新撰朗詠集、下、無常、七四一番、老閑行、菅三品）や、「きみみずやさくらやまぶきかざしきてかみのめぐみにかかるふぢなみ」（続古今和歌集、神祇、七〇八番、藤原隆信）といった「君見ずや」が転用された形であろう。

（大杉里奈）

渡雁

236 秋さむしさの丶わたりのさよ時雨旅なる雁は家もあらなくに

万葉集、巻三、長《ノ》忌寸奥麻呂。苦毛零来雨可神之﨑狭野《サノ》乃渡《ワタリニ》 尓家裳《モ》不有国《アラナクニ》。

【出典】 雪玉集、一〇九〇番。万葉集、巻三、二六五番。

【異同】『新編国歌大観』ナシ。『万葉集』（寛永版）「神之﨑――神之埼」。

【訳】 渡る雁

秋は寒いなあ。狭野の辺りに降る夜の時雨よ。旅をしている雁は（羽を休める）家もないのに。

万葉集、巻三、長忌寸奥麻呂。困ったことに雨が降って来たなあ。三輪の崎の狭野の渡しには（雨宿りする）家もないのに。

【考察】『万葉集』の「狭野」は、紀伊国牟婁郡（現在の和歌山県新宮市佐野）か大和三輪（奈良県桜井市三輪）か、また「わたり」の意味は渡し場か周辺か、と解釈が分かれる。

【参考】出典の和歌を本歌取りした「駒とめて袖うちはらふ陰もなし佐野のわたりの雪の夕暮」（新古今和歌集、冬、六七一番、藤原定家）に詠まれた「佐野のわたり」は、北村季吟著『八代集抄』では「佐野渡、大和也」と注す。

（大杉里奈）

海上雁飛

237 旅にして身にしむすまの波風を思ひしるにや雁も鳴らん

須磨巻云、沖より、船とものうたひのゝしりてすき行なとも聞ゆ。ほのかに只ちいさき鳥のうかへると見やらるゝも、心ほそけなるに、雁のつらねてなく声、かちの音にまかへるを、打なかめたまふて、御涙のこほるゝをかきはらひたまへる云々。

【出典】雪玉集、三二三四番。源氏物語、須磨巻、二〇一頁。

【異同】『新編国歌大観』ナシ。『承応』『湖月抄』「すき行―こぎ行」。

【訳】海上を雁が飛ぶ

旅をして身にしみる須磨の波風（の風情）を思い知って、雁も鳴いているのだろうか。

須磨巻によると、沖を通っていくつもの船が、大声で歌いながら通り過ぎていくのも聞こえてくる。（その船の影は）かすかで、ただ小さい鳥が浮かんでいるかのように遠くに見えるのも心細い感じがするが、雁の列を作って鳴く声が船の楫の音にそっくりであるのを、（光源氏は）お眺めになりながら、涙がこぼれてくるのをお払いになった云々。

【考察】『源氏物語』は、須磨に自ら退去した光源氏のわび住まいの一節。

（呉慧敏）

沢畔鴫

238柏 春の水みちてし程やくらへまし鴫立沢のふかきあはれに

陶潜、四時詩。春水満四沢。

【出典】三玉和歌集類題、秋、沢畔鴫、柏玉集。古文真宝前集、巻一、二九頁。

【異同】『三玉和歌集類題』「あはれに―あはれは」。『魁本大字諸儒箋解古文真宝前集』ナシ。

【訳】沢畔の鴫

春の水が満ちてきた頃と比べてみようか。（秋の夕暮に）鴫の飛び立つ水辺の深い寂しさを。

陶潜、四時詩。春には水が四方の沢に満ちる。

【考察】出典の漢詩については116番歌の【参考】参照。「鴫立つ沢」は鴫の飛び立つ水辺、または鴫の立っている水辺。西行の名歌「心なき身にもあはれはしられけり鴫立つ沢の秋の夕暮」（新古今和歌集、秋上、三六二番）は、北村季吟著『八代集抄』では「師説」として「此鴫の飛立沢辺」と解釈する。

（呉慧敏）

月下擣衣

239白妙の月のきぬたや七夕の手にもをとらぬ物とうつらん

帚木巻云、立田姫といはんにもつきなからす、たなはたの手にもをとるましく云々。

【出典】雪玉集、一三九一番。源氏物語、帚木巻、七六頁。

【異同】『新編国歌大観』「をとらぬ―とられぬ」。『承応』『湖月抄』ナシ。

【訳】月下の擣衣

白く輝く月の下で、砧《きぬた》で七夕姫の技にも劣らない布を打っているのだろうか。

帚木の巻によると、（染物の腕前は）竜田姫といっても不似合いでなく、（仕立物のほうも）たなばた姫にも劣らぬくらいで云々。

【考察】歌題の「月下」は月の光のさす所、「擣衣」は布を柔らかくして、つやを出すため、砧（木製または石の台）に載せて木槌《きづち》で布を打つこと。『源氏物語』は雨夜の品定めの一節で、左馬頭が染色と裁縫の名人であった妻を、竜田姫や七夕姫になぞらえた箇所（155番歌にも掲載）。竜田姫は竜田山を彩る紅葉の美しさから、葉を赤く染める女神として染色が得意とされた（155・226・690番歌、参照）。七夕姫は機織りの名手で、裁縫にも優れる。

【参考】秋月と砧の組み合わせは、漢詩文で定着。例、「誰家思婦秋擣帛、月苦風凄砧杵悲。八月九月正長夜、千声万声無了時。応到天明頭尽白、一声添得一茎糸」（白氏文集、巻一九、聞夜砧）。

（呉慧敏）

近擣衣

240 柏 衣うつわさもさこそと思ふ夜になを身のうへを賤か声々

【出典】柏玉集、九五九番・二〇五五番。【異同】『新編国歌大観』「わさも―わざを」（二〇五五番）。

【訳】近所の擣衣

（砧で）衣を打つありさまもそのようであろう、と思う夜に、依然として身の上を（語る）身分の低い人の声がするなあ。

【考察】漢詩文や和歌で詠まれる「擣衣」（解説は239番歌、参照）と、庶民の身の上話との組み合わせについては241番歌の出典を参照。

（竹田有佳）

隣擣衣

241 月はなをうつや衣の色にたにひかりやそへん夕かほの宿

夕皃巻云、となりの家〳〵、あやしき賤の男の声〳〵、めさまして、「あはれ、いとさむしや」云々。しろたへの衣うつきぬたの音も、かすかに、こなたかなた聞わたされ。

【出典】柏玉集、九六〇番・二三五〇番。雪玉集、四七四四番。源氏物語、夕顔、一五五頁・一五六頁。

【異同】『新編国歌大観』「夕かほ―夕かげ」（柏玉集、二三五〇番。雪玉集、四七四四番）。『承応』『湖月抄』ナシ。

【訳】隣の擣衣

月は、なおも砧で打っている衣の色に、せめてつやを添えるのであろうか。夕顔の宿で。

夕顔の巻によると、隣近所の家々では、身分の低い男たちが目をさまして声々に、「ああ、まったく寒いなあ」云々。布を打つ砧の音も、かすかに、あちらこちら一帯に聞こえて。

【考察】『源氏物語』は、光源氏が夕顔の家に泊まった翌朝、耳にした状況。当歌の下の句は、「心あてにそれかとぞ見る白露の光そへたる夕顔の花」（源氏物語、夕顔の巻、一四〇頁）に似る。

（竹田有佳）

242 笛竹のむかしをおもふ声ならて聞わひよともうつ衣かな

文選。思-旧《ノ》賦《ノ》序《ニ》曰、余-逝《テ》将《ニ》二西《ニ》邁《ント》一、経二其《ノ》旧-廬《ヲ》一。于レ時日薄《リ》二虞-淵《ニ》一、寒-冰凄-然《タリ》。隣-人有二吹レ笛者一、発レ声寥-亮。追《テ》思二曩-昔遊-宴之《ノ》好《ヲ》一。感《シテ》レ音《ヲ》而歎云云。

【出典】雪玉集、四七四四五番。文選、巻一六、思旧賦、二〇六頁。【異同】『新編国歌大観』『文選』ナシ。

【訳】（隣の擣衣）

（思旧賦のように）昔を思い出す楽器の音色でもないのに、聞いて思い歎けとも（いわんばかりに）衣を打つ（音が聞こえる）なあ。

文選。思旧賦の序によると、私は西の洛陽に旅立ち、（その帰路、）嵆康の旧居に立ち寄った。時に日は沈みかけ、氷が寒々と張り詰めていた。近隣に笛を吹くものがいるらしく、澄み切った音色が響いてきた。私は昔の友との宴遊を思い起こし、（その）笛の音に感じて嘆息した云々。

【考察】「思旧賦」は、「竹林の七賢」にも数えられる向秀が、嵆康や呂安との交遊を懐かしみ、刑死した彼らを悼んだ賦。417番歌、参照。

（竹田有佳）

秋三笠山

243朝さむに誰あた、めて味酒のみむろの霧の山路行らん

万葉集、十一巻。味酒《アチサケノ》　三《ミ》毛《モ》侶《ロ》乃《ノ》山尓立月之《ノ》見《ミ》我《カ》欲《ホリ》君《キミ》我《カ》馬《ムマ》之《ノ》足《アシ》音《ヲト》曽《ソ》為《スル》。

【出典】雪玉集、五一二九番。万葉集、巻一一、二五一二番。

【異同】『新編国歌大観』「秋三笠山―三室」。『万葉集』「味酒《アチサケノ》　―味酒之《ウマサカノ》」「見《ミ》我《カ》欲《ホリ》君《キミ》我《カ》馬《ムマ》之《ノ》足《アシ》音《ヲト》―見《ミ》我《カ》欲《ホ》君《キ》我《ワカ》馬《ウマ》之《ノ》足《アノ》音《オト》」。

【訳】秋の三笠山

（秋の）寒い朝に、誰がうまい酒を温めて飲み（体を温めて）、三室の霧が立ちこめる山路を行くのだろうか。

万葉集、十一巻。三諸の山に出る月を待ちわびるように、会いたいあなたの馬の足音が聞こえてきたなあ。

【考察】『万葉集』は、男の来訪を待ちわびる女の相聞歌で作者未詳。歌題の三笠山は奈良市の東方、春日山《かすがやま》連山の一つ。異同の「三室《みむろ》」も『万葉集』の「三諸《みもろ》」も、神が降臨する場所という意味。三笠山も西麓に春日大社が鎮座するので、当歌の第四句「みむろ」は三笠山を指す。「味酒の」は枕詞で「三室」「三諸」に掛かり、当歌は「味酒のみむろ」に「味酒飲み」（「味酒」は美酒という意）を掛ける。

九月九日

244 にきはへる民の煙の秋をみん高きにのほるけふを待えて（平石岳）

事文類聚曰、汝-南桓景《ノ》随二費長房一遊-学《スルコト》累-年。長房謂レ景、「九月九日、汝家《カ》、当《ニ》レ有二災-厄一。急宜《ク》レ去。令《シテ》レ家《ヲ》各作二縫-嚢《ヲ》一、盛二茱-萸一以繫レ臂登二高山一飲《マハ》二菊酒《ヲ》一、此《ノ》-禍可レ消」。景如《ク》レ言挙レ家登《ル》レ山《ニ》。夕《ニ》-還《レハ》鶏犬牛-羊、一-時《ニ》暴-死《ス》。

【出典】 雪玉集、一四一一番。古今事文類聚前集、天時部、重陽、登高避厄。

【異同】 『新編国歌大観』ナシ。『古今事文類聚』「令家各作―令家多作」「登高山―登高」「飲菊酒―飲菊花酒」「鶏犬牛羊―見鶏狗牛羊」。

【訳】 九月九日

盛んに民の（竈《かまど》から）炊煙が立つ秋（の景色）を見よう。高いところに登る今日の日を待ち迎えて。

古今事文類聚によると、汝南の桓景は、費長房に従って何年も遊学していた。費長房は桓景に、「九月九日、おまえの家は災難に見舞われるに違いない。急いでここを立ち去（り帰宅す）るがよい。家人おのおのに、縫いあげた袋を作らせて、茱萸《しゅゆ》（グミの木）の実を入れ、腕にくくりつけ、高い山に登って菊酒を飲めば、この禍は消えるだろう」と言った。桓景は言われた通りに、家人こぞって山に登った。夕方になって家に帰ると、鶏、犬、牛、羊は一度に急死していた。

【考察】 『古今事文類聚』は九月九日（重陽の節句）に、山に登り菊酒を飲む風習の起源を述べたもの。当歌は日本の国見歌「高き屋に登りて見れば煙立つ民のかまどはにぎはひにけり」（新古今和歌集、賀歌、七〇七番、仁徳帝）も踏まえる。

重陽宴

245 長月やけふたまふ氷魚のよるとてや雲井にあかすめくる盃

重陽宴。公事根源云、十月の旬のみにあらす、こと日も氷魚をたまふ例あり。又、群臣に菊酒をたまはる。大かたは五月の節会におなし云々。

【出典】 雪玉集、七八四一番。公事根源、九月、重陽宴。**【異同】**『新編国歌大観』『公事根源集釈』ナシ。

【訳】 九月九日の宴

九月の今日、賜った氷魚が寄るではないが、夜に宮中の宴で飽きることなく巡る盃であるなあ。

重陽の宴。公事根源によると、十月（一日）の旬儀だけではなく、他の日にも氷魚を賜る前例がある。また、臣下たちに菊酒をお与えになる。大体のことは五月の節会と同じである云々。

【考察】『公事根源』は宮中の年中行事で、九月九日の重陽の節句に関する箇所。「氷魚《ひを》」は鮎の稚魚で秋から冬にかけて捕れ、一〇月一日に宮中で催される孟冬の旬において下賜された。当歌の「よる」は「夜」と「寄る」の掛詞。氷魚は網代に寄るものとして、和歌によく詠まれた。

（平石岳）

白菊

246 糸をたに染るはかなし秋の菊心にもあらて色やかはらん

淮南子曰、墨子見二練絲一而泣《ク》之、為下其可二以《テ》黄《ニス》一、可中以《テ》墨《ニス》上云云。

【出典】 雪玉集、一四一〇番。淮南子、巻一七、説林訓、一〇一五頁。

【異同】『新編国歌大観』ナシ。『淮南鴻烈解』「可以墨―可以黒」。

（廣瀬薫）

【訳】白菊

白い糸をさえ染めるのは悲しいことだ。秋の白菊は（色を変えたくない）本心とは違って色が変わるのだろうか。

淮南子によると、墨子が練り糸（白く柔らかい絹糸）を見て泣いたのは、その色を黄色にも黒にもできるためである云々。

【考察】『淮南子』は戦国時代ごろの思想家であった墨子が、白く柔らかい絹糸を黄色にも黒にも染めることができるように、どれを選ぶかによって物事は全く違う結果となるため、その選択には慎重を期すべきであると述べた箇所。『蒙求』にも同文が見られる。また白菊は、霜にあたると花びらの先が赤紫に変色するが、その美しさを王朝人は賞賛する一方、心変わりを連想させるものとして和歌に詠んだ。例「色かはる秋の菊をば一年《ひととせ》に二《ふた》たび匂ふ花とこそ見れ」（古今和歌集、秋下、二七八番、よみ人知らず）、「白菊のうつろひゆくぞあはれなるかくしつつこそ人もかれしか」（後拾遺和歌集、秋下、三五五番、良暹法師）。

（廣瀬薫）

翫宮庭菊

247 雲のうへに時雨もしらし秋の菊野の宮人のうふるためしに

順家集云、貞元元年の九月、斎宮、野宮に前栽うへて、またよむ。

新古今、雑部入
たのもしな野の宮人のうふる菊しくるゝ月にあへすなるとも

【出典】雪玉集、一四二五番。順家集、二五七番。新古今和歌集、巻一六、雑上、一五七六番。

【異同】『新編国歌大観』ナシ。『歌仙家集』「貞元元年の―同年の」「うふる菊―うふる花」「あへす―あへ《ハ》す」。

【訳】宮の庭の菊を翫ぶ

宮中で時雨も知らない秋の菊（が咲いているなあ）。昔、野宮の人が植えた先例のように。

源順の私家集によると、貞元元年の九月、斎宮が野宮の庭に草木を植えて、また歌を詠む。
新古今和歌集、雑部に入集
頼もしいことだなあ。野宮の人が植える菊の花よ。時雨の降る十月に、耐えられないことになろうとも。

【考察】 源順の和歌は、斎宮が潔斎する野宮《ののみや》に新しく植えられた草木の頼もしさを称え、斎宮の永久の栄華を祝う。それを踏まえて当歌は、天皇の治世の繁栄を寿ぐ。この斎宮は村上天皇の第四皇女規子内親王で、貞元元年（九七六）九月二一日に野宮に籠もった。163番歌、参照。

（廣瀬薫）

閑庭菊

248 もみち葉もわくる跡なきさひしさをねたましかほの庭の白菊

帚木巻云、「庭の紅葉こそ、ふみ分たる跡もなけれ」など、ねたます。菊を折て云々。
遊仙窟曰、故故《ネタマシカホニ》将《テ》二繊《キ》-手《ヲ》一時々《ヨリ〱》弄《ツマナラス》二小-緒《ヲ》一。

【出典】 雪玉集、一四一六番。源氏物語、帚木巻、七九頁。遊仙窟。

【異同】『新編国歌大観』『承応』『湖月抄』ナシ。『遊仙窟』「小緒—小絃」。

【訳】 人けのない庭の菊

紅葉の落ち葉を踏み分けて出入りした形跡もない心細さを、妬ましく思わせるような庭の白菊だなあ。

帚木の巻によると、「庭の紅葉には、人の踏み分けてきた跡もないね」などと言って、相手を悔しがらせる。菊を折り取って云々。

遊仙窟によると、妬ましく思わせるように、細指で折々に琴糸を鳴らす。

【考察】『源氏物語』は雨夜の品定めで、ある殿上人が琴を弾く恋人（木枯らしの女）に向かって、他の男の訪れが無いことをからかい、菊を折る箇所。『遊仙窟』は、深山の仙境に迷いこんだ男が、仙女の弾く琴の音を聞く場面。

『源氏物語』にも引かれ、「「など、かくねたまし顔に掻き鳴らしたまふ」とのたまふ」（蜻蛉の巻、二七一頁）とある。

（加藤森平）

対菊延齢

249 柏 秋のきく花の光もほしの名の老ぬる人のうへにこそ見め

【出典】柏玉集、九八二番・一九五八番。円機活法、天文門、星、老人星。晋書、志、天文。

活法、星部曰、狼比地有二火星一。曰二南-極老-人星ト一云云。

晋、天文志。南-極、常ニ以二秋-分之旦ヲ一見レ二于丙ニ一、春-分之ノ夕ヘ没ス二于丁一。見ル時ハ-則治-平主ル二寿昌ヲ一。

【異同】『新編国歌大観』「花の光も―花の光に」（一九五八番）。『円機活法』「火星―大星」。『晋書』「于丙―于景」「夕没―夕而没」。

【訳】菊に対して寿命を延ばす

秋の菊の花の輝きも（治平と長寿を司る）南極老人星の光のようで、老いた人の身の上に（重ねて）見よう。

円機活法の星の部によると、天狼星の近くに火星がある。南極老人星という云々。

晋書の天文志。南極老人星は常に秋分の朝には南南東微南に見え、春分の夕方には南南西微南に沈む。この星が見える時には世は平和で、人は長生きして栄える。

【考察】天狼星は大犬座のアルファ星シリウスの中国名。南極老人星は竜骨座のアルファ星カノープスのこと。古来中国ではこの星の見える時は天下太平、見えない時には戦乱が起こるという。『晋書』本文中の「丙」と「丁」は十干五行説で、方角を示す。南極老人とは七福神の一つで、長寿と福禄をもたらす福禄寿の異称。当歌は「老いぬる人」（年老いた人）に「南極老人星」の意を掛ける。

【参考】「久方の雲のうへにて見る菊は天つ星とぞあやまたれける」（古今和歌集、秋下、二六九番、藤原敏行）では、菊を空の星に重ねて見る。「濡れてほす山路の菊の露のまにいつか千年を我は経にける」（古今和歌集、秋下、二七三番、素性法師）では、菊は中国の菊水の故事から不老長寿を約束するものとして詠まれる。

（加藤森平）

名所菊花

250 道のくは名にのみ菊の花も只都の秋のしほかまのうら

いせ物語云、むかし、左のおほいまうちきみ、いまそかりけり。かも川のほとりに、六条わたりに、家をいと面白くつくりて、住給ひけり。神無月の晦日かた、菊の花うつろひ盛なるに、下略　しほかまにいつかきにけむ―

【出典】雪玉集、一四二三番・六二二七番。伊勢物語、八一段。【異同】『新編国歌大観』『伊勢物語拾穂抄』ナシ。

【訳】名所の菊花

陸奥の国は（行ったことがなく）評判だけ聞くが、菊の花もまるで都に造られた秋の塩竈の浦（で咲いていたように盛り）であるなあ。

伊勢物語によると、昔、左大臣がいらっしゃった。賀茂河のほとり、六条辺りに、家をたいそう趣深く造って、お住みになった。十月の末ごろ、白菊の花が薄紅色に変わり美しさが盛りであるときに、下略（都から遠い）塩竈に、いつ来てしまったのだろうか。（朝凪の中、海で釣をする船は、この浦に寄ってきてほしい。そうすれば、ますます風趣が加わるだろうから。）

【考察】『伊勢物語』の「塩竈」は、宮城県の松島湾内にある名所。「左の大臣《おほいまうちぎみ》」とは左大臣に至った源融（生没八二二～八九五年）で、塩竈の景色を模して邸内に庭園を作らせた。「菊の花うつろひ盛りなる」の解釈については、246番歌の【考察】参照。当歌は「菊」に「聞く」を掛ける。

【参考】注釈に引用された和歌の全文は、「塩竈にいつか来にけむ朝なぎに釣する船はここに寄らなむ」。

（大杉里奈）

菊副齢

251八千とせの秋をよはひの玉椿契りか置し霜のしら菊

荘子曰、有二大椿《ト云》一者。以二八千歳一為レ春、以二八千歳一為レ秋。

【出典】雪玉集、一四二九番。荘子、内篇、逍遥游第一。【異同】『新編国歌大観』「菊副齢—菊制齢」。『荘子』ナシ。

【訳】菊が年齢を副《そ》える

ひと秋を八千年の寿命とする玉椿は、（長寿を）誓い合ったのだろうか、霜が降りた白菊と。

荘子によると、大椿という木があり、八千年を春、八千年を秋とした。

【考察】「大椿」は中国古代の伝説上の大木の名で、その一年は人間界の三万二千年に当たるという。当歌は「契りか置きし」に、「契り置く」と霜が「置く」とを掛ける。歌題の「菊副齢」は菊が寿命を増したという意味で、それは大椿のお蔭かと詠む。

（大杉里奈）

谷菊

252谷風に香をとめくれは花をあらふかけ浅からぬ菊のした水

紀納言。谷-水洗《フ》レ花《ヲ》。汲《ンテ》二下-流《ヲ》一而得《タル》二上-寿《ヲ》一者《ノ》卅-余-家。

【出典】雪玉集、一四一八番。和漢朗詠集、巻上、秋、九日付菊、二六四番。

【異同】『新編国歌大観』『和漢朗詠集註』ナシ。

［訳］ 谷の菊

谷風が運ぶ香りを尋ねて来ると、川に洗われた菊の花が水面に映り、花の下を深く川が流れていくなあ。

紀長谷雄。酈県の甘谷を流れる川は、山中の菊の花を洗って流れる。下流付近でその流れを汲み飲料水にするおかげで、三十余軒の家の人々は百三十歳まで生きられる。

［考察］ 紀納言は漢学者である紀長谷雄（生没八四五～九一二年）の通称。253番歌に引かれる酈県は、河南省南陽市の西北の地域。「上寿」についても253番歌、参照。

（大杉里奈）

菊

253柏 つもりては淵も浅しや名にしおふなかれを菊の花のうへの露

事文類聚後集。二十七曰、南‐陽‐郡《ノ》酈‐県有二甘‐谷一水甘‐美《ナリ》。其山‐上《ニ》有二大‐菊一落‐水従二山‐下一流得二其《ノ》滋‐液一。谷‐中有二三十余家一不二復穿レ井、仰飲二此《ノ》水《ヲ》一。上‐寿《ハ》百二三十、其《ノ》中‐年《モ》亦七‐八‐十云云。

［出典］ 柏玉集、九七二番・一二五七番。雪玉集、四五五八番。古今事文類聚後集、巻二九、花卉部、菊花。

［異同］『新編国歌大観』ナシ。『新編古今事文類聚』「其山上―云其山上」「三十余家―三千余家」「其中年―中年」。

［訳］ 菊

年月が積み重なるにつれ土砂が積もり積もっては、淵も浅くなるなあ。菊の花の上に宿る露から生じた、有名な流れだと聞くが。

古今事文類聚後集。巻二十七によると、南陽郡の酈県には甘谷という所があり、水が甘美である。その山の上に大きな菊花があり水に落ち、山の下から流れて、川に菊花のエキスが流れ込む。谷の中に住む三十余軒の家は井戸を掘らず、この川の水を頼って飲んでいる。もっとも長生きする者は百二三十歳、中程度の者も七八十歳（まで生きられる）云々。

【考察】当歌は「積もり」に年月が積もると土砂が積もるを重ね、「菊」に「聞く」を掛ける。

（呉慧敏）

移座就菊叢

254 白妙の袖かと見つゝ来し物を菊の垣根そ立もさられぬ

南史。淵明九月九日、無レ酒坐二籬‐辺叢中一ニ摘レ菊盈レ把ニ而坐久之望二‐見白衣ノ人ノ至一ルヲ。太‐守王‐弘送レ酒、飲酔而帰云云。

【出典】雪玉集、三〇九八番。南史、巻七五、隠逸上、陶潜。

【異同】『新編国歌大観』ナシ。『南史』「淵明―嘗」「坐籬辺―出宅辺」「叢中摘菊盈把而―菊叢中」「望見白衣人至―（ナシ）」「太守王弘―逢弘」「送酒―送酒至」「飲酔而帰―即便就酌酔而後帰」。

【訳】座を移して菊の叢にとどまる

（酒を持ってきた人の）白い袖かと見ながら来たが、（それは白衣ではなく）白菊（であり、そ）の垣根を立ち去ることもできないなあ。

南史。陶淵明は（菊酒を飲む）九月九日なのに酒がなく、垣根の辺りの草むらに座り、菊の花を摘んだ。（知らないうちに）花がいっぱいになり、長い時間、座っていると、（遠くから）白い衣の人が近づいて来るのが見えた。（それは）太守の王弘が酒を送ってきたのだ。（陶淵明はその酒を）飲み酔って帰った云々。

【考察】陶淵明は東晋時代の文学者。王弘の酒を詠んだ漢詩は、「涼秋月尽早霜初。残菊白花雪不如。老眼愁看何妄想。王弘酒使便留居」（菅家後草、秋晩題白菊）、白菊を白衣に見まちがう例は、「菊の花のもとにて、人の、人待てるかたをよめる　花見つつ人待つ時は白妙の袖かとのみぞあやまたれける」（古今和歌集、秋下、二七四番、紀友則）

などがある。

【参考】 歌題は文集題で、『白氏文集』巻六、「九日登西原宴望」の一句。

（呉慧敏）

紅葉

255 柏 したもみち染る雫は松杉のあゐより出て青き色かな

荀子。見二于春部柳歌ノ註ニ一。

【出典】 柏玉集、九九〇番・二一五三番。雪玉集、七四一六番。

【異同】『新編国歌大観』「色かな―色かは」（雪玉集）。

【訳】 紅葉

樹木の下葉を赤く染める雫《しずく》は、青々とした松や杉より生じて、さらに青い色だろうなあ。

荀子。春部、柳の歌の注に見える。（24番歌、参照）

【考察】『雪玉集』の本文では末尾が詠嘆の「かな」ではなく反語の「かは」になり、文末の訳は「さらに青い色だろうか。いや、そんなことはなかろう」となり、紅葉させるのだから雫は青色のはずがない、と解釈される。

（呉慧敏）

256 けふ見すはにしきもいかにくらふ山やみに過なん秋のもみちは

史記。項羽本紀曰、富‐貴ニシテ不レ帰二故郷一、如二衣テレ繍ヲ夜行ルカ一。誰カ知ルレ之ヲ者ナラン。

【出典】 雪玉集、七四一七番。史記、項羽本紀、四六四頁。**【異同】**『新編国歌大観』『史記』ナシ。

【訳】（紅葉）

今日見なければ、どのように錦とも比べられようか。暗部《くらぶ》山《やま》の暗闇の中で盛りを過ぎてしまう秋のもみじ葉は。

史記。項羽本紀によると、富貴な身分になっても故郷に帰らないのは、錦繡を着て真暗な夜道を行くようなものだ。せっかくの成功や富貴を誰も知ってはくれないだろう。

【考察】『史記』は楚の項羽が秦の都、咸陽を攻略した際、臣下の韓生がそこに遷都することを勧めたが、項羽は帰郷の心が強く、それを否定したことから出た言葉。この故事から「夜の錦」という歌語が生まれ、無意味なこと、甲斐のないことをいう比喩表現となる（330・519番歌）。「繡」は刺繡を施した衣服。「暗部山」は光が射さず暗い所として有名な山。当歌は「比ぶ」と「くらぶ山」を掛ける。

（竹田有佳）

山皆紅葉

257 もみちはに立かくされて見し花のかたはらなりし太山木もなし

栬賀巻のこと葉、春の部に見えたり。

【出典】雪玉集、一四五四番。**【異同】**『新編国歌大観』ナシ。

【訳】全山、紅葉

紅葉にさえぎられて、春に見た桜の傍らにあった山奥の木も（見え）ない。

紅葉賀の巻の文章は、春部に見えている。（35番歌、参照）

【考察】35番歌に引かれた「立ち並びては、花の傍らの太山木《みやまぎ》なり」とは、優れたもののそばにあるため、はなはだ見劣りするものの例え。49・50番歌、参照。

【参考】当歌は『槐記』に引用されている。詳細は末尾の解説を参照。

（竹田有佳）

葛回墻

258山さとはあし垣まかき岩垣も只一むらの葛のしたかせ

催馬楽、芦垣。あしかきまかきかき分て、てふこすとおひこすと下略

【出典】雪玉集、七八三六番。催馬楽、葦垣、一四〇頁。【異同】『新編国歌大観』「回墻―廻牆」。『催馬楽』ナシ。

【訳】葛《くず》、垣を巡る

山里は葦垣にも籬にも岩垣にも、一群れの葛（が這い巡る）ばかりで、その下を風が吹くなあ。

催馬楽、芦垣。芦垣や真垣をかき分けて、とんと越すと、（あの娘を）背負って越すと下略。

【考察】催馬楽は、夜這いをしたと噂を立てられて抗議する男の一節。葛は秋の七草の一つで、風に翻ると見える白い葉裏が印象的であり、また白は五行思想によると秋の色である。

（竹田有佳）

古寺紅葉

259ゆく袖もにしきと見えて墨染の夕の寺にあまる紅葉は

重-畳《タル》煙嵐之断《ル》-処、晩《ニ》-寺僧帰。

鈴虫の巻の詞。夕の寺に置所なけなるまて、所せきいきほひになりてなん、僧ともはかへりける。

【出典】雪玉集、三九九三番。和漢朗詠集、下、僧、六〇四番。源氏物語、鈴虫巻、三七八頁。

【異同】『新編国歌大観』『和漢朗詠集註』『承応』『湖月抄』ナシ。

【訳】古寺の紅葉

去りゆく僧の黒衣の袖も錦のようにきらびやかに見えるほど、墨染めのような夕暮れの寺に、紅葉があふれているなあ。

山間の幾重にも重なったもやの切れ目に、夕暮れの寺に帰る僧が見える。

鈴虫の巻の文章。夕方になり、寺に置き所がなくなるほど、豪勢なお布施を頂いた様子で、僧たちは帰って行った。

【考察】『源氏物語』は、女三の宮の持仏開眼供養の際、光源氏をはじめ朱雀院や今上帝からの寄進が豪勢で、寺に入りきれないほどのお布施をいただき、僧たちが退出した箇所。当歌は寺の周りに広がる紅葉が、僧衣の袖の上に重なり、まるで錦を着ているように見えると詠む。当歌の「墨染」は僧衣と、夕べの薄暗さを掛ける。

（平石岳）

紅葉写水

260 くれなゐの木末の秋は水を染波をもそむる露しくれかな

【出典】雪玉集、三九〇〇番。和漢朗詠集、上、春、花付落花、一一六番。

【異同】『新編国歌大観』「紅葉写水─紅葉瀉水」。『和漢朗詠集註』ナシ。

【訳】紅葉、水に写る

梢《こずえ》が紅になる九月は、水も波をも（紅に）染める、露や時雨（が紅葉させる季節）だなあ。

和漢朗詠集。（梢の桜花は）枝を（紅に）染め、水面に映って波を（紅に）染めているかのようである。そのさまは、衣の表裏を紅の染料で幾度も染め上げているようだ。

【考察】『和漢朗詠集』は菅原文時が桜花を歌った漢詩。当歌は桜を紅葉に置き換え、葉を紅葉させる露と時雨を詠む。「木末《こずゑ》の秋」は九月の異称。

【参考】類歌「枝をそめ波をも染めて紅葉ばのしたてる山の滝のしら糸」（新千載和歌集、秋下、五八八番、常磐井入道前太政大臣）。

（平石岳）

雨中紅葉

261秋の雨これや錦をあらふ江のぬれて紅葉は色まさるらん

白氏六帖、見于春部。

【出典】雪玉集、三三九九番。【異同】『新編国歌大観』ナシ。

【訳】雨の中の紅葉

秋の雨、これこそが錦を洗う川なのだなあ。（秋雨に）濡れて紅葉は色がますます濃くなっていくのだろう。

白氏六帖、春部に見える。（46番歌、参照）

【考察】「錦をあらふ江」は、46番歌に引く「蜀-成-都ニ有二濯レ錦ヲ之江一」の「錦江」。その川で錦を洗うと色つやが増さるように、当歌は秋雨が紅葉を洗って色を増すと詠む。

（廣瀬薫）

紅葉如酔

262碧もみちは丶折たく人の心をやくみて千入の色にみすらむ

白氏文集。林-間ニ暖メテレ酒ヲ焼二紅葉ヲ一。

【出典】三玉和歌集類題、秋、紅葉如酔、碧玉集。白氏文集、巻一四、送王十八帰山寄題仙遊寺、一一一頁。

【異同】『三玉和歌集類題』「もみちは丶—紅葉丶を」「折たく—折焼」。『白氏文集』ナシ。

【訳】紅葉が酔っているかのよう（に赤い）

紅葉の葉は、折って火にくべる人の心を察して、何度も染料につけて染めた色に見せるのだろうか。

白氏文集。林間で紅葉を燃やして酒を暖める。

【考察】『白氏文集』は、白居易が友人の王十八の帰郷を見送り、彼の故郷にある仙遊寺の光景を歌う。当歌は、紅葉が赤いのは、その枝を折って火にくべ、酒を暖め酔って顔が赤くなる人に合わせたからかと詠む。「心をくむ」の「く（汲）む」は「酒」の縁語。「千入《ちしほ》の色」については260番歌の漢詩を参照。

【参考】『白氏文集』の漢詩は『和漢朗詠集』上、秋、秋興、二二一番にも収録され、『平家物語』や謡曲などにも多く引かれる。

（廣瀬薫）

紅葉映日

263 柏 夕日影色こきまゝにきさらきの花をもいはしみねの紅葉ゝ

杜牧詩。霜‐葉《ハ》紅《ナリ》二於二月《ノ》花《ヨリモ》一。

【出典】三玉和歌集類題、秋、紅葉映日、柏玉集。三体詩、巻上、山行。

【異同】『三玉和歌集類題』「紅葉ゝ―蒙葉」。『三体詩』ナシ。

【訳】紅葉が日に映える

峰の紅葉は夕日に映えて色が濃いのにまかせて、二月の（赤い）花のことも言うまい。

杜牧の詩。晩秋の霜に染まった楓樹の葉は、春の盛りに咲く花よりも、さらに深紅に輝いている。

【考察】杜牧の詩も当歌も紅葉を春の花より赤いと詠むが、紅葉させたものとして杜牧は霜、当歌は夕日を取り上げる。

【参考】異同に挙げた「蒙」はモミチと読み、紅葉の意。

（加藤森平）

鐘声送秋

264 同　ゆく秋に舟も車も何ならしかねははるかに送る声かな

　菅丞相。送《ルニ》レ春《ヲ》不レ用レ動二舟‐車《ヲ》一。

【出典】 柏玉集、一〇二六番・一九六〇番。和漢朗詠集、上、春、三月尽、五三番。

【異同】 『新編国歌大観』「鐘声送秋—鐘声遣秋」（一〇二六番）「何ならし—なにならで」（一九六〇番）。『和漢朗詠集註』ナシ。

【訳】 鐘の音が秋を送る

過ぎ去る秋を送るのに、舟も車も何の役にも立たないだろう。鐘の音が遥か彼方《かなた》に聞こえ、遠くに去っていく秋を見送っているなあ。

　菅原道真大臣。行く春を送るのに、舟や車を用意する必要もない。

【考察】 道真の漢詩は、「唯別残鶯与落花」（春は鶯の鳴き声と散る花に送られて過ぎる）と続く。当歌は「鐘は遥かに送る」に「鐘は遥かに」と「遥かに送る」を重ねる。

（加藤森平）

冬部

初冬

265 柏玉 冬きては野沢に深き春の水のみとりをみねの松の一本

春-水満二四-沢一ニ。夏-雲多二奇-峰一。秋-月揚二明輝一。冬-嶺秀二孤-松一。

【出典】柏玉集、一〇三一番。古文真宝前集、四時、二九頁。

【異同】『新編国歌大観』「春の水の―春の水」。『古文真宝前集』ナシ。

【訳】初冬

春の野べの沢は緑色の水に満ちていたが、冬が来ると緑は峰にある一本の松だけだなあ。

春は（水が豊かで）四方の沢に満ちる。夏はおもしろい形の雲の峰が多い。秋は月が明るい光を放つ。冬は（木の葉の落ちた）峰に、一本松の緑が群を抜いている。

【考察】「四時」は晋代の詩とされ、春夏秋冬それぞれの風物を取り上げ、自然の大観における美を詠じる。116番歌、参照。当歌は「四時」に詠まれた春と冬の風景を踏まえ、冬の到来による自然景を春と対比して詠む。冬になると松の緑が目立つことは、303・304番歌、参照。第四句の「みどり」は、水の緑と松の緑を表わす。

（森あかね）

初冬落葉

266 一葉にもおとろき初る秋の風はらひ尽して冬は来にけり

淮南子。一葉落而天下知秋。

【出典】 雪玉集、三三二〇九番。淮南子、巻一六、九四五頁。
【異同】『新編国歌大観』ナシ。『新編古今事文類聚』前集、巻一〇、秋部「落而—落」。
【訳】 初冬の落葉
一枚の葉（の落下）にも驚き始めた秋風が、葉を落とし尽くして冬は来たのだなあ。
淮南子。一枚の葉が落ちて、天下は秋を知る。
【考察】『淮南子』の一節は、身近なことによって未来を察知することを意味する。当歌は『淮南子』を踏まえながら、冬の到来を詠む。
【参考】『淮南子』の本文は「見一葉落、而知歳之将暮」で異なる。133番歌、参照。

（風岡むつみ）

紅葉随風

267恨あれや風のちからはおたしくてすくなきにしもたへぬ紅葉、

文選。陸士衡、豪士賦序。落-葉俟《ツテ》二微-風《ヲ》一以隕《ツ》。而風《ノ》之力蓋《シ》-寡《シ》云云。

【出典】 雪玉集、一四六八番。文選、巻四六、文章篇中、五〇二頁。
【異同】『新編国歌大観』「おたしくて—けだしくも」。『文選』ナシ。
【訳】 紅葉、風に随う
（風を）恨むのだろうか。風の力は穏やかで少ないのに、それに耐えられない紅葉の葉は。
文選。陸士衡の豪士の賦の序。落ちようとする木の葉は、微かな風が吹けば落ちる。しかしその風の力は、思うに少ない云々。
【考察】 陸機（字は士衡）の文章は、何か物事を成すために必要なのは自己のあり方であり、外的な条件は二の次であるということを、秋になると葉は自らの性質によって落ちるのであり、風の力によるところは少ないという比喩を用いて表現する。当歌の第三句「穏しくて」（穏やかでという意）は『新編国歌大観』では「けだしくも」で、出典の「蓋《けだ》し寡《すくな》し」により近い表現となる。

【参考】『源氏物語』少女の巻に、秋の情感に心を打たれた内大臣（かつての頭中将）が和琴を奏で、「風の力けだしすくなし」と口ずさむ場面がある。

（廣瀬薫）

朝時雨

268見し夢のあしたの雲よたか為か夕をまたす時雨行らん

【出典】雪玉集、七八八〇番。【異同】『新編国歌大観』ナシ。

【訳】朝の時雨

夢で見た朝雲よ、（おまえは）誰のために夕べを待ちきれず時雨を降らせているのだろうか。

【考察】当歌は「旦《あした》には朝雲と為《な》り、暮には行雨と為る」（269番歌に掲載）による。

（金子将大）

269夕こそ雨ともならめしくれ行あしたの雲よたかこゝろなる

高唐賦曰、妾《ハ》在二巫-山《ノ》之陽、高-丘《ノ》之岨《ニ》一。旦《ニハ》為二朝雲一、暮《ニハ》為二行-雨《ト》一。朝-々暮-々陽-台《ノ》之下。

【出典】雪玉集、一五五〇番。文選、巻一九、賦篇下、三四三頁。【異同】『新編国歌大観』『文選』ナシ。

【訳】（朝の時雨）

夕方にはきっと本降りの雨になるだろう。時雨を降らせて行くこの朝雲よ、（それは）誰の心なのか。

高唐賦によると、私は巫山の南側にある険しい峰の頂に住んでいます。朝には雲となり、夕方には通り雨となり、毎朝毎晩この楼台のもとに参りましょう。

【考察】「高唐賦」は宋玉が楚の襄王に向かって、巫山の近くに建てられた高唐の楼観の様子を述べたもの。出典の一節は、先王の夢に現れた女性のセリフ。

【参考】「雨となりしぐるる空の浮雲をいづれの方とわきてながめむ」（源氏物語、葵の巻、五五頁）。

（金子将大）

夕時雨

270 柏 あかつきの霜にきくへき声もなししくる、雲の入あひのかね

山海経。豊‐山《ニ》有二九‐鐘一焉。是《レ》知《テ》レ霜《ヲ》鳴《ル》。

【出典】柏玉集、一〇四四番。山海経、第五、中山経。**【異同】**『新編国歌大観』『玉海』ナシ。

【訳】夕べの時雨

夜明け前に霜に応じて鳴るという、豊山の鐘の音も聞こえない。（その代わりに）時雨を降らす雲の中から、夕暮れ時につく鐘の音（が聞こえてくるなあ）。

山海経。豊山に九つの鐘がある。この鐘は霜を知って鳴る。

【考察】鐘が霜を知って鳴るとは、霜が降りると鳴るという意味。『山海経』の本文を抄出した至元三年（一三三七）版『玉海』は、南宋の王応麟の撰。前野直彬著『山海経・列仙伝』（全釈漢文大系33、三四六頁、集英社、一九七五年）によると、「豊山」と「有九鐘焉是知霜鳴」の間に「有レ獣焉。其状如レ蝯、赤目赤喙黄身。名曰二雍和一。見即国有二大恐一。神耕父処レ之。常遊二清冷之淵一、出入有レ光〔清冷水在二西号郊県山上一。神来時、水赤有二光輝一。今有レ屋祠レ之〕見即其国為レ敗」という文章が入る。

【参考】「暁の鐘を聞かずは霜さゆる夜半とも知らじ炉火の本」（続草庵集、三〇二番）。『続草庵集』は頓阿（生没一

二八九～一三七二年）の家集。

（北井達也）

枕上時雨

271 聞わかぬしくれよいかに枕せしなかれは水のひゝきなからに

晋書。孫楚事実、見于秋部。

【出典】雪玉集、一五五三番。【異同】『新編国歌大観』ナシ。

【訳】枕元の時雨

（川水の流れる音と）聞き分けられない（ほど激しい）時雨よ、どれほど（降っているのだろう）か。孫楚が枕にしていた川水の流れは、昔と同じ響きであるが。

晋書。孫楚の故事は、秋部に見える。（154番歌、参照）

【考察】枕元で時雨の響きを聞き、孫楚の漱石枕流の故事を連想して、孫楚が枕にしていたという流れの音と、雨音とが区別できないほどだと詠む。

（小森一輝）

窓落葉

272 柏 枝の雪もいまやみてまし窓ふかくあつめぬ物の積るこのはに

【出典】柏玉集、一〇六三番。【異同】『新編国歌大観』ナシ。

【訳】窓辺の落葉

枝の雪も今は見ているだろうか。窓辺にうず高く集めてもいないのに、（雪のように）積もっている落ち葉を。

【考察】当歌の「枝の雪」と「窓」は『源氏物語』（273番歌に掲載）による。

（松本匡由）

落葉窓深

273 同 色こきは木の葉も窓の光にておもはぬ枝の雪そつもれる

乙女巻云、まとの蛍をむつひ、枝の雪をならしたまふ云々。

【出典】柏玉集、一〇六四番・一九六二番。源氏物語、乙女巻、一五頁。

【異同】『新編国歌大観』「落葉窓深—落葉深窓」（一九六二番）。『承応』『湖月抄』ナシ。

【訳】落葉、窓辺に深し

落葉の色が濃いのも窓からの光のせいで、思いがけないほど枝に雪が積もっているなあ。

乙女の巻によると、（夕霧は高貴な身分で、出世は保障されているのに）蛍雪の功をお積みになる云々。

【考察】「窓の蛍を睦び、枝の雪を馴らしたまふ」とは、窓辺の蛍の光を友として枝の雪に親しむように勉学に励むという意味で、夕霧（光源氏の子息）が大学で学ぶ志を称賛した箇所。『蒙求』の「孫康映雪、車胤聚蛍」（家が貧しく雪の明かりで本を読んだ孫康、蛍の光で学んだ車胤の故事）を踏まえる。16・109番歌、参照。

（松本匡由）

水郷寒芦

274 しほれあしのよる〳〵いかに川つらの冬に成行波風の声

薄雲巻云、冬になり行まゝに、川つらの住ゐいとゝ心ほそさまさりて。

【出典】雪玉集、三九九八番。源氏物語、薄雲巻、四二七頁。【異同】『新編国歌大観』『承応』『湖月抄』ナシ。

【訳】水郷の寒芦

寒さで枯れた芦が夜ごと川辺に打ち寄せられると、さぞかし波風の音は冬になっていくのだろうなあ。

薄雲の巻によると、冬になるにつれて、川のほとりにある住まいはいっそう心細さがつのって。

【考察】『源氏物語』は、明石の君たちが住む大堰川ほとりの邸宅の心細さを描く。第二句の「よる」に「寄る」と「夜」を掛ける。また「寄る」は「波」の縁語。

（村上泰規）

垣根寒草

275 冬草のしたの心や数ならぬ垣根なからも春をまつらん

初子巻の詞、春の部に見えたり。

【出典】 雪玉集、一五九一番。**【異同】**『新編国歌大観』「垣根—牆根」。

【訳】 垣根の冬草

冬草は内心、身分の高くない者の垣根に生えていても、春を待っているだろうか。

初音の巻の文章は、春部に見える。（10番歌、参照）

【考察】 初音の巻は、「数ならぬ垣根」（身分の低い者の垣根）の内にも春が訪れたという箇所。当歌も春を待つ、庶民の垣根の草の心を詠む。

（島田薫）

鶴払霜

276 霜《柏》はらふ鶴の毛衣やはらかにぬるよもなしと音をや鳴らん

催馬楽、貫河。一段ぬき川のせゝ、のやはらたまくら、やはらかにぬるよはなくて、おやさくるつま。下略

【出典】 三玉和歌集類題、雑上、鶴払霜、柏玉集。催馬楽、貫河、一一三頁。

【異同】『三玉和歌集類題』「やはらかに―和かに」。『梁塵愚案抄』ナシ。

【訳】　鶴が霜を払う

霜を払う鶴の羽毛は柔らかで、柔らかに寝る夜もないと鳴いているのだろうか。

催馬楽、貫河。一段貫河のあちこちの瀬に立つ波は荒々しくて柔らかでないように、私の腕を枕にして、（いとしいあなたと）柔らかに共寝する夜はなくて、両親が会わせてくれない妻よ。下略

【考察】「貫河」は、親に仲を裂かれながらも純愛を歌い合う男女の掛け合いから成る。当歌は霜を払う鶴に、恋人に会えず嘆く姿を重ねて詠む。「鶴の毛衣やはらかに」に「やはらかに寝る」を重ねる。

【参考】「貫河」の解釈は『梁塵愚案抄』の本文「「せゝの手枕」は波枕と云か如し。波はあらき物なれは、「やはらかにぬる夜はなき」と枕によせていへり。「おやさくる」は父母として子の妻をさくる也」による。

（金子将大）

残菊句

277 をのかため折のこす枝にあらなくにこてふそ菊の匂ひをはしる

三体詩。節-去蜂-愁蝶不レ知、暁-庭還繞《テ》二折-残枝《スヲ》一、自縁二今-日人-心《ノ》別一、未《タ》二必《シモ》秋-香《ハ》一-夜衰《ニ》一。

【出典】雪玉集、五二八〇番。三体詩、巻上、十日菊。【異同】『新編国歌大観』『三体詩』ナシ。

【訳】　残菊の匂い

自分のために折り残した菊の枝ではないのに、蝶は菊の匂いを知（り飛び回）っているなあ。

三体詩。菊の節句が過ぎたのを蜂は憂えているが、蝶は気づかず、明け方の庭に折りしだかれた菊の枝をなおも飛び廻っている。（菊の色香が変わって見えるのは）今日の人の心が変わったからであり、菊花の秋の香りが一夜で衰えたというわけではない。

【考察】出典は、節句を過ぎると顧みられない菊の花に同情した漢詩。第二句の「折残」について村上哲見著『三体詩　上』（新訂中国古典選16、朝日新聞社、一九六六年）では、「「残」は、敗残、衰残などにおけるように、動詞のあとにそえられて、すたれる、だめになってしまうの意をあらわす。「折残」は折られてずたずたになってしまっているということ。折られたあとに残る、ではない。」と解釈する。それに対して当歌の「折り残す」は折らずに残すという意味で、咲き続ける菊花の香りに気づいて近寄る蝶を詠む。

（金子将大）

石間氷

278 柏 氷りけりひまなく水も石川や花田の帯の中絶てみゆ

催馬楽、石川。いしかはんのこまうとに、帯をとられて、からきくいする。二段 いかなんる、いかんなる帯そ、花田の帯の、中は絶たる。下略

【出典】三玉和歌集、冬、石間氷、柏玉集。催馬楽、石川、一四九頁。

【異同】『三玉和歌集類題』『梁塵愚案抄』ナシ。

【訳】石と石との間の氷

石川（小石が多く浅い川）は隙間も無く氷ってしまったなあ。絶え間なく（流れていた）水も絶えて見える。石川の（高麗人に取られた）縹《はなだ》色の帯の真ん中が絶ち切れたように。

催馬楽、石川。石川の高麗人に、帯を取られて、ひどく後悔している。二段 どんな、どんな帯なんだい、縹色（薄藍色）の帯で、真ん中が切れている。下略

【考察】催馬楽「石川」で「帯が絶えた」ことを踏まえて、当歌は石川の流れが氷って絶えてしまったと詠む。「ひまなく」流れていた「水」が「ひまなく」「氷りけり」の結果、「帯」が「絶え」るように「水」も「絶え」た、と

いう技巧。当歌は冬部に置かれているので恋歌ではないが、「帯の中絶えて」に「(二人の)仲絶えて」を響かすか。

（北井達也）

氷閇細流

279 柏 海川にいとはぬ水の心をもしらぬ氷のあさきへたてよ

史記。李‐斯《カ》上書《ニ》云、泰‐山《ハ》不レ譲二土‐壌《ヲ》一故《ニ》能《ク》成二其《ノ》大一、河‐海《ハ》不レ択《朗詠ニ厭》二細‐流《ヲ》一故《ニ》能《ク》成二其《ノ》深一。

[出典] 一字御抄、巻四、一五二、閉、柏玉集。史記、李斯列伝第二七、四六一頁。

[異同] 『一字御抄』ナシ。『史記』「泰山―太山」「能成其深―能就其深」。

[訳] 氷が小川を閉《と》ざす

大海や黄河には(細い流れでも)厭わず受け入れる水の心があるのに、氷がそれも知らないで(小川を閉ざすとは)浅はかな分け隔てだなあ。

[考察] 『史記』は、人民を棄て賓客を斥ける秦の始皇帝を李斯が諫め、他人の意見を広く受け入れないと大成しないと説いた故事。当歌はそれを踏まえ、氷が塞き止められるのは小川だけで、大河は止められない様子を、流れの大小で分け隔てする浅はかな思慮と見立てた。

史記。李斯が上書して言うには、泰山は塵のような土でも受け入れ積み上げるため、あのように大きくなる。黄河や大海はどんな小川の水でも受け入れるため、あのような深い河になる。

[参考] 「朗詠厭《ニ》」という傍注が示す通り、北村季吟『和漢朗詠集註』には「河海《ハ》不レ厭《ハ》二細流《ヲ》一」とある。

（北井達也）

懸樋氷

280 氷けりしたひの水よたか為になかるゝことの緒をもたちけん

列子、湯問篇。伯牙善《ク》鼓《ス》レ琴《ヲ》、鐘子期善《ク》聴《ク》。伯牙鼓《シテ》レ琴《ヲ》、志在レ登二高山一。鐘子期曰《カ》、「善哉《カナ》。峩々兮若二泰山一」。志在二流水一《ニ》。鐘子期曰《カ》、「善哉《カナ》。洋々兮若二江河一」。

呂氏春秋曰、鐘子期死《ス》。伯牙破レ琴絶レ絃《ヲ》終レ身《ヲ》不二復《タ》鼓一レ琴《ヲ》云云。

【出典】雪玉集、三五一三番。列子、下、湯問第五、二四七頁。呂氏春秋、巻一四、本味、三七六頁。

【異同】『新編国歌大観』「たちけん—たつらん」。『列子』『呂氏春秋』ナシ。

【訳】懸樋の氷

凍ってしまったなあ、下樋の水よ。誰のために、流れる（水に心を寄せて弾いた）琴の緒をも絶ってしまったように、水の流れも絶えたのだろう。

列子、湯問篇。伯牙は上手に琴を弾き、鐘子期はその音色を上手に聞き分けた。伯牙は琴を弾きながら、高い山に登る気持ちを表現した。鐘子期は、「素晴らしい。まるで泰山がそびえ立っているようだ」と言った。伯牙が流れる水に心を寄せて弾いた。鐘子期は、「素晴らしい。まるで江河が水を湛えているようだ」と言った。呂氏春秋によると、鐘子期が死ぬと、伯牙は琴を壊して絃を絶ち、終生、再び琴を弾くことはなかった云々。

【考察】歌題の「懸樋《かけひ》」も第二句の「下樋《したび》」も水を導く樋《とい》であるが、懸樋は地上に架け渡し、下樋は地中に埋める。歌題と異なるのは、下樋には琴の空洞になった部分という意味もあり、下の句の「琴の緒」の縁語になるからであろう。伯牙と鐘子期の故事は「知音」の由来である。「泰山」は名山の名、または高く大きな山。「江河」は長江（揚子江）と黄河、または大きい川。

（小森一輝）

深山炭竈

281 みねたかみやく炭かまやけた物の空にほえけん道もたつねん

列仙伝曰、劉安漢高帝孫封淮南王。好儒術方技作内書二十一篇。又著鴻宝万年二巻論変化之道。中略於是与安登山大祭埋金於地白日昇天。八公与安所践之石、皆陥。至今有人馬之迹存焉。所棄置薬鼎、鶏犬舐之並得軽挙鶏鳴雲中犬吠天上。

[出典] 雪玉集、三六二〇番。列仙全伝、劉安。**[異同]** 『新編国歌大観』『列仙全伝』ナシ。

[訳] 奥山の炭窯

峰が高いので（天に昇るのにふさわしく）、炭を焼く炭窯があり、動物が天空で吠えたという昇天の道も捜し求めようか。

列仙伝によると、劉安は漢の高帝の孫で、淮南王に封じられた。（劉安は）儒教の秘術を好み、『淮南子』内書二十一篇を編んだ。また、『鴻宝』『万年』二巻を著し、神仙錬金の術を論じた。中略ここにおいて、劉安と山に登り、盛大に祭をして、金を地に埋め、白日の下に昇天した。八公（八人の神仙）と劉安が踏んだところの石はすべて陥没し、今でも人馬の跡が残っている。捨て置かれた薬鼎《やくてい》（薬を作る鍋）を鶏や犬が舐めて、これらも軽々と飛び上がり、鶏は雲中に鳴き犬は天上に吠えた。

[考察] 当歌は深山に立ち上る炭窯の煙を、劉安の薬鼎から立ち上る煙に見立てた。第二句の「焼く炭窯」に「焼く炭」と「炭窯」を掛ける。引用本文の「内書二十一篇」とは『淮南子』を指し、内書が二一編、中書が八編、外書が三三編あったが、現存するのは内書二一編のみ。

[参考] 「列仙伝曰」とあるが『列仙伝』の本文とは異なり、明代に編まれた『列仙全伝』による。『列仙伝』は七〇余名（諸本により異同あり）の仙人の話を載せるが、「劉安」の項を立てないものも多い。たとえば寛政五年（一七九三）版『列仙伝』は仙人七〇名で、「劉安」の項はない。ちなみに『神仙伝』にも「劉安」の項があり、本文は『列仙伝』よりも詳述。なお寛文六年（一六六六）版『古今事文類聚』は「鶏犬舐鼎」として劉安の記事を載せ、

『列仙伝』の記事に近い。

（小森一輝）

冬月冴

282浦遠き水より出て水よりもさむき氷をしける月かな

荀子。氷《ハ》生《シテ》二於水《ヨリ》一而寒《シ》二於水《ヨリ》一。

【出典】雪玉集、三五一四番。荀子、巻一、勧学篇第一、一五頁。

【異同】『新編国歌大観』ナシ。『荀子』「氷生於水―氷水為之」。

【訳】冬の月が冴える

海辺から遠い水平線から出てきて、水よりも寒々とした氷を敷きつめた（かのように水面を照らす）月だなあ。

荀子。氷は水から生まれて、水よりも冷たい。

【考察】『荀子』の一文は「出藍の誉れ」の本文（24番歌に掲載）に続く一節。

【参考】「月照二平沙一夏夜霜」（白楽天。和漢朗詠集、夏夜、一五〇番）では、月に照らされた砂原の輝きを霜に例える。

（松本匡由）

冬月

283すさましきためしといへとすむ月のあはれは冬の空にそ有ける

総角巻云、世の人のすさましきことにいふなる、しはすの月夜の、くもりなくさし出たる。篁記云、しはすの望の頃、月いとあかきに物語しけるを、人みて、「あな、すさまし。しはすの月夜にもあるかな」といひけれは云々。

枕双帋に、すさましき物、しはすの月夜、おうなのけそう云々。

【出典】雪玉集、六六三二番。源氏物語、総角巻、三三二頁。河海抄、巻九、槿巻、三六七頁。河海抄、巻一八、総角巻、五六三頁。

【異同】『新編国歌大観』「ためしといへと―ためしにいへと」。『承応』『湖月抄』ナシ。『河海抄』巻九「望の頃―もちころ」「人みて―人みてこれそ」「月夜にも―月夜も」。『河海抄』巻一八ナシ。

【訳】　冬の月

おもしろくないことの譬《たとえ》だと言うけれども、澄んだ月の趣は冬の空にあったのだなあ。

総角《あげまき》の巻によると、世人がおもしろくない譬に引くという、十二月の月が曇りなく差し出た。

篁記によると、十二月の望月の頃、月がたいへん明るいときに世間話をしていたのを、人が見て、「ああ、おもしろくない。十二月の月であるなあ」と言ったので云々。

枕草子に、おもしろくないこと、十二月の月夜、老女の恋愛云々。

【考察】当歌と同じ趣旨のことを光源氏も、「冬の夜の澄める月に雪の光りあひたる空」を称賛して、「すさまじき例《ためし》に言ひおきけむ人の心浅さよ」（朝顔の巻、四九〇頁）と言った。「篁記」は『河海抄』巻九の「すさましきためしにいひをきけん」項、「枕双帋」は『河海抄』巻一八の「よの人のすさましきことにいふなるしはすの月夜のくもりなくさしいてたるを」項に掲載。「篁記」の一節は彰考館本『篁物語』にもあるが、「枕双帋」の本文は現存する『枕草子』にはない。

（松本匡由）

水鳥

284 氷る夜はくかにまとふも水鳥のしたやすからぬ音をや鳴らん

玉かつらの巻。只、水鳥のくかにまとへる心地して。

【出典】雪玉集、一六五二番。源氏物語、玉鬘巻、一〇二頁。

【異同】『新編国歌大観』「まとふも―まよふも」。『湖月抄』『承応』ナシ。

【訳】　水鳥
（水面が）凍る夜は陸に上がってさ迷う水鳥も、水面下で足を絶え間なく動かして、せつなく鳴くように、陸でも鳴いているのだろうか。

　玉鬘の巻。ただ水鳥が陸に上がってさ迷うような心地がして。

【考察】『源氏物語』は肥後の豪族である大夫監の強引な求婚から逃れるため、ようやく上京した玉鬘一行が、頼るあてもなく途方に暮れている様子を水鳥に例えた箇所。

【参考】「水鳥の下安からぬ思ひにはあたりの水もこほらざりけり」（拾遺和歌集、冬、二二七番、よみ人知らず）では、水鳥が水面下で足をせわしなく動かすので、水も凍らないと詠む。「水鳥の下安からぬ思ひ」に、人がもだえ思慕する内心のさまを重ねる。


（村上泰規）

冬歌中

285 あひおもふともねしてたにあらし吹梢のをしのわひつゝや鳴
　搜神記曰、宋時《ノ》、大夫韓馮娶《テ》レ妻《ヲ》而美《也》。康王奪レ之《ヲ》云云。宿昔《ノ》之間、便《チ》有二大梓木一、生二於二塚之端一。旬日大盈レ抱《ニ》屈体以相就、根交二於下一、枝錯二於上一。又有二鴛鴦雌雄各一一、恒《ニ》栖二樹上一《ニ》晨夜不レ去。交《テ》レ頸《ヲ》悲鳴《ス》。音声感レ人《ヲ》。宋人哀レ之《ヲ》、遂《ニ》号《シテ》二其《ノ》木《ヲ》一、曰二相思《ノ》樹《ト》一。相思《ノ》之名起二於是一云云。

【出典】雪玉集、四四一七番。搜神記、巻一一。

【異同】『新編国歌大観』ナシ。『法苑珠林』「大梓木―梓木」「旬日大―旬日而大」「於是―於此」。

【訳】　冬歌の中
互いに思いあっても、共寝することさえできないだろう。嵐が吹く梢にいる鴛鴦は、辛く思って鳴くのだろうか。

捜神記によると、宋の時代に役人長官であった韓馮は妻を迎えた。美人だったので、康王が奪い取ってしまった云々。幾晩も経たぬ間に大きな梓の木が、両方の塚から生えてきた。十日も経つと一抱えに余るほどになり、幹を曲げて近づきあい、下の方では根が、上の方では枝が交わった。また鴛鴦が雌雄一羽ずつ現れ、いつもその木をねぐらにして、朝から晩まで離れなかった。首をさし交えながら悲しげに鳴き、その声は人々を感動させた。宋の人々は哀れんで、その木に「相思樹」という名を付けた。「相思」という名称はここから始まった云々。

【考察】当歌は初二句に「相思《あひ》ふとも」と「共寝《ともね》して」を重ね、第三句の「嵐」に「あらじ」を掛けて、嵐で激しく揺れる枝にいる鴛鴦は、一睡もできないだろうと詠む。『捜神記』の引用で「康‐王奪レ之ヲ云云」のあと大幅な省略があり、韓馮は自殺し、妻も後追い自殺したため、康王は二人の塚が向き合うように埋葬させたとある。

【参考】和刻本『捜神記』（古典研究会『和刻本漢籍随筆集』13、汲古書院、一九七四年）とは異同が多いため、本文異同には『四庫全書』所収の『法苑珠林』を使用。他にも『藝文類聚』『太平廣記』『太平御覧』などに掲載。

（村上泰規）

嶋千鳥

286
玉手箱水の江白く浦しまのこのよあけぬと千鳥しはなく
河海抄引テ二丹後国風土記ヲ一曰、長谷朝倉宮天皇ノ御世、浦‐奥《シマノ》子独リ乗二小船一為レ釣ヲ得二五色ノ亀ヲ一。忽為ニ二婦人一。其ノ容美‐麗。女娘教テ令レ眠レ目ヲ即至二海‐中博‐大之嶋ニ一云云。奥子忘テ二前‐日期《ノチキヲ》一忽ニ開二玉ノ匣ヲ一。未レ見之間芳‐蘭ノ体率《ツテ》二于風-雲《ニ》一翩-去云云。

【出典】 雪玉集、一六四五番。河海抄、巻一五、夕霧巻、五一六頁。

【異同】 『新編国歌大観』ナシ。『河海抄』「長谷朝倉宮―長谷朝倉宮御宇」「浦奥子独―嶼子独」「奥子忘―嶼子忘」「未見之間―未瞻之間」「翩去―翩翻蒼天」。

【訳】 島の千鳥

浦島の子が玉手箱を開けた水の江は白み、夜が明けたと千鳥がしきりに鳴いている。

河海抄が引く丹後国風土記によると、長谷の朝倉の宮で天下を治めた天皇（雄略天皇）の御世に、浦島の子が独りで小舟に乗り、釣りをして五色の亀を得た。（その亀は）たちまち婦人になった。その容姿は美しかった。乙女は（浦島の子の）目をつぶらせて、一瞬のうちに海の中にある大きな島に到着した云々。浦島の子は以前の約束を忘れて、すぐに美しい化粧箱を開けた。突如かぐわしい香の匂いが風雲と共に翻り去ってしまった云々。

【考察】 当歌の第二句「水の江」は浦島伝説が伝わる地名（74・464番歌）、第四句「あけ」に浦島が玉手箱を「開け」たと夜が「明け」たを掛ける。

（島田薫）

湖千鳥

287 柏 さゝ波になくや千とりの山の井のあかてわかれし友したふらん

古今集、八、離別部云、しかの山こえにて、いし井のもとにて物いひける人の、わかれける折によめる　貫之

むすふ手の雫ににこる山の井のあかても人にわかれぬるかな

【出典】 柏玉集、一一三九番。古今和歌集、巻八、離別歌、四〇四番。**【異同】**『新編国歌大観』『八代集抄』ナシ。

【訳】 湖の千鳥

さざ波のもとで鳴いている千鳥は、山の泉では（底が浅く濁りやすく）飲み足りないように、もの足りない思いで別れた友を懐かしく思っているのだろうか。

古今和歌集、巻八、離別部によると、志賀の山越えで、石で囲んだ清水のほとりで言葉を交わした人と別れた際に詠んだ歌　紀貫之

掬い上げた手からこぼれる雫で濁る（ほど浅く水の少ない）山の湧き水が充分に飲めないように、私は満足できない思いであなたと別れたことだなあ。

【考察】 貫之歌も当歌も上の句は「飽かで」を導く序詞。「山の井」（山中の清水）は水底が浅いという考えは、『古今和歌集』の仮名序にも引かれた和歌「安積《あさか》山影さへ見ゆる山の井の浅くは人を思ふものかは」（万葉集、巻一六、三八〇七番）による。

（島田薫）

冬歌中

288 あらはるゝ名にや高砂住の江の松もあひ生の雪のうちかな

古今序。高砂・住の江の松も、あひ生のやうにおほえ云々。

【出典】 雪玉集、七二二四番。古今和歌集、仮名序、一二三頁。**【異同】**『新編国歌大観』『八代集抄』ナシ。

【訳】 冬歌の中

慣れ親しんだ名高い高砂・住江の松も、長年なじんだ雪の中に姿を現わすなあ。

古今和歌集仮名序。高砂と住江の松も、長年の馴染みのように思われ云々。

【考察】『古今和歌集』仮名序は和歌の歴史を述べた部分の一節で、北村季吟『八代集抄』には「高砂・住の江は播州・摂州両国の松の名所をよひ出て両所の松を相生のやうにおほゆると也」と注す。当歌はそれを踏まえつつ、高砂・住の江の松も雪の中で紛れず姿を現わすことを詠む。第二句の「名にや高砂」に「名に高（し）」（名高い）と「高砂」を掛ける。また「松も相生の雪」に「松も相生」と「相生の雪」を重ねる。

【参考】『古今和歌集』仮名序の当該箇所は、606番歌にも引用される。冬の松については303・304番歌、参照。

（金子将大）

薪

289民の戸のけふりにきはふ九重にたのしきをつむ春や待らん

日本紀、廿九巻。天武天皇御宇四年、百‐寮諸‐人初‐位以‐上進㆑薪云云。

雑令曰、凡進㆑薪之日、弁‐官及式部、兵部、宮内省、共ニ検校シテ貯㆓納主殿寮㆒ニ。

延喜式三十六曰、年中所㆑用御薪《ミカマキ》湯殿ノ料一百八十荷、御匣殿御洗料七十二荷、御沐料一百八十荷、御脚水料二百四十荷、御炊料七百八荷、儲料二百荷云云。

【出典】雪玉集、七九三三番。日本書紀、巻二九、天武天皇下、三五九頁。令義解、巻一〇、雑令、進薪条。延喜式、巻三六、主殿寮、年中薪。

【異同】『新編国歌大観』「にきはふ―にきほふ」。『日本書紀』『令義解』『延喜式』ナシ。

【訳】薪

民の戸からは炊事の煙が豊かに出ていて、豊かな宮中では薪を積み、楽しみを積み重ねる春を待っているのだろうか。

日本書紀、第二十九巻。天武天皇の御宇四年、初位以上の百官の人々は薪を奉納する云々。

雑令によると、薪を奉納する日に、弁官及び式部、兵部、宮内省は共に監督して、主殿寮に貯納する。

延喜式、第三十六巻によると、年間で用いる御薪は、湯殿のために百八十荷、御匣殿《みくしげどの》の洗髪のために七十二荷、沐浴のために百八十荷、脚洗いの水のために二百四十荷、炊事のために七百八荷、蓄えのために二百荷云々。

【考察】『日本書紀』は、宮廷所用の薪を百官が奉る行事を記した箇所。「雑令」は薪を献納する日の規定、『延喜式』は年間に用いる薪の量を記した箇所。当歌は「煙にぎはふ」に「にぎはふ九重」を重ね、「楽しき」の「き」に「木」を掛ける。また、「高き屋にのぼりて見れば煙立つ民のかまどはにぎはひにけり」（新古今和歌集、賀、七〇七番、仁徳天皇）も踏まえる。

【参考】貞治五年（一三六六）の『年中行事歌合』に、「百敷のもものつかさの御かま木に民のけぶりもにぎはひにけり」（八番、左、御薪《みかまぎ》、九条家尹朝臣）とあり、その判詞に「御薪と申すは百官悉薪を奉るなり、たとへばこれも民の肩をやすめんが為にや、宮内省に被納けるなり、其数は延喜の宮内式などにみえ侍り」とある。

（金子将大）

冬歌中

290 深きよの月にたか行道ならし笛のねすめる木枯の声

帚木巻云、神無月の頃ほひ、月面白かりし夜、内よりまかて侍るに、あるうへ人きあひて、此車にあひのりて侍れは、大納言の家にまかりとまらんとするに、此人のいふやう、「こよひ、人待らんやとなん、あやしく心くるしき」とて、此女の家、はたよきぬ道なりけれは、あれたるくつれより池の水影見えて、月たに宿るすみかを過んもさすかにて、おり侍りぬかし。本より、さる心をかはせるにや有けん、此男いたくすゝろきて、門ちかき廊の、すのこたつ物に尻うちかけて、とはかり月をみる。菊いと面白くうつろひわたりて、風にきほへる紅葉のみたれなと、哀とけに見えたり。ふところより笛とり出て吹ならし、「かけもよし」なと、つ、しりうたふ程に云々。

【出典】雪玉集、七二二一番。源氏物語、帚木巻、七八頁。

【異同】『新編国歌大観』ナシ。『承応』『湖月抄』「尻うちかけて―しりかけて」「ふところより―ふところなりける」。

【訳】冬歌の中

夜ふけの月のもと、誰かが（笛を吹きながら）道を通って行くらしい。笛の音が澄んで、木枯らしの音と（合わさって響いている）。

帚木の巻によると、十月の頃、月が美しかった夜、宮中から退出しますと、ある殿上人と一緒になって、私（左馬頭）の車に相乗りしましたので、（私は）大納言の家に行って泊まろうすると、この殿上人が言うには、「今夜、私を待っているであろう女の家が、妙に気がかりで」と言うので、この女の家は通らねばならぬ道であったので、荒れた築地の崩れから月影を水面に映した池が見えて、月でさえ宿る住みかをさすがに素通りもできず、車を降りてしまいました。以前から情を交わしていたのであろうか、この男（殿上人）はひどくそわそわして、中門に近い渡り廊下の濡れ縁めいたところに腰をかけ、しばらく月を眺めている。白菊が（霜にあたり）とても美しく一面に薄紫に色変わりして、風に競って散り乱れる紅葉など、いかにもしみじみと思われた。（男は）懐から笛を取り出して吹き鳴らし、「陰もよし」などと少しずつ謡うと云々。

【考察】『源氏物語』は雨夜の品定めで左馬頭が語った、木枯らしの女の話（248・424・438・460番歌の出典と同じ場面）。当歌の結句「木枯らし」は、その女性が殿上人に返した和歌、「木枯らしに吹きあはすめる笛の音をひきとどむべきことの葉ぞなき」を踏まえる。

【参考】引用文の末尾にある「かけもよし」は催馬楽「飛鳥井」の一部で、「宿りはすべし」（泊まろう）の意図を示す。「飛鳥井に　宿りはすべし　や　おけ　陰もよし　みもひも寒し　みまくさもよし」（131番歌に掲載）。

（北井達也）

霰

291 ふりみたれ打音はけしなよ竹の折へくもあらぬ霰なからに

帚木巻。なよ竹の心地して、さすかに折へくもあらす。

【出典】雪玉集、一六六九番。源氏物語、帚木巻、一〇二頁。**【異同】**『新編国歌大観』『承応』『湖月抄』ナシ。

【訳】霰

（霰が）盛んに降り打つ音は激しいなあ。なよ竹は折れそうにもない霰であるけれども。

帚木の巻。（空蝉はもの柔らかな人柄であるが、無理に気強くしていたので）細くしなやかな竹のように（光源氏は）感じて、さすがに折ることはできそうにもない。

【考察】『源氏物語』では光源氏が空蝉の寝床に忍び入り言い寄るが、空蝉は身分の違いから柔らかな性格を抑えて無理に拒む。その空蝉の様子を「なよ竹」（細くしなやかな竹）と表わす。竹を「折る」とは契を結ぶこと。当歌は霰に打たれても折れない竹の様子を詠む。

（北井達也）

里雪

292 よる分し山路の雪のあはれをもふかくやたとる宇治の里人

総角巻云、人〳〵あまた声して、馬の音聞ゆ。何人かは、かゝるさよ中に雪をわくへき。

【出典】雪玉集、三四一一番。源氏物語、総角巻、三三五頁。

【異同】『新編国歌大観』ナシ。『承応』『湖月抄』「あまた声して—こえあまたして」。

【訳】 里の雪

夜に山道の雪をかき分けて来た（匂宮の）愛情を、深く詮索するだろうか、宇治の里人は。

総角の巻によると、多くの人の声がして、馬の鳴き声が聞こえる。誰がこのような夜中に、雪をかき分けて来るのだろう。

【考察】当歌は匂宮が中の君への愛情から、夜中に雪をかき分けて宇治を訪れた箇所を踏まえる。305番歌にも引用。「深く」は「雪」の縁語。

（北井達也）

雪中待人

293みせはやな独こほるゝした折に打はらふ袖を松のしら雪

末つむ花の巻に、橘の木のうつもれたる、御随身めしてはらはせたまふ。うらやみかほに、松の木のをのれおきかへりて、さとこほるゝ雪も、「名にたつ末の」と見ゆるなとを云々。

【出典】雪玉集、一六九一番。源氏物語、末摘花巻、二九六頁。【異同】『新編国歌大観』『承応』『湖月抄』ナシ。

【訳】 雪の中、人を待つ

見せたいものだな。松の木はひとりで（起き返り、枝に降り積もった）白雪がこぼれ落ちて枝が折れ、（雪の降り積もった）袖を（あなたを）待つ間に打ち払うのを。

末摘花の巻に、橘の木が雪で埋もれていたのを、（光源氏は）ご自身の随身をお呼びになり払わせなさる。うらやましそうな表情で、松の木がひとりで起き返って、積もった雪がさっとこぼれたので、「名にたつ末の」のように見えるなどを云々。

【考察】当歌の第三句「下折れ」は、雪の重みなどで枝が垂れたり折れたりすること。結句の「松」に「待つ」を掛ける。下の句は、「駒とめて袖うちはらふ陰もなし佐野のわたりの雪の夕暮」（新古今和歌集、冬、六七一番、藤原定家）を踏まえる。

【参考】「名にたつ末の、と見ゆる」は、「わが袖は名にたつ末の松山か空より波の越えぬ日はなし」（後撰和歌集、恋二、土佐、六八三番）を踏まえて、雪の落ちるさまが、名高い末の松山（陸奥国の歌枕）の松を、白波が越えるかのように見える、という意。「末の松山を波が越える」とは、浮気しない誓いを破る譬え。

（小森一輝）

雪

294 [柏] 蓬生に雪を隔んかけもなき朝日夕日を何おもひけん

蓬生巻云、霜月計になりぬれは、雪あられかちにて、外にはきゆるまも有を、朝日夕日をふせく蓬むくらの陰に、ふかうつもりて、こしの白山おもひやらる丶雪のうちに。

【出典】柏玉集、一二〇二番。源氏物語、蓬生巻、三四三頁。

【異同】『新編国歌大観』「雪を―雪や」「かけもなき―かげもなし」。『承応』『湖月抄』ナシ。

【訳】雪

蓬が生い茂る所には（雪が降り積もり）、雪をさえぎる草陰もないなあ。（蓬は）朝日や夕日を（さえぎり草陰に雪が積もると）なぜ思ったのだろうか。

蓬生の巻によると、十一月頃にもなったので、雪やあられがしきりに降り、よそでは溶けて消えることもあるが、（末摘花邸では）朝日や夕日を遮る蓬や葎の陰に深く積もり、「越の白山」を思い起こさせる雪の中で。

【考察】『源氏物語』では、蓬は朝日も夕日もさえぎるのに、雪はさえぎらず草陰に降り積もる、と描く。それに対して当歌は、冬の蓬には朝日や夕日ばかりか雪をさえぎるほどの草陰もないと詠む。「越の白山」は、「君がゆく越の白山知らねども雪のまにまに跡はたづねむ」（古今和歌集、離別、三九一番、藤原兼輔）のように、雪深い山を連想させる歌枕。

【参考】「あさぢふに雪やへだてん年もなし朝日夕日をなにおもひけん」（柏玉集、二一六一番、雪）。

（小森一輝）

295名にたかき雪の山なる薬もかふりぬる年はさらにかへさむ

　涅槃経二十五云、雪-山有《ニ》レ草、名曰《ケテ》二忍-辱《ト》一。牛若《シ》食《フ》-者即《チ》得二醍醐《ヲ》一云々。

【出典】雪玉集、六一一一番。涅槃玄義発源機要、巻一。【異同】『新編国歌大観』『涅槃玄義発源機要』ナシ。

【訳】（雪）

噂に名高い雪の山にある（若返りの）薬があればなあ。過ぎ去ってしまった年月は改めて取り返せるだろう。

　涅槃経の二十五によると、雪山に草があり、それを名付けて忍辱《にんにく》という。牛がもし（これを）食べれば、たちまち醍醐を得る云々。

【考察】当歌の第二句「雪の山」は、ヒマラヤ山脈の異称。『涅槃経』の「醍醐」とは五味の一つで、牛乳を精製した中で最も美味なもの。非常に濃厚な甘味で薬用などに用いる。ここでは牛が食せば醍醐のような乳が出るという意味か。当歌は、「北野奉納十二首和歌　明応九年（一五〇〇）正月　宗祇八十算」の一首で、傘寿の宗祇を寿ぐ。

【参考】「恋ひわびて死ぬる薬のゆかしきに雪の山にや跡を消なまし」（源氏物語、総角の巻、三三三頁）。448・539番歌、参照。

（松本匡由）

296ふるたひにかきあつめつゝ此頃は心をつくる雪の山かな

朝皃巻云、わらはへおろして、雪まろはしせさせ給ふ云々。
又云、一とせ、中宮のおまへに雪の山つくられたりし、世にふりたる事なれと云々。

【出典】雪玉集、一六八〇番。源氏物語、朝顔巻、四九一頁。【異同】『新編国歌大観』『承応』『湖月抄』ナシ。

【訳】（雪）

（雪が）降るたびに（雪を）かき集めてはいるが、（いつ消えるかと思うと不安で）近頃は物思いの心を起こさせる雪の山だなあ。

朝顔の巻によると、（光源氏は）女童を（庭に）下ろして、雪まろがしをおさせになる云々。

また同じ巻によると、先年、藤壺中宮の御庭で雪の山をお作りになった、（それは）世間ではありふれたことだが云々。

【考察】「雪まろばし」は雪をころがして丸い玉を作る遊び。「雪の山」を作るさまは『枕草子』八三段「職の御曹司におはしますころ」にも描かれ、当歌のように雪山がいつ消えるか心配する様子を記す。

（松本匡由）

駅路凌雪

297 分まよふ雪のふゝきの山ふかみ水むまやなる宿たにもなし

花鳥余情云、踏歌の人を饗応するに付ては、酒、或は湯漬なとを用ゆるをは水駅といふ。簡略之儀也。又、飯駅とも蒭駅ともいふは、ひきつくろひて饗応する儀也。

【出典】雪玉集、三〇一六番。花鳥余情、第一三、初子巻、一八三頁。

【異同】『新編国歌大観』ナシ。『花鳥余情』「付ては―つきて」「水駅といふ―これを水駅といふ」「簡略之儀也―事そき簡略する心也」。

【訳】 雪の街道を歩く

吹雪の中、雪をかき分けさ迷い歩くが、山奥なので手軽な宿さえもない。

花鳥余情によると、男踏歌の舞人をもてなすにおいては、酒、または湯漬け等を用いる所を水駅という。簡単な接待である。また、飯駅とも蒭駅ともいうのは、食事を整えてご馳走する接待である。

【考察】 歌題の「駅路」は宿駅と宿駅を結ぶ道路、「凌雪」は雪を冒して歩くこと。「踏歌」は中国から伝わった集団歌舞。足を踏み鳴らして歌い舞うもので、平安時代には宮中の初春の行事として盛行、正月一四日に男踏歌、一六日に女踏歌が行われた。

（松本匡由）

関路雪

298 柏 まよひ来てすゝまぬ駒よ峰の雲関路の雪を幾重とかしる

韓退之。雲横二泰嶺一家何《クニカ》一在《ル》。雪擁《シテ》二藍関《ヲ》一馬不レ前《スヽマ》。

【出典】 柏玉集、一一八三番・二〇七〇番。韓愈、左遷至二藍関一示二姪孫湘一。

【異同】『新編国歌大観』「駒―馬」（一一八三番、二〇七〇番）。『新編古今事文類聚』（前集巻之三一、雑興）ナシ。

【訳】 関所への雪道

ここまでさ迷い来て、進もうとしない馬よ。山の峰に雲が幾重にも立ちこめ、関所に通じる道を雪が幾重にも埋めているのを知っている（から進もうとしない）のだろうか。

韓退之。雲は泰嶺山脈に立ちこめて、わが家はどこにあるのだろうか。雪は藍田関を埋めて、わが馬も進もうとしない。

【考察】 韓退之（韓愈）は唐代の文人、政治家。唐宋八大家の一人。「藍関」は陝西省《せんせい》藍田県にあった関所。韓愈の

漢詩は原田憲雄『韓愈』（『漢詩大系』第一一巻、集英社、一九六五年）三二七頁に掲載。

（村上泰規）

積雪

299 人はいさ幾重の雪のふる道に本来し駒の心をそ見ん

【出典】雪玉集、一六九八番。【異同】『新編国歌大観』ナシ。

【訳】 積雪

人にはさあ（道はわからないが）、雪が幾重にも降り積った旧道を、以前よくここを通った馬に任せてみよう。

【考察】当歌の第三句「ふる」は「降る」と「古」の掛詞。第四句「もと来し駒」は、「夕されば道も見えねどふるさとはもと来し駒にまかせてぞゆく」（大和物語、五六段「越前の権守兼盛、兵衛の君といふ人にすみけるを、年ごろはなれて、またいきけり。さてよみける」）による。

（村上泰規）

行路雪

300 碧 かち人は思ひたえねと降つもる雪こそ駒の道しるへなれ

韓非子。斉桓《ノ》-公伐㆓孤竹㆒《ヲ》。春-往冬-還迷-惑《シテ》失《ス》㆑道《ヲ》。管仲曰、「老-馬之智可㆑用」。乃放㆓老-馬㆒而随之遂《ニ》得㆑路《ヲ》。

【出典】碧玉集、七五一番。韓非子、説林上第二二、三〇四頁。

【異同】『新編国歌大観』『新編古今事文類聚』（後集巻三八、馬、老馬識道）ナシ。

【訳】 行路の雪

歩いて行く人は（雪のせいで）物思いが絶えないけれども、降り積もる雪こそ馬にとっては道しるべなのだ。

韓非子。斉の桓公が孤竹の国を伐った。行きは春だが帰りは冬で、迷って道が分からなくなった。すると管仲が、「老馬の知恵が役に立つのだ」と言い、そこで老馬を放してそのあとに従って行くと、やがて道が分かった。

【考察】『韓非子』は、己の愚かな心を省みて聖賢の知恵を師とすることを説く箇所。

（村上泰規）

橋上雪

301 板はしの霜にたにこそまれの跡をいかに待みん雪の山本

鶏-声茅-店ノ月、人-跡板-橋ノ霜。

【出典】雪玉集、一七一四番。温庭筠「商山早行」（191番歌、参照）。

【異同】『新編国歌大観』『新編古今事文類聚』（別集、巻二五）ナシ。

【訳】橋の上の雪

霜が降りた板橋でさえ人の足跡は少ないのに、どんなに（人の訪れを）待っているだろうか、雪の山のふもとでは。

刻《とき》を告げる鶏の声、茅《かや》ぶきの旅籠の上の月。板橋を覆う霜、その上に残る人の足跡。

【考察】当歌は人の往来が多い橋でさえ人跡がまれなのだから、雪の降った山のふもとは訪れる人も無かろうと思いやる。

（島田薫）

林雪

302 春秋のにしきの梢折かへて玉の林をうふる雪かな

謝恵連。雪賦曰、庭ニハ列ネ二瑶-階ヲ一　林ニハ挺ヌキンテタリ二瓊-樹ヲ一。

【出典】雪玉集、四〇〇〇番。文選、賦篇下、雪賦、九〇頁。

【異同】『新編国歌大観』『文選』ナシ。

【訳】　林の雪

春（の花）や秋（の紅葉）の錦のように美しい枝を織り直して、玉の林を植える雪であるなあ。

謝恵連。雪賦によると、（雪が積もると）庭には玉の階が並び、林には玉の樹が生えたようである。

【考察】「雪賦」は前漢の梁王と文人たちのやりとりに仮託して、雪の美を歌う。当歌は「瓊樹」（玉のように美しい木）を「玉の林」に読み換え、林に雪が降った時の情景を春秋の景色と対照させて詠む。当歌の第三句は「折かへて」とあるが、「梢」を折ってしまうと木には雪が積もらないので、「錦」の縁語で「織りかへて」と解釈する。例「たつた姫野べのにしきをおりかへて梢にさらす神なびの杜」（正治初度百首、秋、九五七番、六条季経）、「小倉山ふもとの錦おりかへて梢に秋の過ぎにけるかな」（万代和歌集、冬、一二六七番、八条院高倉）。

【参考】「時知らぬ榊の枝に折《を》りかへてよそにも花を思ひやるかな」（狭衣物語、巻四、二二六頁）。

（島田薫）

深雪

303 おれかへり枝よりおつる雪やまたあゐより青き松の木の本

荀子、見于春部。

【出典】雪玉集、一六九六番。【異同】『新編国歌大観』「木の本―木のした」。

【訳】　深い雪

（雪の重みで）折れ曲がった枝から雪は松の木の下に落ちるが、その松（の葉）はやはり藍より青いなあ。

荀子、春部に見える。（24番歌、参照）

【考察】当歌は『荀子』の「学不レ可二以已《やム》一、青取《リテ》二之《ヲ》於藍《ヨリ》一而青《シ》二於藍《ヨリ》一」を踏まえ、雪が落ちる松の青さを詠む。松の青さが冬に引き立つことは、次の304番歌、参照。

【参考】303・304番歌に詠まれた「折れかへる」は、尾花や萩・芦・竹など曲がりやすい草木に使われることが多く、松に用いるのは珍しい。

（金子将大）

松雪

304 柏 いくたひか雪のうちにもあらはれんおれかへる松の本のみとりは

朗詠集詩句、見于秋部。

【出典】柏玉集、一一五八番。【異同】『新編国歌大観』「おれかへる—折りかへる」。

【訳】松の雪

何度、雪の中にも現れるだろうか。（雪の重みで枝が）折れ曲がってしまった松本来の緑は。

和漢朗詠集の詩句は、秋部に見える。（166番歌、参照）

【考察】当歌は『和漢朗詠集』所収の詩句「十八公ノ栄ハ霜ノ後ニ露ハレ、一千年ノ色ハ雪ノ中ニ深シ」（166番歌に引用）を踏まえて、何度も雪から現れる松の緑を詠む。

【参考】「青山ニ有レ雪諳二松性一」（和漢朗詠集、下、松、四二二番）。

（金子将大）

雪朝

305 けさのまのまたほの〳〵にとふ人はいかに夜ふかき雪を分けん

宇治の巻。またよふかき程の雲のけはひ、いとさむけなるに、人〳〵あまた声して、馬の音聞ゆ。

何人かは、かゝるさよ中に雪をわくへき。

【出典】雪玉集、一六八九番。源氏物語、総角、三三五頁。

[異同]『新編国歌大観』ナシ。『承応』『湖月鈔』「あまた声して―こゑあまたして」。『承応』「雲のけはひ―雪のけはひ」。

[訳]　雪の朝

今朝ほど、まだ明け方に訪ねてきた人は、どのようにして深夜に深い雪をかき分けて来たのだろうか。

宇治（十帖、総角）の巻。まだ夜深い時分の雲の気配がいかにも寒そうな中、多くの人の声がして、馬の鳴き声が聞こえる。（一体）誰がこのような夜中に、雪をかき分けて来るのだろう。

[考察]『源氏物語』は大君の死後、匂宮が中の君を弔問する箇所（292番歌に引用）。当歌はこれを踏まえ、深い雪をかき分けて人が訪れてきた朝を詠む。「夜ふかき雪」に「夜深き」と「深き雪」を重ねる。

（金子将大）

禁庭雪

306 よもの山もかゝみとこゝにうつり来て雲井の庭をみかく雪哉

[出典]　雪玉集、一七二二番。**[異同]**『新編国歌大観』ナシ。

[訳]　宮中の庭の雪

四方の山も鏡のように見せる雪がここ（宮中）に移って来て、宮中の庭を美しく装うことだなあ。

[考察]　雪山が鏡のように見える典拠は307番歌、参照。当歌は宮中の庭の雪景色を詠む。

（北井達也）

庭雪

307 四方の山の鏡もあれとめに近きおもかけあかぬ庭の雪哉

うき舟の巻云、雪のふりつもれるに、我住かたを見やりたまへは、かすみのたえ〳〵に、木末はかりみゆ。山は、かゝみをかけたるやうに、きら〳〵と夕日にかゝやきたるに云々。
総角巻云、風のいとはけしければ、しとみおろさせ給ふに、よもの山の、かゝみとみゆる云々。

【出典】雪玉集、四九八四番。源氏物語、浮舟、一五四頁。源氏物語、総角、三三三頁。

【異同】『新編国歌大観』『承応』『湖月抄』ナシ。

【訳】庭の雪

四方の雪山が鏡のように輝くこともあるけれども、見慣れた庭の雪景色は見飽きないなあ。

浮舟の巻によると、雪の降り積もっている中を、（匂宮は）自身が泊まった方（浮舟の住まい）に目を向けられると、霞の絶え間絶え間に梢だけが見える。山は鏡を掛けているように、きらきらと夕日に輝いているので云々。

総角の巻によると、風がとても激しいので、（薫は）蔀を下ろさせなさると、四方の山が鏡のように見える云々。

【考察】当歌は「目に近き」（見慣れた）庭も、雪が降り積もると一変するさまを詠む。

【参考】浮舟の巻は、雪山が夕日を浴びて鏡のように輝いているさまを描く。一方、総角の巻は、「風のいと激しければ、蔀おろさせたまふに、四方の山の鏡と見ゆる汀《みぎは》の氷、月影にいとおもしろし」とあり、岸辺の氷が四方の山を鏡のように映す景色を描写する。しかし浮舟の巻と当歌の内容に合わせるため、意図的に本文を途中で切ったと考えられる。

（北井達也）

庭雪

308 数ならぬ垣ねの雪は分出る跡より外にたれをいとはん

初子の巻の詞、事ふり侍り。

【出典】雪玉集、四五八七番。【異同】『新編国歌大観』ナシ。

【訳】庭の雪

取るに足りない身分の者の垣根に降り積もった雪は、雪をかき分けて出ていく人の足跡以外に、誰（の訪問）を拒むだろうか。

初音の巻の文章（により、それ）は言いふるされています。（10番歌、参照）

【考察】当歌は、雪の中を出ていった薄情な人は拒むが、その他の人は歓迎する、という意味。初音の巻は新春を迎えた六条院の庭の景色を描写した場面で、「数ならぬ垣根の内だに、雪間の草わかやかに色づきはじめ」（身分の低い者の垣根の内でさえ、雪の消え間から初草が若々しく見えはじめて）の一節を当歌は踏まえる。

（北井達也）

鷹狩

309 ゆふ日かけにしきと見えてとふきしのはねとりちらしましらふの鷹

【出典】雪玉集、四一二〇番。【異同】『新編国歌大観』ナシ。

【訳】鷹狩

夕日の光に（照らされ）、羽が錦のように見えて飛ぶ雉に交じり、雉の羽をあちこちに散らかす真《ま》白斑《しらふ》の鷹であるなあ。

【考察】夕日に輝き錦織物のように光沢を放つ雉に襲いかかる鷹を詠む。結句の「ましらふ」に「交じらふ」と「真白斑」を掛ける。

【参考】「真白斑」は羽に白い斑点のある鷹を言う。たとえば「白き大鷹」を詠んだ長歌に「枕づく　つま屋の内に

鳥座《とぐら》結ひ　据ゑてそ我《あ》が飼ふ　真白斑の鷹」（万葉集、巻一九、四一五四番、大伴家持）とある。また顕昭の『六百番陳状』では、「大原や野べのみゆきにところ得て空とる今日の真白斑の鷹」（冬上、野行幸、顕昭）について、延長六年一二月五日の大原野行幸に関する一節、「白斑と申す鷹、いつしか鳥を空とりて、御輿の鳳の上に参りゐて侍りけるに、夕日は山の端に漸く近づきて、峰の紅葉ところどころに錦をさらせり。鷹の色は白妙にして、雉毛は紺青をのべたり」を引用する。

（小森一輝）

晩頭鷹狩

310 夕日影おちくる鷹にあふ鳥のはねはにしきをみたす色かな

【出典】 雪玉集、三六一九番。**【異同】**『新編国歌大観』ナシ。

【訳】 夕暮の鷹狩

夕日が沈む折、急降下してくる鷹に襲われた鳥の羽は、錦が乱れ散る（ように映える）色であるなあ。

【考察】 当歌は「夕日影落ち」に「落ち来る鷹」を重ねる。結句の「みたす」は次の歌により「満たす」ではなく「乱す」と判断して、散乱する羽が夕日を浴びて錦のように見えると解釈する。「唐錦乱れる野辺と見えつるは秋の木の葉の降るにざりける」（是貞親王家歌合、三四番）は、野原に散らばった落葉を錦に例える。

【参考】 当歌の後に二行分の空白を残して丁の表が終わり、裏の丁の最初も二行分の空きがある。この計四行分の空白については、末尾の解説を参照。

（小森一輝）

夕鷹狩

311 柏 あかなくに山のはなくはと計に入日やおしきけふの狩人

いせ物語云、狩はねんころにもせて、酒をのみのみつゝ、大和歌にかゝれりけり云々。此段の末に云、十一日の月もかくれなんとすれは、かのむまの頭のよめる。

あかなくにまたきも月のかくるゝか山のはにけていれすもあらなん

【出典】柏玉集、一二一〇番。伊勢物語、八二段。**【異同】**『新編国歌大観』『伊勢物語拾穂抄』ナシ。

【訳】夕刻の鷹狩

もっと楽しんでいたいのに、山の際がなければと言わんばかりに日没を残念がっているのだろうか、今日の狩人は。

伊勢物語によると、狩はそれほど熱心にもせずに、酒ばかりを飲みながら、和歌に熱中していた云々。この章段の末によると、十一日の月も（山に）隠れようとするので、あの馬の頭が詠んだ（歌）。

名残は尽きないのに、もうはや月が隠れてしまうのか。山の際が逃げて、月を入れないようにしてほしい。

【考察】「馬の頭」（在原業平）の和歌は、酔って早々に酒宴を抜けようとした惟喬親王を、山の端に隠れようとする月に見立てて名残を惜しんだもの。当歌は狩りを続けたいため、日没を惜しむ狩人の心情を詠む。

【参考】鷹狩は日本でも古来より愛好され、平安貴族の間でも流行したが、仏教的罪業感からしばしば禁令が出された。

（小森一輝）

網代

312 いつまてと命はかなきひを虫のおなし波なるあしろ守らん

蜉蝣、毛詩註、出于秋部。

【出典】雪玉集、三七一九番。**【異同】**『新編国歌大観』「守らん―守るらむ」。

【訳】網代

いつまで（生きられる）と（言えないほど）命がはかない蜉《ひおむし》ではないが、氷魚《ひお》（がいる波間）と同じ波間にある網代の番を（網代の番人は）しているのだろう。

毛詩「蜉蝣」の注釈は、秋部に掲出した。（174番歌、参照）

【考察】 当歌の第三句「ひを虫」に「氷魚《ひを》」を掛ける。「蜉《ひをむし》」はカゲロウの類で、『毛詩』に「朝生暮死」とある通り、はかないものの例えに用いられる。氷魚は鮎の稚魚、無色半透明で長さは二、三センチ。歌題の「網代」は川の瀬に設けた魚とりの設備。冬に京都の宇治川で、氷魚を捕えるのに用いたことで有名。

【参考】「朝ぼらけ宇治の川霧絶え絶えに現れわたる瀬々の網代木」（百人一首、権中納言定頼）。

（松本匡由）

冬暁

313 みなと入に千とりなく也暁のうしほもいまや遠のうら風

朗詠集。低《ル》レ翅《ヲ》沙-鷗《ハ》潮《ノ》落《ル》時。

【出典】 雪玉集、四一七三番。和漢朗詠集、上、春、暮春、四六番。菅家文草、晩春遊松山館。

【異同】『新編国歌大観』「冬暁―暁」。『和漢朗詠集註』「時―暁」。『菅家文草』「時―暮」。

【訳】 冬の暁

船が港に入り、千鳥の鳴き声が聞こえるようだ。夜明け前に潮も今は遠のき浦風（が吹いているなあ）。

和漢朗詠集。羽をおさめて下りたった砂上の鷗《かもめ》は、潮が引いたとき（にいる）。

【考察】 当歌は千鳥の鳴き声から潮が引いたこと（『和漢朗詠集』の漢詩による）、また船が入港して船の魚を千鳥が狙っていることを想像する。526番歌も同じ漢詩を踏まえる。

【参考】 初句の「港入り」と結句の「遠の浦風」は、瀟湘八景の「遠浦帰帆」によるか。

（松本匡由）

冬夜

314 うたふよの雲井の庭火ほの〳〵と明し岩戸を残すおもかけ

【出典】雪玉集、四一八五番。【異同】『新編国歌大観』「冬夜―夜」。

【訳】冬の夜

（神楽を）歌う夜は宮中のかがり火がほのかに明るく、夜がほんのりと明け、（天照大神が）岩戸を開けた（という神代の神楽の）おもかげを残しているなあ。

【考察】当歌の第三句「ほのぼのと」は「庭火」と「明けし」を修飾する。また第四句「あけし」に「明けし」と「開けし」を掛ける。天照大神が岩戸を開けると夜が明けたという伝説については315番歌、参照。宮中で一晩中、神楽が催され、その間燃え続けていた篝火も夜明け前には火が弱まるさまを詠む。

（村上泰規）

神楽

315 柏 そのかみの岩戸はしらす明る夜のおしくやはあらぬうたふ声〳〵

古語拾遺曰、其後素戔鳴（ママ）神、奉為日神、行甚無状云云。于時天照太神赫怒、入于天石窟、閉磐戸而幽居焉。尒乃六合常闇、昼夜不分。群神愁迷手足罔措。凡厥庶事、燎燭而弁云云。於石窟戸前覆誓槽、挙庭燎、巧作俳優、相与歌舞云云。于時天照太神中心独謂、「此吾幽居天下悉闇。群神何由如此歌楽」。聊開戸而窺之。爰令天手力雄神引啓其扉、遷座新殿云云。当此之時、上天初晴、衆倶相見、面皆明白。伸手歌舞。相与称曰云云。

【出典】柏玉集、一二三二番。古語拾遺。【異同】『新編国歌大観』ナシ。『校正古語拾遺』「天照太神―天照大神」。

【訳】 神楽

その昔、あの神の（籠もった）岩戸はいざ知らず、夜が明け（て神楽が終わ）るのは名残惜しくないだろうか、（神楽を）歌う声々（を聞くと）。

古語拾遺によると、その後、素戔嗚神の行為は天照大神にとって、非常に乱暴なものであった云々。その時、天照大神はお怒りになって天の岩屋にお入りになり、岩戸を閉ざして籠もられた。するとたちまち天地四方が暗闇に包まれ、昼と夜の境がなくなった。諸々の神は皆困り果てて、なすすべがない。すべて多くの事は、火を灯して話し合った云々。岩屋の戸の前で誓約をして、庭火を焚き、巧みに歌舞の芸をして一斉に歌い踊った云々。そのとき天照大神は心中で、「私が籠もって天下はすべて暗闇になった。諸々の神たちはどういうわけで、このように歌と音楽を演奏するのか」と独り言を仰った。（天照大神は）少しだけ戸を開いて外を覗かれた。すかさず天手力雄神にその戸を開かせて、（天照大神を）新殿にお移しした云々。すると天上はようやく晴れ、諸々の神たちは顔を見合わせて顔面はみな明るくなった。手を広げて歌い舞い、互いに称えあって言うには云々。

【考察】 当歌は初句の「そのかみ」に「其《そ》の上《かみ》」と「その神」を掛ける。314・315番歌は『古語拾遺』のほか、記紀にも見える有名な岩戸隠れ伝説を踏まえる。721番歌、参照。「巧作俳優」の「俳優《わざをき》」とは滑稽なしぐさや踊りをして神の心を慰め、神意を伺うこと。

【参考】『梁塵愚案抄』（巻上、神楽、庭燎）に収められた本文は「天照太神」で、「云々」の本文も全箇所ではないが一致するので、その引用か。

（村上泰規）

316ちる雪もかたにかゝりて吹風にからおきうたふ声そさひたる

梁塵秘抄、韓神。みしまゆふ、かたにとりかけ、われから神の、からをきせんや、からをき下略。

【出典】雪玉集、六七三八番。神楽歌、韓神、四二頁。【異同】『新編国歌大観』『梁塵愚案抄』ナシ。

【訳】冬歌の中

降る雪も（三島産の木綿の襷のように）肩にかかって、吹く風に韓招《からお》ぎを歌う声は古びて趣があるなあ。

梁塵愚案抄、韓神。三島《みしま》産の木綿《ゆう》の襷《たすき》を肩に取りかけて、わたくし韓神《からかみ》は韓招《からお》ぎをしようよ、韓招《からお》ぎを下略。

【考察】「韓神」は神楽歌の採物《とりもの》の歌で、本文中の「われから神」の「韓神」については318番歌、参照。「韓招ぎ」は『梁塵愚案抄』によると、「からをき未詳。たとへは神を祭とて神前にひもろきなとをすへをきたる心とや」とある。「ひもろき」は神を迎えるため注連縄《しめなわ》を張り、中央に榊を立てたもの。

（島田薫）

神楽

317御柏火白くたくよの空はさなからにひるめの神の光をそみる

神代巻曰、於是共生日神。号大日霊貴。此子光華明彩、照徹於六合之内云云。

【出典】雪玉集、三七二〇番。日本書紀、巻一、神代上、三五頁。

【異同】『新編国歌大観』ナシ。『日本書紀』「霊―霎」。

【訳】神楽

かがり火を白く燃やす夜空（の明るさ）は、あたかも天照大神の光を見るようだなあ。

神代巻によると、（伊弉諾尊《いざなきのみこと》と伊弉冉尊《いざなみのみこと》は）そこで一緒に日の神をお生みになった。これを大日霎貴《おおひるめのむち》（天照大神）と申す。この御子は輝くこと明るく美しく、天地四方の隅々まで照り輝いた云々。

[参考] 初句・二句の「御火白く焚く」は、神楽歌次第の「御火白呂久献っ礼」（御火白くたてまつれ）を、源俊頼が「からかみに袖ふるほどはとのもりのとものみやつこ御火しろくたけ」（堀川百首・冬・神楽）に詠みこみ、それが後世に影響を与えた（内藤愛子「堀河百首題「神楽」をめぐって」、「文教大学女子短期大学部研究紀要」41、一九九七年一二月）。

（島田薫）

318 名もしるしやまとにはあらぬから神のはるかにすめる明かたの声

神楽、韓神。まへに見えたり。

梁塵愚案抄云、から神とは宮内省にましますす韓神、二座を申侍にや云々。

[出典] 雪玉集、一七六二番。梁塵愚案抄、上、韓神。**[異同]**『新編国歌大観』『梁塵愚案抄』ナシ。

[訳]（神楽）

その名の通りだ。韓神は大和（日本）にはおらず（韓国という）遥か遠くに住んでいるが、神楽の「韓神」を歌う声がとても清らかな明け方だなあ。

神楽、韓神。前に見えている。（316番歌、参照）

梁塵愚案抄によると、から神とは宮内省にいらっしゃる二体の韓神を申しますとか云々。

[考察] 当歌の第三句「韓神」は神の名と神楽歌の名を掛け、第四句「はるかにすめる」は「遥かに住める」と「はるかに澄める」を掛ける。

（島田薫）

杜神楽

319 外《柏》山なる正木はいかに冬かれの杜もあらはに庭火たく影

梁塵秘抄、神楽、庭燎。

太山にはあられ降らし外山なる正木のかつら色つきにけり。

【出典】柏玉集、一二三三番。神楽歌、庭火、二七頁。

【異同】『新編国歌大観』「杜も―森も」「庭火たく―庭火焼く」。『梁塵愚案抄』ナシ。

【訳】杜《もり》の神楽

人里近くの山にある真拆《まさき》はどうなっているだろうか。（社で神楽を演奏すると）冬になって枯れた森もあらわに（見えるほどに）焚く篝火《かがりび》の炎だなあ。

梁塵愚案抄、神楽、庭火。

奥深い山では霰が降っているにちがいない。人里に近い山にある真拆の葛《かずら》は紅葉したなあ。

【考察】歌題の「杜」は、神霊の寄りつく樹木が茂った神社などの霊域。「庭火」は神楽を演奏するときに焚く篝火。「真拆」は定家葛《ていかかずら》の古称で、神事に使用する。

【参考】「みやまには」の和歌は『古今和歌集』『和歌体十種』『和歌九品』にも収められた名歌。

（金子将大）

320 その駒も声神さひてすめるよにまたふみならす杜の下草

同、其駒。その駒そや我にわれくさかふ草はとりかはん轡とり草はとりかはん。

【出典】雪玉集、一七六六番。神楽歌、其駒、九〇頁。

【異同】『新編国歌大観』ナシ。『梁塵愚案抄』「くさかふ―くさこふ」。

【訳】（杜の神楽）

神楽歌の「その駒」を歌う声も、その馬の鳴き声も神々しく澄んでいて、澄んだ夜にまた（楽人と馬が）踏み鳴らす杜《もり》の下草だなあ。

同（梁塵愚案抄、神楽）、其駒《そのこま》。その駒がよ、や、私に私は草を与える。草を取って与えよう。轡《くつわ》を取り、草を取って与えよう。

【考察】「其駒」は婚歌《よばいうた》を神送りの歌に転用したもので、愛馬をねぎらう様を歌う。当歌は初句の「その駒」に神楽歌の名と馬を掛け、楽人と馬の「声」が「澄める」に「澄める夜《よ》」を重ねる。本文異同で「草飼ふ」は草を与える、「草乞ふ」は草を求める、という意味。

（金子将大）

閑居埋火

321 いまは身の心もさむき灰と成て世の春しらぬ埋火のもと

【出典】 雪玉集、三六二一番。荘子、斉物論第二、一五二頁。杜詩集註、巻一六、喜達行在所三首。

【異同】『新編国歌大観』『荘子』『杜詩集註』ナシ。

【訳】 閑居の埋火《うずみび》

今は我が身の心も冷たい灰となって、世間の春を知らない埋火のもと（にあるようだなあ）。

荘子。形《ハ》固《ニ》可レ使レ如二槁-木一、心《ハ》固《ニ》可レ使レ如二死-灰一乎。杜詩。心死《シテ》著二寒-灰《ヲ》一。

荘子。外形は枯木のようにでき、心は冷えた灰のようにできるものなのだろうか。

杜甫の詩。心は死んで、冷たい灰を抱いているかのようだ。

【考察】「埋火」は炉や火鉢などの灰にうずめた炭火。『荘子』は人知によって作られる事象を次々に批判する一篇で、当該箇所は「吾《われ》、我《われ》を喪《うしな》へり」の状態である人を形容する。『杜詩』は杜甫が長安を脱出して行在所《あんざいしょ》にたどり着くまでの気持ちを詠んだ詩の一節。当歌はこれらを踏まえ、世間から忘れ去られた人の心が冷たい灰となった様を詠む。

【参考】『荘子』の「斉物論」とは物論を斉一にする、という意味。「物論」とは雑論であり、殊に儒家を筆頭に楊墨、ならびに弁者の考え方を指していう。荘子は、自然のままにしておいてこそ人は平和に過ごせるという思想のもと、これらに批判的である。

（金子将大）

五節

322 から玉を袂にまきし乙女子かすかた隔ぬ雲のうへかも

【出典】雪玉集、四三〇六番。【異同】『新編国歌大観』ナシ。

【訳】五節

美しい玉を袂にまいた乙女子の姿は、雲で隔たれることのない宮中（で見られるの）だなあ。

【考察】当歌は結句「雲の上」に内裏の意味を重ね、323番歌の典拠（天武天皇の前に現れた神女が雲の上で五節を舞った）を踏まえ、宮中で舞う五節の舞姫を詠む。五節は奈良時代以後、大嘗会《だいじょうえ》および毎年陰暦一一月の新嘗会《しんじょうえ》に行われた、五節の舞を中心とする行事。

（北井達也）

323 乙女子か立まふけふのためしにもうつすよしの丶山あゐの袖

河海抄引テ二本朝月令ヲ一曰、五節舞ノ者ハ、浄御原天皇之所レ製也。相伝曰、天皇御二吉野ノ宮ニ一、日-暮弾レ琴有レ興。俄-尓ノ之間前-岫ノ之下、雲-気忽ニ-起ル。疑ラクハ如二高-唐神女一。髣髴応レ曲而舞。独入リ二天-矚一他-人無レ見ルコト。挙レ袖ヲ五-変、故謂ニ二之ヲ五-節ト一。其ノ歌ニ曰、乎度綿度茂《ヲトメトモ》邕度綿左備須茂《ヲトメサヒスモ》可良多万乎《カラタマヲ》多茂度迩麻岐底《タモトニマキテ》乎度綿左備須茂《ヲトメサヒスモ》。

【出典】雪玉集、一二三五八番。河海抄、巻九、乙通女巻。

【異同】『新編国歌大観』ナシ。『河海抄』「天皇之所製也―天皇之所制也」「他人無見―他人不見」「邕度綿左備須茂《ヲトメサヒスモ》―邕度綿左備須毛《ヲトメサヒスモ》」。

【訳】（五節）

（五節で）乙女子が立って舞う今日の儀礼にも模倣されている、吉野の山間で山藍の袖（を五回、神女が翻したこと）だなあ。

河海抄に引用された本朝月令によると、五節の舞は浄御《きよみ》原《はら》天皇（天武天皇）の作である。相伝によると、天皇が吉野宮に行幸して、日が暮れ琴を奏でて楽しんでいた。少しすると、前の山頂の下に、雲気が突然起こった。（天皇は）高唐の神女のようだと怪しんだ。（神女は）ありありと見えて、曲に合わせて舞う。（天皇は）独り天を見て、他人には見えなかった。（神女は）袖を挙げて五回翻したため、これを五節と言う。その歌によると、乙女たちは乙女らしくふるまうなあ。美しい玉を袂にまいて乙女らしくふるまうなあ。

【考察】322・323番歌は『本朝月令』に記された五節の起源の内容を踏まえる。323番歌は、吉野の山で舞った神女が袖を五回ひらめかしたことが、今日の五節の舞にも模倣されていると詠む。「高唐神女」とは宋玉の「高唐賦」に登場する、巫山の神女を意味する（269番歌、参照）。当歌は「よしの丶山あゐの袖」に「吉野の山間《やまあひ》」と「山藍の袖」を掛ける。「山藍」は草の名で、葉の汁を薄藍色の染料に用いる。

【参考】「娘子《をとめ》らが　娘子さびすと　韓玉《からたま》を　手元《たもと》に巻かし」（万葉集、巻五、八〇四番、山上憶良の長歌）。

（北井達也）

仏名

324 たふさより花もひらくる春や今三世の仏のひかり成らん

朗詠集、仏名、菅丞相。香自ノ二禅‐心一無レ用レ火。花開ハ二合‐掌一不レ因レ春ニ。

【出典】雪玉集、一七六八番。和漢朗詠集、巻上、冬、仏名、三九四番。

【異同】『新編国歌大観』『和漢朗詠集註』ナシ。

【訳】仏名会

（合掌すると）手元から（心の）花も開く春こそ、今や三世の仏の光明であるだろうか。

和漢朗詠集、仏名会、菅原道真。座禅で精神を統一した心であれば、火を用いて香をたく必要はない。また、心から合掌して仏に祈れば心の花が開き、春を待って花を供えるまでもない。

【考察】当歌は、菅原道真が仏名会の時に詠んだ漢詩を踏まえ、まだ冬だが仏名会《ぶつみょうえ》で合掌すると心の花が開き春が訪れ、仏の光に満ちあふれると詠む。当歌の第四句「三世《みよ》」は前世・現世・来世を指す。

【参考】歌題の「仏名」とは仏名会のこと。陰暦一二月一九日より三日間、禁中および諸寺院で仏名経を誦し、三世十方の諸仏の名号を唱えて罪障を懺悔する法会。「菅丞相」の丞相《しょうじょう》は、天子を助けて政治を行う最高の官。

（北井達也）

325むさしのゝ草も仏のみなからにとなふる三世の外のたねかは

仏名経曰、普礼ク二一‐切十‐方三‐世諸仏ヲ、三‐塗苦ノ‐息国‐豊ナリ云云。

【出典】雪玉集、四三一二番。三千仏名経。【異同】『新編国歌大観』ナシ。『三千仏名経』「三塗苦息―願三塗休息」。

【訳】（仏名会）

武蔵野の草であっても仏の御名を唱えれば、生きたまま仏になる善根は、三世の外にあるだろうか。いや、そのようなことはない。

三千仏名経によると、広く一切十方の三世諸仏を礼拝すれば、三途《さんず》の苦しみもとだえ、国も豊かになる云々。

【考察】当歌は三世（前世・現世・来世）にわたる、あらゆる仏の御名を唱えれば仏身になれると詠む。結句の「種」は「仏の種」で、成仏するための善根・功徳を種にたとえたもの。「草」「実」「種」が縁語。第二・三句に「仏の御名《みな》」と「身ながら」（人の身のまま、という意）を掛ける。また、上の句の「武蔵野の草も」と「みながら」は、「紫のひともとゆゑに武蔵野の草もみながらあはれとぞ見る」（古今和歌集、雑、八六七番、詠み人知らず）による。

【参考】『三宝絵』下「十二月　仏名」（新日本古典文学大系31、二二三頁）に『仏名経』の抄訳として、「我今《われいま》諸仏ヲヲガミタテマツル、願《ねがはく》ハ三途《さむづ》ノヤミヲ息《やめ》、国ユタカニ」とある。「三途」は地獄・餓鬼・畜生の三悪道。


（小森一輝）

早梅

326 雪のうちにひとりも春を白波の名に立梅の花の色かな
　後漢書。霊帝紀註曰、黄巾郭-泰等起二於西河ノ白-波-谷一謂二之ヲ白-波ノ賊ト一云云。

【出典】雪玉集、七九三五番。後漢書、第九、献帝紀、中平六年十月。

【異同】『新編国歌大観』ナシ。『後漢書』「謂之―時謂之」。

【訳】早梅
雪の中でまだ誰ひとりも春を知らないのに、白波が立つように、名を揚げる梅の花の色だなあ。

　後漢書。霊帝紀の注によると、黄巾賊の郭泰らが西河の白波谷で蜂起し、これを白波賊と言った云々。

【考察】当歌は「白波」に「知らな」を掛け、また「立つ」に「白波」が「立つ」と「名に立つ」（評判になる）を重ね、冬の最中に真っ先に咲く梅花を愛でる。

【参考】『後漢書』の「白波賊」から、「白波」は盗賊の異称になる。なお「霊帝紀註曰」とあるが、『後漢書』第八、霊帝紀（長澤規矩也『和刻本正史　後漢書』古典研究会、一九九一年）には、「黄巾ノ余-賊郭大等起テ二於西河ノ白波谷ニ一寇ス二太原河東ニ一」（中平五年二月）、「南単于叛与二白波賊一寇レ東」（同年九月）とあり本文が一致しないので、出典は献帝紀とした。

（小森一輝）

年内早梅

327 柏 としさむき松をはいはし霜雪に先あらはる丶梅の一花

朗詠集句、見于秋部。

【出典】柏玉集、一二三六番。【異同】『新編国歌大観』「雪に―雪の」。

【訳】年内の早梅

寒い冬に（緑を保つ）松については（その美徳が説かれているから）もう言うまでもない。霜や雪の中から真っ先に咲く梅の一輪（は格別だなあ）。

和漢朗詠集の句で、秋部に見える。（166番歌、参照）

【参考】当歌の初句「としさむき」は、「子曰、歳寒然後知二松柏之後一レ凋也」（論語、子罕）による。寒い冬に他の植物はしおれても、松や児手柏は緑の色を保つという意味。

（小森一輝）

冬歌中

328 年くる丶なやらふ外へ弓矢とて手もふれぬ世にかへる時かも

【出典】雪玉集、七二二七番。【異同】『新編国歌大観』「なやらふ外へ―なやらふ外は」。

【訳】冬歌の中

年の暮れに鬼遣《おにやらい》をする以外には、弓矢に手も触れない（平和な）世の中に戻る時世であるなあ。

【考察】第二句「儺《な》遣《や》らふ」の「儺」は鬼、「遣らふ」は追い払うという意味。疫鬼を追い払う中国の追儺《ついな》の行事が日本に伝わり、宮中では大晦日の夜、鬼に扮した舎人を殿上人らが桃の杖と桃の弓、芦の矢で追いかけて逃走させるという儀式になった。江戸時代の初めには廃絶したが、各地の社寺や民間には節分の行事として今も伝わり、豆まきをする。追儺については、329番歌の出典を参照。当歌は永正一七年（一五二〇）住吉社奉納百首歌で、乱世において平和を願う。

（松本匡由）

追儺

329 碧 おしますやこよひなやらふ芦の矢のあしからすしてくるゝ一年

追儺。江次第曰、陰陽寮以㆓桃杖弓芦矢ヲ㆒進㆓上卿以下㆒云云。
張衡、東京賦曰、卒ノ歳大リニ儺ニ駆㆓除群癘ヲ㆒云云。桃ノ弧棘ノ矢所㆑発無㆑臬。

【出典】一人三臣和歌、永正八年（一五一一）六月御百首、碧玉集。江家次第、巻一一、一二月、追儺。文選、賦篇上、一七三頁。

【異同】『一人三臣和歌』「おしますや—おしましな」。『文選』「駆除—歐除」。『江家次第』ナシ。

【訳】追儺

惜しいとは思わないだろうか。今夜、追儺をするために芦の矢を放つが、芦の矢の「悪《あ》し」ではないが、悪いことはなく暮れていく一年を。

追儺。江家次第によると、陰陽寮は桃の杖と弓、芦の矢を用意して、上卿以下の人々にさしあげる云々。張衡の東京賦によると、年の暮れに、盛大に鬼遣《おにやらい》の儀が催され、諸々の悪鬼をたたき出す云々。桃の弓に棘《いばら》の矢をつがえ、ところ定めず矢を飛ばす。

【考察】328番歌と同じく、宮中の追儺の様子を詠む。当歌の上の句は、追儺に用いる芦の矢の「芦」が「悪《あ》し」を導く序詞。『東京賦』の本文で「臬《まと》」は弓の的を意味する。『江家次第』の「陰陽寮」とは大宝・養老令制下の官司で中務省《なかつかさしょう》に属し、天文・気象の観測や暦の作成、時刻の測定などを職掌とする。

【参考】張衡は後漢の文人、科学者。安帝に招かれ太史令となり、一種の天球儀である「渾天儀」や地震計のような「侯風地動儀」などを製作。また賦文も巧みで「二京賦」（洛陽を描いた「東京賦」と長安を描いた「西京賦」）や「帰田賦」がある。

（松本匡由）

河歳暮

330立田川もみちも花もなかれてはよるのにしきとくる、年かな

漢書。朱買臣伝云、上拝㆓買‐臣ヲ会稽ノ太守ニ㆒。上謂㆓買臣㆒曰、「富‐貴ニシテ不ㇾ帰ルハ㆓故郷ニ㆒如㆓衣テㇾ繡ヲ夜‐行㆒。今、子如‐何」。買‐臣頓‐首シテ謝ス。

【出典】雪玉集、一七七六番。漢書、巻六四、朱買臣。

【異同】『新編国歌大観』ナシ。『漢書』「如何―何如」「謝―辞謝」。

【訳】河の歳暮

竜田川に（錦のように美しい）紅葉や花が流れても、夜は見えず甲斐がないように、はかなく暮れる年であるなあ。

漢書。朱買臣伝によると、主上は朱買臣を会稽郡の太守に任命した。主上が買臣に言うには、「財をなし、高位について故郷へ帰らないのは、錦の衣を着て夜道を行くのと同じだ。今、あなたはどのように思うか」。朱買臣は頭を地にすりつけて拝礼し、お礼の言葉を述べた。

【考察】『漢書』は、朱買臣が東越討伐のため会稽郡の太守に任命された箇所。錦の衣を着て夜道を歩いても誰にも

気づいてもらえないことから転じて、「夜の錦」は立身出世して成功を収めても人に知られないことの例え。また無意味なこと、甲斐のないことの比喩。例「見る人もなくて散りぬる奥山の紅葉は夜の錦なりけり」（古今和歌集、秋下、二九七番、紀貫之）。256・519番歌、参照。当歌に詠まれた竜田川は紅葉の名所。

（村上泰規）

家々歳暮

331春をまつ家ゐはさそな数ならぬ垣ねのうちも年そくれぬる
初子の巻の詞、まへに見えたり。

【出典】 雪玉集、二八〇九番。 **【異同】** 『新編国歌大観』ナシ。

【訳】 家々の歳暮

春を待つ住まい（の人）はさぞかし（年が暮れ春が来るのを待っているだろう）。物の数にも入らない低い身分の者の（住む家の）垣根の中にも、年は暮れるのだなあ。

初音の巻の文章は、前に見えている。（10番歌、参照）

【考察】 当歌も10番歌も、光源氏の造営した六条院が初めて新年を迎え、その庭の景色を描写した場面を踏まえる。初音の巻頭には、「年たちかへる朝《あした》の空のけしき、なごりなく、曇らぬ空のうららかげさには、数ならぬ垣根の内だに、雪間の草わかやかに色づきはじめ」とあるが、当歌は歳暮の歌に詠み替えた。

（村上泰規）

舟中除夜

332かめのうへの山をあひみる舟ならは老せし物を年はくるとも
白氏文集。不レ見《ンハ》二蓬-莱《ヲ》一不二敢《テ》-帰一、童-男丱-女舟中《ニ》老《タリ》。

【出典】 雪玉集、三六二二番。白氏文集、巻三、新楽府、海漫漫、五五八頁。

【異同】『新編国歌大観』『白氏文集』ナシ。

【訳】 舟中の除夜

巨大な亀の背にあるという蓬萊山を共に見る舟ならば、（不老不死になれるので）老いることはないのに。年は暮れても。白氏文集。蓬萊を見なければ決して帰るわけにはいかず、童男童女たちは舟の中で老いていく。

【考察】 当歌の「亀の上の山」は蓬萊山を指す。『列子』湯問篇によると、渤海の遥か東に底なしの谷があり、その中にある五つの山のうちの一つが蓬萊山。そこには玉の木が群生して、その果実は美味で、食すと不老不死になるという。五つの山はもともと繋がっておらず、常に波に漂っていたので、天帝が一五匹の大きな亀の頭上に五山を載せ、入れ替わり三交代させることとし、六万年で一回りするようにさせた。（37番歌、参照）

『白氏文集』は『史記』始皇帝本紀第六の記事を踏まえる。秦の始皇帝二八年に斉人の徐福が、「海中に仙人の住む神山がある」と始皇帝に上書したので、数千人の童男童女と共に出発させ、仙人を求めさせた。『白氏文集』は始皇帝の派遣した童男童女が蓬萊を求め、舟の中で老いていく様子を詠み、根拠のない仙人を求めることを戒める。「丱女《かんじょ》」とは、揚巻に結った童女のこと。『注好撰』下巻の「巨鼇負蓬萊、第二十九」にも童男丱女の記事を載せる。495番歌にも類話を掲載する。

当歌はこれらの故事を踏まえ、蓬萊山を目指す舟の中で除夜を迎えるという設定。蓬萊山を見つけられれば、不老不死の仙人になり年老いることはないが、それができないために舟の中で除夜を迎えて年を取る様子を詠む。

【参考】「亀の上の山もたづねじ舟のうちに老いせぬ名をばここに残さむ」（源氏物語、胡蝶の巻、一六七頁。船楽での詠歌）。

（村上泰規）

三玉挑事抄　巻下

恋部

見恋

333あらかりし野分の風やさそひけん身にしむ秋の花の面影

野分巻云、御屏風とも丶、風のいたく吹けれは、をした丶みよせたるに、みとをしあらはなるひさしのおましに居たまへる人、物にまきるへくもあらす、けたかくきよらに、さと打匂ふ心地して、春の明ほの丶霞のまより、面白きかはさくらの吹みたれたるをみる心ちす。

【出典】雪玉集、六六四八番。源氏物語、野分巻、二六四頁。

【異同】『新編国歌大観』『承応』ナシ。『湖月抄』「御屏風とも丶—御屏風も」。

【訳】見た恋

荒々しかった野分の風が誘ったのだろうか、心に染みこむ秋の花のような姿だなあ。

野分の巻によると、御屏風も、風がひどく吹いてきたので、（片隅に）たたみ寄せてあるために、中まであらわに見通しがきく、その廂の間の御座所にすわっていらっしゃる人（紫の上）は、他の人と見まちがえるはずもなく、気高く美しく、さっと映え迫るような感じがして、春の曙の霞の間から、みごとな樺桜が咲き乱れているのを見るような風情である。

【考察】『源氏物語』は野分の翌朝、紫の上を垣間見た夕霧が、紫の上を樺桜にたとえた場面。当歌は、野分のおかげで紫の上の姿を見られた夕霧の身に染みた思いを詠む。当歌の「秋の花」は秋に咲く花ではなく、野分の秋に見た樺桜の花、という意味。

（趙智英）

334ちるをのみ思ひなるへき花に先をらぬ歎きのそふもわりなし

若菜巻上云、木丁のきはすこし入たる程に、うちき姿にて立たまへる人有。はしより西の二のまのひんかしのそはなれは、まきれ所もなくあらはにみいれらる云々。まりに身をなくる若公達の、花のちるをおしみもあへぬけしきともをみるとて、人々あらはを、ふともえ見つけぬなるへし云々。又、末の詞に云、「そのゆふへよりみたり心地かきくらし、あやなくけふをなかめくらし侍る」なと書て、「よそに見ておらぬ歎きはしけれとも名残恋しき花のゆふかけ」。

【出典】柏玉集、一三一七番。源氏物語、若菜上巻、一四一頁・一四八頁。

【異同】『新編国歌大観』『承応』『湖月抄』ナシ。

【訳】（見た恋）

散ることばかり思（って憂）うようになってしまう桜なのに、それ以前に（満開の）桜の枝を折ることもできないという嘆きが加わるのも不条理なことだなあ。

若菜上の巻によると、几帳の際から少し奥に入った所に、普段着姿で立っていらっしゃる人がいる。階段から西の二つ目の柱と柱の間の東の端なので、隠れるような所もなく、はっきりと中を見ることができる云々。鞠に夢中になっている若い公達が花の散ることを惜しみもしない様子を（女房たちは）見ているため、女房たちは（女三の宮の姿が）あらわになっていることを、すぐには気づくことができないのだろう云々。

また、巻末の文章によると、（柏木は女三の宮宛の手紙に）「昨晩から気分が乱れて悲しみに暮れ、意味なく思い沈みながら今日を過ごしています」など書いて、「（自分とは）無縁なものと見て、手折れない嘆きはしたけれども、名残惜しい、夕日に照らされた花だなあ」（と詠んだ）。

【考察】『源氏物語』は蹴鞠の場面で、柏木が女三の宮を垣間見て、恋文を送るところ。柏木が詠んだ和歌の裏の意味は、「あなたをよそに見るばかりで嘆きは深くなるが、夕べ見たあなたのお姿が恋しくて名残惜しい」となる。『柏玉集』の和歌の裏の意味も同様で、花を「折る」とは相手を自分のものにすることを暗示する。

（田中佑果）

335 しられしなあやなくけふの思ひより俤にのみなかめわふとも

伊勢物語云、むかし右近の馬場の日折の日、むかひにたてたりける車に、女のかほのした簾よりほのかに見えけれは、中将なりける男のよみてやりける。「見すもあらす見もせぬ――」。

【出典】雪玉集、二九一一番。伊勢物語、九九段。【異同】『新編国歌大観』『伊勢物語拾穂抄』ナシ。

【訳】（見た恋）

知ってもらえないだろうなあ。わけもなく、（ちらりと見た）今日の物思いにより、（その）面影のことばかりせつなく思い悩んでいることも。

伊勢物語によると、昔、右近の馬場の日折《ひおり》の日、（男が見物していた場所の）向こう側に停めてあった車の下簾から、女の顔がかすかに見えたので、中将だった男が詠んで送った歌、「（女性の顔を）見なかったのでもなく、かといって（はっきり）見たというわけでもない（人が恋しくて、むやみに今日一日を物思いに沈んで過ごすのだろうか）」。

【考察】当歌は『伊勢物語』の和歌「見ずもあらず見もせぬ人の恋しくはあやなく今日やながめ暮らさむ」を踏まえて、「中将なりける男」の立場で詠む。

（森あかね）

見増恋

336 花の色を御垣か原の夕よりおらぬなけきのそふもわりなし

若菜巻上云、「一日のかせにさそはれて、みかきか原を分入て侍しに、いと、いかに見おとし給けん。其ゆふへよりみたり心地かきくらし」云々。

【出典】雪玉集、二一七三番。源氏物語、若菜上巻、一四八頁。

【異同】『新編国歌大観』「わりなし―はかなし」。『承応』「みかきか原―みかきのはら」「侍しに―はべしに」。『湖月抄』「侍しに―はべしに」。

【訳】見て思いが増す恋

花の（ように美しい女君の）様子を見た御垣の原の夕べから、手折ることのできない深い嘆きが身に加わるのも不条理なことだなあ。

　若菜上の巻によると、「先日、風に誘われて、御垣の原を分け入りましたが、（女三の宮は私を）さらにさぞやお見下げになられたことだろう。その夕べから気分もすぐれなくなり」云々。

【考察】『源氏物語』は柏木が、垣間見た女三の宮に送った手紙の一節。「御垣《みかき》が原」は宮中や貴人の邸内の庭の意で、ここでは女三の宮の邸宅を指す。当歌では「御」に「見（る）」を掛ける。花を「折る」の語意は334番歌、参照。

（栃本綾）

伝聞恋

337 柏 忍ふなよさこそはふかき窓のうちもいひあらはさん便やはなき

長恨歌。見于春部梅歌註。

帚木巻云、おひさきこもれる窓のうちなる程は、た、かたこと（ママ）をき、伝へて。

【出典】柏玉集、一二六六番。源氏物語、帚木巻、五七頁。
【異同】『新編国歌大観』「便—たぐひ」。『承応』『湖月抄』「かたこと—かたかど」。
【訳】 伝え聞く恋
（あの娘を思う気持ちを）耐え忍ぶ必要はない。いくら深窓の令嬢でも、（その娘を思う私の気持ちを）伝えられる方法はあるはずだから。

長恨歌。春部の梅の歌の注に見える。（19番歌、参照）

帚木の巻によると、女性がまだ若くて将来性豊かで、奥まった女子の部屋に養われている間は、（その女性の）ほんのわずかな一言を人づてに聞いて。

【考察】『源氏物語』は雨夜の品定めで、頭中将が光源氏に語った、箱入り娘の話。「生《お》ひ先籠《こも》れる」に「籠れる窓の内」を重ねる。当歌の「深き窓」は『長恨歌』の「深窓」による。異文の「片才《かたかど》」は、わずかな才能の意。

（中村香生里）

聞恋

338 おもふこそあたちか原の道もあらし鬼こもるとはよそにしりても

拾遺集云、道の国なとりの郡くろ塚といふ所に、重之か妹あまた有と聞ていひつかはしける。

道のくのあたちか原の黒塚に鬼こもれりといふは誠か

【出典】雪玉集、五〇〇二番。拾遺和歌集、雑下、五五九番。
【異同】『新編国歌大観』ナシ。『八代集抄』「あたちか原の—あだちが《イの》はらの」「いふは—いふ《きくイ》は」。
【訳】 聞く恋
（安達ヶ原を）どんなに思っても無意味で、安達ヶ原への道もないだろう。そこに鬼がこもるとは、他の人から聞いて知っていても。（あなたをどんなに思ってもむなしく、この思いをあなたに届ける方法もないだろう。あなたがそこにいることは、他の人から聞いて知っていても）

拾遺集によると、陸奥国名取郡の黒塚という所に、源重之の姉妹が大勢いると聞いて詠み贈った歌。

陸奥国の安達ヶ原の黒塚に鬼がこもっていると言われるように、あなた（重之）の姉妹たちが名取郡の黒塚にこもっているというのは本当のことか。

【考察】 当歌は第二句「あだちが原」に「徒《あだ》」（むなしく無意味である）を掛け、「道」に通り道と方法・手段の意味を重ねる。

（徳田詠美）

聞声忍恋

339 なく蛙水のしたなるもろ声も深き思ひのたくひにそきく

いせ物語、女の、てあらふ所に、ぬきすをうちやりて、たらゐのかけに見えけるを、みつから、

我はかり物おもふ人はまたもあらしとおもへは水のしたにも有けり

とよむを、こさりける男、たち聞て、

みなくちに我やみゆらん蛙さへ水のしたにてもろ声になく

【出典】 雪玉集、三九一六番。伊勢物語、二七段。**【異同】**『新編国歌大観』『伊勢物語拾穂抄』ナシ。

【訳】 声を聞いて耐え忍ぶ恋

鳴く蛙が水底で声を合わせて鳴いている声も、私の心の中で泣いている深い思いと同じように聞こえるなあ。

伊勢物語によると、女は、手を洗う所で、（盥《たらい》の上にかける）貫簀《ぬきす》が取り除けてあって、（自分の顔が）盥の水に映って見えたので、ひとりで、

私ほど悲しい思いの人は、ほかにあるまいと思っていたのに、この水の下にもいたのだなあ。

と口ずさむのを、来なかった男が（物陰で）立ち聞いて（詠む）。

（あなたが見た、水の下で泣く人とは）水口《みなくち》に私の姿が現れたのだろうか。（水口にいる）蛙までもが、水底で声を合わせて鳴いている（ように、私もあなたと声を合わせて泣いている）なあ。

【考察】「水口」は田に水を入れる水の取り口（のあたり）で、ここでは盥を水口に見立てた。

（趙智英）

待恋

340 ふけぬとも只あたらよのとはかりは猶いひやりて心をやみむ

あかしの巻。十三日の月花やかにさし出たるに、只、「あたらよの」と聞へたり。君は、すきのさまや、とおほせと、御なをし奉りひきつくろひて、夜ふかして出たまふ云々。

【出典】雪玉集、五二九一番。源氏物語、明石巻、二五五頁。

【異同】『新編国歌大観』ナシ。『承応』『湖月抄』「十三日の月―十三日の月の」。

【訳】待つ恋

夜が更けてしまっても、ただ、「惜しむべき素晴らしい夜の」とだけは、やはり言い送って、あなたの様子を見てみようか。

明石の巻。（八月）十三日の月が花やかに輝いて出たころ、（明石の入道は）ただ、「あたら夜の」と申し上げた。光源氏は、物好きな（入道の）様子だ、とお思いになるが、御直衣をお召しになり、身なりをととのえて、夜がふけてから（明石の君のところへ）お出かけになる。

【考察】『源氏物語』は光源氏が、父の入道の誘いに応じて、娘のもとへ通う場面。「あたら夜の月と花とを同じくはあはれ知れらむ人に見せばや」（後撰和歌集、春下、一〇三番、源信明）による。訳は「（一人で見て過ごすには）惜しい、この春の夜の月と桜を、同じ見せるならば、情緒が分かっているような人に見せたいものだ」となり、入道は娘の明石の君を「月と花」、光源氏を「あはれ知れらむ人」に例えた。当歌の結句「心をや見む」は、相手の愛情の程度、すなわち自分をどれほど愛しているかどうか見てみよう、という意味。

（佐藤未央子）

逢恋

341 世をしらぬ物ともみえす新枕われにとのみはさためかたしや

夕皃巻云、人のけはひ、いと浅ましくやはらかにおほときて、物ふかくおもきかたはをくれて、ひたふるにわかひたる物から、世をまたしらぬにもあらす。

【出典】雪玉集、四六〇七番。源氏物語、夕顔巻、一五三頁。

【異同】『新編国歌大観』「われにとのみは―われにのみとは《にイ》」。『承応』『湖月抄』ナシ。

【訳】会う恋

（あなたは）男女の仲を知らないとも見えず、初夜は私だけのもの、とは定めにくいなあ。

夕顔の巻によると、（光源氏から見て夕顔の）しぐさ様子は、じつに驚くほどもの柔らかでおっとりしていて、思慮深さや重々しさには乏しくて、ただひたすら若々しく見えながら、男をまだ知らないようでもない。

【考察】当歌は、すでに他の男がいるのであろうと疑った光源氏の立場で詠む。

（早川広子）

初逢恋

342 柏 まてしはし鳥たになかて明るよの蓬のまろね露もわりなし

【出典】柏玉集、一四二二番。【異同】『新編国歌大観』ナシ。

【訳】初めて会う恋

少し待ってください。一番鶏さえも鳴かないで明けた夜の、粗末な家での仮寝で、露も耐え難いなあ。

【考察】第二句「鳥だに鳴かで」と第四句「蓬のまろね」は344番歌の出典による。結句は、今出ていくと蓬の露に男の衣がびっしょり濡れてしまい、また寝床も女の露（涙）で濡れるのでの意。帰ろうとする男を制止する表現。

（木村能章）

俄逢恋

343 雨そゝきかゝる蓬のまろねにもならはぬ夢をいかにしのはん

【出典】雪玉集、一八九一番。【異同】『新編国歌大観』ナシ。

【訳】急に会う恋

雨だれが降り掛かる、このような粗末な家での仮寝にも馴染んでいない、夢（のような出会い）に、一体どのように思いを馳せようか。

【考察】初句「雨そそぎ」と第四句「蓬のまろね」は344番歌の出典による。第二句「かかる」に動詞の「掛かる」と連体詞「斯かる」（このような、の意）を掛ける。

（木村能章）

旅宿逢恋

344 くちさらん契をそ思ふ露霜のかゝるよもきのまろねなりとも

東屋巻云、わすれぬさまにのたまふらんも哀なれと、俄にかくおほしたはかるらんとはおもひもよらす、宵うち過る程に、「宇治より人まゐれり」とて、門忍ひやかに打たゝく。さにやあらんとおもへは、弁あけさせたれは、車をそひきいるなる云々。中略「さの丶わたりに家もあらなくに」など口すさひて、さとひたるすのこのはしつかたにゐたまへり。

　さしとむる葎やしけき東屋のあまり程ふる雨そ丶きかな

又、末の詞云、程もなう明ぬる心地するに鳥なとはなかて云々。か丶る蓬のまろねにならひたまはぬ心地に、おかしうもありけり。

［出典］ 雪玉集、七九六九番。源氏物語、東屋巻、八九頁・九一頁・九三頁。

［異同］ 『新編国歌大観』「か丶るよもき—かくるよもき」。『承応』『湖月抄』ナシ。

［訳］ 旅の宿で会う恋

朽ちることのない契りを思っている。このような露や霜が降りる旅先での仮寝であっても。

　東屋の巻によると、（薫の君が浮舟のことを）忘れないように仰ってくださるのも、ありがたいけれども、このように急にお手配をなさろうとは思いもよらず、宵を少し過ぎた時分に、「宇治から人が参った」と言って、門をそっと叩く（者がいる）。薫の君の使者であろうかと思うので、弁の尼が門を開けさせると、車を引き入れる気配である云々。中略（薫の君は）「佐野のわたりに家もあらなくに」などと口ずさんで、鄙びた簀子の端のほうに座っておられる。

　葎が生い茂って戸口をふさいでしまったのだろうか。東屋《あずまや》であまりに長い間、雨だれに濡れ（て待たされ）ることだなあ。

　また、あとの文章によると、ほどもなく夜が明けてしまった気がするが、鶏などは鳴かないで云々。（薫の君は）このような粗末な家での仮寝にはご経験のない気持ちで、興味深くもあった。

［考察］ 当歌の第四句「かかる」は343番歌と同じで、動詞と連体詞の掛詞。『源氏物語』は浮舟と弁の尼がいる小家

に、薫の君が訪れ、一夜を過ごす場面。薫が口ずさんだ古歌は、「苦しくも降りくる雨か三輪の崎佐野の渡りに家もあらなくに」（万葉集、巻三、二六五番）。現代語訳は「困ったことに降ってくる雨だなあ。三輪の崎の佐野の渡し場には（雨宿りする）家もないのに」。236・422番歌、参照。

（木村能章）

並枕語恋

345たのむそよ枕ならへて世と共にかはさん枝にかくることの葉

長恨歌。在《テハ》レ天《ニ》願《クハン》作二比-翼《ノ》-鳥《ト》一、在《テハ》レ地《ニ》願《クハン》為二連-理《ノ》-枝《ト》一。

【出典】 雪玉集、七九七〇番。白氏文集、巻一二、長恨歌、八一六頁。**【異同】**『新編国歌大観』『白氏文集』ナシ。

【訳】 枕を並べて語る恋

頼りにすることだなあ。二人で枕を並べて、永遠に枝を差し交わそうと、（連理の）枝に託した（あなたの誓いの）言の葉を。

長恨歌。天上にあってはどうか比翼の鳥となりたい、地上にあってはどうか連理の枝となりたい。

【考察】『長恨歌』は玄宗皇帝と楊貴妃とが交わした誓いの言葉（354番歌、参照）。当歌の結句「掛く」「葉」は「枝」の縁語。

（田中佑果）

途中契恋

346小車のわりなき道や飛鳥井のやとりたつねし夕闇の空

狭衣物語云、あすかゐに宿りとらせんとも、かたらひにくゝおほさるれと、猶いかなる人のかゝるめはみるそとゆかしけれは、ひきかへし、あの車にのりうつりて見たまへは、いとたと〳〵しき程

なれと、きぬ引かつきてなきふしたる人ありけり。下略

【出典】雪玉集、三九二七番。狭衣物語、巻一、七八頁。**【異同】**『新編国歌大観』「夕闇―夕暮」。『狭衣物語』ナシ。

【訳】　道中で契る恋

車の中で出会うとは、不条理な恋の道だなあ。飛鳥井（自邸）に宿泊してはと尋ねた、夕暮れの暗い空の下で。

狭衣物語によると、（狭衣の君は女君を）自邸に泊まらせようと思うが、（女君の身に起きたことを考えると）話しにくくお思いになるが、やはりどのような人がこのような目にあうのかと興味があるので、（自分の車を）引き返して、その車に乗り移って御覧になると、とても薄暗い夕暮れ時でよく見えないが、衣をかぶって泣き伏している女君がいた。下略

【考察】『狭衣物語』は男主人公（狭衣の君）が、僧侶に謀られ車で連れて行かれる女君（飛鳥井の君）を助けた場面。「飛鳥井」は催馬楽の「飛鳥井に宿りはすべし」（131番歌の出典）を踏まえる。当歌の第二句「わりなき」の「わ」に車の「輪」を掛ける。

（田中佑果）

後朝恋

347 いかにねてならふ心そけさの程けふのひるまをたへし物とは

夕皃巻云、あやしきまて、けさの程ひるまの隔もおほつかなく。

【出典】雪玉集、七四三七番。源氏物語、夕顔巻、一五二頁。**【異同】**『新編国歌大観』『承応』『湖月抄』ナシ。

【訳】　後朝《きぬぎぬ》の恋

どのように寝て、習慣になった心なのか。今朝の間も、今日の昼間も（会えないと）耐えられないとは。

夕顔の巻によると（光源氏は自分でも）理解できないほど、（夕顔と別れたばかりの）朝の間も、（まもなく夕方に

なる）昼間の間も（夕顔のことが）気にかかり。

【考察】「後朝」（衣衣《きぬぎぬ》）の語意は、共に夜を過ごした男女がそれぞれの衣を着て別れること。

（森あかね）

348 立かへりたのむ夕もひを虫のたくひかなしきけさの空哉

蜉蝣詩、註見于秋部。

【出典】雪玉集、二九一三番。【異同】『新編国歌大観』ナシ。

【訳】（後朝の恋）

（後朝のときは）いつも（次に会える）夕べをあてにするが、（はかないわが身は夕方に死ぬ）ひおむしの類で、（再会できるかどうか分からず、この別れが）つらい今朝の空だなあ。

【考察】「ひをむし」は朝生まれて夕べに死ぬといわれ、はかないものの例えに用いられる。

蜉蝣詩の注は、秋部に見える。（174番歌、参照）

（森あかね）

後朝隠恋

349 おもほえす入さの山をたとる哉おき出しあとのしゝめの月

花宴の巻のはしめ終を見るへし。

【出典】雪玉集、三六三一番。【異同】『新編国歌大観』ナシ。

【訳】後朝《きぬぎぬ》（の後）で隠れる恋

（どこに隠れたか）分からず、（月が）入る入佐《いるさ》の山を迷いながら尋ねることだなあ。（私が）起き出した後の明け方の月（のように隠れてしまったあなた）を。

花宴の巻の巻頭と巻末を見なさい。

【考察】花宴の巻頭で光源氏は正体を明かさない女性（朧月夜の君）と出会い、巻末で探し当てる。末尾の文章は357番歌に掲載。当歌の第二句「入佐の山」は巻末部にあり、「入る」を掛ける。また第三句「たどる」は月（女君）を探し求めての行為。

（森あかね）

後朝切恋

350 きえぬまは夢うつゝとも今宵たにさためん程をまたしとやする

いせ物語云、つとめて、いふかしけれと、わか人をやるへきにしあらねは、いと心もとなくて待をれは、あけはなれてしはし有に、女のもとより言葉はなくて、

君やこし我や行けんおもほえす夢かうつゝかねてかさめてか

おとこ、いたうなきてよめる。

かきくらす心の闇にまとひにき夢うつゝとは今宵さためよ

【出典】雪玉集、一九一二番。伊勢物語、六九段。

【異同】『新編国歌大観』「きえぬまは―きえぬ身は」。『伊勢物語拾穂抄』「いたう―いといたう」。

【訳】後朝《きぬぎぬ》の切実な恋

自分の身が消えない間は、（この前の出会いが）夢なのか現実なのか、せめて今夜決めたいと思うのに、それまで（あなたは）待ってくれないのだろうか。

伊勢物語によると、翌朝、気がかりだが、こちらから使いをやるわけにはいかないので、たいそうじれったい思いで待っていると、夜がすっかり明けてしばらくたつと、女のもとから（届いた手紙に）文章はなくて、

あなたが来たのか、私が行ったのか、はっきりしない。（昨夜の出会いは）夢なのか、現実なのか、寝ているときのことなのか、目覚めているときのことなのか。

男は、ひどく泣いて詠んだ。

悲しみにくれて真っ暗になった私の心は思い乱れてしまった。夢か現実かは、今夜、決めてください。

（栃本綾）

【考察】『伊勢物語』は男が狩の使いで伊勢の国に行った時、伊勢の斎宮が男のもとを訪れ、その翌朝、二人が詠み交わした箇所。当歌の異文「消えぬ身は」によれば、この世から消えてなくならないわが身にとっては、と訳せる。

憑媒恋

351言の葉をあたになすなよみかは水終のよるせのためしやはなき

書言故事曰、紅-葉良-媒、唐ノ于-祐歩二禁-衢ニ一見二御-溝流ニ一ノ紅-葉ヲ一。二句云、「慇-懃ニ謝紅葉。好去到人間」。祐題二一葉一云、「曽-聞葉-上題紅怨、葉上題詩寄阿誰」。放二上-流一、宮-女韓-夫-人拾レ之ヲ。祐後託韓泳門館。帝禁出宮女。泳以二夫-人同姓ヲ一作伐、嫁レ祐ニ。韓於二祐笥一見二紅葉ヲ一、驚テ曰、「吾所レ作、吾亦モ得レ葉ヲ。想フニ-君カ所ナランレ題スル」。

【出典】雪玉集、一八六二番。書言故事、子集、媒酌類。【異同】『新編国歌大観』『書言故事』ナシ。

【訳】仲立ちを頼む恋

（私の恋心を書いた）言の葉を無駄にするな、御溝水《みかわみず》よ。最後には浅瀬に流れ着くという、頼みになる故事はないだろうか（いや、あるだろう）。

書言故事によると、紅葉良媒とは（以下の故事である。）唐の于祐が禁裏の道を歩いていると、御溝（宮中の庭を流れる溝）を流れる一枚の紅葉を見た。（その紅葉に書かれていた）二句は、「慇ろに紅葉に別れを告げる。ここを去り人の世へ到れ」。于祐は一枚の葉に詩を書いた。「以前、葉の表面に美人の怨みと題した詩を書き記した、というのを聞いたことがある。葉の上に記した詩は、誰に寄せたのだろうか」。その葉を上流に放したところ、女官の韓夫人がこれを拾った。于祐は後に、韓泳の館に身を寄せていた。帝は女官が宮中から出るのを禁じていたが、韓泳は韓夫人と同姓であるため仲介となり、（韓夫人を）于祐に嫁がせた。韓夫人は于祐の箱に紅葉があるのを見て、驚いて言った。「（この紅葉は）私が詩を書いたもので、私もまた（詩が書かれた）葉を得た。（その葉は）思うに、あなたが詩を書いたものだろう」。

【参考】 類話は『今昔物語集』巻一〇第八話、『俊頼髄脳』（日本古典文学全集、二四四頁）などにある。当歌の「御《み》溝水《かはみづ》」は、内裏の御殿や塀に沿って設けられた溝を流れる水。「寄る瀬」は物が流れ着く浅瀬。転じて、頼みとするところ。

（徳田詠美）

352 はかりなき底のみるめのしるへまて我まとはすなあまの釣舟

いせ物語云、むかし、男、狩の使よりかへりきけるに、大淀のわたりに宿りて、いつきの宮のわらはへにいひかけゝる。

　みるめかるかたやいつくそ棹さして我にをしへよあまの釣舟

【出典】 雪玉集、三六二六番。伊勢物語、七〇段。

【異同】 『新編国歌大観』ナシ。『伊勢物語拾穂抄』「いつくそ──いづこぞ」。

【訳】 （仲立ちを頼む恋）

はかり知れないほど深い海の底に生えている海松布《みるめ》ではないが、あの人を見るための手引きまでも私に見失わせるな、海人の釣船よ。

伊勢物語によると、昔、男が、狩の使いから帰ってきた時に、大淀の渡し場に泊まって、斎宮の御殿に奉仕する童女に歌を詠みかけた。

海松布《みるめ》を刈る潟はどこだろうか。海人の釣り舟よ、船に棹をさして（私を連れて行き）その場所を私に教えておくれ。あの人（斎宮）に会えるのはどの方向か、童女よ、私に指し示して教えておくれ。

【考察】『伊勢物語』は男が狩の使いで伊勢に赴いたとき、斎宮と密会した（350番歌、参照）。そのとき斎宮が連れて来た童女に送った和歌で、海藻の「海松布」に「見る目」（男女が会う機会）を、「潟」に「方」を掛ける。当歌も「海松布」に「見る目」を掛け、「海人（の釣り舟）」に歌題の「媒」を響かせる。

（趙智英）

憑誓恋

353 わすれすは何かかはらん川の石ののほりてほしと成世有とも

日本紀。神功皇后紀曰、則重誓《テ》之曰、「非東日更出西、且除阿利那礼《アリナレ》河返以之逆流、及三河《ノ》‐石昇《リテ》為二星辰一」云云。

【出典】 雪玉集、三三三一番歌。日本書紀、巻九、四二八頁。

【異同】『新編国歌大観』「憑誓恋—憑誓言恋」。『日本書紀』ナシ。

【訳】 誓いを頼む恋

忘れなければ、何が変わるだろうか。川の石が天に昇って、星に変わるような世界であっても。

【考察】『日本書紀』は新羅王が神功皇后に服従を誓った場面。当歌は天変地異が起きても、誓いを破らなければ二

日本書紀。神功皇后紀によると、（新羅王が）重ねて誓って言うには、「東から出る太陽が西から出ることはなく、また阿利那礼川が逆流し、川の石が天に昇って星になるようなことがない限り」云々。

人の仲は変わらない、と詠む。

（佐藤未央子）

憑誓言恋

354枝をかはしはねをならふる誓あらは只花鳥の世をもたのまむ

長恨歌。詞《ノ》中《ニ》有レ誓、両《リノ》心《ニ》知《レリ》。七月七日長生殿、夜半《ニ》無レ人《シテ》私語《セシ》時、「在天願――」。

【出典】雪玉集、七〇四五番。白氏文集、巻一二、長恨歌、八一六頁。【異同】『新編国歌大観』『白氏文集』ナシ。

【訳】誓いの言葉を頼む恋

連理の枝をかわし、比翼の鳥として羽を並べる誓いがあるのならば、ひたすら花や鳥に生まれ変わる世をあてにしよう。

長恨歌。（楊貴妃が皇帝に宛てた）伝言の中に、楊貴妃と皇帝の二人だけが知る誓いの言葉があった。それは、七月七日の長生殿で夜半、誰もいない中で、ひそやかに二人きりで語らっていた時のこと、「天に在りては願う――」と。

【考察】当歌は345番歌の出典を踏まえ、「花」は「連理枝」、「鳥」は「比翼鳥」を指す。

（早川広子）

契久恋

355よそにのみいつまて思ひつゝ井筒むすひしまゝの影をたにみん

伊勢物語云、むかし、ゐなかわたらひしける人のことも、井のもとに出てあそひけるを、おとなになりにけれは、男も女もはちかはしてありけれと、男はこの女をこそえめとおもふ。女はこのおとこをと思ひつゝ、おやのあはすれとも、きかてなんありける。さて、此隣の男のもとより、かくなん、「つゝゐつの―」。

【出典】 雪玉集、一八六〇番。伊勢物語、二三段。

【異同】 『新編国歌大観』「つゝ井筒―つつ井つの《つ》」。『伊勢物語拾穂抄』ナシ。

【訳】 約束が長い恋

他人のようにばかりいつまで思いつつ、筒井筒で約束した（幼い当時の）ままの面影だけを見ているのだろうか。

伊勢物語によると、昔、田舎で生業を営んでいた人の子どもたちが、井戸のところに出て遊んでいたが、大人になったので、男も女も互いに恥ずかしく思うようになったけれど、男はこの女を妻にしたいと思う。女はこの男を（夫に）と思い続け、親が他の男と結婚させようとしても、承知しないでいた。そうこうするうちに、この隣の男のところから、このように（歌を詠んできた。）「筒井の―」。

【考察】 当歌は「思ひつつ井筒」に「思ひつつ」と「筒井筒」を掛ける。「筒井筒」は「筒井」（井戸の一種）の囲い、という意味。

（木村能章）

祈恋

356 とし月の我をことはる限あれな千ゝのおもひも一言の神

日本紀、十四、雄略天皇。四年二月、天皇射㆓猟於葛城山《ニ》㆒。忽《ニ》見㆓長人㆒。来望丹谷。面‐貌容儀相㆓似天皇㆒云云。長人次《ニ》称《シテ》曰、「僕‐是一‐事主《ノ》神也」。

【出典】 碧玉集、八三三番。日本書紀、巻一四、一五八頁。

【異同】 『新編国歌大観』ナシ。『日本書紀』「四年二月―四年春二月」。

【訳】 祈る恋

長年（恋の成就を祈っている）自分の思い（が叶うのか）を判定する期限があればなあ。たくさんの思いも、一言主《ひとことぬし》の神（のように、一言で解決してくれる神様がいてほしいもの）だなあ。

日本書紀、巻十四、雄略天皇。四年の二月に天皇は葛城山に狩猟に出かけた。突然背の高い人が現れ、近づいて来て、赤色の谷（神仙の谷）を隔てて向き合った。顔や姿が天皇によく似ていた云々。背の高い人は次に、「私は一事主の神である」と名乗った。

【考察】「一事主神」（または「一言主神」）は、事の善悪を一言で断言できる力を持つとされる。

（田中佑果）

聞音恋

357　柏
わりなしや月なき空のこたへのみこすのひまもる俤に見て

花宴巻云、只時〳〵打嘆くけはひするかたに、よりかゝりて、木丁こしに手をとらへて、

「梓弓入さの山にまとふかなほのみし月の影やみゆると
なにゆへか」と、をしあてにのたまふを、え忍はぬなるへし。

こゝろいるかたならませは弓はりの月なき空にまよはましやは
といふ声、只それなり。

【出典】柏玉集、一三〇八番。源氏物語、花宴巻、三六六頁。【異同】『新編国歌大観』『承応』『湖月抄』ナシ。

【訳】噂を聞く恋
つらいなあ。「月のない空」と答えるだけで、小簾《こす》の隙間から（光が）漏れる月を面影に見るように、あなたの姿を簾越しに見て（会えないとは）。

花宴の巻によると、ただ時折深くため息をつく気配のする方に、（光源氏が）寄りかかって、几帳越しに相手

の手をとらえて、

「（私は）入るさの山で迷っているなあ。ちらりと見た月の姿（朧月夜の君）が（再び）見えるかと（期待して）。

なぜこのように」と、当て推量におっしゃるのを、（朧月夜の君も）耐えることができないのだろう。

「（あなたが私を）心にかけてくれるのならば、弓張の月のない（暗い）空でも（あなたが）迷うことはないのに」

と言う声は、間違いなくあの夜の女君である。

【考察】当歌の「月なき空の答へ」とは、朧月夜の君が「月なき空」と返歌したことを踏まえる。第四句「こす」に「越す」と「小簾」を掛け、簾越しに恋人の姿を垣間見るだけで会えないさまを詠む。

（田中佑果）

隠恋

358 あらすなる心の色の秋かけて木の葉ふるえをたれにかこたん

いせ物語云、されは此女、楓の初もみちをひろはせて、歌をよみて、かき付ておこせたり。

秋かけていひしなからもあらなくに木の葉ふりしくえにこそ有けれ

と書をきて、「かしこより人おこせは、是をやれ」とていぬ。さて、やかて、のち終にけふまてしらす云々。

【出典】雪玉集、六一八九番。伊勢物語、九六段。

【異同】『新編国歌大観』「あらすなる―あかずなる」。『伊勢物語拾穂抄』ナシ。

【訳】隠れる恋

（あなたは私に）飽きて、（あなたの）心はあらぬ色に変わったようだ。秋になり、木の葉が降り敷く浅い江のような浅い縁（になったこと）を、誰に恨みを言おうか。

伊勢物語によると、そこでこの女は、楓の初紅葉を拾わせて、歌を詠み、（その葉に）書き付けて（男に）寄こした。

秋になれば（会おう）と約束したのに、それが叶わず、（飽きたわけでもないのに秋が来て、あなたとの仲は）木の葉が降り敷いて浅くなった入り江のように、浅い縁であったなあ。

と書き残して、「向こうから人を使いによこしたなら、これを渡しなさい」といって（女は）去った。そして、そのまま、その後はとうとう今日まで（女の消息は）分からない云々。

【考察】当歌も『伊勢物語』の和歌も、「え」に「江」と「縁」を掛け、「秋」に「飽き」を響かせる。初句の「あらずなる」は、相手の心があらぬ色になったこと、すなわち心変わりの表現。当歌は、姿を隠した男を恨む女歌。

（森あかね）

359 はかなしや嵐吹そふ床夏にをき所なき露のゆくゐは

帚木巻云、「打はらふ袖もつゆけき床夏にあらし吹そふ秋も来にけり」と、はかなけにいひなして、まめ〳〵しく恨たるさまも見えす、涙をもらしおとしても、いとはつかしく、つゝましけにまきらはしかくして、つらきをもおもひしりけりと見えんは、わりなくくるしき物と思ひたりしかは、心やすくて、又とたえ置侍し程に、あともなくこそ、かきけちてうせにしか云々。

【出典】雪玉集、一九七五番。源氏物語、帚木巻、八三頁。【異同】『新編国歌大観』『承応』『湖月抄』ナシ。

【訳】（隠れる恋）

心細いことだなあ。嵐がいっそう吹きつのり、常夏の花にも寝床にも（これ以上）露の結ぶ所がないほど、涙にくれて身の振り方もない私の前途は。

帚木の巻によると、（夕顔の君は）「（夜がれの）床（の塵）を払う袖も涙で濡れている私に、嵐までが吹き加わり、飽きて捨てられる秋もやって来たなあ」と、さりげなく言いつくろって、本気で恨めしく思っている様子も見せず、つい涙をこぼすにつけても、ひどく気がねして、いかにも遠慮深く紛らし隠して、（夕顔は私の薄情さを）恨めしく思っているのだなと（私に）悟られるのは、耐え難く辛いことだと思っていたので、（私も）気を許して、その後もまた遠のいておりましたところ、（夕顔は）行方も知れず、姿を消していなくなった云々。

【考察】『源氏物語』は雨夜の品定めで、頭中将が昔の恋人（夕顔）について語った箇所。当歌は「常夏」に「床」を掛け、「置き所」に「露」（涙を暗示）の置く所と身を置く所を重ねる。

（栃本綾）

360 たとりきてたのむふせやもかひなきに我そかへりてきゆる帚木

帚木巻。「数ならぬ伏屋におふる名のうさにあるにもあらすきゆる帚木」と聞えたり。中略 さばれとおほせとも、さもおほしはつましく、「かくれたらん所にたに猶ゐていけ」とのたまへと、「いとむつかしけにさしこめられて、人あまた侍るめれは、かしこけに」ときこゆ。

【出典】雪玉集、二九一七番。源氏物語、帚木巻、一一二頁。**【異同】**『新編国歌大観』『承応』『湖月抄』ナシ。

【訳】（隠れる恋）

ようやく辿り着いて、（会うことを）当てにした小屋（に住むあなた）も（会ってくれず、来た）甲斐がなく、私の方がかえって帚木のように消えてしまいそうだ。

帚木の巻。「人数に入らない身分で粗末な小屋に生まれたと噂されるのが辛くて、居るに居られず消えてしまう帚木（のような我が身だ）」と（空蟬は光源氏に）申し上げた。中略（光源氏は）どうにでもなれ、とお思いになるが、そうも思い切れなくて、「せめて（空蟬が）隠れている所に、やはり（私を）連れて行ってくれ」とおっしゃるが、（小君は）「（空蟬の居場所は）とてもむさ苦しそうな奥まった所で、人がたくさんおりますようなので、恐れ多くて」と申し上げる。

【考察】『源氏物語』は空蟬が身を隠してしまい、その弟の小君に光源氏が手引きを頼む箇所。「帚木」は遠くからは帚《ほうき》の形に見えるが、近づくと見えないという伝説の木。

（徳田詠美）

361 柏 夢にてもあらぬ枕のきり〳〵すかへの中にやあかしはてけん

【出典】柏玉集、一四九三番。【異同】『新編国歌大観』ナシ。

【訳】（隠れる恋）

夢でもない枕元のこおろぎは、壁の中で夜を明かし尽くしたのだろうか。

【考察】当歌は362番歌の出典「蟋蟀居壁」を踏まえて詠む。

【参考】壁に白日夢が見える、という故事があったようで、それによれば「夢」と「壁」は縁語になる。「まどろまぬ壁にも人を見つるかなまさしからなん春の夜の夢」（後撰和歌集、巻九、恋一、五〇九、駿河）。390番歌、参照。

（中村香生里）

362 あくるまて音をたにたてす蛩かへの中なるうき隔かな

月令曰、季夏之月、律在林鐘、温気始至、蟋蟀居壁云云。

総角巻云、あけにける光につきてそ、かへの中のきり〳〵す、はひ出たまへる云々。

【出典】雪玉集、七九八六番。礼記、月令、二四六頁。源氏物語、総角巻、二五五頁。

【異同】『新編国歌大観』ナシ。『礼記』（新釈漢文大系）「律在―律中」「温気―温風」。『承応』『湖月抄』ナシ。

【訳】（隠れる恋）

夜が明けるまで鳴き声ひとつ立てず壁の中に隠れていたこおろぎのように、あなたも夜が明けるまで声も立てず壁の中に隠れていた、このつらく恨めしい隔てだなあ。

月令によると、季夏（六月）の節、その律は林鐘に対応し、穏やかな風が吹き始め、こおろぎは屋壁の中に入り込む云々。

総角の巻によると、明けてきた朝の光をたどって、壁の中のこおろぎ（のように大君は）這い出ていらっしゃった云々。

【考察】『礼記』の「林鐘」は中国の音楽で、十二律の一つ。『源氏物語』は勝手に入室した薫の君を避けて、一晩中、大君が隠れていた場面。当歌は薫の君の立場で詠む。

（中村香生里）

隔月恋

363かきくらしなかむる空も神な月さそなあはれの宇治の山里

総角巻云、かのわたりをおほしわするゝ折なき物から、音つれ給はて日頃へぬ。待聞えたまふ所は、絶まとをき心地して中略　御かへり、「今夜まいりなん」と聞ゆれは、是かれそゝのかしきこゆれは、只一ことなん。

あられふる太山の里は朝夕に詠る空もかきくらしつゝ

かくいふは、神無月のつこもりなりけり。月も隔りぬるよと、宮はしつ心なくおほされて云々。

【出典】雪玉集、四三一六番。源氏物語、総角巻、三〇五頁・三一四頁。

【異同】『新編国歌大観』「あはれの―あられの」。『承応』『湖月抄』ナシ。

【訳】　何か月も過ぎた恋

悲しみにくれて眺めた暗い空も十月になってしまい、さぞかしもの寂しいであろう宇治の山里よ。

総角の巻によると、（匂宮は）宇治のお方（中の君）をお忘れになる折はないものの、お訪ねにならないまま幾日か過ぎてしまった。（匂宮のお越しを）お待ち申しあげておられる宇治の方々は、あまりに途絶えの長い気がして中略　お返事は、（匂宮の使者が）「今夜のうちに帰参します」と申すので、（女房たちの）誰彼が催促申しあげるものだから、（中の君は）ただ（次の）一言（だけ書いた）。

霞のふる山奥の里では、朝に晩に物思いにふけって眺める空までもずっと暗く、（あなたのつれなさを恨む私の）心もいつも暗くて。

このやりとりは十月の末のことであった。（前回の訪問から）もう一か月にもなってしまったなあ、と匂宮は気が気でなくお思いになって云々。

【考察】『源氏物語』は今上帝の親王である匂宮が高貴なゆえに、なかなか宇治に住む中の君を訪ねられない箇所。結句「かきくらし」は、「空を暗くする」と「悲しみに心を暗くする」の二つの意味を重ねる。

【参考】　当歌の第四句は、版本『雪玉集』では「なそなあられの」であるが、『新編国歌大観』では「さぞなあられの」に校訂されている。

（趙智英）

近恋

364 隔あるこゝろのみちやつゝら折みる程よりも我にはるけき

枕草子。近くて遠き物。くらまのつゝら折。

【出典】　雪玉集、一九三九番。枕草子、一六〇段。**【異同】**『新編国歌大観』『枕草子春曙抄』ナシ。

【訳】　近い恋

（あなたへと続く）恋心の道には、隔てがあるのだなあ。私には鞍馬のつづら折を見るよりも（遥かに、その恋の道のりは）遠く感じられるよ。

枕草子。近くて遠い物は、鞍馬の曲がりくねった坂道。

【考察】「葛折《つづら》り」は目的地がすぐ近くに見えても、そこに至る道のりは遠いように、相手が近くにいても、自分の思いがなかなか通じないさまを表わす。

（佐藤未央子）

隔遠路恋

365ひれふりし山も程なくかくれ行幾重の波を袖にかけゝん

万葉集五巻曰、詠二領巾《ヒレ》麾《フル》嶺一歌一首幷序、山上臣憶良。大伴《トモノ》 佐提比古《サテヒコノ》郎子、特被二朝‐命《ヲ》一、奉二使《ヲ》藩国《ニ》一。艤棹言レ帰《ヲ》、稍赴二蒼‐波《ニ》一。妾也松浦《マツラ》佐用嬪《サヨヒメ》面、嗟二此《ノ》別易《ヲ》一、歎二会《ノ》難《ヲ》一。即登二高‐山《ノ》之嶺《ニ》一、遥望二離‐去之船《ヲ》一、悵然《トシテ》断レ肝《ヲ》、黯‐然《トシテ》銷レ魂《ヲ》。遂《ニ》脱二領巾一麾レ之《ヲ》、傍者莫レ不レ流レ涕《ヲ》。因《テ》号二此山《ヲ》一、曰二領巾麾《ノ》之嶺一。乃作《シ》レ歌《ヲ》曰云云。

【出典】雪玉集、一九四九番。万葉集、巻五、八七一番歌。

【異同】『万葉集』「歎会難—歎彼会難」「黯然—黙然」「領巾麾之嶺—領巾麾之嶺也」。

【訳】　遠路を隔てる恋

（佐用姫が）領巾を振っていた山も、まもなく隠れていく。（佐用姫は）幾重の波を袖にかけ（て泣い）たことだろうか。

万葉集の第五巻によると、領巾《ひれ》麾嶺《ふるみね》を詠む歌一首と序（があり）、山上憶良（の作である）。大伴佐提比古は天皇の特命を受けて、藩国（ここでは任那《みまな》）に遣わされた。船出の用意をしてさて出発し、だんだん青海原へと進んだ。愛人の松浦佐用姫は、別離はたやすいが、再び逢うのは困難であることを嘆いた。そこで高い山の頂に登り、遥かに遠ざかり行く船を見送ったが、別れの悲しさは断腸の思いであり、心の暗さは魂も消え入るほどであった。とうとう領巾をはずして振り招いたので、側にいた人で涙を流さない者はいなかった。それゆえ、この山を名付けて「領巾麾嶺」と呼ぶようになった。そこで、作った歌がこれである云々。

【考察】当歌の「波を袖に掛く」とは、涙で袖を濡らすという意味。

（早川広子）

稀恋

366 逢[柏]みてもそれとはなしや月の夜のほしをかそふる中の契は

短歌行。月-明星《ニ》-稀《ニシテ》　烏-鵲南《ニ》飛云云。

【出典】柏玉集、一四六四番。文選、巻二七、短歌行、四七五頁。【異同】『新編国歌大観』『文選』ナシ。

【訳】稀な恋

（稀にしか会えないのでは）逢ってみても、満足できないなあ。明るい月夜では星を数えても少ししかないように、少ししか会えない仲の契りでは。

短歌行。月が冴え、星が薄れるころあいで、鵲が南を指して飛んで行く云々。

【考察】当歌の第二句「それとはなし」の原意は「特にどうということもない」であり、転じて「実感がない。満足しない」の意。ここでは、なかなか会えなくて不満な気持ちを表わす。「短歌行」は魏武帝（曹操）の作。「月明星稀」の「月」は天下を得た武帝、「星」は群雄、「烏鵲南飛」は群雄が南方に逃れたことを指す。

（木村能章）

不言思恋

367 いはゝこそこたへもきかめ心もてしゝまにならふ我そあやなき

末摘花巻云、何事もいはれたまはす、われさへくちとちたる心地したまへと、例のしゝまも心みんと、とかうきこえたまふ。

【出典】雪玉集、一八二八番。源氏物語、末摘花巻、二九四頁。【異同】『新編国歌大観』『承応』『湖月抄』ナシ。

【訳】言わずに思う恋

思いを言えば返答も聞けるだろう。(けれども)自分の意思で無言を貫いている私は不甲斐ないなあ。

末摘花の巻によると、(光源氏は)何も仰られず、自分まで言えなくなったような気持ちになられるが、(末摘花の)いつもの無言も(何とかならないものか)試してみようと、あれこれ申し上げなされる。

【考察】『源氏物語』は光源氏が、何を言っても黙っている末摘花に苦戦している場面。

(木村能章)

368 くちなしの色には出しさく桃の花のした道したに恋つゝ

漢書。李広伝、見于春部。

【出典】雪玉集、六九三九番。【異同】『新編国歌大観』「不言思恋—思不言恋」。

【訳】(言わずに思う恋)

梔子《くちなし》のように口には出すまい。咲いている桃の花の下に道ができるように、心の中で恋い慕いながら。

漢書の李広伝は、春部に見える。(64番歌、参照)

【考察】当歌は初句の「梔子」(植物名)に「口無し」(口をきかない)を掛け、第三・四句は『漢書』李広伝の一節「桃李不レ言下自成《ラス》レ蹊《ヲ》」を踏まえ、結句「下に恋ひ」を導く。

（木村能章）

369
隠名切恋

柏
袖ぬる、たくひのみかは数ならぬ身にあま人のなのりそもなし

夕皃巻云、「尽せす隔たまへるつらさに、あらはさしとおもひつる物を。今たに名のりしたまへ。いとむくつけし」とのたまへと、「あまの子なれは」とて打とけぬさま、いとあいたれたり。

【出典】柏玉集、一五二八番。源氏物語、夕顔巻、一六二頁。

【異同】『新編国歌大観』「なのりそもなし」―「名のりもぞう《（ママ）》し」。『承応』「おもひつる―思へる」「打とけぬさま―さすがにうちとけぬさま」。『湖月抄』「打とけぬさま―さすがにうちとけぬさま」。

【訳】名前を隠され（いっそう）切実な恋

（私は）袖がぬれているから（海人《あま》と）同類というだけだろうか。（いや、そうではない。）海人はナノリソを得られるが、とるに足りない我が身には、海人（恋人）は名のってもくれない。

夕顔の巻によると、（光源氏が）「いつまでも（私を）隔てておられるのが恨めしくて、（私の顔を）見せるまいと思っていたが（見せてしまった）。せめて今からでも名前を明かしてください。（身元不明では）本当に気味が悪い」と仰るが、（夕顔が）「海人の子なので」と言って遠慮しているところは、とても甘えた様子である。

【考察】当歌は「なのりそ」（海藻の名）に「名乗り」を掛け、「あまびと」（漁師）は『源氏物語』により名乗らない恋人を示す。「白波の寄する渚《なぎさ》に世を過ぐす海人の子なれば宿も定めず」（和漢朗詠集、巻下、遊女、七二一番）。

（田中佑果）

370
難忘恋

柏
いかにみて猶あかさりし夕皃の露の行ゑをおもひ置けむ

玉かつらの巻に、年月隔りぬれと、あかさりしゆふかほを露わすれたまはす。

【出典】柏玉集、一五四四番。源氏物語、玉鬘巻、八七頁。【異同】『新編国歌大観』『承応』『湖月抄』ナシ。

【訳】忘れがたい恋

どのように見たから、（その時も）なおも飽きることなく思った夕顔の露の行方を、いつまでも心に留めたのだろうか。

玉鬘の巻に、長い年月が経ったが、愛しさの尽きなかった夕顔を（光源氏は）少しもお忘れにはならず。

【考察】当歌の「夕顔の露」は、夕顔の忘れ形見である玉鬘を暗示する。娘の玉鬘をそこまで忘れがたく思うようになったのは、かつてどのように夕顔を見たからだろうか、という意味。「置く」は「露」の縁語。

（田中佑果）

恥身恋

371 同 なにはかた何にのこれる契とてあしからしとは人に見えけん

大和物語云、つの国なにはのわたりに家して住人ありけり。あひしりて年頃有けり云々。男、「をのれは、とてもかくても、へなん。女のかくわかき程に、かくてあるなん、いと〳〵をしき。京にのほりて、宮つかひをもせよ。よろしきやうにもならは、われをもとふらへ。をのれも人のこともならは、必尋ねとふらはん」なと、なく〳〵いひ契りて、たよりの人にいひつきて、女は京にきにけり云々。車をたてゝ詠るに、ともの人は、「日くれぬへし」とて、「御車うなかしてん」といふに、「しはし」といふ程に、芦になひたる男のかたひのやうなる姿なる、此車のまへよりいきけり。これかかほを見るに其人といふへくもあらす、いみしきさまなれと、わか男に似たり。これをみて、よく見まほしさに、「此芦もちたるおのこ、よはせよ。芦かはん」といはせける云々。したすたれのはさまのあきたるより、此男まもれは、わかめに似たり。あやしさに心をおさめて見るに、かほもこゑもそれなりけりとおもふに、おもひあはせて、わかさまのいといらなく成たるを思ひはかるに、いとはしたなくて芦も打すてゝ、はしりにけりにけり。

　君《男》なくてあしかりけりとおもふにもいとゝなにはの浦そ住うき云々。

此段の詞なか〳〵し。略してしるしぬ。猶、はしめ終をみ侍るへし。

【出典】柏玉集、二〇八六番。大和物語、一四八段。

【異同】『新編国歌大観』ナシ。『大和物語抄』「つの国なには―つの国のなには」「宮つかひ―宮つかへ」「芦かはんといはせける―かの芦かはんといはせけり」「成たる―なりにける」。

【訳】　身を恥じる恋

難波潟《なにわがた》の何に（再会の）約束が残っているということで、芦を刈らないでおこうではないが、悪くないだろうと人に見られたのだろうか。

　大和物語によると、摂津の国の難波のあたりに、家をつくって住む人がいた。（ある女と）知り合って（結婚してから）長い年月が経った云々。男は（女に）、「私はどのようにしても過ごせよう。女の身でこのように若い時に、こうして（貧しさに苦しんで）いるのは本当に気の毒だ。都へ行って宮仕えでもしなさい。すこし良くなったならば、私を訪ねてください。私も人並みになったならば、必ず（あなたを）捜して訪ねよう」などと泣く泣く約束して、縁者に頼んで女は都に来たのだった云々。（女は）車を停めて物思いにふけっていると、供の者は、「日が暮れてしまいそうだ」と言って「御車を急いで出そう」と言うので、（女が）「しばらく（待って）」と言っているところに、芦を荷《にな》っている男で、乞食のような姿をした者が、この車の前を通り過ぎていった。（女が）その男の顔を見ると、（探している）その人と言えそうにもなく、ひどい格好をしているが、元の夫に似ている。この男を見て、もっとよく見たいために、「この芦を持った男を呼び招きなさい。あの芦を買おう」と言わせた云々。下簾の隙間の空いているところから、この男が（車の）中を見つめると、自分の妻に似ている。不思議に思い、心を落ち着かせて見ると、顔も声も妻だと気づいたが、（今の二人の様子の隔たりを）考え合わせて、自分の姿が本当にひどく（みすぼらしく）なっていることに思いをめぐらすと、たいそう情けない気持ちになって、芦もうち捨てて走って逃げてしまった。

あなたがいなくなり、芦を刈って（売る貧しい生活をして）、苦しい（月日を送ってきたのだ）と思うにつけても、ますます難波の浦に住むのが辛く思われる。

この段の文章は、とても長い。省略して（ここに）記した。やはり、冒頭と末尾を見てください。

【考察】『大和物語』は貧しさゆえに別れた男女が、年月を経て再会した場面。男の歌の第二句「あしかり」に「芦刈り」と「悪《あ》しかり」を掛ける。当歌は男の立場で詠まれ、初句の「難波潟」は「何に」を導く序詞、第四句の「あしからじ」に「芦刈らじ」と「悪しからじ」を掛ける。

（森あかね）

隔我慕他恋

372 恨てもさりやいつれにおつるそととはゝ涙のいかゝこたへん

須磨巻云、「さも成なんに、いかゝおほさるへき。近き程のわかれに思ひおとされんこそねたけれ。いける世にとは、けによからぬ人のいひ置けん」と、いとなつかしき御さまにて、物を誠にあはれとおほし入てのたまはするにつけて、ほろ〳〵とこほれ出れは、「さりや、いつれにおつるにか」とのたまはす云々

【出典】雪玉集、二一六三番。源氏物語、須磨巻、一九八頁。【異同】『新編国歌大観』『承応』『湖月抄』ナシ。

【訳】　私を隔てて他人を慕う恋

恨んでも、やはりそうだ、どちらのためにこぼれ落ちるのかと問いかけたならば、あなたの涙はどのように答えるだろうか。

須磨の巻によると、（朱雀帝が朧月夜に）「（もし私が）その（光源氏の）ようになれば、（あなたは）どうお思いになろうか。近頃の（光源氏との）生き別れよりも見くだされるのがくやしい。「生ける世に」とは、なるほどいい加減な人が言い残したのだろう」と、たいそう優しいご様子で、物事を心底からしみじみと思いつめて仰せになるにつけても、（朧月夜は）涙がほろほろとこぼれ落ちるので、（帝は）「それごらん。（私と光源氏と）どちらのために落ちる（涙な）のだろうか」と仰せになる云々。

（栃本綾）

【考察】『源氏物語』は朱雀帝が、自分よりも須磨に退いた光源氏を思っているのではないかと、朧月夜に問いかけている場面。文中の「生ける世に」は、「恋ひ死なむ後《のち》は何せむ生ける日のためこそ人の見まくほしけれ」（拾遺和歌集、恋一、六八五番、大伴百世）による。

絶恋

373 しる人もなき世といひしことのをのかことに同し音をやたてまし

伯牙、鐘子期、事実、見于冬部。

【出典】雪玉集、七三五四番。【異同】『新編国歌大観』ナシ。

【訳】　絶えた恋

理解してくれる人も生きていない世だと言ったことで（絶った）琴の絃を口実にして、同じ音色をたててよいものだろうか。

伯牙と鐘子期の故事は、冬部に見える。（280番歌、参照）

【考察】伯牙は、自分が弾く琴をよく聞き分けた鐘子期に先立たれた後、琴の絃を絶った。その故事を当歌は踏まえ、終わった恋を詠む。第三句の「こと」に「事」と「琴」を掛ける。

（栃本綾）

非心離恋

374 柏 おもへかしその人ならぬうつし絵に遠きわかれもなきためしかは

西京雑記。元帝後-宮既《ニ》-多《シテ》、不レ得二常《ニ》見一。乃《シ》使《シテ》二画-工《ヲ》図一レ形《ヲ》、按レ図召 幸《シテ》レ之《ヲ》。皆賂二画-工《ニ》一。多《キ》者《ハ》十-万、少《キ》者《モ》亦不レ減二五万《ヲ》一。独《リ》王-嬙不レ肯、遂《ニ》不レ得レ見。後《ニ》匈-奴入-朝、求二美-人《ヲ》一為二閼氏一。於レ是上按レ図以二昭-君一行《シム》。及レ去召見《テ》レ貌為二後宮第-一一、善二応対《ヲ》一、挙-止閑-雅《ナリ》。帝悔《ユ》之。而《レトモ》 名-籍已《ニ》定《リヌ》。重レ失二信《ヲ》於外-国《ニ》一、故《ニ》不二復《タ》更一レ人《ヲ》。乃《シ》窮二竟其《ノ》事《ヲ》一、画-工毛-延-寿等皆棄-市《セラル》 云々。

【出典】三玉和歌集類題、恋、非心離恋、柏玉集。西京雑記、巻二。

【異同】『三玉和歌集類題』ナシ。『西京雑記』「按図召—案図召」「皆賂—諸宮人皆賂」「後匈奴—匈奴」「上按図—上案図」「重失信—帝重信」「乃窮竟—乃窮案」「毛延寿等皆棄市—皆棄市」。

【訳】心に反して離れる恋

思いなさい。その人に似ていない肖像画のために、遠く離れてしまう別れの前例もないだろうか。（いや、王昭君の例があるではないか。）

西京雑記。元帝の宮女はもとより多かったので、いつでも（帝を）拝見できるわけではなかった。そこで（帝は）絵描きに（宮女たちの）顔形を描かせ、その絵を調べて召し出し寵愛した。宮女は皆、絵描きに賄賂を贈った。（その額は）多い者で十万、少ない者でも五万を下ることはなかった。（しかし）王嬙だけは（賄賂を贈ることを）良しとしなかったので、遂に（帝と）接見を賜ることはできなかった。その後、匈奴が入朝し、美人を求めて皇后にしようとした。そこで元帝は絵を調べて、昭君（王嬙）を行かせることにした。（王嬙が）去るにあたり本人を召し出して顔を見ると、（容姿は）宮女たちの中で最も美しく、受け答えに優れ、立居振舞は物静かで優雅であった。元帝はこうなったことを悔いた。しかし、すでに名簿では（王嬙の名が記され）決定していた。（帝は）外国に対する信用を失うことを重くみたため、もう一度人を変えることはしなかった。そこでこのことに関して徹底的に取り調べを行い、毛延寿などの絵描きは皆、死刑に処せられ屍を公衆にさらされた云々。

（徳田詠美）

【参考】562～564番歌の歌題は「王昭君」。

不誤被恨恋

375 をのかうへにおふるためしや忘草つみあらぬ身をかこちはてつゝ

いせ物語云、むかし、宮のうちにて、あるごだちのつほねのまへをわたりけるに、何のあたにか思ひけん、「よしや、草葉よ。ならんさかみん」といふ。男、

つみもなき人をうけへはわすれ草をのかうへにそあふといふなる

といふを、ねたむ女もありけり。

【出典】雪玉集、二一六四番。伊勢物語、三一段。【異同】『新編国歌大観』ナシ。『伊勢物語拾穂抄』「あふ―おふ」。

【訳】まちがって恨まれる恋

（無実の人を恨むと）自分の身の上に忘れ草が生え（男に疎んじられて忘れられ）る、という先例を忘れたのだろうか。（あの女は）罪もないこの身をどこまでも恨み続けて。

伊勢物語によると、昔、宮中で、（男が）ある身分の高い女房の部屋の前を通り過ぎたところ、（女房はその男を）どういう悪者と思ったのか、「まあ、いいや。（あなたの忘れ）草の葉よ。どういうことになるか見届けよう」と言う。男が、

罪もない人を呪うと、忘れ草は自分の身の上に遭遇する、と言うそうだ。（あなたが罪のない私を呪うと、却ってあなたが恋人に忘れられるとか言うそうだ）

と詠むのを聞いて、憎らしく思う女もいたのだった。

【考察】 当歌は『伊勢物語』の和歌を受けて、男の立場で詠む。「忘れ草」に動詞「忘れ」を掛け、「罪」に草の縁語「摘み」を響かせる。

【参考】「いかでかはかこたれぬべきたがひもやあらばかくとはことわらじ身を」（新明題和歌集、恋、不誤被恨恋、三六四〇番、柳原資行）。当歌の歌題は、版本『雪玉集』では「不誤被佷恋」であるが、『新編国歌大観』では「不誤被恨恋」に校訂されている。「佷」はねじけ、さからう、という意味。

（中村香生里）

恋歌中

376 いたつらに分かへりなはこよひもと露の思はむみちのさゝ原

夕霧巻云、「あかさてたに出たまへ」と、やらひ聞えたまふよりほかの事なし。「あさましや。こと有かほにわけ侍らん朝露のおもはん処よ。なをさらは、おほししれよ」云々

【出典】 雪玉集、四四三一番。源氏物語、夕霧巻、四一一頁。

【異同】『新編国歌大観』「こよひもと―こひもと《本ノママ》」。『承応』『湖月抄』「処よ―所に」。

【訳】 恋歌の中

むなしく笹原の道を踏み分けて帰ってしまったら、昨夜も（会えなかったのだな）と笹原の朝露は思うだろうよ。
夕霧の巻によると、（落葉の宮が）「せめて夜の明けないうちにお帰りください」と、（夕霧を）ただ追い立てなさるよりほかはない。（夕霧は）「なんとあまりな。わけあり顔に朝露を踏み分けて帰りましては、その朝露がなんと思うことか。やはりそう（せよと仰るの）ならば、（これだけはよく）お分かりいただきたい」云々。

【考察】『源氏物語』は落葉の宮に近づいた夕霧が、思いを告白しただけで追い返される場面。「秋の野に笹分けし朝の袖よりも逢はで来し夜ぞひち増さりける」（古今和歌集、恋三、六二二番、在原業平）の風情も踏まえる。

【参考】当時は丑寅（午前三時）で日付が変わり、それまでを「こよひ」と言った。小林賢章『アカツキの研究』（和泉書院、二〇〇三年）参照。

（趙智英）

被返書恋

377　つれなくもかへしてけりな波こゆる頃ともしらぬ松のことの葉

浮舟巻。「波こゆる頃ともしらす末の松待らんとのみおもひけるかな。人にわらはせたまふな」と有を、いとあやしと思ふに、むねもふたかりぬ。御かへりことを心えかほにきこえんも、いとつゝましく、ひかことにてあらんもあやしけれは、御ふみはもとのやうにして、「所たかへのやうに見え侍れはなん。あやしくなやましくて何事も」と書そへて奉りつ。

【出典】雪玉集、三六二五番。源氏物語、浮舟巻、一七六頁。

【異同】『新編国歌大観』「松―杜《松歟》」。『承応』『湖月抄』ナシ。

【訳】手紙を返された恋

つれなくも突っ返したのだなあ。波が松を越える頃、すなわちあなたが心変わりする頃とも知らずに書いた手紙を。

浮舟の巻。（薫の手紙には浮舟に）「あなたが心変わりするころだとも知らずに、私を待っていてくれるものだとばかり思っていたなあ」（と詠み）、「私を笑いものにしないでください」とあるので、（浮舟は）とても妙だと思うと、胸がふさがる思いがする。お返事を（薫の）歌の意味が分かったように申し上げるのも、まったく気がとがめるし、（宛先などが）間違っていれば、それも変なので、お手紙は元の通りにして、「宛先が違っているように思われまして。どうしてか気分がすぐれなくて、何事も（失礼します）」と書き添えて、お返しした。

【考察】『源氏物語』は浮舟と匂宮との関係を知った薫が、自分と浮舟との仲は「末の松（山）」を波が越えないように心変わりしない、と思っていたのに、という恨みの手紙を送った箇所。

【参考】「契りきなかたみに袖を絞りつつ末の松山波越さじとは」（百人一首、清原元輔）。

（佐藤未央子）

初疎後切恋

378 かさねしと思ひ初てしみのしろやはては恨の中のさ衣

狭衣物語云、うへの、いみしき御心さしとおほしてたまはせける御みのしろは、いとかたしけなくおもたゝしけれと、かひ〳〵しくきかまほしくもおほされす、紫のなからましかはとおほえて、

色〳〵にかさねてはきし人しれすおもひ初てしよはのさ衣

とそ、かへす〳〵いはれたまふ云々。

のちにせちなる心、かの物かたりを見るへし。詞なかくて、しるす事あたはす。

【出典】雪玉集、二一六二番。狭衣物語、巻一、五三頁。

【異同】『新編国歌大観』ナシ。『狭衣物語』「おほして—おほしめして」「紫のなからまし—紫のならまし」。

【訳】初めは疎み、後に切実になる恋

衣を重ねて着るように多くの女性に思いをよせることはするまいと、思い初めた蓑代《みのしろ》ならぬ身《み》の代《しろ》の衣（女二の宮）よ。最後は恨みの中の狭衣（になってしまっても）。

狭衣物語によると、帝が、並々ならぬご好意とお思いになって（狭衣に）降嫁させようとなさる、（帝の）身代わりの衣（のような女二の宮）は、（狭衣にとって）たいへん勿体なく光栄であるが、（狭衣は）頂き甲斐のあることとして聞きたいともお思いになれず、「ゆかり（の源氏の宮）がもし、いなければ（女二の宮と結婚するのに）」と思われて、

色とりどりに衣を重ねては着るまい。私には人知れず思いそめた夜具（があるのだから）。（多くの女性に思いを寄せることはするまい。ひそかに思いそめ、ゆかりの紫に染めた衣のような、源氏の宮がいるのだから）

と繰り返し吟じていらっしゃる云々。

後に切なる恋心（で和歌を詠むに）は、この物語を見るがよい。文章が長いため（すべてをここに）記すことはできない。

【考察】『狭衣物語』は、狭衣が密かに源氏の宮を愛していることは誰も知らず、帝が娘（女二の宮）を狭衣に降嫁させようとしている場面。当歌は第三句「みのしろ」に「蓑代」（蓑の代わりになる雨衣）と「身の代」（身代わり）を掛ける。

（早川広子）

厭賤恋

379 よしやその品にもよらしと計を情しるかたにゆるす世もかな

帚木巻。「いまはた、品にもよらし。かたちをは更にもいはし。いと口をしく、ねちけかましきおほえたになくは」云々。

【出典】雪玉集、一九七一番。源氏物語、帚木巻、六五頁。【異同】『新編国歌大観』『承応』『湖月抄』ナシ。

【訳】身分の低い人を厭う恋
まあ、いい。その人の身分にもよるまい、ということだけにして、しばらくは情けを知る相手として気を許す男女の関係であればなあ。

　帚木の巻によると、（左馬頭は）「こうなってはもう、身分のよしあしにもよるまい。顔かたちなどは、なおさら言うまでもないだろう。まったく情けなく、ひねくれた感じさえなければ」云々。

【考察】『源氏物語』は雨夜の品定めで左馬頭が出した、望ましい女性についての結論。当歌は第三句「とばかり」に連語「とばかり」（とだけ、の意）と副詞「とばかり」（しばらくの意）を掛ける。


（木村能章）

幼恋

380 うらなしと見ゆる物からから衣ひとへこゝろをいかゝたのまむ
　桐壺巻云、おさなきほとの御ひとへ心にかゝりて云々。

【出典】雪玉集、七五三七番。源氏物語、桐壺巻、四九頁。

【異同】『新編国歌大観』「幼恋—幻恋」。『承応』『湖月抄』ナシ。

【訳】幼い恋
裏のない一重《ひとえ》の唐衣のように、裏の心はないと見えるけれども、（元服したのち）一筋に思う心をどのように頼みにしようか。

　桐壺の巻によると、（元服した光源氏は）幼い頃の一筋に思いこんだ心に（藤壺を）お思いになって云々。

【考察】当歌は、光源氏の恋心を複雑な心境で受け止める、藤壺の思いを詠む。「うらなし」（隠し立てしない）と

「ひとへ心」（一途な心）に、「唐衣」（美しい衣服）の縁語である「裏」と「一重」を掛ける。

（田中佑果）

閑居恋

381 まれにきてはらふもかなし虫の音にきほへる露の床夏の花

帚木巻云、「おもひ出しまゝにまかりたりしかは、例のうらもなき物から、いと物思ひかほにて、あれたる家の露しけきをなかめて、虫の音にきほへるけしき、むかし物語めきておほえ侍し」。

【出典】 雪玉集、一九五三番。源氏物語、帚木巻、八二頁。**【異同】**『新編国歌大観』『承応』『湖月抄』ナシ。

【訳】 閑居の恋

まれに来て寝床の露を払うのも、せつない。虫の鳴き声に負けず泣いた、涙の露に濡れた床夏の花（のような君よ）。

帚木の巻によると、「思い出したので行ってみると、いつものように隔てはないが、ひどく物思いにふけった顔で、荒れている家の露深さをながめて、虫の音に負けず泣いている様子は、昔物語にありそうに思われました」。

【考察】『源氏物語』は、頭中将が夕顔を訪れたことを話している箇所。当歌は頭中将の立場で詠む。「常夏の花」に寝床の「床」を掛け、「露」は涙を暗示する。寝床の露とは、独り寝の悲しさで流した涙を意味する。

（田中佑果）

詞和不逢恋

382 柏 あけ巻のよりあふからに恨わひぬへたてなきとはかゝる契を

総角巻云、「隔なきとは、かゝるをやいふらん。めつらかなるわさかな」とあはめたまへるさまの、いよ〳〵おかしけれは、「隔ぬ心をさらにおほしわかねは、きこえしらせんとそかし」云々。

【出典】柏玉集、一二二七番。源氏物語、総角巻、一二二四頁。【異同】『新編国歌大観』『承応』『湖月抄』ナシ。

【訳】言葉は互いに交わしたが、会おうとしない恋

総角《あげまき》が寄り合うように、（あなたが私に）寄りそうので、（私はあなたを）恨み悲しくなった。隔てがないとはこういう仲を（言うのだろうか）。

　総角の巻によると、（大君が）「隔てがないというのは、こういうことを言うのでしょうか。変わったやり方ですね」と、（薫を）おたしなめなさる様子がますます心魅かれるので、（薫は）「（私のあなたを）隔てない心をまるでご理解くださらないから、お教え申しあげようと（思ってしたこと）なのですよ」云々。

【考察】『源氏物語』は、薫が大君に近寄る場面。当歌は大君の立場で詠む。「総角」とは紐の結び方の一つ。当歌の初二句は薫が大君に詠んだ和歌、「総角に長き契りを結びこめ同じ所によりもあはなむ」（総角の巻、一二二四頁）も踏まえる。

（田中佑果）

383 かひなしや言の葉のみはやはらかにぬるよはよそのよゝの手枕

　催馬楽、貫河、冬の部にしるし侍り。

【出典】雪玉集、二一六五番。【異同】『新編国歌大観』ナシ。

【訳】（言葉は互いに交わしたが、会おうとしない恋）

どうしようもないなあ。（あなたは）言葉だけはやわらかで、寝る夜は他の場所で、毎晩（私は）自分の手を枕にしているよ。

　催馬楽「貫河」は、冬部に記しています。（276番歌、参照）

【考察】歌題は前歌と同じ「詞和不逢恋」。催馬楽「貫河」は、「貫河《ぬきがは》の瀬々《せぜ》のやはら手枕《たまくら》、やはらかに寝《ぬ》る夜《よ》はな

くて、親さくる妻」で、親に仲をさかれながらも女性を愛する歌。当歌はそれを踏まえ、会ってくれない女性を恨む。

（森あかね）

恨絶恋

384 うきふしのこれひとつやはと計を思ひとりしもあちきなの身や

帚木巻。「手を折てあひみしことをかそふれはこれひとつやは君かうきふし。え恨し」といひ侍れは、さすかに打なきて、「うきふしを心ひとつにかそへきてこや君か手をわかるへき折」などいひしろひ侍しかと、誠にはかはるへき事ともおもふたまへすなから、日頃ふるまてせうそこもつかはさす、あくかれまかりありくに云々。中略　いたくつな引て見せしあゐたに、いといたく思ひ歎きて、はかなく成侍にしかは、たはふれにくゝなんおほえ侍し。

［出典］ 雪玉集、七九九七番。源氏物語、帚木巻、七四頁・七六頁。

［異同］ 『新編国歌大観』『承応』『湖月抄』ナシ。

［訳］ 仲が絶えたことを恨む恋

つらい節目はこれ一つだけだろうか、ということだけは分かったが、一人になってはつまらない身だなあ。

帚木の巻。（私が女に）「手を折って契った年月を数えると、指一つだけがあなたのつらい節目であるものか。恨むことはできまい」などと言いますと、（女は）そうは言ってもやはり泣いて、「つらいところを胸一つに数えてきたが、今度こそあなたと手を切らなければならない時なのか」など言い争いましたが、（私は）実のところ別れてしまうものとも考えませんでしたが、何日経っても（女に）便りも送らず、あちこち浮かれ歩いていて云々。中略（私が）ひどく意地を張って見せた間に、（女は）ひどく悩み嘆いて亡くなってしまいましたので、うっかり冗談も言えないと思われました。

【考察】『源氏物語』は雨夜の品定めで左馬頭が、指食いの女について話した場面。左馬頭の浮気に腹を立てた女が、彼の指を噛んだあとの二人のやり取り。当歌は左馬頭の立場で詠む。「思ひとり」に「ひとり」を掛ける。

（徳田詠美）

悔恋

385 柏 しらさりし花田の帯の末終にからき思ひにうつるこゝろは

催馬楽、石川、冬の部にしるしぬ。

【出典】柏玉集、一五三二番・二二八九番。雪玉集、四六二二番。

【異同】『新編国歌大観』「しらさりし―しらさりき」（柏玉集、一五三二番、二二八九番）。

【訳】後悔する恋

知らなかったなあ。縹《はなだ》色（薄い藍色）の帯の端が最後には変色するように、結局つらい思いに移ろう（あなたの）心は。

催馬楽「石川」は、冬部に記した。（278番歌、参照）

【考察】当歌は催馬楽「石川」の一節、「帯を取られて、からき悔いする」「花田の帯の、中は絶えたる」を踏まえ、結句の「移る」に、変色すると心変わりするの意を重ねる。

（木村能章）

稀問恋

386 おもひ出るたよりなくともむさしあふみかけて誰をか又は頼む

いせ物語云、むかし、むさしなる男、京なる女のもとに、「きこゆれは、はつかし。きこえねは、くるし」とかきて、うはかきに「むさしあふみ」とかきてをこせてのち、音もせす成にけれは、京より女、「むさしあふみさすかに―」。

【出典】雪玉集、一九七九番。伊勢物語、一三段。【異同】『新編国歌大観』『伊勢物語拾穂抄』ナシ。

【訳】たまに問う恋

（あなたが私を）思い出す機会も便りもなくても、武蔵鐙を足に掛けるではないが、（あなた以外の）誰を心に掛けて、また頼りにしようか。

伊勢物語によると、昔、武蔵の国に住む男が、京にいる女のもとに、「お話しするのは気がひけるし、お話ししないのは心苦しい」と書いて、上書きに「武蔵鐙《むさしあぶみ》」と書いて、この手紙を寄こしてのち、音沙汰がなくなってしまったので、京から女が、「武蔵鐙、そうはいってもやはり―」。

【考察】『伊勢物語』の女の和歌は、「武蔵鐙さすがにかけて頼むには問はぬもつらし問ふもうるさし」。「武蔵鐙」は武蔵国（現在の東京都・埼玉県・神奈川県の一部）で作られた鐙（馬具。馬の鞍の両脇に下げて、足を掛けるもの）。「さすが」に鐙の「刺鉄《さすが》」と副詞の「さすが」を掛け、「かけて」に足を掛けてと心を掛けてを重ねる。一首の主意は、男を心に掛けて頼りにしているので、安否を尋ねてくれないのも悲しいし、尋ねてくれるのも煩わしい。武蔵の国でほかの女と暮らしている男への思いを詠み、当歌も京にいる女の立場で詠まれた。当歌は第二句「たより」に機会と手紙の意味を重ねる。

（木村能章）

絶不知恋

387 あらし吹秋をもしらて床夏にたのめか置しつゆの言の葉

帚木の巻の詞、まへの隠恋にしるしつけ侍り。

【出典】雪玉集、三九三三番。【異同】『新編国歌大観』ナシ。

【訳】仲が絶えて、行方を知らない恋

嵐が吹く秋のように、あなたに飽きられたとも知らないで、常夏の花に露が結ぶように寝床も涙でぬれ、私を頼みにさせておいた、露のようにはかないあなたの言葉だなあ。

帚木の巻の文章は、前の「隠れる恋」の箇所に記しました。（359番歌、参照）

【考察】帚木の巻は、頭中将の正妻に脅された夕顔が、正妻を「嵐」に例えて、「打ち払ふ袖もつゆけき床夏にあらし吹きそふ秋も来にけり」と詠んで、姿をくらました場面。当歌は「秋」に「飽き」、「常夏」に「床」を掛け、「頼め置く」に露が「置く」、「つゆ」に露・涙・はかなさの例えを重ねる。

（木村能章）

恥身恋

388 おもふとておもなくいかて見えもせん鏡にたにもつゝましきみを

総角巻云、「只いとおほつかなく、物隔たるなん、むねあかぬ心地するを。ありしやうにてきこえむ」とせめたまへと、「つねよりもわか面影にはつる頃なれは、うとましと見たまひてんも、さすかに心くるしきは」云々。

【出典】雪玉集、三五三四番。源氏物語、総角、二八八頁。【異同】『新編国歌大観』『承応』『湖月抄』ナシ。

【訳】わが身を恥じる恋

（あなたを）思っているからといって、厚かましくもどうして見せられようか。鏡にさえ気恥ずかしい（我が）身を。

総角の巻によると、（薫が）「ただほんとに頼りなく、こうして物越しでいるのでは、思いも晴れない気がするなあ。いつぞやのようにお話しよう」とお責めになるけれど、（大君は）「常日ごろよりも（やつれている）私の顔を恥じる頃なので、（会えば）厭わしいとご覧になるのも、そうは言うもののやはりつらく思われるのは」
云々。

【考察】『源氏物語』では大君がやつれた自分の顔を、薫に会わない口実にした。それを踏まえて当歌も大君の立場で詠む。
（木村能章）

顕恋

389 霜の後の松をおもひのはてもうしみさほつくりて過し心に
朗詠集。十八公栄霜後露。

【出典】雪玉集、二九一四番。和漢朗詠集、下、松、四二五番。【異同】『新編国歌大観』『和漢朗詠集註』ナシ。

【訳】顕《あらわ》れた恋
（あなたの心も）霜が降りた後の松のよう（に不変）だと思い待ち続けてきたのに、挙句の果てに（あなたが心変わりして）辛い。（私は松のように変わらぬ思いで）辛抱強く我慢して過ごしてきた心なのに。
和漢朗詠集。（いかなる環境にも負けない）松の誉れは、霜枯れの季節の後に明らかになる。

【考察】『和漢朗詠集』の「十八公」は「松」を分解したもの（166・304・610番歌）。常緑樹の松の緑はほかの木が葉を落とす冬に目立つ、と松の貞節を称賛する。当歌は松に不変の心を象徴させ、「待つ」を掛ける。
（徳田詠美）

独対孤灯坐

390 まとろまぬかへにも見えて待人にさなからむかふともしひの影
後撰集云、源おほきかかよひ侍けるを、後〳〵はまからすなり侍にけれは、隣のかへのあなより、

おほきをはつかに見てつかはしける、駿河
まとろまぬかへにも人をみつる哉まさしからなん春のよの夢

【出典】雪玉集、三二一七番。後撰和歌集、恋一、五〇九番。

【異同】『新編国歌大観』ナシ。『八代集抄』「源おほき—源おほき《巨城》」「まからす—まからす《イとふらはす》」。

【訳】独りで孤灯に向かって座る
（物思いにふけって）眠られず、壁にも（あなたの姿が）見えて、（あなたの訪れを）待つ私に、まるで（あなたと）向かい合っているかのような灯火の火影だなあ。

後撰和歌集によると、源巨城が（駿河のもとに）通っていましたが、後々は参上しなくなりましたので、（巨城がいる部屋の）隣の壁の穴から、巨城をかすかに見て送った、駿河（の歌）。

眠りもしないのに（白昼夢で）壁にあなたの姿を見てしまったなあ。正夢になってほしいものだ。（この短く儚い）春の夜の夢よ。

【考察】壁に恋人の姿を見る、という故実があったらしい。当歌は上の句でそれを踏まえ、下の句では火影に人影を見出す。

【参考】当歌から393番歌までの歌題は五字題が続き、すべて白氏文集題。当歌と次の歌の題は、同じ漢詩「初与二元九一別後、忽夢見レ之。（下略）」（白氏文集、巻九）による。白楽天は左遷された元九と別れた後、彼の夢を見て、目覚めると彼の手紙が届いていた。391番歌の歌題「夢中握君手」は夢の中で元九に会い、彼の手を握った。390番歌の歌題「独対孤灯坐」は彼の手紙の一節で、彼が一人で一つの灯火と向き合って座っているという意味。


（徳田詠美）

夢中握君手

391 玉のをのゆらくためしは見し夢の名残しもこそみたれわひぬれ

歌林良材抄云、初春の初子のけふの玉帚手にとるからにゆらく玉のを。能因法師の大納言経信卿にかたりける説に、京極の御息所を、志賀寺の老法師恋奉りて、けさん申ける。御息所の御手を給りて、此歌を詠しけるといへり。古き歌をひしりの詠せんことも、さも有ぬへし。大かたは万葉の歌なれは、ことの外の空ことなるへし云々。此歌の事、俊頼無名抄、古来風体鈔、八雲御抄等おなしおもむきを載られ侍り。

【出典】雪玉集、三一一四番。歌林良材集、下、玉は、きの事。

【異同】『新編国歌大観』「夢中握君手—夢中推君手」。『歌林良材集』「大納言経信卿に—大納言経信卿と」「説に—説云」「給りて—給て」「詠しける—詠し侍」「ことも—事」。

【訳】夢の中で君の手を握る

紐に結ばれた玉が揺らぐ前例（のような恋）は夢で見たが、（夢の中よりも、覚めて）夢の名残の方がかえって、（私の）心は乱れ思い悩むなあ。

『歌林良材抄』によると、「年始の初めの子《ね》の日の今日、（飾られる）玉帚は手にとるだけで、紐に結ばれた玉が揺れて鳴るよ」（という和歌について）、能因法師が大納言の源経信卿に語った説では、京極御息所に志賀寺の老法師が恋い慕い申しあげて、（御息所の前に）見参した。御息所が御手を差し出してくださったので、この和歌を詠んだと言われている。古歌を聖が詠むことも、当然あるだろう。そもそも万葉集の歌なので、思いのほか作り事であろう云々。この歌については、源俊頼『俊頼髄脳』、藤原俊成『古来風体鈔』、順徳天皇『八雲御抄』などにも同じ趣旨を載せられています。

【考察】当歌は志賀寺の老法師が京極御息所（宇多上皇の御息所、藤原褒子）に会ったように、身分の高い女性を恋い慕う男性の立場で詠む。

【参考】 聖が詠んだのは『万葉集』巻二〇、四四九三番、大伴家持の歌で、初子《はつね》の日に内裏で玉箒を下賜されたときの詠作。402番歌、参照。歌題は文集題、390番歌の **【参考】** 参照。

（佐藤未央子）

抱枕無言語

392いかにせん此世なからのわかれちも古きまくらはいふかひもなし

長恨歌《ニ》、旧《キ》-枕故《キ》-衾誰《ト》与共《ニカセン》　云々。

【出典】 雪玉集、三一二〇番。白氏文集、巻一二、長恨歌、八一四頁。

【異同】『新編国歌大観』『白氏文集』（金沢文庫本）ナシ。

【訳】 枕を抱いても語り合うことはない（死別ではなく）生き別れであっても、（共にした）昔の枕は（抱いたところで）どうにもならない。どうしようか。

長恨歌に、（楊貴妃と共にした）昔の枕や昔の夜着を（かき抱いても、これらを）共にする相手はもういない云々。

【考察】『長恨歌』は、死去した楊貴妃を玄宗皇帝が偲ぶ箇所。当歌も別れた女性を偲ぶ。

【参考】「旧枕故衾」の箇所に本文異同があり、那波本などは「翡翠衾寒」に作る。ちなみに『源氏物語』にも「旧き枕故き衾、誰と共にか」（葵の巻、六五頁）とある。歌題は文集題で、五言絶句「昼臥」（巻一四）の一句。白楽天が病気でも昼寝でもないのに一日中、横になっている寂しさを詠む。

（中村香生里）

至死不相離

393いける日の契かはらて苔のしたつかのまをたに立もはなれし

楽天贈レ内詩《ニ》、生《キテハ》為二同‐室親一、死《シテハ》為二同‐穴《ノ》塵一。

【出典】雪玉集、三一二七番。白氏文集、巻一、諷諭一、贈内詩、二二九頁。

【異同】『新編国歌大観』『白氏文集』ナシ。

【訳】死に至っても互いに離れない

生きている日に交わした約束は変わらず、死んで苔の下（墓の下）に入っても、ほんの短い間さえも離れないようにしよう。

【考察】白楽天が妻に贈った詩に、生きているときは部屋を同じくする親密さで、死んだあとには同じ墓に入り朽ち果てて塵となって（も共に）いる。

【参考】『白氏文集』は、白居易が楊汝士の妹との婚姻時に贈ったもの。当歌は、その内容を和歌に翻案した。歌題は文集題で、『白氏文集』巻二「和陽城駅詩」の一句。

（中村香生里）

臨期変恋

394 柏 しらさりきふりはへ今は雪もよにひとり氷の袖をしけとは

槙柱巻云、かしこへ御ふみ奉れたまふ。「よへ俄にきえ入人の侍しにより、雪のけしきもふりいてかたく、やすらひ侍しに、身さへひえてなん。御心をはさる物にて、人いかにとりなし侍りけん」と、きすくにかき給へり。「心さへ空にみたれし雪もよに独さえつるかたしきの袖　たへかたくこそ」と、白きうすやうに、つしやかにかいたまへり云々。

【出典】雪玉集、三三二九番。源氏物語、真木柱、三六六頁。

【異同】『新編国歌大観』ナシ。『承応』「たまへり―たまへれと」。『湖月抄』「たまへり―たまへれ」。

[訳] この期におよんで心変わりする恋

知らなかったなあ。わざわざ雪が降る今夜に、独り涙が凍った袖を敷いて寝なさいとは。

[考察] 真木柱の巻によると、（鬚黒は）玉鬘へお手紙を差し上げなさる。「昨夜、急に意識を失った病人が出ましたので、雪模様でもあり（病人を）振り切って出かけにくく、ぐずぐずしておりましたところ、（私は）身体まで冷えて（しまいました）。（あなたのもとに参らなかったので、不愉快に思うあなたの）お気持ちはもっともなことだが、周囲の人がどのように（私の不参を）取り沙汰しましたでしょうか」と、生真面目にお書きになった。「雪が夜空に降り乱れるばかりか、私の心までも上の空で千々に乱れた昨夜、ただ独り寒さに冷えてしまった独り寝の袖よ。耐え難くて」と、白い薄手の紙に重々しく書いていらっしゃる。

[考察] 『源氏物語』は鬚黒が新妻の玉鬘を訪れる準備をしていたとき、鬚黒の正妻が香炉の灰を鬚黒に浴びせかけたため、外出できなくなったときの言い訳の手紙。当歌は鬚黒の和歌の「雪もよにひとり」を使い、副詞の「ふりはへ」（わざわざの意）に「降り」を掛ける。

（早川広子）

尋在所恋

395 世の外の玉のありかも思ふにはそことしるへのなきにやはあらぬ

長恨歌序。思-悼ノ之至令三方士ヲ求二致其魂魄一。昇レ天入レ地求レトモレ之ヲ不レ得。乃於二蓬莱山仙宮ニ一忽見二素貌ヲ一云云。

[出典] 柏玉集、一三六四番。長恨歌序。 **[異同]** 『新編国歌大観』ナシ。『長恨歌幷序』「素貌―素皃」。

[訳] 恋人の居場所を尋ねる恋

この世の外の魂のありかでも、思えばそこだと知る導きはないであろうか。

長恨歌序。（玄宗が楊貴妃の死を）哀悼するあまり、道士に命じてその魂を探求させた。（道士は）天に昇り地に入りこれを探したが見つけられなかった。そして蓬萊山の仙宮において、すぐさまその白い顔を見た。

【考察】「方士」は方術、すなわち神仙の術を操る人。当歌はそのような「導《しるべ》」（「知る」を掛ける）を望む。

（早川広子）

396 とふ人に打みん夢のあはれをもあはひあはせよ小野のかよひち

手習巻云、「其女人、此たひまかり出つるたよりに、小野に侍るあまとも相とふらひ侍らんとてまかりよりたりしに、なく〳〵出家の心さし深きよし、念頃にかたらひ侍しかは、かしらおろし侍りにき」云々。末の詞云、「僧都にあひてこそ、たしかなるありさまも、とふへかめれ」なと、只この事をおきふしおほす云々。「其人〳〵には、とみにしらせし。有さまにそ、したかはん」とおほせと、打みん夢の心地にも、あはれをくはへんとにやありけむ。

【出典】雪玉集、三五三二番。源氏物語、手習巻、三四五頁・三六八頁。

【異同】『新編国歌大観』「あはひ―思ひ」。『承応』「出つる―出侍つる」「相とふらひ侍らんとて―あひとひ侍らんとて」「あひてこそ―あひてこそは」。『湖月抄』「出つる―出て侍りつる」「あひてこそ―あひてこそは」「とふへかめれなと―ききあはせなとして、ともかくもとふへかめれなと」「あはれを―哀をも」。

【訳】（恋人の居場所を尋ねる恋）

尋ねる人に、再会する時の夢のような感慨をも加えて、私たちの仲をまとめてほしい。小野に通う道で。

手習の巻によると、（僧都は）「その女人（浮舟）は、（私が）このたび（比叡山を）下りてまいりましたついでに、小野におります尼たちを訪ねましょうと立ち寄ったときに、泣きながら出家する望みが深い由を熱心に訴えましたので、髪を下ろしてやりました」云々。巻末の文章によると、（薫は）「僧都に会って確かな事情なども尋ねるのがよさそうだ」などと、ただそのことを寝ても覚めても考えていらっしゃる云々。（薫は）「浮舟の家族たちには、急いで知らせないでおこう。その時の様子次第にしよう」とお思いになるが、再会する時の夢のような気持ちに、一入の感慨を加えようというつもりだったのだろうか。

[考察] 入水を決意したが助けられた浮舟は、小野で僧都に頼み出家する。薫の君は、恋人の浮舟が実は生きていたことを知り、二人の仲を取り計らうようにと僧都に頼んだことを当歌は詠む。第三・四句「あはれをもあはひあはせよ」に「あはれをも合はせよ」と「間合《あはひ》はせよ」を重ねる。異文の「思ひあはせよ」ならば、感慨をも考えあわせてほしい、と訳せる。

（栃本綾）

尋恋

397 柏 かけてしもおもはぬふしよ竹しけき陰を契に尋ねよる身は

狭衣物語云、なき声はましていとわりなけれと、「堀川といつくとかや。大納言と聞ゆる人のむかひに竹おほかる所とそおほゆるを、さていかに」といふけはひ、いとらうたけに、見まさりしぬへき人にやと、こよなく心とまりて、いき所をとひ聞てをくらんとおほしつれと云々。

[出典] 柏玉集、一三六五番、狭衣物語、巻一、七九頁。**[異同]**『新編国歌大観』『狭衣物語』ナシ。

[訳] 尋ねる恋

少しも思っていないことであったよ。竹が繁っている陰を約束として、尋ねて寄る身になるとは。

狭衣物語によると、（女は）泣き声（を聞かれるの）はいっそう恥ずかしいが、「堀川とどこか（の辻だろうか）。大納言と申し上げる人（の屋敷）の向かい側で、竹が多く生えている所と思われるが、さてまあ」と言う（女の）様子がとても可憐で、（狭衣は）きっと予想以上に優れた人に違いないと、格段に心引かれて、帰る家を尋ね聞いて送ろうとお思いになったが云々。

【考察】『狭衣物語』は狭衣が飛鳥井の女君と初めて会った場面で、当歌は狭衣の思いを詠む。「節」は「竹」の縁語。

（栃本綾）

398 柏 又来てもあふせはなしや面影もなをみかくれの中川の水

帚木巻云、道の程よりおはしましたり。きの守おとろきて、やり水のめいほくと、かしこまり悦ふ云々。中略 人とくしつめて御せうそこあれと、小君え尋ねあはす。よろつの所もとめありきて、わたとのにわけ入て、からうしてたとりきたり云々。なを此あたりの詞をみるへし。

【出典】柏玉集、一三六六番。源氏物語、帚木巻、一〇九頁・一一〇頁。

【異同】『新編国歌大観』『承応』『湖月抄』ナシ。

【訳】（尋ねる恋）

再び来ても（あなたに）逢う機会はないのだろうか。（あなたは隠れ）あなたの面影までもが、この中川の遣り水に潜み隠れ（ますます見えなくな）るなあ。

帚木の巻によると、（光源氏は左大臣邸へ行く）途中で、（紀伊守の家に）お越しになった。紀伊守は驚いて、遣り水の名誉と恐縮し喜ぶ云々。中略（光源氏は）人々を早く寝かせて（空蝉に）伝言をなされるが、小君は（姉の空蝉を）尋ね出すことができない。（小君は）八方捜しまわって、渡り廊下に入りこんで、やっとのことで（空蝉を）捜し当てた云々。さらに、このあたりの文章を見るとよい。

【考察】『源氏物語』は光源氏が空蝉に再会したいと尋ねたが会えなかった場面で、当歌は光源氏の思いを詠む。「中川」（京極川）に「仲」を響かす。光源氏は遣り水（庭を流れる川）で有名な紀《き》伊守《いのかみ》の屋敷で、偶然に出会った空蝉が忘れられず、再び紀伊守邸を訪れる。しかし空蝉は、女房たちの部屋がある渡殿《わたどの》に逃れ、二度と会おうとはしなかった。

（由留木安奈）

秋夜恋

399しらせはやひとりの為の夜長さも誰ゆへならぬ秋のおもひを

白氏文集。燕-子楼ノ中霜月ノ夜、秋-来テ只為㆓一人㆒長。

【出典】雪玉集、六八四九番。白氏文集、巻一五、燕子楼三首並序、二八三頁。

【異同】『新編国歌大観』「夜長さ―長き夜」。『白氏文集』ナシ。

【訳】秋の夜の恋

（あの人に）伝えたいなあ。一人寝の夜の長さも、あの人以外の誰のせいというわけでもない、（夜長の）秋の（辛い）思いを。

白氏文集。燕子楼に霜が降りる月の夜、秋が来て一人寝のためにその長さが身にしみる。

【参考】徐州刺史であった張愔の愛妓である眄眄は、張愔が没した後も他に嫁がず、彼の旧宅の燕子楼に寡居して、故人の愛情を偲んでいた。徐州武寧軍従軍で長年務めた張仲素は、白居易を訪れたとき、眄眄のために燕子楼詩三首を詠んだ。その詩と、仲素と張愔の旧好に感じ入り、白居易が同じ題で詠んだ三絶句のうちの一首が出典の漢詩。

（由留木安奈）

秋恋

400ともにこそあやしと聞し夕なれはかなやひとり露もわすれぬ

薄雲巻云、秋の雨いとしつかにふりて、おまへの前栽の色〳〵みたれたる露のしけさに、いにしへの事ともかきつゝけおほし出られて、御袖もぬれつゝ、女御の御方にわたり給へり。中略「ましていか、思ひわき侍らん。けにいつとなき中に、あやしと聞し夕こそ、はかなうきえ給ひにし露のよすかにも、おもひたまへられぬへけれ」と、しとけなけにのたまひけつも、いとらうたけなるに、え忍ひたまはて云々。

【出典】雪玉集、二七二六番。源氏物語、薄雲巻、四五八頁・四六二頁。

【異同】『新編国歌大観』『承応』『湖月抄』ナシ。

【訳】秋の恋

（あなたと）一緒に、不思議と（恋しさがつのると）聞いた夕べ（を見ていたの）だなあ。はかないことよ。私ひとりは少しも忘れない（のに、あなたは私を忘れてしまった）。

薄雲の巻によると、秋の雨がとても静かに降って、お庭先の植込みが色とりどりに咲き乱れ、露に濡れていて、（光源氏は）昔のことを次々と思い出されて、お袖も涙に濡れて、女御のお部屋にお越しになった。中略（女御は）「まして（この私などに）、どうして（春秋の優劣の）わきまえがつきましょう。なるほど、（春と秋の）どちらがというわけでもないが、「あやし」と聞いた秋の夕べこそ、はかなくお亡くなりになった母のゆかりとも存ぜられるようだ」と、はかなげにおっしゃりかけて口をつぐんでおしまいになるのも、まことにいじらしい感じなので、（光源氏は）こらえきれなくなられて云々。

【考察】『源氏物語』は光源氏が春秋の優劣について、養女にした斎宮の女御（六条御息所の遺児）に尋ね、恋心を抑えきれなくなった場面。当歌の「あやしと聞きし夕べ」は、「いつとても恋しからずはあらねども秋の夕べはあやしかりけり」（古今和歌集、恋一、五四六番、よみ人知らず）による。

（趙智英）

朝恋

401 霧のうちはまた夜もふかし立かへり折てをみはやけさの朝皃

夕皃巻云、霧のいとふかきあした、いたくそゝのかされ給ひて、ねふたけなるけしきに打歎きつゝ出たまふを、中将のおもと、みかうし一間あけて、見奉り送りたまへとおほしく、御木丁引やりたれは、御くしもたけて見出したまへり。前栽の色〳〵みたれたるを、過かてに休らひたまへるさま、けにたくひなし。廊のかたへおはするに、中将の君、御ともにまゐる。しをん色の折にあひたる、うす物の裳あさやかにひきゆひたるこしつき、さはやかになまめきたり。見かへり給ひて、すみの間のかうらんに、しはしひきすへたまへり。うちとけたらぬもてなし、髪のさかりは、めさましくもと見たまふ。

咲花にうつるてふ名はつゝめともをらて過うきけさの朝皃

【出典】雪玉集、七五三二番。源氏物語、夕顔巻、一四七頁。【異同】『新編国歌大観』『承応』『湖月抄』ナシ。

【訳】朝の恋

霧が立ちこめている間はまだ夜も深い。引き返して手折ってみたいなあ。今朝の朝顔を。

夕顔の巻によると、（光源氏は）霧がとても深い朝に、しきりにせかされなさって、眠たい気分でため息を漏らしながらお帰りになるのを、（女房の）中将の君が御格子を一間あけて、お見送りあそばせと思ってか、御几帳を引きのけたので、（六条御息所は）御頭をもたげて外に目をおやりになる。植込みが色さまざまに咲き乱れているのを、（光源氏が）見過ごしがたく思って立ち止まられた様子は、ほんとうに類のない美しさである。渡り廊下の方へ（光源氏が）おいでになるので、中将の君がお供に参る。紫苑色の折にあった表着に、薄絹製の裳をすっきりと結んでいる腰つきは、鮮やかで優美である。（光源氏は中将の君を）振り返りなさって、隅の間の欄干に、しばらく座らせていらっしゃる。隙のないもてなしや髪の下がり端など、見事なものでと（光源氏は）ご覧になる。

咲く花（のようなあなた）に心を移したという評判が立つのは気兼ねするが、手折らずに過ぎるのはつらい今朝の美しい朝顔（のようなあなたの顔）だなあ。

【考察】『源氏物語』は、光源氏が六条御息所の女房である中将の君に心引かれて、和歌を詠みかけた場面で、当歌は光源氏の思いを詠む。「朝顔」に朝の顔、ここでは中将の君の顔を重ねる。

（田中佑果）

春恋

402 おもひ立けふそ初子の玉帚とる手になひくこゝろともかな

本歌、前に見えたり

【出典】雪玉集、二七一九番。【異同】『新編国歌大観』ナシ。

【訳】春の恋

初子の日に玉帚を手にとるように、あなたの手を取ろうと決心した今日、私に思いを寄せる心があなたにあればなあ。

本歌は前出した。（391番歌、参照）

【考察】391番歌の【参考】に記した和歌「初春の初子の今日の玉帚手に取るからに揺らぐ玉の緒」の本歌取り。当歌は、京極御息所の手を取った老法師の思いに寄せて詠む。

（田中佑果）

403 恋しなん限をたにもとはれめやつはめのすなるかひもなき身は

竹取物語云、いそのかみの中納言には、「つはくらめのもたる子やすの貝、とりてたまへ」といふ。中略それをみて、「あな、かひなのわさや」とのたまひけるよりそ、おもふにたかふ事をは、かひなしといひける。「かひはかく有ける物をわひはて、しぬる命をすくひやはせぬ」と書はて、絶入たまひぬ云々。

【出典】雪玉集、二七二一番。竹取物語、一一頁・四八頁。

【異同】『新編国歌大観』ナシ。『竹取物語』「それをみて—それを見給ひて」「書はて、—書はつる（ママ）」。

【訳】（春の恋）

せめて恋死にする臨終の時だけでも、訪ねてくれるだろうか。燕の巣に（子安）貝がないように、取るに足りない我が身は。

竹取物語によると、（かぐや姫は）石上の中納言には、「燕の持っている子安貝を取って下さい」と言う。中略（石上の中納言が）それ（燕の古糞）を見て、「ああ、貝のないことだ」とおっしゃった時から、期待外れなことを「かひなし」と言うのであった。（石上の中納言は）「（貝はなかったが、かぐや姫から手紙を頂いたので）甲斐はこのようにあったが、匙《かい》で（薬を）掬《すく》うように、苦しみぬいて死ぬ（私の）命を救ってはくれないのか」と書き終えて、絶命なされた云々。

【考察】石上中納言の辞世歌では、「甲斐《かひ》」（成果という意味）に「貝」と「匙《かひ》」（薬を盛る匙《さじ》）を響かせ、「救ひ」に「掬《すく》ひ」を掛ける。当歌は、石上の中納言の立場で詠む。

（森あかね）

夏夜恋

404 夢をたにみすとやいはん夏虫の光のうちのさよの手まくら

蛍巻云、御木丁のかたひらをひとへ打かけ給ふにあはせて、さとひかる物、しそくをさし出たるかとあきれたり。蛍をうすきかたに、此夕つかた、いとおほくつゝみ置て、光をつゝみかくしたまへりけるを、さりけなく、とかく引つくろふやうにて、俄にかくけちゑんにひかれるに、あさましくて、扇をさしかくし給へるかたはらめ、いとおかしけなり。中略 はかなく聞えなして、御身つからはひきいり給にければ、いとはるかにもてなしたまふうれはしさを、いみしく恨聞えたまふ。すき〳〵しきやうなれは、ゐたまひも明さて、軒の雫もくるしさに、ぬれ〳〵夜ふかく出たまひぬ。

【出典】雪玉集、八〇〇〇番。源氏物語、蛍巻、二〇〇頁・二〇一頁。

【異同】『新編国歌大観』『承応』『湖月抄』ナシ。

【訳】夏の夜の恋

夢に見たとさえ言えないほどだなあ。夏虫（蛍）の光の中の夜の手枕は。

蛍の巻によると、（光源氏が）御几帳の帷子《かたびら》（垂れ衣《ぎぬ》）を一枚さっと（横木に）お掛けになると同時に、ぱっと光るもの（があり）、（玉鬘は光源氏が）紙燭《しそく》を差し出したのかと驚いた。（光源氏は）蛍を薄い布に今日の夕方、とてもたくさん包んでおいて、光が漏れないように隠していらっしゃったのを、さりげなく、何かと（玉鬘の）世話をするように装って（放ち）、急にこのように明るく光ったので、（玉鬘は）驚いて、扇でお隠しになった横顔は、たいそう美しい。中略（玉鬘は蛍の宮に）少しだけお返事して、御自分は引きこもってしまわれたので、（蛍の宮は玉鬘が）まったくよそよそしくおあしらいになることの辛さを、たいそうお恨み申し上げられる。（蛍の宮は）好色がましいようなので、居続けて夜を明かすことはなさらず、軒の雫（涙）の（ように絶え間なく）苦しい思いで、雨に濡れながらまだ夜が深いうちにお帰りになった。

【考察】『源氏物語』は、光源氏が養女にした玉鬘に求婚する蛍の宮に、玉鬘の顔を見せて思いを煽ろうと仕組んだ場面。蛍に関しては405番歌の出典、参照。玉鬘と蛍の宮は関係を持っていないのに対して、当歌は手枕を交わした仲ではあるが、蛍火のおぼろな光の中でのはかない逢瀬であり、そのため今夜の事は夢に見たとさえ言えないほど現実感がなかったと、乱れる心のうちを訴えたもの。

（森あかね）

夏恋

405ほたるにもあらぬ思ひはさよ衣つゝみて見せん物としもなし

大和物語云、かつらのみこに、式部卿のみや住たまふける時、其宮にさふらひけるうなひなん、此男宮をいとめてたしとおもひかけ奉りけるをも、えしり給はさりけり。蛍の飛ありきけるを、「かれ、とらへて」と、此わらはにのたまはせけれは、かさみの袖に蛍をとらへて、つゝみて御覧せさすとて聞えさせける。

つゝめともかくれぬ物は夏虫の身よりあまれるおもひなりけり

【出典】雪玉集、一九二七番。大和物語、四〇段。

【異同】『新編国歌大観』「思ひは—思ひの」「物としもなし—物としもがな」。『大和物語抄』ナシ。

【訳】夏の恋

蛍火は夜着に包んで見せられるが、蛍ではない私の「思ひ」の火は（見せたくても）見せられるものではない。

大和物語によると、桂の皇女に、式部卿の宮が通い続けていらっしゃったとき、その御殿にお仕えしていた少女が、この男宮（式部卿の宮）をとても素敵だとお慕いしていたことをも、（男宮は）お気づきでなかった。蛍が飛び回っていたのを、「あれを捕らえて」と、この少女におっしゃったので、（少女は）汗衫の袖に蛍を捕らえて、包んでご覧に入れるということで、（この和歌を）申しあげた。

包んでも隠しきれないものは、蛍の光のように、わが身から満ちあふれてしまう（私の）思いであるなあ。

【考察】『大和物語』は404番歌に引かれた『源氏物語』の準拠。当歌は「思ひ」の「ひ」に「火」を掛ける。

（木村能章）

恋歌中

406かひなしやはねをならへんふることは其暁にいみし契も

夕皃巻云、長生殿のふるきためしはゆゝしくて、はねをかはさむとは引かへて、弥勒の世をかねたまふ。

【出典】雪玉集、六七五六番。源氏物語、夕顔巻、一五八頁。**【異同】**『新編国歌大観』『承応』『湖月抄』ナシ。

【訳】恋歌の中

甲斐がないなあ。（比翼の鳥のように）羽を並べる故事はあの明け方には避けて、（弥勒の世を誓った）約束も。

夕顔の巻によると、長生殿で（玄宗皇帝と楊貴妃が）誓い合った昔の例は（楊貴妃が殺されて）不吉なので、比翼の鳥にという願いとは趣向を変えて、弥勒菩薩が世に現れる未来を、（光源氏は夕顔と）今からお約束になる。

【考察】当歌は、夕顔に死なれた光源氏の思いを詠む。「長生殿のふるきためし」とは、「七月七日長生殿、夜半無人私語時、在天願作比翼鳥、在地願為連理枝」（白楽天「長恨歌」）を指す。345・354番歌、参照。

（木村能章）

407いかにこは人たかへにもとはかりをいひあへぬさまもけにそわりなき

帚木巻云、「ここに人」とも、えのゝしらす、心地、はた、わひしく、あるましき事とおもへは、あさましく、「人たかへにこそ侍めれ」といふも、いきのしたなり。きえまとへるけしき、いと心くるしくらうたけなれは、おかしと見たまふて。

【出典】 雪玉集、七二三二番。源氏物語、帚木巻、九九頁。

【異同】 『新編国歌大観』ナシ。『承応』「見たまふて―み給て」。『湖月抄』「見たまふて―み給ひて」。

【訳】 （恋歌の中）

「どうしたことか、これは。人違いでも（あろう）」とだけ言うのも、やっとの思いである様子も、本当につらいなあ。

帚木の巻によると、（空蝉は）「ここに人（がいる）」と騒ぎたてることもできず、とはいえ気持ちはやりきれなく、（光源氏との逢瀬は）あってはならぬことと思うので、あまりのことに、「人違いのようです」と言うのも、やっとのことである。消え入りそうに取り乱している様子が、実にいたわしく可憐《かれん》な感じなので、（光源氏は）いとしいとご覧になって。

【考察】 当歌は、光源氏に迫られた空蝉の様子を詠む。

（木村能章）

恋居所

408 柏 程へてもわすれぬ道の露けさはわか身にしほる蓬生の宿

蓬生巻云、見し心地する木立かなとおほすは、はやう此宮也けり。いとあはれにて、をしとゝめさせたまふ云々。惟光も、「さらに、えわけさせたまふましき蓬の露けさになん侍る。露すこし、はらはせてなん入せたまふへき」と聞ゆれは、

尋ねても我こそとはめ道もなく深き蓬のもとの心を

とひとりこちて、猶をり給へは、御さきの露を馬のむちして、はらひつゝ入奉る云々。

猶、此あたりの詞、抜き見るへし。

【出典】柏玉集、一五二七番。源氏物語、蓬生巻、三四四頁・三四八頁。

【異同】『新編国歌大観』『承応』『湖月抄』ナシ。

【訳】　恋歌　ありか

時が経っても忘れないこの道の露けさは、我が身を（涙のように）濡らす、蓬の生い茂ったあばら屋であるなあ。

蓬生の巻によると、（光源氏は）見覚えのある木立だなあとお思いになるが、それもそのはず、常陸宮の邸宅であった。まったく胸の迫るような思いになり、お車をお止めになる云々。惟光も、「とてもお踏み分けにはなれそうにない蓬の露けさでございます。露を少し払わせてから、お入りくださいませ」と申しあげると、

探りながらでも私は訪れよう。通う道もないほどに深く生い茂った蓬の宿で、昔と変わらぬ心でいる人を。

と独り言をおっしゃって、（ためらいながらも）やはり車からお降りになるので、（惟光は）お足もとの露を馬の鞭で払いながら（光源氏を）お入れ申しあげる云々。さらに、この辺りの文章を披見するとよい。

【考察】『源氏物語』は光源氏が偶然、通りかかって目にした常陸宮邸に入り、末摘花に再会する場面。常陸宮邸のように露で道芝が濡れている様子は、涙に濡れるわが身と同じであり、身を以て知られると当歌は詠む。

【参考】歌題の「恋居所」は「居所を恋う」ではなく、「寄居所恋」のように「居所」をモチーフとした恋題。

（徳田詠美）

寄玉恋

409あふことのなき名にせかん方もなし玉になきけるおなし涙に

【出典】雪玉集、二一一三番。**【異同】**『新編国歌大観』ナシ。

【訳】　玉に寄せる恋

会ったこともないのに、根拠のないうわさをさえぎるような方法もない。（和氏が）宝玉で泣いたのと同じように、

（私も）涙に（暮れている）。

【考察】当歌は「会ふことの無き」に「無き名」（身に覚えのない評判）を重ねる。

（佐藤未央子）

410 さもあらぬことをもきすにいひなして身はあら玉の年そへにける

韓非子曰、楚人和氏得二玉-璞《ヲ》楚山《ノ》中《ニ》一、奉二献厲王一。王使《シテキウ》三玉人《ヲ》一相二レ之《ヲ》。曰、「石《ナリ》也」。王以レ和《ヲ》為《シテ》レ詐《ト》、而刖二其《ノ》左足《ヲ》一。及二武玉《ノ》即一レ位、和又献レ之《ヲ》。王使《シテ》三玉人《ヲ》相レ之。又曰、「石也」。王又以レ和《ヲ》為《シテ》レ詐《ト》、而刖二其《ノ》右足《ヲ》一。文王即レ位《ニ》。和乃《シ》抱二其《ノ》璞《ヲ》一而哭二於楚山《ノ》之下《ニ》一、三日三夜、泣《タ》尽《ク》。継《クニ》レ之《ニ》以《ス》レ血《ヲ》。王聞レ之《ヲ》、使三人《ヲ》問二其故《ヲ》一曰、「天下之刖《キラル、》者多《シ》矣。子奚《ソ》哭《スルコトノ》　之悲《シム》」。和《カ》曰、「吾非レ悲レ刖也。悲二夫宝-玉《ニシテ》而題《アラハスニ》レ之《ヲ》以《シ》レ石《ヲ》、貞-士《ニシテ》而名《ルニ》レ之《ヲ》以レ詐《ヲ》。此《レ》吾《カ》所二以悲《シム》一也」。王乃《シ》使《シテ》三玉-人《ヲ》理二其《ノ》璞《ヲ》一而得レ宝焉。遂《ニ》命《シテ》曰二和氏之璧《ト》一。

【出典】雪玉集、七一五三番。韓非子、和氏第一三、一五四頁。

【異同】『新編国歌大観』「年そへにける―としにへ《本ノママ》にける」。『韓非子』（新釈漢文大系）「曰石也―玉人曰石也」「及武玉即位―及厲王薨武王即位」「和又献之―和又奉其璞而献之武王」「王―武王」「文王即位―武王薨文王即位」「泣―涙」。

【訳】（玉に寄せる恋）

事実無根のことまでも欠点として取り沙汰されるうちに、わが身は和氏の磨かれない玉のように、年ばかり重ねてしまったなあ。

韓非子によると、楚の人である和氏は璞《はく》（あらたま）を楚山の中に見つけ、厲王に奉った。厲王が玉人（玉を加工する職人）に調べさせると、玉人は、「ただの石です」と答えた。厲王は和氏が偽っているとして、左足を斬った。武王が即位したので、和氏はまた璞を献上した。武王は玉人に璞を調べさせたが、今度も、「ただの石です」と答えた。武王も和氏が偽ったものとして、右足を斬った。文王が即位した。和氏がその璞を抱いて、楚山のふもとで三日三晩泣いていると、ついに涙が枯れ果て、涙の代わりに血が出てきた。文王はそれを聞いて、使者にその理由を問わせた。「世の中に足斬りの刑に遇う者は多いのに、なぜおまえはそれほど悲しむのだ」と。和氏は答えた。「私は足を斬られたことが悲しいのではありません。あれは宝玉なのに、ただの石だと決めつけられたこと、正直者なのに嘘つきと呼ばれたこと、これが私の悲しみの理由なのです」と。文王は玉人にその璞を磨かせ、宝玉を得た。（文王はその宝玉を）和氏の璧と命名した。

【考察】 当歌の第四句「あらたまの」は「年」に掛かる枕詞であり、名詞「あらたま」（原石の意味）を掛ける。「血の涙」は100番歌、参照。

（佐藤未央子）

411 碧 袖の海のかはくためしはいつの世のたへなる玉のひかりにかみん

【出典】 碧玉集、九八〇番。**【異同】**『新編国歌大観』ナシ。

【訳】（玉に寄せる恋）

涙で濡れた袖が乾く例は、いつあるのだろうか。いつになったら美しい（潮干《しおふ》る）玉の光で（乾いた袖を）見られようか。

【考察】 潮干珠《しおふるたま》は潮を引かせる霊力があるという、神話上の珠。412番歌、参照。「ためしはいつの世」に「いつの世の妙《たへ》なる玉」を重ねる。

（中村香生里）

412 世にしらぬなみたの海やいかならん塩ひる玉を手にまかすとも

神代巻曰、弟時出《ニ》二潮-満瓊《ツヲ》一、即兄挙レ手溺。還出二潮涸瓊一、則休《ンテ》而平-復《キヌ》云云。

【出典】 雪玉集、二二一五番。日本書紀、巻二神代下、一七六頁。

【異同】 『新編国歌大観』ナシ。『日本書紀』「即兄挙手溺―則兄挙手溺困」。

【訳】 （玉に寄せる恋）

世間に知られていない私の涙の海はどうなるのだろうか。潮が引く玉を私の手で自由にすることができても。

神代巻によると、弟（山幸彦）があるときに潮満珠《しおみつたま》を出すと、兄（海幸彦）は手を挙げて溺れた。また潮干珠《しおふるたま》を出すと、それがやんで元に戻った云々。

【考察】 当歌は秘密の恋で流す涙は、潮干珠でも乾かないと詠む。

（中村香生里）

413かめのうへの山なる玉の枝なれや折て見かたき恋のなけきは

竹取物語云、「東の海に蓬莱といふ山あるなり。それに白かねを根とし、こかねをくきとし、白き玉を実としてたてる木あり。それ一枝、折てたまはらん」といふ云々。

【出典】 雪玉集、二二一一番。竹取物語、一一頁。**【異同】** 『新編国歌大観』「折て―おもて」。『竹取物語』ナシ。

【訳】 （玉に寄せる恋）

亀の上の蓬莱山にあるという玉の枝のようなものだろうか。手折って見ることが難しいように、会うことが難しい恋の嘆きは。

竹取物語によると、（かぐや姫がくらもちの皇子に）「東の海に蓬莱という山があるという。そこに銀を根とし、金を茎とし、白い玉を実として立っている木がある。それを一枝、折ってきていただきたい」と言う云々。

【考察】 当歌の「亀の上の山」は蓬莱の異称で、亀が支えているという伝説による（37番歌、参照）。第四句の「見」

に、「枝を見る」と「男女が出会う」の意味を重ねる。結句の「嘆き」に「木」を響かせるか。

（早川広子）

寄玉偽恋

414 あちきなくそならぬ玉の枝よりやあはぬ歎の名をも折けん

同物語云、「誠、蓬莱の木かとこそおもひつれ。かく浅ましき空ことにて有けれは、はやかへし給へ」といふ云々。

誠かと聞て見つれは言のはをかされる玉の枝にそありける

といひて、玉の枝をもかへしつ。

【出典】雪玉集、八〇二九番。竹取物語、三五頁。

【異同】『新編国歌大観』ナシ。『竹取物語』「といふ―といへは」「枝をも―えたも」。

【訳】玉に寄せる偽りの恋

なさけないことに、本物ではない玉の枝によって、あなたに会えない嘆きで、私は名誉を失ったのだろうか。

竹取物語によると、（かぐや姫が翁に）「ほんとうに蓬莱の木かと思ってしまった。このように意外な偽りごとであったので、早く返してください」と言う云々。

ほんとう（の話）かと思い、（皇子の話を）聞いて（玉の枝を）見たところ、言の葉で飾りたてた偽りの玉の枝であったよ。

と（かぐや姫はくらもちの皇子へ返歌を）詠んで、（この歌とともに）玉の枝も返した。

【考察】当歌は、くらもちの皇子の立場で詠む。「蓬莱の木」は413番歌の出典に掲載。

（早川広子）

寄金恋

415 時のまもあふよにかへむ物はあらしいかはかりなる千ゝのこかねも

蘇東坡。春‐宵一‐刻直《ヒ》千‐金。

【出典】雪玉集、二二四一番。蘇東坡詩集（続国訳漢文大成、蘇東坡全詩集6）、巻四九。

【異同】『新編国歌大観』ナシ。『蘇東坡詩集』「剋―刻」「直―値」。

【訳】金に寄せる恋

（春宵の一刻は千金に換えられると言うが、たとえそれが）ほんのわずかな時間であっても、恋人と会う夜（の時間）に換えられるほど価値があるものはないだろう。どれほど多くの黄金をもってしても。

蘇東坡。春の宵の一刻は千金に値する。

【参考】出典の全文は以下の通り。「春夜　春宵一刻値千金。花有㆓清香㆒月有㆑陰。歌管楼台声細細。鞦韆院落夜沈沈」。

（栃本綾）

寄糸恋

416 こゝろなと染てかへらぬ白糸の色になるたにかなしきものを

淮南子、見于秋部。

【出典】雪玉集、二二三二番。【異同】『新編国歌大観』ナシ。

【訳】糸に寄せる恋

（あの人への）恋心は、なぜいったん染めると、一向に薄れないのか。白糸が別の色になるのでさえ悲しい（と言われている）のに。（まして、その色が二度と落ちないならば一層悲しいように、私も悲しい。）

淮南子は、秋部に見える。（246番歌、参照）

【考察】当歌の「かへらぬ」は色が褪せないと解釈して、あの人への思いがなくならない悲しみを詠む。なお「かへる」には、状態が元に戻る、という意味があり、その場合、第一・二句の訳は、「（あの人の）心はなぜいったん（私以外の女性に）染めると、もとの状態に戻らないのか。」となり、相手の浮気心を悲しむ歌になる。

【参考】出典は、墨子が練り糸（柔らかく白くなった絹糸）を見て泣いたのは、それが黄色にも黒色にも染められるからである、という故事による。

（栃本綾）

寄笛恋

417 たちかへりふるきを思ふためしをもしれかしすくる笛竹の声

思旧賦序、註于秋部擣衣歌。

【出典】雪玉集、二一二九番。【異同】『新編国歌大観』ナシ。

【訳】笛に寄せる恋

その当時に立ち戻り、昔のことを思う例をも知ってくれよ、通り過ぎてゆく笛の音色のせいで。

思旧賦の序は、秋部の擣衣歌に注す。（242番歌、参照）

【考察】当歌の「ふるき」は思旧賦の序のほか、420番歌に引用された『伊勢物語』六五段も踏まえているであろう。

【参考】「思旧賦序」には、友人の旧居に立ち寄ると日は沈みかけ、近隣から笛の音が聞こえてきて、昔の友との遊宴を思い出し、その音に感じて嘆きに沈んだ、とある。

（栃本綾）

418 その人と聞なすよはの笛の音や有にもあらぬ身をくたくらん

【出典】雪玉集、三二四六番。【異同】『新編国歌大観』ナシ。

【訳】（笛に寄せる恋）

あの人（の笛の音）だと、耳を澄ませる夜中の笛の音だなあ。（あの人は）生きているとも言えない（私の）身の上を思い悩んでいるのだろうか。

【考察】当歌の「あるにもあらぬ身を」は、『伊勢物語』の和歌（420番歌の【考察】に掲載）を踏まえる。

（由留木安奈）

419 それと聞程もはかなしよな〳〵に行ては来ぬる笛竹の声

【出典】雪玉集、二二二八番。【異同】『新編国歌大観』ナシ。

【訳】（笛に寄せる恋）

あなた（の笛の音）だと思い聞いている間も心細く感じられるなあ。夜ごとに行ったり来たりする笛の音よ。

（由留木安奈）

聞声恋

420 聞たひにわか音をそへて歎くともしらしなよそのよはの笛竹

いせ物語云、此男、人の国より夜毎に来つゝ、笛をいと面白く吹て、声はおかしうてそ、うたひける。此女はくらにこもりなから、それにそあなるとはきけと、あひみるへきにもあらてなんありける云々。

【出典】雪玉集、六九四一番。伊勢物語、六五段。

【異同】『新編国歌大観』ナシ。『伊勢物語拾穂抄』「うたひける―あはれにうたひける」「此女は―かかれはこの女は」。

【訳】声を聞く恋
（あなたの笛の音を）聞くたびに、私が（笛の音に）泣き声を添えて嘆いているとも（あなたは）知らないだろうなあ。
遠くに聞こえる夜中の笛の音よ。
　伊勢物語によると、（帝が愛する女と親しくなった）この男は（流された）他国から毎夜（都に）来ては、笛をとても上手に吹いて、声は趣のあるさまで歌った。この女は（閉じこめられた）蔵に籠もったまま、あの男であるらしいとは聞くが、互いに会うこともできずにいた云々。
【考察】418～420番歌は、420番歌に引く『伊勢物語』の女の立場で詠む。出典の文のあとに、女の歌「さりともと思ふらむこそかなしけれあるにもあらぬ身を知らずして」が続く。

（由留木安奈）

寄屋恋

421 柏 なみたより雨そゝきして東屋の外なき物と袖はぬれけり

【訳】家に寄せる恋
私の涙から雨が降り注いで、東屋《あずまや》の外にいるもののように私の袖は濡れているなあ。
【出典】柏玉集、一五一二番。【異同】『新編国歌大観』ナシ。
【考察】第四句「ほかなきものと」では解釈できず、「ほかなるものと」として訳した。

（趙智英）

寄雨恋

422 同 とひ来ても只に程ふる雨そゝき打はらふ袖を涙ともしれ

　東屋巻云、雨やゝ降くれは、空はいとくらし云々。「さのゝわたりに家もあらなくに」など口すさひて、さとひたるすのこのはしつかたにゐたまへり。

さしとむる葎やしけきあつまやのあまり程ふる雨そゝきかな

と、打はらひたまへる追風、いとかたわなるまて云々。

【出典】 柏玉集、一五一三番。源氏物語、東屋巻、九一頁。

【異同】『新編国歌大観』「打はらふ—打ちおふ」。『承応』『湖月抄』ナシ。

【訳】 雨に寄せる恋

(私があなたの家を)訪ねても来たかいがなく(中に入れてもらえず)、長い間雨が降りそそぎ、打ち払う袖(から落ちる雫)を私の涙と知ってください。

東屋の巻によると、雨が次第に(激しく)降ってくるので、空は真っ暗になる云々。(薫は)「佐野の渡し場には(雨宿りする)家もないのに」などと口ずさんで、鄙びた簀子の端の方に座っておられる。

戸口をふさぐ葎が生い茂っているのだろうか。(そのため、なかなか屋内から人が出て来られず)東屋の雨だれに濡れて、あまりに長い間待たせられることよ。

と、雨のしずくをお払いになると、風に乗った(薫の)薫りが、まったく異常なまで(に強く匂う)云々。

(趙智英)

【考察】 当歌は第二句「ふる」に「経る」と「降る」を掛ける。421・422番歌は、浮舟の隠れ家を訪れた薫の立場で詠む。出典は344番歌と同じ。

【参考】「苦しくも降り来る雨か三輪の崎佐野の渡りに家もあらなくに」(万葉集、巻三、二六五番、長忌寸意吉麻呂)

寄箏別恋

423 いかならん別かなしきことの音はしらへかはらすめくりあふとも

あかしの巻云、「あふまてのかたみに契る中のをのしらへはことにかはらさらなん　此音たかはぬさきに、かならすあひ見ん」とたのめたまふ。

【出典】雪玉集、三〇三三番。源氏物語、明石巻、二六七頁。
【異同】『新編国歌大観』ナシ。『承応』「たのめたまふ―たのみ給ふめり」。『湖月抄』「たまふ―給ふめり」。
【訳】箏の琴に寄せる別れの恋
どうなるのだろうか。別れは悲しく、悲しく聞こえる琴の音の調べが変わらないうちに再びめぐり会うとしても。
明石の巻によると、（源氏は明石の君に）「（再び）会うまでの形見にと互いに約束して残す、琴の中の緒の調子は、とりわけ変わらないでほしい（ように、あなたとの仲も変わらないでほしい）。この絃の調子の狂わないうちに必ず会おう」とお約束なされる。
【考察】当歌は「別れかなしき」に「かなしき琴の音」を重ね、明石の君の心境を詠む。光源氏の和歌は「形見」に「互《かた》み」、「中の緒」の「中」に「仲」、「殊《こと》に」に「琴」を掛ける。

（田中佑果）

寄琴恋

424 えならすとおもふ物からことのねのあたなるかたにすゝめるもうし

帚木巻云、なまめきかはすに、にくゝなるをもしらて、また、さうのことを、はんしきてうにしらへて、いまめかしくかいひきたるつま音、かとなきにはあらねと、まはゆき心地なんし侍し。

【出典】雪玉集、七五五七番。源氏物語、帚木巻、七九頁。【異同】『新編国歌大観』『承応』『湖月抄』ナシ。
【訳】琴に寄せる恋
すばらしくかき鳴らす（琴の音だ）と思うけれども、琴の音が誠実でないさまに募って聞こえるのも、つらいことだ。

帚木の巻によると、（殿上人と女が）仲睦まじくしているので、（左馬頭は）腹が立ってきたが、（女は）そうとも知らず、また箏の琴を盤渉調《ばんしきちょう》の調子にして、今風に演奏する爪音は、才気がないわけではないが、聞いていて気恥ずかしくなりました。

【考察】『源氏物語』は雨夜の品定めで、左馬頭が見ているとも知らず、彼の恋人である女性が殿上人と仲よく合奏している場面（290・438・460番歌の出典と同じ）。当歌は、左馬頭の思いを詠む。当歌の初句「えならず」（優れているの意）に「鳴らす」を掛ける。

（田中佑果）

寄帯恋

425 人にさて引とられなは下の帯の絶ぬる中に恋やわたらん

紅葉賀巻。其いろの紙につゝみて、源氏「中絶はかことやおふとあやうきに花田の帯はとりてたに見す」とてやり給ふ。立かへり、頭中将「君にかく引とられぬる帯なれはかくて絶ぬる中とかこたむ」。

【出典】雪玉集、二一二四番。源氏物語、紅葉賀巻、三四五頁。

【異同】『新編国歌大観』ナシ。『承応』「あやうきに―あやうさに」。『湖月抄』「あやうきに―あやふさに」。

【訳】帯に寄せる恋

人にそのようにして下帯を奪われてしまったならば、恋人と絶えてしまった仲のままで、私は恋い続けるのだろうか。

紅葉賀の巻。（帯と）同じ（縹《はなだ》）色の紙に包んで、（源氏の和歌）「（源典侍と頭中将の）仲が切れたら、私のせいだと言われるかと心配で、この縹の帯は手に取って見ることさえしない」と、お返しになる。折り返し、（頭中将の和歌）「あなたに、こんなことで取られた帯だから、こうして（源典侍との）仲がだめになったと恨もう」。

【考察】『源氏物語』は五七、八歳の源典侍に一九歳の光源氏が会っているところを、友人の頭中将に見つけられて冷やかされた後、頭中将の帯を手に入れた光源氏が和歌を添えて返した場面。当歌は、光源氏に帯を取られた頭中将の立場で詠む。

【参考】催馬楽「石川」の一節、「花田の帯の中は絶えたる」（278番歌の出典）を踏まえる。

（田中佑果）

寄鏡恋

426 碧 われてたにあふよは有をます鏡いかに契りて影もと、めぬ

古今詩話《ニ》曰、陳太子《ノ》舎人徐徳言、尚二柴昌公主《ヲ》一。陳《ノ》政衰《フ》。謂《テ》レ妻《ニ》曰、「国破《レハ》必入《ス》二権豪《ノ》家《ニ》一。儻情縁未《タ》レ断、尚冀二相見一」。乃破レ鏡、各分二其《ノ》半《ヲ》一。約二他日《ヲ》一、以二正月望日《ヲ》一売二於都市一。及二陳亡一、其妻果《シテ》為《ニ》二楊越公《ノ》一得《ラル》レ之。乃寄レ詩曰、云云。楽昌得レ詩悲泣不レ已。越公知レ之愴然《トシテ》召二徳言一之還二其《ノ》妻《ヲ》。

【出典】碧玉集、九八五番。円機活法、巻四、夫婦、分《テ》レ鏡約《ス》。【異同】『新編国歌大観』『円機活法』ナシ。

【訳】鏡に寄せる恋

鏡が割れても、また一緒になる世はあるのに、（あなたは）なぜ（私に）約束して姿も残さないのか。

古今詩話によると、陳の太子の舎人の徐徳言は柴昌公主を妻としていた。陳の政治が衰えて、（徐徳言は）妻に、「あなたは国が滅べば、必ず権力者の家に入る。もしも男女の縁が断たれなければ、再び出会いたいと思う」と言って、鏡を割り、その半分をそれぞれが持った。後日（の再会）を約束して、一月の十五日に都市で売ることにした。陳は滅び、その妻は予期した通り楊越公の家に入ることとなった。そこで詩に寄せて言うことには云々。楽昌は詩を見て悲しみ、涙が止まらなかった。越公はこれを知り悲しみいたみ、徳言を呼び、そ

の妻を還した。

【考察】「増鏡」は曇りなく澄みきって、よく映る鏡を意味し、初句の「割れ」と結句の「影」はその縁語。当歌は薄情な男に呼びかけた女の歌。

【参考】『三玉挑事抄』が引く漢文は「云々」の箇所で省略されているが、『円機活法』には中略がなく、「鏡与レ人倶《ニ》去《ル》。鏡帰《テ》人未レ帰。無《シ》二復《タ》姮娥影一。空《ク》留《ム》二明月輝《ヲ》一。」とある。「古今詩話」を収集した『宗詩話全編』所収の文とは本文に小異がある。

（森あかね）

寄扇恋

427 みし月の入さの山にたくへてもあふきの風の行ゑをそ思ふ

花宴巻云、かのしるしの扇はさくらのみへかさねにて、こきかたにかすめる月をかきて、水にうつしたる心はへ云々。「世にしらぬ心地こそすれ有明の月の行ゑを空にまかへて」とかきつけ給ひて置たまへり云々。又、此巻の末に、「扇をとられて、からきめをみる」と打おほとけたる声にいひなして、よりゐたまへり云々。「あつさ弓入るさの山に――」。

【出典】雪玉集、五九三五番。源氏物語、花宴、三六〇頁・三六五頁・三六六頁。

【異同】『新編国歌大観』「思ふ―とふ」。『承応』『湖月抄』ナシ。

【訳】扇に寄せる恋

目にとめた月が入っていった入佐の山に我が心を添わせて、あの扇の風の行方を思うことよ。

花宴の巻によると、（光源氏が朧月夜と出会った時に交換した）あの証拠の扇は、桜の三重がさねで、色濃く塗ったところに霞んでいる月を描いて、それを水に映している趣向（である）云々。「今まで経験したこともない

（ほど、やるせない気持ちがする）なあ。有明の月の行方を空に見失って」と、（光源氏は扇に）お書きつけになって、傍らに置いていらっしゃる云々。また、この巻の末に、（光源氏は）「扇を取られて辛い目を見る」と、わざとおおらかな声で呼びかけて、（長押に）身を寄せてお座りになった云々。「弓を射るではないが、入佐《いるさ》の山に――」。

【考察】当歌は、月を朧月夜の女君に、入佐の山を女君の居場所に、扇の風の行方を女君の行方に譬えて、光源氏の思いを詠む。

【参考】光源氏の歌は、「梓弓入るさの山にまどふかなほのみし月の影や見ゆると」（入佐の山で迷うことだなあ。ちらりと見た月の姿がまた見えるかと思うと）で、「ほのみし月」を捜していた女君（朧月夜）にたとえる。349・357・467番歌も同じ場面。

（森あかね）

寄絵恋

428 碧 誠なき色にあためくうつし絵のたくひとやみん人のこゝろを

古今序云、僧正遍昭は、歌のさまはえたれとも、まことすくなし。たとへは、絵にかける女を見て、いたつらにこゝろをうこかすかことし。

【出典】碧玉集、九九一番。古今和歌集、仮名序、二六頁。【異同】『新編国歌大観』『八代集抄』ナシ。

【訳】絵に寄せる恋

誠意がなく好色で浮気っぽい人の心を、肖像画（を見て心を動かす人）の類と見るのだろうか。

古今和歌集の仮名序によると、僧正遍昭は、歌体はよいが、真心が足りない。例えるならば、絵に描かれた女を見て、むやみに心を動かすようなものだ。

（木村能章）

429 きえねたゝつねにかくてもあらなくにこれをみよとの筆のすさひも

浮舟巻。「心より外に、え見さらん程は、これを見たまへ」とて、いとおかしけなるおとこ女、もろともにそひふしたるかたをかき給て、「つねに、かくてあらはや」などのたまふも、なみたおちぬ。

【出典】雪玉集、二一二五番。源氏物語、浮舟巻、一三二頁。

【異同】『新編国歌大観』「すさひ—すさみ」。『承応』『湖月抄』「見たまへ—み給へよ」。

【訳】（絵に寄せる恋）

ただもう消えてしまえ。いつも一緒ではないのに、「これを見なさい」と言って、気の向くままに描いた絵も。

浮舟の巻。（匂宮が浮舟に）「思うにまかせず、会いに来られないときは、これを見ていてください」と言って、たいそう美しい男と女が一緒に添い寝をしている姿をお描きになって、（匂宮が）「いつも、こうしていたい」などと仰るにつけても、（浮舟は）涙がこぼれた。

【考察】『源氏物語』では浮舟は入水を決意して、匂宮の手紙類は処分したが（一八五頁）、絵は取り出して見ている（一九二頁）。当歌は、その絵までも破棄しようという思いを詠む。

（木村能章）

430 柏 なれてたにうちみしろかぬつれなさを絵にかく人になすもわりなし

若紫巻云、只、絵にかきたるもの、ひめ君のやうにしすへられて、うちみしろきたまふこともかたく、うるはしうて物したまへは、おもふことも打かすめ、山みちの物かたりをも聞えんに、いふかひ有ておかしう打いらへ給はゝこそあはれならめ云々。

【出典】柏玉集、一四三〇番。源氏物語、若紫巻、二二六頁。【異同】『新編国歌大観』『承応』『湖月抄』ナシ。

【訳】（絵に寄せる恋）

慣れてからでさえ少しも身動きしないようなよそよそしさを、絵に描かれた人物のようだと見なしても、どうしようもない。

若紫の巻によると、（葵の上は）まるで絵に描いた物語の姫君のように座らせられて、身じろぎをなさることも稀で、きちんと行儀よくしていらっしゃるので、（光源氏は）胸中の思いをそれとなく口にして、北山に行った話を申しあげても、話しがいがあっておもしろく受け答えをしてくださるならば、かわいくもあろうが云々。

【考察】当歌は、正妻である葵の上が、結婚して六年経ってもよそよそしいことにどうしようもないと愛想が尽きた、光源氏の思いを詠む。

（木村能章）

寄催馬楽恋

431 あたらしき年の幾とせつれなさのおなしつらさを身にはつみけん

梁塵抄、新年。あたらしき、年のはしめにや、かくしこそ、はれ云々。下略

【出典】雪玉集、二二四六番。催馬楽、新年。**【異同】**『新編国歌大観』「つらさ―つらき」。『梁塵愚案抄』ナシ。

【訳】催馬楽に寄せる恋

新年を何度迎えても、あなたのつれなさは変わらない。この変わらない辛さを何度、経験したことになろうか。

梁塵愚案抄、新年。新しい年の始めによ、このように、ハレ云々。下略

【考察】『続日本紀』聖武天皇の天平一四年（七四二）正月一六日の条に、「新しき年の始めにかくしこそ仕へまつらめ万代までに」とある。また、『古今和歌集』巻二〇の大歌所御歌（一〇六九番）にも採られ、下の句は「千歳を

かねて楽しきを積め」とある。本来、賀歌であるのに、当歌は「楽しき」ではなく「つらさ」を「積む」と詠む。また、第三・四句は「つれなさのおなじ」に「おなじつらさ」を重ねる。

（徳田詠美）

432柏かはるらん道かとしれはまつち山わかこまうき《か》もさすか成ける

同抄、我駒。いて我駒、はやく行ませ、まつち山、あはれ、まつち山、はれ云々。

【出典】 柏玉集、一五七四番。催馬楽、我駒。

【異同】 『新編国歌大観』「うき《か》—うき」「成ける—なりけり」。『梁塵愚案抄』ナシ。

【訳】（催馬楽に寄せる恋）

私の心が変わっていそうな恋路かと知っているので、真土山へ向かう私の馬が思い通りに進まないのも、そうはいっても、そうもいかないなあ。

　梁塵愚案抄、我駒。さあ我が馬よ、早く行ってくれ。真土山、アハレ、真土山、ハレ云々。

【考察】「我駒」の続きは、「まつち山、待つらむ人を、行きて早、あはれ、行きて早見む」で、自分を待っている恋人のもとへ愛馬を走らせる男の気持ちを歌う。しかし当歌では馬が進もうとせず、これは自分が心変わりして、行くのをためらっていることを馬が察したからかと詠む。当歌は「わかこまうき」に「我が駒」と「来ま憂き」（「来まほしき」の反対語）を掛ける。

（徳田詠美）

433うきてのみいかにせんやとをし鳥のおもふか水のかくれなき名を

同抄、何為。いかにせんや、をしのかもとり、いてゝゆけは、おやはありくとさいなめと。下略

【出典】 雪玉集、二一四五番。催馬楽、何為。**【異同】** 『新編国歌大観』『梁塵愚案抄』ナシ。

【訳】（催馬楽に寄せる恋）
いつも水に浮いている鴛鴦のように、いつもつらくて、どうしようもなくて、あなたを愛しく思うが、水が浅くて姿を隠せない鴛鴦のように、世間に知れ渡った噂をどうしようか。

梁塵愚案抄、何為。どうしようか。愛しい鴨鳥が水から飛び立つように、（私が家から）出て行けば、親はあちこち歩きまわると責めるけれど。下略

【考察】「何為」は結婚前の若者の立場で詠まれた歌。当歌は「うき」に「浮き」と「憂き」、「をし」に「鴛鴦《をし》」と「愛《を》し」を掛ける。

【参考】「池にすむ名ををし鳥の水を浅み隠るとすれど表はれにけり」（古今和歌集、恋三、六七二番、よみ人知らず）。

（徳田詠美）

434 碧 **つらからぬ心ともかな妹とわれとあひ思ふ道は身にしらすとも**

同抄、妹与我。いもとわれと、いるさの山のあららき、てなとりふれそや。下略

【出典】碧玉集、九九八番。催馬楽、妹与我。**【異同】**『新編国歌大観』『梁塵愚案抄』ナシ。

【訳】（催馬楽に寄せる恋）
薄情でない心であってほしいものだ。あなたと私が想い合う道は、たとえ私自身知ることがなくても。

梁塵愚案抄、妹与我。あなたと私とが分け入る、入佐の山の山蘭《あららぎ》に、手を触れてはいけない。下略

【参考】当歌はたとえ会えなくても、私のことを忘れずにいてほしいと詠む。

（佐藤未央子）

435 柏 **いかにとか我名もたてん夢にたにくめのさら山道は絶しを**

同抄、美作。みまさかや、くめのさら山、さら〳〵に、なよや、さら〳〵に、なよや。下略

【出典】柏玉集、一五七五番。催馬楽、美作。【異同】『新編国歌大観』『梁塵愚案抄』ナシ。

【訳】（催馬楽に寄せる恋）

（久米の佐良山は噂を立てないと誓うことに縁がある山だが、今となっては）どうして噂を立てることもできようか。夢の中でさえ通う道はなくなってしまったのに。

梁塵愚案抄、美作。美作や、久米の佐良山ではないが、さらさらに、ナヨヤ、さらさらに、ナヨヤ。下略

【考察】「美作」の続きは、「さらさらに、我が名、我が名は立てじ、万代までにや、万代までにや」で、「立てじ」を「絶えじ」とする伝本もある。ただし当歌の結句は「絶えし」と解釈して、会いに行く夢路まで絶えた今、噂を立てまいと誓う意味もなくなった、と詠む。

【参考】「美作や久米の佐良山さらさらにわが名は立てじ万代までに」（古今和歌集、巻二〇、一〇八三番）。

（佐藤未央子）

寄枕恋

436 身をかへて歎くためしも同し世にふるきまくらを忍ふへしやは

長恨歌。旧枕故衾誰与共。悠々《タル》生死別《レテ》経レ年《ヲ》。

【出典】雪玉集、二一一八番。白氏文集、巻一二、長恨歌、八一四頁。

【異同】『新編国歌大観』『白氏文集』ナシ。「旧枕故衾」の異同に関しては392番歌、参照。

【訳】枕に寄せる恋

（楊貴妃のように）生まれ変わって悲しみにくれる前例もあるけれども、共に生きているこの現世で、かつて共にした枕を抱き、密かに恋い慕って生きていけようか。

長恨歌。（楊貴妃と共にした）昔の枕や昔の夜着を（かき抱いても、これらを）共にする相手はもういない。死別

によって遥かに隔てられてから長い歳月を経たけれども。

【考察】当歌の第一・二句は楊貴妃が仙界に生まれ変わって、玄宗皇帝を偲ぶことを指し、第三句以下は生き別れの悲しさを詠む。

（中村香生里）

寄帯恋

437 碧 めくりあはぬ中には見えし下の帯に恨をしるすためし有とも

常陸帯の故事、歌林良材に見えたれとも、それにはあらさる歟。案、論語、衛霊公篇ニ「子‐張書二諸紳一」云云。此心歟。猶可勘之。

【出典】三玉和歌集類題、恋、寄帯恋、碧玉集。論語、衛霊公第一五、三三五頁。

【異同】『三玉和歌集類題』「めくりあはぬ―めくりあはん」。『論語』ナシ。

【訳】帯に寄せる恋

めぐりめぐって再び出会うことのない仲には見えないだろう。下着の帯にあなたの仕打ちを憎く思う気持ちを書き付ける前例があっても。

常陸帯の故事は『歌林良材集』に載っているが、それではないだろう。考えるに、『論語』の衛霊公篇に、「子張がこれ（孔子の言葉）を大帯の垂れに書き付けた」云々とある。これが帯の示す意味だろうか。さらに調べなければならない。

【考察】当歌の「下の帯に恨みを記すためし」が典拠不明。『歌林良材集』は帯に男の名を、『論語』は帯の裏に座右の銘を記すので、当歌の内容に合わない。「書諸紳」（諸《これ》を紳《しん》に書す）の「紳」は、大帯の結んで余ったところを前に垂れて飾りとした部分。

【参考】『歌林良材集』第五、有二由緒一歌、53常陸帯事（『日本歌学大系　別巻七』四七五頁）。

あづま路のみちのはてなるひたち帯のかごとばかりもあはむとぞ思ふ

右、俊頼抄曰、「ひたちの国にかしまの明神と中神の祭の日、女のけさう人のあまたある時に、その名どもを布の帯にかきあつめて　神の御前におく也。おほかる中に、すべき男の名かきたる帯はおのづからうらがへるなり。其をとりてねぎが得させたるを女見て、さもと思る男の名ある帯なれば、やがて御前にて其を聞て、男がうちかゝりてしたしく成ぬ。たとへば占などのやうなることなり」。

（中村香生里）

寄笛恋

438 分きつるあはれはかけよ笛竹のねたましかほの宿のつゆけさ

帚木巻云、「庭の紅葉こそふみ分たる跡もなけれ」などねたます。菊を折て、「ことの音も月もえならぬ宿ながらつれなき人をひきやとめける　わろかめり」などいひて、「いま一声、聞はやすへき人の有時に、手なのこひ給そ」など、いたくあされかゝれは、女、いたふ声つくろひて、「木枯に吹あはすめる笛の音を―」。

【出典】雪玉集、二一二七番。源氏物語、帚木巻、七九頁。【異同】『新編国歌大観』『承応』『湖月抄』ナシ。

【訳】　笛に寄せる恋

（紅葉を）踏み分けて来た私に心を寄せてください。音楽が妬ましそうに聞こえる、露が降りたあなたの家に。

帚木の巻によると、（殿上人は）「庭の紅葉を踏み分け（て恋人が来）た跡もないね」などと（女を）悔しがらせる。菊を折って、「琴の音も月もすばらしい家でありながら、琴を弾きとめ薄情な人を引きとめただろうか。（この風情に引き止められない男は冷淡で、あなたには）不釣り合いのようだ」などと言って、「もう一曲（弾いてください）。聞いて褒めはやせる私がいる時に、（演奏の）技量を出し惜しみしないでください」などと、ひどく戯れかかるので、女はたいそう声を装って、「木枯らし（が吹き、その木枯らしのような私の拙い琴）に吹き合わせるらしいあなたの笛の音を―」。

【考察】出典は290・424・460番歌と同じ場面。当歌は「宿の露けさ」をかき分けて来た、すなわち私を妬むあなたの家の障害物を越えてわざわざ来たのだから、私の真情を理解してほしい、と女に訴えた歌。第三・四句の「笛竹のねたまし」に「笛竹の音」と「ねたまし」を掛け、第二句「かけよ」は第四句「露」の縁語。

（早川広子）

寄烟恋

439 柏 とことはの思ひよいつをはてならんふしの煙はたゝすなるとも

古今の序の詞なるへし。

【出典】柏玉集、一五二三番。【異同】『新編国歌大観』「なるとも―なりとも」。

【訳】煙に寄せる恋

永久に変わらない私の思いよ、一体いつになったら終わりになるのだろう。富士の煙は立たなくなっても。

（出典は）古今和歌集の序の言葉であろう。

【参考】『古今和歌集』仮名序に、「富士の煙によそへて人を恋ひ（中略）今は富士の山も煙たゝずなり」とある。「たゝず」の解釈をめぐり、二条流「絶たず」と冷泉流「立たず」が対立する（7番歌、参照）。

（早川広子）

寄鳥恋

440 空にあらは鳥にといふも此世にて見えぬまことはいかゝたのまん

長恨歌。註下于憑二誓言一恋上。

【出典】雪玉集、三〇三〇番。【異同】『新編国歌大観』「寄鳥恋—寄鳥偽恋」。

【訳】鳥に寄せる恋

空にあるならば（比翼の）鳥になろうと言っても、この世の中で見えない真心は、どのように頼めばよいのだろうか。

長恨歌。誓言を憑《たの》む恋に注す。（354番歌、参照）

【考察】当歌は、『長恨歌』の一節「詞中有レ誓両心知、七月七日長生殿、夜半無レ人私語時、在レ天願作二比翼鳥一」を踏まえる。

（栃本綾）

寄獣恋

441 あたにちる言葉にもあやし家の犬の伝ふるふみもあれは有世に

述異記曰、陸机好レ猟《ヲ》、在レ呉豪客献二快犬一曰二黄耳一《ト》。机後《ニ》仕レ洛《ニ》、戯《ニ》語《テ》レ犬《ニ》曰、「我《カ》家絶《テ》無レ書、汝能《ク》馳往《ンヤ》否《ヤ》」。犬揺《シテ》レ尾《ヲ》、作レ声《ヲ》応《ス》レ之《ニ》。机為レ書、以二竹筒一《ヲ》、盛レ之《ヲ》繋二於犬《ノ》頸一《ニ》。犬出二駅路一、走《テ》到二机《カ》家一《ニ》。開レ筒取レ書《ヲ》、看畢。犬又向《テ》レ人《ニ》作レ声《ヲ》、若レ有レ所レ求。其家作二答書一内レ筒、復《タ》繋二犬頸一。犬既《ニ》得《テ》レ答《ヲ》、乃馳《シテ》返《ル》レ洛《ニ》。

【出典】雪玉集、三〇三一番。述異記。

【異同】『新編国歌大観』「寄獣恋—寄獣顕恋」「伝ふる—つたふが」。『古小説鉤沈』「陸机好猟—陸機少時頗好遊猟」「豪客—豪盛客」「曰黄耳—名曰黄耳」「机後—機後」「無書—無書信」「馳往否—馳取消息不」「揺尾—喜揺尾」「机為書—機試為書」「以—盛以」「盛之繋於犬頸—繋之犬頸」「走—疾走」「到机家—至機家口銜筒作声示之機家」「若有所求―如有所求」「乃馳返洛―仍馳還洛」。

【訳】　獣に寄せる恋

（誓いの）言葉がはかなく散っていくとは不思議だなあ。家の犬が手紙を伝えることもある、この世の中に。

述異記によると、陸机は猟を好んだ。まだ呉にいたころ、ある金持ちの客が黄耳という名犬を献じたことがあった。後に陸机が洛陽に出仕するようになり、戯れに犬に言った。「家からの音沙汰がないのだが、おまえは家まで手紙を届けに行くことができるか」と。犬は尾をふり、一声鳴いてこれに応えた。陸机は手紙を書き、竹筒に入れてそれを犬の首にくくりつけた。犬は街道に出て、走って陸机の家に着いた。（陸机の家人が）筒を開けて手紙を取り出し、読み終わると、犬はまた家人に向かって声をあげ、何かを求めるようなので、家人は返事を書いて筒に入れ、また犬の首に繋いだ。犬は返事を得ると、すぐに洛陽に馳せ返った。

（栃本綾）

【参考】陸機（生没二六一～三〇三年）は魏晋時代の文人。本間洋一『中国古小説選六朝志怪 唐代伝奇』一五二頁（和泉書院、一九九一年）参照。

442 なき名とは人しるらめといかゝせん鹿をさしていふたくひなる世は

史記、趙高、事実、見于春部。

【出典】雪玉集、二二〇四番。【異同】『新編国歌大観』「鹿を―かを」。

【訳】（獣に寄せる恋）

身に覚えのない噂だとあの人は知っているだろうけれど、どうしようもない。鹿を指して（馬だと）言えばそうなってしまうのが常の世の中では。

史記の趙高の故事は、春部に見える。（78番歌、参照）

【参考】『史記』によると、反乱を計画した趙高は、群臣が自分に味方するかどうか確かめるため、鹿を王に献上して、「これは馬です」と言った。王は笑ったが、臣下たちは馬だと言って趙高にへつらった。

（由留木安奈）

443 袖かけてうつる人香のねたさにも手馴の駒の心をそしる

朗詠集、馬《ハ》悪二衣香一欲レ囓レ人云云。註《ニ》引二魏略一曰、魏帝有二俊-馬一甚《タ》愛《ス》レ之《ヲ》。此《ノ》馬、悪二香気一。帝令《シテ》一レ朱-建-平《ヲ》相レ之《ヲ》。平《カ》曰、「此《ノ》-馬忽可レ死」。帝不レ信レ之《ヲ》。于時帝著二香-衣一、悪二其《ノ》香《ヲ》一、囓レ帝《ヲ》、々大《ニ》-怒《テ》抜レ剣殺レ馬《ヲ》云云。

【出典】雪玉集、六五五六番。和漢朗詠集、下、将軍、六八七番。和漢朗詠集私注。

【異同】『新編国歌大観』ナシ。『和漢朗詠集私注』「魏帝―魏文帝」。

【訳】（獣に寄せる恋）

袖をうちかけると移る他人の香がねたましいにつけても、飼い馴らした馬（が衣の香を嫌がったそ）の心が分かるなあ。

和漢朗詠集に、馬は衣の香を嫌に思い、その人に嚙みつこうとするだろう云々とある。注に引用された『魏略』によると、魏の文帝は駿馬を持っていて、非常にこれを愛した。この馬はよい香りを嫌った。文帝は朱建平にこの馬の相を見させた。朱建平は、「この馬はただ今死ぬだろう」と言った。文帝はこれを信じなかった。このとき文帝は香衣を着ていて、（その馬は）衣の香を嫌に思い、文帝を嚙んだ。文帝は大いに怒り剣を抜き、この馬を殺した云々。

【参考】『魏略』は魏朝の歴史書で散逸したが、『文選』などに引用。『和漢朗詠集私注』には出典を「魏略」と示さないが、その本文を和訳した北村季吟『和漢朗詠集註』には「魏略に見えたり」と記す。

（由留木安奈）

寄橋恋

444 とふにたになとかこたへぬ言のはをかけしためしも天の浮はし

神代巻曰、於是《コヽニ》、二‐神《フタハシラノカミ》立二於天上《ノ》浮橋一投レ戈《ヲ》求レ地云云。陰《メ》‐神乃先《ツ》‐唱《テ》曰、「妍‐哉、可愛少男歟」。陽‐神後和之曰、「妍‐哉、可愛少女歟」。遂為夫婦。

［出典］ 雪玉集、四八〇一番。日本書紀、巻一、二八頁。**［異同］**『新編国歌大観』『日本書紀』ナシ。

［訳］ 橋に寄せる恋

問いかけにさえも、なぜ答えてくれないのか。言葉を掛けてくれた前例も、天の浮橋にはあるのに。

神代巻によると、そこで二柱の神は天上浮橋に立って、その戈を差し下ろして国を求めた云々。女神がまず唱えて、「おやまあ、いとしい少男よ」と言った。男神は後に応じて、「おやまあ、かわいい少女よ」と言った。そうして夫婦となった。

［考察］ 当歌は「天《あま》の」の「あ」にラ変動詞「有《あ》（り）」を掛け、「かけ」は「橋」の縁語。

（趙智英）

寄挿頭恋

445 さしもそのおなしかさしは柏木のおちはなりせは何うらみけん

床夏巻云、「朝臣や、さやうのおち葉をたにひろへ。人わろき名の後の世にのこらんよりは、おなしかさしにてなくさめむに、なてう事かあらん」云々。

［出典］ 雪玉集、二一三三番。源氏物語、常夏巻、二二六頁。**［異同］**『新編国歌大観』『承応』『湖月抄』ナシ。

［訳］ 挿頭《かざし》に寄せる恋

あれほど、その（恋しい女三の宮と）同じ姉妹（を柏木がわが正妻にと願い、それ）が柏木の（正妻である）落葉（の宮）であるならば、（柏木は）何を恨んだのだろうか。

常夏の巻によると、「朝臣（夕霧）よ、せめてそのような落葉を拾いなさい（落胤の近江の君と結婚しなさい）。格好悪い評判（雲居雁との結婚を内大臣に許してもらえなかった事）が後世にまで残るよりは、同じ姉妹（の近江の君）で我慢しておいて何の悪いこともあるまい」云々。

【考察】『源氏物語』は光源氏が息子の夕霧に言ったセリフ。当歌がその箇所を踏まえるならば、姉妹は雲居雁と近江の君を指すが、常夏の巻には「柏木」という語は見あたらない。「柏木」に注目すると、異腹姉妹である女の三宮と落葉の宮を詠んだ次の歌が出典になる。「もろかづら落葉をなにに拾ひけむ名は睦ましきかざしなれども」（柏木の和歌。若菜上の巻、二三三頁）。女三の宮と結婚できなかった柏木は、その姉妹である落葉の宮を娶ったが、満たされなかった。

（田中佑果）

446 竹川のわすれぬふしもかけていはしかさしの花の匂ひなき身は

竹川巻云、蔵人の少将は、見たまふらんかし、と思ひやりてしつ心なし。匂ひもなくみくるしきわた花も、かさす人からにみわかれて、さまも声もいとおかしくそありける。竹川うたひて、みはしのもとにふみよる程云々。猶、此巻の始終を見るへし。

【出典】雪玉集、二八二九番。源氏物語、竹河巻、九七頁。**【異同】**『新編国歌大観』『承応』『湖月抄』ナシ。

【訳】（挿頭《かざし》に寄せる恋）

以前あなたの前で竹河を舞ったことは、私には忘れられないが、それも決して言わないでおこう。私は色つやのない挿頭の花のように、魅力のない身なのだから。

竹河の巻によると、蔵人の少将は（大君も）御覧になっているだろうよ、と想像して落ち着かない。色彩もなく見苦しい綿花も、身につけている人によって違って見え、姿も声もとても面白いものであった。「竹河」を謡って、階段のもとへ足拍子をとりながら近づくとき云々。さらに、この巻の始めから終わりまでを見なさい。

【考察】蔵人の少将は玉鬘の娘の大君に求婚したが、大君は冷泉院と結婚した。当歌は、大君の前で竹河を謡う少将の思いを詠む。「花の匂ひ」に「匂ひなき身」を重ねる。「節」は「竹」の縁語。

（田中佑果）

寄名所恋

447 柏 浪ならぬうきねをいかにすまの浦や又なくおもふよるのなみたに

須磨巻云、すまにはいとゝ心つくしの秋風に、海はすこし遠けれと、行平の中納言の、「関吹こゆる」といひけん浦波、よる〱はけにいと近く聞えて、またなくあはれなる物は、かゝる所の秋なりけり。

【出典】柏玉集、一三五七番。源氏物語、須磨巻、一九八頁。

【異同】『新編国歌大観』「いかに―いかが」。『承応』「近く―近う」。『湖月抄』ナシ。

【訳】名所に寄せる恋

波に浮くではないが、不安な独り寝をどのようにしようか。須磨の浦で、またとなく（恋人を）思う夜に流す涙に（身は浮いて）。

須磨の巻によると、須磨では、いっそう嘆きを尽くさせる秋風（の頃）になり、（光源氏の住まいから）海は少し遠いが、行平の中納言が「関を吹き越える」と詠んだという浦波が打ち寄せ、夜にもなるとその歌のようにすぐ耳元に聞こえて、比類なく寂しいのは、このような所の秋であった。

【考察】当歌は「うき」に「浮き」と「憂き」、「須磨」の「須」にサ変動詞「す」を掛け、須磨で紫の上などを偲ぶ光源氏の思いを詠む。

（田中佑果）

448 恋わひぬあらぬ薬も求めはやふしのねをたに雪の山とて

雪山草、涅槃経、見于冬部。

総角巻云、もろともに聞えましと、おもひつゝくるそ、むねよりあまる心地する。

薫　恋わひてしぬるくすりのゆかしきに雪の山にや跡をけなまし

【出典】雪玉集、二〇六四番。源氏物語、総角巻、三三三頁。【異同】『新編国歌大観』『承応』『湖月抄』ナシ。

【訳】（名所に寄せる恋）

恋に苦しみ悩んでしまった。この世からいなくなる薬を求めたい。（万年雪がある）富士山の頂上を、せめて（その薬があるという）雪の山と思って。

雪山の草は涅槃経にあり、冬部に見える。（295番歌、参照）

総角の巻によると、（薫は亡くなった大君がもし生きていれば）一緒にお話しできるのに、と思い続けると、胸が張り裂けそうな気持ちになる。

薫の歌　大君恋しさに堪えかねて死ぬ薬がほしいので、あの雪の山に入って姿を隠してしまおうかしら。

【考察】当歌の「あらぬ薬」と『源氏物語』の「死ぬる薬」は同じ物。一方、295番歌の「雪の山なる薬」は若返りの薬。「富士」に「不死」を響かすか。

（森あかね）

寄海恋

449 柏 人よいかにあまの千尋も三度まてかはるをみんはありき心を

【出典】柏玉集、二三七九番。雪玉集、四八〇二番。

【異同】『新編国歌大観』「みんはありき―みへばあり《（ママ）》き」（柏玉集）。

【訳】海に寄せる恋

恋人よ、どのように（思うか）。漁師は計り知れないほど深い海も三度まで変わるのを見たが、以前の心が変わるのを見るのは。

【考察】海が三度も変わる、とは世の中の移り変わりが激しいことの譬え。典拠は450番歌に掲載。「海人《あま》の千尋も三度まで変はるを見ん」に「変はるを見んはありき心を」（心変わりを見るのは、の意）を重ねる。

（森あかね）

450 いくかへり海は田面にかはるともたのめやふかき本の契を

列仙伝曰、方‐平笑《テ》曰、「麻‐姑猶《ヲ》作二少‐年《ノ》戯《ヲ》一也」。姑《カ》曰、「接‐行《シテヨリ》以‐来東‐海三《タヒ》為《ル》二桑田《ト》一」云云。

【出典】雪玉集、二七三〇番。神仙伝、王遠、麻姑。

【異同】『新編国歌大観』ナシ。『神仙伝』「麻姑猶作少年戯也―姑、故年少」「姑曰接行以来東海―摩姑自説云、接侍以来、已見東海」。

【訳】（海に寄せる恋）

何度、海が田に変わっても、頼みに思いなさい。深いもとの約束を。

列仙伝によると、方平は笑って、「麻姑はいまだに年若い」と言った。麻姑は、「接待されてから東海が三度、桑田になった」と言った。

【参考】「列仙伝曰」とあるが、「麻姑」の話は『神仙伝』にある（福井康順『中国古典新書　神仙伝』一二五頁、明徳出版、一九八三年）。ただし麻姑のセリフの後に、方平のセリフがくる。また『列異伝』にも「麻姑」の話はあるが、『三玉挑事抄』の話に該当する部分はない。

（森あかね）

寄関恋

451ひきたてゝわかれしけさの槙の戸を隔つる関とみるもわりなし

帚木巻云、引たてゝわかれたまふ程、隔つる関と見えたり云々。

【出典】雪玉集、三四二六番。源氏物語、帚木、一〇四頁。

【異同】『新編国歌大観』ナシ。『承応』『湖月抄』「隔つる―心ぼそくへだつる」。

【訳】関に寄せる恋

閉めて別れた今朝の槙の戸を、（二人の間を）隔てている関だと見るのもつらいなあ。

帚木の巻によると、（家の中も外も人々が騒がしいので襖を）閉めて（光源氏が空蟬と）お別れになるときには、（襖が）「（二人を）隔てる関」と思われた云々。

【参考】『源氏物語』の「隔つる関」の引歌は、「彦星に恋はまさりぬ天の川隔つる関を今はやめてよ」（伊勢物語、九五段）。

（森あかね）

寄市恋

452つれなさは色もかはらぬ海石榴市の八十のちまたに身はまとへとや

万葉集、十二。海石榴市《ツハイチ》之《ノ》八十《ヤソ》衢《ノチマタ》尓《ニ》立平之《ナラシ》結《ムスヒシ》紐乎《ヲ》解巻《トカマク》惜毛

【出典】雪玉集、二八一五番。万葉集、巻一二、二九五一番。【異同】『新編国歌大観』『万葉集』ナシ。

【訳】 市場に寄せる恋

あなたのよそよそしさは、そぶりも変わらない。椿市の多くの辻道に私が困惑するように、とでも言うのだろうか。

万葉集、巻十二。椿市《つばいち》の八十の辻道で踏み均《なら》して（歌垣をしたとき）、結んでもらったこの紐を解くのは惜しいなあ。

【考察】 椿市は歌垣の場として知られる。男女が別れる際、互いの紐を結び合い、再び会うまで解かないと誓う風習があった。

（木村能章）

寄江恋

453 あはれともなかはのつきの名にし有て夢になきける袖を見えけん

琵琶行曰、去来江口ノ守リニ㆓空‐船㆒ヲ。遶㆑船ヲ明‐月江‐水寒スサマシ。夜‐深忽夢㆓少‐年ノ事㆒ヲ。夢ニ啼ケル粧‐涙紅‐闌‐干。

【出典】 雪玉集、二八一六番。白氏文集、巻一二、琵琶行、八四六頁。

【異同】 『新編国歌大観』「名にし有て―えにし有りて」。『白氏文集』「明月―月明」。

【訳】 江に寄せる恋

しみじみと（昔のことを）思って泣くと、月夜の琵琶の縁によって、夢で泣き濡らした袖を、人に見られただろうか。

琵琶行によると、（夫が行商に）出かけてからは江のほとりで、ひとり夫のいない船を守って（夫の帰りを待って）いる。船の周りを照らす月明かりに、江水はさむざむと身にしみる。夜がふけて、ふと若かったころのことを夢に見る。夢の中で泣くと、化粧した顔を紅い涙がとめどなく流れ落ちる。

【考察】 当歌は「名にし」ではなく、異文の「縁《え》にし」で解釈した。「月の縁」とは秋の月夜に白楽天が、かつては長安の名妓で今は商人の妻になった人が弾く琵琶の音色を聞いて「琵琶行」を制作したことを意味する。当歌はその女性の立場で詠む。第二句「なかば」に「泣かば」と「半ば」を掛ける。「なかばの月」は満月または半月を意味するほか、表面に半月形の穴があることから琵琶の異称にもなり、「琵琶行」(146・485番歌にも掲載)を想起させる。

(木村能章)

寄嶋恋

454うつり香や猶あかさりし橘の小しまの浪を袖にかけても

浮舟巻云、ちいさき舟にのり給て、さしわたりたまふ程、はるかならんきしにしも、こきはなれたらんやうに心ほそくおほえて、つとつきていたかれたるも、らうたしとおほす。有明の月すみのほりて、水のおもてもくもりなきに、「これなん橘の小嶋」と申て、御舟しはしさしとゝめたるを云々。

【出典】雪玉集、二〇六二番。源氏物語、浮舟巻、一五〇頁。【異同】『新編国歌大観』『承応』『湖月抄』ナシ。

【訳】島に寄せる恋

移り香には、まだ未練があったのか。橘の小島に打ち寄せる波を袖にかけたように、袖が涙に濡れてしまっても。

浮舟の巻によると、小さい舟にお乗りになって、川をお渡りになる間、はるか向こうの岸に向かって漕ぎ離れていくかのように心細く感じられ、(浮舟が匂宮に)ひたと寄りすがり抱かれているのも、(匂宮は)いじらしいとお思いになる。明け方の月が中空高く澄んで、水の面も曇りなく明るく、(船頭が)「これが橘の小島」と申しあげて、しばらく棹をさして御舟を止めたのを云々。

【考察】『源氏物語』は薫により宇治に隠し据えられた浮舟を匂宮が見つけて、舟で向こう岸に連れ出す場面。当歌は涙にくれる浮舟が、匂宮の移り香にまだ心引かれる心境を詠む。

（木村能章）

寄河恋

455 猶そおもふおきなか川とたのめてもいか成せにか絶んとすらん

夕皃巻。またしらぬことなる御たひねに、「おき中川」と契りたまふより外の事なし。

【出典】雪玉集、二〇五七番。源氏物語、夕顔巻、一六一頁。【異同】『新編国歌大観』『承応』『湖月抄』ナシ。

【訳】河に寄せる恋

やはり思ってしまうことだ。（二人の仲は）息長川《おきなが》のように（絶えないだろう）と頼みに思わせても、息長川の浅瀬が絶えるように、どのような折に（二人の仲も）絶えようとするのだろうかと。

夕顔の巻。（光源氏は）まだ経験したことのない外泊で、「息長川（のようにいつまでも）」と、（夕顔に）お約束なされるのが精一杯である。

【考察】『源氏物語』は、光源氏が初めて夕顔を廃院に連れ出した場面。「せ」に浅瀬と折の意味を重ねる。

【参考】「にほ鳥の息長川は絶えぬとも君に語らむ言尽きめやも」（万葉集、巻二〇、四四五八番、馬史国人）。

（徳田詠美）

456 柏 わかれちにたとるもさそなあくた河あくるよくらき露の光を

いせ物語。女のえうましかりけるを、年をへてよはひわたりけるを、からうしてぬすみ出て、いとくらきにきけり。あくた川といふ川をゐていきけれは、草のうへに置たりける露を、「かれは何そ」となん男にとひける云々。中略 夜も明行に、見れは、ゐてこし女もなし。あしすりをしてなけとも、かひなし。「白玉 新古今入 かなにそと―」。

【出典】柏玉集、一四四四番。伊勢物語、六段。

【異同】『新編国歌大観』「わかれちに—わかれぢよ」。『伊勢物語拾穂抄』「夜も—やう〳〵夜も」。

【訳】（河に寄せる恋）

別れて行く道を迷いながら進むのも、さぞかし（途方にくれた）だろうな。夜が明けてもまだ暗い芥川の、露の光が頼りでは。

伊勢物語。思いが叶えられそうにもなかった女を、幾年も求婚し続けてきたが、やっとのことで盗み出して、とても暗いときに逃げてきた。芥川という川を、（女を）伴って行ったところ、（女は）草の上に置いた露を、「あれは何か」と男に尋ねた云々。中略　夜も明けてきたが、（蔵の中を）見ると連れてきた女もいない。（男は）地団駄を踏んで泣いたけれども仕方がない。新古今和歌集に入集「（あれは）白玉か、何かと—」。

【考察】当歌は恋人と別れて帰る男の迷いの気持ちを、女と夜道を逃げて行く業平の心情に重ねて詠む。

【参考】「白玉かなにぞと人の問ひしとき露と答へて消えなましものを」（新古今和歌集、哀傷、八五一番、在原業平）。

（徳田詠美）

寄岡恋

457 かすめてもおほめくかたにとひわひぬしらぬ岡辺の宿の梢を

あかしの巻。またの日のひるつかた、岡へに御ふみつかはす。心はつかしきさまなめるも、中〳〵かゝる物のくまにそ、おもひの外なる事もこもるへかめる、と心つかひしたまふて、こまのくるみ色の紙に、えならすひきつくろひて、「遠近もしらぬ雲井に詠めわひかすめし宿の梢をそとふ」。

【出典】雪玉集、八〇〇七番。源氏物語、明石巻、二四八頁。

【異同】『新編国歌大観』「かすめても—かすめども」。『承応』『湖月抄』ナシ。

【訳】　岡に寄せる恋

（父の入道が娘の事を私に）ほのめかしても、あなた（明石の君）ははぐらかすので、私（光源氏）は尋ねかねている。私の知らない、岡のほとりにある（あなたの）家の梢を。

明石の巻。翌日の昼ごろ、（光源氏は明石の君のいる）岡辺の家にお手紙を送られる。（明石の君が）気がひけるほどの人であるらしいにつけても、かえってこういう人目につかぬ所に意外なこともあるものらしいと、（光源氏は）気をつかわれて、高麗のくるみ色の紙に、なんとも言えないほど念入りに体裁を整えて、「遠くとも近くとも見当もつかない遠い地で、空をぼんやりと見ながら物思いに沈んでつらくなり、（明石の入道が）ほのめかした、霞がかかった（あなたの）家の梢を尋ねよう」（と詠んだ）。

【考察】『源氏物語』は明石の入道が娘（明石の君）のことを光源氏にほのめかし、光源氏が初めて明石の君に手紙を送る箇所。当歌は光源氏の立場で詠む。

（佐藤未央子）

寄杜恋

458まきはしらおも影かなし思ひ出るときはの杜のくちのこる身に

さ衣物語云、きのふのしつらいに、よろつとりはらはれたるを見たまへは、つねに居たりける柱に、物そかゝれたりける。「たのめこしいつらときはの杜やこれ人たのめなる名にこそありけれ」云々。

【出典】雪玉集、四七七九番。狭衣物語、巻三、一四三頁。**【異同】**『新編国歌大観』「に―は《にイ》」。『狭衣物語』ナシ。

【訳】杜《もり》に寄せる恋

真木柱に残るあなた（飛鳥井の女君）の面影を思うと悲しい。思い出してみると、永久に変わらないはずの常盤の杜が朽ちて残ったように、（あなたに先立たれて）とり残されてしまった私（狭衣）の身に。

狭衣物語によると、昨日の（法会）飾りのために、すべて片づけられた家の中を、（狭衣が）ご覧になると、

（飛鳥井の女君が）いつももたれかかっていた柱に、何か書き付けてあった。「（愛情は常盤に変わらないと）あてにさせてきた常盤の杜は、どこにあるのか。この常盤の杜は、頼みにならない名であったなあ」云々。

【考察】『狭衣物語』は狭衣が常盤で飛鳥井の女君の法要を営み、その翌朝、遺詠を見つけた箇所。当歌は「ときは」に「常盤」と「時は」を掛ける。遺詠の下の句は、「かつ越えて別れもゆくか逢坂は人頼めなる名にこそありけれ」（古今和歌集、離別、三九〇番、紀貫之）と同じ。

【参考】「物のゆかりなどをも、真木柱とはいふなり」（『八雲御抄』「柱」項）。詳細は、岩坪健「歌語「真木柱」の変遷」（「同志社国文学」七八号、二〇一三年三月）参照。

（佐藤未央子）

寄月恋

459 おもかけのいまも雲とや成にけん見し世隔て月そしくる、

高唐賦、見于冬部。

【出典】雪玉集、六五四二番。**【異同】**『新編国歌大観』ナシ。

【訳】　月に寄せる恋

恋しい人の面影は、今も雲に留まったのだろうか。あの人に会ってから時を隔てて（いるのに）、月夜に時雨が降って（私も泣いて）いるよ。

高唐賦は、冬部に見える。（268・269番歌、参照）

【考察】「高唐賦」で神女が帝王と別れたとき、「旦ニハ為二朝雲一暮ニハ為二行雨一ト」と言ったことを当歌は踏まえる。

（中村香生里）

460 柏 我ならて分来し跡も木枯の宿にくまなき月や恨みむ

帚木巻云、清くすめる月に折つきなからす。男いたくめて、、すの本にあゆみ来て、「庭の紅葉こそ、ふみわけたる跡もなけれ」なとねたます云々。

【出典】柏玉集、一四八四番。源氏物語、帚木巻、七九頁。

【異同】『新編国歌大観』「寄月恋―寄月疑恋」「宿に―やどと」。『承応』『湖月抄』ナシ。

【訳】（月に寄せる恋）

私以外の人が踏み分けて来た跡も残らず見えて、木枯らしの吹く家を隈なく照らす月を恨もうか。

帚木の巻によると、清く澄んだ月の趣にふさわしくないこともない。男はひどく感心して、簾のそばまで歩いて来て、「庭の紅葉には、（人の）踏み分けてきた跡もないね」などと言って、（相手の女性を）悔しがらせる。

【考察】『源氏物語』は雨夜の品定めで、殿上人が左馬頭の恋人（木枯らしの女）を尋ねる場面（248・290・424・438番歌にも掲載）。当歌の「我ならで分け来し跡も」は「くまなき」にかかり、また「くまなき」は「月」を修飾する。木枯らしで梢の葉が残らず落ちて、月光を遮るものが無くなり、自分以外の男が来た跡が歴然と見えるので月を恨む、と解釈すれば、異文の歌題「月に寄せる、疑う恋」に合う。

（中村香生里）

461 西になかれひかしに出る月へても身は中空の詠めのみして

朗詠集、後江相公。東ニ出西ニ流ル。只寄ス二瞻望ヲ於暁ノ月ニ一。

【出典】雪玉集、二〇一〇番。和漢朗詠集、下、恋、七八二番。【異同】『新編国歌大観』『和漢朗詠集註』ナシ。

【訳】（月に寄せる恋）

西に流れ、そして東に出る月がどれほど年月を経ても、我が身はうわの空で物思いに沈み、空をぼんやり見ているだけで。

和漢朗詠集、後江相公（大江朝綱）。月は東の空に出て西に流れていくように、私（大江朝綱）は東の日本にいて、あなた（呉越王）は西海の彼方にいる。私は明け方の月を仰ぎ見ながら、あなたへの思いを寄せる。

【考察】 当歌は「出づる月経ても」に「出づる月」と「月経ても」を重ねる。また、「中空」と「ながめ」にそれぞれ二つの意味（うわの空・空の中ほど、物思いにふける・ぼんやりと見つめる）を持たせる。

（早川広子）

寄月顕恋

462 月もはやあくとをしふる槇の戸を出つる影やよそに見へけん

榊巻云、「心《朧月》からかた〳〵袖をぬらすかなあくとをしふる声につけても」とのたまふさま、はかなたちて、いとおかし。しつ心なくて出たまひぬ。夜ふかきあかつきつくよの、えもいはすきりわたれるに、いといたうやつれてふるまひなしたまへるしも、にる物なき御有様にて、承香殿の御せうとの頭中将、ふちつほより出て、月のすこしくま有立蔀のもとにたてりけるをしらて、過給けんこそいとおしけれ云々。

【出典】 雪玉集、二〇一八番。源氏物語、賢木巻、一〇六頁。**【異同】**『新編国歌大観』『承応』『湖月抄』ナシ。

【訳】 月に寄せる、顕《あらわ》れた恋

月も、早くも夜が明ける、と教えることよ。槇の戸から出てきた人影は、他人に見えただろうか。（いや、光源氏と分かってしまったなあ）

賢木の巻によると、朧月夜の女君が、「自分から求めてあれやこれやと涙に袖が濡れることだなあ。夜が明けるのを教える声を聞くにつけても、あなたがこの私を飽きるというふうに聞こえて」とおっしゃる様子は、いかにも心細そうで、ほんとうに可愛く思われる。（光源氏は）あわただしい気持ちでお帰りになった。まだ夜深い暁月夜の、えもいわれぬ風情に霧が立ち込めている折で、たいそうなお忍びの姿をしていらっしゃるのが、かえってたとえようもないご様子であり、承香殿の兄君の頭中将が藤壺から出てきて、月の光が少し陰を作っている板塀のそばに立っていたのを、（光源氏が）知らずにお通り過ぎになったのは、お気の毒である云々。

【考察】『源氏物語』は光源氏が、政敵である右大臣の娘（朧月夜）と密会した現場を、右大臣方の頭中将に見られた場面。その状況を当歌は詠む。

（早川広子）

寄星恋

463 月をのみと計人にゆふつゝの影のうちにも立またれつゝ

和名抄曰、兼名苑云、大-白-星、一-名ハ長-庚。暮ニ見ルヲ二於西方ニ一為二長-庚ト一。此間、由不豆々云云。

【出典】雪玉集、二七二九番。和名類聚抄、巻一、天地部。

【異同】『新編国歌大観』ナシ。『和名類聚抄』「大白星―太白星」「此間―此間云」。

【訳】星に寄せる恋

月を待っているだけだ、と人には（ごまかして）言っているが、宵の明星が出ている時から（恋人の訪れを）立ったまま待ってしまうことだ。

和名抄が引用する兼名苑によると、大白星の別名は長庚で、暮に西方に見えるものを長庚とする。この（夕暮の）間（に見えるの）を「ゆふつづ」（宵の明星）と言う。

【考察】「大白星」とは金星で、夕方、西の空に見える金星を「夕星《ゆふつづ》」と呼び、当歌では「言《ゆ》ふ」を掛ける。陰暦一七日の月を「立ち待ち月」（立ったまま待っている間に出る月の意）というが、それ以前に金星が見える時から恋人の来訪が待ちきれず、座っていられなくて立ったままであるさまを当歌は詠む。

（栃本綾）

寄雲見恋

464 柏 なにゝこの身をうらしまに立雲の見ては悔しき思ひそふらん

浦嶋子伝及扶桑略記《ニ》載《ス》。雄略帝《ノ》時、丹後国与謝《ノ》郡《ニ》有水江《ノ》浦嶋子《ト云》者。釣亀《ヲ》水江《ニ》、化《シテ》為女、於是浦嶋子与女到常世《ノ》国海神《ノ》之都《ニ》、蓋《シ》竜宮也。浦嶋子不老不死、其後欲帰故里省父母《ヲ》。時《ニ》神女授与玉匣《ヲ》曰、「欲《セハ》再来《ント》此《ニ》者必《ス》勿開《クコト》斯《ノ》箱《ヲ》」。浦嶋子還《テ》郷《ニ》見《ル》之《ヲ》知者無一人。驚怪《テ》問人《ニ》々答曰、「聞昔《シ》浦嶋子《ト云》者遊《テ》海《ニ》遂《ニ》不《スト》返」。於是始《テ》知其《ノ》到《ルコトヲ》蓬萊《ニ》、而急《ニ》将赴《ント》神女《ノ》所《ニ》。向《フニ》海《ニ》不知在《リト云コトヲ》何許《ニ》也。浦嶋子惘然《トシテ》憂之《ヲ》忘《レテ》神女《ノ》言《ヲ》、而少開玉匣《ヲ》紫雲忽《ニ》出《テ》覆《ク》於常世《ノ》国《ニ》。浦嶋子大《ニ》悔《ユ》。其《ノ》皃俄《ニ》為老翁遂《ニ》死《ス》。于時天長二年也。従雄略御宇至此蓋三百四十余年云云。

【出典】 柏玉集、一九七八番。扶桑略記、雄略天皇二二年七月。**【異同】**『新編国歌大観』ナシ。

【訳】 雲に寄せる、会った恋

浦嶋子は（玉手箱を開けてしまい）立ち上る雲を見て悔しい思いをしたが、どうしてこの身に、（恋人に）会ったのに悔しい思いが加わるのだろう。

浦嶋子伝と扶桑略記に載せる。雄略天皇の御時、丹後国与謝郡に水江の浦嶋子という者がいた。水江で亀を釣ると、変化して女になった。こうして浦嶋子は女と、常世の国の海神の都に着いた。まさしく竜宮である。浦嶋子は老いることも死ぬこともなかったが、後に、故郷に帰り父母の安否を問いたいと望んだ。そのとき神女は玉手箱を授け、「再びここに来たいと望むならば、決してこの箱を開けてはならない」と言った。浦嶋子は故郷に帰ってそこを見ると、知っている者が一人もいない。驚き怪しんで人に聞くと、「昔、浦嶋子という人が海に行ってついに帰ってこなかった、と聞いたことがある」と答えた。これによって初めて蓬萊に行っていたことを知り、急にまた神女の所に行きたいと思った。海に向かったが、どこにあるのか分からない。浦嶋子は呆然として憂え悲しみ、神女の言ったことを忘れて少し玉手箱を開いた。すると紫雲が急に出てきて、常世の国にたなびいた。浦嶋子は大いに悔やんだ。その顔は急に老人になり、ついに亡くなった。天長二年（八二五）のことである。雄略天皇の御世から現在まで、まさしく三百四十年余りである云々。

【考察】当歌の「見ては悔しき」は、恋人と会った後、捨てられるなど屈辱を味わったからであろう。それを浦嶋子が箱を開けて後悔したことにかこつけて表現した。

【参考】浦嶋子の話は『群書類従』や『古事談』などに収められているが、掲出本文は抄出か。『扶桑略記』は浦嶋子が帰郷する箇所までしかない。74・286番歌の本文とも異なる。

（栃本綾）

寄禁中恋

465身にそしむ九かさねの中にてもひとのこゝろの秋のあらしは

古今集、長歌、忠岑。とのへ守身の　御垣守　おさ〳〵しくも　おもほへす　九かさねの　うちにては　あらしの風も　きかさりき上下略

【出典】雪玉集、二〇六五番。古今和歌集、巻一九、雑体、一〇〇三番。

【異同】『新編国歌大観』ナシ。『八代集抄』「うちにては―なかにては」。

【訳】宮中に寄せる恋

身にしみるなあ。（嵐の風の音も聞かない）内裏の中にいても、あなたの心離れを表わすように吹く秋の嵐は。

古今和歌集、長歌、忠岑。上略宮中を守る身の御垣守は、名誉なこととも思われない。宮中の中では、嵐の風の音も聞かなかった。下略

【考察】当歌は「秋」に「飽き」を掛け、風の音も聞こえない宮中であっても、心の秋風は身にしみると詠む。

（由留木安奈）

寄舟恋

466 おもふ道にあはてやはてん亀の上の山をもとめし舟ならなくに

始皇本紀曰、斎人徐市等上書《シテ》言《ク》、「海中《ニ》有二三神山一、曰二蓬萊、方丈、瀛洲一、僊人居《レリ》レ之《ニ》。請《フ》得下斎戒《シテ》与二童男女一求上レ之《ヲ》」。於レ是、遣二徐市《ヲ》一発二童男女数千人《ヲ》入レ海、求二僊人《ヲ》一云云。徐市等《ラ》費《スニ》以二巨万《ヲ》一計《フ》。終《ニ》不レ得レ薬《ヲ》。徒《ニ》姦利相告《ルコト》日《ニ》聞《ク》云云。

【出典】雪玉集、三四三〇番。史記、秦始皇本紀第六、三三六頁・三五五頁。

【異同】『新編国歌大観』ナシ。『史記』「曰蓬萊―名曰蓬萊」。

【訳】舟に寄せる恋

あの人を思う道に会えないまま、この恋は終わってしまうのだろうか。あるはずのない蓬萊山を求めて発った舟ではないのに。

始皇本紀によると、斎人の徐市らが上書して言った。「海中に三つの神山があり、その名を蓬萊山、方丈山、瀛洲と言い、仙人がそこに住んでいる。どうか潔斎して身を清め、汚れのない男女の子どもとともに、仙人を求めて得ることをお許し願いたい」と。そこで、徐市に遣わした男女の子ども数千人を、海に乗り出させて仙人を求めさせた云々。徐市らは巨万の費用を使っただけで、ついに不死の薬を得ることができなかった。彼らはいたずらに不正に利を得ている、と告げる声が日ごとに聞こえてくる云々。

【考察】当歌の「亀の上の山」は巨大な亀の上にある蓬萊山を指す。詳細は37番歌、参照。

（由留木安奈）

寄弓恋

467尋ねても影みゆへしや梓弓入さの山のおほろ月夜に

花宴巻云、やよひの廿余日、右の大殿の弓のけちに、上達部、みこたち、おほくつとへ給て云々。

これより以下の詞、ひらきみるへし。

【出典】雪玉集、二一三〇番。源氏物語、花宴巻、三六三頁。【異同】『新編国歌大観』『承応』『湖月抄』ナシ。

【訳】弓に寄せる恋

捜し求めても（あの女君の）人影は見えるだろうか。入佐山が霞んで見える朧月夜に。

花宴の巻によると、三月の二十日過ぎ、右大臣邸の弓の試合に、上達部や親王たちを大勢お招きになって云々。

ここより後の本文を披見するがよい。

【考察】当歌は光源氏が朧月夜の女君を捜し当てて詠んだ歌「あづさ弓いるさの山にまどふかなほのみし月の影や見ゆると」を踏まえ、光源氏が右大臣邸で女君を捜すときの心境を詠む。349・357・427番歌も同じ場面。

（趙智英）

寄斧恋

468たまさかにあひみる夜半を斧のえのくちし所の月日ともかな

【出典】雪玉集、二一三九番。【異同】『新編国歌大観』ナシ。

【訳】斧に寄せる恋

たまに会える夜中は（恋人が帰る夜明けまで）、斧の柄が朽ちたところの年月のよう（に長いもの）であってほしいなあ。

【考察】晋の木こりである王質は、童子たちが碁を打つのを見ていて、斧の柄が朽ちていることに気づく。そこで家に帰ると、知っている人は誰もいなくなっていたという話。当歌は稀な逢瀬が長く続くことを願う。

（田中佑果）

469斧のえにあらぬたもとやいたつらにくちて年ふる恋の山人
王質事跡、見于春部。

【出典】 雪玉集、二二四〇番。**【異同】**『新編国歌大観』ナシ。

【訳】（斧に寄せる恋）

袂は朽ちた斧の柄ではないのに、年を取る山人（木こり）のように、恋の山でむなしく朽ち果てて年を取ることだなあ。

【考察】 当歌は涙を流し続けて朽ちた袂を、朽ちた斧の柄になぞらえる。「恋の山人」に「恋の山」と「山人」を重ね、「山人」は「斧の柄」の縁語。

王質の事跡は、春部に見える。（52番歌、参照）

（田中佑果）

寄木恋

470身はくちんのちも来てみよ塚のうへの梢もおもふかたにひかれん
史記晋世家曰、重-耳謂㆓其《ノ》妻《ニ》㆒曰、「待《ンコト》㆑我《ヲ》二十五年《ニシテ》、不㆑来《ンハ》乃嫁《シセヨ》」。其-妻笑《テ》曰、「犂㆓二十五年㆒、吾《カ》塚《ノ》上《ニ》柏-大《ナラン》矣。雖㆑然、妾待《ン》㆑子《ヲ》」云云。

【出典】 雪玉集、二七三一番。史記、晋世家、三四〇頁。**【異同】**『新編国歌大観』『史記』ナシ。

【訳】 木に寄せる恋

身が朽ちた後も、来て見てください。墓の上の梢も、愛するあなたがいる方に自然となびいているだろう。

史記の晋世家によると、重耳はその妻に、「わたしを二十五年待っていてくれ。それまでに（あなたを）迎えに来なければ、（他家に）嫁いでくれ」と言った。その妻は笑って、「二十五年経った頃には、わたしの墓の上に植えた柏も大きくなっていよう。それでも、わたしはあなたを待とう」と言った云々。

【考察】『史記』は、重耳が狄に滞在しているとき、晋の国君となった弟の恵公が、重耳を恐れて殺そうとしたので、重耳は斉に赴くことを考え、妻に別れを告げた場面。当歌は重耳を待ち、死後も夫を思う妻の思いを詠む。

（田中佑果）

寄松恋

471 いかならん大田の松の色に出てのちもつらさのみさほ成をは

こてふの巻に、色に出し給てのちは、「大田の松の」とおもはせたる事なく。

【出典】雪玉集、二〇八八番。源氏物語、胡蝶巻、一九一頁。

【異同】『新編国歌大観』「成をは―なりせば」。『承応』『湖月抄』ナシ。

【訳】松に寄せる恋

どうなるのだろうか。太田の松のように、あなたへの思いを口に出した後も、あなたの辛さが常に変わらないのでは。

胡蝶の巻に、（光源氏は玉鬘に）思いを打ち明けなさってからは、「太田の松の」を思わせることもなく。

【考察】『源氏物語』は、光源氏が養女にした玉鬘に恋慕を告白してからは、何度も思いを訴えた箇所。引歌の「恋ひわびぬ太田の松のおほかたは色に出てや逢はむといはまし」（源氏釈）は、明かそうかどうか迷っている心情を表わす。当歌は光源氏が思いを伝えた後も、玉鬘が自分に冷淡であることの辛さを詠む。

（森あかね）

寄椿恋

472 玉つはき二たひかはる陰もあれとつらき歎きそ猶ときはなる
新撰朗詠、後江相公。徳《ハ》是北辰、椿葉《ノ》之影再《ヒ》改《ル》。

【出典】雪玉集、二〇九一番。新撰朗詠集、帝王付女帝法王行幸、六一五番。

【異同】『新編国歌大観』「歎きそ—なげきに」。『新撰朗詠集』ナシ。

【訳】椿に寄せる恋

（長寿の）大椿でももう一度変わる姿はあるけれども、私の辛い嘆きはもとのまま、常緑樹のように常に変わらないなあ。

新撰朗詠集、後江相公（大江朝綱）。天子の徳は北極星が動かないように堅固だ。それは大椿の葉が（八千年で一春、次の八千年で一秋になり）再び改まる（ように永遠だ）。

【考察】『新撰朗詠集』の句は大椿を例えとして、天子の高い徳を詠んだもの。大椿は八千年を春、八千年を秋とし、三万二千年が人間の一年にあたる、という中国の伝説上の木。当歌の「常盤《ときは》」は「玉椿」の縁語。

（森あかね）

寄竹恋

473 柏 かやりたく思ひもそへて住やとの竹おほき陰はしらせかねつゝ、
狭衣物語云、「堀川といつくとかや、大納言と聞ゆる人のむかひに、竹おほかる所とそおほゆるを」云々。「今まて出させ給はすとて、おほつかなからせたまへる」とてあけたれは、蚊遣火さへけふりてわりなけなり。

【出典】柏玉集、一二七八番。狭衣物語、巻一、八〇頁。【異同】『新編国歌大観』『狭衣物語』ナシ。

【訳】　竹に寄せる恋
蚊遣火の火に私の「思ひ」も添えて、私の住む竹の木陰が多い家は、（恥ずかしくてあなたに）知らせるのをためらって。

狭衣物語によると、（女君は狭衣に）「（私の家は）堀川とどことか（の辻）で、大納言と申し上げる人（の屋敷）の向かい側に、竹の多く生えている所と思われるが」（と説明する）云々。（門番は）「（女君が）今までお帰りにならないと、（女主人が）ご心配になっておられる」と言って門を開けると、蚊遣火まで煙っていて、何とも言いようがない。

【考察】『狭衣物語』は狭衣が女君の車に同乗して、女君を家まで送り届けた場面（397番歌、参照）。道中、狭衣は女君の上品さと可憐さに引かれて恋心を抱くが、到着したところは蚊遣火を焚くようなみすぼらしい家であった。当歌は「思ひ」に「火」を掛け、その境遇を恥じる女君の立場で詠む。

（壁谷祐亮）

寄蘋恋

474 恋せしの心すゝめようき草のうきをも祈る神のみそきに

左伝曰、蘋‐蘩薀‐藻之《ノ》菜、可レ薦《メツ》二於鬼‐神《ニ》一。

【出典】雪玉集、二〇七六番。春秋左氏伝、隠公、六一頁。【異同】『新編国歌大観』『春秋左氏伝』ナシ。

【訳】　蘋《うきくさ》に寄せる恋
禊《みそぎ》をして、恋などするまいと決めた私の心を励ましてください。うき草を神に供えて、このつらい心を（救ってくださいと）祈ろう。

春秋左氏伝によると、谷川や沼に生えた水草であれ、うき草やしろよもぎといったつまらない藻草であれ、鬼神に供えることができそうだ。

【考察】『春秋左氏伝』は、鄭・周の二国間での争いを受けて忠信の重要性を説いた箇所であり、信仰心があれば本来供物ではない雑草でも鬼神に供えられるとする。当歌は「恋せじと御手洗川《みたらしがは》にせし禊《みそぎ》神は受けずもなりにけるかな」（伊勢物語、六五段）も踏まえ、「うき草の」は「憂《う》き」を導くとともに『春秋左氏伝』の話も絡める。

（倉島実里）

寄木厭恋

475玉かつら神のつくてふ木にもあれやかけてわかみのならぬ恋する

宇治巻、「めでたくあはれに、みまほしきみかたち有さまを、なとて、いともてはなれては聞たまふらん。何か、これは世の人のいふめる、おそろしき神そつき奉りつらん」と、歯は打すきて、あいきやうなけにいひなす女あり云々。

万葉二、嫂二巨-勢郎女ノ一時歌、大伴　宿祢《トモノスクネ》安麻呂　玉葛《カツラ》　実《ミ》不成樹《ナラヌキ》尓波《ニハ》千磐破神曽《ソ》著常《ツクト》云不成樹《イフナラヌキ》別尓《コトニ》

【出典】雪玉集、三〇二九番。源氏物語、総角巻、二二五四頁。万葉集、巻二、一〇一番。

【異同】『新編国歌大観』『承応』『湖月抄』『万葉集』ナシ。

【訳】木に寄せる、厭《いと》われる恋

玉葛（相手の女性）は神が憑くという木でもあるのだろうか、決して実が生《な》らないように、わが身も実らない恋をしているなあ。

宇治十帖の巻で、「（薫は）すばらしく、しみじみと見とれていたくなるお顔立ちや姿なのに、（大君は）どうしてよそよそしくお扱いされるのだろう。なんの、これは世間でよく言う、恐ろしい神が（大君に）お憑きしているのだろう」と、歯の抜けた口で無愛想に言ってのける老女がいる云々。

万葉集、巻二、大伴宿祢安麻呂が巨勢郎女に言い寄る時の歌

実のならない木には、神が取りつくそうだよ、実のならない木ごとに。

【考察】『源氏物語』は、薫が慕う大君を訪ねたのにかわされ、老女がこぼす箇所。『万葉集』はつれない女を実のならない木にたとえ、そんな人には神がとりつくそうだと脅した歌。当歌は「我が身のならぬ恋」に「実のならぬ」を重ね、とりあってくれない大君に対する薫の思いを詠む。玉葛は雌雄異株で、雄木には花は咲いても実はならない。

（藤原崇雅）

寄宿木恋

476 やとり木の色かはるにも忍ふそよつらなる枝の本の根さしを

宿木巻云、太山木にやとりたる蔦の色そ、またのこりたる。こたになとすこし引とらせ給て、宮へとおほしくて、もたせ給。「やとり木と思ひいてすは木の本の旅ねもいかにさひしからまし」云々。宮に紅葉奉れたまへれは、男宮おはします程なりけり。「南の宮より」とて、何心もなくもてまいりたるを、女君、例のむつかしきこともこそ、とくるしくおほせと、とりかくさむやは。

【出典】雪玉集、七五八八番。源氏物語、宿木巻、四六二頁・四六三頁。

【異同】『新編国歌大観』『承応』『湖月抄』ナシ。

【訳】宿木に寄せる恋

宿木の葉の色は変わっても、私は（心変わりせずに）思い続けているよ。根元から生い分かれた枝のような、血を分けた姉妹であるあなたを。

宿木の巻によると、深山の木に寄生している蔦の色が、まだ褪せずに残っている。（薫は）コダニなどを少し

引き取らせなさって、宮の御方（中の君）への土産にするらしく、これを持たせ（てお帰りにな）る。「昔宿ったことがあるという懐かしい思い出がなければ、この木の下の旅寝もどんなにか寂しいだろう」云々。（薫が）宮の御方へ紅葉をさしあげなされると、男宮（匂宮）がおいでになっている折であった。「南の宮（薫）から」と申して、（使者が）何げなしに持参したので、女君（中の君）は、いつものように面倒な手紙がありはしないか、と当惑していらっしゃるけれど、（匂宮の目前で手紙を）隠せようか。

【考察】『源氏物語』は、大君・中の君姉妹がかつて住んでいた宇治の邸宅を、薫が訪れて亡き大君を偲び、そこの老木に宿るコダニ（蔦の一種）を中の君への土産にと持ち帰る。帰京した薫が中の君にコダニの紅葉を贈ると、折悪しく匂宮（中の君の夫）がいたところで、中の君は戸惑うという場面。当歌は宇治の屋敷で宿り木が寄生する老木を見て、中の君に大君の面影を重ねた薫の思いを詠む。「連なる枝」は大君と中の君の姉妹を示し、「根ざし」は家柄や素性を意味する。

（太井裕子）

寄草恋

477 かれねたゝつれなきやとの百夜草しちのまろねの名に聞もうし

歌林良材云、昔男のよはひける女の有けるか、「百夜、かのしちの上にふしたらはあふへき」と契たるゆへに、夜毎にきて、しちのうへにまろねをして、九十九夜まては数をとりて、しちのはしにかきたる事をいふなり云々。

【出典】雪玉集、八〇一四番。歌林良材集（日本歌学大系・別巻七）、四六五頁。

【異同】『新編国歌大観』「しちのまろねの―しちのまろねは」「名に聞もうし―なをきくもうし」。『続群書類従』ナシ。

【訳】 草に寄せる恋
ただもう枯れてしまえ。いつまでもつれない、あなたの家に生えている百夜草よ。百夜通って榻にごろ寝をすると恋が叶うというが、「百夜」という名を聞くのもつらいから。

　歌林良材集によると、昔ある男が女に求婚したが、「百夜、（女のもとに通って）あの榻の上に横になったなら結婚しよう」と（女が男に）約束したので、（男は）毎晩来て、榻の上にごろ寝をして、九十九晩までは数を数えて、榻の端に書いたことをいうのである云々。

【考察】「榻《しぢ》」は牛をはずした牛車が倒れないよう、車の轅《ながえ》（前方に伸びた二本の長い柄《え》）を載せる台。『歌林良材集』は榻の端書きの由来について記す。当歌はつれない女性に恋慕した男性が、女性の家に生えている百夜草の「百夜」から、百夜通いと、結局恋が成就しなかった榻の端書きの故事を思い出してつらい、という思いを詠む。

（増井里美）

寄草馴恋

478 柏 今はさは蓬にましる浅はかにこゝろともなき心をもみん
　荀子、見于夏部。
【出典】柏玉集、一四二九番・一九八四番。【異同】『新編国歌大観』ナシ。
【訳】 草に寄せる、馴れた恋
今となっては荒れたわが家に茂る蓬に交じる麻ではないが、思いが浅く、誠実とは思えない（相手の）心の行方を見守ることになろう。
　荀子は、夏部に見える。（124番歌、参照）
【考察】『荀子』によると、蓬は低く地面に広がる草だが、麻の茂みの中に生えると、つっかい棒を立てなくても自然にまっすぐ上に伸びる、そのように学問をする際には周囲の環境を整えることが大切だと説く。歌題の「馴恋」によれば、すでに関係を持ったが、わが家には「蓬」が生い茂り、男は来なくなり、先行きに不安を抱く女が、「浅はか」に「麻」を掛けて詠む。

（玉越雄介）

寄忍草恋

479 あはれともとふ人あらは草の名のこはしのふそといひやよらまし

いせ物語云、昔男、後涼殿のはさまをわたりけれは、あるやむことなき人のみつほねより、わすれ草を、「忍ふ草とやいふ」とて、出させ給へりけれは、たまはりて、「わすれ草おふる――」。

【出典】 雪玉集、七五九一番。伊勢物語、一〇〇段。**【異同】**『新編国歌大観』『伊勢物語拾穂抄』ナシ。

【訳】 忍ぶ草に寄せる恋

「（あなたは私を忘れ草のように忘れてしまい）しみじみと寂しい」と（忘れ草を差し出して）問いかける人がいるならば、「この草の名前は、（忘れ草ではなくて）忍ぶ草だよ」と、話しかけて近づこうか。

伊勢物語によると、昔、男が清涼殿と後涼殿との間の渡殿を通ったところ、ある高貴な女性のお部屋から忘れ草を、「（あなたはこれを）忍ぶ草と言うのだろうか」と言って、（忘れ草を侍女に）さし出させなさったので、（男はそれを）いただいて、「忘れ草が生える――」（と詠んだ）。

【考察】『伊勢物語』では、女性の問いかけ「あなたは私を忘れたのに、私を慕っていると言うのか」に対して、男は「忘れ草おふる野辺とは見るらめどこはしのぶなりのちも頼まむ」と詠んだ。その現代語訳は、「（あなたは私を）忘れ草が生える野原（すなわちあなたを忘れた）と見ているようだが、これは忍ぶ草だ。今後も（あなたを）頼りにしよう」で、変わらぬ愛を誓う。当歌はそれを踏まえて、男の立場で詠む。「忘れ草」は375番歌、参照。

（玉越雄介）

寄下草恋

480あはれいかに盛過たる下葉さへ扇てふ名はなをたのみてん

紅葉賀巻云、似つかはしからぬ扇のさまかなと見たまひて、わかもたまへるにさしかへて見たまへは、あかき紙のうつる計色ふかきに、木高き杜のかたをぬりかくしたり。かたつかたに、手はいとさだ過たれと、よしなからす、「杜の下草老ぬれは」なと書すさひたるを云々。下略女はさもおもひたらす、内侍「君しこは手なれの駒にかりかはん盛過たる下葉なりとも」といふさま、こよなう色めきたり。

【出典】雪玉集、七五九三番。源氏物語、紅葉賀巻、三三七頁。【異同】『新編国歌大観』『承応』『湖月抄』ナシ。

【訳】下草に寄せる恋

ああ、どれほど盛りを過ぎてしまった下葉のような私でさえも、（手に持つ）「扇《あふぎ》」という名は（男性と「逢ふ」に通じるので）やはりあてにしよう。

紅葉賀の巻によると、（光源氏は、源典侍の持っている扇を）年に似合わぬ扇のさまだなあと御覧になって、ご自分がお持ちになっている扇と取り替えて御覧になると、赤い紙で、顔に照り映えるほど色の濃いところに、木高い森の絵を、金泥で塗りつぶして（描いて）いる。その端の方に、筆跡はとても年寄りじみているが、風情がないでもなく、「森の下草は盛りを過ぎたので」などと書き散らしてあるのを云々。下略 女（源典侍）は、そんなこと（光源氏が困っていること）にはお構いなしに、「あなたが来てくれるなら、あなたの馴らした馬に刈って食べさせよう。盛りの過ぎた下葉であっても。（盛りも過ぎて若くもない下葉のような私ではあるが）」と言いかける様子は、このうえなく色っぽい感じである。

【考察】『源氏物語』は光源氏が、高齢ながらも好色で有名な源典侍に、本気で媚態をふるまわれて辟易してしまうが、源典侍は自分の老いを卑下しつつも、露骨に逢瀬を持ちかけた場面。当歌は年をとって男性の訪れがなくなったことを嘆く源典侍の、それでも源氏との逢瀬を願う必死な心情を詠む。「扇《あふぎ》」の「あふ」に「逢ふ」を掛け、「扇《あふぎ》」の「き」に「木」を響かせ、下葉（草木の下の方の葉）が木陰を頼む、という意味も含む。

【参考】「大荒木の森の下草老いぬれば駒もすさめず刈る人もなし」（古今和歌集、雑上、八九二番、よみ人知らず）。

（永田あや）

寄蛬恋

481 きかすやは壁の中なるきり〳〵す身をかくしてもたえす鳴音を

月令ならひに総角の巻の詞、まへにしるし侍り。

【出典】雪玉集、三一九九番。【異同】『新編国歌大観』「中―うち」「たえす―たえぬ」。

【訳】蛬《きりぎりす》に寄せる恋

（あなたが）聞かないはずがあろうか。壁の中にいるこおろぎが、身を隠しても絶えず鳴く声を。

月令ならびに総角の巻の文章は、前に記してあります。（362番歌、参照）

【考察】『礼記』の「蟋蟀壁」は、蟋蟀《こおろぎ》が壁にいることを記す。『源氏物語』は、姉妹（大君と中の君）の寝る部屋に薫が忍びこんだとき、大君は壁と屏風の間に隠れ、薫が去った後に出てきたことを、「壁の中のきりぎりす、はひ出でたまへる」と表現する。当歌は、人目を忍んで絶えず泣いている私の声に気づいてほしい、という思いを詠む。

（梅田昌孝）

寄炉火恋

482 ふりはてし心はさむき灰にしもきえぬおもひを何うつむらん

荘子、見于冬部。

【出典】雪玉集、二二四四番。【異同】『新編国歌大観』ナシ。

【訳】炉火に寄せる恋

老い果てたわが心は冷えた灰のようなのに、消えない「思ひ」の「火」をなぜ埋めているのだろうか。

荘子、冬部に見える。（321番歌、参照）

【考察】当歌は埋火《うずみび》（灰の中に埋めてある炭火）のように、なぜ冷えた心の中に熱い思いが埋もれて残っているのか、と年をとっても消えない恋の炎を詠む。

【参考】当歌の「心は寒き灰」は、『荘子』「心《ハ》固《ニ》可レ使レ如二死灰一乎」、『杜詩』「心死《シテ》著二寒灰《ヲ》一」を踏まえる。

（山内彩香）

483 柏 またいかにねところかへて埋火のはいかくれぬる人のゆくゑは

帚木巻。「深き山里、世はなれたる海つらなとに、はひかくれぬかし」云々。

一首の心は、中川の宿、のちの度の空蟬なとにもや侍るへからん。

【出典】柏玉集、一四九四番。源氏物語、帚木巻、六六頁。

【異同】『新編国歌大観』「埋火の―炉火の」。『承応』『湖月抄』ナシ。

【訳】（炉火に寄せる恋）

また、どのようであろうか。寝床を変えて、埋火が灰に隠れているように、這い隠れてしまったあの人の行方は。

帚木の巻。「深い山里や、辺鄙な海辺などに身を隠してしまったよ」云々。

この歌の趣は、中川の家を（光源氏が）再度（訪れたとき）の空蟬などでもありましょうか。

【考察】帚木の巻は雨夜の品定めの一節で、左馬頭が、男との仲を見切り隠れ住む女がいる、と話した箇所。また、光源氏が一度契った空蝉のいる中川の家を、人目を忍んで再訪したが、それを知った空蝉が寝所を変えて身を隠した場面も踏まえる。当歌は「埋火《うづみび》の灰隠れ」に「這《は》ひ隠れ」を掛け、灰に隠れた埋火のように、這い隠れて姿を隠し光源氏に会わなかった空蝉への思いを詠む。

（山内彩香）

寄遊女恋

484 おもへかし心にかなふ物ならは命をかこつためしある世を

大和物語云、亭子の御門、河尻におはしましにけり。うかれめに、しろといふもの有けり。めしにつかはしたりけれは、まいりてさふらふ云々。「命たに心にかなふものならは何かわかれのかなしからまし」といふ歌も、此しろか読たる歌なりけり。

【出典】雪玉集、二一四七番。大和物語、一四五段。

【異同】『新編国歌大観』「ある世を―ある身を」。『大和物語抄』ナシ。

【訳】遊女に寄せる恋

考えてくれ。もし思いのままに生き長らえることができても、運命を嘆く例があるこの世を。

大和物語によると、亭子の帝（宇多天皇）が、河尻においでになった。遊女に、しろという者がいた。（しろを）お呼びに人をつかわしたところ、参上して控えていた云々。「せめて命だけでも思いのままになるならば、どうして別れが悲しいだろうか」という和歌も、このしろが詠んだ歌であった。

【考察】『大和物語』は、宇多天皇の前に上達部や殿上人が多く参上していたため、しろは末座に控えていた。また、「命だに」の歌は、客と別れる名残を惜しみ、再会を待ち望む遊女の歌（古今和歌集、離別、三八七番）。当歌は、身分差がある故に、寿命が思い通りになったとしても、簡単に逢うことができない境遇を嘆く。

寄商人恋

485 わかれをは心にかろく船出せし跡にむなしき浪やこえけん

琵琶行。老‐大《ニシテ》嫁《シテ》作二商‐人《ノ》婦《ト》一。商‐人《ハ》重《シテ》レ利《ヲ》軽《ス》二別‐離《ヲ》一。前‐月浮‐梁買茶去。去来江《ノ》‐口《リニ》守二空‐船一云云。

（田中佑果）

【出典】 雪玉集、七五六五番。白氏文集、巻一二、琵琶行、八四五頁。

【異同】『新編国歌大観』「こえけん—こえなん」。『白氏文集』「別離—離別」。

【訳】 商人に寄せる恋

（夫が妻との）別れを何とも思わず船出をしたその跡に、むなしい波は（何度）打ち寄せただろうか。

琵琶行。年をとったわたしは嫁いで商人の妻となった。しかし商人は利益を求めることを大事にして、私と離れていることをなんとも思っていない。先月は浮梁に茶を買いに行った。夫が行ってから私は江のほとりで、ひとり夫のいない船を守っている云々。

【考察】「琵琶行」は琵琶を弾く女が自身の身の上を白居易に語り、自分は商人である夫の帰りを待っていると告げた箇所（146・453番歌、参照）。当歌は夫に置いていかれて、帰りを待つ女の心情を詠む。

（森あかね）

寄樵夫恋

486 柏 しらす我なみたにやみん斧のえのくちし所を袖のうへとは

王質故事、出于春部。

【出典】 柏玉集、一五二一番。**【異同】**『新編国歌大観』「我—われ」。

【訳】 木こりに寄せる恋

知らなかったなあ、私の涙で見ようとは。斧の柄が朽ちたように、袖の上が涙で朽ち果てるとは。

王質の故事は春部に出ている。(52番歌、参照)

【考察】王質は碁を見ているうちに月日が経ち、自分の斧の柄が朽ちているのに気づいた。当歌は斧の柄が朽ちる様子と、涙で袖が朽ちることを重ね合わせ、報われない恋の心情を詠む。

(森あかね)

寄傀儡恋

487 何にかくうこく心そ木をけつり糸をひくにしたくふすかたを

事物紀原曰、世ニ伝フ傀-儡ハ起下於漢高祖ノ平-城ノ之囲ニテ用二陳-平カ計ヲ一、刻レ木為二美-人一立二之ヲ於城-上ニ一。以詐中昌(ママ)頓閼氏ヲ上。後人因レ此為二傀儡一云云。

顔潜庵詩ニ、穿チレ糸ヲ刻テレ木ヲ巧如レ神、無レ限機-開在二此身一。

【出典】雪玉集、七五六二番。円機活法、巻一三、人事門、傀儡。

【異同】『新編国歌大観』ナシ。『円機活法』「事物紀原曰世伝―(ナシ)」「於漢―于漢」「之於―之」「昌頓―冒頓単于ノ君長ノ名」「機開―機関」。

【訳】 傀儡《くぐつ》に寄せる恋

どうしてこんなに心が動かされるのか。木を削って作り、糸を引いて動く人に似せた姿に。

事物紀原によると、世に伝えられる傀儡というものは、漢の高祖(劉邦)が平城で囲まれた時に、陳平の計略を用いて木を削り、美人の像を作って城の上に立たせた。そして冒頓単于《ぼくとつぜんう》の皇后閼氏を欺いたことから起こった。後世の人は、これによって傀儡を作る云々。

顔潜庵の詩に、糸を通して木を削って作られたその巧みさは神業のようだ。限りない心中の策略がこの身にある。

【考察】『事物紀原』巻九の話は、漢の高祖が冒頓単于（匈奴の王の名）と戦ったとき平城に七日間囲まれ、陳平の計略により脱出したという平城の役による。顔潜庵の詩は傀儡の巧みさを称賛する。歌題の「傀儡」は歌に合わせて操り人形を舞わせる芸をする女で、遊女と同義語。ただし和歌題では遊女は水辺、傀儡は街道筋にいる者と区別する。当歌は、操り人形のみならず、それを操る女性に心引かれるさまを詠む。操り人形については665番歌、参照。

【参考】『事物紀原』は『四庫全書』『和刻本類書集成』にも収められているが、『円機活法』の本文と少し異なる。顔潜庵の詩の句にある「機開」は意味不明のため、『円機活法』の本文「機関」（たくらみ、心中の計略という意味）により解釈した。ちなみに「機関」は「からくり」と訓読する。当歌は『槐記』にも引用され、出典は『聯珠詩格』の梁鍾の詩、「刻レ木牽レ糸作二老翁一、鶏皮鶴髪与レ真同、須臾曲罷寂無レ事、還似人生一夢中」とする（詳細は末尾の解説を参照）。

（壁谷祐亮）

雑部

天

488あふきてもみすやすめるを空として月日もおなし光有世を

神代巻曰、古《ヘ》天‐地未《タ》レ剖、陰陽不分、渾沌如二鶏子《ノ》一、溟涬《ク、モリテ》而含《メリ》レ牙《ヲ》。及二其清陽者《ノスミアキラカナルモノ》、薄靡《タナヒイテ》而為レ天《ト》、重‐濁者、淹‐滞《テ》而為レ地云云。

【出典】雪玉集、二一八〇番。日本書紀、巻一、神代上、一九頁。【異同】『新編国歌大観』『日本書紀』ナシ。

【訳】天

仰ぎ見ずにはいられようか。澄みきっ（て昇っ）たものを空として、月も日も同じ輝きを有するこの世を。

神代の巻によると、昔、天と地が分かれず、陰と陽の気も分かれず、渾沌としている有様は、まるで鶏卵のようであり、ほの暗くおぼろげであるが、物事が生れようとする兆しを含んでいた。その澄んで明るい気が薄くたなびいて天となり、重く濁った気が停滞して地となるに至った云々。

【考察】当歌は、澄んで明るい気が棚引いて空になったと言われる天地開闢期と、太陽と月が同じように光り輝いているこの世を仰ぎ見る、と詠む。

【参考】「清陽者、薄靡而為レ天、重濁者、凝滞而為レ地」（淮南子、天文訓）。「及二其分離一、清者為レ天、濁者為レ地」（論衡）。

（倉島実里）

489春過てかへるや鳥の道はあれと古巣とみゆる雲も残らす

朗詠集。花落随風鳥入雲。

【出典】雪玉集、二二八一番。和漢朗詠集、上、春、三月尽、五五番。

【異同】『新編国歌大観』『和漢朗詠集註』ナシ。

【訳】（天）

春が過ぎ、帰ってゆく鳥の通った道はあるけれど、その古巣と思われる雲さえも残ってはいない。

和漢朗詠集。花は風のままに落ちて、鳥は雲の彼方に消える。

【考察】春が終わると鳥は古巣に帰るという詠み方は、「花は根に鳥は古巣に帰るなり春のとまりを知る人ぞなき」（千載和歌集、春下、一二二番、崇徳院）に、また、鳥は道を通るという発想は、「春霞中し通ひ路なかりせば秋来る雁は帰らざらまし」（古今和歌集、物名、四六五番、すみながし、在原滋春）に見られる。当歌は去って行く渡り鳥に、過ぎゆく春をなぞらえる。また、「鳥入雲」の句を受け、その「雲」さえも残ってはいないと表現して、強い惜春の思いを込める。88～91番歌、参照。

（倉島実里）

星

490 時ならぬ雨風もなし久堅のほしの位のみちさたかにて

書経洪範曰、庶‐民惟‐星。々《ニ》有レ好レ風《ヲ》。星《ニ》有レ好レ雨《ヲ》。日‐月《ノ》之行、則有レ冬有レ夏。月《ノ》之従レ星《ニ》、則‐以風‐雨《セリ》。註《ニ》曰、好レ風《ヲハ》者箕‐星。好レ雨《ヲハ》者畢‐星。漢‐志《ニ》云、軫‐星《モ》亦好レ雨。意《フニ》者、星‐宿皆有レ所レ好也。

【出典】雪玉集、四三二五番。書経、周書、洪範、一五四頁。【異同】『新編国歌大観』『書経』ナシ。

【訳】星

季節外れの雨風もない。公卿と殿上人の地位も安定していて（平安な治世であるなあ）。

書経の洪範によると、庶民は星（のように数が多いの）である。星には風を好むもの、雨を好むものがある。（それに対して公卿や官吏は日月であり、）日月の運行は（不変で、）冬が来て、また夏が来る。ただ月が箕星の位置にゆくと風が吹き、畢星の位置にゆくと雨が降（り、これは月である公卿・官吏が、星である民の意向に従うしるしであ）る。注によると、風を好む星を箕星、雨を好む星を畢星という。漢志によると、軫星もまた雨を好む。思うに、星座はすべて好むところがあるのだ。

【考察】『書経』は、日月の運行と王の治世を重ね合わせた箇所。当歌はその運行が確かであることを詠む。なお「時ならぬ雨風」は治世の証し（734番歌、参照）、「星の位」は公卿と殿上人を指す。

【参考】『書経』の解釈は注釈書によって異なり、野村茂夫『中国古典新書』一五六頁（明徳出版社、一九七四年）による。

（藤原崇雅）

雲

491 柏 ちりひちの山より出て一すちの雲の行ゐや空にみつらん

古今序。たかき山も、ふもとのちりひちよりなりて、あま雲たなひくまておひのほれることくに。

【出典】柏玉集、一五八五番。古今和歌集、仮名序、一九頁。**【異同】**『新編国歌大観』『八代集抄』ナシ。

【訳】雲

塵芥《ちりあくた》の山から湧き出た一筋の雲が、やがて大空を満たすであろう（ように、取るに足りない状況からの出発であっても、その道ひとすじに励めば究めるであろう）。

古今和歌集の仮名序。高い山も麓の塵や泥土の集積から出来上がり、空の雲がたなびく高さまで成長するように。

【考察】『古今和歌集』仮名序によると、和歌は天上界では下照姫《しもてるひめ》、下界では素戔嗚尊《すさのおのみこと》が詠み初めて以来、長い年月を経て発達を遂げたと説く（122番歌、参照）。当歌は、身近な出発点から一途に努力を重ねることで、遠大な目標に到達することができるだろうと詠む。

（太井裕子）

薄暮雲

492その山と契りてかへる雲ならはおもはぬかたの風やうからん

【出典】雪玉集、二二〇〇番。【異同】『新編国歌大観』ナシ。

【訳】夕暮れの雲

その山（に帰る）と約束して戻ってくる雲ならば、思いがけない方向から吹いて山に戻るのを阻む風を恨めしく思うだろうか。（いや、そのようなことはなかろう。）

【考察】当歌は、夕暮時になると雲は山に帰り岩穴で眠る、という言い伝え（493番歌に掲載）をもとにして、山を女性、雲を浮気な男性、風を別の女性に譬えて男女関係を匂わせている。しかしながら恋部ではなく雑部（雪玉集も雑部）に置かれているので、雲は山と夫婦ではないから、風でありぬ方向に靡いても何の問題はなかろう、と解釈する。

（増井里美）

澗戸雲鎖

493くれぬとてかへる雲をやぬしならんおほふとみるも谷の扉に

酔翁亭記。雲-帰《テ》而岩-穴瞑《シ》。

【出典】柏玉集、一六六〇番・二〇九六番。酔翁亭記、一六五頁。

【異同】『新編国歌大観』「ぬし―わく（一六六〇番）―主（二〇九六番）」「扉に―戸ぼそに（一六六〇番）―とぼそよ（二〇九六番）」。『古文真宝後集』ナシ。

【訳】 谷間の家を雲が鎖す

酔翁亭記。雲が帰って岩穴が暗くなる。

日が暮れたといって帰る雲が、（家の）主なのだろうか。（雲が）谷間の家を覆うと見えたが。

【考察】『酔翁亭記』には、黒い雲が夕方、山に帰って岩穴に入りこむから暗くなるとある。当歌は、「澗戸」（谷川のほとりの家）が雲に覆われていたが、実は夕暮れに帰る雲が主人だったのか、と詠む。

【参考】「人とはぬ谷のとぼそのしづけきに雲こそ帰れ夕暮の山」（風雅和歌集、雑中、一六五五番、藤原行家）。

（増井里美）

地儀

494[柏] 涼しさは波の花もやかほるらし南の風にむかふうなはら

南風歌、見夏部巻頭。

【出典】 柏玉集、五九四番。**【異同】**『新編国歌大観』「かほるらし―かをるらん」「うなはら―うみづら」。

【訳】 地儀

涼しさ（を私が感じるの）は、波の花（波飛沫《なみしぶき》）から芳《かぐわ》しい香りがするからだろうか。南風に臨む海辺で。

「南風歌」は、夏部の巻頭に見える。（93番歌、参照）

【考察】 当歌は「南風歌」の「南風之薫」を踏まえ、波の砕け散る白い泡を「波の花」にたとえ、海辺で南風が運んでくる香りに涼しさを感じる情景を詠む。歌題の「地儀《ちぎ》」は、山・川・海・陸などの地形や地理を意味する。

（玉越雄介）

山

495 同
いくすり空にもとめし煙より蓬かしまもふしのしは山

義楚六帖二十一曰、日本国名倭国在東海《ノ》中《ニ》。秦《ノ》時、徐福将五百《ノ》童男、五百《ノ》童女《ヲ》止此《ノ》国《ニ》。東北千余里《ニ》有山。名富士山亦名《ツク》蓬莱。其《ノ》山峻《ナリ》。三面《ハ》是《レ》海。一朶上《リ》聳《ユ》。頂《ニ》有火煙。日中《ニ》上《ヨリ》有諸宝流《レ》下《ル》。夜《ハ》即《チ》却《テ》上《ル》。常《ニ》聞音楽《ヲ》。徐福止此《ニ》謂蓬莱至今。子孫皆曰秦氏云云。

【出典】柏玉集、一六九三番。義楚六帖、巻二一、国。

【異同】『新編国歌大観』「空にもとめし―空につたへし」。『義楚六帖』「日本国―日本国亦」「在―（ナシ）」「此国―此国也」「富士山―富士」。

【訳】山

（始皇帝の命を受けて徐福は）不死の薬を空の彼方に探し求めたが、（山頂の）煙により蓬が島（蓬萊山）も富士の柴山（と呼ぶようになったのだろう）。

義楚六帖の巻二十一によると、日本国は倭国と名付けられ、大陸の東側の海に位置している。秦の時代に徐福が男の子と女の子を五百人ずつ連れて、この国に渡った。（この国を）東北へ千里ほど進むと山があり、（その山を）富士山と名付けた。また、蓬萊とも名付ける。その山は険しく、山の三方は海に面しており、一方は高く聳えている。（山の）頂上には火と煙が立ち上っている。日中は山の上より様々な宝が流れ下りてきて、夜になると上の方へと戻って行く。（この山は）常に音楽が聞こえてくる。徐福はこの地に留まり、この地を蓬萊と言って今に至っている。彼の子孫達は皆、秦氏と名乗った云々。

【考察】『義楚六帖』によると、富士山は蓬萊山とも呼ぶとあり、その理由を当歌では山頂から煙が立ち上ったので、「蓬が島」（蓬萊山のこと）を「富士の柴山」（富士山の雑木林）とも言うとする。「煙」と「蓬」「柴」は縁語。徐福の故事は332番歌、参照。

【参考】「天の原富士の柴山木の暗の時ゆつりなば逢はずかもあらむ」（万葉集、巻一四、三三五五番、東歌）。

（玉越雄介）

496 つくは山ふりぬる跡を尋ねしもわすれかたみのみことのりかな

一条禅閤、竹林抄序云、近き世に何かしのおとゝの菟玖波集をえらはれて、おほやけことになすらふるみことのりをくたされしによりて、勅撰の和歌にかたをならへ、あめかしたのもてあそひ物となれりけり云々。

【出典】雪玉集、二九三五番。竹林抄。**【異同】**『新編国歌大観』『竹林抄』ナシ。

【訳】（山）

筑波山で年を経た跡を探すように、古い連歌を集めて菟玖波集を編纂したが、それを忘れずに（新撰菟玖波集に）詔勅をくだされることだなあ。

一条兼良の竹林抄の序によると、近頃の世ではなにがしの大臣（二条良基）が菟玖波集を撰集なされて、（帝が菟玖波集に）公式のしきたりに倣った詔勅を下されたことによって、（連歌が）勅撰集の和歌に肩を並べ、日本国中の心の慰みものとなった云々。

【考察】当歌の詠作年次は不明だが、『新撰菟玖波集』の成立を寿ぐ歌か。二条良基撰『菟玖波集』は正平一一年（一三五六）成立、宗祇撰『新撰菟玖波集』は明応四年（一四九五）成立で、いずれも準勅撰連歌集。

（永田あや）

名所山

497 なへて世の塵よりなれるたくひかは国のはしめのあはち嶋山

神代巻。一書曰、先《ツ》生㆓淡路洲㆒《ヲ》。次《ニ》大日本豊秋津洲。次《ニ》伊予《ノ》二名《ノ》洲。次《ニ》隠岐《ノ》洲。次《ニ》佐渡《ノ》洲。次《ニ》筑紫《ノ》洲。次《ニ》壱岐《ノ》洲。次《ニ》対馬《ノ》洲。

【出典】 雪玉集、二七三四番。日本書紀、巻一、神代上、三四頁。

【異同】『新編国歌大観』「なへて―なれて」。『日本書紀』「隠岐―億岐」。

【訳】 名所の山

世間一般の、塵から成長したたぐいであろうか（いや、そんなことはない）。日本国の始めである淡路島山は。

神代巻の一書によると、まず淡路島を生んだ。次に本州。次に四国。次に隠岐。次に佐渡。次に九州。次に壱岐。次に対馬。

【考察】『日本書紀』は伊弉諾尊・伊弉冉尊による国生み神話で、大八洲が淡路島から順に誕生した箇所。当歌は高い山も塵から始まるというが（491番歌、参照）、淡路島山は国産みによってできた山だから特別だ、と詠む。

（梅田昌孝）

富士

498 ふしのねはおほかたにやは人のみん此世のうちのそめ色の山

法華経薬王品。衆-山《ノ》之中須-弥-山《ヲ》為㆓第一㆒。

【出典】 雪玉集、五二一七番。妙法蓮華経、巻六、薬王菩薩本事品、第二三。

【異同】『新編国歌大観』「人の―人の《もイ》」。『妙法蓮華経』ナシ。

【訳】 富士

富士山は、並一通りに人々が見ることなどあろうか。（富士山こそ）この世の中の須弥山なのだから。

妙法蓮華経、薬王菩薩品。諸山の中で須弥《しゅみ》山《せん》が第一である。

【考察】結句の「蘇《そ》迷盧《めいろ》の山」は須弥山のことで、世界の中心にそびえ立つ高山。

（梅田昌孝）

河

499行ものはかくこそ有けれとおもふにも川瀬の水そ袖の上なる

論語。子在二川《ノ》上《リニ》一曰、「逝《ク》-者《ハ》如レ斯夫。不レ捨二昼-夜《ヲ》一」。

【出典】雪玉集、四〇三六番・八一〇一番。論語、子罕篇、二〇四頁。

【異同】『新編国歌大観』「河─述懐」（八一〇一番）。『論語』「捨─舎」。

【訳】河

年月が過ぎ去っていくのは、川の水の流れのよう（に避けられないもの）だなあと思うと、川の水（涙）は（空しく老いてゆく）私の袖の上にあるのだなあ。

論語。孔子が、川のほとりに居て言うには、「過ぎ去って帰らぬものは、すべてこの川の水のようであろうか。昼となく夜となく、一刻も止むことなく、過ぎ去っていく」。

【考察】『論語』は「川上の嘆」として有名な章。古注では万事無常の悲観、新注（朱子などの説）では人の進歩についての希望、と解釈を異にするが、当歌の下の句「川瀬の水ぞ袖の上なる」により古注に従う。当歌は、孔子が川の水の不断の流れの如く、空しく老いてゆく我が身を詠嘆した故事に寄せて詠む。

（山内彩香）

500言に出ていはぬ色かは川水のときに一たひすむもありけり

王子年、拾遺記。丹-丘千年《ニ》一《タヒ》焼、黄-河千-年《ニ》一清《ム》。皆至聖之君以為二大-瑞《ト》一。

【出典】雪玉集、二六三九番。拾遺記、巻一、高辛。

【異同】『新編国歌大観』ナシ。『拾遺記』（『漢魏叢書』）「皆―（ナシ）」。

【訳】（河）

言葉に出して言わないことがあろうか。（いや、川の水も物を言うのだ。太平の世のしるしとして）黄河の水が千年に一度、澄むこともあったのだなあ。

王子年の拾遺記。（仙人の住むという）丹丘は千年に一度焼け、黄河は千年に一度清むという。これらはみな、（堯や舜のような）優れた天子が非常にめでたいしるしとした。

【考察】当歌は「誰謂水無レ心、濃艶臨兮波変レ色」（和漢朗詠集、上、春、花、一一七番、菅原文時）も踏まえる。

（山内彩香）

501いかはかり心のきよきみわ川や涼しきまゝの名をとゝむらん

万葉集、十、詠河歌、作者未詳。ゆふさらすかはつなく也みわ川の清き瀬の音をきくはしよしも

【出典】雪玉集、二二三四番。万葉集、巻二、二二二二番。【異同】『新編国歌大観』『万葉集』ナシ。

【訳】（河）

清い流れの三輪川のような、邪念のない潔白な（玄賓の）身は、どれほど潔い名声を今も残しているであろうか。

万葉集、巻十、河を詠む歌、作者未詳。夕ごとに蛙が鳴いているようだ。三輪川の清い瀬音を聞くのはよいものだなあ。

【考察】当歌は「みわ川」の「み」に「身」を掛け、玄賓僧都の和歌「三輪川の清き流れにすすぎてし我が名をさらにまたやけがさむ」（和漢朗詠集、下、僧、六一二番）も踏まえる。玄賓は八一八年に八〇余歳で没した名僧。中世の説話集では、理想の隠遁者として描かれる。

（壁谷祐亮）

野

502 遠《柏》つ人とふひ絶ぬる春日野や道ある世をは空にしるらん

　続日本紀、見于春部。

【出典】 雪玉集、三七四二番。**【異同】**『新編国歌大観』ナシ。

【訳】 野

（戦《いくさ》がなくなり）昔の人が狼煙《のろし》を絶やした春日野も、正しい政治が行われ太平の世（であること）を、自然に知るだろうか。

　続日本紀は、春部に見える。（77番歌、参照）

【考察】『続日本紀』によると、和銅五年（七一二）春日野に「飛ぶ火」（非常事態を知らせる狼煙）を設けた。当歌は、狼煙を上げる必要もなくなった平和な世になったことを、春日野も暗に知るだろうかと詠む。初句の「遠《とほ》つ人《ひと》」は遠くの人を待つ意から「まつ」にかかる枕詞だが、当歌では普通名詞で遥か遠くの過去の人という意味で使用している。

（壁谷祐亮）

野風

503 打むれてゆけは北野の春の風おもふかたとや駒いはふらん

　文選、古‐詩。胡馬依㆓北‐風㆒。註《ニ》翰《カ》曰、胡‐馬出㆓於北㆒依望北風思㆓旧‐国《ヲ》㆒。

【出典】 雪玉集、二二二四番。文選、巻二九。**【異同】**『新編国歌大観』『文選』ナシ。

【訳】 野の風

寄り集まって北野へ行くと、春風が吹いている。馬はこの風が恋しい北の方角から吹くと思って、いなないているのであろうか。

文選、古詩。北方胡地の馬は北風に身を寄せる。翰の注によると、胡馬は北方で生まれたので、北風が吹くと故郷を思う。

【考察】『文選』は古詩一九首中の第一首で、遠行の夫を思う妻の詩。当歌は「北野」（北野天満宮がある地域）に「北」を掛け、春風は東から吹くとされるが（26番歌、参照）、北野にいる馬は北から風が吹くと思って「いばふ」（「いばゆ」の転）のかと詠む。また「北野」の「野」に、歌題「野風」の「野」を響かせる。51番歌「野花」参照。

（壁谷祐亮）

谷風

504 たかためとあした夕に吹かへて谷のこゝろを風にみすらん

氏族排韻曰、鄭‐弘採㆓薪《ヲ》白鶴山㆒。得㆓一《ノ》遺箭《ヲ》㆒。頃《アッテ》有㆑人覓、弘与㆑之《ヲ》。問㆓弘《カ》所㆒㆑欲。曰、「常《ニ》患若‐耶‐渓《ニ》載㆑薪為㆑難。願《クハ》且《ニ》‐南、暮《ニ》北風」。至㆑今猶《ヲ》‐然《リ》。又見于後漢書鄭弘伝註。

【出典】雪玉集、三六三三番。排韻増広事類氏族大全、巻一九、隔座屏。

【異同】『新編国歌大観』ナシ。『排韻増広事類氏族大全』（四庫全書）「且南暮」―「旦南風暮」。

【訳】谷風

一体誰のために朝と晩で風向きを変えてまで、谷の心を風に託して表わしているのだろうか。

氏族排韻によると、鄭弘が白鶴山で薪を採っていると、一本の遺《のこ》り箭《や》を得た。しばらくすると、人が現れ（箭を）求めたので、弘は箭を与えた。（するとその人は）弘が欲するものを尋ねたので弘は、「（私は）常に若耶渓で薪を載せることのわずらわしさを患えている。願うことには、朝には南風を、暮には北風を吹かせてください」と言った。今もなお、その通りである。また、後漢書の鄭弘伝の注にも見られる。

【考察】当歌は、山で出会った仙人に箭（矢）を返した報いにより、谷風の便を得て仕事を楽にしたという「鄭公風」の故事を踏まえて、朝と晩で風向きを変える谷風に感謝の心を見出して詠む。

【参考】「孔霊符会稽記曰、射的山南有白鶴山、此鶴為仙人取箭。漢太尉鄭弘、嘗采薪得一遺箭。頃有人覓、弘還之。問何所欲。弘識其神人也、曰、「常患若邪渓載薪為難、願旦南風暮北風」。後果然。故若邪渓風、至今猶然。呼為鄭公風也。」（後漢書列伝、鄭弘伝註）。


（倉島実里）

関

505 なにこともものりをこえ行世の人のこゝろにかたき関守もかな

論語、為政篇。七‐十ニシテ而従ニ心ノ所レ欲不レ踰レ矩ヲ。


【出典】雪玉集、二二一四番。論語、為政、第二。【異同】『新編国歌大観』『論語』ナシ。

【訳】関所
何事につけても法《のり》を越えてしまうこの世の人間の心にも、しっかりとした関守がいてほしいことだなあ。

論語、為政篇。七十歳にして、心の欲するままに行動しても、道徳の規準や道理に違うことがなくなった。

【考察】『論語』によれば、人間は七〇歳で道徳に違うことはなくなるとされるが、当歌はそのような人間が規範を逸脱することを憂え、自制を促す心の番人を望む。


（倉島実里）

506 みやこにと出たつ袖のにしきにもめとまるけふの関むかへ哉

関屋巻云、袖口、物の色あひなとも、もり出て見えたる、ゐなかひすよし有て云々。かのむかしの小君、いまは右衛門のすけなるをめしよせて、「けふの御関むかへは、え思ひすてたまはし」などのたまふ。

【出典】雪玉集、二九三八番。源氏物語、関屋巻、三六〇頁。【異同】『新編国歌大観』『承応』『湖月抄』ナシ。

【訳】（関所）

都へ向かってきた車からこぼれる袖の色合いにも目がとまる、今日の関迎えであるなあ。

関屋の巻によると、（車の下簾から）袖口や襲の色合いなどもこぼれ出て見えているが、（その有様は）田舎びず風情があって云々。あの昔の小君（空蝉の弟）、今は右衛門佐になっているのを（光源氏は）お呼び寄せになって、「今日わたしが逢坂の関まで（空蝉を）お迎えに出たことは、（冷淡な空蝉でも）お思い捨てにはなれまい」などと（姉の空蝉に）伝言なされる。

【考察】『源氏物語』は、夫の伊予介と任国から帰京する空蝉と、石山寺へ参詣する源氏が、逢坂の関ですれ違った場面。それは偶然の出会いであるが、光源氏は空蝉を迎えに関まで来たと取り成した。当歌は源氏の視線から、空蝉が乗っている牛車からこぼれて見える袖口の色の鮮やかさを詠む。

（藤原崇雅）

関屋

507 あふさかの花とそみゆる関やよりこほれ出たる旅のよそひは

同巻云、霜かれの草村〳〵おかしう見えわたるに、関やより、さとはつれ出たる旅すかたともの、色〳〵のあをの、つき〳〵しきぬい物、くゝり染のさまも、さるかたにおかしうみゆ。

【出典】雪玉集、二二一五番。源氏物語、関屋巻、三六〇頁。【異同】『新編国歌大観』『承応』『湖月抄』ナシ。

【訳】関守の番小屋

逢坂の関の花のように見えるなあ。関所の建物からこぼれ出てきた、（光源氏一行の）色とりどりの装いは。

関屋の巻によると、霜枯れの草が濃く淡く一面に美しく見渡されるあたりに、関所の建物からさっと抜け出した（光源氏一行の）旅装束の、色とりどりの狩衣が、それぞれにふさわしい刺繡や絞り染をほどこした有様も、場所がら趣深く見える。

【考察】『源氏物語』は霜枯れの草と、光源氏一行の色とりどりの狩衣との対照を描いた箇所。当歌は、美しい狩衣を花にたとえて詠む。（藤原崇雅）

駅

508 袖もさそふりくる雨はしのつかのむまやの鈴のさよふかき声

杜荀鶴。駅‐路ノ鈴ノ声ハ夜過レ山ヲ。

延喜式曰、駅鈴伝符。皆納漆ノ簾子。主鈴与少納言共預奉行云云。

禁秘抄曰、件ノ鈴、太タ有レ興物也。或六角或八角云云。

【出典】 雪玉集、二六一四番。和漢朗詠集、下、山水、五〇二番。延喜式、巻一二、主鈴。禁秘抄、上、大刀契。

【異同】『新編国歌大観』『和漢朗詠集』『禁秘抄』ナシ。『延喜式』（国史大系）「駅鈴伝符―駅鈴伝符等」「漆簾子―漆簏子」「奉行―供奉」。

【訳】 駅

旅人の袖もさぞかし（濡れていることだろう）。雨がしきりに降るなか、篠塚の駅家を夜更けに行く旅人の鈴の音が聞こえるよ。

杜荀鶴の詩。馬につけた鈴の音を響かせながら、旅人が夜に山を過ぎて遠ざかっていく。

『延喜式』によると、駅鈴や伝符はすべて漆の簏《はこ》に納め、主鈴が少納言と共に奉行に預ける云々。

『禁秘抄』によると、件の鈴はたいへん興味深いものである。六角のものも八角のものもある云々。

【考察】当歌は、雨に降られながら、鈴の音を響かせて夜更けに行く旅人を気づかって詠む。「ふり」に雨が「降り」と鈴を「振り」、「しのつか」の「しの」に雨が「しの（に）」を掛ける。「篠塚の駅家《うまや》」は三河の国にあった東海道の古駅。

【参考】杜荀鶴の詩は、『千載佳句』（行旅）、『全唐詩』（秋宿臨江駅）にも収められ、本文異同はない。『延喜式』の現代語訳は「漆簾子」ではなく、国史大系『延喜式』の本文「漆篦子」による。

（増井里美）

名所汀

509 あかしかた貝やひろはん月清きなきさはいせの海ならねとも

明石巻云、いせの海ならねと、「清きなきさに貝やひろはむ」なと、声よき人にうたはせて。

【出典】雪玉集、一三九六番。源氏物語、明石巻、二四三頁。【異同】『新編国歌大観』『承応』『湖月抄』ナシ。

【訳】名所の汀

明石潟で貝を拾おうか。この月の清らかな渚は、伊勢の海ではないけれども。

明石の巻によると、ここは伊勢の海ではないけれども、「清き渚に貝を拾おうか」など、声のよい人に歌わせて。

【考察】当歌は、明石で光源氏たちが演奏しながら催馬楽「伊勢の海」を謡った場面を踏まえる。

【参考】「伊勢の海の　清き渚に　潮間《しほがひ》に　なのりそや摘まむ　貝や拾はむや　玉や拾はむや」（催馬楽、伊勢海）。

（増井里美）

滝水

510朝日影にほふけふりの紫にくだけてかゝる滝のしら糸

李白、廬山瀑《シテ》布詩。日照二香炉一生二紫煙一、遥看瀑布掛長川。

【出典】雪玉集、二二二七番。李白、望廬山瀑布。【異同】『新編国歌大観』『李太白詩』ナシ。

【訳】滝水

朝日が輝いて紫のもやが立ち昇るなか、しぶきが砕けて掛かる滝の白糸だなあ。

李白、廬山の瀑布の詩。日の光は香炉峰を照らして紫の煙《もや》を生じており、（その中腹に）瀑布が長い川のように掛かっているのが遥かに見える。

【考察】当歌は李白の詩を踏まえて、朝靄の中に滝が流れ落ちる様を詠む。

（太井裕子）

山中滝音

511をのつから耳をそあらふ塵の世は雲井のみねの滝つしら波

高士伝曰、巣-父《ハ》堯《ノ》-時隠-人也。堯譲二許由一也。由以告二巣父一曰云云。許-由悵-然《トシテ》不二自-得一乃遇二

清冷之水一洗二其耳一。

【出典】雪玉集、八〇五〇番。高士伝、巻上、巣父。【異同】『新編国歌大観』『高士伝』（四庫全書）ナシ。

【訳】山中の滝の音

自ずと（俗世で汚れた）耳を洗い清めてくれるようだ。塵にまみれたこの世のことは、（世間から）遥かに遠く隔たったこの峰で聴く滝の波音で（洗われる）。

高士伝によると、巣父は堯の時代の隠人である。堯は（己の天下を）許由に譲ろうとした。許由はそのことを巣父に相談した云々。許由は恨み嘆いて、うぬぼれることなく、清らかに澄んだ水でその耳を洗った。

【考察】当歌は「洗レ耳」の故事（世俗の汚れたことを聞いた耳を洗い清めるの意）を踏まえる。

（玉越雄介）

山中滝水

512 あまの川せき入て雲のおとすかと水上しらぬ山のたきつせ

李白。飛-流直-下三千尺、疑《クハ》-是銀-河《ノ》落《ツルカト》二九天《ヨリ》一。

【出典】雪玉集、三九四〇番。李白、望廬山瀑布。【異同】『新編国歌大観』『李太白詩』ナシ。

【訳】山中の滝の水

空を流れる天の川の水をせき止めて、雲の上から落としているのかと疑うほど、どこから流れてきているのか分からない、山中の滝であるなあ。

【考察】当歌は510番歌の出典に続く漢詩を踏まえて、山中の滝を廬山に流れる滝に見立てた。李白の詩。滝が三千尺の高さからまっすぐに下っている有様は、まるで銀河が大空から落ちているのかと疑うほどだ。

（玉越雄介）

布引滝

513 柏 雲きりの空につゝみて白きぬのはたはりせはき布引の滝

いせ物語の詞、秋の部に見えたり。

【出典】柏玉集、一六九七番。【異同】『新編国歌大観』ナシ。

【訳】布引の滝

雲や霧が天空を包んで（いるため）、布引の滝は（雲や霧に覆われてあまり見えず）幅の狭い白絹（になってしまったこと）だなあ。

　伊勢物語の文章は、秋部に見える。（220番歌、参照）

【考察】 当歌は幅広い滝も、雲や霧に覆われると幅狭な滝に見えると詠む。「端張《はたばり》」は幅という意味。「包み」は「布」の縁語。

【参考】「長さ二十丈、広さ五丈ばかりなる石のおもて、白絹に岩を包めらむやうになむありける」（伊勢物語、八七段）。227番歌、参照。

（玉越雄介）

辰市

514 月も日もはかなくてのみ辰の市玉にもかへむ影にやはあらぬ

　淮南子曰、聖人不《シテ》レ貴《ヒ》二尺之《ノ》璧《ヲ》一而重《ス》二寸之陰《ヲ》一。時《ハ》難《シテ》レ得而易《ケレハ》レ失《ヒ》也。

【出典】 雪玉集、五二二七番。淮南子、巻一、原道訓、五七頁。**【異同】**『新編国歌大観』『淮南子』ナシ。

【訳】 辰の市

月も日もただはかなく経《た》ってしまうのだから、光陰は辰の市で宝玉と取り替え（てでも得）るべきではなかろうか。

　淮南子によると、聖人が一尺の玉を貴ぶことなく、一寸の光陰を重んじるのは、時間の得難く、また失い易いからである。

【考察】『淮南子』は、時節を逃さず臨機応変に行動することで他者に先んじることを説く。辰の市は大和添上郡の大安寺にあった古代の市で、辰の日ごとに立ったといわれる。当歌は「辰」に「経つ」を掛け、何でも売られている辰の市ならば、宝石を売ってでも、貴重な時間を買うべきだと詠む。「月」「日」は「影」の縁語。

【参考】「をしとてもよしや《月日ははやくイ本》月日は辰の市暮行く年を春にかへてむ」（雪玉集、市歳暮、一七七七番）。

（永田あや）

橋

515 いまも世に絶たるをつく道はあれとわたすやかたきくめの岩はし

論語、尭曰篇。興㆓滅国、継㆓絶タル世ヲ㆒。

班固、両都賦序。興シ㆑廃タルヲ　継テ㆑絶タルヲ　潤㆓色ス鴻‐業ヲ㆒。

［出典］ 雪玉集、七四五二番。論語、尭曰篇、四二八頁。文選（賦篇上）、両都賦序、一五頁。

［異同］『新編国歌大観』『論語』『文選』ナシ。

［訳］ 橋

今でも世の中には廃絶してしまったものを受け継ぐ手立てはあるが、それでもなお架けるのは難しいのだろうか、久米の岩橋は。

論語、尭曰篇。滅びた国を再興して、絶えた家を継がせ（家系を復活す）る。

班固、両都賦序。廃止されたものを再興し、中絶したものを継続し、偉大な帝業を潤色して飾る。

［考察］『論語』は、古代の王の伝を引きながら、国を治めるにあたり君主が為すべき帝業を論じる。『文選』は、周の成王・康王以降廃れてしまった詩や音楽の文化を、漢の武帝・宣帝が制度を整え復活させたことを述べる。久米の岩橋は、役《えん》の行者《ぎようじや》が一言主神《ひとことぬしのかみ》に命じて大和の久米路に架けさせようとしたが、醜い容貌を恥じた一言主神が夜中しか働かなかったために完成しなかった橋。当歌は中国の故事に反して、久米の岩橋が未完に終わったことを詠む。

（永田あや）

暁鶏

516そらねをも鳴てかたらへ暁の鳥をもまたぬ老のねさめを

史記。秦昭王、後悔出孟嘗君、求之、已去。使人馳伝逐之。孟嘗君至関、々法、鶏鳴而出客。孟嘗君恐追至。客之居下座者、有能為鶏鳴。而鶏尽鳴。遂発伝出。々如食頃、秦追果至関。已後孟嘗君出、乃還云云。

【出典】 雪玉集、五八三〇番。史記、孟嘗君列伝第一五、一二八頁。

【異同】『新編国歌大観』ナシ。『史記』「使人馳伝逐之―即使人馳伝逐之」。

【訳】 暁の鶏

鶏の鳴きまねでもして語り合ってほしい。暁に鶏が鳴くのも待たず（目覚めてしまう）、老いの寝覚め（の老人）と。

史記。秦の昭王は後に孟嘗君を釈放したことを後悔して捜させたが、すでに出発したあとだった。すぐさま人をやり駅伝の馬で追わせた。孟嘗君の一行は関所に着いたが、関所の規則として、鶏が鳴いたら旅行者を通すのである。孟嘗君は追っ手の来るのを恐れた。客分の下座にいる者で、鶏の鳴き声を上手にまねる者がいた。（その声につられて）鶏がいっせいに鳴き出した。こうして伝馬を出発させ、関所から脱出した。出てから間もなく、秦の追っ手が関所にたどり着いた。すでに孟嘗君は出た後だったので、空しくひき返した云々。

【考察】 秦の昭王に捕えられた斉の孟嘗君は釈放され、逃れて夜半に函谷関に来たが、その関所には鶏鳴までは開門しない掟があり、鶏の鳴き真似が上手な食客の鳴き声に群鶏が和して門が開き、脱出することができた、という故事。当歌はこの故事を踏まえて、鶏が鳴く前に目覚めてしまう孤独な老人と語り合えるのは、鶏の鳴きまねをした孟嘗君の食客だけだろう、と詠む。207番歌、参照。

（梅田昌孝）

517 あかつきをたか訓より庭つ鳥かならす告る物と成けん

論語、李氏篇。嘗《テ》独《リ》立。鯉趨《ツテ》而過レ庭《ヲ》。曰、「学《タル》レ詩《ヲ》乎」。対《テ》曰、「未《シ》也」。「不レ学《ンハ》レ詩《ヲ》、無《シ》二以《テ》言一」。鯉退《テ》而学レ詩《ヲ》。

［出典］ 雪玉集、四四三九番。論語、李氏篇、三七〇頁。**［異同］**『新編国歌大観』「訓—をしへ」。『論語』ナシ。

［訳］ 雑歌の中

庭の教えのように、鶏も誰かの教えにより、暁を必ず告げる鳥となったのだろうか。

論語、李氏篇。（父の孔子が）一人で縁側に立っている時、子の鯉（伯魚）がその前を小走りして庭を通り過ぎようとした。（父は子を呼び止めて）「おまえは詩を学んだか」と言うので、「まだです」と答えた。（すると父は）「詩を学ばなくては、人と話ができない」と言った。そこで鯉はすぐ引きさがり、詩経の勉強を始めた。

［考察］『論語』は、孔子が庭を走るわが子を呼び止めて詩を学ぶようにと教えた庭訓《ていきん》の故事。当歌は庭で教えが行われたことを踏まえて「庭つ鳥」（鶏の意）に「庭」を掛け、鶏も誰かの「訓《をしへ》」（教え）によって暁を告げる鳥になったのだろうか、と詠む。

（梅田昌孝）

朝

518 柏 道を聞友やなからん打むれてあしたに出る人は有とも

里仁篇。子曰、「朝聞道、夕死可矣」。

［出典］ 柏玉集、一五八三番。論語、里仁篇、九一頁。**［異同］**『新編国歌大観』『論語』ナシ。

［訳］ 朝

道を聞く仲間はいないのだろうか。連れだって朝に出発する人はいるけれども（朝方に道を聞く友はいないなあ）。

論語、里仁篇。孔子が言うには、「もしも朝方に我々が人の道を聞くことができたならば、その晩に死んだとしても、まず満足すべきであろう」。

【考察】『論語』によると、人生の目的は道を聞いて体得することであり、君子たるものは道を聞くことができれば死んでもよいとする。

（山内彩香）

昼

519 よるきては光なしとや故郷ににしきもひるの名をと丶むらん

魏志、張既伝曰、既為㆓雍‐州《ノ》刺‐史《ト》㆒。太‐祖謂㆑既《ニ》曰、「還《ル》㆓君本‐州《ニ》㆒、可㆑謂㆓衣《テ》㆑繡《ヲ》昼行《ルト》㆒矣」。

【出典】雪玉集、二一九六番。三国志、魏志、張既伝。**【異同】**『新編国歌大観』『三国志』ナシ。

【訳】昼

夜に故郷に帰っては、錦の輝きがみえない（ように、出世しても故郷に知らせないと甲斐がない）というわけで、昼に故郷へ（帰り）錦を飾り、名声を残すのだろうか。

魏志、張既伝によると、既は雍州の刺史となった。太祖（曹操）は既に、「君は故郷の州に帰るが、縫いとりのある服を着て真昼に行くと言ってよいだろう」と言った。

【考察】『三国志』の張既は名門の出ではなかったが、曹操に付き従い、人民にも慕われるようになり、刺史にまでのぼりつめた。「錦を着て昼行く」とは、成功したり出世したりした姿を郷土の人々に見せ知らせる、という意味。逆に「錦を着て夜行く」は、成功した姿を見せないと甲斐がない、という意味。256・330番歌、参照。

（山内彩香）

竹風如雨

520くれ竹の窓うつ音はくらき雨の葉分さやけき月の下風

白氏文集。耿-々《タル》残-灯背レ壁影。蕭-々《タル》暗-雨打《ツ》レ窓《ヲ》声。

【出典】雪玉集、二三七〇番。白氏文集、巻三、新楽府、上陽白髪人、五七三頁。

【異同】『新編国歌大観』『白氏文集』ナシ。

【訳】竹風、雨の如し

呉竹が窓を打つ音は、夜の雨（が窓に当たる音）のようだ。その呉竹の葉のすき間から、清らかな月の光が降り注ぎ、風が吹き抜けることだなあ。

白氏文集。かすかで今にも消えそうな燃え残りの灯は、壁際で憂鬱な光を放つ。暗夜に窓をたたく雨の音が、もの寂しく聞こえる。

【考察】『白氏文集』の新楽府「上陽白髪人」は、玄宗の宮女として宮中に入ったが、寵愛を独占した楊貴妃により上陽宮に退けられ、数十年を孤独に過ごしてきた老女に同情を寄せた詩。231・568・569番歌、参照。

【参考】雨は降っていないのに、雨音のように聞こえるという趣は、「風吹二枯木一晴天雨、月照二平沙一夏夜霜」（和漢朗詠集、上、夏、夏夜、白楽天、一五〇番）にある。

（山内彩香）

草庵雨

521糸竹の声のうちなる雨もしれ草の庵のよるのこゝろを

陸務観。遺レ檐《ヲ》点-滴如二琴-筑一。白氏。盧-山《ノ》雨《ノ》夜草-庵《ノ》中。

【出典】雪玉集、二一八九番。錦繡段、陸游、冬夜聴雨戯作。白氏文集、巻一七、八一頁。

【異同】『新編国歌大観』『新刊錦繡段』『白氏文集』ナシ。

【訳】 草庵の雨

楽器がほのかに鳴っているように聞こえる雨よ、どうかわかってくれ。夜、草の庵にいる私の心を。

陸務観（陸游）。檐をめぐり滴る雨だれの音は、管絃楽の演奏のようだ。

白氏（白居易）。私は廬山の雨の夜に草堂の中（で、一人寂しく過ごしている）。

【考察】 漢詩は二句とも都から離れた草庵で、独り夜を過ごしながら詠んだもの（47・53番歌、参照）。当歌はそれらを踏まえ、草庵で夜に聞く楽器の演奏のような雨音に包まれながら、自らの境遇を詠む。

（壁谷祐亮）

瀟湘夜雨

522 竹のはの色染かへしなみたをも夜ふかき雨の枕にそしる

博物志曰、舜死、二‐妃涙‐下《テ》染㆑竹《ヲ》成㆑斑《ヲ》。妃死《シテ》為㆓湘神㆒。故《ニ》曰㆓湘‐妃竹《ト》㆒。

【出典】 雪玉集、六三三六番。円機活法、巻一二、斑竹。【異同】『新編国歌大観』『円機活法』ナシ。

【訳】 瀟湘の夜の雨

竹の葉を染めてしまうという涙（の故事）を、夜更けの雨を枕元で（聞いて）知ることだなあ。

博物志によると、舜が死ぬと二妃は涙を流し竹を染めて斑を作った。妃は死んで湘神となった。それで湘妃竹という。

【考察】 歌題の「瀟湘夜雨」は瀟湘八景（瀟水と湘水が洞庭湖にそそぐあたりの八つの佳景）の一つで、当歌は瀟湘で夜の雨を聞いて、斑竹《まだらだけ》の故事を思い出したという設定。

【参考】『博物志』の本文は「堯之《ノ》二‐女舜之《ノ》二‐妃《ヲ》曰㆓湘夫人《ト》㆒舜‐崩《シテ》二‐妃啼《テ》以㆑涕《ヲ》揮㆑竹《ニ》竹尽《ク》‐班《ナリ》」であり、『円機活法』所引とは異なる。523・524番歌も同じ話。

（壁谷祐亮）

523かちまくらとまもる雨やふるき世を忍ふることの音に残るらん

唐詩訓解曰、雁至二衡陽一而回《ル》、即瀟-湘《ノ》之間也。言《心ハ》汝何事《ニシテ》而即回《ル》。彼瀟-湘《ノ》之旁山-水甚《タ》-美《シ》。儘可二栖-託一。所二以帰一者《ハ》、得《ヤ》レ非下湘霊以二二十五絃弾《スルヲ》一レ月《ニ》汝不《シテ》レ勝二其《ノ》悲一而飛-来《ルニ》上耶。按瑟-中有二帰雁操一仲文所レ賦湘-霊鼓レ瑟為二当時一所《ラル》レ称《セ》云云。

才子伝巻四曰、起字《ハ》仲-文、呉-興《ノ》人。初従二計吏一、至二京口客舎一。月-夜閑-歩《ス》。聞三戸-外有二行-吟《ノ》声一。哦《シテ》曰、「曲-終人不レ見、江-上数-峰青《シ》」。凡再-三往-来、起遽《ニ》従《ヘトモ》レ之《ニ》、無レ所レ見矣。嘗《テ》怪《シム》レ之《ヲ》。及レ就二試《ニ》粉-囲《ニ》一。詩-題乃湘霊鼓《ス》レ瑟《ヲ》、起輟就、即以二鬼-謡十字《ヲ》一為二落句一。主文季暐、深《ク》嘉-美《ス》云云。

【出典】 雪玉集、六三四四番。唐詩訓解、帰雁。唐才子伝、第四。

【異同】 『新編国歌大観』『新刻李袁先生精選唐詩訓解』ナシ。『唐才子伝』「嘗怪之―嘗怪異之」「粉囲―粉闈」。

【訳】 （瀟湘の夜の雨）

船中で寝ていると、船を覆う苫《とま》から漏れる雨が降るではないが、古き世（過ぎ去った日々）を偲ぶ思いが琴の音に残っているのだろうか。

唐詩訓解によると、雁が衡陽に至って（北方へ）飛び去るのは、瀟水と湘水の間でのことだ。これは「おまえはどうして飛び去るのか」ということを意味する。かの瀟水や湘水の傍にある山水はたいそう美しいので、（雁は帰らずに）すべての巣を一所に託すべきなのに雁が帰るのは、（夫に先立たれた）湘水の女神が二十五絃の瑟を月に向かって弾じると、雁はその悲しげな音色に耐えられずに飛び去るからではなかろうか。考えてみると、瑟の（曲の）中には「帰雁操」というものがある。仲文が作った「湘霊鼓瑟」の詩はその当時、称賛された云々。

才子伝の巻四によると、起仲文は呉興の人である。初めて計吏に従って京口の宿所に至った。月夜を静かに歩いていると、戸外に詩を吟じる声が聞こえた。「曲が終わると人は去って見えなくなるが、川上の山々の峰は青いままである」と吟じていた。およそ往来があるたびに、起はすぐさま付き従って行ったが、（何度行っても声の正体を）見ることはなかった。かつてこのことを怪しんだ。科挙の試験に及び、詩題の「湘霊鼓瑟」は起が付け、（「曲終人不見江上数峰青」の）鬼謡十字を結びの句とした。主の文季暐は、これを深く称賛した云々。

【考察】 昔、黄帝は五〇絃の瑟を作らせたが、その音があまりにも悲しかったため、半分に割って二五絃の瑟としたという伝説がある。その瑟を夫に先立たれた湘水の女神が奏でる伝説（524番歌、参照）を当歌は踏まえ、悲しい音色を偲ぶ。「ふる」に「降る」と「古」、「こと」に「事」と「琴」を掛ける。

（倉島実里）

平砂落雁

524 猶さりにかへらん波のみきはかは友よふ雁もこゝろ有けり

銭起。瀟湘何-事等閑《ナヲサリニ》回《ル》。水-碧《リニ》沙-明《ナリ》両-岸《ノ》苔。

【出典】 雪玉集、六三三九番。唐詩選、巻七、帰雁、七四二頁。**【異同】**『新編国歌大観』『唐詩選』ナシ。

【訳】 平砂（果てしなく広がる砂漠）の落雁（空から地に降りる雁の列）なおざりに帰れる汀であろうか。（いや、留まって楽しむべきだ。）（自分だけでなく）友を呼ぶ雁も、（この景色を愛でる）心があるのだなあ。

銭起。（雁は）なぜ瀟水と湘水をなおざりに見捨てて、北へ飛び帰るのだろうか。（瀟湘は）水青く砂白く、両岸は苔むして（まことにきれいな所なのに）。

【考察】 歌題は瀟湘八景（522番歌、参照）の一つ。当歌は北へ帰る途中の雁も、友を連れて降りてくるほどの絶景だと詠む。

【参考】銭起（唐代の詩人）の詩の続きは、「二十五絃弾㆓夜月㆒。不㆑勝㆓清怨㆒却飛来」（二十五絃、夜月に弾ずれば、清怨に勝《た》へずして却《かへ》つて飛び来たる）で、夫舜帝の死により湘水に身を投げて湘水の女神となった二人の妃、娥皇と女英が二十五絃の瑟を月夜に奏でると、その清く哀れな音に堪えかねて、雁は北方へ帰ってしまうと詠んだ。

（藤原崇雅）

煙寺晩鐘

525 世の中をおとろくへくは沖つ波かゝる所のいりあひのかね
須磨の巻に、又なくあはれなる物は、かゝる所の秋也けり云々。

【出典】雪玉集、六三四三番。源氏物語、須磨巻、一九九頁。【異同】『新編国歌大観』『承応』『湖月抄』ナシ。

【訳】かすんで見える寺の晩鐘

無常なこの世を改めて意識させるものは、沖から波が打ち寄せて降りかかる、このような所の晩鐘であるなあ。

須磨の巻によると、またとなく心にしみるのは、このような所（須磨）の秋であったなあ云々。

【考察】歌題は瀟湘八景（522番歌、参照）の一つ。寺院は霞んで見えにくいが、鐘の音でその場所が知られる、という風情。『源氏物語』は光源氏が須磨で暮らしている場面（447番歌）。当歌は「波かかる所」に「波掛かる」と「かかる所」（このような所）を掛け、須磨の波に晩鐘を合わせて詠む。

（藤原崇雅）

晴後遠水

526 柏 波間より朝日さしきてなこりなきよるのうしほの遠かたの空
朗詠集。低翅沙鷗潮落時。

【出典】 柏玉集、一六七〇番。和漢朗詠集、上、春、暮春、四六番。菅家文草、晩春遊松山館。

【異同】 『新編国歌大観』ナシ。『和漢朗詠集註』「時―暁」。『菅家文草』「時―暮」。

【訳】 晴れた後の遠くにある水

波の間から朝日が射しこんできて、夜の満ち潮が空のかなたまで引いて、跡形もないなあ。

和漢朗詠集。羽をおさめて下りたった砂上の鷗は、潮の引いた時にいる。

【考察】 当歌は「潮《うしほ》の遠方《をちかた》の空」に「潮の落ち」と「遠方の空」を掛ける。313番歌も同じ漢詩を踏まえる。

（増井里美）

煙

527 聞わたるまよひを誰にはるけましふしの烟のたちもたゝすも

古今序。いまはふしの山もけふりたゝすなり、なからのはしもつくるなりときく人は云々。

【出典】 雪玉集、二一九五番。古今和歌集、仮名序、二四頁。

【異同】 『新編国歌大観』「たち―立つ」。『八代集抄』ナシ。

【訳】 煙

聞き続けている迷いを誰に打ち明ければ、晴らせようか。富士の煙がたつか、たたずか、の件も。

古今和歌集の仮名序。今は富士の山も煙がたたなくなり、長柄の橋もつくると聞く人は云々。

【考察】 『古今和歌集』仮名序は、和歌が衰退したことを嘆く部分で、古は「富士の煙によそへて人を恋ひ」ていたのに、「今は富士の山も煙たたずなり、長柄の橋もつくる」という表現を踏まえる。当歌の「聞きわたる迷ひ」は、冷泉流と二条流の解釈の相違を指すと考えられる。

【参考】 「ふしの山もけふりたゝす」の「たゝす」、「なからのはしもつくる」の「つくる」は、冷泉家と二条家で解釈が分かれ、『了俊歌学書』によると、冷泉家は「立たず」「作る」、二条家は「絶たず」「尽くる」の説をとる。7・439番歌、参照。

（増井里美）

灯

528 おもふとちまれのまとゐは久かたの日影につきてむかふともしひ

進学解。焚二膏油一以継レ晷云云。

【出典】 雪玉集、二三〇四番。唐宋八大家文読本、巻一、進学解、一〇二頁。

【異同】 『新編国歌大観』『唐宋八大家文鈔』『唐宋八大家文読本』ナシ。

【訳】 灯

親しい者同士がたまに集まると、昼の日の光に続いて（夜の闇を照らす）灯を囲ん（で話し続けたこと）だなあ。

進学解。膏油を焚いて、昼に継いで（夜も読書して）云々。

【考察】 「進学解」は韓愈（298番歌参照）の作で、博士が昼に続いて勉強するために、夜、膏油を焚いて学問をすることを、学生が述べた箇所。『唐宋八大家文鈔』は明の茅坤《ぼうこん》、『唐宋八大家文読本』は清の沈徳潜《しんとくせん》の編。

（増井里美）

狩猟

529 沢にみち山をわたりてみかりするけふのえ物や雨とふるらん

子虚賦曰、王駕二車千-乗《ニ》一、選二徒萬-騎一、畋《カリス》二於海浜一。列-卒満レ沢《ニ》、罘-網弥《ヲホヘリ》レ山《ヲ》云云。弓不二虚《ク》-発《タ》一、中《ルトキハ》必《ス》決レ眦《ヲ》、洞レ胸《ヲ》達《シテ》レ掖《ヲ》、絶《ツ》二乎心《ノ》繋《ヲ》一。獲《エモノ》若《ク》レ雨《フラスカ》獣《ヲ》、揜《ヒ》レ草《ヲ》蔽《クス》レ地《ヲ》。

【出典】 雪玉集、八〇七四番。文選、子虚賦、七六頁・八〇頁。**【異同】** 『新編国歌大観』『文選』ナシ。

【訳】 狩猟

（士卒達は）沢にあふれ、山を駆けて御狩りをされる。今日の獲物は、雨のように降り積もるだろうか。

子虚賦によると、斉王は千台の馬車を仕立て、万人の騎兵を選りすぐり、海岸地帯で狩りをした。士卒たちは谷間にあふれ、獣を狩る網は山々を覆い尽くすほどであった云々。弓から放たれた矢はすべて命中し、当たれば必ず眼のふちをえぐり、胸を貫き、腋の下へ抜け、心臓の脈を断ち切った。こうして殺された獣の死骸は（そこここに散らばり）、天から降ってきたかのようであり、草も地面も覆い尽くされてしまった。

【考察】「子虚賦」は、楚国の子虚が斉の国に使者として派遣された際、斉王にもてなされ、共に狩猟に出掛けた際の出来事を語る。当歌はその壮大な狩りの様子を踏まえて詠む。

（太井裕子）

寄木雑

530 宿りけん跡なつかしみ世々へてもきることなしの影あふく也

詩経。蔽-芾《タル》甘-棠、勿レ翦《ルコト》勿レ伐《ツコト》、召-伯《カ》所レ茇。

【出典】 雪玉集、七三六五番。詩経、周南、四九頁。**【異同】**『新編国歌大観』『詩経』ナシ。

【訳】 木に寄せる雑歌

（昔、召伯が）泊まった跡をいつまでも偲ぶので、幾代に渡っても伐られることなく生い茂る樹の影を仰ぐのだなあ。

詩経。こんもり茂ったカタナシの木。翦《き》ってはならぬ。伐《き》ってはならぬ。召伯が茇《やど》られたところ。

【考察】『詩経』によると、西周の宣王の時、江漢の地に淮夷を伐ち、南方諸国を平定した召伯虎が、甘棠（カタナシの木）の下で野宿をしたことから、甘棠は聖なる樹木とされ、損なうことは許されなかった。

（太井裕子）

野行幸

531 からころもみこしとゝめてぬきかふる狩のよそひも花を折けり

行幸巻云、かくて野におはしましつきて、みこしとゝめ、上達部のひらはりに物まゐり、御装束とも、狩の御よそひなとに改めたまふ程云々。

【出典】雪玉集、四三〇四番。源氏物語、行幸巻、二九二頁。

【異同】『新編国歌大観』ナシ。『承応』『湖月抄』「狩―なをしかり」。

【訳】野辺の行幸

御輿をとどめ、美しい衣を脱いで着替えた狩衣の装いもまた、華やかであるなあ。

行幸巻によると、こうして（帝は）大原野にご到着されて、御輿をとどめ、上達部たちが平張の中で食事をなさり、御装束を狩衣などの装いにお着替えになるころ云々。

【考察】「花を折る」とは花を手折って飾りにするという意から、衣装を華やかにすること（228番歌、参照）。

（梅田昌孝）

物語

532 おもひとけは誠しからぬ世かたりもたゝいひなしにそふあはれ哉

蛍巻云、「さても此いつはりともの中に、けにさもあらんとあはれをみせ、つき〳〵しうつゝけたる、はた、はかなしことゝしりなから、いたつらに心うこき、らうたけなる姫君の物おもへる見るに、かたこゝろつくかし」云々。

【出典】雪玉集、二六一五番。源氏物語、蛍巻、二一一頁。【異同】『新編国歌大観』『承応』『湖月抄』ナシ。

【訳】物語

よくよく考えてみると本当のことではない物語も、まったくそれらしく言いこしらえてあるので、感慨深さを覚えてしまうなあ。

蛍の巻によると、「それにしても、こうした数々の作りごとのなかに、なるほどそんなこともあろうかとしみじみ人の心を誘い、もっともらしく言葉が連ねられていると、これもまた根も葉もないことと分かっていながら、わけもなく興味をそそられ、（物語で）いたわしげな姫君が物思いに沈んでいる有様を見ると、少しは心ひかれるものだよ」云々。

【考察】『源氏物語』は、物語を読みふけっている玉鬘を養父の光源氏が見て、物語に対する自身の考えを語った箇所。光源氏は、物語は作り事ではあるが、人の心をときめかせる点では心ひかれるものであると評し、当歌もその発言を踏まえる。

（梅田昌孝）

野酌

533 またたくひなきさの花の名残まてあかぬかた野の春の盃

いせ物語云、狩は念頃にもせて、さけをのみのみつゝ、やまと歌にかゝれりけり。いま狩する交野のなきさの家、其院のさくら、ことに面白し。その木の本にをりゐて、枝を折て、かさしにさして、かみ、中、しも皆、歌よみけり云々。

【出典】雪玉集、三六四三番。伊勢物語、八二段。**【異同】**『新編国歌大観』『伊勢物語抄拾穂抄』ナシ。

【訳】野原での酒宴

他に比類なき、渚の家に咲く桜の花（が散ってしまう、そ）の名残りさえ飽き足りずに愛でる、交野の春の酒宴であるなあ。

伊勢物語によると、鷹狩は熱心にもしないで、もっぱら酒を飲んでは、和歌を詠むのに熱中していた。いま鷹狩をする交野の渚の家、その院の桜はとりわけ趣がある。その桜の木のもとに馬から下りて、桜の枝を折り、髪飾りに挿して、（身分の）上、中、下の人々は皆、歌を詠んだ云々。

【考察】『伊勢物語』は、惟喬親王（文徳天皇の長子）が、右の馬の頭（在原業平か）などを連れて水無瀬の離宮から交野へと狩りに出かけ、渚の院で酒宴を開き、桜を愛でつつ皆で歌を詠み合う場面。交野は平安時代、皇室の狩猟地であった。当歌は「たくひなきさ」に「類ひ無き」と「渚」を掛ける。

（永田あや）

厚

534 さむき夜にぬきしはさそな世におほふ恵もあつきみけし成けん

十訓抄云、一条院は冬夜、御衣を脱て、「四海の民をおもひやるに、われひとりあた、かなるへからす」とそ仰せられける。これ又、賢王聖主のあまねき御恵を、黎元黔首までに及したまふ事、古今、不替故也云々。

【出典】雪玉集、八一二一番。十訓抄、一ノ一、二五頁。**【異同】**『新編国歌大観』『十訓抄』ナシ。

【訳】厚

（一条院が）寒い夜にお脱ぎになった衣はさぞかし、天下を包み込む慈悲の恵みも深いように、厚いお召し物であったのだろう。

十訓抄によると、一条院は冬の夜に御衣を脱いで、「世の中の民のことを思いやると、私一人だけが暖かくしていられない」と仰られた。これはまた賢王聖主の余すところないお恵みを、黎元黔首といわれる下々の人々まで及ぼしなさることで、昔も今も変わらないのである云々。

【考察】当歌は「恵みもあつきみけし」に、「恵みも厚き」（恵みも深い）と「厚き御衣《みけし》」（厚いお召し物）を重ねる。（玉越雄介）

寄市雑

535よもの民わか大君の市に出てひろきめくみをうるもかしこし

易、繋辞曰、神-農-氏、日-中ニ為レ市ヲ、致二天下ノ之民一、聚二天下ノ貨一ヲ、交-易シテ而退、各得二其-所一ヲ。

【出典】雪玉集、二五九八番。易経、繋辞下伝、一五八四頁。【異同】『新編国歌大観』『易経』ナシ。

【訳】市に寄せる雑歌

多くの民が我が君の（開く）市に集まり出て、幅広い天下の恵みを得るのも、ありがたいことだなあ。

【考察】『易経』は神農氏の業績を語る箇所。当歌はそれを踏まえて、市を統治する大君を称える。易経の繋辞下伝によると、神農氏は日中に市場を開設し、天下の人々をそこに至らせるようにし、天下の財貨を集中させ、交易を行わせて引き上げさせ、それぞれに得たいと望むものを得させた。（山内彩香）

名所市

536尋ぬともこたへし物をみわの山わか世は市をかくれ家にして

高士伝註二夏部市郭公一ニ。

【出典】雪玉集、五二九九番。【異同】『新編国歌大観』ナシ。

【訳】名所の市

三輪山まで（私を）訪ねて来ても（私は）応えないのに。私は三輪の市場を隠れ家にして。

高士伝は、夏部の「市郭公」に注す。（101番歌、参照）

【考察】『高士伝』は戦乱に巻き込まれ、市井に紛れて博徒や物売りとして生きる毛公、薛公という二人の処士について記す。当歌の初句・第二句は、「わが庵は三輪の山もと恋しくはとぶらひ来ませ杉立てる門」（古今和歌集、雑下、九八二番、よみ人知らず）を踏まえて、「とぶらひ来」ても応えはしないぞ、と詠む。歌題の「名所市」は、ここでは三輪の市を指す。

【参考】「尋ねばやほのかに三輪の市にいでて命にかふるしるしありやと」（六百番歌合、寄商人恋、一一九〇番、藤原隆信）。

（壁谷祐亮）

夢

537 おもかけのこれ似たりとてもとめ来し夢をわか君の世にもみせはや

書、説命。「夢《ニ》帝賚《タマフ》二予《ニ》良‐弼《ヲ》一。其《レ》代《テ》レ予《ニ》言《ン》」。乃審《ニシテ》二厥《ノ》象《ヲ》一、俾《シム》三以レ形旁求《ク》二于天‐下《ニ》一。説築《レリ》二傅‐巌《ノ》之野《ニ》一。惟《レ》肖《ニタリ》。爰《ニ》立《テ》作レ相《ト》云云。

【出典】雪玉集、七四六三番。書経、下、四三五頁。【異同】『新編国歌大観』「世―代」。『書経』ナシ。

【訳】夢

面影がほら似ていると思って（説を）探し求めて来たという夢を、わが君の世にも見せたいものだなあ。

書経、説命。「夢の中で、天が私にすぐれた輔弼の者を与えて下された。その者が、私に代わって物を言ってくれるであろう」。そこで、その者の容貌を明らかにして、その姿をもとに広く天下に探し求めさせた。説が傅巌の原野で版築の仕事をしていた。容貌が（夢に現れた人に）似ていた。そこで、挙げ用いて宰相とした云々。

【考察】『書経』によると、殷の高宗は父の喪に服して三年間、政治について口を開かなかった。そこで臣下が高宗

めて土壁を築く方法。

を諫めると、高宗は夢に見た話をして、説を宰相に取り上げた。版築は板枠《いたわく》の中に土を盛り、一層ずつ杵《きね》で突き固

（壁谷祐亮）

538 柏
しらすたれ我にもかして時のまの五十のまくらゆめは見すらん

異聞録曰、道者呂翁、経邯鄲道士。邸-舎中《ノ》有二少年盧生一《ト云モノ》。自歎二其《ノ》貧困一《ヲ》。言訖思寐時、主人炊二黄粱一為レ饌。翁、乃探二懐中枕一以授レ生。枕両《ノ》-端《ニ》有レ竅。夢-中《ニ》自レ竅入二其《ノ》家一見二其身一富貴《ナルコト》五十年老病而卒。欠《シ》伸《シテ》而悟《ム》。顧《ルニ》呂翁在レ傍主人炊二黄粱一尚未《タ》レ熟云云。見于山谷詩集註。

【出典】 柏玉集、一八一四番・二二〇一番。山谷詩集注、巻一。

【異同】『新編国歌大観』「五十―五十年」（一八一四番・二二〇一番）。宋詩（和刻本漢詩集成）「道士―道上」「主人炊黄粱―主人方炊黄粱」。

【訳】（夢）

いったい誰だろうか。私にも枕を貸して、束の間の五十年の夢を見せているのは。

異聞録によると、道者呂翁は邯鄲を通り過ぎようとしている道士であった。茶屋の中に二十歳ほどの盧生という者がいて、自らその貧困を嘆いた。盧生は言い終わって寝ようと思った時、店の主人は供え物として黄粱を炊いた。すると呂翁は懐中を探って枕を盧生に授けた。その枕には両端に穴が開いていた。盧生は夢の中でその穴を通ってある家に入り、自らの身を見ると、富貴の身で五十年過ごし老いて病死した。欠伸《あくび》をして盧生は目を覚ました。辺りを見ると呂翁は傍にいて、主人は黄粱を炊いていて、それはまだ炊きあがっていなかった云々。山谷詩集注に見える。

【考察】『山谷詩集註』に引用された『異聞録』の話は、「邯鄲の夢」の故事で、人生の栄枯盛衰がはかないことの

たとえ。当歌は、これまで生きてきた年月は、いったい誰が私に枕を貸して見せた夢なのかと感慨にふけり述懐する。初句の「知らず」は副詞のように用いて、さあねえ（…だろうか）と訳す。

（壁谷祐亮）

539
世のうきめみえぬよしの、岩やにもかよひしゆめの道そあやしき

元亨釈書、九釈日蔵伝略曰、延喜十六年二月入二金峰山椿山寺一薙髪。時《ニ》年十二云云。天慶四年秋、於二金峰山一経二三七日《ヲ》一、絶レ飡《ヲ》不レ語修《ス》二密供《ヲ》一。八月一日午時、修法《ノ》之間、忽《ニ》舌燥気塞。欲二呼レ人相救《ント》一。又思《ハク》、已《ニ》称二不言《ト》一、豈《ニ》得《ンヤ》レ出《スコトヲ》レ声《ヲ》。如レ是思惟《スルニ》、気息既《ニ》絶。悦《トシテ》至二一窟《ノ》前《ニ》一、窟《ノ》中有二沙門一。手《ニ》執《テ》二金鈃《ヲ》一、傾二出《シテ》瓶水《ヲ》一、与《ヘテ》レ蔵《ニ》飲《シム》。其《ノ》味甘美《也》。沙門《ノ》曰、「我《ハ》是執金剛神也。常《ニ》住二此窟一、護《ル》二釈迦《ノ》遺法《ヲ》一。我感《シテ》二上人勤修《ヲ》一、故《ニ》忽《ニ》往二雪山一、取《テ》二八徳水《ヲ》一救二師《ノ》渇《ヲ》一耳」云云。金峰菩薩令《シテ》三蔵《ヲ》又見二地獄一。看二一鉄窟《ヲ》一。中《ニ》有二四人一。其形如レ炭。一人衣覆レ肩。三人裸程、蹲《ル》二赤灰上一。獄卒告《テ》曰、「是《レ》汝本土《ノ》之君臣也」。時《ニ》有レ衣人招レ蔵曰、「我《ハ》是大日本国主金剛覚大王《ノ》之子也。受二此《ノ》鉄窟《ノ》之苦《ヲ》一。彼《ノ》太政天神以二怨心一焼二仏寺一、害二有情一。其所作罪報、我皆受レ之。彼太政天《ハ》者菅亟相也。宿世《ノ》福力、今為二大威徳天神一」。乃自説五罪曰、「我受レ苦無量。汝帰《ラハ》二本国一、奏《シテ》二国王及宰輔《ニ》一造二一万卒都婆一、抜二我《カ》苦厄《ヲ》一」。蔵凡過《テ》二十三日《ヲ》一蘇息《ス》云云。

【出典】雪玉集、八〇九九番。元亨釈書、上巻、一九八頁。

【異同】『新編国歌大観』ナシ。『訓読元亨釈書』（禅文化研究所）「経三七日—剋三七日」「執金鈃—執金鉼」「卒都婆—率塔婆」。

【訳】（夢）

世の中の憂さなどとは縁遠い吉野の金峰山にある岩屋にまで、夢が通ってくる道があったとは不思議なことだなあ。

元亨釈書の九釈日蔵伝略によると、（日蔵は）延喜十六年（九一六）二月に金峰山の椿山寺に入って剃髪した。その時の年齢は十二歳である云々。天慶四年（九四一）秋、金峰山において三週間を過ごし、食を絶ち、話すことをしない密供の修行を行った。八月一日午の時、修行の間にわかに舌が渇き、気が塞がってしまった。人を呼んで救いを求めようとした。また思うことには、（私は）既に沈黙行中の身である。どうして声を出すことができようか。このように思い正しているうちに、呼吸は既に絶えてしまった。ぼんやりとした状態で、ある洞窟の前に至ると、洞窟の中には沙門がいた。手には金の瓶を持ち、瓶を傾けて水を出し、日蔵に与えて飲ませた。その味は甘美であった。沙門が言うには、「私は執金剛神である。いつもこの洞窟に住み、釈迦の遺法を護っている。私はあなたの熱心な修行に感じ入り、すぐに雪山におもむいて八徳水を手に入れ、あなたの渇きを救っただけだ」と云々。金峰菩薩はまた、日蔵に地獄を見せた。ある鉄窟を見ると、その中には人が四人いた。その形は炭のようで、その内の一人は衣で肩を覆い、（残りの）三人は裸で赤灰の上に蹲《うずくま》っている。獄卒が告げて言うには、「これはおまえの本土の君主と臣下である」と。そのとき、衣を身に着けている者が日蔵を招いて言うには、「私は大日本国主金剛覚大王（宇多法皇）の子（醍醐天皇）である。この鉄窟の苦しみを受けている。かの太政天神が怨みの心を持って仏寺を燃やし、衆生を害した。その罪の報いは私が全て受けている。かの太政天とは、菅丞相（菅原道真）である。（菅丞相は）宿世の福力により、今は大威徳天神になっている」と。そして、自ら五罪を説いて言うには、「私が受ける苦は計り知れない。おまえが本国に帰ったならば、国王及び宰輔に奏上して一万の卒都婆を造り、私の苦厄を取り除いてくれ」と。日蔵は凡《およ》そ十三日後に蘇生した云々。

【考察】日蔵は浄蔵の弟子。『北野天神縁起』（弘安本、中巻）にも類話が見られる。「雪山」は295番歌、参照。当歌は、「世のうきめ見えぬ山路へ入らむには思ふ人こそほだしなりけれ」（古今和歌集、雑下、九五五番、物部良名）も踏まえ、本歌の「山路」は峻険だが、「夢の道」は易々と「吉野の岩屋」に入り込み、そこで日蔵は夢を見た、と詠む。

（倉島実里）

540 かそへみし一夜の夢の十なからとをき世にあふ道もかしこし

【出典】 雪玉集、五五〇〇番。 **【異同】**『新編国歌大観』ナシ。

【訳】（夢）数えながら見た一晩の夢が、十個ともすべて遠い将来に実現したとは、占いの道は素晴らしいなあ。

【参考】 底本には和歌のあと四行分の空白があり、注釈を欠く。典拠となった故事を推測すると、ある人が一晩で見た一〇個の夢を占ってもらったところ、その夢占いが後になってすべて実現した、という話か。第四句の「あふ」は「夢合はせ」の「合ふ」か。

（藤原崇雅）

親

541 初《柏》かせの秋そ身にしむともしひも窓にそむけぬ心すゝめて

古文前集。時秋《ニシテ》積-雨霽《ル》、新涼入二郊-墟一、燈-火稍可レ親、簡編可二巻-舒一。

【出典】 柏玉集、一八一九番。古文真宝前集、符読書城南、二〇頁。

【異同】『新編国歌大観』「ともしひも―灯の」。『古文真宝前集』ナシ。

【訳】 親しむ

秋の初風が身に心地よい（頃となった）。灯火も窓の方へ向けず（書物に向けて）、学問にいそしんで（いる）。

古文真宝前集。今や時候は秋で、長雨がはれて、新涼の気が城外の村に入りこみ、灯火もようやく親しめるようになったので、簡編（書物）を紐解くこともできるだろう。

【考察】出典の詩は韓愈の作で、親が子に学問を勧める心を詠む。

【参考】「燭を背けては共に憐れむ深夜の月　花を踏んでは同じく惜しむ少年の春」（和漢朗詠集、上、春、春夜、二七番）。

（藤原崇雅）

述懐

542 けさの間の夕をまたぬ身なりとも道あるみちをいかてきかまし

論語。朝聞道、夕死可矣。

【出典】雪玉集、二四三二番。論語、里仁篇、九一頁。【異同】『新編国歌大観』『論語』ナシ。

【訳】述懐

朝方が過ぎてしまい、夕べを待たずに死んでしまう身であっても、道というものがあるなら、どうすれば聞けるだろう。（ぜひとも聞きたいものだ）

論語。もしも朝方に我々が人の道を聞くことができたならば、その晩に死んだとしても、まず満足すべきであろう。

【考察】『論語』は、道を知ることが人の最大の目的であることを説いた一節。518番歌にも掲載。当歌の第二句は、「かげろふの夕べを待ち、夏の蟬の春秋を知らぬもあるぞかし」（徒然草、七段）を踏まえる（174番歌、参照）。

（藤原崇雅）

寄弓述懐

543 おなしその人やとらんと梓弓おしまぬしもそおろか成ける

【出典】雪玉集、二八四八番。【異同】『新編国歌大観』ナシ。

【訳】弓に寄せる述懐

自分と同じ楚の国の人がその弓を取るだろうかと言って、（楚の恭王は名弓を失っても）惜しまなかったが、それは（孔子から見ると）愚かなことなのだなあ。

【考察】典拠は544番歌と共通で、初句は「同じ楚の」と解釈する。

（増井里美）

憂喜依人

544 梓《柏》弓うれはうしなふことはりは心をわかむ物としもなし

家語曰、楚恭王出‐遊亡二烏‐嘷之《ノ》弓《ヲ》一。左‐右請レ求レ之《ヲ》。王曰、「止。楚王失レ弓《ヲ》、楚‐人得レ之《ヲ》。又何《ンソ》求《ン》レ之《ヲ》」。孔子聞《テ》曰、「惜乎《カナ》、其不《ルコト》レ大《ナラ》也。不レ曰二人遺《ル》レ弓《ヲ》、人得レ之《ヲ》而已。何《ソ》‐必《シモ》楚《ノミナラン》　也」。

【出典】三玉和歌集類題、雑下、憂喜依人、柏玉集。孔子家語、好生、一二九頁。

【異同】『三玉和歌集類題』ナシ。『孔子家語』「孔子聞曰―孔子聞之曰」。

【訳】憂喜は人に依る

名弓を手に入れても失うのがこの世の道理であるから、（弓を失っても、誰かがその弓を得るのだと考えると）悲しんだり喜んだりするには及ばない。

孔子家語によると、楚の恭王が城から出て遊んだとき、烏嘷と名づけた良弓を失った。近習の者は、これを探し出そうと申しあげた。王は、「止めておけ。楚の王である私が弓を失っても、どうせわが国の民がこれを拾うのだ。どうして探し出すことなどしようか」と言った。孔子はこれを聞いて、「惜しいなあ、王はいささか了見が狭い。人が弓を落として、それを人が手に入れるだけのことだ、と言えばよかったのに。どうして楚と限定してしまう必要があろうか」と言った。

【考察】『孔子家語』は、政治の根本的なあり方について述べた箇所。

（増井里美）

寄歌述懐

545 色につき花になすなよさてのみそ世に埋木の言の葉の道

古今序。いまの世中、色につき、人の心、はなになりにけるより、あたなる歌、はかなきことのみ出くれは、色このみの家に埋木の、人しれぬことゝなりて。

【出典】雪玉集、二六四四番。古今和歌集、仮名序、二二頁。【異同】『新編国歌大観』『八代集抄』ナシ。

【訳】和歌に寄せる述懐

表面だけの美しさに気をとられ、言葉を華美に飾り立てるでないぞ。そのようにしてばかりいると、和歌の道は埋もれ木のように世間に埋もれてしまうのだから。

古今和歌集の仮名序。当節は世の中が華美に走り、人心が派手になってしまった結果、内容の乏しい歌、その場限りの歌ばかりが現れるので、（和歌が）好色者の間に姿を隠し、識者たちに認められないことは埋もれ木同然になって。

【考察】『古今和歌集』仮名序は、世の中において表面上のことだけが求められ、和歌も華やかなだけで浅薄なものがもてはやされるようになったことを嘆く箇所。当歌はそれを踏まえて、和歌の正道に精進するよう勧める。

（増井里美）

述懐

546 あまれりやたらすやとたに何か思ふけふのまゝなるあすもしらしを

いせ物語云、ゐなか人の歌にてはあまれりや、たらすや。

【出典】雪玉集、七二四二番。伊勢物語、八七段。【異同】『新編国歌大観』『伊勢物語拾穂抄』ナシ。

【訳】述懐

余っているだろうか、足りないだろうか、とさえどうして思い悩むのか。今日の続きであるかどうか明日のことも分からないだろうに。

伊勢物語によると、田舎人の歌としては十分な出来だろうか、まだまだというところだろうか。

【考察】『伊勢物語』では、田舎人が詠んだ歌としてはまずまずだろうと評す。当歌はその言い回しを用いて、無常の世の中に思い悩んでも仕方がないと詠む。ちなみに北村季吟『伊勢物語拾穂抄』には、「肖伊勢が詞也。芦屋なればゐ中人とかけり。少《スコシ》はさしすぎたるさま也とおもふにや」とある。

（太井裕子）

547　かひなしやけふは昨日のよしあしをおもひわきても改めぬ身は

帰去来辞曰、実迷《ニ》レ塗其未《レタ》レ遠、覚二今是《ニシテ》而昨《ハ》非《ナランコトヲ》一。

【出典】雪玉集、四六四七番。文章規範、帰去来辞、五三〇頁。

【異同】『新編国歌大観』ナシ。『文章規範』「塗―途」。

【訳】（述懐）

どうしようもないなあ。今日になって、昨日のわが身が間違っていたかどうかを判断できても、改めない身では。

帰去来辞によると、全く（私は）道に踏み迷いはしたものの、まだ遠くまで行ってしまったわけではない。今の私が正しく、過去の（宮仕えをしていた頃の）私が間違っていたことはわかっているのだ。

【考察】「帰去来辞」は、陶淵明が役人を辞し、今までの暮らしを悔いて、いざ郷里へ帰ろうと思い立つ箇所。当歌は過去の過ちに気づいても、陶淵明とは異なり悔い改めるに至らぬ我が身を嘆く。

548 何かおもふ人にもかなし我にをきてうかへる雲の行末の空

論語。不‐義《ニシテ》而富且《ツ》‐貴《キ》於㆑我如㆓浮雲㆒。

【出典】雪玉集、二四三七番。論語、述而篇、第七、一五八頁。【異同】『新編国歌大観』『論語』ナシ。

【訳】（述懐）

（私は）何を思い煩うことがあろうか。（いや、悩むには及ばない。）人としても悲しいことだ。（正しくない行いによって得た富と名声は）私にとってはまるで浮雲が空の彼方に流れて行くようなものだ。

論語。正しくない行いによって得た富と名声は、私にとっては浮雲のよう（に何の意味も価値も持たないの）だ。

【考察】『論語』は、晩年の孔子の人生観の簡潔な吐露であり、不正な手段で富裕になる出世主義者と自分とは無関係であると述べた箇所。当歌は「雲の行末の空」に「雲の行く」と「行く末の空」を重ね、孔子の気高さを表わす。

（玉越雄介）

549 いかにして月をおもふもしるへなき闇をはるけむ敷嶋の道

古今集序云、いにしへの世ゝの御門、春の花のあした、秋の月の夜毎に、さふらふ人々をめして、ことにつけつゝ歌を奉らしめ給ふ。あるは花をそふとてたよりなき所にまとひ、あるは月をおもふとてしるへなき闇にたとれる心〳〵を見たまひて、さかしおろかなりとしろしめしけん云々。

【出典】雪玉集、七四六一番。古今和歌集、仮名序、一二頁。

【異同】『新編国歌大観』ナシ。『八代集抄』「見たまひて—見給ひ」。

【訳】（述懐）

月を思って、道案内をしてくれる人もいない闇の中を彷徨っているが、どうすれば（拙い歌人である私の悩みを）晴

（太井裕子）

らせるだろうか、和歌の道において。

古今和歌集の仮名序によると、昔の代々の帝たちは、花の咲いた春の朝や、月の美しい秋の夜にはいつも、お付きの人々をお召しになって、常に何かにつけて詠歌をお求めになった。ある時は花に託して思いを述べるため不案内な山野を彷徨い、またある時は月を愛でるために案内する人もいない見知らぬ土地をまごつき歩いた人々の心中を、（歌を通して）御覧になって、（彼らの）賢愚を識別なさったのであろう云々。

【考察】『古今和歌集』仮名序は、和歌の歴史について述べた箇所であり、古代の天皇たちは折に触れて歌の詠出を近臣達に求め、その和歌に基づいて彼らの才能を判断したことを述べる（201番歌、参照）。当歌は月を題にして歌を詠むよう帝に求められたが、どのようにして詠むべきか教えてくれる人もいず、暗中模索して和歌の道の険しさに悩む思いを詠む。

（玉越雄介）

寄玉述懐

550 くもり有心をおもへしら玉はかけてもみかくためしやはなき

白‐圭《ノ》之玷《タル》尚《ヲ》可レ磨也。斯‐言之玷《タル》不レ可レ為也。

【出典】雪玉集、二四四五番。詩経、蕩之什、抑篇、二一〇頁。【異同】『新編国歌大観』『詩経』ナシ。

【訳】玉に寄せる述懐

迷いのために曇った心を省みて精進しなさい。白玉は欠けても磨けなかった例があろうか（いや、それはないのだから、心も同様である）。

白圭（白く清らかな玉）の欠けたものは、やはり磨けばよい。だが言葉の至らぬものは、どうにもならぬ。

【考察】『詩経』は不測の事態に備えて、思慮に欠けた言動を慎むことを諭す箇所で、言葉の過ちは取り返しのつかないことを玉にたとえて言う。当歌も、人の心を玉にたとえる。

（永田あや）

寄水懐旧

551ゆくものはかくこそと思ふ山水のはやくの世ゝに袖はぬれつゝ

論語。子在川上曰、「逝者如斯夫。不舎昼夜」。

【出典】 雪玉集、五六八三番。論語、子罕篇、二〇四頁。**【異同】**『新編国歌大観』『論語』ナシ。

【訳】 水に寄せる懐旧

過ぎ去って帰らぬものは、この山の速い川水のようであろうか。昔の聖代を思うと、（水ではなく涙で）袖が濡れるなあ。

論語。孔子が、川のほとりに居て言うには、「過ぎ去って帰らぬものは、すべてこの川の水のようであろうか。昼となく夜となく、一刻も止むことなく、過ぎ去っていく」。

【考察】『論語』は孔子が川の流れのように一所に止まることなく移ろっていく人の営みを思い、むなしく老いていくわが身を詠嘆した箇所（499番歌、参照）。当歌は「山水のはやくの世々」に「山水の速く」と「早くの世々」（昔の聖世）を重ね、山水の風景に孔子と自らの心情を合わせて昔を懐旧する。末の世の頽落を嘆くのは、懐旧歌の類型。

（永田あや）

田家懐旧

552打わひてひろふおち穂のおちふるゝ身に長岡の哀をそしる

いせ物語云、むかし色このみなる男、長岡といふ所に家つくりてをりけり云々。この女とも、「穂ひろはむ」といひけれは、「打わひておち穂ひろふと―」。
列子、天瑞篇曰、行-〳〵《テ》歌拾レ穂《ヲ》林-類行《テ》不レ留歌《テ》不レ輟。

【出典】 雪玉集、五三九九番。伊勢物語、五八段。列子、天瑞第一、第八章、三八頁。

【異同】『新編国歌大観』『伊勢物語拾穂抄』『列子』ナシ。

【訳】 田家の懐旧
悲嘆にくれて落穂を拾う落ちぶれた私の身に、長岡での田舎生活の哀しさが知られることだなあ。

伊勢物語によると、昔、恋の情趣を心得ている男が、長岡という所に家を造って住んでいた云々。この女たちが、「落穂を拾いましょう」と言っ（て男を誘おうとし）たので、（男は）「生計に困って落ち穂拾いをすると―」（と詠んだ）。

列子の天瑞篇によると、歌いながら穂を拾って歩き、林類は歩き続けて留まりもせず、また、歌い続けて止めもしなかった。

【考察】『伊勢物語』は、男が長岡（長岡京があった地）という田舎に家を造って住んだことを描いた段。『列子』は、林類が落穂を拾うという貧しい生活をしながらも楽しんでいる様子を描いた箇所。当歌は長岡が田舎であること、落穂拾いが貧者の行いであることを踏まえ、田舎での生活の悲哀を詠む。

【参考】『伊勢物語』の男が詠んだ「うちわびて落ち穂拾ふと聞かませばわれも田づらに行かましものを」は、落葉拾いならば付き合うが遊び相手なら断る、と女の誘いに乗らないことを表わす。

（梅田昌孝）

懐旧

553 年〳〵の春の草にも埋れぬ名のみその世の花のかけかな

白氏文集。古-墳何《ノ》-世《ノ》人《ソ》。不レ識二姓与《ト》レ名一。化《シテ》作二路-傍《ノ》土一。年-々春-草生《ス》。

【出典】雪玉集、八一〇四番。白氏文集、巻二、続古詩十首、其二、三三三頁。

【異同】『新編国歌大観』ナシ。『白氏文集』（那波本）「古墳―古墓」「何世―何代」「不識―不知」。

【訳】懐旧

年々生え替わる春の草にも埋もれない（ように、今なお聞こえる）その名声こそ、人生の栄花であるなあ。

白氏文集。古い墓はいつの世の誰のものか知る由もない。もはや路傍の土となり、年々春草は生い茂る。

【考察】『白氏文集』では、墓の春草は年々生え替わるが、墓に眠る主は目覚めることはない、と人生の無常を歌う（669番歌、参照）。当歌はこれを踏まえ、年々生え替わる春の草に埋もれてしまうものもある中、名声だけは埋もれずに今なお栄えていることを讃える。「花のかげ」は557番歌の出典にも見られる。

（梅田昌孝）

554 柏 鳥の跡に残るを見ても世々の道飛たつはかり昔恋しき

淮南子、見于春部。

万葉集、貧窮問答歌。世中をうしとはさしもおもへともとひたちかねつ鳥にしあらねは

【出典】雪玉集、三七五〇番。万葉集、巻五、八九三番。

【異同】『新編国歌大観』「残るを―残る世」。『万葉集』「うしとはさしも―うしとやさしと」。

【訳】（懐旧）

文字で書き残されてきたこの世の歴史を見るにつけても、昔の道ある時代が、飛び立って行きたいほどに恋しく思われるなあ。

淮南子、春部に見える。（71番歌、参照）

万葉集、貧窮問答歌。世の中をいやなものだと、そのようにも思うけれども、飛び去ることもできない。鳥ではないので。

【考察】『淮南子』は、蒼頡が鳥の足跡を見て、初めて文字を思いついたという故事を記す。『万葉集』は、つらいこの世から飛び立ちたいが、鳥ではないのでそれができない嘆きを詠む。当歌はこれらを踏まえ、文字で書き残されて来たこの世の歴史を振り返り、過去の聖代へ鳥のごとく飛び立って行きたいと懐旧する。

（梅田昌孝）

樵客情

555 陰にきて休むたにこそ身におはぬ花をも折か春の山人

【出典】雪玉集、二三六一番。**【異同】**『新編国歌大観』ナシ。

【訳】木こりの情

花の陰に来て休むことさえ（木こりには）似つかわしくないのに、身分に似合わない桜花の枝をも折ろうというのか、春の木こりよ。

【考察】当歌は『古今和歌集』仮名序の「（大伴の黒主は）薪おへる山人の花の陰に休める」（557番歌に掲載）と、その直前にある「文屋康秀は、言葉は巧みにて、そのさま身におはず」（文屋康秀は、言葉の使い方は巧みだが、その歌の姿は中身に似合っていない）をも踏まえる。「休むだにこそ身におはぬ」に「身におはぬ花」を重ねる。

（山内彩香）

樵路嵐

556 休み来し木かけやいかに折そふる薪の花もあらしふく也

【出典】雪玉集、二三六二番。**【異同】**『新編国歌大観』ナシ。

【訳】木こりの通う道の嵐
いつも休んでいた木陰は、（嵐が吹いて）どうであろうか。折って薪に添えた花にも嵐が吹くようだ。
（山内彩香）

樵路日暮

557 休らはむ花なきころの山人はいかにくらしていまかへるらん
古今序云、大伴の黒主は、其さまいやし。いはゝ、薪おへる山人の、花の陰にやすめるかことし。

【出典】三玉和歌集類題、雑上、樵路日暮、柏玉集。古今和歌集、仮名序、一八頁。
【異同】『三玉和歌集類題』『八代集抄』ナシ。
【訳】木こりの通う道の日暮
休むのに使っていた花が咲いていない時期の山人は、どのように日暮れまで過ごして今帰るのだろうか。
古今和歌集の仮名序によると、大友黒主の歌は、姿がひなびている。いってみれば、薪を背負った山人が花の陰に休んでいるような様である。
（山内彩香）

樵夫

558 薪とるおなしその身のくるしさに法の為なる道しらせはや
提婆品。採薪及菓蓏、随時恭敬与。

【出典】雪玉集、二三六〇番。妙法蓮華経、提婆達多品第一二。【異同】『新編国歌大観』『妙法蓮華経』ナシ。
【訳】木こり
薪を採る重労働に苦しむ木こりに、あなたは昔の釈迦と同じ身であり、その仕事は仏教のためになると教えたいなあ。

提婆達多品。薪や木の実、草の実を採って、いつも（釈迦は聖仙を）慎み敬った。

【考察】提婆達多品の句は、前世で釈迦が「妙法蓮華経」を授かるために、その教えを知る聖仙のもとで働いたことを説く。

（壁谷祐亮）

浦嶋子

559 玉くしけ明れはなひく白雲の行ゑかなしき浦風の空

浦嶋子伝、見于恋部。

【出典】雪玉集、二六〇五番。【異同】『新編国歌大観』ナシ。

【訳】浦嶋子

神女からもらった玉櫛笥《たまくしげ》（美しい櫛箱）を開けると、出てきた白雲が浦風に吹かれてたなびき、夜明けの空の彼方に行くのが悲しいことだなあ。

浦嶋子伝は、恋部に見える。（464番歌、参照）

【考察】「浦嶋子伝」によると、浦嶋子は神女からもらった玉櫛笥を開けてしまい、そこから出てきた煙に覆われて急速に年を取って死んでしまう。当歌はその場面を踏まえ、玉櫛笥から出てきた白雲が浦風にたなびき、空の彼方に消えてしまう悲しさを詠む。「（夜が）明くれば」に「（玉櫛笥を）開くれば」を掛ける。

（壁谷祐亮）

遊女

560 からろおす水の煙の一かたになひくにもあらぬうきみをや思ふ

朗詠集、順、遊女。和-琴緩《ク》-調《ヘテ》臨二潭-月《ニ》一。唐-櫓高《ク》-推《シテ》入二水-煙《ニ》一。

【出典】 雪玉集、二三七一番。和漢朗詠集、下、遊女、七二〇番。**【異同】**『新編国歌大観』『和漢朗詠集註』ナシ。

【訳】 遊女

唐櫓を推して進む水上のもやは一方向にたなびくが、一人（の男性）にだけなびくわけにはいかない辛い身を思うのだろうか。

【考察】 当歌の「一かた」は、「一方向」と「一人」の意味を掛ける。

和漢朗詠集、源順、遊女。和琴を緩やかに爪弾きながら、深い淵に映る月影の下で舟べりにたたずむ（遊女がいる）。唐風の櫓を推す音も高らかに、水上のもやの中を漕いでゆく（遊女もいる）。

（壁谷祐亮）

妓女

561 たをやめの赤裳のこしは浅みとり春の柳のなひくをそみる

白氏文集。粧-閣妓-楼何《ソ》寂-静《ナル》、柳《ハ》似二舞《ノ》腰《ニ》一池《ハ》似レ鏡。

遊仙窟曰、依-々《タル》弱-柳、束《ネテ》作《ス》二腰支《コシハセト》一。

【出典】 雪玉集、四三四五番。白氏文集、巻四、両朱閣、七一頁。遊仙窟。

【異同】『新編国歌大観』『白氏文集』『遊仙窟』ナシ。

【訳】 妓女

たおやかな妓女の朱色の裳を付けた腰は、春の柳の浅緑色の葉がなびくのを見るようだなあ。

白氏文集。妓女の住む粧閣や妓楼はどうして静かなのか。柳は舞人の腰に似ており、池は鏡に似ている。

遊仙窟によると、なよやかなしだれ柳を束ねて腰とする。

【考察】女性のしなやかな肢体や腰つきは、しばしば柳に譬えられた。当歌は妓女の赤裳を身につけた腰つきを見て、春の風に柳がなびく様子を思い浮かべて詠む。

（倉島実里）

王昭君

562 霜のゝち夢のみ遠くわかれ来しみやこの月にすむもはかなし

後江相公。胡角一声霜《ノ》後《ノ》夢、漢宮万里月《ノ》前腸。

【出典】雪玉集、四三四四番。和漢朗詠集、下、王昭君、七〇一番。【異同】『新編国歌大観』『和漢朗詠集註』ナシ。

【訳】王昭君

夜になって霜が降りた後、夢の中でだけ遠く別れて来た漢の都の澄んだ月のもとに住めるとは、はかないことだなあ。

後江相公（大江朝綱）。胡人の吹く角笛の音色が一声、霜気を帯びた夜空に響き、夢を破られる。懐かしい漢の宮殿は万里の彼方に遠ざかり、月下に望郷の思いにふけっていると、断腸の思いがこみあげる。

【考察】当歌は匈奴の王に嫁がされ、望郷の思いを抱きつつ彼の地に没した王昭君の孤独な心情に寄り添って詠む。結句の「すむ」に「澄む」と「住む」を掛ける。王昭君の故事は、374番歌に掲載。

（倉島実里）

563 恨しなおもへはひなのおとろへをかねてや筆のうつし置けん

白氏文集。満レ面胡沙満《ル》レ鬢《ニ》風、眉《ハ》銷二残黛一瞼《ハ》銷《セリ》レ紅《ヲ》。愁苦辛勤憔悴尽《ヌレハ》、如《イ》今《マ》却《テ》似《タリ》二画図《ノ》中《ニ》一。

【出典】雪玉集、七二六五番。白氏文集、巻一四、王昭君二首、二〇七頁。

【異同】『新編国歌大観』「恨しな―うらみじな」。『白氏文集』ナシ。

【訳】（王昭君）

もはや恨まないでおこうよ。（今になって）思えば都から離れた所で衰退する様子を、前もって絵筆で写されていたのだろうか。

白氏文集。顔一杯に吹きつける沙漠の砂や、髪を吹きぬける風のために、眉は眉墨のあとも消え、顔の頬紅も失せてしまった。慣れない胡地の苦労に見る影もなく窶れ果てて、今の私こそ、かつて宮中で醜く描かれた肖像画に似ている。

【考察】王昭君は漢の元帝の宮女であったが、宮廷の画工に賄賂を送らなかったため、肖像画を醜く描かれた。それゆえ匈奴の呼韓邪単于に嫁がされ、彼の地において窮苦の後に没した。『白氏文集』も当歌も、晩年の王昭君のうらぶれた心境を詠む。初句の「恨しな」を「恨みじな」と解釈したが、「恨めしな」（恨めしいことだなあ）とも読める。

（藤原崇雅）

564 雪のうち猶草青き塚のうへに終にかれせぬ思ひをそしる

旧註前漢云、昭-君死《ス》。番《エヒス》怜《レムヲ》レ之。遂葬《ニ》二於漢《ノ》界《ニ》一、号《ス》二青塚《ト》一云云。

明妃曲註曰、昭君服《シテ》レ毒《ヲ》而死《ス》。挙レ国葬《ル》レ之《ヲ》。胡-中多二白草一。而、此塚《ノ》独《リ》-青《シ》。故《ニ》曰《ヌ》二青-塚《ト》一。

【出典】雪玉集、三六四六番。胡曾、詠史詩、青塚。古文真宝前集、曲類、明妃曲二首。

【異同】『新編国歌大観』『詠史詩』（四庫全書）ナシ。『古文真宝前集諺解大成』「塚独—冢草独」。

【訳】（王昭君）

雪のなかでもなお青い草が塚の上で枯れていない有様に、（王昭君の）思い（はいまだに枯れていないこと）を知ることだなあ。

旧註前漢によると、王昭君が亡くなり、匈奴はこれを憐れんだ。結局、漢との境界に葬られ、これを青塚と呼んだ云々。

明妃曲註によると、王昭君は毒を飲んで死に、国を挙げて葬られた。胡の国の中には白い草が多いが、王昭君の塚の上にだけ青い草が生えたので、青塚と呼ぶようになった。

【考察】 当歌は冬でも生えている青い草に、今も王昭君の思いが生き続けていると詠む。「明妃」は王昭君を指す。

【参考】「旧註前漢」は、胡曾『詠史詩』巻下「青塚」詩に引かれた『前漢書』の注釈（唐の顔師古撰）。ただし当該箇所は、現存する『前漢書』（後漢の班固らの撰）には見当たらない。

（藤原宗雅）

楊貴妃

565 なき玉のありかはきゝついかにして身をまほろしになしてゆかまし

長恨歌伝曰、適《タマ〳〵》有二道士一自レ蜀来《レリ》。知下皇《ノ》心念二貴妃一如上レ是、自《ラ》-言《フ》有二李少君《ノ》之術一。玄宗大《ニ》-喜《テ》、命《シテ》致二其《ノ》神一云云。使者還《テ》奏《ス》二太-上-皇《ニ》一。々《ノ》心震-悼《シテ》、日《ニ》不レ予《ミ玉ハ》云云。

【出典】 雪玉集、七二六三番。白氏文集、巻一二、長恨歌伝、七九四頁・七九六頁。

【異同】『新編国歌大観』ナシ。『白氏文集』「貴妃―楊妃」「日《ニ》―日日」。

【訳】 楊貴妃

亡くなった美しい楊貴妃の魂の居場所は、（道士から）聞いた。なんとかしてこの身を、幻術を使う者に変えて、（楊貴妃のところに）行ければよいのになあ。

長恨歌伝によると、ちょうどその頃、蜀から来た道士がいて、玄宗がこれほどまでに楊貴妃のことを思いつめているのを知ると、自ら李少君の方術を心得ていると申し出た。玄宗はたいそう喜んで、彼女の魂を呼び寄せるように命じた云々。使者は帰還すると太上皇（玄宗）に奏上したが、陛下の心中は悲しみでひどく動揺し、日に日に気分が塞いでゆく云々。

【考察】『長恨歌伝』は、玄宗皇帝が亡くなった楊貴妃を偲ぶあまり、道士に彼女の魂を呼び寄せさせた箇所。当歌の「なき玉」の「玉」は、「魂《たま》」に玉のような美しさと、玉妃（『長恨歌』によると楊貴妃が生まれ変わった後の名）を掛けるか。「玉のありか」と「まぼろし」を組み合わせた例に、「たづねゆくまぼろしもがなつてにても魂《たま》のありかをそこと知るべく」（源氏物語、桐壺の巻、三五頁）がある。

【参考】『長恨歌伝』は、白居易・王質夫らと仙遊寺に遊んだ陳鴻が、王質夫に勧められて白居易の「長恨歌」を物語にした伝奇小説。李少君は前漢の武帝の時、不老長寿の法を説いた方士。

（増井里美）

566 まほろしに見えしもはかな身をかへし此世の外の山なしの花

長恨歌。玉-容寂-寞涙闌-干。梨-花一-枝春帯レ雨ヲ。

【出典】雪玉集、三六四八番。白氏文集、巻一二、長恨歌、八一五頁。【異同】『新編国歌大観』ナシ。

【訳】（楊貴妃）幻で見えたのも、はかないものだなあ。（楊貴妃がその）身を変えた姿は、死後の世界の山の中に咲いている梨の花のようであったなあ。

長恨歌。玉のような顔は寂しげで、その頬を涙がとめどなく流れ落ちるさまは、一枝の梨の花に、春の雨が降りかかっているような風情である。

【考察】『長恨歌』は、玄宗皇帝の命を受けた道士が楊貴妃の魂と出会い、その美しさを述べた箇所。当歌はその一節をもとに、たとえ道士が死者の魂と出会うことができたとしても、それは幻にすぎず、はかないものだという嘆きを詠む。「この世の外の山」は道士が訪れた仙山を指す。『白氏文集』の「涙欄干」の「欄」は金沢文庫本では「瀾」、那波本では「攔」、明暦三年（一六五七）版（『和刻本漢詩集成』所収）では「闌」、とそれぞれ異なる。

（増井里美）

李夫人

567 物いはぬ歎きをさらにたきそへてけふりのうちの俤もうし

白氏文集曰、漢武帝初喪李夫人《ヲ》。甘泉殿《ノ》裏《ニ》令写真《カタチヲ》丹青《ニ》、画出竟《ニ》何《ノ》益《ソ》。不言不笑愁殺人君《ヲ》。
九華帳深《シテ》夜悄々、返魂香《ハ》返《ス》夫人魂《ヲ》。夫人之《ノ》魂《ハ》在《ル》何《ノ》許《ニカ》。香煙《ニ》引《レテ》到焚香《ヲ》処。

【出典】 雪玉集、七二六四番。白氏文集、巻四、新楽府、李夫人、七一四頁。

【異同】 『新編国歌大観』ナシ。『白氏文集』（那波本）「愁殺人君—愁殺人」「返魂—反魂」「返夫人—降夫人」。

【訳】 李夫人

（肖像画の中の愛しい人が）何も言わない嘆きの木をも焚き添えてしまうので、その煙の中に見える面影も辛いことだなあ。

白氏文集によると、漢の武帝はさきごろ李夫人を喪った。甘泉殿に夫人の肖像画を描かせたが、絵具で書いたものが結局何の足しになろう。ものも言わなければ笑いもせず、これを見る天子を悲しませるだけだ。（中略）幾重もの花模様のついた、美しいとばりの奥で、夜もひっそりと静まる頃、（修験者の焚きしめる）反魂香が、夫人の魂をよび返す。夫人の魂はどこにあるのか、薫煙に導かれて、修験者が香を焚くところに来る。

【考察】 『白氏文集』の「李夫人」は色に溺れることを戒めた作品であるが、当歌は愛する者としみじみと話すこともできない悲しみを詠む。第二句の「嘆き」に「木」を掛ける。

（太井裕子）

上陽人

568 まゆすみもうつりかはりてあらぬ世のうとき人には見えん物かは

新楽府云、上陽人《ノ》、紅顔暗《ニテ》老白髪新《ナリ》云云。青黛点《シテ》レ眉《ニ》々細《ク》長《シ》、外《ウトキ》人《ニハ》不レ見々《ヘナハ》応レ笑。

【出典】 雪玉集、七二六六番。白氏文集、巻三、新楽府、上陽白髪人、五七二頁。

【異同】 『新編国歌大観』『白氏文集』ナシ。

【訳】 上陽宮の人

黛の描き方もすっかり変わってしまったが、（私の住む世界とは）違う世界に住む疎遠な人たちに私の顔を見られることはあろうか、いや、ないだろう。

新楽府によると、上陽宮に閉じこめられている宮仕えの女性は、花のような顔もいつしか年老いてしまい、今では白髪の老婆になってしまった云々。青い黛で細長く描いた眉は、宮殿の外の人々が見ないからよいが、もし見られたら間違いなく笑われるだろう。

【考察】「上陽人」は、玄宗皇帝の御代に宮中に入った女性が楊貴妃によって上陽宮に追いやられ、いつしか白髪の老女になってしまった箇所。当歌は老女になった今でも黛をつけて化粧をしているが、その化粧は四、五〇年前に宮中に入ったときと同じなので、世間の人々が見れば笑うだろう、と上陽白髪人に同情を寄せて詠む。

（玉越雄介）

569 春や来ぬ秋やこしとも幾めくりこたへぬ月に身をかこちけん

新楽府。春往秋来《レトモ》不レ記レ年《ヲ》。唯向《ツテ》二深宮《ニ》一望《メハ》二明月《ヲ》一、東南四五百廻円《ナリ》。今日宮中年最老《タリ》。

【出典】 雪玉集、三六四七番。白氏文集、巻三、新楽府、上陽白髪人、五七四頁。

【異同】 『新編国歌大観』「来ぬ―きぬ《ゆきイ》」。『和刻本漢詩集成』「東南―東西」。

【訳】（上陽宮の人）

何度目の春と秋がやってきたのか、と尋ねても答えてはくれない月に向かって、（いつの間にか年をとってしまった）我が身を嘆いたことだろうか。

新楽府。春が過ぎて秋が来るが、何年経ったのかは記憶していない。ただ、上陽宮の中から美しい月を見上げると、東から南へとめぐる満月を四五百回は見たであろう。今や私は宮中で最年長者である。

【考察】当歌も568番歌と同じ「上陽人」を題材として、上陽宮における月を見ながらの数十年にも及ぶ宮中生活に思いを馳せて詠む。

（玉越雄介）

陵園妾

570 月もまたいかに見さらん松の門いてやとおもへと消はてぬ身を
白氏文集。松門暁到月徘徊、柏城尽日風蕭瑟。


【出典】雪玉集、七二六七番。白氏文集、巻四、新楽府、陵園妾、七二三頁。

【異同】『新編国歌大観』ナシ。『和刻本漢詩集成』「暁到―到暁」。

【訳】御陵の宮女
月もまた、どうして見ないことがあろうか。さあ松の門の外へ出てと思いながらも、消えてしまえない私のことを。

白氏文集。松の生えた門の内では、夜は明け方になるまで月が空を徘徊しているのを眺め、柏の茂る宮殿では、昼は日が傾くまで風が淋しく吹き渡る音を聞くばかりである。

【考察】「陵園妾」は、陵墓の近くの宮中に幽閉された宮仕えの女性を憐れんだ詩。当歌は、幽閉されている宮中から出たいという願いが叶わない女性の悲しみを詠む。感動詞「いでや」に動詞「出で」を掛け、死ねば出られるのに、という思いを含む。

（玉越雄介）

孫思邈

571 わかえつゝ三十いろえし薬もや千ゝのこかねの名に残るらん

列仙伝曰、留‐連《スルコト》三‐日、乃以二軽‐綃金‐珠《ヲ》一相‐贈。思邈堅《ク》‐辞《シテ》不レ受。乃命二其《ノ》子《ニ》一取二竜宮《ノ》奇方三十首《ヲ》一与二思邈一曰、「此可二以助レ道《ヲ》者済レ世《ヲ》救レ人《ヲ》」。復以二僕‐馬《ヲ》一送二思‐邈一帰。思邈以二是《ノ》方《ヲ》一歴《ク》‐試《ルニ》皆‐効《シアリ》。乃編入《テ》二千‐金‐方《ノ》中《ニ》一云々。

【出典】 雪玉集、八一二六番。列仙全伝、巻五。

【異同】『新編国歌大観』「三十いろえし―三十いろへし」。『列仙全伝』ナシ。

【訳】 孫思邈

自ら（医術を）会得して三十品の薬方を手に入れたが、たくさんの黄金がどうして残るだろうか、いや世の人々のために使うから残らないだろう。

列仙伝によると、（思邈は）三日間そこに留まり（王は）薄絹と金珠を贈った。思邈は固辞して受けとらなかった。そこで、（王は）その子に命じて、竜宮の珍しい薬を三十取ってこさせ、思邈に与えて、「この薬を用いて道を助ける者は、世の中を救済し人々を救うことができる」と言った。再び下僕と馬に送らせて思邈を帰した。思邈はこの薬をあらゆる人々に用いたところ、皆に薬効があった。そこで「千金方」の中に採用した云々。

【考察】 孫思邈は『備急千金要方』『仙金翼方』等を著わした唐代の医家。百家の説に通じ陰陽・医道を極め、のちに「薬王」と呼ばれた。『列仙伝』は思邈が竜王の子を助けたことで、竜宮の王から珍しい薬方を与えられ持ち帰ったという伝説を記す。当歌は、官職につかず貴重な薬をも広く人々のために用いた思邈を讃える。

列子

572 碧 空に吹たより待てふ仙人も風のおさまる世をやしるらん

列仙伝曰、列-子《ハ》鄭-人《ナリ》。名《ハ》禦寇。問二道《ヲ》於関尹子一、復師《トス》二壺-丘-子《ヲ》一。九年《ニシテ》能《ク》御《シテ》レ風《ニ》而行。

（永田あや）

【出典】碧玉集、一二六四番。列仙全伝、巻一。【異同】『新編国歌大観』『列仙全伝』ナシ。

【訳】列子

空に吹く風を待って飛ぶという仙人も、今は風が収まる平和な世であることを知っているのだろうか。

列仙伝によると、列子は鄭の人である。名は禦寇。教えを関尹子に請い、また壺丘子を師とした。修行して九年で、風に乗って飛べるようになった。

【考察】列子は春秋時代の思想家で、その学は黄帝老子に基づく。当歌は、今は風も治まる平和な世の中（734番歌、参照）だから、仙人が風を待っていても吹いてこないのにと詠む。

（永田あや）

釣舟

573 わつかなるえをかくはしみよる魚は釣するふねもあはれとやみる

【出典】雪玉集、三六四五番。【異同】『新編国歌大観』ナシ。

【訳】釣り舟

少ししかない餌を美味しそうだと思って寄ってくる魚を、釣り舟も哀れだと思うだろうか。

【考察】当歌は、香ばしい餌につられて餌が少ないにもかかわらず寄ってくる魚を、禄に引き寄せられる人に見立てて憐れむ。典拠は次の574番歌、参照。

（梅田昌孝）

釣漁

574 水のうへのえをかくはしみよる魚のこゝろも人もおなし世の中

呂氏春秋曰、善《ク》-釣《ル》者《ハ》取二魚《ヲ》於千-仞《ノ》之下《ニ》一餌-香《ケレハナリ》也。

六韜曰、太公曰、「緡《ツリイト》-微《ニシテ》餌-明《ナレハ》小-魚食レ之。緡-調餌-香《ケレハ》中-魚食レ之《ヲ》。緡-隆餌-豊《ナレハ》大-魚食レ之《ヲ》。夫《レ》魚《ハ》食二其《ノ》餌《ヲ》一乃牽二於緡一。人《ハ》食二其《ノ》禄《ヲ》一乃服二於君一。故《ニ》以レ餌取レ魚《ヲ》可レ殺。以レ禄取レ人《ヲ》人可レ竭」云云。

【出典】 雪玉集、二三六六番。呂氏春秋、巻二、仲春紀、功名編。六韜、文師第一。

【異同】『新編国歌大観』「人も—人の」。『円機活法』（巻一〇、人品門、垂釣捕魚）ナシ。『六韜』「可殺—魚可殺」。

【訳】 釣漁

水の上にある餌を美味しそうだと思って寄ってくる魚の心も、（報酬が欲しくて君主に従う）人の心も同じ世の中だなあ。

呂氏春秋によると、釣りの名人は魚を測れないほど深い所から釣り上げるが、これは使う餌が香ばしいからである。

六韜によると、太公望が言うには、「釣り糸が細くて餌がはっきりしていれば、小さな魚が引っ掛かる。糸がやや太くて餌が香ばしければ、中くらいの魚がこれを食う。糸が太くて餌が大きければ、大魚がかかる。いったい、魚はその餌に食いついて釣り糸に引き揚げられる。（それと同様に）人は俸禄を得れば、君主に服従する。それゆえ魚は餌次第で、おびき寄せて殺せる。人は禄次第で、いかなる人も取り竭《つく》せる」云々。

【考察】 当歌は香る餌に引き寄せられる魚のように、禄に引かれて君主に服従する世人を諷刺する。

575 柏 誰かしる釣のうてなのうへにても世には見えしの身をや置らん

後漢。厳子陵少与ニ光武一同-学ス。後光-武即レ位隠レ身ヲ不レ見。徴シテ為ニ諫議大夫一不レ屈隠ニ迹ヲ於富春山一。垂レ釣、後-人因以テ名ツケテ為ニ厳-陵-瀬ト一。

（梅田昌孝）

[出典] 柏玉集、一六七九番。後漢書、逸民列伝第七三。円機活法、巻五、宮室門、釣台。

[異同] 『新編国歌大観』『円機活法』ナシ。

[訳] （釣漁）

誰が（釣り人の身元を）知っているだろうか。釣台の上にいても、世間の人と会わないように心がけて身を置いているのだろうか。

後漢書。厳子陵は若い頃、光武帝と共に学んだ。後に光武帝が即位すると身を隠して会わなかった。（光武帝は厳子陵を）召し出して諫議大夫にしたが従わず、富春山に隠れた。釣りをして暮らしたので、後の人はその釣りをした所を厳陵瀬と名付けた。

[考察] 出典は『後漢書』の抄出で異同が多いため、『円機活法』を参照した。当歌は、世の人にまみえず釣りをして暮らす厳子陵を詠む。

（梅田昌孝）

禁中

576 老すてふ門も名にあれや君かへんちとせの数の百敷のうち

朗詠集。不老門前日月遅。

[出典] 雪玉集、二三一〇番。和漢朗詠集、下、祝、七七四番。**[異同]** 『新編国歌大観』『和漢朗詠集』ナシ。

【訳】 禁中

「不老」という名を持つ門もあるのだなあ。君子が千年もの月日を送る宮中には。

和漢朗詠集。不老門のあたりでは、時はゆっくりと流れて、天子は老いを迎えることはない。

【考察】「不老門」とは洛陽にあった漢代の宮門の名。当歌は実在したものに寄せることで、祝意を増幅させた祝禱歌。

（山内彩香）

雑歌中

577えの本のもとの言の葉くちさらは更にさかへむ北のふちなみ

【出典】 雪玉集、七七〇四番。**【異同】**『新編国歌大観』ナシ。

【訳】 雑歌の中

榎の本の明神の（「今ぞ栄えむ」という）昔の言葉が朽ち果てていなければ、さらに栄えるであろう。藤原北家は。

【考察】「北の藤波」は藤原北家の別称。北家は藤原不比等の第二子房前を祖として冬嗣、良房などが出た、藤原氏の中で最も栄えた家。典拠は578番歌、参照。

（山内彩香）

蕭寺

578かしこしないまそさかへむ言のはを神もそへたる寺そこの寺

新古今集、神祇部。ふたらくの南のきしに堂たてゝいまそさかへむ北の藤波

此歌は興福寺の南円堂つくりはしめ侍るとき、春日の榎の本の明神よみたまへりけるとなむ。

【出典】 雪玉集、七六四三番。新古今和歌集、巻一九、神祇、一八五四番。

【異同】『新編国歌大観』『八代集抄』ナシ。

【訳】 寺院

すばらしいことだなあ。「今からまさに栄えるであろう」という言葉を神も告げた寺が、この寺である。

新古今和歌集、神祇部。補陀落の（海とも見える猿沢の池の）南の岸に堂を建てて、今からまさに栄えるであろう。藤原の北家は。

この歌は、（八一三年に藤原冬嗣が）興福寺の南円堂を作りはじめました時、春日の榎の本の明神がお詠みになった歌だと（言われている）。

【考察】蕭寺は寺の異称。南朝梁の武帝（蕭衍）が寺を造り、書の名人蕭子雲に命じて、門の額に自分の姓を書かせた故事による。

（山内彩香）

579 柏 初瀬山もろこしまてもあはれひの深きをわきてたのむとそ聞

玉かつらの巻云、「初瀬なん、日の本にあらたなるしるしあらはしたまふと、もろこしにも聞え有也」云々。

河海抄引縁起曰、僖宗皇帝の后馬頭夫人文宗孫玄成太子女かたちのみにくき事を歎き給けるに、仙人の教により て東に向て日本国長谷寺の観音に祈請し給ひけるに、夢中に一人の貴僧、紫雲にのりて東方より来て、手をのへて瓶水を面にそゝくとみて忽に容貌、端正になりにけり云々。下略

【出典】一字御抄、巻一、一五、寺、柏玉集。源氏物語、玉鬘巻、一〇四頁。河海抄、玉鬘巻、三八七頁。

【異同】『一字御抄』「深きをわきて―ひろきを分て」。『承応』『湖月抄』「日の本に―日の本のうちには」「もろこしにも―もろこしにだに」。『河海抄』ナシ。

【訳】（寺院）
唐土の人々までもが、初瀬山の観音の深いお慈悲を、とりわけ頼みにしていると聞くことだなあ。

玉鬘の巻によると、（豊後介が言うには）「初瀬の観音は、日本にあらたかなご利益をお示しになると、唐土でも評判になっているそうだ」云々。

河海抄に引く縁起によると、僖宗皇帝の后である馬頭夫人文宗の孫、玄成太子の娘は容貌の醜いことをお嘆きになっていたが、仙人の教えを受けて、東に向かって日本国の長谷寺の観音に祈請なされたところ、夢の中に一人の貴僧が紫雲に乗って東方から来て、手をさし伸べて瓶水を（馬頭夫人の）顔に注ぐと見るや、たちまち美しい容貌になった云々。下略

（太井裕子）

580 初瀬山かけてそあふく藤原の花のさかへもしるし有きと

河海抄云、徳道上人長谷寺建立之時、藤原房前卿奏問助成之間、彼聖人聖朝安穏藤氏繁昌乃至、法界衆生の為に祈請之由、見縁起云々。

【出典】雪玉集、二三二一四番。河海抄、玉鬘巻、三八七頁。

【異同】『新編国歌大観』ナシ。『河海抄』「奏問―奏聞」「聖人―上人」。

【訳】（寺院）
初瀬山を目指して（参詣し）、心にかけて仰ぐことだ。藤の花が盛りであるように、藤原氏の栄えも（徳道上人が祈ったとおり）ご利益があったと。

河海抄によると、徳道上人は長谷寺建立の時に、藤原房前卿が奏聞し助成している間、その聖人は聖朝が安穏で藤原氏が末永く繁昌して、法界衆生のために祈請したということが縁起に見える云々。

【考察】当歌は、初瀬山の参詣で藤の花が咲き誇る様子を見て、徳道上人が藤原氏の繁栄を祈った逸話を思い出したもの。「かけて」に「めざして」と「願いを託して」の二通りの意味を重ね、「藤原」に植物の「藤」を掛ける。

（太井裕子）

仏寺

581 よのつねのふり行寺の仏のみかはらぬかさり光そひつゝ

椎本巻云、塵いたうつもりて、仏のみそ花のかさりおとろへす云々。

【出典】柏玉集、一七二〇番。源氏物語、椎本巻、二一二頁。

【異同】『新編国歌大観』「かさり―かぎり」。『承応』『湖月抄』ナシ。

【訳】仏寺

時が移ろうことは常のことであるが、古寺の仏だけは供養の花の飾りが変わることなく、ますます光り輝いていることだなあ。

椎本の巻によると、塵がたいそう積もって、仏前だけは供養の花の飾りが以前と変わらず云々。

【考察】『源氏物語』は八の宮の亡き後、塵が積もり、花の飾り以外は変わってしまった宮の居所の様子を描く。当歌は「ふり」に「年を経る」と「古くなる」の意味を重ね、過ぎ行く時の無常と仏の普遍性を対比して詠む。

（倉島実里）

古寺滝

582 いまみるも何山姫のさらすともしられぬ布を風や吹らん

伊勢集云、龍門といふ寺にまふてゝ、む月の十日あまりになん有ける。みれは其堂の有さま、滝は雲の中よりおち来るやうにみゆ。仙のいはやといふは、いたく年ふりて、いはのうへの苔、八重むしたり。あはれにたふとくおほえて、なみたおつる滝におとらす云々。

　たちぬはぬきぬきし人もなき物を何山姫の布さらすらん

【出典】雪玉集、二三二二番。伊勢集、七番。

【異同】『新編国歌大観』「布を風や吹らん―布の風をふくらん」。『伊勢集』「年ふりて―年つもりて」。

【訳】古寺の滝

今見てもどうして、かの山姫が晒《さら》したかどうかも分からない布を、風はなびかせて吹いているのだろうか。

伊勢集によると、龍門という寺に参詣したのは、一月十日余りのことであった。見るとその堂の様子は、滝が雲の中から落ちてくるかのように見える。仙の岩屋というのは、たいそう長く年を経て、岩の上は深く苔むしていた。感慨深く尊いと思われて、落涙は滝にも劣らない云々。

【考察】滝を山姫が晒した布に譬えた『伊勢集』の和歌を、当歌は踏まえる。裁ち縫うことをしない衣を着た仙人も（今は）いないのに、どうして山の女神は、このように今も布をさらしているのだろうか。

（倉島実里）

寺近聞鐘

583 柏 おもふにも瓦の色にかねの声みるやさひしき聞やかなしき

　都府楼纔《ハニ》看㆓瓦色《ノ》㆒、観音寺只《ハ》聴㆓鐘声㆒。

【出典】柏玉集、一七一一番・一九九三番。菅家後集、不出門。和漢朗詠集、下、閑居、六二〇番。

【異同】『新編国歌大観』「瓦―尾上（一七一一番）―をのへ（一九九三番）」。『菅家後集』『和漢朗詠集』ナシ。

【訳】寺の近くで鐘を聞く

思うにつけても（都府楼の）瓦の色は見ても寂しいだろうか、（観音寺の）鐘の音は聞いても悲しいだろうか。
大宰府政庁の楼門は、わずかに瓦の色を眺めるだけだ。観音寺も、ただ鐘の声を聞くばかりだ。

【考察】 当歌は、大宰府に左遷された菅原道真の漢詩を典拠として、その地で虚しく生涯を終えた道真のつらい心情を思いやって詠む。

（倉島実里）

野寺僧帰

584 分かへる袖さむからし月の下の門は野かせの吹にまかせて

賈嶋。鳥《ハ》宿《ス》池-辺《ノ》樹。僧《ハ》-敲《ク》月《ノ》-下門。

【出典】 雪玉集、三三四三番。詩人玉屑。**【異同】**『新編国歌大観』『詩人玉屑』ナシ。

【訳】 野の寺に僧帰る

（野原の草を袖で）分けて帰る僧の袖は、寒いことだろう。月に照らされた門（を敲《たた》くの）は、野原を吹く風に任せて（おこう）。

賈島の詩。鳥は池の辺りの樹に宿り、僧は月の下の門を敲く。

【考察】「推敲」の出典は、五代・後蜀の何光遠『鑒戒録』巻八・賈忤旨が初出。宋・胡仔『苕渓漁隠叢話』や宋・魏慶之『詩人玉屑』などによると、唐の詩人である賈島は「僧推月下門」の句を作ったが、「推」を「敲」に改めた方がよいかどうか苦慮して韓愈に問い、「敲」に決したことにより「推敲」という言葉が生まれた。当歌の第二句「袖さむからし」は「さむからじ」ではなく「さむかる・らし」の「る」が脱落したものと解釈する。

（藤原崇雅）

山家橋

585出しとはちかふとなしに打わたしいつかは過し谷の板はし

【出典】雪玉集、五六八〇番。【異同】『新編国歌大観』「板はし—岩ばし」。

【訳】山家の橋

出るまいと誓った訳でもないが、ずっと谷に架かっている板の橋を、いつ通り過ごしただろうか、いや通り過ぎてはいない。

【考察】典拠は586番に掲載する「虎渓三笑」の故事。「打ちわたし」に副詞「うちわたし」（ずっと続いて）と「（橋を）渡し」を掛ける。「いつかは過ぎし」は反語で、うっかり橋を過ぎて俗世間に戻ったりはしていない、と解釈する。

（藤原崇雅）

寄橋雑

586谷ふかみ橋を過しのちかひたにあれは有世をなとわたるらん

廬山記曰、遠法師居二廬阜一、三十余年影不レ出レ山《ヲ》、跡不レ入レ俗。送《テ》レ客《ヲ》過《レハ》二虎渓《ヲ》一、虎輒鳴号《シ》。昔陶元亮居二栗里《ニ》一、山《ノ》南陸脩静、亦有道《ノ》之士《ナリ》。遠師嘗《テ》送二此《ノ》二人《ヲ》一、与《ニ》語《テ》道合不レ覚《シテ》、過レ之《ヲ》因《テ》相与《ニ》大笑。今《ノ》世伝二三笑《ノ》図《ヲ》一云云。

【出典】雪玉集、二五九九番・七三六三番。廬山記、仁、第一巻、叙山北篇第二。

【異同】『新編国歌大観』ナシ。『廬山記』「遠法師居廬阜、三十余年影不出山、跡不入俗。送客過虎渓、虎輒鳴号。昔陶元亮—虎渓昔遠師送客過此虎輒号鳴故名焉時陶元亮」。

【訳】橋に寄せる雑歌

谷が深いので橋を通り過ぎ（て俗界には出）ないでおこうと誓った人さえいるのに、どうして（出家も考えずに）俗世で世渡りをしているのだろうか。

廬山記によると、遠法師は廬の小高い丘に居り、三十余年も山を出たことがなく、俗界に入ったためしがなかった。客を送って虎渓を過ぎたところで、虎の吠える声がした。昔、陶元亮は栗の里に居て、山の南にいる陸脩静もまた道士である。遠法師はかつてこの二人を送ったとき、あまりに話が合い、語り合ってしまったため、不覚にも境界線を過ぎたことに気づき、互いに大いに笑った。今の世に（この逸話は）三笑の図として伝わっている云々。

【考察】「遠法師」は中国東晋の僧、慧遠。廬山の東林寺に住み、白蓮社を創設し、中国浄土宗を開いた。陶元亮は陶淵明の字。陸脩静は東晋末～南朝宋の道士。虎渓は廬山に流れる川の名前で、俗世との境界とされていた。当歌の「渡る」は「橋」の縁語。第二句の「過し」を『新編国歌大観』は「過ぎし」（「し」は過去の助動詞）とするが、「過ぎじ」（「じ」は打消し意志の助動詞）と解釈する。

（藤原崇雅）

山家路

587 君かためいまも道有しるへして出へきあきの山人もかな

漢書。張良伝曰、良曰、「始上数在二急-困之《ノ》中《ニ》一。幸《ニ》用二臣《カ》策《ヲ》一。今天下安-定《ナリ》。以レ愛《ヲ》欲レ易二太-子《ヲ》一。骨-肉《ノ》之間、雖二臣等百人一、何《ノ》-益《カアラン》」。呂-沢彊要《シテ》曰、「為レ我画-計《セヨ》」。良《カ》曰、「此難下以二口-舌《ヲ》一争上。顧《フニ》上有二所不レ能レ到《スコト》者四人一。四人謂、園公、綺里季、夏黄公、角里先生、所謂商山四皓也。四人年-老《タリ》矣。皆以二上《ノ》嫚-娒《セルヲ》一レ士《ヲ》、故《ニ》逃二-匿山-中《ニ》一。義不レ為二漢《ノ》臣《ト》一。然上高《シトス》二此《ノ》四人《ヲ》一。今公誠《ニ》能毋レ愛《コト》二金玉璧帛《ヲ》一。令レ太子《ヲ》為レ書、卑レ辞《ヲ》、安-車《シテ》、因使《シテ》《メハ》二弁-士《ヲ》固《ク》請《ハ》一、宜レ来《タス》。以為レ客、時従入-朝《セシメン》。令《シテ》《メハ》二上《ヲ》見一レ之《ヲ》、則一《ノ》助《ナリ》」。於レ是呂-后、令レ呂《シテ》-沢《ヲ》使レ人《ヲ》奉二太子《ノ》書《ヲ》一。卑レ辞《シ》、厚《シテ》レ礼《ヲ》迎二此《ノ》四人《ヲ》一。四人至客《タリ》二建成侯《カ》所《ニ》一云云。

【出典】雪玉集、一二三四四番。漢書、張良伝。

【異同】『新編国歌大観』ナシ。『漢書』「以口舌争―以口舌争也」「宜来以為客―宜来来以為客」「則一助―則一助也」。

【訳】山家の路

主君のために今も進むべき道案内をして、山から出て来る商山の四皓（のような賢者）がいればなあ。

漢書の張良伝によると、張良は、「昔、帝（劉邦）はしばしば急困された時、運よく私の策を用いられた。（しかし）今天下は安定しており、（帝が）愛憎から太子を代えようとなさるのは、肉親の情としての問題である。私のような者がたとえ百人いたとしても、役に立たないだろう」と言った。しかし、呂沢は無理強いして、「私のために計画せよ」と迫った。そこで、張良は次のように助言した。「これは言葉だけでは扱い難い問題だ。思うに、帝でもお呼びできない四人の賢者がいる。その四人とは、園公、綺里季、夏黄公、角里先生で、いわゆる商山の四皓だ。この四人は年老いて皆、帝が士を侮蔑するので山中に隠れ住み、筋を通して漢の家来になろうとしないが、帝は彼らを高く評価している。今、あなたが金に糸目をつけないで、太子に手紙を書かせ、へりくだった言い方をして、老人たちが座れるような車を作るなどの配慮をして、能弁の士を使って招かせれば、彼らも多分来るだろう。（もし来たら）上客として丁重に遇し、折を見て参内して帝に会わせれば助けになるだろう」。そこで呂后は呂沢に頼み、使者を通じて太子の手紙をさし上げ、へりくだった言い方をして礼を尽くし、この四人を迎えた。四人は来朝し、建成侯（呂沢）の客になった云々。

【考察】『漢書』は、正室呂后の産んだ太子を廃位させようとする劉邦に対抗して、呂后が張良に策をめぐらさせた箇所。「商《あき》の山人」は商山の四皓を指す。古代中国の車は立って乗るが、「安車」は座って乗れるように造られた老人用の車（644番歌、参照）。

（増井里美）

山家松

588 柏 朝夕の煙もたてし柴の庵松の葉すきてあるにまかせは

若紫の巻に、さるへき物つくりてすかせ奉る云々。

孟津抄云、「すかせ」は食《スカス》也。「松のはすきて」なとおなし事也。

［出典］ 柏玉集、一七四一番・二四二九番。源氏物語、若紫巻、二〇〇頁。

［異同］『新編国歌大観』『承応』ナシ。『湖月抄』「松のはすきて─松の葉をすきて」。

［訳］　山家の松

朝夕の（食事のための）煙も立てないでおこう。この粗末な柴の庵では松の葉を食べて、あるにまかせて暮らすのであれば。

［考察］『源氏物語』は、光源氏が瘧病で北山を訪れた箇所。当歌は、山住みの人の立場に立って詠む。

若紫の巻には、しかるべき護符などを作って、飲んでいただく云々。

孟津抄によると、「食《す》かせ」は食べるという意味である。「松の葉食《す》きて」などと同じことである。

［参考］『新編国歌大観』では「松の葉すぎて」と翻刻されているが誤り。『湖月抄』に引かれた『孟津抄』は、九条稙通が著わした『源氏物語』の注釈書。

（増井里美）

山家

589 住人はいかゝ見るらん雲は猶こゝろなくても出る山かせ

雲無‐心《ニシテ》　以出レ岫《ヲ》。帰去来辞

［出典］ 雪玉集、三七四八番。文選（文章篇）中、四五四頁。**［異同］**『新編国歌大観』『文選』ナシ。

[訳]　山家

山人はどのように見ているだろうか。雲はやはり無心であっても山（中からわきおこり、）風に吹かれて流れ出る（様子を）。

雲は無心に山中の洞穴を出る。帰去来辞

[考察]　当歌は無心の雲でさえ山から出るのを見て、有心の人間である山人は外に出たいと思うだろうか、と詠む。「帰去来辞」の当該箇所は48・176番歌にもあり。

（玉越雄介）

590おなしくはおとろの道の奥もみて身のかくれ家の山はさためん

棘路註、見于秋部。

[出典]　雪玉集、二三二五番。**[異同]**　『新編国歌大観』ナシ。

[訳]　（山家）

どうせ出家するのであれば、公卿としての出世の道を極めた後に、草木が茂った道の奥も見て、我が身の隠れ家とする山を定めよう。

棘路の注は秋部に見える。（161番歌、参照）

[考察]　「おどろの道」とは草木が茂っている藪道。和歌では公卿の意を掛けることが多い。大納言・中納言を「棘路」とも呼び、それを訓読したことによる。

（玉越雄介）

591深くいとふ身のかくれかの道なくは洞にもはつる心ならまし

[出典]　雪玉集、五四九七番。**[異同]**　『新編国歌大観』ナシ。

【訳】（山家）
この世を毛嫌いする私に、隠れ住む手段がもし無ければ、山の洞穴に対しても恥ずかしく思う気持ちが起こるだろう。
【考察】592番歌と同様に「北山移文」を踏まえて、山に恥じられないよう熱心に修行する強い意志を詠む。
（玉越雄介）

雑歌中

592 ふかく入てすまぬ心を谷にはち林にはつる身のやとりかな

北山移文。故《ニ》其《ノ》林《ノ》‐慙無レ尽《ルコト》、澗《ノ》愧不レ歇。註翰曰、託二林‐澗一以申二其《ノ》愧《ヲ》一也。


【出典】雪玉集、四四四三番。文選（文章篇）中、三五五頁。六臣註文選、巻四三。古文真宝後集、二六九頁。

【異同】『新編国歌大観』『文選』『六臣註文選』『古文真宝後集』ナシ。

【訳】雑歌の中
奥深い山へ入って住んでも心を澄ますことができず、谷や林に恥じながら（俗世に）留まっている我が身であるなあ。

北山移文。ゆえに林が恥じることは尽きず、澗《たに》が恥じることも尽きない。李周翰の注によると、林や澗（が恥じるの）にことよせて、彼の恥を告白するのである。

【考察】孔稚珪が著わした「北山移文」は、官途に就くために隠逸の志を捨て、この地を去る周顒《しゆうぎよう》を、北山の神霊が非難するという形式を採る。引用部分は周顒に向かって、林や澗が恥じている箇所。当歌は世を厭うて隠棲しに来ない者を、谷や林が軽蔑すると捉えて詠む。第二句の「すまぬ」に「住まぬ」と「澄まぬ」を掛ける。

（玉越雄介）

山家

593よるの鶴の思ひやそはむ今はとて住へき山の松のかせにも

白氏文集、五絃弾。第三第四絃冷々、夜鶴憶子籠中鳴。

【出典】雪玉集、四六四一番。白氏文集、巻三、新楽府、五絃弾、六三一頁。

【異同】『新編国歌大観』『白氏文集』ナシ。

【訳】 山家

夜の鶴の（ような我が子への）思いはいっそう募るのだろうか。今はこれまでと（世を捨てて）住むつもりの山で、松に吹く風の音を聞くにつけても。

白氏文集、五絃弾。第三、第四の絃は冷え冷えとした音を奏で、夜の鶴が子を思って籠の中で鳴くようである。

【考察】当歌は『新古今和歌集』の四七三番歌も踏まえて、俗世から離れても、我が子に対する親としての愛情が、松風の音によってかき立てられてしまう心情を詠む。

【参考】「虫の音も長き夜あかぬ故郷になほ思ひ添ふ松風ぞ吹く」（新古今和歌集、秋下、四七三番、藤原家隆）。

（永田あや）

山家雨

594ゆふまくれ軒はの山にかへりくる雲もそのまゝはれぬ雨かな

【出典】雪玉集、二三三三番。【異同】『新編国歌大観』ナシ。

【訳】 山家の雨

夕暮になると、（いつもは）軒先に見える山に帰ってくる雲も、（今夜は）そのまま晴れずに雨が降ることだなあ。

【考察】「山に帰り来る雲」は595番歌の出典を踏まえる。

（永田あや）

山家

595 しつかなるわか身ひとつの谷の戸を隣ありとや雲かへるらん

雲帰而岩穴暝。酔翁亭記

【出典】雪玉集、三八四二番。古文真宝後集、一六五頁。

【異同】『新編国歌大観』「わか身―ただ身」。『古文真宝後集』ナシ。

【訳】山家

静かに私一人で（住んで）いる谷の入り口を、仲間がいると思って雲が帰ってくるのだろうか。

（日が暮れると）雲が山に帰って岩穴が暗くなる。酔翁亭記

【考察】「酔翁亭記」は朝夕に山を漂う雲を擬人化して、朝に山を出て夕方に帰ると形容した箇所。当歌は、雲が谷へ帰ってくる理由を推察する。492・493番歌、参照。

（永田あや）

山家経年

596 柏 山住は身をやつしても身そやすきはちおほからん命長さの

荘子。見于秋部。

【出典】柏玉集、一七五〇番。【異同】『新編国歌大観』ナシ。

【訳】山家で年を経る

山に住んでいれば、わが身はみすぼらしくても、心穏やかである。長生きして恥が多くなっても。

荘子。秋部に見える。（206番歌、参照）

【考察】『荘子』は「寿《キ時ハ》則多《シ》レ辱」（長生きすると恥をかくことが多くなる）と記した箇所。当歌はそうなっても、山

に住んでいるので誰にも会わず、心が安らかだと詠む。

（梅田昌孝）

597友と成鳥けたものや恨ましなれ来し山を住もうかれは

【出典】雪玉集、三三一四番。【異同】『新編国歌大観』ナシ。

【訳】（山家で年を経る）

これまで友としてきた鳥や獣は恨むであろうよ。馴れ親しんだ山に住みあきてよそへ浮かれ出たならば。

【考察】典拠は599番歌に同じ。結句の「住み浮かる」はあるべき住まいを離れて流浪する、という意。

（梅田昌孝）

山家嵐

598よるの鶴恨やせまし山さとの松のあらしと住うかれなは

【出典】雪玉集、五三四八番・六五六四番。

【異同】『新編国歌大観』「鶴—露《鶴のイ》」「山さとの—山ざとを」（五三四八番）「鶴—鶴の」（六五六四番）。

【訳】山家の嵐

夜の鶴は恨むだろうか。山里の松の嵐と共に住むことができなくなり出てしまったならば。

【考察】典拠は599番歌に同じ。第四句の「あらし」に「嵐」と「あ（在）らじ」を掛けるか。結句の「住み浮かる」は597番歌と同じで、放浪するの意。

（梅田昌孝）

隠士出山

599夜の鶴恨かすらん松かせを友なひはてぬ人のこゝろを

北山移文。蕙帳空兮夜ノ鶴怨ミ、山人去テ兮暁ノ猿驚ク。

【出典】雪玉集、一三六四番。文選（文章篇）中、三五三頁。古文真宝後集、一二六八頁。

【異同】『新編国歌大観』『古文真宝後集』ナシ。

【訳】隠士が山を出る

夜の鶴は恨んでいるだろうか。松風と一緒に住まなくなってしまった人の心を。

北山移文。香りのよい帳は人の姿もなく、夜に鳴く鶴の怨みの声がする。山人は去ってしまい、暁起きの猿は驚く。

【考察】「北山移文」は、周顒《しゅうぎょう》という隠者が山住みをしなくなったことに対して、夜の鶴が恨み、猿が驚いたということを記す。592番歌、参照。

（梅田昌孝）

塩屋煙

600 これやこの塩やくならし夕煙月ともいはしすまの浦波

すまの巻。烟のいと近くとき〱立くるを、これやあまの塩やくならんとおほしわたるは、おはしますうしろの山に、柴といふもの、ふすふる也けり。

【出典】雪玉集、八〇九四番。源氏物語、須磨巻、二〇七頁。【異同】『新編国歌大観』『承応』『湖月抄』ナシ。

【訳】海水を煮て塩を作る家から出る煙

これこそあの須磨の浦で、海人が塩を焼いている夕べの煙であろうか。（煙で隠れても）月（が見たい）とも言うまい。

須磨の巻。煙がすぐ近くまでときどき流れてくるのを、これが海人の塩を焼く煙だろうと、ずっと思っていらっしゃったが、実はお住まいの後ろの山で柴というものをくすべているのであった。

【考察】『源氏物語』は、須磨へ退居した光源氏が、流れてくる煙を見て、古歌「須磨の海人の塩焼く煙風をいたみ思はぬ方にたなびきにけり」（古今和歌集、恋四、七〇八番、題しらず、よみ人知らず）を思い起こした箇所。当歌は、月を隠す煙も、須磨の海士が焼く有名な藻塩の煙ならば興趣深いので、嫌うまいと詠む。

（山内彩香）

窓竹

601 柏 竹くらき窓にそおもふたか宿にふみのなにおふ草もおひけん

【出典】 柏玉集、一六〇六番・二二九七番。雪玉集、四六三八番。

【異同】『新編国歌大観』「おもふ―おほふ」（一六〇六番）。

【訳】 窓辺の竹

竹の木陰で暗くなった窓辺で、もの思いにふけることだ。誰の家に、文の名を持つ草も生えたのだろうか。

【考察】「文好む木」（梅の古名。好文木）と関係あるか。その名の由来は、晋の武帝が学問に励んでいる時は梅の花が開き、学問を怠る時は散りしおれていた、という故事による。ただし当歌の「文」を手紙と解釈すると、私の家には手紙草も生えないし手紙も来ない、と読める。

【参考】 底本には和歌のあと三行分の空白があり、出典を欠く。当歌の第四句は、版本『柏玉集』一六〇六番では「ふみのなに思ふ」であるが、『新編国歌大観』では「ふみのなにおふ」に校訂されている。

（山内彩香）

田家

602 もる庵はいふせけれとも秋の田に色こき稲はにしきをそしく

夕霧巻云、色こき稲ともの中にましりて云々。

【出典】雪玉集、四一四八番。源氏物語、夕霧巻、四四八頁。【異同】『新編国歌大観』『承応』『湖月抄』ナシ。

【訳】田舎の家

番をする庵は（人目が）気にかかるけれども、秋の田に実る色の濃い稲は錦を敷いたようであるなあ。

夕霧の巻によると、（鹿は垣根のすぐ近くにたたずんでは、山田の引板の音にも驚かず）濃く色づいた稲田の中に入り込んで云々。

【考察】『源氏物語』は、夕霧が落葉の宮に会うために小野を訪れた箇所。鹿は妻を思って鳴くとされ、落葉の宮を思う夕霧に重なる。当歌は稲を見張る番人の目を気にしながら、小野へ通う夕霧の立場で詠む。

（山内彩香）

木

603 柏 玉つはき春と秋との八千世をも花にそ契る紅葉をは見し

大椿、八千歳。見于秋部。

【出典】柏玉集、一六〇二番。【異同】『新編国歌大観』ナシ。

【訳】木

春と秋とが八千年ずつという計りしれない長い時を、まずは大椿の花に約束することだ。（そうすれば八千年もの間、花が咲き続け、その間は）紅葉を見ることはないだろう。

大椿、八千歳。秋部に見える。（251番歌、参照）

【考察】出典は大椿という木が八千年を春、八千年を秋とすると述べた箇所。当歌は、椿の花が咲く春が八千年続くようにと詠む。その後は紅葉の秋が八千年続き、椿の花は見られないが、それよりもすぐ散る花が半永久的に咲くことを望む。

（梅田昌孝）

桐

604 碧 桐の葉は秋にそおつる住鳥もあらはれぬへき君か世の影

格物論。見于秋部。

【出典】碧玉集、五七〇番。【異同】『新編国歌大観』ナシ。

【訳】桐

桐の葉は秋になると落ちる。（葉が落ちて露わになった）桐に住む鳳凰も姿を現わすように、鳳凰もきっと現れるに違いない我が君の御世であるなあ。

格物論。秋部に見える。（142番歌、参照）

【考察】「格物論」によると鳳凰は瑞応の鳥で太平の世に現れ、梧桐にしか栖まない。当歌は鳳凰が現れるほど太平である世を讃える。

（永田あや）

洞松

605 住すてし人やいく世の石のとこ松のあらしの吹にまかせて

菅三品。石‐床留《テ》レ洞《ニ》嵐空《ク》‐払、玉‐案抛《テ》レ林《ニ》鳥独啼。

【出典】雪玉集、二二五二番。和漢朗詠集、下、仙家付道士隠倫、五四七番。

【異同】『新編国歌大観』『和漢朗詠集註』ナシ。

【訳】洞の松

住んでいた人がいなくなり、どれほどの世を経たことだろうか。（捨てられた）石造りの寝台は（床の塵を払う人もいなくなり）、（床の塵は）松を揺らす嵐に吹かれ（て払われ）るままで。

菅三品（菅原文時）。仙人の寝台が洞穴の穴の中に今なお残り、山の風が空しくその上を吹きなでる。また、玉で作った机は林間に捨てられ、鳥の声しか聞こえない。

【参考】床の塵を払うは、「塵をだに据ゑじとぞ思ふ咲きしより妹とわが寝る常夏の花」（108番歌に掲載）による。

（玉越雄介）

松歴年

606 君[碧]かへん松は高砂住の江のいく年波かちきりかけまし

古今序の心詞なるへし。

【出典】碧玉集、一〇六二番。**【異同】**『新編国歌大観』「君かへん―君かみむ」。

【訳】松が年を経る

わが君が将来にわたって見る松は、高砂や住の江の長寿の松であるが、それらの松に寄せ掛ける波のように、松はどれほど無数の長寿を約束しているだろうか。

古今和歌集仮名序の趣や言葉（によるの）であろう。（288番歌、参照）

【考察】当歌は『古今和歌集』仮名序の「高砂・住の江の松も相生のやうにおぼえ」の箇所を踏まえ、「年並み」に「波」を掛け、「契り掛け」に波が松に寄せ掛けを重ねる。初句は「君が見む」の本文で解釈した。

【参考】「我見ても久しくなりぬ住の江の岸の姫松いく世経ぬらむ」（古今和歌集、雑歌上、九〇五番、よみ人知らず）、「住の江の岸の姫松人ならばいく世か経しと言はましものを」（同、九〇六番、よみ人知らず）、「誰をかも知る人にせむ高砂の松も昔の友ならなくに」（同、九〇九番、藤原興風）。

苔

607紅の塵ふみならす跡つけは太山の苔のいとひもそする
円機活法、仕官門、名利《ノ》部《ノ》詩句。貪夫袞々《トシテ》死㆓紅塵《ニ》㆒。

（藤原崇雅）

【出典】 雪玉集、二二七四番。円機活法、一二巻、仕官門、名利部。**【異同】**『新編国歌大観』『円機活法』ナシ。

【訳】 苔

（欲深い男が）赤茶けた塵を踏みならして跡をつけると、（俗世間からかけ離れた）山奥の苔は嫌がるかもしれない。円機活法、仕官門、名利部、詩句。貪欲な人物は、名誉と実利の奔流に押し流されて、車馬の行き交い埃だらけの俗世間で死んでゆくのだ。

【考察】「紅塵」は赤茶けた土埃で、俗世間を意味する（106番歌、参照）。結句の「もぞ」は悪い事態を予測し、危ぶんだり心配したりする意を表わす。

【参考】 典拠は王若虚『滹南遺老集』巻四五、または元好問編『中州集』巻六に収められた「題淵明帰去来図　五首　其五」の一節。

幽径苔

608庭の面は山路おほえて石のはしやり水かけて苔生にけり
白氏文集。五架三間新草堂、石《ノ》階松《ノ》柱竹編《メル》墻。

（藤原崇雅）

【出典】 雪玉集、二二七五番。白氏文集、巻一六、香炉峰下新卜㆓山居㆒草堂初成偶題㆓東壁㆒、四二〇頁。

【異同】『新編国歌大観』ナシ。『白氏文集』「松―桂」。

【訳】 静かな小径の苔

庭一面は山路のように思われて、石段にやり水をめぐらし、苔が生えているなあ。

白氏文集。奥行きは五架、間口は三間の新しい草ぶきの家、それに石段と松の柱と竹の垣根。

【考察】『白氏文集』は白居易が、完成した自分の草堂を詠んだ箇所。

【参考】「住まひたまへるさま、言はむ方なく唐めいたり。所のさま絵に描きたらむやうなるに、竹編める垣しわたして、石の階《はし》、松の柱、おろそかなるものから、めづらかにをかし」（源氏物語、須磨の巻、二一三頁）。

（藤原崇雅）

岩頭苔

609 柏 さゝれ石の岩ほの苔の行末はをのか緑を松にゆつらん

古今集真名序。砂‐長《シテ》 為《ルノ》レ巌《ト》之頌、洋‐々《トシテ》 満《リ》レ耳《ニ》。

【出典】柏玉集、一六一八番・二〇九四番。古今和歌集、真名序、四二八頁。

【異同】『新編国歌大観』「岩頭苔―巌頭苔」（一六一八番、二〇九四番）。『八代集抄』ナシ。

【訳】 岩の上の苔

小さいさざれ石が大きな巌となり、そこに生えた苔の行く末は、自分の緑色を松の常緑に譲（り、永久に栄え）るであろう。

古今和歌集の真名序。さざれ石が大岩石になるまでの君の長寿を寿ぐ歌が、いたる所で我らの耳に満ちている。

【考察】『古今和歌集』真名序は、その編纂を命じた醍醐天皇の治世を称えた箇所。当歌は、「わが君は千代に八千代に細れ石の巌と成りて苔のむすまで」（古今和歌集、賀、三四三番、よみ人知らず）も踏まえ、苔の緑色が永久不変を象徴する松の緑に移ると詠み、よりいっそうの長寿や慶賀を寿ぐ。

松

610我うへにことしそみつる夢の中の松のためしよ世々にかはれる　（増井里美）

蒙求云、呉志、丁‐固仕二孫皓一為二司徒一。呉録《ニ》曰、初固為二尚書一、夢三松生《スト》二其《ノ》腹‐上《ニ》一。謂レ人曰、「松《ノ》字《ハ》十八公也。后十八歳《ニシテ》、吾‐其為《レン》レ公乎《ト》」。卒《ニ》如レ夢焉。

【出典】 雪玉集、五〇三六番。蒙求、王濬懸刀　丁固生松、四九二頁。

【異同】『新編国歌大観』「夢—草」。『蒙求』「呉録—呉書」「夢松生其腹上—夢松樹生其腹上」「后—後」。

【訳】 松

丁固のように私も今年、松が腹の上に生えた夢を見た。丁固はその夢解きの通り、十八年後に三公になったが、世の中はすっかり変わってしまったから（私の夢は叶うか）なあ。

蒙求によると、『呉志』では丁固は孫皓に仕えて司徒（丞相）となった。『呉録』によると、初め丁固が尚書（書奏を司る官）だった時、松が腹の上に生える夢を見た。そこで、彼は（その夢を解いて）人に、「松の字は（偏と旁を分解すると）十八公になる。（故にこの松の夢は）十八年経つと、自分が三公となる正夢であろう」と語った。遂にその夢の通り（三公の一である司徒）になった。

【考察】 丁固の夢解きは、松の字を分解すると「十」「八」「公」になり（166・304・389番歌）、一八年後に三公になることを示す。当歌は、自分も丁固のように松の夢を見たが、故事のように昇進するかどうか訝ったもの。　（増井里美）

松葉不失

611露霜の松やふりせぬ深みとり正木のかつらいく世かけても

古今集序。松の葉のちりうせすして、正木のかつらなかくつたはり云々。

【出典】雪玉集、二二六二番。古今和歌集、仮名序、三〇頁。【異同】『新編国歌大観』『八代集抄』ナシ。

【訳】松葉は失せず

露や霜が降りても古くならない松葉の深緑は、柾《まさき》の葛が伸び続けるように、どれほど時が経っても（変わらないものだなあ）。

古今和歌集の仮名序。松の葉が散り失せず、柾の葛が長く伸びるように長く後世に伝わり云々。

【考察】『古今和歌集』は、本歌集がこの後も永く受け継がれていくことを願う箇所。第二句の「ふり」に「降り」（露や霜が降りる）と「古り」（時が経ち松の葉が古くなる）を掛ける。

（玉越雄介）

竹

612 きかてやは世に顕れんいか計声のあやなす竹はありとも

風俗通曰、笛之《ノ》所レ出有二雲夢之《ノ》竹、衡陽之《ノ》幹、柯亭之《ノ》竹一云云。

白氏六帖曰、蔡邕宿二柯亭一々屋以レ竹為レ椽。盻曰《テ》、「真良竹也」。取以為レ笛音声妙絶《ナリ》。

【出典】雪玉集、二九四二番。円機活法、一七巻、音楽門、笛。白氏六帖事類集、巻一八、知音門。

【異同】『新編国歌大観』ナシ。『円機活法』「宿柯亭々屋―宿於柯亭之館」「盻曰真良竹―盻之曰良竹」「妙絶―独絶」。『白氏六帖事類集』「盻曰真良竹―邕盻之曰良竹」「取以為笛音声妙絶―遂請為笛」。

【訳】竹

（蔡邕のように見つけて笛にして）聞かなければ、（名器は）この世に現れないであろう。どれほど美しい音色を奏でる竹があっても。

風俗通義によると、笛の材料としては雲夢の竹、衡陽の幹《しのだけ》、柯亭の竹がある云々。白氏六帖によると、蔡邕が柯亭に宿泊した際、宿の屋根の椽《たるき》に立派な竹材が用いられていた。（蔡邕は）竹を睨んで「真に良い竹だ」と言った。その竹を取り笛を作って吹いてみると、素晴らしい音色がした。

【参考】 雲夢、衡陽、柯亭は中国の地名で、笛の材料になる竹の名産地。蔡邕は660番歌の出典にも見られる。

（玉越雄介）

宮樹影相連

613 雨そゝき秋の時雨とふる宮の木のした道そわけんかたなき

蓬生巻云、あれたる家の、木立しけく森のやうなるを過たまふ。おほきなる松に藤の咲かゝりて月かけになひきたる、風につきてさと匂ふかなつかしく、そこはかとなきかほり也。橘にはかはりておかしけれは、さし出たまへるに、柳もいたうしたりて、ついひちもさはらねは、みたれふしたり。見し心地する木立哉とおほすは、はやう此宮なりけり云々。中略 御さきの露を馬のむちして、はらひつゝ入奉る。雨そゝきも、秋の時雨めきて打そゝけは、「御笠さふらふ。けに木の下露は雨にまさりて」と聞ゆ。御さしぬきのすそは、いたうそほちぬめり。

【出典】 雪玉集、三一三〇番。源氏物語、蓬生巻、三四四頁・三四八頁。

【異同】 『新編国歌大観』ナシ。『承応』「なひきたる―なよひたる」「秋の時雨―なを秋のしぐれ」。『湖月抄』「秋の時雨―なを秋のしぐれ」。

【訳】 御苑の樹木の影が連なる

秋の時雨のように雨の雫が降り、荒れ果てた御殿へ向かう木陰の道は跡形もないなあ。

　蓬生の巻によると、荒れている家で、木立が茂って森のようになっている所を（光源氏は）お通り過ぎになる。

大きな松に藤が垂れさがって咲きまつわり、月光の中になよなよ揺れている、それが吹く風と共にさっと匂ってくるのが懐かしく、どことなくほのかな香りである。橘の香とはまた異なった風趣なので、（光源氏は）車から身を乗り出して御覧になると、柳の枝がたいそう長く垂れて、築地も（崩れて）邪魔しないので、乱れかかっている。見たことのある木立だなあとお思いになるのも、これこそこの宮（常陸宮）なのであった云々。中略（惟光は）お足元の露を馬の鞭で払い払い、（光源氏を）お入れする。雨の雫も秋の時雨のように降りかかるので、（惟光は光源氏に）「お傘がございます。なるほど木の下露は、雨にまさるもので」と申しあげる。（光源氏の）御指貫の裾は、ぐっしょり濡れてしまったようである。

【考察】『源氏物語』は、光源氏が花散里を訪ねる途中に、すっかり荒れ果てた常陸宮邸（末摘花の邸宅）を目にして、その屋敷に入る光源氏と惟光を描いた箇所。当歌は第三句の「ふる」に、「降る」と「古」を掛ける。

【参考】歌題は文集題で『白氏文集』巻一九、「新昌新居、書レ事」の一句。

（太井裕子）

蓬

614 柏 すむやいかに松の木たかくなる陰を軒にあらそふ蓬生の宿

蓬生の巻。よもきは軒をあらそひておひのほる云々。

【出典】柏玉集、一六一二番。源氏物語、蓬生巻、三二九頁。**【異同】**『新編国歌大観』『承応』『湖月抄』ナシ。

【訳】蓬

どのように住むのだろうか。松が高く生えている木陰で、軒と争うまで蓬が生え上がっている荒れ果てた住まいに。

蓬生の巻。蓬は軒と争うまで高く生えあがる云々。

【考察】『源氏物語』は、光源氏の訪れがなくなった常陸宮邸が荒れ果てていく箇所。

名所鶴

615 妹[同]にこひたか心とかなく鶴もつまよひわたるわかの松原

万葉集、六。妹尓恋吾《ワカ》乃松原見渡者潮干《シホヒ》乃《ノ》潟尓《カタニ》多頭《タヅ》鳴渡 新古今入

【出典】柏玉集、一六一九番。万葉集、巻六、雑歌、一〇三〇番。

【異同】『新編国歌大観』「よひわたる―恋ひわたる」。『万葉集』ナシ。

【訳】名所の鶴

妻を恋しく思い、その気持ちを誰の心と思ってか、鶴も妻を恋しく思い、鳴き続けているのだろうか。和歌の松原で。

万葉集、巻六。妻（光明皇后）を恋しく思い、和歌の松原を見渡すと、潮が引いた遠浅の所に鶴が鳴き渡っていく。新古今和歌集に入る

【参考】『万葉集』の和歌は天平一二年（七四〇）、聖武天皇が伊勢国に行幸したときの御製。『新古今和歌集』（羇旅、八九七番）に入集。

（永田あや）

鵜

616 わたつ海を出来し神の名にのこすうのはを人のあたにやはみん

神代巻曰、故彦火火出見尊已還レ郷、即以二鸕鶿之羽一、葺為二産屋一云云。宜《ク》レ号二彦瀲武鸕鶿草葺不合尊一。

【出典】雪玉集、二三〇一番。日本書紀、神代下、一七八頁。

（永田あや）

[異同]『新編国歌大観』ナシ。『日本書紀』「彦瀲武鸕鷀草葺不合尊─彦波瀲武鸕鷀草葺不合尊」。

[訳]　鵜

海から来た神である豊玉姫は、わが子の名前に残した鵜の羽を、（自分を垣間見た）夫の不誠実と見るだろうか（いや、夫が造った産屋を踏まえた名前には、豊玉姫の気持ちがこもっているに違いない）。

神代巻によると、そこで彦火火出見尊《ひこほほでみのみこと》は故郷に帰り、鵜の羽で屋根を葺いて、産屋をお造りになった云々。「彦瀲《ひこなぎさたけ》　武鸕《う》鷀草葺不合尊《かやふきあへずのみこと》と名付けてください」（と豊玉姫は彦火火出見尊に申し上げた）。

[考察]『日本書紀』は、彦火火出見尊が豊玉姫の出産のために鵜の羽で葺いた産屋を造り、産まれた子が彦波瀲武鸕鷀草葺不合尊と名付けられた箇所。当歌は、産屋の屋根が葺き終わる前に豊玉姫が中に入って出産した際、八尋大鰐に化身しているのを彦火火出見尊に見られ、恥じて海に帰った話も踏まえる。

（永田あや）

鴿

617 [碧]山ふかみ雨よりのちになく鳩の妻よふ声そさらにさひしき

埤雅。見于春部。

[出典] 碧玉集、一二四〇番。**[異同]**『新編国歌大観』ナシ。

[訳]　鴿《どばと》

山深いので、雨が止んで後に鳴く鳩の妻を呼ぶ声はいっそう寂しいなあ。

埤雅。春部に見える。（42番歌、参照）

[考察] 鳩は晴れると妻を呼ぶと記した『埤雅』の一節を踏まえつつ、当歌は山奥で鳩が妻を呼ぶ声を聞くと寂しさが増さると詠む。

鳥

618 おもへ人よく物いふといふ鳥もこゝろなき鳥の名をやはなるゝ

曲礼曰、鸚‐鵡能《ク》‐言《ヘトモ》不レ離二飛鳥一。

（梅田昌孝）

【出典】雪玉集、三八四八番。礼記、曲礼上第一、一五頁。【異同】『新編国歌大観』『礼記』ナシ。

【訳】 鳥

人々よ、考えてみなさい。よく人語を話す鸚鵡という鳥も、風流心のない鳥という名から離れるだろうか。

曲礼によると、鸚鵡はしゃべることができても、鳥類を離れない。

【考察】人語を言う鸚鵡も鳥類であることに変わりはない、と述べた『礼記』を踏まえて、当歌も風流心を解さない鳥類にしかすぎないと詠む。

（梅田昌孝）

619 柏 うらやまし鳥すらむはらからたちのさかしき世には住んともせす

後漢書曰、考‐城《ノ》令王‐渙、署レ覧為二主‐簿《ト》一、謂曰、「主簿問二陳元之過一、不レ罪而化《ス》レ之《ヲ》。得《ンヤ》レ無《コトヲ》レ少二鷹‐鸇之志《ヲ》一耶」。覧曰、「鷹鸇《ハ》不レ如二鸞鳳一」、渙謝《シ》遣《シテ》曰、「枳‐棘《ハ》非二鸞‐鳳《ノ》所一レ棲、百‐里豈《ニ》大賢《ノ》之路《ナランヤ》」云云。

【出典】柏玉集、一六三〇番。後漢書、循吏列伝第六六、仇覧。

【異同】『新編国歌大観』ナシ。『後漢書』（和刻本正史）「考城令王渙―考城令河内王渙、政尚厳猛、聞覧以徳化人」「署覧為主簿―署為主簿」「謂曰―謂覧曰」「主簿問陳元之過―主簿聞陳元之過」「覧曰鷹鸇不如鸞鳳―覧曰以為鷹鸇不若鸞鳳」。

【訳】（鳥）

うらやましいなあ。鳳凰でさえ、茨やからたちのような険しい世には住もうともしない。

後漢書によると、考城の長官である王渙は、覧を主簿（帳簿を管理して庶務を司る官）にした。（王渙は覧に）、「主簿は陳元の過ち（不孝）を問い、罰せずに従わせた。猛禽のような志を欠いている」と言った。覧は、「猛禽は神鳥（鳳凰）に及ばない」と言った。王渙は、覧を主簿の職から引き取らせて、「いばらは神鳥の住むところではない。百里（王渙と覧が働く県の譬え）はどうして優れた賢人の道であろうか、いやそんなはずはない」と言った云々。

【考察】『後漢書』循吏列伝の「循吏」とは、法に忠実でよく人民を治める役人のこと。ここは仇覧の才知溢れる発言に王渙が感服した箇所。「百里」は百里四方の諸侯の国を意味する。当歌は王渙の発言「枳棘ハ非㆓鸞鳳ノ所㆑棲」により、鳳凰すら住まない過酷な世に暮らさなければならない人の運命を嘆く。

（山内彩香）

620 碧　おさまれる道をしるてふ鳥も今あらはれぬへき時やきぬらむ

　格物論。見于桐歌註。

【出典】三玉和歌集類題、雑上、鳥、碧玉集。**【異同】**『三玉和歌集類題』ナシ。

【訳】（鳥）

国が穏やかになる道を知るという鳳凰も、今まさに現れる時が来たのだろうか。

　格物論。桐の歌の注に見える（604番歌、参照）。

【考察】歌中の「鳥」は桐に住み、良い政治が行われる瑞祥として現れるという鳳凰。

（山内彩香）

621 おやを思ふ心わするなからすてふ鳥もむは玉のよはになくなり

張華禽経曰、慈烏孝《ハ》‐鳥、長《スル時ハ》 則反二‐哺《ス》其《ノ》母《ニ》一。

慈烏夜啼、白居易。慈烏失二其《ノ》母《ヲ》一。啞‐々《トシテ》 吐二哀音《ヲ》一。昼夜不飛去一。経レ年守二故‐林一。夜‐々夜‐半《ニ》啼《ク》。

聞《ク》者為《ニ》沾《ス》レ襟《ヲ》。下略

【出典】雪玉集、二二七八番。張華禽経。白氏文集、巻一、二六五頁、慈烏夜啼詩。

【異同】『新編国歌大観』『張華禽経』（四庫全書）『白氏文集』ナシ。

【訳】（鳥）

親を思う心を忘れるな。烏という鳥も夜半に（亡き母を偲んで）鳴くそうだ。

張華禽経によると、慈烏は孝の鳥である。成長すればその母を養う。

慈烏夜啼、白居易。慈烏がその母の死にあい思慕して哀鳴し、昼も夜も飛び去らない。年を経ても住み慣れた林を去るに忍びず、毎夜夜半になると哀しみ鳴くので、聞く者はみな涙を流した。下略

（山内彩香）

竹裏雀

622 村《柏》すゝめわか家はとの陰しむる竹をあらそふ夕くれのこゑ

夕皃巻の詞、春部に見えたり。

【出典】柏玉集、一六二八番。【異同】『新編国歌大観』「こゑ―空」。

【訳】竹やぶの裏にいる雀

夕暮れになると、群がっている雀とわが家の家鳩とが、竹やぶの陰で（今夜のねぐらを）取り合って争っている声が聞こえるなあ。

夕顔の巻の文章は、春部に見えている。

【考察】「夕顔巻の詞、春部に見えたり」とあるが、本書の四季の部には見当たらない。当歌の内容から推測すると、「竹の中に家鳩といふ鳥のふつつかに鳴くを聞きたまひて」（源氏物語、夕顔の巻、一八七頁）が出典であろう。

（藤原崇雅）

河辺鳥

623 同 こゝにかもわたすかいかに宇治川のすさきにたてる鵲のはし

浮舟巻云、さむき洲さきにたてる鵲のすかたも、所からはいとおかしう見ゆるに、宇治橋のはる〳〵と見わたさるゝに。

【出典】柏玉集、一六二二番。源氏物語、浮舟巻、一四五頁。【異同】『新編国歌大観』『承応』『湖月抄』ナシ。

【訳】河辺の鳥

ここにも、どのようにして渡すのだろうか。宇治川の洲崎にたたずむ鵲は、（翼を並べて渡すという）鵲の橋を。

浮舟巻によると、寒々とした洲崎にたたずむ鵲の姿も、場所が場所とて風情のある眺めで、宇治橋がはるか遠くまで見渡されるところに。

【考察】『源氏物語』は、浮舟が薫に匂宮との関係を知られることを恐れながら、薫と逢っている場面で、宇治河畔の情景を描写した箇所。当歌は、七夕の日にだけ天の川に鵲の橋が架けられ織姫と彦星が出会うこと、また宇治橋が何度も流され架け直されたことも踏まえる。

（増井里美）

虫

624 同 程〳〵にみるそかなしき蛛のゐのそれにもかゝるむしのいのちよ

勝非録曰、王‐守‐一自《ラ》称㆓中‐南‐山布‐衣《ト》㆒、売㆓薬《ヲ》於洛陽《ノ》市《ニ》㆒。嘗《テ》携㆓一柱杖《ヲ》㆒。毎㆑見㆓蛛網㆒必《ス》以㆑杖毀‐裂尽争、而《シテ》‐后《ニ》已《ム》。或問㆑之《ヲ》曰、「天‐地之《ノ》間飛‐走之《ノ》属捕‐逐搏‐撃、固《ニ》非㆓一物㆒。均《ク》為㆓口腹㆒、以養㆓性‐命《ヲ》㆒。独《リ》蜘‐蛛結㆑網帳㆑羅、設㆓机‐巧㆒以《テ》害㆓物《ノ》命《ヲ》㆒。吾是《ヲ》‐以《テ》悪《ンス》㆑之《ヲ》」云云。見于活法、蜘蛛部。

【出典】柏玉集、一六三六番。円機活法、二四巻、昆虫門、蜘蛛部。新編古今事文類聚後集、巻五〇、蟲豸部、蜘蛛。

【異同】『新編国歌大観』「虫—蛛」「みるそかなしき—みるにはかなし」。『円機活法』「勝非録曰—勝非録」「中南山—中山」「嘗携—携」「独蜘蛛—独蛛」。『古今事文類聚』「中南山—終南山人」「争—浄」「均—均是」「帳—張」「机巧—機巧」「物命—物」。

【訳】虫

(虫に限らず人や鳥獣など)どの層を見ても悲しいなあ。蜘蛛の巣にも掛かる虫の命よ。

勝非録によると、王守一は自ら中南山の布衣(平民)と称し、薬を洛陽の市に売る。かつてより一柱の杖を携えている。蜘蛛の巣を見るたびに、必ず杖で払い尽くし争って、そののちに止める。ある人がこの振る舞いについて問うと、答えて言うには、「この世の生物は全て他の生物を捉え捕まえていて、もとより蜘蛛に限ったことではない。全ての生物は均しく口腹を満たし、命を養っている。ただ、蜘蛛のみが糸を張り巣を巧みに作り、他の生物の命を害している。私はそういう訳で蜘蛛を憎んでいるのだ」云々。円機活法の蜘蛛の部に見える。

【考察】当歌は多層の生物界で、どの層を取って見ても、それぞれに惨禍は存在することを詠嘆する。

【参考】「勝非録」は前掲の話のみが知られ、作者や成立年代などは不明。この話は明・清代の種々の類書に引かれる。

熊

625 しらしか只いたつらに狩人の熊にもあらぬえものありとも

六韓曰、文王将《ニ》《ス》㆑田《セント》。史‐編布㆑卜《ヲ》曰、「田《リセハ》㆓於渭‐陽《ニ》㆒、将《ニ》㆓大得《エモノアラント》㆒焉。非㆑竜、非㆑彲、非㆑虎、非㆑熊。兆得《ン》㆓公侯《ヲ》㆒」。

（藤原崇雅）

［出典］ 雪玉集、二三〇七番。蒙求、呂望非熊、一五〇頁。**［異同］**『新編国歌大観』ナシ。『蒙求』「熊―羆」。

［訳］ 熊

気づかないだろうよ。ただむなしく狩りをする人に、熊でもない獲物があっても。

六韓によると、周の文王が猟に出ようとしたとき、太史の編が亀の甲を並べ焼き、占って申しあげた。「渭水の北に狩りをすれば、大きな獲物があろう。（しかし、それは）竜でもなくみずちでもなく、虎でも熊でもない。（亀甲の割れた形によれば）公侯たる人物を得るであろう」。

［考察］ 当歌は文王が狩で公侯を得たように、意外な獲物があっても気づかない狩人を詠む。

（藤原崇雅）

牛

626 時ならてあゆく日影をいかにともとふ人なきもうしや世の中

漢書。丙吉伝《ニ》曰、吉又嘗出《テ》逢㆓清㆑道群‐闘者死‐傷《シテ》横㆑道。吉過㆑之《ヲ》不㆑問。掾‐吏独《リ》怪㆑之《ヲ》。吉前行逢㆓人逐㆑牛、々‐喘吐《テ》㆑舌《ヲ》。吉止駐。使《シテ》㆓騎‐吏《ヲ》問㆒、「逐㆑牛《ヲ》行《コト》幾‐里《ソ》矣」。掾‐吏独謂《リク》、丞‐相前‐後失㆑問《ヲ》。或以譏《ル》㆑吉《ヲ》。吉《カ》曰、「民《ノ》闘相殺‐傷、長‐安《ノ》令、京‐兆《ノ》尹職所㆑当㆓禁‐備逐‐捕㆒。歳《ノ》‐竟《ニ》丞‐相課《シテ》㆓其《ノ》殿‐最《ヲ》㆒奏《シテ》行㆓賞‐罰《ヲ》㆒而已。宰‐相《ハ》不㆑親《ラセ》㆓小‐事《ヲ》㆒。非㆑所㆑当㆓於道‐路問㆒也。方春少‐陽用㆑事未《タ》㆑可㆓太《タ》熱㆒。恐《クハ》‐

牛《ノ》近-行用レ暑故《ニ》喘《ンコトヲ》。此時-気失レ節、恐《クハ》有レ所ニ傷-害一也。三公《ハ》典レ調ニ-和陰-陽《ヲ》一。職所当憂。是《ヲ》-以《テ》問レ之」。掾吏乃-服《ス》云云。

［出典］ 雪玉集、八〇六六番。漢書、丙吉伝、六三八頁。

［異同］『新編国歌大観』ナシ。『漢書』（四庫全書）「太《タ》熱―大熱」「職所当憂―職当憂」。

［訳］ 牛

時節に合わないで揺れる牛の影を、どうしたのだと問う（丙吉のような）人がいないのも、つらい世の中であるなあ。

漢書の丙吉伝によると、丙吉はまたある時外出し、露払いに先行した者どもが乱闘して、死傷者が道に横たわっているのに出くわしたが、丙吉はその場を通り過ぎて、何ごとも問わなかった。掾吏（下級役人）は密かにそのことを訝った。丙吉が前に進んで行くと、人が牛を追っていて、牛が喘いで舌を吐いているのに出会った。丙吉は馬をとめ、騎馬の役人に命じて、「牛を追って何里来たのか」と問わせた。掾吏は密かに、丞相は、（前では問うべくして問わず、後では問わずもがなのことを問い、）前後をとりちがえていると思った。丙吉を誇る者さえいた。丙吉は言った。「民が乱闘して殺傷しあうのは、長安令や京兆尹が職務として、これを禁止防備し追跡逮捕すべきである。歳末に丞相は彼らの殿最（優れた功績とそれ程でもない功績）を評定し、奏上して賞罰を行うだけのことである。宰相たる者は小事を自分自身では手がけず、そうしたことを道路で問うべきではない。今まさに春は少陽の気が支配する時節ゆえ、まだ甚だしい暑さであってはならない。ことによると、牛は近距離を歩んでも暑熱のため喘《あえ》いだかもしれず、これは時候が季節を失しているわけだから、傷害《わざわい》の起ることを恐れるのである。三公は陰陽を調和させることをつかさどり、職責上、憂慮しなくてはならぬ事がらであるゆえ、これを問うたのである」と。すると掾吏は丙吉のことばに承服した云々。

【考察】『漢書』は、丙吉が丞相（三公の一人）である自分の職責を弁えていることを称賛した箇所。『蒙求』「王承魚盗　丙吉牛喘」にも類話が見える。当歌は結句の「うし」に「牛」と「憂し」を掛ける。

（増井里美）

淵亀

627 淵よりも深しや釣にかゝるかめのはなてるぬしをおもふこゝろは

捜神記曰、毛‐宝見三人《ノ》釣得《テ》二白‐亀《ヲ》一、贖而《テ》放《ツ》二之江中《ニ》一。宝後為レ将、戦‐敗没《テ》レ江。如レ躡二著《ヌルカ》物《ヲ》一漸‐浮《テ》至レ岸《ニ》。宝視《レハ》レ之《ヲ》、乃昔‐日《ノ》所レ放亀也。

【出典】雪玉集、二三〇三番。事類賦（四庫全書）、巻二八。

【異同】『新編国歌大観』ナシ。『事類賦』「毛宝見―毛宝行於江見」「人―漁夫」「白亀―一白亀」「贖而―宝贖而」「放之江中―放之」「宝後為将―後於邾城」「没江―投江」「如躡著物漸浮―有物載之漸得」「宝視之―視之」「昔日―昔」「放亀也―放白亀」。

【訳】淵の亀

淵よりも深いなあ。釣りにかかって釣られた亀が、自分を放してくれた主人を思う心は。

捜神記によると、毛宝は人が白亀を釣ったのを見て、この亀を買って江に放してやった。毛宝が後に将軍となり、戦に敗れて江に沈んだとき、足が着いて物を踏んだようになり、だんだんと浮き上がって岸にたどり着いた。毛宝がこの踏んでいた物を見ると、それは昔放してやった亀であった。

【参考】「捜神記曰」とあるが『捜神記』に毛宝の話はない。『捜神後記』巻一〇に類話があるが、本文異同が多い。この部分に最も近いのは『事類賦』（宋代の類書。631番歌、参照）に引かれた『捜神記』の記事である。なお、『蒙求』の「楊宝黄雀　毛宝白亀」にも類話が見え、『蒙求』の古注は『捜神記』を出典とする。また、『和漢朗詠集』

下、白、八〇〇番にも「毛宝亀帰寒浪底」とある。

（増井里美）

虎

628碧 まことなき世のことはりをしらせてや市なるとらの名には立らん

韓非子。龐‐共与(ママ)二太子一質《タリ》二於耶‐鄲一《ニ》。謂二魏王一曰、「今一人言《ハ》二市《ニ》有《リ》レ虎、信《センカ》乎」。曰、「否《イナ》」。「二人言《ハ》信《センヤ》乎」。曰、「否」。「三人言《ハ》王信《センカ》乎」。曰、「寡‐人信《セン》之《ヲ》」。龐‐共曰、「夫《レ》市《ニ》無《キハ》レ虎明《カ也》矣。而《シテ》三‐人言《ヘハ》成二市虎一《ヲ》。願《クハ》王察《セヨ》レ之《ヲ》」。

【出典】碧玉集、一二四五番。韓非子、内儲説上、七術第三〇、三八九頁。円機活法、二四巻、走獣門、虎。

【異同】『新編国歌大観』『円機活法』ナシ。

【訳】虎

誠意がないこの世の中の道理を知らせるために、市場に虎がいるという噂が立つのだろうか。

韓非子。龐恭は太子とともに趙の都邯鄲へ人質となった。（出発の前に）龐恭が魏の王に、「今、一人が市場に虎が出たと言ったらあなたは信じるか」と言うと、王は「信じない」と答えた。「二人が言ったら信じるか」と聞くと、「信じない」と答えた。「三人が言ったなら王は信じるか」と聞くと、「私は信じるだろう」と答えた。そこで龐恭は、「そもそも市場に虎が出てこないことは明らかだ。しかし、三人がそのように言えば、市場に虎が出たことになる。願わくは王よ、このことを察してください」と言った。

【考察】『円機活法』の本文は『韓非子』の内容を要約したもの。『韓非子』では邯鄲から戻った龐恭が、魏王の近臣たちの讒言によって遠ざけられてしまった、と続く。「市に虎を成す」とは実際には起こり得ないことでも、複数の人が同じことを言えば現実になってしまうという例え。

（玉越雄介）

馬

629 同 老にける手馴の駒は道ならぬ人のこゝろもしると見えつゝ

管仲随馬、註于冬部。

【出典】碧玉集、一二四六番。【異同】『新編国歌大観』ナシ。

【訳】馬

飼いならした老馬は、道から外れた人の気持ちも知っていると見えて（導いてくれるだろう）。

管仲随馬の故事は、冬部に注した。（300番歌、参照）

【考察】「管仲随馬」は『韓非子』『蒙求』に見られる故事で、管仲が道に迷った時に、老いた馬を先に進ませ、その智を用いて帰路を見出したという話。当歌は人の道から外れ迷っている者の道案内も、老馬にしてもらいたいと詠む。

（玉越雄介）

630 柏 千里をも行より名にや竜の馬雲にものほる道はしるらん

爾雅曰、馬高八尺以上為レ竜。雑説。世有伯楽。然後有千里馬。

【出典】柏玉集、一六三一番。爾雅、釈畜。文章規範、雑説、三四〇頁。

【異同】『新編国歌大観』『文章規範　下』ナシ。『爾雅注疏』「八尺以上為レ竜―八尺為《シテ》レ駥」。

【訳】（馬）

竜の馬は千里をも走れるから、名声が上がるのだろうか。そのような名馬は、雲の上にも上る道を知っているだろう。

爾雅によると、馬の高さが八尺以上を竜と為す。

雑説。世の中には伯楽（馬の良し悪しをよく見分ける人）がいるからこそ、千里を走る名馬が存在するのだ。

［考察］ 当歌は第三句の「竜《たつ》」に「（名が）立つ」を掛ける。

（永田あや）

牛

631 同 かしこしな水のにこりの世をうしと引かへす名は人にのこりて

逸士伝曰、堯譲ニ天下ヲ於許由一、々々逃レ之。巣父聞レ之洗ニ其耳ヲ。樊仲文牽テレ牛ヲ飲レ之ニ、見テニ巣‐父洗カレ耳ヲ、乃駆テレ牛ヲ而還ル。耻レ令シテレ牛ヲ飲ニ其下ノ‐流ヲ一也。

［出典］ 柏玉集、一六三四番。事類賦（四庫全書）、巻七、地部。

［異同］『新編国歌大観』ナシ。『事類賦』「於許由々々―于許由由」「巣父聞之洗其耳―巣父聞而洗耳于池濱」「樊仲文―樊監字仲文」「牽牛飲之見巣父洗耳乃―方飲牛」「駆牛而還―乃駆而還」「其下流也―其洗耳之下流」。

［訳］ 牛

賢いことだなあ。水が濁るように汚濁している世を辛いと思って、牛に水を飲ませず引き返したその名声は人々の間に残って。

逸士伝によると、堯が自分の天下を許由に譲ろうとしたので、許由は世を逃れた。巣父はこれを聞いてその耳を洗った。樊仲文は牛を牽いて水を飲ませたところ、巣父が耳を洗っているのを見て、すぐに牛を駆り立て帰り、その下流の水を牛に飲ませたことを恥じた。

［考察］ 北宋の呉淑撰註『事類賦』は、詩文の典拠を注した類書。当歌は「水の濁りの世」に「水の濁り」と「濁りの世」を重ね、第三句の「うし」に「牛」と「憂し」を掛ける。

632 柏いにしへの春にかへらぬ世をうしと花のはやしのかけやこふらん
書。武成。放二牛《ヲ》于桃-林《ノ》之野《ニ》一示二天下弗一レ服。

［出典］ 柏玉集、一六三五番。書経、武成、四七一頁。 **［異同］**『新編国歌大観』『書経』ナシ。

［訳］（牛）
昔の（平穏な）春に帰れない（今の）世がつらくて、牛は桃花の林の陰を恋しく思っているのだろうか。
書経。武成。牛を桃林の野に放って、天下にもはや用いないことを示した。

［考察］『書経』は牛を桃林の野に放ち、戦に用いないことを記した箇所。当歌は第三句の「うし」に「牛」と「憂し」を掛け、戦のない平和な世を恋しく思う牛の心情を詠む。

（永田あや）

虎

633 分いれは世のつねならす山風もはけしきとらのかくれてや住
格物論曰、虎山-獣《ノ》之君、状《チ》如レ猫大《サ》如二黄牛一云云。百-獣為《ニ》レ之《ノ》震-恐風-従《テ》而生《ス》。
淮南子。虎-嘯《テ》而谷-風至《リ》、竜-挙而景-雲属。

［出典］ 雪玉集、二三〇九番。円機活法、巻二四、走獣門。淮南子、天文訓、一三四頁。

［異同］『新編国歌大観』『円機活法』『淮南子』ナシ。

［訳］ 虎
分け入ってみると、尋常ではないほど山風も激しく吹くが、どう猛な虎が隠れ住んでいるのだろうか。
格物論によると、虎は山に住む獣の君主であり、その姿形は猫のようで、大きさはあめ牛のようである云々。

（梅田昌孝）

多くの獣は虎を恐れて震え、風も（虎が動くとそれに）従って吹いた。淮南子。虎が嘯くと谷風が吹き、竜が天に上ぼると瑞雲があつまる。

【考察】当歌は「山風も激しき虎」に「山風も激しき」と「激しき虎」を重ねる。

（梅田昌孝）

別

634 おもひをけひと日も見ぬは幾秋の露をかけ来し袖のわかれを

詩、采葛。彼ニ采レ蕭兮、一-日不レハレ見、如二三-秋一兮。

【出典】雪玉集、三七四七番。詩経、采葛、二〇〇頁。【異同】『新編国歌大観』『詩経』ナシ。

【訳】別れ

覚えておいてください。一日でも会わないと幾度も秋を重ねたようで、（草葉の）露をかけて（私のもとに）来た（あなたの）袖が濡れるように、涙を流し続けて濡れた私の袖との別れを。

詩経、采葛。あそこにカワラヨモギを採ってくる（という口実で出かけたが彼はいない）。一日会えないだけで、まるで秋を三度重ねたように感じる。

【考察】『詩経』は「一日三秋」の基となった詩で、「三秋」の解釈は三か月、九か月、三年など諸説ある。当歌はこの詩を踏まえて、後朝《きぬぎぬ》の別れを詠んだ女歌。「露」に涙の意味を重ねる。

（山内彩香）

旅

635 なにこともよく成ぬとのことつてを故郷人にきくかうれしき

いせ物語。「何事もみな、よくなりにけり」となん、いひやりける云々。

【出典】 雪玉集、四一四五番。伊勢物語、一一六段。

【異同】 『新編国歌大観』「うれしき―うれしさ」。『伊勢物語拾穂抄』ナシ。

【訳】 旅

「何事もみな良くなった」という伝言を、郷里の人から聞くのはうれしいなあ。

　伊勢物語。「何事もみな良くなった」と言い送った云々。

【考察】 『伊勢物語』は、旅に出た男が京にいる人に送った手紙の一節。当歌では逆に、旅の途中で出会った同郷の人から伝言を聞いた時の嬉しさを詠む。

（島田薫）

海路

636 浪かせは哀もかけし大しまのうらみをたれにうたふ舟人

　玉かつらの巻云、舟子とものあら〳〵しき声にて、「うらかなしくも遠く来にけるかな」とうたふを聞まゝに、ふたりさしむかひてなきけり。

舟人もたれをこふとかおほしまの浦かなしけに声のきこゆる

【出典】 雪玉集、五八八三番・八〇八七番。源氏物語、玉鬘巻、九〇頁。

【異同】 『新編国歌大観』「うたふ―こたふ」（五八八三番）。『承応』『湖月抄』ナシ。

【訳】 海路

波風はあわれみの情もかけてくれないだろう。多くの恨みを誰に寄せて歌うのだろうか、大島の浦の船人は。

　玉鬘の巻によると、船子たちが荒々しい声で、「もの悲しくも遠くに来てしまったなあ」と歌うのを聞くと、娘二人は顔を見合わせて泣いた。

船人も誰を恋しがっているのであろうか、大島の浦を過ぎつつうら悲しそうに歌う声が聞こえるなあ。

【考察】『源氏物語』は玉鬘の乳母の娘たちが、筑紫へ下向する船旅の中で船子たちの歌を聞き、京への思いや旅の心細さを和歌に詠む場面。当歌は「大島」に「多し」、「恨み」に「浦」を掛ける。

（島田薫）

夕旅

637 夕こりの岩かねさむしわか馬のくろかみ山は木々の下露

詩経。陟二彼ノ高-岡一ニ我カ馬玄-黄。

【出典】雪玉集、二七四一番。詩経（上）、国風、巻耳、二二頁。**【異同】**『新編国歌大観』『詩経』ナシ。

【訳】夕旅

夕方に凝り固まった霜や雪がついている大きな岩で寝るのは寒い。私の馬の黒いたてがみは、黒髪山の木々からしたたり落ちる露（で黄葉するように黄色くなったなあ）。

詩経。あの高い尾根に登れば、私の黒馬は疲れ弱って毛色が黄色みを帯びてしまう。

【考察】『詩経』は出征の過酷さを歌った箇所。当歌は「岩が根」（大きな岩）に「寝」、「黒髪山」に馬の黒髪（鬣《たてがみ》の意）を掛ける。「黒髪山」には二荒山《ふたらやま》（栃木県日光山）や佐保山（奈良市）など諸説ある。和歌の世界では、露や時雨が葉を黄色や赤に染めると詠む。例「白露も時雨もいたくもる山は下葉《したば》残らず色づきにけり」（古今和歌集、秋下、二六〇番、紀貫之）。

（島田薫）

薙草通三径

638 誰を今松の緑も白きくもあれにしまゝの道をはらはん

【出典】雪玉集、三一三七番。【異同】『新編国歌大観』ナシ。

【訳】草を薙《な》ぎ、三つの道を通る

誰を今、待っているのだろうか。松の緑も白菊も残っているが荒れ果てたままで、三つの道の草を払いのけ（て会いに出かけ）よう。

【考察】当歌は「松」に「待つ」、「あれ」（ラ変動詞）に「荒れ」を掛け、光源氏を待ち続けた末摘花の荒屋を、これから訪れる源氏の立場で詠む。「三径」と「松」「菊」は639番歌掲載の「帰去来辞」による。

【参考】歌題は文集題で、『白氏文集』巻一五の巻頭詩の一句。白居易が服喪のため渭村に退居して開墾した、という箇所。

（松田望）

639 里はあれぬいつれか三の道そともわかぬ蓬をはらひかねつゝ

蒙求。三輔決録曰、詡カ舎‐中竹‐下ニ開二三‐逕ヲ一。

帰去来辞。三‐径就テレ荒ニ松‐菊猶ヲ存セリ。

蓬生巻。いつれか、此さひしき宿にも、かならす分たるあとある三の道とたとる云々。

【出典】雪玉集、二六一二番。蒙求、蔣詡三逕、三八八頁。文選、帰去来辞、四五四頁。源氏物語、蓬生巻、三三八頁。

【異同】『新編国歌大観』『文選』『承応』『湖月抄』ナシ。『蒙求』「舎中―舎中」。

【訳】（草を薙ぎ、三つの道を通る）

我が家（の庭）は荒れてしまった。どれが三つの道かとも分からないほど茂っている蓬を払い退けるのに苦労しているよ。

蒙求。三輔決録によると、詡は屋敷内の竹林のもとに三本の小道を開いた。

帰去来辞。三つの小道へ向かうと、あたりは荒れ果てているが、松や菊はまだ残っている。

蓬生の巻。どれだろうか、このようなわびしい邸にも、必ず踏み分けた跡があるはずの三つの道は、と探し当てて行く云々。

【考察】『蒙求』は蔣詡が、竹林の中に三つの道を造った話。松・菊・竹を植えたことから「三径」は隠者の庭園の小道を指すようになった。「帰去来辞」は陶淵明が役人生活から逃れ、帰郷した家の庭の松や菊を見て喜ぶ箇所。『源氏物語』は明石から帰京しても通ってこなくなった光源氏を、貧窮に陥り草が生い茂る家で待ち続けた末摘花を描く。当歌は、長らく訪れなかった家の荒れ果てた庭に生い茂る蓬を詠む。蓬は和歌では、荒廃した邸宅に生えるものとされる。

（松田望）

故郷

640 ふるさとゝいふへくもあらすむつましき名も藤原の花の都は

日本紀。持統天皇紀曰、八年十二月庚戌朔乙卯、遷二居藤原ノ宮一ニ。戊午百-官拝-朝。

【出典】 雪玉集、五三四九番・六五六六番。日本書紀、巻三〇、持統天皇、五四八頁。

【異同】『新編国歌大観』『日本書紀』ナシ。

【訳】 昔の都

旧都とは呼べないなあ。名前からして藤原氏になじみがある藤の花の都、藤原京は。

日本紀の持統天皇紀によると、八年十二月の庚戌朔の乙卯（六日）に、藤原宮に遷居された。戊午（九日）に、百官が天皇を拝した。

【考察】『日本書紀』は持統天皇八年（六九四）、藤原宮への遷都を記す。当歌は「藤原」に藤原氏とその象徴である植物の藤を掛け、藤原宮への親しみを詠む。

（金子将大）

商山

641見し人は春の都に出はて丶月ひとりすむ秋の山かけ

四皓事実、註于山家路。

大明一統志、三十二、西‐安‐府。商洛山《ハ》在二商‐県《ノ》東南九十里一。亦名二楚‐山一《ト》。即秦《ノ》時、四‐皓隠《ル》‐処云云。

【出典】雪玉集、八一二五番。大明一統志、三二巻、西安府。

【異同】『新編国歌大観』ナシ。『大明一統志』「商県―商州」。

【訳】　商山

顔見知りの（四人の老）人はみな春の都に出て行ってしまい、月だけが澄みきって住んでいる秋の山陰だなあ。

四皓の事柄は、「山家路」に注した（587番歌、参照）。

大明一統志、第三十二巻、西安府。商洛山は商県の東南九十里にある。また楚山とも呼ぶ。すなわち秦の時代に四皓が隠れた場所である云々。

【考察】当歌は、世を逃れて商山に隠れた四皓（四人の老人）が乞われて都に出たあと、月だけが「すむ」（「澄む」と「住む」を掛ける）状況を詠む。

（金子将大）

書

642むすひても縄は其世にくちぬへしなかきためしや水くきの道

史記。太皞庖犠氏、風姓。代㆓燧-人-氏《ニ》㆒、継㆑天而王云云。造㆓書-契《ヲ》㆒、以《テ》代《フ》㆓結-縄之《ノ》政《ニ》㆒。

［出典］ 雪玉集、二五八五番。史記、三皇本紀、一七頁。**［異同］**『新編国歌大観』「道—跡」。『史記』ナシ。

［訳］ 書

結んでも縄はその時代に朽ちてしまうだろう。（それに対して）長く続く例だなあ、筆の道は。

史記。太皞庖犠氏は姓を風といった。燧人氏に代わり、王位を継いで王になった云々。文書契約のやり方（木や骨に文字を書いて約束すること）を作り、結縄の政（文字がなかった時代に大事には太い縄を、小事には細い縄を結び、意思を伝達した古代の政治）を代えた。

［考察］『史記』によると三皇（庖犠氏・神農氏・女媧氏）の庖犠氏は、結縄を止めて文書契約に改めた。当歌はこれを踏まえ、縄は結んでもすぐに朽ちるが、書は長い間残ることを詠む。「水茎」は筆、筆跡、手紙を意味する。

（金子将大）

硯

643墨筆をさそあた物とみる石のをのれしつかに世を尽しつゝ

古硯銘曰、硯与《ト》㆓筆《トハ》-墨㆒、蓋《シ》気-類《ナリ》也。出-処相《モ》-近、任-用寵-遇相《モ》-近《シ》也。独《リ》寿-夭不㆓相-近㆒也。筆《ノ》之寿《ハ》以㆑日《ヘ》計、墨《ノ》之寿《ハ》以㆑月《ヘ》計、硯《ノ》之寿《ハ》以㆑世《フ》計。

［出典］ 雪玉集、二五八七番。古文真宝後集、巻五、古硯銘、二五五頁。

［異同］『新編国歌大観』『古文真宝後集』ナシ。

［訳］ 硯

（硯は）墨や筆をさぞや、はかないものと眺めているであろう。硯自身は心静かに生涯を送りながら。

古硯銘によると、硯と筆墨とは思うに性質も働きも同じ仲間である。出て働くときも家で休むときも互いに近くにいるし、使われて大事にされることも似ている。しかし、その生命の長短だけは似ていない。筆のいのちは日にちで数え、墨のいのちは月で数え（るほど短いが）、硯のいのちは世代で数える（ほど長い）。

【考察】 唐子西（生没一〇六八～一一一八年）の「古硯銘」では、鋭くよく動く筆や墨の命は短いが、鈍く静かな硯の命は長いことから、硯のように静かに生きることが養生の法であると説く。

【参考】 当歌は『槐記』に引用されている（詳細は解説、参照）。また「古硯銘」に刻まれた銘の本文は以下の通り。「不レ能レ鋭、因以レ鈍為レ体。不レ能レ動、因以レ静為レ用。惟其然、是以能永年」（私は鋭くなれないので、鈍いことをわが本体とする。私は動けないので、静かであることを自分の作用とする。ただそうであるからこそ、その性質により永年の命を保てるのだ）。

（北井達也）

車

644 なからへはつかふる道に小車のかけてかひ有名をと〻めはや

漢書。薛広徳伝云、乞二骸-骨一ヲ賜二安-車駟-馬黄-金六十斤ヲ一罷。広徳為二御史大夫一、凡十-月ニシテ免、東ノ方帰ルレ沛ニ。太-守迎テ二之ヲ界ノ上ニ一、沛以為レ栄ト、懸テ二其ノ安-車ヲ一伝フ二子孫ニ一。註、師-古カ曰、懸二其ノ所レ賜安-車ヲ一、以示二栄-幸ヲ一也。致-仕懸-車亦古-法也云云。

【出典】 雪玉集、二五九〇番。漢書評林、巻七一、薛広徳。

【異同】『新編国歌大観』ナシ。『和刻本漢書』「乞骸骨―乞骸骨皆」「車亦古法也―車蓋亦古法」。

【訳】 車

長く生きられるならば、私の仕える道に小車を懸けるだけの価値ある名を残したいものだなあ。

漢書の薛広徳伝によると、（広徳は丞相定国と大司馬車騎将軍史高とともに）辞職を願い、いずれも安車（老人用の車）と駟馬（四頭立ての馬車）および黄金六十斤を賜り、職をやめた。広徳は御史大夫であること、およそ十か月で職を解かれ、東の方、沛群に帰ると、太守が広徳を郡の境まで出迎えた。沛郡では安車を賜ったことを光栄として、その安車を懸けてつるし（宝物として）子孫に伝えた。師古の注によると、広徳がその賜った安車を懸けることで栄光を示した。致仕懸車と言い、また昔のしきたりである云々。

【考察】 広徳が辞職して帰郷した後、賜った車を懸けてつるし後世に名を残した、という故事を当歌は踏まえ、自身も広徳のように車を懸けられるほどの名を後世に残したいと詠む。「骸骨を乞ふ」とは、主君に一身をささげて仕えた身であるが、老いた骨だけは返していただきたいの意から、辞職を願い出ること。「御史大夫」は御史台（官吏監察機関）の長官で、漢代には実質的な宰相。「安車」は587番歌、「懸車」は725番歌、参照。

【参考】 師古の注とは顔師古が『漢書』に付けた注釈で、唐代の貞観一五年（六四一）に完成。

（北井達也）

輦車

645 中の重の門ひきいるゝ小車のめくみことなるあとをみるかな

延喜式曰、凡乗㆓輦車㆒出㆓入内裏㆒者、妃《ハ》限㆓曹子㆒、夫人及内親王《ハ》限㆓温明殿、後涼殿《ノ》後《ヲ》㆒。

河海抄云、中の重を出入の為也。中重の輦車ともいふ也云々。

【出典】 雪玉集、二五九一番。延喜式、雑式。河海抄、巻一、桐壺巻、一九五頁。

【異同】『新編国歌大観』『河海抄』ナシ。『延喜式』「温明殿—温明」。

【訳】 輦車

内裏の門へ小車を引き入れる（ことを許され、帝の）恩恵が格別である跡を見ることだなあ。

延喜式によると、総じて輦車《れんしゃ》に乗ったまま内裏に出入する場合、妃は自室まで（の乗車）に限り、夫人および内親王は温明殿または後涼殿の背後まで（の乗車）に限る云々。

河海抄によると、内裏を出入りするためである。中重《なかのえ》の輦車ともいうのである云々。

【考察】『源氏物語』桐壺の巻では、帝の格別な寵愛を受けた桐壺の更衣は身分が低いにも拘らず重病のため、輦車に乗ったまま内裏を出入できる「輦車《てぐるま》の宣旨《せんじ》」を下された。輦車は人が引く手押し車。内裏の中は歩行しなければならないが、皇族・貴族・高僧などで特別に天皇の許可があった者だけが輦車に乗って通行できた。

（小森一輝）

橋

646 かけていは丶遠き道かは人の世も神代のま丶の天のうきはし

神代巻曰、伊弉諾尊、伊弉冊《（ママ）》尊立《タヽシテ》二於天浮橋之上《ニ》一共計曰云々。

【出典】雪玉集、三七四四番。日本書紀、巻一、神代上。**【異同】**『新編国歌大観』『日本書紀』ナシ。

【訳】橋

（橋を架けるではないが）心にかけて言えば、遠い教えではなかろう。人の世になっても神世のままである天の浮橋（の教えは）。

神代巻によると、伊弉諾尊《いざなぎのみこと》と伊弉冉尊《いざなみのみこと》は天の浮橋の上にお立ちになり、相談しておっしゃる云々。

【考察】当歌は今も語り継がれている天の浮橋の教えを、いつも心に思っていれば身近に感じられる、という内容。初句「かけて」の「掛く」は「橋」の縁語。444番歌、参照。

（小森一輝）

647 柏 ゆくすゑは只に過しとはし柱身を立る道やしるし置けん

蒙求曰、前漢司馬相如、字《ハ》長‐卿、蜀‐郡成‐都《ノ》人也。少好読《テ》レ書《ヲ》云云。旧注曰、蜀《ノ》城‐北七里有《ニ》二昇‐仙‐橋一。相如題《シテ》二其柱《ニ》一曰、「大‐丈夫不《ンハ》レ乗二駟‐馬《ノ》車《ニ》一不三復《タ》過二此橋一」。

【出典】柏玉集、一六四四番・二一九〇番。蒙求、相如題柱、七七七頁・七七九頁。

【異同】『新編国歌大観』「立る—たつる」（一六四四番）、「立る—たてる」（二一九〇番）。『蒙求』ナシ。

【訳】（橋）

我が将来は凡庸に終わるものかと、（橋柱を立てるではないが、）身を立てる（立身出世の）道を橋柱に記しておいたのだろうか。

蒙求によると、前漢の司馬相如は、字は長卿、蜀郡成都の人である。幼いときから読書を好む云々。旧注によると、蜀城の北、七里のところに昇仙橋がある。相如はその橋柱に、「男子たるもの、（立身出世をして）四頭引きの馬車に乗らなければ、二度とこの橋を渡ることはない」と書いた。

【考察】和歌の世界では「橋柱」といえば、『古今和歌集』仮名序に記された「長柄の橋」（527番歌、参照）と合わせて「長柄の橋柱」と詠むことが多い。一方、司馬相如の故事に関連づけた歌は、「思ふこと橋柱にぞ書きつけて昔の人は位ましける」（堀河百首、一四三七番、橋、隆源）、「花にきて又こそとはぬ橋柱身をたつる道も外にもとめじ」（柏玉集、橋花、三三一五番）など少ない。

【参考】三条西実隆らが『蒙求』の講釈を受けた記述は『実隆公記』に見える。詳しくは菅原正子「三条西公条と学問」（『日本中世の学問と教養』所収、同成社、二〇一四年）参照。

（小森一輝）

錦

648 同 ふみにたにあひ思ふ程はしられしをるやにしきの色にみえぬる

事文類聚続集。晋竇《ノ》-滔妻《カ》織レ錦為二廻文詩《ノヲ》一以寄レ滔。宛-転循-環、文甚《ダ》悽-惋云云。

【出典】柏玉集、一六三九番。新編古今事文類聚、続集、巻二一、衾衣部、錦繍、織錦廻文。

【異同】『新編国歌大観』『新編古今事文類聚続集』ナシ。

【訳】錦

手紙でさえ相思相愛の程度は分からないだろうが、（思いを）錦に織りこむと愛情が見えるなあ。

事文類聚続集。晋の竇滔の妻は錦を織り、廻文の詩を織り込んで竇滔に贈った。方向を転じたり周囲を回ったりして読むと、文章はとても悲しい云々。

【考察】当歌は『晋書』列女伝の内容を踏まえる。廻文詩は初めから読んでも終わりから読んでも意味が通じ、平仄も韻も合う漢詩。和歌の第三句「知られし」の「し」を過去の助動詞と見て、「知られた」とも訳せるが、「だに」は下に打消しを伴なうことが多いので「知られじ」と解釈した。

（松本匡由）

和琴

649 こと笛の中にうへなきしらへあれや名こそあつまと立くたれとも

床夏巻云、あつまとこそ名も立くたりたるやうなれと、おまへの御あそひにも、まつふんのつかさをめすは、人の国はしらす、爰にはこれを物のおやとしたるにこそあめれ云々。

河海抄曰、和琴者伊奘冊《(ママ)》尊《ノ》御時、令二作出一給云云。仍諸-楽-器《ノ》之最-上《ニ》置レ之《ヲ》也。

【出典】雪玉集、三六四一番。源氏物語、常夏巻、二三一頁。河海抄、巻一一、常夏巻、四一一頁。

【異同】『新編国歌大観』『湖月抄』『承応』ナシ。『河海抄』「御時―御代」「置レ之《ヲ》也―をかる、也」。

【訳】和琴

管絃の中で、（和琴の他に）この上ない音律があるだろうか。その別名は東《あずま》といって鄙《ひな》びているけれども。常夏の巻によると、東琴《あずまごと》といってその名も鄙びたもののようだが、御前演奏でも真っ先に東琴をお召しになるのは、異国ではともかくとして、この国（日本）ではこれ（東琴）を第一番の楽器としているからだろう云々。河海抄によると、和琴は伊奘諾・伊奘冉尊の時代にお作りになった云々。したがって（和琴は）あらゆる楽器の中で最上位に置かれるのである。

（松本匡由）

【考察】 和琴《わごん》の別名「東《あづま》」は都人がさげすむ東国を意味するので、『源氏物語』では「東とこそ名も立ち下《くだ》り」だが、日本ではあらゆる楽器の中で和琴が最上である、と光源氏が話した、その箇所を当歌は踏まえる。「書《ふん》の司《つかさ》」は後宮の書籍や楽器などを司る所。転じて、和琴の異称。

笛

650 天津人雲のかけはし打わたしさそふはかりの笛竹の声

狭衣物語云、まめやかにわふ〳〵吹出たまへる笛の音、雲井をひゝかしたまへるに、中略「いなつまの光にゆかむ天の原はるかにわたせ雲のかけはし」と音のかきり吹たまへるは、けに月の都の人もいかてかおとろかさらんとおほゆるに、楽の声〳〵いとちかふなりて、むらさきの雲たなひきたると見ゆるに云々。

【出典】 雪玉集、四三五〇番。狭衣物語、巻一、四二頁・四三頁。

【異同】 『新編国歌大観』ナシ。『狭衣物語』「いかてか―いかてかは」「いとちかふなりて―いとゝちかうなりて」「たなひきたる―たなひきわたる」。

【訳】 笛

天上に住む人が雲の架け橋を渡し、（演奏者を天上に）誘うほどの笛の音色だなあ。
狭衣物語によると、ほんとうは気が進まないながら吹き鳴らしなさった笛の音を、天上まで響かせなさって、中略「稲妻の光と共にわたしは天上に昇って行こう。大空の遥か彼方まで渡しておくれ、雲の架け橋を」と、音の続く限り笛を吹きなさったのは、ほんとうに月の都の人もどうして心を動かされないだろうかと思われたとき、奏楽の音がたいそう近づいて、紫の雲がたなびいていると見えて云々。

【考察】『狭衣物語』は宮中での管絃の遊びの折、狭衣が横笛を吹く場面。物語はその後、笛の音に魅せられて天稚《あめわか》御子《みこ》が降臨し、狭衣が昇天しそうになるのを帝が引き止める、と続く。当歌は見事な笛の音色を、狭衣の音色に比類させて詠む。

（村上泰規）

対鏡知身老

651　むかひみる影の外にも思ひしれあはれ老ゆく人をかゝみに

唐書。魏-徴薨《ス》。太-宗臨《テ》レ朝《ニ》嘆《シテ》曰、「以レ銅為《ス》レ鑑《ト》。可レ正二衣冠《ヲ》一。以レ古為レ鑑。可レ知二興-替《ヲ》一。以レ人為レ鑑。可レ明二得-失《ヲ》一。朕、常《ニ》保二此《ノ》三鑑《ヲ》一、内防《ク》二己《カ》過《ヲ》一。今、魏-徴逝《ス》。一《ノ》鑑亡《ヌ》矣」。

【出典】雪玉集、一二五九三番。新編古今事文類聚、続集、巻二八、鏡、常保三鑑。

【異同】『新編国歌大観』ナシ。『新編古今事文類聚続集』「唐書―（ナシ）」。

【訳】鏡に向かい、身の老いを知る
（鏡に）向かい映って見える（自分の）姿以外からも（身の老いを）思い知りなさい。無常にも老いていく人を鏡として。
唐書。魏徴が薨じた。太宗は朝廷に臨み嘆きながら言った。「銅を（加工して）鏡とする。（姿を映して）衣冠を正すことができる。昔を鏡とする。（歴史によって）世の興亡盛衰を知ることができる。人を鏡とする。（その人の諫言で）善悪を知ることができる。私は常にこの三つの鏡を持ち、自ら自己の過ちを防いできた。今、魏徴が死んで、一つの鏡が無くなってしまった」。

【考察】 魏徴（生没五八〇～六四三年）は太宗に仕えた唐の政治家で、皇帝に直に諫言することで有名。太宗が銅製の鏡のほか、歴史と人も鏡として自らの過失を事前に防いだという逸話を踏まえて、当歌は自らの姿を鏡に映して見るだけでなく、老いていく人を見ることによって我が身の老いを知りなさい、と詠む。鏡を見て身の老いを知る歌は、「鏡山いざ立ち寄りて見てゆかむ年経ぬる身は老いやしぬると」（古今和歌集、雑上、八九九番、詠み人知らず）などがある。

【参考】 太宗の話は『旧唐書』巻七一のほか、『貞観政要』巻二、『資治通鑑』巻一九六にも見えるが、出典の本文とは異なる。

（村上泰規）

絵

652 色とるも限こそあれ墨かきの山は幾重をたゝみなしける

論語。素以為絢兮。

花鳥曰、雅兼卿記云、金-岡《ハ》以レ墨《ヲ》畳《ムコト》レ山《ヲ》十-五-重、広-高《ハ》五重也。

【出典】 雪玉集、二五八六番。論語、八佾第三、六六頁。花鳥余情、第二、帚木巻、二五頁。

【異同】 『新編国歌大観』『論語』ナシ。『花鳥余情』「金岡以墨畳山―金岡畳山」。

【訳】 絵

彩色するにも限界があ（り、やはり墨書きが重要であ）る。墨描きの山は（その輪郭を）幾重に描き重ねたのだろうか。

論語。白粉《おしろい》で化粧して艶《あで》やかにする。

花鳥余情によると、雅兼卿記には、「金岡は墨で山を十五重に描き重ね、広高は五重に描き重ねる」とある。

【考察】『論語』は「巧笑倩兮、美目盼兮、素以為絢兮」（にっこり笑うと口もとがかわいらしく、目はぱっちりとして美しい）という詩の意味を、孔子が「絵で言えばまず彩色して、最後に胡粉で仕上げるようなものだ」と答えた箇所。『花鳥余情』（『源氏物語』の注釈書）は平安時代に活躍した絵師の巨勢金岡と、そのひ孫の巨勢広高を比較して、唐絵が盛んな平安前期には険しい山稜を幾重にも重ねたが、大和絵が最盛期になると峰はなだらかになり線描は少なくなった、と記す。当時は彩色よりも、最初の下書きと最後の墨の描き起こしが重んじられた。当歌も絵は彩りよりも輪郭が重要だという視点から、金岡・広高の山の墨書きに思いを馳せて詠む。

（村上泰規）

舟

653 しるへ有浪路となしにかめのうへの山を尋ねし舟のおろかさ

史記。徐福事実、見于恋部。

【出典】雪玉集、八〇七八番。**【異同】**『新編国歌大観』ナシ。

【訳】舟

道しるべのある波路というわけではないのに、巨大な亀の背にあるという蓬莱山を探し求めた舟は愚かだなあ。

史記の徐福の事は、恋部に見える。（466番歌、参照）

【考察】「亀の上の山」は37・332・413番歌にも見える。当歌は徐福の故事を踏まえ、無計画に蓬莱山を目指したことの愚かさを詠む。

（島田薫）

渡舟

654 心ゆく船出となしに渡し守いそくをみても詠めのみして

いせ物語云、其川のほとりにむれゐて、おもひやれは、限なく遠くも来にけるかな、とわひあへるに、わたし守、「はや船にのれ。日もくれぬ」といふに云々。

【出典】雪玉集、一二三七三番。伊勢物語、第九段。【異同】『新編国歌大観』『伊勢物語拾穂抄』ナシ。

【訳】 渡し舟

気が晴れる船出ではなく、渡し守が急ぐのを見ても物思いにふけってばかりいて。

伊勢物語によると、その隅田川のほとりに集まり座って、京に思いを馳せると、果てしなく遠くに来てしまったなあ、と悲しみあっているところに、渡しの船頭が、「早く船に乗れ。日も暮れてしまう」と言うので云々。

【考察】『伊勢物語』は東下りをする旅の一行が京に思いを馳せる中、船頭が一同を急がせる箇所。当歌はそれを踏まえて、気の進まない船出の様子を詠む。

（島田薫）

岸頭待舟

655 急《柏》くらん舟出もいかゝ此きしのいさこのひかり苔青きかけ

銭起。水碧砂明両岸苔。

【出典】柏玉集、一六七四番。唐詩選、巻七、帰雁、七四二頁。

【異同】『新編国歌大観』「いさこ―いさり」。『唐詩選』「砂―沙」。

【訳】 岸辺で舟を待つ

急ぐような船出もどうしたものか。この岸の砂は耀き、苔は青々としているなあ。

錢起。水青く砂白く、両岸は苔むして。

【考察】錢起の「帰雁」は、雁はなぜ美景を見捨てて北に帰るのかと歌う。当歌も風景明媚な岸辺を離れる名残惜しさを詠む。

【参考】錢起の「帰雁」は524番歌にも引用。当歌の第四句が「砂子《いさご》の光」ではなく「漁《いさ》りの光」ならば、漁火《いさりび》（夜、魚を誘うために舟で焚く火）を指す。

（島田薫）

浦舟

656 しるへせよいつくの浦の梅かゝに雪の篷おすけさの舟人

錦繍段。和靖雪-後看《ル》レ梅《ヲ》図《ノ》詩。破暁湖山入レ画《ニ》時。短-篷揺《シテ》レ雪《ヲ》傍《フ》二疎-籬《ニ》一。一-心只在二梅-華《ノ》上《ニ》一。凍-二
損《スルモ》吟-身《ヲ》一也《マタ》不レ知。

【出典】雪玉集、二三七五番。錦繍段。

【異同】『新編国歌大観』ナシ。『新刊錦繍段』「図詩―図」「疎―踈」「華―花」。

【訳】浦の舟

案内しておくれ。どこかの浦の梅の香（が漂う所）に。早朝に雪の積もった篷《とま》を押している舟人よ。

錦繍段。和靖が雪の後に梅を見る図の詩。

明け方、（雪が降り積もった）西湖やそれを取り囲む山々の姿は美しく、まるで絵画のようである時刻、（和靖は小舟に乗って、梅を見に出かけた。）小舟が岸辺に達すると岸に積もった雪が揺れ動き、舟は粗く編んだ籬《まがき》のそばに停泊した。画中の和靖の気持ちはひたすら梅の花に集中して、寒さで詩を作る身が凍えてしまっても気が

つかない。

【考察】和靖が梅花に心を奪われ、寒さに凍える身に気づかないほど詩作に耽っていることを当歌は踏まえて、自分も雪の降り積もった早朝に舟を出して、梅の香りのする浦へ向かおうとする気持ちを詠む。和歌の「篷《とま》」は竹や萱《かや》などで編んだ舟の覆い、漢詩の「短篷」は「今ハ小舟ノ事ニ用ソ」（貞享版『錦繍段』国会図書館蔵の書き入れ）により小舟と解釈した。

【参考】和靖は北宋の詩人、林逋の号（生没九六七～一〇二八年）。梅花を植え鶴を飼い、「梅を妻、鶴を子とする」と言っていた。漢詩の作者は一三世紀に活躍した希《き》叟紹曇《そうしょうどん》、南宋の人で臨済宗の僧。

（松田望）

　　　滄海雲低

　　浦嶋子伝、見于恋部。

657 柏 隔来しおも影みせて浦しまや明行雲そ波にのこれる

【出典】三玉和歌集類題、雑上、滄海雲低、柏玉集。【異同】『三玉和歌集類題』ナシ。

【訳】青海原に雲が低い

年月を隔ててはいるが、浦島の面影はいまだに見えて、夜が明けていくと、玉手箱を開けて出てきた雲が波（の上）に残っているなあ。

　浦嶋子伝は恋の部に見える。（464番歌、参照）

【考察】当歌の第四句「明け行く」に「夜が明けていく」と「玉手箱を開ける」を掛ける。『浦嶋子伝』によると、浦島が神女の言いつけを忘れて玉手箱を開けると紫雲が立ち上り、浦島の顔は急に老人になりついに亡くなった、とある。

（松田望）

低

658雲をしのく心やこもる小松原岡の草根にましる二葉も

李白詩、見于春部、松藤歌註。

【出典】雪玉集、二五七二番。【異同】『新編国歌大観』ナシ。

【訳】低

雲を押しのけて伸びる心がこもっているのだろうか。小松原の岡の草根に混じる双葉にも。

李白の詩は春部の「松藤」歌の注に見える。（84番歌、参照）

【考察】李白の「南軒松」が「凌雲霄」と成長する「孤松」を歌ったのを踏まえて、当歌は草の根に混じって生えている幼くも力強い双葉の生命力を詠む。「小松原」は小さな松が多く生えている原。

（松田望）

遠

659もろこしの空にもしのふ心にや三笠の山の月は見えけむ

古今集の詞書、秋の部にしるしつけ侍り。

【出典】雪玉集、二五七四番。【異同】『新編国歌大観』ナシ。

【訳】遠

唐土《もろこし》の空にも（日本を）懐かしむ気持ちから、三笠山の月は見えたのだろうか。

古今和歌集の詞書は、秋部に書きつけています。（187番歌、参照）

【考察】安倍仲麿は唐の国で月を眺め、三笠山に出た月と同じだと詠んだ（『古今和歌集』の詞書による）ことを踏まえ、当歌は三笠山の月を懐かしむ気持ちから、唐の国の空にも同じものが見えたのだろうかと推量する。

（金子将大）

七

660 ことのをのいつの情に玉くしけ二の声をしらへそへけん

蔡邕琴操曰、五‐絃ハ象㆓五行㆒。大‐絃為㆑君、小‐絃為㆑臣。後ニ文武加㆓二‐絃ヲ㆒以取㆓剛‐柔㆒而合㆓君‐臣ノ之義ヲ㆒。

【出典】 三玉和歌集類題、雑上、七、雪玉集。初学記、一六、楽部下、琴第一。

【異同】『三玉和歌集類題』ナシ。『初学記』「後文武―文王武王」「取剛柔而―（ナシ）」「君臣之義―君臣之恩」。

【訳】 七

琴の絃の五本の風情に（櫛箱の蓋ではないが）二つの音を調律して添えたのだろう。

蔡邕の琴操によると、五絃は五行を象っている。太い絃は君主であり、細い絃は臣下である。後に文王と武王が二絃を加え、（太い絃は君主の）剛直さ、（細い絃は臣下の）柔軟さに対応させ、君臣の義に合わせた。

【考察】『琴操』は文王と武王が五絃琴に二絃を加え、七絃琴が誕生したことを記した箇所。五行は古代中国の思想で、万物を生じて変化させる木・火・土・金・水の五つの元素。君臣の義は儒教で説く五倫の一つで、君主と臣下の間にある義の徳。「玉櫛笥《たまくしげ》」は櫛を入れる箱の美称、また「蓋《ふた》」などにかかる枕詞だが、ここでは「二つ《ふた》」にかかる。

【参考】『琴操』の原本は散逸し、日本の昌平叢書は前掲の本文と異同が多いので『初学記』（唐代の類書）を掲載した。蔡邕は612番歌の出典にも見られる。

（金子将大）

661 柏 水もそのにこらはといひすめらはとおもふも人の世にそしたかふ

漁父辞曰、滄-浪之《ノ》水清《ラハ》兮、可三以濯二我纓一。滄-浪之《ノ》水濁《ラハ》兮、可三以濯二我足一。

【出典】 柏玉集、一八四七番・二四三一番。楚辞、漁父、二八〇頁。

【異同】『新編国歌大観』「寄水雑―寄水懐旧」（一八四七・二四三一番）。『楚辞』「我纓―吾纓」「我足―吾足」。

【訳】 水に寄せる雑歌

（漁父が）「水もまた濁ったならば（足を洗おう）」と言い、「澄んだならば（冠の紐を洗おう）」と（言ったことを）思うにつけても、人の世に従い生きるものだなあ。

漁父辞によると、滄浪の水が澄んだならば、それで私の冠の紐を洗うことができよう。滄浪の水が濁ったならば、それで私の足を洗うことができよう。

【考察】「漁夫辞」は屈原と漁夫との会話から構成されている。たとえ世の人が俗にまみれていたとしても時勢に合わせて生きるべきだと説く漁夫に対して、屈原は今、髪を洗った者は必ず冠の塵を弾いてかぶり、今、湯浴みをした者は必ず衣の塵を振るうものであるという喩えを引いて、清んだ者は世俗から離れるべきだと反論した。それに対して漁夫は出典の歌を歌い、人の世が清くても汚れていても、その中で順応して生きていくべきだと再び説いた（218番歌に掲載）。当歌は、人の世の清濁を滄浪の水に喩えた漁夫の言葉を踏まえて詠む。

（北井達也）

哀傷歌中

662 手をひらき足をひらくはそれなからさきたつ道やおやにかなしき

論語。曽-子有レ疾、召二門弟子一曰、「啓二予《カ》足一、啓《ケ》二予《カ》手《ヲ》一。詩《ニ》云、戦-々兢-々《トシテ》、如レ臨二深淵一、如レ履二薄氷一」。

【出典】 雪玉集、五六一五番。論語、泰伯、一七七頁。**【異同】**『新編国歌大観』『論語』ナシ。

【訳】 哀傷歌の中

（曽子が危篤の時に）手を開き足を開い（て自分の体が無傷であるか調べさせ）たのは、誠に孝行なことではあるが、親よりも先に死ぬ子は、親に対して心が痛むだろうなあ。

論語。曽子が病気で危篤の時に、弟子たちを呼び集めて言うには、「私の足と手を調べて（身体のどこかに傷痕はないか）見てくれ。『詩経』に、『深い谷の断崖に立って落ちるのを恐れるように、薄い氷を渡って割れはしないかと心配するように、戦《おのの》き恐れて身を慎む』とある」。

【考察】 曽子は危篤の際に弟子たちを呼び、自分の手足に傷が無いかを調べさせ、自身が父母から受けた体を大切に守るのは親孝行であると話し、体に傷一つ付けることなく死ぬ今からは、初めて父母に対する責任から解放されると説いた。当歌は曽子の孝行を上の句に詠みこみ、下の句では親に先立つ悲しみを詠む。

当歌から664番歌までと707番歌の四首は、連作三一首（『雪玉集』五五九二～五六二二番歌）に含まれ、その左注に、「右、以挽歌一首之卅一字、置初句之首、卒綴卑詞、述哀慟之罔極云。大永五年（一五二五）十月廿九日　桑門逍遥子七十二歳」とある。すなわち道永の詠んだ挽歌「思ひには死なれぬとなど嘆きけむうきためにとてながらふる身を」（雪玉集、五五九一番）の三一文字をそれぞれ歌頭に置いた実隆の連作で、各首とも子に先立たれた親の思いを詠む。道永は幕府管領になった細川高国の法名で、大永五年に一八歳の子息、稙国を亡くした折の詠作。井上宗雄『中世歌壇史の研究　室町後期』二六二頁（明治書院、一九七二年）参照。

【参考】 小式部内侍が母の和泉式部より先に死にそうになったときに詠んだ名歌があり、当歌の下の句と共通する。「小式部内侍、病重くして、心弱く覚えける時、母を見て、声の下に、「いかにせむいくべき方もおぼほえず親に先立つ道を知らねば」。天井に感ずる声ありて、病癒えにけり。神明の御助けにこそ」（沙石集、巻五末ノ一）。

（北井達也）

663春秋にとめるのこりの齢をは其たらちねにゆつりてや行

書言故事。漢斎襄上伝、皇‐帝春‐秋富云云。

【出典】雪玉集、五五九六番。書言故事、巻六、富春秋。【異同】『新編国歌大観』ナシ。『書言故事』「斎―斉」。

【訳】（哀傷歌の中）

年が若く残りの年齢（長い年月）を自分の母親に譲り、（母より）先に逝ってしまったのだろうか。

書言故事。漢の斎襄上伝、皇帝は年齢が若い云々。

【考察】「春秋に富む」は慣用句。「春秋」は春と秋の意から転じて、年月・歳月の意味。年が若く経験に乏しいこと、また生い先が長く将来性があること（733番歌、参照）。その出典は『史記』巻五二、斉悼恵王世家《せいとうけいおうせいか》第二二の「今高后崩、皇帝春秋富」による。当歌は夭折した子を悼む連作の一首（662番歌の【考察】、参照）。

（小森一輝）

664たくひとてふたつたになき袖のうへの玉くたけゝむ心をそしる

あふひの巻に、袖のうへの玉くたけたりけんよりも云々。

【出典】雪玉集、五六一一番。源氏物語、葵、五〇頁。

【異同】『新編国歌大観』「くたけゝむ―くだけらん」。『承応』『湖月抄』「玉―玉の」。

【訳】（哀傷歌の中）

同じようなものさえ二つとない、袖の上の玉が砕けたという（古人の）気持ちを（子を亡くした今になって）知ることだなあ。

葵の巻に、袖の上の玉が砕けてしまったというよりも云々。

【考察】『源氏物語』は一人娘（葵の上）を失った親の悲痛な心情を、砕けた珠玉と比較した箇所。過去推量の「けむ」があるので典拠があるらしいが不明。当歌は出典を踏まえ、かけがえのない人を失った哀傷を詠む。「玉」は宝石の意から派生して、大切なものの比喩に用いられる。662番歌から当歌までは、亡き子を偲ぶ親心を詠んだ連作に含まれる（662番歌の【考察】、参照）。

（小森一輝）

665 人かたの物いふはかりつくりけんひたたくみをも尋ねやはせぬ

寄生巻云、むかしおほゆる人かたをもつくり、絵にもかきとめて、おこなひ侍らんとなん云々。

列子。湯問篇曰、周《ノ》穆王西巡-狩、越二崑崙一、不レ至二弇山一反還。未《タ》レ及二中国一、道《ニ》有レ献二工人一。名二偃師一云云。偃師謁二見王一。王薦《テ》之曰、「若《ト》与《ニ》-偕《ニ》来《ル》者《ハ》何《ン》-人《ソ》」。対曰、「臣《カ》所《ノ》レ造能《ク》倡《スル》者《也》」。穆王驚-視之、趨-歩俯-仰、信《ノ》-人《ナリ》也。巧《ナルカナ》-夫、鎮《セハ》二其頤《ヲ》一則歌《テ》合レ律、捧《レハ》二其《ノ》手《ヲ》一則-舞《テ》応レ節《ニ》、千-変万-化、唯意所《ノミ也》レ適《スル》云云。

【出典】雪玉集、六一一九番。源氏物語、宿木、四四八頁。列子、一二四八頁・一二四九頁。

【異同】『新編国歌大観』『承応』『湖月抄』ナシ。『列子鬳齋《けんさい》口義』「臣所造—臣之所造」。

【訳】（哀傷歌の中）

人形が話すほど（精巧）に造ったという、飛騨の匠を尋ねずにはいられようか。

宿木の巻によると、昔をしのぶ像も作り、絵にも（その姿を）書き留めて、仏道修行をいたしましょうと云々。

列子。湯問篇によると、周の穆王が西の諸国を巡り視察したとき、崑崙の山は越えたが、弇山には行かずに引き返した。まだ中国には着かないとき、途中で細工師を献上したいという国があった。（その細工師の）名は偃師といった云々。偃師は王に謁見した。王は偃師をそばへ進ませて言った。「おまえと一緒にやって来た者は、何者か」。偃師は答えて言った。「私が作った役者でございます」。穆王が驚いてこれを見たところ、小走りに歩くさま、下を向いたり上を向いたりするさまは、ほんとうに人間そのものであった。それのなんと巧みであることか、（細工師が）そのあごを動かすと、歌を歌って旋律も合っていた。（細工師が）その手を上げると、舞を舞って節に合っていた。ありとあらゆる所作が、（穆王の）思いにかなった云々。

［考察］『源氏物語』は中の君のもとを訪れた薫が、亡き大君（中の君の姉）を偲んだ言葉。当歌の第四句「飛驒匠《ひだたくみ》」は、律令において飛驒国（岐阜県北部）から徴発された大工。和歌や説話の世界では名工の代名詞で、『今昔物語集』巻二四第五話に登場する伝説上の工匠に由来する。当歌は飛驒の匠を尋ねて、故人の像を造形したい気持ちを詠む。487番歌「寄傀儡恋」参照。

［参考］当歌から667番歌までの三首は長享三年（一四八九）七月、妻に先立たれた姉小路基綱に実隆が送った和歌一〇首に含まれる。

（小森一輝）

666霧にむせふ春のうくひす立わかれ山ほと丶きす音のみなくらん

元稹。咽《フ》レ霧《ニ》山-鶯啼《ハコト》尚-少《マレナリ》。

［出典］雪玉集、六二一四番。和漢朗詠集、上、春、鶯、六五番。

［異同］『新編国歌大観』「霧にむせぶ―霧にむすぶ」。『和漢朗詠集註』ナシ。

［訳］（哀傷歌の中）

霧の中でむせび鳴く春の鶯（のように故人）と別れて、（死出の山から来るという）山ほととぎすの声だけが響いているのだろう。

元稹。朝霧の中でかすかに山の鶯がさえずるのは、いっそう珍しい。

【考察】当歌は元稹の詩を踏まえ、晩春に鳴き声が稀になる鶯と入れ代わり、夏に鳴き始める山ほととぎすは死後の世界と関わるといい、故人との別れのつらさを詠む。北村季吟『和漢朗詠集註』には「春残テ鶯ノ声ナヲモノウシ。故ニ啼《コト》-尚《ヲ》-少《レ也》ト云也。咽《フ》レ霧《ニ》トハ朝霧ノウチニ、コヱノカスカナル意也」とあり、鶯の鳴き声が珍しくなるのは、春が残り少なくなると、鶯は鳴く気が進まないからだと解釈する。「ほととぎす」は夏を告げる鳥で、その声は恋心や懐古の情を呼び起こすとされる。当歌では「死出《しで》の田長《たをさ》」という異名から冥土と現世を往復する鳥として詠まれている。665番歌の【参考】参照。

【参考】「山ふかみ立ちくる霧にむすればや鳴く鶯の声のまれなる」（千里集、一番、咽霧山鶯啼尚少）。

（松本匡由）

667 またみすやならふる翅かはす枝たゝあらましにくちしことのは

長恨歌、見于恋部。

【出典】雪玉集、六一一三番。【異同】『新編国歌大観』ナシ。

【訳】（哀傷歌の中）

二度と見ることはないなあ。（「比翼の鳥」のように）翼を並べ、（「連理の枝」のように）枝を交わし（という誓い）の言葉は、（相手が亡くなると）朽ちてしまい、もう（叶わぬ）願望になってしまったなあ。

長恨歌は恋部に見える。（345番歌、参照）

【考察】『長恨歌』の「比翼の鳥」「連理の枝」の内容を踏まえ、妻を亡くした思いを詠む。665番歌の【参考】参照。

（松本匡由）

668 たのもしな此世つきてもはかりなき命ある国にうつる行末

分別功徳品。爾時大会聞三仏説《ノ》二「寿命却-数長遠如レ此」、無-量無-辺阿-僧-祇《ノ》衆-生得二大饒《ニ》-益一。

【出典】雪玉集、六三八四番。妙法蓮華経、巻五、分別功徳品、第一七。

【異同】『新編国歌大観』ナシ。『妙法蓮華経』「此—是」。

【訳】（哀傷歌の中）

頼りに思われるなあ。この世の命が尽きても、際限の無い命がある国に移り住む未来は。

分別功徳品。そのとき説法の会場で仏が、「寿命の年数が果てしなく続くさまは、このようである」と説いたのを聞いた、測ることも数えることもできないほど無数の人々は、大いにご利益を得た。

【考察】出典は、釈迦が久遠実成《くおんじつじょう》（はるか昔に仏になったこと）の如来であることが証明された結果、それを信じて妙法蓮華経を受持、読誦、解説する者の功徳を説く。当歌はその内容を踏まえ、極楽往生を信じて故人を弔う。「阿僧祇」は無数の意味。

【参考】『雪玉集』には、「続撰吟集一云入道前のおほきおとど二七日念仏のうちにおもひつづけ侍りし　堯空」とあり、当歌は永正一三年（一五一六）に出家した実隆が、南無阿弥陀仏を歌頭に詠みこんだ七首に含まれる。

（松本匡由）

無常

669 しるしとてきさめる石もあたしの、その名をわかぬ草の陰かな

白居易。古墳何世人—。

【出典】雪玉集、七二四七番。白氏文集、巻二、諷諭、続古詩十首、其二、三三三頁。

【異同】『新編国歌大観』ナシ。『白氏文集』「古墳何世人—古墓何代人」。

【訳】無常

目印として（死者の名を）刻んだ、あだし野の墓石もはかなくなり、その名前も分からなくなり、誰も（訪れず）

踏み分けることのない草の影だなあ。

白居易。古い墓はいつの世の人のものなのか―。

【考察】 出典本文の「―」は省略を意味し、「不識姓与名、化作路傍土、年々春草生、感彼忽自悟、今我何営営」と続き、名利に奔走している我が身を疎ましく思う厭世観と無常を歌う（553番歌、参照）。当歌は地名の「あだし野」に、はかない意の「あだ」を掛け、第四句「わかぬ」の「分か」には「判別する」と「人が踏み分ける」の意を重ねる。

【参考】「あだし野」は京都市右京区、嵯峨の奥にある野で火葬場があり、世の無常を感じさせる地名として詠まれた。例「あだし野の露きゆる時なく」（徒然草、七段）。

（村上泰規）

雑歌中

670 折ふしの花折ちらしあかむすふたよりもあれや山の下庵

賢木巻云、あか奉るとて、から〳〵とならしつゝ、菊の花、こきうすき紅葉なと折ちらしたるも、はかなけれと云々。

【出典】 雪玉集、四四四四番。源氏物語、賢木巻、一一七頁。**【異同】**『新編国歌大観』『承応』『湖月抄』ナシ。

【訳】 雑歌の中

季節の花を折り散らして、閼伽《あか》（仏前に供える清水）を汲むよすがもあるのだろうか、山中の庵には。

賢木の巻によると、（法師たちが）閼伽をお供えしようとして、からからと（花皿の）音を鳴らしては、菊の花や濃い薄い紅葉などを折り散らしている有様も、格別の風情ではないが云々。

【考察】『源氏物語』は、光源氏が藤壺を思う気持ちを抑えて雲林院に参籠し、法師たちに経文の義を夜通し議論させた明け方の場面。

【参考】「山の下庵《したいほ》」の用例は、和歌では一五世紀から見られる。

（村上泰規）

釈迦

671 世の中に只われひとりたふとしとのへしことはの末もたふとし

禅蒙求、普曜経。世尊降‐生《シテ》、一手指レ天、一手指レ地、周行七歩。目顧二四方一云、「天上天下唯我独尊」。

【出典】雪玉集、四〇五一番。禅苑蒙求、巻之上、釈迦七歩。

【異同】『新編国歌大観』「たふとしと―とばかりを」。『禅苑蒙求』ナシ。

【訳】釈迦

（仏が）「この世界でただ唯一、私一人が尊い」と述べたその言葉は、後の世でも尊いなあ。

　禅苑蒙求、普曜経。釈尊はこの世に降誕して、一方の手で天を指差し、もう一方の手で地を指差して、東西南北を七歩ずつ歩き、四方を顧みて、「天上天下《てんじょうてんげ》、唯我《ゆいが》独尊《どくそん》」と言った。

【考察】「天上天下唯我独尊」は当歌のように「天地の間で私が一番尊い」と解釈するほか、「この世で私たち一人一人の人間が一番尊い」と見る説もある。当歌の下の句にある「ことばの末」の意味は「ちょっとした言葉」ではなく、「釈迦が言葉を発したその末の世」と理解した。

【参考】出典本文は『禅苑蒙求』上巻の冒頭で、以下、「和補曰、普曜経云、仏初生刹利王家、放大智光明、照十方界地、湧金蓮華、自捧双足、東西及南北、各行於七歩分手指天地、作師子吼声上下及四維、能尊我者」と続く。

（村上泰規）

得弁才知

672 たのめとの法に心をそめ紙のかりのさとりもかりの色かは

延喜式。忌詞、内ノ七言、仏称㆓中子㆒経ヲ称㆓染紙㆒。

【出典】雪玉集、五四三〇番。延喜式、巻五、神祇五、忌詞。

【異同】『新編国歌大観』「得弁才知—得弁才智」。『延喜式』ナシ。

【訳】弁才知を得る

（法蔵菩薩が）頼りにしなさいという仏法や経典に心を深く寄せたならば、仮初《かりそ》めの悟りも仮初めの思いであろうか。（いや、法蔵菩薩の四十八願を頼めば、悟りは開ける。）

延喜式。忌詞《いみことば》で内の七言は、仏を中子《なかご》と称し、経を染紙《そめがみ》と称す。

【考察】出典は斎宮における忌詞を説明した箇所で、仏教用語の内七言（仏・経・塔など）と不吉な言葉の外七言（死・病・哭など）がある。当歌は「心をそめ紙」に「心を染め」と「染め紙」（経典の言い換え）を重ねる。「染め」と「色」は縁語。

【参考】歌題の「得弁才知」は『無量寿経』で説かれる、法蔵菩薩（後の阿弥陀仏）が衆生を救うために立てた「四十八願」（四八種の誓願）の内の第二九願「得弁才智の願」。その願は「設我得仏、国中菩薩、若受読経法、諷誦持説、而不得弁才智慧者、不取正覚」で、国中の菩薩が「弁才智慧」（仏の智恵を理解し伝える力）を得なければ、自分（法蔵菩薩）は正覚（正しい悟り）を開かない、という内容。

（島田薫）

釈教

673 人の世のちとせをまたぬことはりや鶴の林の春にみせけん

涅槃経曰、爾時世尊娑‐羅‐林ノ下ニ寝二臥宝牀一云云。入二涅槃一已。其ノ娑‐羅‐林東‐西ノ二‐双合テ為二一‐樹一。南‐北ノ二‐双モ合テ為二一樹一垂二覆宝‐牀ニ一蓋二覆如来ヲ一。其ノ樹即‐時ニ惨然トシテ変レ白ニ猶如二白鶴一。

［出典］ 雪玉集、二七四七番。大般涅槃経後分、巻上、応尽還源品、第二。

［異同］『新編国歌大観』ナシ。『大般涅槃経後分』「臥宝牀―臥宝床」「覆宝牀―覆宝床」「覆如来―於如来」。

［訳］ 釈教

人の世は千年もの長い年月を待たないという道理は、釈尊入滅を悼んで林の木々が鶴の羽のように白くなったというその春に（釈尊が）見せたのだろうか。

涅槃経によると、そのとき釈尊は娑羅林の下に臥して宝床に寝た云々。（釈尊は）涅槃に入り亡くなった。その娑羅林の東西の二本の樹は合わさって、一本の樹となった。南北の二本の樹も合わさって一本の樹となり、釈尊の伏した床に垂れ下がって釈尊を覆った。その樹はすぐに無惨にも白く枯れてしまい、まるで白い鶴のようであった。

［考察］ 釈迦入滅の際に木々が鶴の羽のように白くなったことを踏まえて、当歌は人の世の無常を詠む。当歌の「鶴の林」はその故事に由来し、「春」は釈迦が入滅した二月一五日を指す。

（島田薫）

674 霜ふれは音するかねにをのつからなかき眠も限りやはなき

山海経。豊山之鐘―。

［出典］ 雪玉集、二四八六番。円機活法、巻二、天文門、霜。**［異同］**『新編国歌大観』『円機活法』ナシ。

［訳］（釈教）

霜が降りるとひとりでに鳴るという豊山の鐘のように、長い眠りに就いていてもひとりでに目が覚めることはないのだろうか。

山海経。豊山の鐘は━。

【考察】『円機活法』「豊鐘鳴《ル》」の解説「山海経。豊山之鐘、霜降《テ》而自《ヲ》鳴《ル》」（豊山の鐘は霜が降りるとひとりでに鳴る）は、自然界に生じた現象に対応して、ある現象が起こされることをいう。当歌の「ながき眠り」とは長眠（長夜の眠り）を指し、煩悩のため長く輪廻の迷いから覚めないことの比喩。当歌はひとりでに鳴る豊山の鐘に対して、何もせずひとりでに長眠から目覚めることはないが、悟る自覚を持てば長眠にも「限り」があり目覚めると詠む。

【参考】『山海経』の本文は「豊山有九鐘焉。是知霜鳴」（270番歌に引用）で異なる。

（松田望）

675 たのめなをこゝろの水は濁るとも子をおもふ魚の道は絶しな

大論。七十九曰、菩薩不《レハ》下為二諸仏一所上念者、則善根朽壊。如下魚子不《レハ》二為レ母念一則爛壊不《ルカ》上生。

【出典】雪玉集、七四六五番。大智度論、巻七九。【異同】『新編国歌大観』『大智度論』ナシ。

【訳】（釈教）

なおも頼りにしなさい。水が濁っても、魚の子を思う（母の）道は絶えないように、心が濁っても、子を思う（母の）道は絶えないことだなあ。

大智度論の巻七十九によると、菩薩が諸仏のために祈らなければ、善根は朽ちて壊れる。魚の子が母のために祈らなければ、その身が腐り崩れて生きられないように。

【考察】『大智度論』は、他者のために祈り続けることの重要性を説く。本文中の「善根」とは諸善を生み出す根本となるもの、また、善い果報を招くと思われる善の業因をいう。当歌は心が濁っても、なお子を思うことができれば、成仏の道は閉ざされないことを詠む。

【参考】出典の文章では孝子が母のために祈るのに対して、当歌は親が子を思うで異なる。当歌に合う資料としては『観無量寿経』（676番歌、参照）の注釈書で北宋代の僧元照が撰述したとされる『観無量寿経義疏』に、「智論云、例如魚子母若不念子則爛壊」とある。また、法然著『選択本願念仏集』の注釈書で、鎌倉時代の僧良忠の著とされる『選択伝弘決疑鈔』［寛永九年（一六三二）版］にも、「大論云《ニ》、例《ヘハ》如《シ》下魚子《ノ》母若不《レハ》レ念レ子《ヲ》即壊爛《カ》上」とある。当歌は『大智度論』そのものよりも、注釈書に引かれた『大智度論』によって詠まれたと推測される。

（松田望）

寄鏡釈教

676かの国とおもへはこゝを遠くしてさらぬ鏡にむかふはかりそ

双観経。阿弥陀仏、去此不遠云云。

【出典】雪玉集、二八四六番。観無量寿経。【異同】『新編国歌大観』『観無量寿経』ナシ。

【訳】鏡に寄せる釈教

（阿弥陀仏が）あの国（極楽浄土）にいると思うと、（阿弥陀仏は）ここから遠くに去ったわけではなく、いつもそばにある鏡に向かうほどであるなあ。

双観経。阿弥陀仏は、ここから遠くないところへ去る云々。

【考察】『双観経』は『無量寿経』と『観無量寿経』の総称。『観無量寿経』は釈迦が阿弥陀仏とその浄土などを観想する方法を説き、引用文は身近なところに浄土があり、阿弥陀仏はすぐそばにいることを述べる。当歌はそれを踏まえて阿弥陀仏が「ここを遠くして去らぬ」に、「ここを遠くして去らぬ鏡」（そばを離れない鏡）を重ねる。

（金子将大）

信解品

677碧 まよひ来し身は雲水の跡とめて立かへり見る故郷の月

【出典】碧玉集、一二〇四番。【異同】『新編国歌大観』ナシ。

【訳】信解品

迷って来た身は行く先が定まらないが、その足跡を止めて、戻って見る故郷の月だなあ。

【考察】出典は678番歌、参照。長年、諸国を流浪していた男が帰郷した話を踏まえる。当歌の「雲水《くもみづ》」は雲や水のようにゆくえの定まらないものの譬え、「月」は悟りの象徴で、「故郷《ふるさと》の月」を「見る」とは改心を意味するか。

【参考】『碧玉集』には、「五月十一日故竜安寺卅三廻とて右京太夫政元すすめ侍る」とある。「竜安寺」は龍安寺を建立した細川勝元（生没一四三〇〜七三年）の法名。「政元」は応仁の乱で戦火にあった龍安寺を再興した細川政元（生没一四六六〜一五〇七年）で、勝元の子。当歌は勝元の三三回忌に詠まれた。

（金子将大）

678 たらちねの心はさらに闇ならて見し世の道やけふもたとらぬ

譬-若有レ人、年既幼-稚《ニシテ》捨レ父逃-逝《テ》、久住《セン》二他-国《ニ》一。或《ハ》十、二十《ヨリ》至二五十歳一。年既長大《ニシテ》、加復《マス〳〵》窮-困、馳二騁四方《ニ》一以求二衣-食《ヲ》一、漸-々《ニ》遊-行《シテ》、遇二向本国一。其父先《ヨリ》-来《カタ》、求レ子不レ得云云。時貧-窮《ノ》子、遊二諸《ノ》聚落《ニ》一、経二歴国邑一、遂《ニ》到二其《ノ》父《ノ》所レ止之城一。父毎《ニ》念レ子《ヲ》。与レ子離別五十余年。

【出典】雪玉集、一二五〇一番。妙法蓮華経、巻二、信解品、第四。

【異同】『新編国歌大観』ナシ。『妙法蓮華経』「父毎―父母」。

【訳】（信解品）

親の心は決して平静を失わず、（子と）暮らしていた故郷の道を今日も尋ね捜さないことがあろうか。

たとえばある人がいて、まだ若い時に父を捨てて逃げ出し、長い間、他の国に住んでいて、十年、二十年、そして五十年に至った。年は既に大人になって、困難や貧乏でますます苦しみ、四方に奔走して衣服や食べ物を求め、あちこち放浪して、たまたま生まれた国に向かった。その父は以前より子供を探し求めたが、見つからなかった云々。そのとき貧窮した子は、あちこちの集落を放浪し、国や領地をめぐり歩き、ついにその父の留まる町にたどり着いた。父はいつも子を思っていた。子と離別して五十年余り（も過ぎた）。

【考察】出典は、父親が失踪した子を思い続けるさまを描いた箇所。当歌の「心の闇」は親が子を思うあまりに、思慮・分別がつかなくなることのたとえ。「人の親の心は闇にあらねども子を思ふ道に惑ひぬるかな」（後撰和歌集、雑一、一一〇二番、藤原兼輔朝臣）。

（金子将大）

薬草喩品

679　碧　花に咲実にあらはるゝ草も木もかれぬ恵みを雨にこそしれ

【出典】碧玉集、一二〇五番。【異同】『新編国歌大観』ナシ。

【訳】薬草喩品

花が咲いたり実が実ったりする草も木も、枯れることのない慈悲の恵みを雨（のおかげ）だと知っているなあ。

【考察】出典は682番歌と同じで、雨は仏の教え、草木は衆生の例え。「花に咲き実にあらはるる」とは、草木が雨のおかげで花を咲かせ実を結ぶように、人も仏の教化を受ければ誰でも等しく成仏できるという意味。

【参考】『碧玉集』には「小倉中納言実右卿卅三回に一品経すすめ侍る」とあり、当歌は一四七〇年に没した小倉実右の三三回忌の詠作。

（北井達也）

680　ふる雨の色やはそれと実をむすひ花をひらくもをのか姿を

【出典】雪玉集、一二五〇二番。【異同】『新編国歌大観』ナシ。

【訳】（薬草喩品）降る雨の種類によるのであろうか（いや、雨はみな同じだ）。草木が実を結び花を開くのも、草木自身の性質によるのだなあ。

【考察】出典は682番歌と同じで、同じ雨でも雨水を受ける草木の育ち方は種々あるように、仏陀の教えは同じでも衆生の受け取り方はさまざまである、と説く。当歌もそれを踏まえて、同じ雨を浴びても花が咲いたり咲かなかったり、また実を結んだり結ばなかったりするのは、草木自身の性質によると詠む。

【参考】『雪玉集』は歌肩に「続撰八文亀二十二廿二」とあり、当歌は『続撰吟集』巻八・三一二八番歌、文亀二年（一五〇二）一二月二二日の詠作。

（北井達也）

681 ふるまゝに色ます峰の木の葉とて雨やはかはる谷の陰草

【出典】雪玉集、一二五〇三番。【異同】『新編国歌大観』ナシ。

【訳】（薬草喩品）

雨が降るにつれて、峰の木の葉は色を増すからといって、谷陰の（まだ黄葉していない）草に降る雨と（峰に降る雨とは）違うだろうか。（いや、いずれも同じ雨だ）

【考察】出典は682番歌と同じで、雨は仏の教え、草木は衆生の喩え。当歌はどこに生える草木であろうと、雨は平等に降り注ぎ葉の色を濃くさせるように、仏は誰に対しても平等に教えを示すと詠む。

【参考】『雪玉集』は歌肩に「十月五日妙華寺関白卅三廻」とあり、当歌は一四八〇年一〇月五日に土佐で没した一条教房の三三回忌の詠作。

（北井達也）

682末の露おなし恵みそ大あらきの杜の小草の本のしつくも

譬如、三千大千世界《ノ》山川谿谷土地《ニ》、所レ生草‐木叢‐林及諸薬草、種‐類若‐干、名‐色各‐異《ナリ》。密‐雲弥‐布《シテ》編覆二三千大千世界《ニ》一、一時等《ク》澍《ク》。其沢普洽二草木叢林及諸薬草、小根小茎小枝小葉、中根中茎中枝中葉、大根大茎大枝大葉諸樹一。大小随二上中下一各有レ所レ受。一‐雲《ノ》所レ雨称《テ》二其種性一而得二生‐長《ヲ》一。

【出典】 雪玉集、二五〇四番。妙法蓮華経、巻三、薬草喩品、第五。

【異同】『新編国歌大観』ナシ。『妙法蓮華経』「編―遍」。

【訳】（薬草喩品）

葉の末にある露は、（ほかの草木と）同じ雨の恵によるものだ。大荒木の森に生える小草の根元の雫も（同じ恵みの雨だ）。

譬えていえば、三千大千世界において、山川、渓谷、土地に生える草木、密林および多くの薬草は、たくさんの種類があり、名称と形態はそれぞれ異なっている。そこに厚く重なった雲が一面に立ちこめ、あまねく広く三千大千世界を覆い、一時に等しく雨を注ぐ。その雨の潤いはあまねく草木、密林および多くの薬草に注ぎ、それらの小さい根、小さい茎、小さい枝、小さい葉と、中ぐらいの根、中ぐらいの茎、中ぐらいの枝、中ぐらいの葉と、大きい根、大きい茎、大きい枝、大きい葉と多くの樹を潤す。これらの植物は大、小によって、また上、中、下にしたがって、それぞれ雨から受けとる水の量が決まっている。このようにして、一つの雲が降らした同じ雨によって、植物はその性質に応じて生長する。

【考察】 出典は三草二《さんそうに》木《もく》の喩え。上草・中草・下草と大樹・小樹が等しく慈雨の恵みを受けるように、資質の異なる衆生が等しく仏の教えを受けて悟りを開くこと、また、衆生の素質やその受けとめ方がそれぞれに異なることの喩え。当歌は、どのような草木でも雨が遍く恵みを与えるという出典の内容を踏まえ、葉の末にある雫も同じ雨の恵みによるものだと詠む。「末の露」「もとの雫」は、遅速はあっても結局は消えてしまうものだから、人の寿命に長短はあっても死ぬのに変わりはないことを意味する。「末の露もとのしづくや世の中の遅れ先立つためしなるらむ」（和漢朗詠集、下、無常、七九七番、良僧正）。

【参考】「三草二木」は法華七喩の一つ。法華七喩とは法華経に説かれる七つの比喩で、火宅喩（譬喩品）・窮子喩（信解品）・薬草喩（薬草喩品）・化城喩（化城喩品）・衣珠喩（五百弟子受記品）・髻珠喩（安楽行品）・医子喩（寿量品）である。「三千大千世界」とは、古代インドの世界観による全宇宙。須弥山を中心とする一世界を千集めたものを小千世界、それを千集めたものを中千世界、さらにそれを千集めたものを大千世界といい、それらすべてを三千大世界、略して三千世界、三千界とも呼ぶ。「大荒木の杜（森）」は歌枕で、「大荒木の森の下草老いぬれば駒もすさめず刈る人もなし」（古今和歌集、雑上、八九二番、詠み人知らず）のように、草が生い茂っている様子を詠む例が多い（480番歌、参照）。『雪玉集』は歌肩に「続撰八享禄三十二五　理覚院勧進」とあり、当歌は『続撰吟集』巻八・三一五四番歌、理覚院の勧進による享禄三年（一五三〇）一二月五日の詠作。

（北井達也）

授記品

683 碧 あつき日もしらぬ木陰の涼しさは露よりみゆる夕くれの空

如下以二甘露一灑《クニ》除レ熱《ヲ》得中清涼上云々。

【出典】碧玉集、一二〇六番。妙法蓮華経、巻三、授記品、第六。**【異同】**『新編国歌大観』『妙法蓮華経』ナシ。

【訳】授記品

暑い日も（暑さを）感じない木陰の涼しさは、甘露ならぬ（夕立の）露（が降り注ぐこと）によって見える（涼しい）

夕暮れの空（のようだなあ）。

（成仏の約束をしてくだされば）あたかも甘露の法雨がそそがれて、熱悩が取り除かれ、心身が清涼になるようだ云々。

【考察】当歌の「露」は夕立によるものと、仏教語の「甘露」（不死の霊液）を意味する。出典は授記（仏が弟子の成仏を予言すること）を得ることを、甘露を得ることにたとえる。

【参考】出典は四人の阿羅漢（須菩提・迦栴延・摩訶迦葉・目連）が、釈尊より未来の成仏を約束されるという内容。『碧玉集』には「授記品　行季朝臣すすめ侍るに」とあり、世尊寺行季に勧められた詠作。

（小森一輝）

勧発品

684 あひかたき法の中にもうへもなき名残つきせぬけふのかへるさ

仏説二是経一ノ時、普賢等ノ諸菩薩、舎利弗等ノ諸声-聞、及諸天竜人非人等、一切大会皆大ニ歓-喜シ、受二持仏-語一ヲ、作レ礼而去ル。

【出典】雪玉集、二五〇六番。妙法蓮華経、巻八、普賢菩薩勧発品、第二八。

【異同】『新編国歌大観』『妙法蓮華経』ナシ。

【訳】勧発品

出会いがたい仏法の中でも、この上もない仏法に出会い、この上もなく名残が尽きない、今日の帰り道だなあ。

釈尊がこの経をお説きになったとき、普賢ら諸々の菩薩、舎利弗ら諸々の声聞、および天・竜・人・非人に至るまで、集まったものは皆、大いに歓喜し、釈尊のお言葉を受けとめ、礼拝して去った。

【考察】勧発品は『法華経』の終章にあたり、出典は最後の一文。当歌は法会の感動の余韻を詠む。第三句「上も無き」は、「法」と「名残」を修飾する。

【参考】「舎利《しゃり》弗《ほつ》」は釈迦の十大弟子の一人。「声聞」は仏の説法を聞いて悟る人。「非人」は悪鬼や夜叉など人間のような姿をしたもの。

（小森一輝）

人記品

685 うへ置したねや昔の春の花いまをそくときいろにつくとも

而告之曰、「諸善男子、我与㆓阿難㆒等《ク》於㆓空王仏所㆒同時発㆓阿耨多羅三藐三菩提心㆒。阿難《ハ》常《ニ》楽《ヒ》㆓多聞《ヲ》㆒、我常勤《テ》精-進《シキ》。是故我已得㆑成㆓阿耨多羅三藐三菩提㆒。阿難護㆓持我法㆒亦護㆓将来諸仏法蔵㆒教化成㆓就諸菩薩衆《ヲ》㆒。其本願如㆑是」。

【出典】 碧玉集、一二二一番。妙法蓮華経、巻四、授学無学人記品、第九。

【異同】『新編国歌大観』「人記品―人記品　人の追善とてすすめ侍るに」「いろにつくとも―色に咲くとも」。『妙法蓮華経』「阿難護―而阿難護」。

【訳】 人記品

昔、植えておいた種が春になり、花が今になって遅く色づいて咲いても、早く色づいて咲いても（咲くことに変わりはないように、悟りを得るまで遅くても早くても変わりはないのだ）。

（釈迦は菩薩たちに）こう仰った。「みなさん、私はかつて阿難と一緒に、空王のみもとにおいて、仏の悟りを求める誓願を起こした。阿難はいつも多くの教えを聞くことに専念したのに対して、私はもっぱら精進に専念した。その結果、私はすみやかに悟りを得たのに対して、阿難は私の教えを正しく保持し、また未来世において出現する多くの如来たちの教えを正しく保持し、菩薩たちを教化して悟りへ導くことになった。これこそ、この阿難の本願なのだ」。

【考察】「授学無学人記品」の主題は授記（仏が弟子たちに、未来において仏の悟りを得ると予言すること。683番歌、参照）で、授記される対象は、阿難と羅睺羅をはじめ二千人の声聞たちである。阿難が授記された時、新米の菩薩たち八千人が、偉大な菩薩に先んじて、声聞に過ぎない阿難が授記されたことに疑問を抱いた。その心中を察した釈迦は過去世からの因縁を明らかにして、阿難が授記された理由を説明し、阿難が未来世において悟りを得て如来になると説いた。その内容を当歌は踏まえ、悟りを開くのに遅速はあっても、悟りを得る価値に変わりはないことを、花に例えて詠む。第四句の「遅く」（形容詞）と「疾《と》き」（形容詞）は反対語。

【参考】「空《くう》王」は空の教えを説く人の意から、仏をいう。「阿耨多羅三藐三菩提《あのくたらさんみゃくさんぼだい》」は最高の理想的な悟りの意で、仏の悟りを指す。

（松本匡由）

寿量品

686 おろかにそおやのまもりとゝめをく薬をしらて身をうれへける

「我等愚-癡誤服二毒-薬一。願見《レテ》二救療一更《ニ》賜二寿命一」。父見二子等《ノ》苦悩如《ヲ》レ是、依二諸-経《ノ》方《ニ》一求二好薬草色香美-味皆-悉具-足《セルヲ》一、擣-篩和-合《シテ》与レ子令レ服。而作二此《ノ》言一、「此大良薬《ハ》色香美味皆悉具足。汝等可服。速除二苦悩一無二復衆患一」。其諸子中不レ失レ心者、見二此良薬色香倶好一即便服《シテ》レ之《ヲ》病尽《ク》除愈。

【出典】雪玉集、二五〇七番。妙法蓮華経、巻五、如来寿量品、第一六。

【異同】『新編国歌大観』ナシ。『妙法蓮華経』「此言―是言」。

【訳】寿量品

愚かなことに、親が（子供の）守りとして残しておいた薬だと知らずに、（子供は回復しない）わが身を嘆いたことだなあ。

「私たちは智慧がないので、誤って毒薬を飲んでしまった。お願いですから治療していただき、命を助けてください」。父親は子供たちがひどく悶え苦しむ様子を見て、様々な医薬書を参考に、色も香も味もすべて優れた薬草を手に入れ、石臼ですりつぶして篩《ふる》い分け、混ぜ合わせて子供たちに服用させようとした。そして、こう言った。「この非常によく効く薬は、色も香も味も、みな優れている。だから、すぐ服用しなさい。たちどころに苦しみを取り除き、二度と苦しむことはないよ」。子供たちの中で、まだ冷静で正常な精神状態を保った者は、与えられた薬が色も香りも優れているのを理解して、すぐに服用したところ、病気は完全に治った。

【考察】出典の文章に続く、「毒に侵され精神状態が尋常ではなくなった子供たちは、名医の父親が手に入れた薬草を良くないものと思いこみ、服用しようとしなかった」という内容を当歌は踏まえ、親の加護に気がつかない不孝な子を詠む。

【参考】「如来寿量品」の主題は釈迦の寿命。釈迦は永遠の寿命の持ち主であるが、それを明らかにすると、いつでも指導してもらえるから今すぐ修行しなくてもよい、と凡人は考えてしまうので、八〇歳で亡くなったことにしたと説く。いわゆる嘘も方便で、出典の「良医治子」も父親が死んだと嘘をつくと、子供たちは悲嘆にくれるうちに正常な精神状態に戻ったという、たとえ話。

（松本匡由）

分別功徳品

687 いにしへの命の程をことのはにのへしほとけのけふのたふとさ

要文註于哀傷歌。

【出典】雪玉集、二五〇八番。【異同】『新編国歌大観』ナシ。

【訳】分別功徳品
かつて命の程度（永遠の命）を言葉に述べた仏の（教えが）今日（まで続くこと）の尊さよ。
　必要な文章は哀傷歌に注した。（668番歌、参照）
【考察】釈迦が自分の命は無限大であることを聴衆に語ったことを、当歌は踏まえて詠む。
【参考】『新編国歌大観』の歌肩には「続撰八文明十六九二」とあり、当歌は『続撰吟集』巻八・三一〇八番歌、文明一六年（一四八四）九月二日の詠作。

（松本匡由）

法師功徳品

688 たらちねもうれしとしれな黒かみのおもふすちなる法にあふとは
以レ要ヲ言ハヽレ之ヲ、三千大千世界ノ中一切内-外ニ所レ有諸声、雖レ未レ得二天耳ヲ一以二父母所生清-浄ノ常耳ヲ一皆悉聞-知ン。

【出典】雪玉集、二五〇九番。妙法蓮華経、巻六、法師功徳品、第一九。

【異同】『新編国歌大観』「あふとは—逢ふみは」。『妙法蓮華経』ナシ。

【訳】法師功徳品
親も（子の出家を）嬉しいと知ってほしいなあ。黒髪が、願いどおりに法華経に出会っ（て剃髪し）たとは。

　要するに、三千大千世界の内外で発せられるありとあらゆる声を、まだ天耳（世界中の声を聞ける天人の耳）を持っていなくても、父母から授かり（法華経の功徳で）清められた耳のおかげで、すべて悉く聞き知ることができるだろう。

【考察】出典の「天耳《てんに》」は色界の諸天人の耳を指し、六道衆生の言語と一切の音響を聞きとれる。「常耳《じょうに》」は生まれた時のままの耳。天耳を備えていない人間でも、父母から授かった常耳が法華経の功徳で清められれば、無数の種類の音が聞き取れると説く。当歌の第二句「知れ」は「知る」の命令形。子が法師になれば親の成仏は約束されるので、嘆き悲しまず祝福してほしいと詠む。「筋」は「髪」の縁語。「たらちね」と「黒髪」を詠み合わせた例としては、「たらちめはかかれとてしもむばたまの我が黒髪を撫でずやありけん」（和漢朗詠集、下、僧、六一〇番、遍昭）が有名。

【参考】『雪玉集』の歌肩には「続撰八享禄五卯六宗長法師追善」とあり、『続撰吟集』巻八・三一五六番歌、享禄五年（一五三二）四月六日の詠作。宗長は連歌師で、同年三月六日に八五歳で没。当歌は宗長の出家を讃えるか。

（村上泰規）

薬王品

689 たとへまてあふけは高し法の花に心をふかくそめいろのやま

又、如土山・黒山・小鉄囲山・大鉄囲山、及十宝山、衆山之中、須弥山ヲ為二第一一。此法華経モ亦復如レ是。

【出典】雪玉集、二五一〇番。妙法蓮華経、巻六、薬王菩薩本事品、第二三。

【異同】『新編国歌大観』「薬王品—薬王品　衆山之中須弥山為第一」。『妙法蓮華経』ナシ。

【訳】　薬王品

須弥山の喩えまでもが、仰げば高く優れている。法華経に心を深く染めると。

また、土山・黒山・小鉄囲山・大鉄囲山、および十宝山などの山々の中で、（宇宙の中心にそびえる）須弥山が最も高いように、この法華経もまたそのようで（あらゆる経典の中で最上位に）ある。

【考察】「薬王品」は薬王菩薩の因縁を説き、諸経の中でも法華経を最上とする。「十宝山」は須弥山を含む十の山の総称。当歌も法華経の素晴らしさを山の高さに喩えて詠む。「法《のり》の花」は仏に供える花や仏道の精華を意味するが、ここでは法華経の「法華」の訓読み。下の句「心をふかくそめいろのやま」に「心を深く染め」と「蘇《そ》迷盧《めいろ》の山」（須弥《しゆみ》山《せん》の意）を掛ける。

【参考】『雪玉集』の歌肩には「文明七十二廿九贈内大臣卅三廻」とあり、文明七年（一四七五）一二月二九日の詠作。「贈内大臣」はその年に三三回忌を迎えた日野重政（一四四三年没）。

（村上泰規）

妙音品

690　立田姫秋の宮にも言の葉の千入を法のえにし染らん

乃至於二王後宮一変為二女身一而説二是経一。華徳、是妙-音菩薩ハ能救二-護スル娑婆世界諸衆生ヲ一者ナリ。

【出典】雪玉集、二五一一番。妙法蓮華経、巻七、妙音菩薩品、第二四。

【異同】『新編国歌大観』『妙法蓮華経』ナシ。

【訳】妙音品

立田姫が山の葉を何度も染めるように、妙音菩薩が法華経を何度も説くことで、後宮も仏法の縁に染まるだろう。

（妙音菩薩は）また、王の後宮においては女性に変身して、この法華経を説いてきた。華徳菩薩よ、この妙音菩薩は、娑婆世界にいるすべての衆生を救済できる者なのだ。

【考察】「竜田《たつた》姫《ひめ》」は奈良の西方にある竜田山の女神。五行思想では西は秋にあたるので、秋の女神となり、草木を紅葉させる（155・226・239番歌、参照）。「秋の宮」は長秋宮の訓読で、中宮・皇后・皇太后、またはその殿舎を意味する。出典は妙音菩薩の神通力を説明した箇所。当歌は竜田姫が葉を「千《ち》入《しほ》」（何回も）染めるように、妙音菩薩も法華経を何度も後宮で説いた功徳を詠む。

（島田薫）

普門品

691おろかなるあまのさかてもやかて身にかへす恨を思ひしらなん

呪詛諸毒薬、所欲害身者、念彼観音力、還著於本人。

【出典】 雪玉集、二五一二番。妙法蓮華経、巻七、観世音菩薩普門品、第二五。

【異同】『新編国歌大観』「普門品—観世音菩薩普門品」。『妙法蓮華経』ナシ。

【訳】 普門品

愚かにも人を呪っても、すぐに（観音の神通力で加害者の）身に返す恨みを思い知ってほしいものだ。

呪や毒薬で殺されそうになっても、ひたすら観音の力にすがれば、かえって呪った本人に害が及ぶ。

【考察】「天《あま》の逆手《さかて》」は呪術の一種とされるが、具体的な動作は不明（39番歌、参照）。当歌は出典を踏まえて、人を呪うような恨みは自分に返ってくることに気づいてほしいと詠む。

【参考】『雪玉集』の歌肩に「後花御十三廻」とあり、文明一四年（一四八二）御花園天皇一三回忌法要の詠作。

（島田薫）

五百弟子品

692かけ来しをしらぬも心からころもかへせまよひをたまの光に

以二無價宝珠一繋二其《ノ》衣裏一与レ之《ヲ》而《シテ》去《ル》。其人《ノ》酔-臥《シテ》都不二覚知一云云。

【出典】 雪玉集、八一〇九番。妙法蓮華経、巻四、五百弟子受記品、第八。

【異同】『新編国歌大観』『妙法蓮華経』ナシ。

【訳】 五百弟子品

（宝珠を衣の裏に）掛け続けていたことを知らないのも、（自分の迷いの）心のせいだ。衣を裏返すように、心の底から迷いを返しなさい、宝珠の光に。

（男の友人は）値も付けられないほど貴重な宝石を、その男の衣類の裏に縫い付け、それを与えて（何も言わずに）立ち去った。その男は酔って寝ていたので、全く気づかなかった云々。

【考察】出典は「衣《え》裏《り》繋珠《けいじゅ》」（衣珠のたとえ）。目覚めた貧者は宝珠に気がつかないまま帰り、貧しい生活を送っていたが、たまたま友人に再会して宝珠を知る、と続く。「衣《ころも》の珠《たま》」は人に本来備わっている仏性を意味し、誰もが仏の教えにより成仏できると説く。当歌は「心からころも」に「心から」と「唐衣《からころも》」（衣の美称）を掛け、「かへせ」（「返す」の命令形）に衣を裏返すと迷いを宝珠の光に返す（悟りを開くこと）を重ね、仏の教えにより心の迷いを消し去るようにと詠む。

【参考】「今ぞ知る衣の裏にかけまくも妙なる法の玉の光を」（為世一三回忌和歌、一五番、詠五百弟子品和歌、勧修寺経顕）。

（島田薫）

常不軽品

693 ちりの身とおもふにすてんかろからぬことはりをしる人も有世に

正法住世劫数、如一閻浮提微塵。像法住也劫数、如四天下微塵云云。我深敬㆓汝等ヲ㆒、不㆓敢テ軽‐慢セ㆒。

【出典】雪玉集、八一一〇番。妙法蓮華経、巻六、常不軽菩薩品、第二〇。

【異同】『新編国歌大観』「常不軽品―常不軽菩薩品」。『妙法蓮華経』「住也―住世」。

【訳】常不軽品

塵のように軽くてはかない身だと思うと、俗世を捨て（出家し）てしまおう。他人を軽蔑しない教えを守る人もいる世で。
（正しい教えと正しい実践と正しい結果がある）正法の世の長さは、一閻浮提（私たちが現在いる南贍部州という世界）を構成している原子の数に等しい。（正しい教えと正しい実践のある）像法の世の長さは、四天下（東勝身州・南贍部州・西牛貨州・北倶盧州からなる四大州）を構成する原子の数に等しい云々。私はあなたたちを深く敬い、決して軽蔑しない。

［考察］ 出典本文の「微塵」は、仏教では非常に小さいものを表わす単位。「常不軽」は「常不軽菩薩品」に登場する菩薩の名で、すべての人の成仏を信じて敬い軽慢せず、会う人ごとにうやうやしく礼拝したという。当歌はそれを踏まえて、常不軽菩薩のような決して他人を軽んじない人もいる世で、わが身の儚さを自覚して出家する決意を詠む。

（松田望）

観無量寿経

694 世の霜にあはゝためしもなき名のみ杜の柞のおしくやはあらぬ

［出典］ 観無量寿経《ニ》阿-闍-世太子執《テ》レ剣《ヲ》欲レ害《セント》二其《ノ》母韋提希夫人《ヲ》一。月-光・耆-婆二臣《カ》云、「劫-初已-来有二諸悪-王一。未《タ》三曽《テ》聞レ有《ルヲ》二無-道《ニシテ》害《スルコト》レ母《ヲ》」云云。此《ノ》経、為《ニ》レ之《カ》発-起《ス》也。猶《ヲ》繙二本経一可レ閲レ之。

［出典］ 雪玉集、五四五〇番。観無量寿経。**［異同］**『新編国歌大観』「世―あき」。

［訳］ 観無量寿経
霜にあたると森の柞などは（枯れて）惜しいが、母が白髪になると前例もなく身に覚えもない噂ばかりで、（子は）母親（の命）が惜しくないのだろうか。
観無量寿経によると、阿闍世《あじゃせ》太子は剣を手に執り、彼の母である韋提希《いだいけ》夫人を殺そうとした。月光と耆婆《ぎば》の二人の臣下が言うには、「この世の初めよりこのかた、さまざまな悪王がいるが、いまだかつて、母を殺す非道な行いをする者がいるとは聞いたことがない」云々。この観無量寿経は母の願いのために（仏が説いて）生まれたのである。さらに、この経を紐解いて、そのことを見るがよい。

【考察】当歌は「霜」に白髪を、「ためしもなき名」に「ためしも無き」と「無き名」（身に覚えのない評判）を重ね、「柞《ははそ》」（櫟《くぬぎ》や柏などの総称）に「母」を掛ける。異文の「秋の霜」には、秋の末に置く霜と白髪のほか、刀剣の意味があり（216番歌参照）、この場合は母を殺害しようとした剣を指す。

【参考】出典は『観無量寿経』のあらすじなので、【異同】には取り上げない。その箇所に相当する『観無量寿経』の本文は以下の通り。「即執二利剣一欲レ害二其母一。時有二一臣一名曰二月光一。聡明多智。及与二耆婆一為レ王作レ礼、白二言大王一、「臣聞二毘陀論経説一。劫初已来有二諸悪王一貪二国位一故、殺二害其父一一万八千。未下曾聞上有二無道害レ母一」。韋提希夫人は古代インドの摩掲陀《まがだ》国王頻婆娑羅《びんびさら》の后である。『観無量寿経』によると、阿闍世は彼の悪友である提婆達《だいばだつ》多《た》にそそのかされ、父の国王（頻婆娑羅）をとらえて幽閉した。韋提希夫人は水浴して身を清め、バターに乾飯の粉末をまぜ合わせたものをその身に塗り、胸飾の中に葡萄酒を入れ、ひそかに王に与えたので、王は命を繋いだ。三週間が過ぎても王が生きていることを不審に思った阿闍世は、門番に理由を尋ねて母の行為を知り、母を殺そうとしたが、二人の臣下が阿闍世の親不孝を諫めた。そこで阿闍世は深く懺悔し、母を宮殿の奥深くに幽閉した。韋提希は愁い悲しみ、耆闍崛山《ぎしゃくつせん》に向かって礼拝し仏の来臨を請うたところ、仏は王宮内に出現し、韋提希の願いにより西方極楽浄土を示現して往生の方法を説いた。

（松田望）

阿弥陀経

695 うれしくもむすふ契そいつはりのあらしとなかくときしした紐

無量寿経云、無レ有二虚《コ》-偽《ギ》諂-曲《ゴクノ》之心一云云。按、阿弥陀梵《ハ》-語、翻二-訳無量寿一也。

【出典】 雪玉集、五四五一番。仏説無量寿経、巻上。

【異同】 『新編国歌大観』ナシ。『仏説無量寿経』「諂曲—諂曲」。

【訳】 阿弥陀経

うれしいことにあの人と結んだ契りに偽りはないだろうと思い、長い間、下紐を解いていたが、「（極楽浄土には）偽りはない」と長い間説教されたおかげで、ありがたいことに仏と宿縁を結んだことだなあ。

　仏説無量寿経によると、（極楽浄土には）うそをついたり、こびへつらったりする心は存在しない云々。考えてみると、阿弥陀とは梵語で、無量寿（無限の寿命を持つもの）を翻訳したものである。

【考察】 『仏説無量寿経』は、阿弥陀如来が築いた極楽浄土に欲想や欲覚等が存在しない様を説いた箇所。当歌は、極楽浄土には偽りの心が存在しないことを踏まえ、結んだ宿縁を頼りに思う心を詠む。「とき」は「解き」と「説き」の掛詞。恋歌では、下紐は人に恋されると解けるとされた。当歌は『雪玉集』の「詠法文五十首和歌　天文初元（一五三二）九月尽日　七十九歳」の一首であり、末尾に「此法文和歌　後土御門院三十三回前四十八日勤行之間、連連綴連之（下略）」と記され、後土御門天皇三三回忌の詠作。当歌に「下紐」が詠みこまれたのは、故人の装束を布施として寺に寄進する風習と関わる。

【参考】 「かの人の四十九日、忍びて比叡の法華堂にて、事そがず、装束よりはじめてさるべき物どもこまかに、誦経などせさせたまふ。（中略）忍びて調ぜさせたまへりける装束の袴をとり寄せさせたまひて、

　泣く泣くも今日はわが結ふ下紐をいづれの世にかとけて見るべし」（源氏物語、夕顔の巻、一九二頁。光源氏は密かに夕顔の四九日を行い、お布施に装束を用意して哀傷歌を詠む）。

（森あかね）

大日

696 たくひやは世にあらかねのあらゝきをとちて久しき法のあるしは

秘密念仏鈔《ニ》五方五如来、東阿閦木青、西弥陀金白、南宝生火赤、中央大日土黄、北釈迦水黒云云。

【出典】雪玉集、四〇五〇番。【異同】『新編国歌大観』ナシ。

【訳】大日如来

同類が世にいるだろうか。鉄製の仏塔を閉じて久しいが、永久不滅の仏法の主（である大日如来）は。

秘密念仏鈔には五方に置かれる五如来が記され、東方は阿閦《あしゆく》如来で木青、西方は阿弥陀如来で金白、南方は宝生如来で火赤、中央は大日如来で土黄、北方は釈迦如来で水黒である云々。

【考察】当歌は、鉄を意味する「あらかね」にラ変動詞「有ら」を掛ける。「あららぎ」は仏塔の忌詞（672番歌、参照）。「とちて久しき法」に「閉ぢて久しき」と「久しき法《のり》」を重ねる。「あらかねのあららぎ」（鉄塔）は南天竺にあり、大日如来が説法したとされる。貞和三年（一三四七）に成立した『釈教三十六人歌合』の序には、「大日世尊鉄塔のとぼそを開き給ひて、真の法の光をかかやかし」とある。

【参考】出典の本文は五体の如来に、真言密教における五色（青白赤黄黒）と五行（木金火土水）を対応させているが、その一節は『秘密念仏鈔』には見当たらない。

（橋谷真広）

阿弥陀

697 深かりしちかひのまゝの名取川ひかれてうかむ瀬々の埋木

無量寿経曰、如来知-恵-海、深-広《ニシテ》無二涯-底一。聞《テ》レ名《ヲ》欲《スレハ》二往-生《セント》一、皆-悉到二彼《ノ》国《ニ》。

【出典】雪玉集、四〇五二番。仏説無量寿経、巻下。

【異同】『新編国歌大観』「ひかれてうかむ—ひかれてうかぶ」「瀬々の埋木—世世のむもれ木」。『仏説無量寿経』「知恵海—智慧海」。

【訳】　阿弥陀如来

名取川の多くの浅瀬に埋もれ木が浮かぶように、阿弥陀仏が立てた深い誓願の通り、仏の名に引かれて浮かばれ（往生でき）るだろう。

　仏説無量寿経によると、阿弥陀如来の知恵の海は深く広くて、果ても底もない。その名を聞いて往生したいと
　思えば、皆すべてがかの国（極楽浄土）へ行ける。

【考察】「名《な》取川《とりがわ》」と「瀬々《せぜ》の埋もれ木」は、「名取川瀬々の埋もれ木あらはればいかにせむとかあひ見そめけむ」（古今和歌集、恋三、六五〇番、よみ人知らず）のように併用されることが多い。「埋もれ木」とは水中に長い間、埋まっていたため炭化して黒く固くなった木を指し、転じて世間から忘れられた存在に例える。名取川の「名」に『仏説無量寿経』の「聞名」の「名」を響かす。当歌の第四句「浮かむ」に、埋もれ木が浮くと救われて成仏するを重ねる。

【参考】「如来知恵海、深広無涯底」と「聞名欲往生、皆悉到彼国」は『仏説無量寿経』では別々の箇所にあるが、出典の本文では、組み合わせることで人智を超えた阿弥陀仏の計らいに全て委ねることを強調したと解せられる。親鸞の著作である『教行信証』にも、「弥陀智願海。深広無涯底。聞名欲往生。皆悉到彼国」とある。

（嶋中佳輝）

弥勒

698 おろかにそ名をもとめけるおこたりに世に出る道やしはしをくれし

弥勒所問経云、阿難白レ仏言《ク》、「弥勒得《ルコト》二法-忍《ヲ》一、久-遠《ニシテ》乃《チ》爾《リ》。何以不下逮二無-上正真之道一成中最正

覚上耶」。仏語二阿難一、「菩薩四事法不レ取二正覚一。何等為レ四。一浄二国土《ヲ》一。二護二国土一。三浄二一切一。四護二一切一。是為二四事一。弥勒本求《トシ》レ仏時亦有二此四一。然《ルニ》弥勒発《スル》レ意《ヲ》先《ツ》二我《カ》之前《ニ》一四十二劫《ナリ》。我於二其後一乃《チ》発《ス》二道意《ヲ》一。於二此《ノ》賢劫《ニ》一以大精進超二越《シテ》九劫一得二無上正真之道一致二最正覚一」云云。

弥勒出世従二釈尊入滅一隔二五十七倶低六十百千歳一云云。見于往生要集。

【出典】 雪玉集、四〇五四番。法苑珠林、巻一六。往生要集、上之末。

【異同】 『新編国歌大観』「おろかにそ—おろかにも」。『法苑珠林』「何以不逮—何以不速逮」「弥勒本求仏時亦有此四—弥勒本求仏時以是四事故不取仏仏語阿難我本求仏時亦有此四」「得無上正真之道—得於無上正真之道」。『往生要集』「弥勒出世—（ナシ）」「隔—至慈尊出世隔」。

【訳】 弥勒菩薩

（弥勒は）おろかにも（四つの本願を達成する）名声を求めたのだなあ。（修行を）怠ったため（衆生を救いに）この世に現れるのが（釈迦よりも）しばらく遅れたのだろうか。

弥勒所問経によると、阿難が釈迦に申して言うには、「弥勒菩薩が法忍（仏法の真理）を悟ったのは、意外なことに久遠（遥か以前）であった。どうして無上正真道（この上ない正しい真実の道）に【速やかに】到達したのに、最正覚（最も正しい悟り）を達成しなかったのか」。釈迦が阿難に語るには、「弥勒菩薩は（弥勒菩薩の本願である）四事の決まりを立てて、正覚（究極の悟り）を選択しなかったのだ。何を四事とするかというと、一にこの世を清めること、二にこの世を守ること、三にあらゆるものを清めること、四に一切衆生を保護することで、これが四事である。弥勒はもともと（究極の悟りに達して）仏になろうとしたとき、【この四つの本願を成就することを選び、仏になることを選ばなかったのだ」。釈迦が阿難に語るには、「私がもともと仏になろうとしたときも、】この四つの本願を成就することを選んだ。しかしながら弥勒の発願は、私（釈迦）よりも四十二劫も早く、私はその後にやっと発願して、この賢劫（今の世の中）において大いに精進して九劫もの時間を超越し、無上正真道に到達して最正覚を達成した」云々。

「弥勒が（衆生を救いに）この世に出現するのは、釈迦が入滅してから五十七億六千万年を隔てる云々」と、往生要集に見える。

【考察】弥勒は釈迦の次に成仏することが決まっていて、五十七億六千万年（一説には五十六億七千万年）後にこの世界に現れて衆生を救うとされ、それを「弥勒出世」という。「倶低」は計り知れない数をさす言葉で「億」と訳す。弥勒は釈迦よりも発願は早かったが、衆生の救済は遅れたことを当歌は歌う。

【参考】「弥勒所問経」は『弥勒菩薩所問本願経』かと考えられるが、引用本文とは異同が多いので、出典は『法苑珠林』からの孫引きと見て、抜けている箇所も訳して【　】で括った。文中の「乃爾」は「こんなにも」と訳し、意外性を表わす。『弥勒菩薩所問本願経』は、弥勒菩薩が今なお菩薩の位にとどまっているのは、衆生済度のためであると説く。

（溝口利奈）

夏釈教　薬師

699かけ清きるりを光の国のうちはさこそ月日も涼しかるらめ

【出典】雪玉集、四二五一番。

【異同】『新編国歌大観』「夏釈教　薬師―釈教　尺迦・薬師・地蔵・観音」「かけ清き―かげきよ《ひろイ》き」。

【訳】夏の釈教歌　薬師如来

光の清らかな薬師瑠璃光如来がいる（東方浄瑠璃の）光に満ちた世界の中では、さぞかし毎日が涼しく、月光菩薩も日光菩薩も清々《すがすが》しいであろう。

【考察】薬師瑠璃光如来は東方浄瑠璃世界の教主で、日光菩薩と月光菩薩を脇士とする。当歌は「月日」（歳月の意）に両菩薩を重ね、東方浄瑠璃世界の様子を涼夏の趣に重ねて詠む。釈迦は灼熱の国で生まれたので、極楽は涼しいとされた。

【参考】当歌と701・702番歌は百首歌の巻末四首で、歌題に「釈教 尺迦・薬師・地蔵・観音」とあるように、四体の仏を四季に配して詠む。

（丹羽雄一）

薬師

700 秋きりのしほれし草も春のくるそなたの風にめくむ色かな

薬師本願経曰、仏告《ク》二曼殊師利《ニ》一「東方、去レ此過二十殑伽沙等仏土《ヲ》一有二世界一、名二浄琉《（ママ）》璃一。仏号《ヲ》二薬師琉璃光如来一」云云。

涅槃経、高貴徳王品云、復有二光明一来照《ス》。衆不レ知レ処。仏勅《シテ》二文殊《ニ》一為《メニ》説《シム》。乃云、「東方満《（ママ）》仏光仏所《ノニ》有二菩薩一、名二琉璃光一」云云。

【出典】雪玉集、四〇五三番。薬師瑠璃光如来本願功徳経。

【異同】『新編国歌大観』ナシ。『薬師瑠璃光如来本願功徳経』「曼殊師利―曼殊室利」。

【訳】薬師如来

秋霧に萎れた草も、春が来る東からの風に（吹かれると）芽ぐむ気配があるように、病で苦しんだ人も東方の薬師瑠璃光如来が恩恵をもたらすことだなあ。

薬師本願経によると、仏が曼殊師利に告げるには、「ここから無数の仏国土を過ぎた東方に、浄瑠璃という世界がある。仏を薬師瑠璃光如来という」云々。

涅槃経の高貴徳王品によると、再び光明が輝いた。大衆は（光の由来が）わからない。仏が文殊に（光明の由来を）説明させるには、「東方の満月光明仏のところに菩薩がおり、名前を瑠璃光菩薩という」云々。

【考察】『薬師瑠璃光如来本願功徳経』は、薬師瑠璃光如来の名を唱えることで得られる功徳などを説く。「殑伽《ごうが》」はガンジス河、「沙《しゃ》」は砂の意で、「十殑伽沙」はガンジス河の砂の数にたとえて、無数をいう。当歌は結句の「めぐむ」に「芽ぐむ」と「恵む」を掛け、薬師瑠璃光如来の恩恵を春の萌芽に重ねて詠む。「秋霧の萎れし草」は病人の比喩。五行説では春は東から来る。

【参考】「高貴徳王品」は正式名称を「光明遍照高貴徳王菩薩品」と言い、一三章から成る『大般涅槃経』の一章。涅槃経を修行することで得られる十徳を説く。現存本『大般涅槃経』には「復有光明来照」以下の本文は見当たらず、『三玉挑事抄』所引は梗概かと推定される。

（丹羽雄一）

秋釈教　地蔵

701 露の身のうきを尋ぬと朝毎にいく里かけて君は行らむ

延命地蔵経曰、毎日晨‐朝ニ入二於諸定一、遊二化六道ニ一抜‐苦与‐楽。

地蔵十輪経曰、此善男子於二一ノ日毎ニ晨‐朝ノ時一、為レ欲スルカレ成二‐熟セント諸有‐情ヲ一故、入二殑《ゴウ》河沙等ノ諸定ニ一。従レ

定起‐已テ、遍ク於二十方諸仏ノ国土ニ一成二‐熟ス一‐切所‐化ノ有情ヲ一。

【出典】雪玉集、四二五二番。延命地蔵経。大乗大集地蔵十輪経、序品第一。

【異同】『新編国歌大観』「秋釈教　地蔵―釈教　尺迦・薬師・地蔵・観音」。『延命地蔵経』『大乗大集地蔵十輪経』ナシ。

【訳】秋の釈教歌　地蔵菩薩

露のようにはかなくつらい身の上の人々を探し求め（救済し）ようと、毎朝どれだけの地を目指して、あなた（地

蔵）は行くのだろうか。

延命地蔵経によると、（地蔵は）毎日早朝の勤行において、諸々の瞑想に入る。六道に赴き人々を教化して、苦を取り除き楽を与える。

地蔵十輪経によると、この信仰心ある善人（地蔵）は毎朝の勤行において、さまざまな生きとし生けるものを悟りの境地に至らせようとするために、恒河沙（ガンジス河の砂）ほど無数の瞑想に入る。瞑想を終え、あらゆる仏世界において、一切の導かれるべき生きとし生けるものを悟りの境地に至らせる。

【考察】『延命地蔵経』は延命地蔵菩薩のご利益を、『地蔵十輪経』は地蔵菩薩が沙門の姿をとり衆生を救うことを説き、いずれも地蔵信仰に基づく。「定《じょう》」は雑念を絶ち無念無想の境地に入ること。「晨朝時」の「時《じ》」は仏道の勤行の時刻、またその勤行。「成熟《じょうじゅく》」は機が十分熟すること、転じて悟りの機が実ること。「有情《うじょう》」は心を備えている生き物で、鳥獣などをも含む。「所化《しょけ》」は教えを受ける者。当歌は地蔵菩薩による衆生の救済を、経典の内容を踏まえて詠む。

【参考】江戸時代初期に亮汰が著わした『延命地蔵経』の注釈書『延命地蔵経鈔』（『日本大蔵経』4、日本大蔵経編纂会、大正四年）には、「毎日晨朝入於諸定遊化六道抜苦与楽」の解説として『地蔵十輪経』の当該箇所が引かれているので、『三玉挑事抄』はその引用かもしれない。

（八木智生）

冬釈教　観音

702 ちかひあれはかれにし木もや立かへり花咲春をしゐて待らん

新続古今集云、梅の木のかれたる枝に鳥のゐて花さけ〳〵となくそわりなき

これはまつしき女の清水に百日まふてゝ、なく〳〵祈ける夜の夢に、観音のよませ給ひける歌とな

む云々。

【出典】 雪玉集、四二五三番。新続古今和歌集、巻八、釈教歌、八一六番。
【異同】 『新編国歌大観』「冬釈教　観音―釈教　尺迦・薬師・地蔵・観音」「待らん―またまし《つらんイ》」。『新続古今和歌集』「給ひける―給うける」。
【訳】 冬の釈教歌　観世音菩薩
（花を咲かせようという観音の）誓いがあるので、枯れてしまった木も昔に返り、花が咲く春（になること）を一途《いちず》に待っているのだろうか。

新続古今和歌集によると、梅の木の枯れた枝に鳥が止まって、「花よ、咲け咲け」と鳴くのは無理なことである（ように、貧しい女が泣きながら富貴になることを願っても無理なことである）。これは貧しい女が清水寺に百日間、参詣して、泣きながら（富貴になることを）祈った夜の夢の中で、観音がお詠みになった歌と（言われている）云々。
【考察】 『新続古今和歌集』の和歌は、「鳴く鶯」を「泣きながら祈願する女」になぞらえ、願いが叶いがたいことを教え諭す観音の託宣歌。同じ歌が平安末期に編纂された『続詞花和歌集』『袋草紙』『宝物集』にも収載されている。「枯れたる枝」は貧しさ、「花咲け」は富貴を表わす。
【参考】 清水寺は京都市東山区の、音羽山を背にした地にある法相宗の古刹。本尊は十一面観音で、観音信仰の聖地として栄えた。観音菩薩の功徳霊験を説く説話は、平安初期に成立した『日本霊異記』にも見られ、貧しい人が富貴になる、幸せな結婚をするなどの現世利益譚が多い。

（湯本美紀）

最勝講

703あまくたる跡しき忍へ雲の上に今も五日の法のむしろは
江次第、頭書曰、最勝講、寛弘六年以来被レ行也。此前或《ハ》行、或《ハ》止不-定也。後朱雀院《ノ》御時、四天王化-現。故《ニ》御帳《ノ》四角《ニ》儲二四天《ノ》座《ヲ》一云云。講、五箇日、兼-日有二日-時僧-名定《ノ》等一。

［出典］雪玉集、三二〇七番。江家次第、巻七、五月、最勝講。**［異同］**『新編国歌大観』『江家次第』ナシ。

［訳］　最勝講

天上から降下する仏法をひたすら敬いなさい。宮中では今も五日間の法会は（行われている）。

江家次第の頭注によると、最勝講は寛弘六年（一〇〇九）以来行われている。それ以前は行われたり行われなかったりと、定まっていなかった。御朱雀院の御代（一〇三六～四五年）に、四天王（仏法を守護する持国天、増長天、広目天、多聞天）が世に現れた。そのため、御帳の四隅に四天の座を設けた云々。最勝講は五日間にわたり行われ、あらかじめ日時や招請される僧侶の名前を定めるなどのことがある。

［考察］最勝講は毎年陰暦五月の吉日を選び、五日間行われた金光明最勝王経の講会。一条天皇の長保四年（一〇〇二）に行われた講説が始まりとされる。宮中の清涼殿では天下泰平国家安穏を祈願し、東大寺・興福寺・延暦寺・園城寺の高僧を選び、『金光明最勝王経』一〇巻を朝夕二回に分けて一巻ずつ講じさせた。当歌は、清涼殿で行われる最勝講がもたらす功徳を詠む。第二句の「しきしのぶ」はしきりに慕う、という意味。

［参考］『金光明最勝王経』を広め、国王が正法をもって国を治めることで国は豊かになり、四天王を始めとする諸天によって国が守護されると信じられた。

（橋谷真広）

飲酒戒

704盃のみきともいふな伝へける手たにむなしき世々をおもはゝ

梵網経心地法門品曰、若自‐身手《ニ》過《シ》酒‐器《ヲ》、与レ人飲レ酒者《ノ》五‐百‐世無レ手。何況自飲《ンヲヤ》。不レ得レ教二一切人飲及一切衆生《ヲシテ》飲レ酒。況自飲‐酒《センヲヤ》。

【出典】 雪玉集、二四九六番。梵網経盧舎那仏説菩薩心地戒品、第一〇巻下。

【異同】 『新編国歌大観』『梵網経盧舎那仏説菩薩心地戒品』ナシ。

【訳】 飲酒戒

盃を見たとも、（酒を敬って）御酒《みき》とも言ってはいけない。（先祖から）伝えられた手さえ無くなる後世《こうせい》を思えば。

梵網経心地法門品によると、もし自分自身の手で酒器を手渡し、人に酒を飲ませたならば、（飲ませた者はその報いにより）五百世にわたり手が無い（ものとして生まれ変わる）。まして自分から（酒を）飲むことは言うまでもない。いかなる人も飲むこと、及びあらゆる衆生に酒を飲ませることを教えてはならない。まして自分から飲酒をするのは、もってのほかである。

【考察】 『梵網経』全二巻は、上巻が菩薩の階位（四〇種の法門）を説き、下巻が菩薩戒（大乗仏教における戒律）として一〇の重戒（酒の販売など）と四八の軽戒（飲酒など）を説く。当歌は第二句の「みき」に「見き」と「御酒《みき》」を掛け、禁酒の戒律を破った際の報いと戒めを詠む。

（橋谷真広）

修羅

705 はかなしや名高き雪ののり物も法の道にしうときあそひは

雪ののり物、いまたかうかへ侍らす。

按、首楞厳経巻九説《ニキ》二四種修羅《ノヲ》一已《ツテ》云《ク》、「別有《ニ》二一‐分下‐劣修羅《ノ》一。生《ス》二大‐海心《ノソコニ》一。沈《ム》二水‐穴‐口《ニ》一。旦《タニハ》遊《ヒ》二虚‐空《ニ》一、暮《ニハ》帰二水‐宿一」云云。

もし此経文の心にても侍らは、雲ののり物なるへき歟。猶、証本を尋ね侍るへし。

【出典】雪玉集、二四九八番。大仏頂如来密因修証了義諸菩薩万行首楞厳経、巻九。

【異同】『新編国歌大観』「うときあそひは—とほきあそびは」。『大仏頂如来密因修証了義諸菩薩万行首楞厳経』ナシ。

【訳】　阿修羅

はかないことだなあ。名高い雪の乗り物も、仏法の道に遠い遊びでは。

「雪の乗り物」は、まだ分かっていません。

思案するに、首楞厳経の巻九に、四種類の修羅について説き終わって言うには、「（四種類とは）別に、一部の卑しい修羅がいる。大海の深い所に生まれ、水中の洞窟に潜む。昼間は虚空に遊び、日暮れには水中の洞窟に帰って宿る」云々。

もしこの経文の内容でもありますならば、「雲の乗り物」であろうか。さらに証拠となる文献を探さないといけません。

【考察】「修羅」は阿修羅の略で、仏法における悪神を指す。「雪の乗り物」も「雲の乗り物」も用例は確認できないが、「雪の乗り物」は箱橇《はこぞり》（箱をのせた橇）か。また、大石や大木などを運ぶ木橇《きぞり》を修羅車《しゅらぐるま》という。これは修羅が帝釈《たいしゃく》と争って勝ったことから、大石《たいしゃく》を動かす車を修羅車、略して修羅と呼ぶ。和歌では「乗り物」の「乗り」が「法《のり》」を導く。

【参考】刈谷市立図書館所蔵、村上文庫本には次の書き入れがある。適宜、句読点を付けて翻刻したが、虫損などで判読できない文字は□で示した。「隣女□（晤カ）言下四十六云、雲ノ誤ニヤト云ルハ然ルヘクモ侍レト、虚空ニアソフコトヲイフニ、ノリモノノ詞イカヽアルヘキ。雲ニノルナトコソハ云ヘケレ。コレハ彰所智論情世間品（ママ）云、修羅道中遊戯所㆑乗象名㆓昱雪㆒馬□㆓□□㆒ト。コレナルヘシ」。その指摘通り、『彰所知論』情世界品で阿修羅道を説いたところに、「臨戦所乗象名無能敵。遊戯所乗象名昱雪。馬曰峭脖」とある。

義門が晩年に著わした『活語余論』巻一「雪の乗もの」によると、実隆自筆で当歌に「彰所知論」と記されていたという。その仏典には、「かの毘摩質多羅の乗る象に無能敵と名負ふなるは、戦ひに臨むをりの也。昱雪と云へるは遊戯する時のなり」とあり、それを踏まえて当歌を解釈すると、「さてとよ「雪の乗もの」とは「昱雪」といふ名おへる象といふこゝろ、さて其象にのりての戯れよ。そは闘浄（諍カ）の時とハ、こよなう、まづハ楽き遊びにてあめど、法の道のまことかしこきかたにハ、なほとほきわざなるものをや。さハ「名高き乗もの」にのりての遊戯も、ハかなき事也と云、一首の意にやあらん」となる。『活語余論』の本文は、三木幸信編『義門研究資料集成』下巻（風間書房、昭和四三年）により、私に句読点と「　」を付けた。

（嶋中佳輝）

香薫十方

706 二葉より匂ふ林に立ぬるゝ袖もかくこそよものはるかせ

観仏三昧経。出于春部花歌註。

【出典】 雪玉集、五四三三番。**【異同】**『新編国歌大観』ナシ。

【訳】 香が十方世界に薫る

二葉のときから香気が漂う林に立っていると、濡れた袖もこのように四方から吹く春風（で乾くこと）だなあ。

観仏三昧経。春部、花の歌の注に掲出した。（54番歌、参照）

【考察】 54番歌の出典は、香りの良い栴檀の木が悪臭を放つ伊蘭の林に混じってもその芳香を失わず、最終的に林そのものをいい香りに包むという譬え話で、どのような人も功徳を積めば諸悪を根絶できることを説く。当歌はそれを踏まえ、香気が漂う林の中で心地よい春風に包まれ清々しくなっていくさまを詠む。

（嶋中佳輝）

題しらす

707 らにきくの花にはあやなよりきつときけは狐の心さへうし

白氏文集。凶‐宅ノ詩ニ、梟鳴ニ松‐桂ノ枝ニ、狐蔵ニ蘭‐菊ノ藂ニ。

【出典】雪玉集、五六一八番。白氏文集、巻一、諷喩、凶宅詩、一三三頁。

【異同】『新編国歌大観』「題しらす―（ナシ）」「花には―花かは」。『白氏文集』「藂―叢」。

【訳】題知らず

蘭や菊の花は訳が分からない。（狐が蘭や菊に）近寄って来ると聞くと、狐の心までもが厭わしい。

白氏文集。凶宅の詩に、梟は（庭の）松や桂の枝に鳴き、狐は蘭や菊の草むらに隠れる。

【考察】「凶宅」の詩は、権勢に驕る者には禍が必ず及ぶことを歌ったもので、引用箇所はかつての権力者の豪邸が今では荒廃して、高級な花である蘭や菊に狐が棲みついたさまを詠む。当歌は蘭や菊を擬人化して、狐を引き寄せるとは「あやな」（「あやなし」の語幹）と見なす。第三句「寄り来つ」の「来つ」に「きつ」（狐の古名）を響かす。『源氏物語』の次の一節も「凶宅」詩を踏まえる。「もとより荒れたりし宮の内、いとど狐の住《す》み処《か》になりて、疎《うと》ましうけ遠き木立《こだち》に、梟《ふくろふ》の声を朝夕に耳馴らしつつ」（蓬生の巻、三三七頁）。

当歌と662～664番歌は、子に先立たれた親の思いを詠んだ連作に含まれるので、我が子を失い呆然と過ごしているうちに邸宅も荒れていき、狐が棲むようになって、狐を厭わしく思う気持ちを詠む。『源氏物語』でも亡き娘（桐壺の更衣）を悼む邸内は、「草も高くなり、野分にいとど荒れたる心地して」（桐壺の巻、二七頁）と荒廃していった。

（溝口利奈）

亀井の水を掬て

708 以下四首、紀行中 まれに来てむすふかめゐのみつからやうき木にあへるたくひなるらん

阿含経曰、仏告《玉フ》㆓諸比丘《ニ》㆒。「如《シ》大海《ノ》中有《ン》㆓一《ノ》盲亀寿無量劫㆒。百年《ニ》一《タヒ》過《テ》出《シテ》㆑頭《ヲ》浮《ニ》、有㆓一木㆒、正有㆓一孔㆒、漂㆓流海浪《ニ》㆒、随《テ》㆑流東西《ス》。盲亀百年《ニ》一《タヒ》出《テ》、得㆑遇㆓此《ノ》孔《ニ》㆒」云云。

【出典】雪玉集、六四三四番。涅槃玄義発源機要、巻四。

【異同】『新編国歌大観』「亀井の水を掬て—諸堂巡礼、宝蔵にて霊宝どもことごとく拝見、宿縁浅からず有りがたく覚え侍り、聖霊院にて御影どもをがみ奉りて奥のかた見めぐりら《本ノママ》し侍れば、浄土曼陀羅くち損じてかたばかりなり、これなむ西山上人、不断念仏勤行ありし所なるべきと往事を感じて涙をながし侍りぬ、亀井の水を掬びて」。『涅槃玄義発源機要』「仏告諸比丘—告諸比丘」「百年一過出頭—百年一遇出頭」「浮有一木正有一孔—復有浮木止有一孔」「随流—随風」。

【訳】亀井の水を掬《すく》って 以下の四首は紀行中（の詠作）

たまに来て亀井の水を両手で掬う私（実隆）は、盲目の亀が（百年に一度、海上に顔を出したとき）浮き木に（空いている穴に）出会ったようなものだろうか。

阿含経によると、仏が多くの僧侶にお告げになることには、「大海の中に一匹の盲目の亀で、無量劫の時間（無限の長い時間）を生きるものがいた。その亀が百年に一度、海上に顔を出して浮かぶと、一つの木があり、それには一つの穴が開いていて、波に漂流して流れのままにあちこち移動していた。（仏の教えに会うことが難しいのは）その盲目の亀が百年に一度、海上に顔を出したときに、この穴に出会えるようなものである」云々。

【考察】歌肩に「以下四首紀行中」と注す通り、以下の四首は三条西実隆が七〇歳になった大永四年（一五二四）の四月下旬から五月初旬にかけて、住吉、天王寺、高野山に参詣した際の詠作で、当歌は四天王寺での詠歌。『雪

玉集』に付けられた詞書によると、実隆は四天王寺聖霊院で、法然の弟子で浄土宗西山派の開祖となった西山上人（証空）が勤行に励んだ所を見て、感涙を流した。出典にいう「盲亀の浮木」は、めったにない幸運にめぐり合うことのたとえで、ここでは実隆が四天王寺に参拝したことを指す。当歌は「かめゐのみつから」に「亀」と「亀井の水」、「自《みづか》ら」を重ねる。

【参考】出典の話は『雑阿含経』巻一五にあるが、本文異同が多いので、異同の少ない『涅槃玄義発源機要』（中国北宋代の僧、智円が記した『涅槃経』の注釈書）を取り上げた。

（溝口利奈）

夢殿より持来の法花経など拝見し奉る

709 むは玉の夢殿よりや見ぬ世をもこゝに伝へし法のことの葉

聖徳太子伝曰、太子在二斑鳩《ノ》宮一。入二夢殿《ノ》内一。設二御牀褥一、一月三度、沐-浴而入《玉フ》。明《ル》-旦談《タリ玉フ》二海-表《ノ》雑事《ヲ》一。及製《シ給フ》二諸-経《ノ》疏《ヲ》一也。若有《レハ》レ滞《ルコト》レ義《ニ》、即入二夢殿一、常《ニ》自二東方一金人到《テ》告《ルニ》以二妙-義《ヲ》一也。閉《テ》レ戸《ヲ》不レ開七日七夜。不レ進二御膳《ヲ》一。不レ召二侍従一。妃已下不レ得レ近《コトヲ》レ之《ニ》。時人《ノ》、大異《ニ》レ之《ヲ》。恵慈法師《ノ》曰、「殿-下入《リ玉ヘリ》二三-昧-定《ニ》一。敢《テ》莫レ驚《クコト》」。八箇日之《ノ》晨、玉-机《ノ》之《ノ》上《ニ》有二一巻経一。設レ筵引二恵慈法師一告《テ》曰、「是吾先-身《ニ》修二行《セシ時》衡山《ニ》一、所レ持之経也。去-年、妹-子将-来《ルハ》者吾弟子《ノ》経也。三-老《ノ》比-丘不レ識二吾所レ蔵之処《ヲ》一、取二他《ノ》経《ヲ》一送《レリ》。故《ニ》吾頃、遣《シテ》レ魂《ヲ》取-来《レリ》」。指二所《ノ》レ落字《ヲ》一而示《シ玉フ》二法師《ニ》一。師大《ニ》-驚《テ》、奇《トス》レ之《ヲ》。

【出典】雪玉集、六四三三番。聖徳太子伝暦、巻下。

【異同】『新編国歌大観』ナシ。『聖徳太子伝暦』「取他経送—取佗経送」。

【訳】夢殿から齎《もたら》された法花経などを拝見申し上げる

夢殿から（もたらされたの）だなあ。見たことのない過去世をも現世に伝えた仏の言葉は。

聖徳太子伝暦によると、太子は斑鳩宮にいらっしゃり、夢殿の中にお入りになる。寝台に敷物を用意し、ひと月に三度、沐浴して（夢殿に）お入りになる。明くる朝、海外のいろいろなことをお話しになる。また、諸経の注釈書をお作りになる。もし注釈に行き詰まることがあれば、すぐ夢殿にお入りになると、いつも東方から仏が（夢の中に）来臨して優れた解釈を授ける。戸を閉じたまま参籠なさること七日七夜の間、（太子は）お食事をされない。侍従をお呼びにならない。妃をはじめ誰も近づくことができない。人々はたいそう不思議に思った。恵慈法師が言うには、「殿下（太子）は精神を集中して、深い瞑想に入っておられる。まったく驚くことはない」。八日目の朝、（太子の）美しい机の上に一巻の経があった。（太子が）筵を敷き、恵慈法師を引き入れておっしゃるには、「これは私が前世において、衡山で修行した時に持っていた経である。去年、小野妹子がもたらした経は私の弟子のものである。三人の老僧は私が（経を）納めた場所を知らず、他の経を取って（妹子に）持たせたのである。そのため私は先ごろ（衡山に）魂を飛ばして（経を）取って来たのである」。（太子は妹子が持ってきた経の）脱字を指して恵慈法師にお示しになる。恵慈法師は大変驚き、不思議に思った。

【考察】「金人」は金色の人の意で、仏や仏像をいう。「恵慈」は高句麗から渡来した僧で、聖徳太子の仏法の師。「慧慈」とも書く。「三昧」と「定」は、心を集中して安らかで静かな状態を指す。「比丘」は出家して具足戒を受けた男子のこと。当歌は『聖徳太子伝暦』に記された夢殿と経に纏わる伝説に思いを馳せて詠む。第一句の「むば玉の」は「夢」に掛かる枕詞。

【参考】『雪玉集』の詞書には、大永四年（一五二四）四月一九日に伏見へ向かい、小坂に着いて一泊するまでの船旅と、翌二〇日に光明院からの迎えで聖徳太子の創建と伝える四天王寺を参詣する様子が記されている。「夢殿より持来の法花経など拝見し奉る」はその一部分。実隆の『高野参詣日記』（『群書類従』所収）にも、『雪玉集』の詞書と同様の記述が見られる。

（丹羽雄一）

内よりたまはりし御爪のきれを納め奉るつゝみ紙に書付し

710 爪のうへの土よりまれの身をうけて仏の道は手にとりつへし

涅槃経三十一曰、生二人趣一者、如二爪上ノ土一、堕二三途一者、如二十方ノ土一。

【出典】雪玉集、六四五三番。往生要集、巻上、大文第一、厭離穢土。

【異同】『新編国歌大観』「たまはりし―給はりたりし」「つゝみ紙に―裏紙に」。『往生要集』「涅槃経三十一曰―大経云」。

【訳】主上（後柏原天皇）から頂戴した御爪の切れ端を納め申し上げる包み紙に書き付けた

爪の上の（わずかな）土よりも希少な生を享けたのだから、きっと仏の（説かれた）道を（主上は）手にするに違いない。

涅槃経の巻三十一によると、人間世界に生まれる者は爪の上に載せた土のように少なく、三悪道に堕ちる者は世界中の土のように多い。

【考察】「人趣」は六道（地獄、餓鬼、畜生、阿修羅、人間、天上）のうちの人間界。「爪上の土」は爪につまんだ僅少の土の意。「三途」は地獄道、餓鬼道、畜生道の三悪道。「十方の土」は無量無辺に存在する土の意で、数の多いことをいう。当歌は後柏原天皇の爪を高野山に奉納するにあたり、天皇の成仏が間違いないことを詠む。『実隆公記』大永四年四月一六日の条には「自禁裏御扇被下之、御爪可納高野之由同仰也」とあり、実隆は後柏原天皇の爪を高野山に納めるようにと命じられた。『高野詣真名記』（『実隆公記』所収）同年四月二四日の条には「主上御爪別而申事由奉納」とあり、奥院に納めた。爪の奉納は、高野山への分骨埋葬の信仰による。

【参考】『大般涅槃経』の訳本は北本（『大正新脩大蔵経』第一二巻、No.374）と南本（『大正新脩大蔵経』第一二巻、

No.375）があり、「如爪上土」「如十方」の記述がある『大般涅槃経』巻三一は南本にあたるが、本文は一致しない。『往生要集』の記述は『大般涅槃経』の取意とされ、「大経」は『大般涅槃経』を指す。

（丹羽雄一）

711 いかはかり法をそしりしむくひとかおちつくしける恥しの身や

年頃おちたる歯とも取をかせたる、おさむとて

譬喩品曰、其有レ誹二謗《スルコト》 如レ斯経‐典《ヲ》一。見有読誦書持経者、軽賤憎嫉而懐結恨。此人罪報汝今復聴。其人命終入二阿鼻獄一、具二‐足《シテ》 一劫《ヲ》一、々尽更《ニ》生《レン》。如レ此展転《シテ》至《ン》二無数劫《ニ》一。従二地獄一出当《ニ》‐堕二畜生一云云。

中略 生《ナカラ》 輒《チ》聾‐唖《ニシテ》、諸‐根不具《ナラン》 云云。

【出典】 雪玉集、六四五五番。妙法蓮華経、巻二、譬喩品、第三。

【異同】『新編国歌大観』「年頃おちたる歯とも取をかせたるおさむとて―みづからのとしごろおちたる歯どもとりおかせたる、二は観音の像あたらしく造立させ侍るに腹身し奉りて、のこり廿あまり侍るををさむとて」。『妙法蓮華経』ナシ。

【訳】 年来抜け落ちた歯を取り置かせていたが、納めるとして

どれほど仏法をけなした報いなのだろうか。（阿鼻地獄に）堕ち尽くした身で、（歯が）すべて抜け落ちてしまった恥ずかしい身であるなあ。

譬喩品によると、このような経典（法華経）を誹謗する者がいて、経を読んだり書き写して持っている者を見て、軽蔑して憎み嫉み、深い恨みをなす。この人たちの罪の報いを、あなたは今また聞くがよい。彼らの命が尽きると阿鼻地獄に入り、まる一劫（ほとんど無限に近い時間）を経ても、また（阿鼻地獄に）生まれ変わるだろう。このように何回も同じ所に生まれ変わり、永遠にそこで過ごすことになるだろう。地獄から出られても、

畜生界に堕ちるだろう云々。中略（彼らは人間に）生まれても聾唖であり、身体に障害があるだろう云々。

【考察】『妙法蓮華経』譬喩品の一節は、経典をそしる者の罪報を説く。平安後期から仏像の胎内に各種の品を納入する習慣が行われ、経典や舎利、文書が多いが、遺骨や奉納者の髪などを納入する例もある。当歌は三条西実隆が高野山に行き、後柏原天皇の爪を奉納した際（710番歌）、新造の観音像に自分の歯を二つ、奥院に二〇余りの残りの歯を納めて詠んだもの。第四句「落ち尽くし」に加齢により歯がすっかり抜け落ちるのと、悪道にすっかり堕ちるのとを重ねる。結句の「恥づかし」の理由は歯が無いからと、成仏できないから。

【参考】『新編国歌大観』の詞書は、「高野山道の記」（別称「住吉紀行」等。『実隆公記』所収）と一致する。

（八木智生）

神祇

712 あらはるゝ光をあふけこれそ此かけし衣のたまつしまひめ

法華経要文、見于釈教歌。

【出典】雪玉集、七二五二番。【異同】『新編国歌大観』ナシ。

【訳】神祇

この世に姿を現わした（仏の）光を讃仰せよ。これこそが衣に縫い付けた、玉津島姫のように美しく輝く宝珠であるなあ。

法華経の要旨は、釈教歌に見える。（692番歌、参照）

【考察】出典は『妙法蓮華経』五百弟子受記品に見える「衣裏繋珠」。ある貧者が親友の家で、酒に酔い寝ていた間に、親友は彼の衣に宝珠を縫い付ける。貧者は気づかないまま帰り、貧しい生活を続けていたが、親友に再会して宝珠を知る。かつて大乗の教えを受けていたのに、後に法華経を聞くまでそれを知らずに悟らなかったことに例える。法華七喩（682番歌、参照）の一つで、当歌はこれを踏まえて仏を賛美する。「衣のたまつしまひめ」に「衣の玉」と「玉津《たまつ》島姫《しまひめ》」を重ねる。玉津島姫は和歌山市の和歌浦にある玉津島神社に祭られている衣通姫《そとおりひめ》の異称（750番歌、参照）。記紀に登場する伝説上の女性で、身の光が衣を通して輝くような美しさであったという。713番歌、参照。

（八木智生）

713 からころもとをるひかりをやはらけて名もくもりなき玉津嶋姫

日本紀十三巻曰、皇后不レ獲レ已《ムコトヲ》而奏‐言、「妾弟《カ》、名弟姫焉」。弟姫容‐姿絶‐妙《ニシテ》無レ比。其《ノ》艶《キ》‐色徹《リテ》レ衣《ヨリ》而晃《テル》之。是《ヲ》‐以時《ノ》‐人号曰《テ》二衣通郎姫《ソトヲリイラツヒメト》一也。

【出典】 雪玉集、七六一二番。日本書紀、巻一三、允恭紀七年一二月、一一五頁。

【異同】『新編国歌大観』ナシ。『日本書紀』「容姿絶妙—容姿絶妙」。

【訳】（神祇）

美しい衣を通る光を和らげて、名声も輝かしい玉津島姫だなあ。

日本書紀の巻十三によると、（允恭天皇の）皇后（忍坂大中姫）がやむをえず天皇に申し上げるには、「私の妹で、名は弟姫」と。弟姫は容姿が絶妙で比べようもない。その美しい色つやが衣を通して輝く。これにより時の人は、名付けて衣通郎姫と申し上げた。

【考察】 衣通郎姫は712番歌の玉津島姫と同一視され、住吉神とともに和歌神として仰がれた。当歌は色つやが衣を通して耀くという、その名のとおりの衣通郎姫の美しさを詠む。第二・三句の「光を和らげて」は和光同塵（仏が本来の威光を和らげ、煩悩の塵に同じて衆生を救済すること。とくに仏が日本の神として現れること）の「和光」の訓読み。

【参考】衣通郎姫は『古事記』（七一二年成立、太安万侶撰）にも登場するが、『日本書紀』とは設定が異なる。『古事記』では允恭天皇の皇女、軽大郎女の別名で、同母兄の軽太子と情を交わし、伊予に流された軽太子を追って心中したと語られる。当歌の作者、三条西実隆は、永正一〇年（一五一三）頃に『日本書紀』を書写した。

（湯本美紀）

714 いまもかも聞へあけなんすへらきの絶せぬ天の神のよことを

旧事本紀曰、天種子ノ命奏二天神寿詞《ヨコトヲ》一。即、神世古事類、是也云云。

【出典】雪玉集、七四六四番。先代旧事本紀、巻七。【異同】『新編国歌大観』『先代旧事本紀』ナシ。

【訳】（神祇）

きっと今も申し上げているのだろうなあ。天皇への絶えない、天つ神の祝いの言葉を。

旧事本紀によると、（神武天皇即位の時に）天種子命《あめのたねこのみこと》が天つ神の祝いの言葉を申し上げた。すなわち、神代以来の古い風習の類がこれである云々。

【考察】天種子命の子孫である中臣氏は、古代において神事・祭事を司った豪族で、天皇の御代の繁栄を祈った祝いの言葉（祝詞《のりと》や寿詞《よごと》）を奏上した。

（湯本美紀）

715 柏 さらにこの冬のまつりや千早振かもにいろそふ松のことの葉

古今集、廿巻云、冬の賀茂祭の歌、藤原敏行朝臣。千早振かもの社の姫小松よろつ世ふとも色はかはらし

古今童蒙抄云、冬の賀茂祭といふは臨時の祭を云。

【出典】柏玉集、一八六八番。古今和歌集、巻二〇、一一〇〇番。古今集童蒙抄、冬の賀茂祭のうた。

【異同】『新編国歌大観』「(神祇)—神社」。『八代集抄』『古今集童蒙抄』ナシ。

【訳】(神祇)

(例祭に加えて)さらにこの冬の祭は賀茂社に趣を添え、松の葉に深みを添え、和歌にも趣を添えることだなあ。

古今和歌集の第二十巻によると、冬の賀茂祭の歌、藤原敏行朝臣。

賀茂社の姫小松は、どれだけの時が過ぎようとも色あせることはないだろう。

古今集童蒙抄によると、冬の賀茂祭というのは臨時の祭をいう。

【考察】藤原敏行が賀茂社の小松の色は不変であろうと詠んだのに対して、当歌は「松の葉」のみならず「言の葉」(和歌)や「賀茂」にも「色添ふ」と見なす。「臨時祭」は、賀茂神社において四月の中酉日に行われる例祭に対し、一一月の下酉日に行われていた祭(233番歌、参照)。寛平元年(八八九)に始まり、応仁・文明の乱が終結した一四七七年以降は中絶した(所功「賀茂臨時祭の成立と変転」、「京都産業大学日本文化研究所紀要」3、一九九八年三月)。詠者の後柏原天皇は一四六四年に生まれ一五〇〇年に践祚したが、戦国動乱の最中で朝廷の経済は逼迫して、即位式も一五二一年にようやく執り行われたほどであるので、当歌は賀茂の臨時祭を想像しての詠作であろう。

(橋谷真広)

賀茂

716 いにしへのかもの川霧立かへりまたかけ見はや山あひの袖

本朝神社考ニ引、寛平御記、見于秋部。

【出典】雪玉集、四〇四七番。**【異同】**『新編国歌大観』ナシ。

【訳】賀茂

かつて川霧が立っていた賀茂川で、もう一度また、川面に映った影を見たいものだ、あの山藍の袖(の影を)。

本朝神社考に引かれた寛平御記は、秋部に見える。（233番歌、参照）

【考察】「霧立ちかへり」に「霧立ち」と「立ち返り」（再び、という意味の副詞）を重ねる。「霧」は『寛平御記』の一節「天陰霧降」を踏まえる。「山藍の袖」は山藍で模様を摺り染めにし、神事奉仕のために物忌の印として着る小忌衣《をみごろも》。715番歌と同じく、賀茂の臨時祭の復興を願った歌であろう。

【参考】「月さゆるみたらし河に影みえて氷にすれる山藍の袖」（新古今和歌集、神祇、一八八九番、文治六年女御入内の屏風に臨時祭かける所をよみ侍りける、皇太后宮大夫藤原俊成）。

（橋谷真広）

神社

717 あらはれし塩の八百会の幾重共しらぬちかひや住吉の神

神代巻曰、浮二濯於潮上一、因以生-神、凡ヘテ有二九-神一。其ノ表筒男命、中筒男命、底筒男命、三神鎮座焉。

中臣祓曰、荒塩乃塩乃八百道乃八塩道能塩乃八百会仁座須云云。

【出典】雪玉集、三六三九番。日本書紀、巻一、神代上、四八頁。中臣祓。

【異同】『新編国歌大観』ナシ。『日本書紀』「凡有九神―凡有九神矣」「其表筒男命、中筒男命、底筒男命、三神鎮座焉―其底筒男命、中筒男命、表筒男命、是即住吉大神矣」。『中臣祓』ナシ。

【訳】　神社

多くの潮流の集まる所では、（全貌が）露わになっても潮が幾重になっているのか分からないが、この世に現れた住吉の神への誓いも、幾度立てたか分からないなあ。

（日本書紀の）神代巻によると、（伊弉諾尊《いざなぎのみこと》が）潮の上に浮いてすすがれると、これによって神を生み、全部で九神である。そのうち表筒男命、中筒男命、底筒男命の三神が（住吉に）鎮座している。

中臣祓によると、（速開津《はやあきつ》比売《ひめ》という神は）とても多くの激しい潮流が交じり合う場所におられる云々。

【考察】神代巻は、黄泉の国から戻った伊弉諾尊が禊《みそぎ》・祓《はらえ》をした場面（136番歌、参照）。『中臣祓』は海へ運ばれた罪や穢れを速開津姫が呑みこむ箇所。「八塩道《やしほぢ》」は多くの潮路、「塩の八百会《やほあひ》」は多くの潮流が集まること、またその場所。当歌の「あらはれし」は潮と神を、「幾重とも知らぬ」は潮と誓いをそれぞれ修飾する。

【参考】『中臣祓』の本文は諸本により異なるが（詳細は『神道大系』所収「中臣祓註釈」解題、参照）、『延喜式』所載の大祓詞と一致する。

（嶋中佳輝）

718 見すやそのから神とてもすへらきの御垣の内にあとをたれける

延喜式、三、名神祭部曰、園神社一座、韓神社二座、已上座ス二宮内省ニ一。

【出典】雪玉集、一五二三番。延喜式、巻三、神祇三、臨時祭。

【異同】『新編国歌大観』「あとをたれける―跡をたれけり」。『延喜式』ナシ。

【訳】（神社）

知らないことがあろうか。その韓神（は渡来の神である）といっても、天皇の（住む）皇居を囲む垣根の中に垂迹されたことを。

延喜式、巻三の名神祭の部によると、園神社が一座、韓神社が二座、以上が宮内省に鎮座する。

【考察】園神も韓神も宮中に祭られていた神で、『延喜式』では「名神祭二百八十五座」の最初に置かれている。韓神とは朝鮮半島から渡来した神の意であり（318番歌、参照）、当歌は異国の神が宮中の守護神になっていることを詠む。初句は235番歌と同じ。

（嶋中佳輝）

社頭榊

719 松《柏》もいさいく度霜に顕れて神代おほゆる榊葉の陰

朗詠詩句、見于恋部。

【出典】柏玉集、一八七四番。【異同】『新編国歌大観』ナシ。

【訳】社殿の榊

松もさあ何度、霜枯れた中から現れたか（知らないが）、（同じように）何度も霜の中から現れて、神々の時代のことが思い出される榊葉の姿（もまた不変）だなあ。

和漢朗詠集の詩句は、恋の部に見える。（389番歌、参照）

【考察】当歌は389番歌の出典「十八公栄霜後露」を踏まえて、いかなる環境にも負けず不変の緑を保つ松を引き合いに出し、同じく常緑樹である榊の不変さを詠む。「神代おぼゆる榊」は、721番歌の出典を踏まえるか。

（溝口利奈）

720 霜さやく暁さむし神垣にとるもうたふもさかき葉の声

梁塵愚案抄、神楽部、同採物歌、榊。榊葉の香をかくはしみ—

【出典】雪玉集、二五三二番。梁塵愚案抄、巻上、神楽部、採物歌、榊。

【異同】『新編国歌大観』『梁塵愚案抄』ナシ。

【訳】（社殿の榊）

霜が音をたてるほどの夜明け前は冷えこむなあ。神社で手に取る（神降ろしの物）も榊、神を招く歌も神楽歌「榊」で、榊の葉擦れの音がするなあ。

梁塵愚案抄、神楽の部、同じ採物《とりもの》歌、榊。榊の葉の香りがよいので—

【考察】 出典の歌の全文は「賢木葉《さかきば》の香《か》をかぐはしみ尋《と》め来《く》れば八十《やそ》氏人《うぢびと》ぞまとゐせりける」（榊の葉の香りがよいので、その場所を求めて尋ねてくると、多くの氏の人たちが楽しそうに寄り集まっていることだ）。神楽歌とは、広義では神前で舞楽と共に唱和される歌謡、狭義では宮中で行われる神事歌謡をいう。採物歌は、神が降りる物を持って演じる曲の部類（採物については722番歌の**【考察】**参照）。当歌の結句「榊」に、舞い人が手に持つ榊と神楽歌の「榊」を重ねる。

（溝口利奈）

寄榊神祇

721 かく山の榊ほりうへし其跡を世々にうつせる神あそひ哉

神代巻曰、於是《コヽニ》天児屋命《ノ》、掘《ネコシニシテ》二 天香山之真坂木《ヲ》一、而上《ツ》-枝《ニハ》懸二以鏡-作《ノ》遠《ツ》-祖天抜戸児巳凝戸辺所レ作八咫《ノ》鏡《ヲ》一云云。広《ク》-厚《ク》称辞祈啓矣。

【出典】 雪玉集、四八四五番。日本書紀、巻一、神代上、八五頁。

【異同】『新編国歌大観』「かく山の—香久山《古イ》の」。『日本書紀』「掘—握」。

【訳】 榊に寄せる神祇

香久山《かぐやま》の榊を掘り取り（天石窟《あまのいわや》の前に）植えたという、その事跡を代々に伝えている神楽だなあ。

神代巻によると、ここに天児屋命《あまのこやねのみこと》は天香久山《あまのかぐやま》の真《ま》坂木《さかき》（榊）を根の付いたまま掘り取り、上の枝には鏡作りの遠祖天抜戸《あまのぬかと》の子である巳凝戸辺《をのこりとべ》が作った八《や》咫鏡《たかがみ》を掛ける云々。（天児屋命は太玉命《ふとたまのみこと》に榊を持たせて）広く懇ろに祝詞を祈り申し上げさせた。

【考察】 当歌の結句「神遊び」は神楽（神を祭るための舞楽）を指す。当歌は天石窟に籠もった天照大神を誘い出すため、諸神が祈禱する場面を踏まえ、その事跡を伝承する神楽を詠む（314・315番歌、参照）。香久山は、高天原《たかまがはら》の山が地上に降《くだ》ったとされ、「天《あま》の香久山」と称される。

（丹羽雄一）

722 柏 神わさや声のうちにも榊葉の末葉もとつ葉茂りあふまて

神楽、採物歌、榊。本さかき葉の香を―　末神かきのみむろの山の榊葉は神のみまへに茂りあひにけり

【出典】柏玉集、二四〇〇番。雪玉集、四八四四番。梁塵愚案抄、巻上、神楽部、採物歌、榊。

【異同】『新編国歌大観』「声のうちにも―声の中にも」（柏玉集、雪玉集）「（寄榊神祇）―寄榊述懐」（柏玉集）。『梁塵愚案抄』ナシ。

【訳】（榊に寄せる神祇）

霊妙不可思議だなあ。神楽歌「榊」の本歌と末歌を歌う声がするうちにも、榊の枝の若葉と古葉が茂り合うほどまで（になったなあ）。

神楽、採物歌、榊。本歌榊の葉の香りが（以下、720番歌の【考察】に掲載。）

末歌神が降臨した神聖な山の榊の葉は（神を讃えるように）神の御前で茂り合ったことだなあ。

【考察】採物《とりもの》は、神楽の時に舞人が手に持つ依代《よりしろ》（榊《さかき》、幣《みてぐら》、杖《つえ》、篠《ささ》、弓《ゆみ》、剣《つるぎ》、鉾《ほこ》、杓《ひさご》、葛《かずら》の九つ）をいう。採物歌は、人長《にんじょう》（舞い人の長）が採物を手に持って奏する楽の歌で、本歌と末歌を唱和する。なお「榊」の本歌は『拾遺和歌集』（巻一〇、神楽歌、五七七番）に、末歌は『古今和歌集』（巻二〇、神遊びの歌、採物の歌、一〇七四番）に採録。末歌の初句「神垣の」は「御室」（神が鎮座する場所）にかかる枕詞。当歌は第三句「榊葉」に神楽歌の「榊」、第四句「末葉」（枝先の葉）に「末歌」、「もとつ葉」（幹に近い葉）に「本歌」を重ねる。

（丹羽雄一）

寄月神祇

723 同 住よしや月もあらはれ出るよはあはきか原の影もくもらて
神代巻、見于夏祓註。

【出典】柏玉集、一八七一番。【異同】『新編国歌大観』ナシ。

【訳】月に寄せる神祇

住吉で月も（海上から）現れ出る夜は、（住吉三神が潮から現れた）檍原の月影も曇らないで（澄んでいるなあ）。

神代巻、夏祓の注に見える。（136番歌、参照）

【考察】住吉神社の祭神は、伊弉諾尊が檍原《あわきがはら》で禊祓をして生んだ表筒男命、中筒男命、底筒男命の三柱の神。当歌は、檍原で生まれた住吉三神の謂れ（717番歌、参照）を踏まえ、住吉と檍原の結び付きを詠む。

【参考】類歌「西の海やあはきの浦の潮路より現はれいでし住吉の神」（続古今和歌集、巻七、神楽歌、七二七番、卜部兼直。光俊朝臣よませ侍りける住吉社三十首に神祇を）。

（丹羽雄一）

寄鏡神祇

724 碧 今は世に神をかゝみそ岩戸出て見し影おもへあまのかく山
古語拾遺、註于冬部神楽歌。

【出典】碧玉集、一二二九番。【異同】『新編国歌大観』ナシ。

【訳】鏡に寄せる神祇

今はこの世で神を鏡（として仰ぐこと）だ。（天照大御神が）岩戸を出て見た、天の香久山の（榊に付けられた）鏡に映ったお姿を思い起こしなさい。

古語拾遺は冬部の神楽歌に注す。（315番歌、参照）

［考察］『古事記』等に見える天岩戸伝説を踏まえる。素《す》戔嗚尊《さのおのみこと》の狼藉に怒った天照大御神《あまてらすおおみかみ》は天の岩戸に隠れてしまい、天地は常闇となる。困った神々は一計を案じ、祝詞や舞で騒ぎ立てた。すると大御神は天の岩戸の扉を少し開け、「なぜ、そのようなことをしているのか」と尋ねた。天宇受売《あめのうずめ》が「あなたより貴い神がいらっしゃるので、喜んで歌舞をしているのです」と言い、天児屋命《あまのこやねのみこと》と布《ふ》刀玉命《とたまのみこと》が天照御大神に鏡を差し出した。不思議に思った大御神が少しずつ岩戸から出て、鏡に映った姿をのぞき見されると、隠れていた天手力男神《あめのたぢからおのかみ》がその手を取って岩戸の外へ引き出し、世は再び明るくなった。鏡は「天の香久山」から採ってきた榊に付けられていた（721番歌、参照）。

（八木智生）

寄車神祇

725　しめのうちにみつはさすまて老ぬ也くるまをかけよ神のみや人

白虎通曰、臣七十懸レ車ヲ致レ仕者ハ、以二執レテ事ヲ趨-走スルヲ一為レ職。七十ニシテ陽-道極リ耳-目不二聡-明一跂-踦之属アリ。是ヲ-以退-去、避レ賢ヲ者ハ所三以長二スル廉恥一ヲ也。懸ルコトハレ車ヲ示レ不レ用也。

［出典］雪玉集、二八四五番。白虎通義、巻二、致仕。

［異同］『新編国歌大観』「みつは―三輪」。『白虎通義』「以執事趨走―臣以執事趨走」。

［訳］　車に寄せる神祇

神社の境内で（長年、神に仕えて）新しく歯が生えるほど老いてしまった。車を懸けて（辞職させて）くれ、神官たちよ。

白虎通によると、臣下が七十歳になり馬車を高い所に置いて引退するのは、（臣下という者は）事務を取り仕切って奔走するのが仕事であるのに、七十歳になるとプラスのエネルギーが極点に達し（て、その後は衰えるばかりで）、耳や目も悪くなり、足を引きずるようなことがあるからだ。それゆえ宮廷を去り賢人に道を譲るのは、清廉潔白で恥を知る気持ちを高める手段である。馬車を高い所に置くのは、もう車を使わ（ず出仕し）ないことを示すためである。

【考察】「懸車」は任を退くこと。漢の薛広徳が退官した時、天子から賜った車を高所に掛けてつるし、記念として子孫に残したという『漢書』「薛広徳伝」の故事による（644番歌、参照）。「しめのうち」は神社の境内の意。「瑞歯《みづは》」は老齢になり抜けてからもう一度生えた歯で、長寿の吉相。転じて、「瑞歯さす」は非常に年をとる、の意。当歌は、年老いた神官が辞職を望む歌。

（八木智生）

水石歴幾年

726 池水の世々の岩ほもさゝれ石にかへしてやみんあまの羽ころも

楼炭経、出于七夕歌註。

【出典】雪玉集、一二三二番。**【異同】**『新編国歌大観』ナシ。

【訳】水辺の石、何年も経る

池の水に代々そびえ立っている大きな岩も、細かい石に戻してみようか、天の羽衣をひるがえして。

楼炭経は「七夕」歌の注に掲出した。（157番歌、参照）

【考察】「岩ほ（巌《いはほ》）」はそびえ立つ大きな岩、「さざれ石」は細かい石のこと。「かへして」に巌が細《さざ》れ石に戻るという意の「還して」と、天の羽衣をひるがえすという意の「返して」を掛ける。157番歌の出典によると、百年に一度だけ天人が地上に降り、一辺が四〇里もある大石を天衣で撫で、ついに石は無くなっても劫はまだ続いている、という。また「巌」と「さざれ石」を詠み合わせた例として、「わが君は千代に八千代にさざれ石のいはほとなりて苔のむすまで」（古今和歌集、賀、三四三番、よみ人知らず）があり、当歌はそれを逆転して、羽衣で巌をさざれ石にすると詠む。

（湯本美紀）

松有歓声

727 花になくうくひすも先万代の声には松をためしとやきく

古今序の詞、たひ〱しるし侍りぬ。

【出典】雪玉集、二二六一番。古今和歌集、仮名序。【異同】『新編国歌大観』ナシ。

【訳】松（風の音）に歓声あり

花に鳴く鶯も、まず万歳の声は松を模範として聞くだろうか。

古今和歌集の序文は、たびたび記しました。（14番歌、参照）

【考察】「万代《よろづよ》の声」とは、今の御代が永久に栄えることを祈り讃える声。当歌は『古今和歌集』仮名序の一節、「花に鳴く鶯、水に棲む蛙の声を聞けば、生きとし生けるもの、いづれか歌を詠まざりける」（すべての生き物は歌を詠む）と、常緑樹の松の不変さを踏まえて、歌を詠む鶯も松風の音に万歳の声を聞くだろうかと詠む。

（湯本美紀）

七夜

728 かそふれはけふこそ七夜あか玉の明る日毎に光そはなむ

神代巻曰、既児生之後天-孫就《ユイテ》而問曰云云。于時豊玉姫命二寄玉依姫一而奉二報歌一曰、「阿《ア》軻《カ》娜《タ》磨《マ》廼《ノ》比《ヒ》訶《カ》利《リ》播《ハ》阿《ア》利《リ》登《ト》比《ヒ》鄧《ト》播《ハ》伊《イ》珮《ヘ》耐《ト》企《キ》珥《ミ》我《カ》誉《ヨ》贈《ソ》比《ヒ》志《シ》多《タ》輔《フ》妬勾阿利計利」。

【出典】雪玉集、四三四一番。日本書紀、巻二、神代下、一七八頁。【異同】『新編国歌大観』『日本書紀』ナシ。

【訳】七夜

数えれば今日こそ七夜、赤玉（赤ん坊）は日が改まるごとに光が加わってほしい。（日本書紀の）神代巻によると、既に子が生まれた後、天孫《あめみま》（父の彦火火出見尊《ひこほほでみのみこと》）が行って（豊玉姫《とよたまひめ》に歌を詠んだ云々。その時、豊玉姫は玉依姫《たまよりひめ》に託して、次の返歌を奉った。「赤玉（赤ん坊）の光はすばらしいと人は言うけれども、あなた（彦火火出見命）の容姿はそれよりはるかに貴い」。

【考察】 豊玉姫は海神の娘で、彦火火出見尊と結ばれたが、尊が姫の頼みに背いて出産時に覗き見したため海に帰り、妹の玉依姫に養育を頼んだ箇所。歌題の「七夜」は子どもが生まれて七日目の祝いの夜のこと。当歌は生後七日目を祝い、日ごとに赤ん坊が立派に育つことを寿ぐ。

【参考】 一四世紀に成立した『源氏物語』の注釈書『河海抄』には、光源氏をさす「たまのおのこみこ」（桐壺の巻）について、「あかたまとは子也。子を玉にたとへたる也」と注して、前掲の出典本文を挙げる。結句の読みは「多輔妬勾阿利計利《タフトクアリケリ》」。なお『古事記』上巻では、「赤玉は緒さへ光れど白玉の君が装し貴くありけり」という別の歌を載せる。

（湯本美紀）

対亀争齢

729 碧 契りなを宿に尽せぬ齢かなたからのかめのすめる池水

【出典】 碧玉集、一一一四番。史記、巻一二八、亀策列伝、三〇五頁。**【異同】**『新編国歌大観』『史記』ナシ。

史記、亀-策-伝。凡八-名亀。々図各有レ文在二腹下一、文《ニ》云-云《スル》者、此某之亀也。略記二其大指《ノヲ》一、不レ写二其図《ノヲ》一。取二此亀《ノヲ》一不三必《ス》満二尺二寸《ニ》一、民人得《テモ》二長七八寸《ヲ》一、可レ宝《トス》矣。

【訳】 亀と年齢を争う

（長寿の）約束は今なお、この家では尽きないほどの寿命だなあ。（その証として）宝とする霊亀が棲んでいる澄んだ池の水よ。

史記の亀策伝。（古書によると）全部で八種類のすぐれた亀がいる。亀の図にはそれぞれ腹の下に文字が書かれ、文字に何々とあるのは、これがどの種の亀かということである。ここでは大まかにそのあらましを記して、亀の図を写すのは省略する。このすぐれた亀を手に入れる場合、必ずしも一尺二寸の大きさに達していなくてもよく、民衆は長さが七、八寸のものを得ても珍重するに値する。

【考察】 亀策列伝は列伝七〇巻のうち第六八に属するが、主に古代中国における占いの方法や内容を記述したもので、一般的な列伝の形式ではない。ただし亀策列伝は早くに散逸して、現存するのは後世の作とされ、引用箇所は占いに用いる亀の霊妙さを述べる。当歌は第五句の「すめる」に「棲める」と「澄める」を掛ける。

【参考】『碧玉集』は歌題の下に「左衛門督家会始に」とあり、当歌は左衛門督家の歌会始で詠まれ、当家を寿ぐ。742番歌、参照。

（嶋中佳輝）

730 あひにあひてねの名におへる文の亀のよはひも君か万代のため

事文類聚。堯沈二璧《ヲ》於洛一、玄‐亀負レ書《ヲ》出《ツ》。於背‐上赤‐文朱‐字。

【出典】 雪玉集、二三〇二番。新編古今事文類聚後集、巻三五、洛出書。

【異同】『新編国歌大観』「よはひも君か―歯比裳喜美賀」。『新編古今事文類聚』ナシ。

【訳】（亀と年齢を争う）（故事に）まさしく符合して「子《ね》」（すなわち玄）という名を持っている、（背に）文字がある玄亀の年齢も、主君の万世のためであるなあ。

事文類聚。堯が（七十歳の時、洛水のほとりに壇を築き、儀礼を執り行い）璧玉を洛水に沈めたところ、（夕方になり、洛水に光があふれ）玄亀が洛書を背負い（洛水から）出現した。亀の背上には赤い模様が描かれ、文字になっていた。

【考察】当歌は干支の「子」が北の方角を示し、北の守護神である玄武（亀の形）を連想させ、出典の「玄亀」と絡めて帝の統治を寿ぐ。出典の一節「赤文朱字」は語の意義が重複して動詞を欠き、意味が通じないので、「朱」は草書体が似ている「成」の誤写と見なして解釈した。

【参考】『雪玉集』の和歌が万葉仮名で表記されているのは、背に漢字が書かれた亀の故事にちなむと考えられる。出典は有名な緯書『尚書中候』の一節。緯書は経書（儒教の古典）を補い、未来を予言する書。

（嶋中佳輝）

亀万年友

731 碧 をのか住水のみとりのかめもしれ君にかそふるよろつよの春

【出典】碧玉集、一一一三番。【異同】『新編国歌大観』ナシ。

【訳】亀は万年の友

私が住んでいる家の、澄んだ緑色の池に生息している緑毛亀も知りなさい。主君に数えあげる、いつまでも続く春を。

【考察】出典は732番歌と同じ。「住《すむ》」に「澄む」を掛け、「水の緑の亀」に「水の緑」と「緑の亀」を重ねる。当歌は、長寿の象徴である緑毛亀を友とする主君を寿ぐ。

（溝口利奈）

寄亀祝

732 同 池水のかれぬためしも住かめのをのかみとりの万代の影

類書纂要曰、緑毛亀ハ蘄-州ニ出、背ニ有二緑毛一、浮二水中一則毛浮-起、能ク避二風-塵一、置レ壁数-年不レ死云云。

【出典】 碧玉集、一二九三番。古今類書纂要、巻八、鱗介部、亀。

【異同】『新編国歌大観』ナシ。『古今類書纂要』「緑毛亀―緑毛亀」「避―辟」。

【訳】 亀に寄せる祝い

池の水が枯れない例も、その緑色の池に生息している亀自身に緑の毛が付き、いつまでも生き長らえている姿（と同じで瑞祥）だなあ。

類書纂要によると、緑毛亀は蘄州に現れ、背中に緑色の毛をもち、水中に浮くとその毛も浮き上がり、風塵を避けることができ、壁に置くと数年は死なない云々。

【考察】「緑毛亀」は「蓑亀」とも言い、甲羅に藻が付着した老いた亀で、長寿や嘉瑞の印として珍重された。当歌第四句の「緑」は池水と亀を修飾する。『碧玉集』は歌題の下に「左衛門督家会当座に」とあり、当歌は池の水が枯れない例や、その池に住む緑毛亀の例を引いて、左衛門督家を寿ぐ。当家の歌会については729・742番歌、参照。

（溝口利奈）

慶賀

733 春秋にとみのを川の絶すしてわか君か代のすまんひさしさ

史記、秦本紀。今階下富於春秋。

【出典】 雪玉集、三六五二番。史記、秦始皇本紀、第六、三七七頁。

【異同】『新編国歌大観』「すまんひさしさ―すまんひさしき」。『史記』「階下―陛下」。

【訳】 慶賀

富緒川《とみのおがわ》が絶えずに久しく澄んでいるように、春秋に富む少壮の我が主君も末久しく住み続けることだなあ。

史記の秦始皇本紀。今、陛下はまだ年少である。

【考察】「春秋に富む」は若く少壮である意。663番歌にも用例が見られるが『史記』の出典箇所は異なり、ここでいう「陛下」は秦の二世皇帝（胡亥）を指し、始皇帝の側近であった趙高が、即位したばかりの二世皇帝を諭した一節。当歌は「春秋にとみのを川」に「春秋に富み」と「富緒川」（奈良県生駒郡斑鳩町にある歌枕。法隆寺の東を流れる川）を重ね、「すまん」に「澄まん」と「住まん」を掛ける。当歌は、若い主君の世が長く続くことを祝う。

【参考】聖徳太子に対して、飢え人が返した歌「斑鳩《いかるが》やとみの小川の絶えばこそ我が大君の御名《みな》を忘れめ」（拾遺和歌集、哀傷、一三五一番）により、富緒川は「絶えず」「万代」などの語と詠まれることが多い。

（溝口利奈）

祝

734 時をかへぬ恵に今やうるふらん十日の雨の遠つ国まで

王充、論衡曰、太平之ノ世、五日一風、十日一雨、風不レ鳴レ枝ヲ、雨不レ破レ塊ヲ。

【出典】雪玉集、三八五三番。論衡、是応第五二、一一二二頁。円機活法、雨。

【異同】『新編国歌大観』「祝―祝五首」「今や―いざや」。『円機活法』「風不鳴枝―風不鳴條」。

【訳】祝

季節に応じた恵みに、今や潤っているのであろう。十日（に一度）の雨が遠い国まで（降っているなあ）。

王充の論衡によると、泰平の世には五日に一度、風が吹き、十日に一度、雨が降り、風は枝を鳴らすほどには吹かず、雨は土塊を砕くほどには降らない。

【考察】出典は、泰平の世の現象について儒者の論を取り上げた箇所。初句の「時を換へぬ」とは、たとえば春なのに暑すぎるのは陰陽が調和していないからであるが（626番歌、参照）、そのようなことがなく春は春らしく、「時」

がほかの「時」と「換へ」ることがない、と解釈する。「花の匂ひ月の光も雨風の時をたがへぬ御代ののどけさ」(『私家集大成』三条西実隆「集雪」、四三四番)の「時を違へぬ」と同じ表現か。490番歌「時ならぬ雨風」(季節外れの雨風)、参照。

【参考】「かく帝の御心のめでたければ、吹く風も枝を鳴らさずなどあればにや、春の花も匂ひのどけく、秋の紅葉も枝にとどまり、いと心のどかなる御有様なり」(栄花物語、月の宴、一二頁)。

(丹羽雄一)

735 碧 万代の君かたからはかしこきにしく玉もなき光なるらん

十八史略曰、威王与二魏恵王一会《ス》二田于郊一。恵王曰、「斎(ママ)有《ルカ》レ宝乎」。王《ノ》曰、「無レ有」。恵-王《ノ》曰、「寡-人《カ》国雖レ小、猶《ヲ》有下径《リ》寸《ノ》之珠、照二車《ノ》前後各十二乗《ヲ》一者十-枚上。奈-何以二万乗《ノ》国《ヲ》一而無レ宝焉」。威-王《ノ》曰、「寡人《カ》之宝《ハ》与レ王異《ナリ》。吾《カ》-臣有二檀-子《ト云》者一。使レ守二南城一、不三敢《テ》為二冦《ヲ》泗上《ニ》一。十-二諸-侯皆来-朝《ス》。有二肦-子《ト云》者一。使レ守二高-唐一、趙人不三敢東《ノ方》漁二於河一。有二黔-夫《ト云》者一。使レ守二徐州一、則燕人祭二北-門一、趙人祭二西門一。有二種首《ト云》者一。使レ備二盗-賊《ニ》一、道《ニ》不レ拾レ遺《タルヲ》。此《ノ》四-臣、将《ニ》《ス》レ照《ント》二千里《ヲ》一。豈《ニ》-特十二乗《ノミナランヤ》哉」。恵-王有二慚《ル》色一。

【出典】雪玉集、五〇五一番。十八史略、巻一、春秋戦国、九四頁。

【異同】『新編国歌大観』ナシ。『十八史略』「奈何以万乗国而無宝焉―(ナシ)」「不敢為冦泗上―楚不敢為冦泗上」「此四臣―此四臣者」。

【訳】(祝)

いつまでも御代が続く君主の宝は賢臣で、彼らに匹敵する玉もないほどの光で(彼らは光り輝いているで)あろう。

十八史略によると、(斉の)威王は魏の恵王と会見し、郊外で狩りをした。恵王が(威王に)、「斉国には何か宝があるか」と言った。威王は、「何もない」と答えた。（すると）恵王は、「私の国は小さな国ではあるが、それでも直径一寸の珠で、馬車の前後それぞれ十二台分（の距離）を照らすものが十個ある。どうして大国（の斉）に宝がないのか」と言った。（そこで）威王は、「私の宝は、あなたのとは異なっている。私の家臣に檀子という者がいる。（檀子に）南城を守らせたところ、（斉の南隣の楚は恐れて）強いて（斉の南方を流れる）泗水のほとりに攻め入ろうとは、しなくなった。（楚の）十二の諸侯が皆（斉に）来朝するようになった。（また）肦子という者がいる。（肦子に）高唐を守らせたところ、（斉の西隣の）趙の人々は、強いて東の（国境にある）黄河で魚を獲ろうとは、しなくなった。（また）黔夫という者がいる。（黔夫に）徐州を守らせたところ、（斉の北隣の）燕の人々は（斉の）北門で祈願し、（斉の西隣の）趙の人々は（斉の）西門で祈願し（て、自国に攻め込まれないように願っ）た。（また）種首という者がいる。（種首を）盗賊の取り締まりにあたらせたところ、（人々は）道に落ちているものを拾わなくなった。この四人の家臣は千里までも照らすであろう。どうしてただ、馬車十二台分（の距離）を照らすだけだろうか」と言った。恵王は赤面した。

【考察】「万乗の国」は戦時に一万台の兵車を出せた国を指し、大国を意味する。集付は『碧玉集』であるが、当歌は『雪玉集』に所収。

【参考】注釈本文の「照車前後各十二乗者十枚」までの部分は、112番にも見える。なお、『史記』巻四六、田敬仲完世家第一六にも、同じ話を掲載する。また、「道ニ不レ拾レ遺タルヲ」は739番歌の出典にも見られる。

（丹羽雄一）

祝言

736 君をいのる心をとは丶三笠山空にこたふるよろつ代の声

漢書、見于春部。

【出典】雪玉集、二五四四番。【異同】『新編国歌大観』「心をとは、―心をさぞな」。
【訳】祝言
帝（の繁栄）を祈る心を（神仏に）問うてみれば、三笠山の空に答える万代の（繁栄を祝う）声（が聞こえるの）だなあ。
漢書は、春部に見える。（60番歌、参照）
【考察】三笠山は歌枕で、奈良市東部にある山。「万代《よろづよ》の声」は727番歌、参照。武帝が嵩高山に登った時、山神が万歳を三唱するのを吏卒たちが皆聞いた、という『漢書』の故事になぞらえて、当歌は天皇の万代の繁栄を予祝する。
（八木智生）

737 糸竹にうつして聞もをのつから枝をならさぬ風の声〳〵
論衡、見右。

紀納言、風‐中ノ琴ノ賦ニ曰、有レ琴二於是《コヽニ》一、成二韻ヲ乎風ニ一云云。

【出典】雪玉集、四八五三番。本朝文粋、第一。【異同】『新編国歌大観』『本朝文粋』ナシ。

【訳】（祝言）

（泰平の世には）風は枝を鳴らすほどには吹かないが、風の音を楽器（の演奏）に移して聞いても、自然と枝を鳴らさない（ほど穏やかな音だ）なあ。

論衡は前を見よ。（734番歌、参照）

紀長谷雄の風中琴賦によると、ここに琴があり、風が音楽に聞こえる云々。

【考察】『論衡』は太平の世の印として、「風不鳴枝」を挙げる。紀長谷雄の漢詩「風中琴賦」は、風の音に琴の音色が自然に聞こえ、琴の調べと風の音が入り混じる趣をうたう。「糸竹」は絃楽器と管楽器の総称。当歌は楽器の音と風の音が混然一体となり、枝を鳴らさない風の音を楽器の音色に譬え、太平の世を賛美する。「竹」と「枝」は縁語。

【参考】「琴の音に峰の松風かよふらしいづれのをより調べそめけん」（和漢朗詠集、巻下、管絃、四六九番、斎宮女御）。

（八木智生）

738しら波のよるのとさしもわすれ貝ひろふ人なき道のたゝしさ

【出典】雪玉集、四六五三番。【異同】『新編国歌大観』ナシ。

【訳】（祝言）

白波が寄るではないが、白波（盗人）が忍び寄る夜の門戸の戸締まりも忘れ、忘れ貝を拾う人もいない道の正しさよ。

【考察】出典は739番歌と同じ。「白波」は黄巾賊の郭泰らが白波谷で蜂起し、それを白波賊と呼んだことから盗人の異称。当歌は第二句の「よる」に「寄る」と「夜」を掛け、第三句の「忘れ貝」に動詞「忘れ」を重ねる。「忘れ貝」は離れてしまった二枚貝の一片を指し、これを拾えば恋しくつらい思いを忘れられるとされた。当歌は、盗賊に襲われる心配もなく、つらさを忘れる忘れ貝を拾う人もいない正道の世を祝う。

（湯本美紀）

寄道祝言

739かしこしな道のゆくてのわすれ貝そをたにひろふ人もなき世は

後漢書。白波賊、見于冬部。

淮南子、巻六、覧冥訓曰、昔者黄‐帝治二天下一、而力‐牧、太‐山‐稽輔レ之云云。百‐官正《シテ》而無レ私、

上‐下調而無レ尤（ママ）レ法令明《ニシテ》而不レ闇、輔‐佐公《ニシテ》而不レ阿。田《ツクル》者不レ侵レ畔《ヲ》、漁《トル》者不レ争レ隈《ヲ》、道《ニ》不レ捨レ遺《タルヲ》云云。
史記、孔子世‐家《ニ》曰、男‐女行《ク》‐者別《コトニス》二於塗《ヲ》一々《ニ》不レ拾レ遺《タルヲ》云云。

［出典］ 雪玉集、二五六一番。淮南子、巻六、覧冥訓、三〇六頁。史記、孔子世家、定公一四年、八二四頁。

［異同］『新編国歌大観』「人もなき世は―人もなき世に」。『淮南子』「道不捨遺―道不拾遺」。『史記』ナシ。

［訳］ 道に寄せる祝言

すばらしいことだなあ。道の行く手に忘れ貝があっても、それをさえ拾う人もいない世の中は。

後漢書の白波賊は冬部に見える。（326番歌、参照）

淮南子の巻六、覧冥訓によると、むかし黄帝が天下を治めた時、力牧と太山稽は補佐の役にあった云々。数多くの役人は公正で私心がなく、身分の高い者も低い者も心を合わせて尤《とが》（過ち）を犯さず、法令は明らかに施行され曖昧さはなく、補佐の者は公平で（君主に）へつらうことはない。農民は田畑の畔《あぜ》（境界）を侵さず、漁師は川の曲がり角（よい漁場）を争わず、道端で落ちている物を拾う（よこしまな）者はいない云々。

史記の孔子世家によると、（世が落ちつくと）往来する男女は別々の道を歩くようになり、道に落ちている物を拾わなくなった云々。

［考察］ 当歌は、心の憂さを忘れられるという忘れ貝すら拾う人がいないほど、公正で秩序のある世の中を祝福する。道に落ちている物を拾わないは、735番歌の出典にも見られる。

（湯本美紀）

祝言

740 はるかなる天のうきはし絶せしの世のことわさや言のはのみち

神代巻。註于寄橋恋歌。

【出典】雪玉集、四六五二番。【異同】『新編国歌大観』ナシ。

【訳】祝言

遥か遠い昔、(伊弉諾尊《いざなきのみこと》と伊弉冉尊《いざなみのみこと》が言葉を交わした)天の浮橋は、(その昔から)絶えることのない(そしてこれからも続いていく)世の営みであるなあ。和歌の道(も同じで永続することだなあ)。

神代巻。「寄橋恋」歌に注す。(444番歌、参照)

【考察】当歌は、伊弉諾尊と伊弉冉尊による国産み神話を踏まえ、結婚や出産などの営みが神代から当代、そして未来へと続いていくように、世の繁栄と和歌の隆盛を寿ぐ。

(橋谷真広)

社頭祝

741 民の草おきふしあふけ天の下うるふ水穂の国つやしろを

神代巻。「有二豊葦原千五百秋瑞穂《ミツホ》之地《クニ》一。宜汝往循之」云云。

【出典】雪玉集、七六七四番。日本書紀、巻一、神代上、一二八頁。【異同】『新編国歌大観』『日本書紀』ナシ。

【訳】社前の祝

人々よ、寝ても覚めても仰ぎ見よ。この天の下を潤し、(瑞々《みずみず》しい稲穂が収穫できる)日本国を守護する神を祭る社を。

神代巻。(天神《あまつかみ》が伊弉諾尊《いざなきのみこと》と伊弉冉尊《いざなみのみこと》に次のように言った)「豊葦原千五百秋瑞穂《とよあしはらのちいおあきのみずほ》の国がある。あなた方が行って治めなさい」云々。

【考察】「豊葦原千五百秋瑞穂之地」は「豊かな葦の茂る原で多くの稲穂がいつまでも収穫できる国」の意で、日本国の美称。「民の草」は民が増えるのを草に例えたもので、人々の意。「水穂の国つやしろ」に「瑞穂《みづほ》の国」（稲穂がよく実る国の意で、日本国の美称）と「国つ社《やしろ》」（「国つ神」を祭る神社）を重ねる。「国つ神」は天孫（天《あま》つ神《かみ》の子孫。伊弉諾尊・伊弉冉尊など）に対して、天孫が天降《あまくだ》る以前から日本の国土に住んで治めていた土着の神々を意味する。
当歌は日本の国の豊かさと、それを守護する神々を祀る社を祝う。

（橋谷真広）

社頭祝言

742 碧住吉法楽　まもるには神と君との中筒男へたてぬ道にたつ波もなし

【出典】碧玉集、一三〇六番。【異同】『新編国歌大観』「社頭祝言―住吉社法楽資直勧進に、おなじ心を」。

【訳】社前の祝言　住吉社の法楽
（国を）守るには中筒男命の神と帝との仲を隔てないことであり、（そうすれば航海の）道には立つ波も無い。

【考察】住吉大神（表筒男命、中筒男命、底筒男命）の三神は航海神として祀られ、朝廷の尊崇を受けた（723番歌、参照）。当歌は「中筒男」の「中」に「（神と帝との）仲」を掛け、「道」に道中と方法という意味を重ね、住吉大神と天皇の良好な関係により、航海の安全が保障されることを寿ぐ。結句の「立つ波も無し」とは海が穏やかで、水難がないことを意味する。

【参考】異文の「おなじ心」は、『碧玉集』一三〇五番の詞書「社頭祝言　左衛門督家当座」の歌題を指す。「左衛門督家」は729・732番歌にもあり。富小路資直については、井上宗雄『中世歌壇史の研究　室町後期』（明治書院、一九七二年）に詳しい。

（橋谷真広）

743 跡たれし誓のまゝの底筒男世を守る道の浅からめやも

神代巻。註于神祇歌中。

【出典】雪玉集、六三三二番。【異同】『新編国歌大観』「（社頭祝言）―社頭祝」「まヽの―うみの」。

【訳】（社前の祝言）

神の姿となり衆生を救おうとした仏の誓いの通り、底筒男命がこの世を守る道は浅いだろうか。いや、そのようなことはないなあ。

神代巻。神祇歌の中に注す。（717番歌、参照）

【考察】「跡たれし」は、仏や菩薩などが人々を救うため、神の姿で現世に現れること。伊弉諾尊が黄泉国での穢れを濯ぐために禊をした際、海の底での濯ぎで生まれたのが底筒男命、潮の中に潜っての禊で生まれたのが中筒男命、潮の上での禊で生まれたのが表筒男命（136番歌、参照）。異文の「誓ひの海」は、仏が衆生を救い導く誓いの広く深いさまを海に譬えた語で、「誓ひの海の底筒男」に「誓ひの海」「海の底」「底筒男」を重ねる。

（橋谷真広）

寄亀祝

744 柏 よろつ世もかはらぬみちに尋ねみん亀のうへなる大和ことの葉

列子。見于春部。

【出典】柏玉集、一八九八番。【異同】『新編国歌大観』「寄亀祝―亀万年友」「よろつ世も―万代を」。

【訳】亀に寄せる祝い

亀の上にある五山のように、永久に変わることのない道を和歌に探してみよう。

列子。春部に見える。（37番歌、参照）

【考察】当歌は「亀の上なる大和《やまと》言の葉」に「亀の上なる山」と「大和言の葉」（和歌）を重ねる。「亀の上なる山」

は『列子』湯問篇で語られる、亀の頭上にある五つの山で、そこには不老不死の仙人が住む。そのように歌道も「よろづ世も変はらぬ道」であることを讃える。

（嶋中佳輝）

寄国祝

745君と臣の道ある国そすむを空にこるをつちとわかち置より

神代巻。註于雑部巻頭。

【出典】雪玉集、二五五一番。【異同】『新編国歌大観』ナシ。

【訳】国に寄せる祝い

（この日本国は）君臣の道がある国だなあ。澄んでいる気を空に、濁っている気を土に分けて置いた（天地開闢の）時から。

神代巻。雑部の巻頭に注す。（488番歌、参照）

【考察】当歌は日本国始まって以来、「君《きみ》」（天皇）と「臣《おみ》」（臣下）が区分され、その交代が起こっていないことを、『日本書紀』に記された天地開闢において天と地を分けたことになぞらえて寿ぐ。ただし『雪玉集』の歌肩には「于文明十三」と記され、当歌が詠まれた文明一三年（一四八一）は応仁の乱以後、下剋上の風潮が蔓延る中であり、君臣関係の永続を祈った歌と解される。

（嶋中佳輝）

寄書祝

746かしこしなむすひし縄も世になかくくちせぬ筆の跡にかへける

史記。見于書歌註。

【出典】雪玉集、二五四九番。【異同】『新編国歌大観』ナシ。
【訳】書に寄せる祝い
立派なことだなあ。結んで（記録して）いた縄も、この世で末永く朽ちることのない筆跡に代えたのだなあ。
史記。「書」の歌の注に見える。（642番歌、参照）
【考察】『史記』三皇本紀における、庖犠氏が結縄の政を文書契約に改めた記述を踏まえ、縄と異なり朽ちることのない書跡の永続性を称賛する。（溝口利奈）

747 限りなき神代の道も鳥の跡もれぬためしや空にあふかむ
淮南子。出于春部。
【出典】碧玉集、一二九五番。【異同】『新編国歌大観』ナシ。
【訳】（書に寄せる祝い）
今後も限りなく続いていく神代の道（日本）においても、帝の恩恵に漏れずにいる人々が、『古今和歌集』を慕い、空を仰いで古《いにしえ》の世を恋い慕うであろうか。
淮南子。春部に出る。（71番歌、参照）
【考察】「神代の道」とは神の作った道、ここでは神の作った日本を意味する。「鳥の跡」は、蒼頡が鳥の足跡を見て初めて文字を作った、という故事（71番歌）により文字を表わすが、当歌は『古今和歌集』仮名序の一節で、本歌集の永続を願った箇所、「まさきの葛《かづら》長く伝はり、鳥の跡、久しく留《とど》まれらば」（611番歌、参照）の「鳥の跡」を踏まえて、「古今和歌集（に入集する和歌）」を指す。結句の「空に仰がむ」も『古今和歌集』仮名序、「鳥の跡、久しく留まれらば、歌のさまをも知り、ことの心を得たらむ人は、大空の月を見るがごとくに、古《いにしへ》を仰《あふ》ぎて今を恋ひざらめかも」によると考えられる。

（溝口利奈）

寄国祝

748 碧 おさまれる国の名におふ玉垣のうちにもひろき恵をそしる

神武天皇紀曰、復大巳貴大神目《ナツケテ》之曰、「玉牆内国《ノウチツクニ》」云云。

【出典】碧玉集、一二八九番。日本書紀、巻三、神武天皇、二三七頁。

【異同】『新編国歌大観』ナシ。『日本書紀』「巳—己」。

【訳】国に寄せる祝い

平穏である国の名を持つ玉垣の内（の大和国）にも、広い恵みがあるのを知ることだなあ。

神武天皇紀によると、また大己貴大神《おおあなむちのおおかみ》はこの国を名付けて、「玉牆《たまがき》の内つ国」と言われた云々。

【考察】神武天皇は大和に「秋津洲《あきつしま》」という美称を付けたが、かつて神々も同じように美称を付けていたと説明した箇所。大己貴大神は偉大で、土地の貴き者を意味する神で、『日本書紀』では素戔嗚尊の子の六世の孫と伝える。「玉牆の内つ国」とは、玉のように美しい垣（青垣山）に囲まれた内つ国（大和国）をいう。かつて神々が賛辞したこの国の美称を踏まえて、国家安泰の恵みを寿ぐ。

【参考】『碧玉集』には、「寄国祝　小倉の大納言季種すすめ侍る」とある。小倉の大納言季種とは小倉季種（生没一四五六～一五二九年）で、大納言に任ぜられていたのは永正三～一八年（一五〇六～二一）。

（溝口利奈）

寄道祝言

749 今そみん大津の宮のさため置し天津ひつきの道のためしも

文亀三年歌合此歌判云、大津の宮のさため置し天津日嗣と侍る、むかし、天智天皇、近江の大津宮にうつり住せたまひ、これにて御即位なとおこなはれしとそ承り侍る。「即位」と書て「あまつ日つき」とよみけるとかや。抑、御即位のおこりを申さは、神武天皇、橿原宮に御位につかせ給をこそ濫觴とも申へきに、「大津宮に（ママ）さため置し」と侍るは、かの御時にまさしき儀式なと定めおこなはれたる事の侍るやらん。日本紀をさへくはしくうかゝひ侍らねと、今の宣命の詞にも、「近江の大津の宮に、はしめたまひさためたまふのりのまゝに」と侍れは、ことはりたかひては侍らし云々。

【出典】雪玉集、二五六二番。文亀三年三十六番歌合、二七番。

【異同】『新編国歌大観』ナシ。『文亀三年三十六番歌合』「天津日嗣—天日嗣」「おこりを申さは—おこりを申は」「日本紀をさへ—日本紀なとをさへ」。

【訳】　道に寄せる祝言

今こそ見よう。大津宮で（天智天皇が）決めておいた皇位継承の道理の先例も。

文亀三年歌合で、この歌の判詞によると、「大津の宮の定め置きし天《あま》つ日《ひ》嗣《つ》ぎ」とありますのは、昔、（西暦六六七年に）天智天皇が近江の大津宮に移り住まわれ、（その翌年）ここで御即位などを行われたと承っております。「即位」と書いて「あまつひつぎ」と訓じたとか。そもそも御即位の起源を申すと、神武天皇が橿原宮《かしわらのみや》で御位にお即《つ》きになられたのを始まりと申すべきだが、「大津の宮に定め置きし」とありますのは、天智天皇の御代に正式な儀式などを決めて行われたことがあるのでしょうか。『日本書紀』までも詳しく調べておりませんが、現行の宣命の言葉にも、「近江の大津宮において始められ、お決めになられた法に従って」とありますので、道理に反してはいないでしょう云々。

【考察】宣命の一節「近江の大津の宮に始めたまひ定めたまふ法《のり》」は、天智天皇が制定したと推定される法。慶雲四年（七〇七）元明天皇の即位の宣命に、「近江大津宮御宇大倭根子天皇乃、与天地共長与日月共遠不改常典止立賜比敷賜覇留法乎」（続日本紀、巻四、元明天皇慶雲四年七月）とあるのが初見。従来、主に『近江令』などを指すと考えられてきたが、現在では皇位継承法説が有力。当歌は応仁・文明の乱による室町幕府の政治的、経済的困窮のために後柏原天皇が即位式を挙げることができずにいた背景を踏まえ、待望する気持ちをこめて詠む。後柏原天皇の即位式は、践祚後二二年目の大永元年（一五二一）に行われた。

【参考】『雪玉集』の歌肩に記された「文亀三六十四歌合」は、文亀三年（一五〇三）六月一四日の歌合を示す。同年三月三日に開始された着到和歌の満日が六月一四日であった。

（丹羽雄一）

寄鶴祝

750 柏玉 花になき水に住てふもろ声に契りかをきし和歌の浦鶴

古今集云、花に鳴うくひす、水に住かはつの声を聞は、いきとしいけるもの、いつれか歌をよまさりける。

【出典】柏玉集、一八九五番。古今和歌集、仮名序、一七頁。【異同】『新編国歌大観』『八代集抄』ナシ。

【訳】鶴に寄せる祝い

（鶯が）花間に鳴き、（河鹿が）水に棲んで鳴くという声に合わせて約束を交わしたのだろうか、和歌の浦の鶴は。

古今和歌集によると、花間に鳴く鶯、清流に棲む河鹿の声を聞くと、生きているすべてのもので、どれが歌を詠まないだろうか（いや、すべてのものが歌を詠む）。

【考察】出典は和歌の本質と効用を説いた冒頭の一部分。「和歌の浦」は「若の浦」とも書き、和歌山市南部の和歌浦湾北部の景勝地。奠供《てんぐ》山《やま》の麓に玉津島神社があり、和歌三神の一である衣通姫《そとおりひめ》も祀られている（712番歌、参照）。

山部赤人の「若の浦に潮満ち来れば潟をなみ葦辺をさして鶴鳴き渡る」（万葉集、巻六、九一九番）の影響で、「鶴」とともに詠まれる。鶴は長命な鳥とされたので、和歌の浦の鶴は永続する歌道の象徴。河鹿は渓流に棲むアオガエル科の蛙。鳴き声が秋の鹿の声に似ていることからこの名があり、古来、雄の美しい鳴き声が愛でられた。

（丹羽雄一）

跋文

凡例

一、翻刻は原文のままを原則として、誤字・脱字・濁点・当て字・仮名遣い等も底本の通りにしたが、読解や印刷の便宜を考慮して句読点を付け、底本の旧漢字・異体字は通行の字体に改めた。

一、［訳］の欄には、翻刻した原文の現代語訳を置く。なお理解を助けるため、主語などの補足または語釈などを設け、それらは（　）内に入れた。

一、［注釈］の欄には、翻刻した原文の注釈を設けた。注釈した箇所は、原文に通し番号（1以下）を付した。注釈本文に挙げた和歌には、『新編国歌大観』の歌番号（ただし万葉集は旧番号のみ）を示す。また例文が『新編日本古典文学全集』（小学館）に収められている場合は、その頁数を記載した。

一、末尾に、担当者の氏名を示した。

[1]三のあまりのいとまにまかせて、古き[2]家の集ともをとり出つゝ、おろ〳〵うかゝひ見たりし中に、三玉集の歌のこゝろもえさるか、いとおほかりしを[3]柳の糸のより〳〵[4]楮の国のはし〳〵に書つらねて、[5]はらにあちはひ口にすゝるに、から大和のふる事とものあたらしくなれる心言葉とり〳〵に、けに[6]藍より青きためし成へし。[7]やつかり本より[8]難波津のなかれを汲、浅香山の陰をうかゝふとにもあらす。[9]枝の雪をならし窓の蛍をひろはされは、文の道にたと〳〵しき事、さなから[10]ほときを蒙りて壁にむかふに似たる物から、ひたすらすきの心の引にまかせて、さもと思ふふることを[11]入ぬる磯の草にたくへる文ともにかうかへあはせ、いさゝか其おもむきをしるしつけて、ひとつ〳〵歌の心をあかさむとす。三玉の外も更にまた[12]続撰吟、[13]一人三臣抄、[14]一字御抄なとの中、おなし作者の歌に一ふしのよしゆかりある歌は、かつ〳〵是をもましへ

入侍し程に、かれこれ抄出の和歌すへて七百四十余首、四のとき恋雑の部をわかち、上下ふたつの巻となす。其おほけなきしわさ、管[15]をもてあまつ空をうかゝひ、蠡[16]をもて大海をはからんとするかことし。

[訳]

冬の雨夜の暇にまかせて、古い家集などを取り出し、ところどころ調べて見ていた中に、『三玉集』の和歌で理解できないのが、とても多かったのを時折、田舎で紙の端に書きつらねて、腹で味わい口にする（ように心中で吟味して口ずさむ）うちに、中国や日本の古い詩歌が（和歌に詠まれて）新しくなった趣や言葉はいろいろで、なるほど「青（和歌）は藍（古典）より出でて藍より青し」の例のようである。私めはもとより、歌の伝統に通じているわけでもない。苦学していないので、学問に心もとないことは、まるで甕《かめ》をかぶって壁に向かう（ように前途が全く分からない）のに似ているけれども、ひたすら風流心に引かれるのにまかせて、これはと思う古事を、（潮に隠れている磯の草のように）なかなか見つけられないが、出典を考え合わせ、少しばかりその内容を書き付けて、一つ一つ和歌の本質を明らかにしようとしたのである。『三玉集』の他にも、さらにまた、『続撰吟集』『一人三臣和歌』『一字御抄』などの中から同じ作者の歌で、一節でも由来や関係のある歌は、取りあえずそれらも混ぜて入れましたところ、あれこれ書き抜いた歌は全部で七四〇首余り、四季と恋、雑の部に分け、上・下二巻とする。その身の程知らずの所業は、管の穴から広大な空を覗き、貝殻で大海を測ろうとするようなものである。

[注釈]

1「三の余り」こと「三余」とは、読書に最も適した三つの時期、すなわち冬（年の余）・夜（日の余）・陰雨（時の余）の三つの時を指す。たとえば弘和元年（一三八一）に長慶天皇が編集した『仙源抄』の跋文も、「弘和の初めの年、三の余りの折々」から始まる。**2**「家の集」は、個人の歌集のこと。私家集。**3**『古今和歌集』仮名序に、「この人々をおきて又すぐれたる人も、くれ竹の世々に聞こえ、片糸のよりよりに絶えずぞありける」とある。「片糸の」は、糸を寄りあわせるところから「より」などに掛かる枕詞。「よりより」は時々、折々の意。「柳の糸」は細くてしなやかな柳の枝を糸に見立てていう語。文明八年（一四七六）に成立した宗祇の連歌撰集『竹林抄』にも、「蘆原の世々につたはりて、柳の糸のより〳〵にたえずぞありける」とある。4楮は紙の原料で、紙そのものを指すこともある。「楮の国の端々」に、「楮の端」（紙の端という意）と「国の端々」（田舎、場末という意）を重ねる。5「腹に味はふ」は心中でじっくりと玩味する、という意。［参考］「この歌はあるが中におもしろければ、心とどめてよまず、腹にあぢはひて」（伊勢物語、四四段）。6「青は藍より出でて藍より青し」とは、教えを受けた人が教えた人より優れること。出典は「学不可以已、青取之於藍而青於藍、氷水為之而寒於水」（荀子、勧学篇。24・282・303番歌、参照）。青色の染料は藍から取るが、原料の藍よりも青いことになぞらえ、「唐大和の古事」（中国・日本の古典）を踏まえた和歌が、出典より優れていることをいう。7「やつがり」は「僕《やつがれ》」と同意で自称。上代・中古では自分の謙称、近世では男性のやや気取った文語的な用法。8『新古今和歌集』仮名序の、「難波津の流れを汲みて、澄み濁れるを定め、浅香山の跡を尋ねて、深き浅きを分てり」（和歌の伝統に照らして、歌の優劣や深浅を判断した、という意）を踏まえる。「難波津」は「難波津に咲くやこの花冬ごもり今を春べと咲くやこの花」（古今和歌集、仮名序。王仁の作と伝える）、「浅香山」は「安積山影さへ見ゆる山の井の浅き心を吾が思はなくに」（万葉集、巻一六、三八〇七番）を指す。この二首は『古今和歌集』仮名序に、「難波津の歌は帝の御初めなり。（中略）安積山の言葉は采女のたはぶれよりよみて、（中略）この二歌は歌の父母のやうにてぞ手習ふ人のはじめにもしける」とあり、伝統的な和歌の代名詞とされた。9「蛍雪の功」（学問に努力する。苦学する）。「枝の雪」は『孫子世録』、『晋書』孫康伝等の、家が貧しくて灯火用の油が買えず、雪明かりで勉強したという孫康の故事、また「窓の蛍」は『晋書』車胤伝等の、蛍を集めてその光で書を読み学問に励んだという車胤の故事による。［参考］「世界の栄華にのみ戯れたまふべき御身をもちて、窓の蛍を睦び、枝の雪を馴らしたまふ」（源氏物語、少女の巻、二六頁）。16・

109・273番歌、参照。**10**「ほとぎ」（古くは「ほとき」）は湯水などを入れる素焼きの土器や甕《かめ》。「ほとぎを蒙《かうむ》りて壁に向かふが如し」とは、前途の全くわからないこと。また、すぐ前にある危険に気づかず、自分からそれに近づくことのたとえ。［参考］「一日乍㆑抑㆓別涙㆒、罷㆓出御所㆒之後、不審端多雖㆑有㆑余。実如㆓蒙㆑瓮向㆒㆑壁」（保元物語、下、左府の君達幷びに謀叛人各遠流の事）。「Fotoguiuo comutte cabeni mucoga gotoxi（ホトギヲ カウムッテ カベニ ムカウガ ゴトシ）頭に壺をかぶって壁を向いている人のように」（日葡辞書）。**11**「潮満てば入りぬる磯の草なれや見らく少なく恋ふらくの多き」（万葉集、巻七、一三九四番、作者未詳）を踏まえる。この和歌は満ち潮に隠れてしまう磯の草のように、なかなか逢えない嘆きを表わす。ここでは、出典となる「文」を探すのに苦労した、の意か。［参考］「慰めに、東宮の御前は参《（ママ）》りたまへれば、「入りぬる磯なるが心憂きこと」と恨みさせたまへば」（狭衣物語、巻一、七二頁）。**12**『続撰吟抄』は天文初年（一五三二）頃に成立した私撰集。編者は徳大寺実通か。飛鳥井雅世が最多で八六二首、次いで三条西実隆の五六五首が入集。『雪玉集』の編纂資料として用いられた。**13**『一人三臣和歌』は後柏原天皇と臣下の三条西実隆・冷泉政為・冷泉為広の和歌を収集して編纂したもの。**14**後水尾天皇編『一字御抄』、全八巻。一字の歌題を三八四題設け、それぞれの題詠歌を置く。元禄三年（一六九〇）出版。**15**「管をもて天つ空を覗ふ」とは、管の細い穴から広大な空をのぞこうとするように、自分の狭い知識を基準にして、広大なことについて勝手な推測を下すことをいうたとえ。**16**「蠡《れい》をもて大海を測る」とは、貝殻（一説に、ひさご）などの小さな入れもので海の大きさを測るように、わずかな知識で遠大な物事を推測することのたとえ。［参考］「是れ猶し螺《かひ》を以て海を酌み、管《くだ》に因りて天を闚《み》るがごとし」（日本霊異記、下、序、二四三頁）。「たとへば嬰児の蠡を以て巨海を測り、蟷螂が斧を取って隆車に向ふ如くなり」（能「木曽」）。

（八木智生）

しかあれは、註釈を作りあらはして、それか[1]書の忠臣とかやいはれしためしは、本よりねかへる心にあらす。たゝみつから朝夕の[2]枕ことゝして、[3]ふるきをたつねあたらしきをしるのなかたちとせんかために、[4]おもてをかきにするはちをわすれて、いさゝかの心さしをとけ畢りぬ。抑、拙き身の[5]菽麥をさへわかたぬ心に、うるはしくしらぬ事をも[6]ほゝゆかめてしるせることのおほからんは、其恐れすくなきに非す。ひろく見、おほくきける人にあひて、あやまりをたゝされん事は、[7]古柄小野の本柏もとより望む所なから、うとき人にはさすかに、もらしみすへきにもあらて、しはらくふはこの底にかくしぬ。ときに、正徳きのとのひつし季の春、[8]萍はしめておふる日にあたりて、ことのよしをしるしつくること、しかなり。

一枝軒主人
尚房

［訳］

そうであるから、注釈を作り著わして、それが書の忠臣とか言われた例は、初めから願っているわけではない。ただ自《みずか》ら毎日、口癖にする言葉として、温故知新の仲介をするために、面を垣にする恥（物事が見えず融通の利かない恥）を忘れて、わずかばかりの（著作の）意向を遂げ終わった。そもそも思慮分別のない身で、大豆と麦の区別さえできない愚かな心で、正しく知っていないことも、誤りをまじえて記したことが多いだろうし、その心配は少なくない。広く見て多く聞いた（博識な）人に会って、誤りを正されることは、老境に達したわが身のもとより望むところではあるが、親しくない人には、そうはいってもやはり、漏らして見せるべきでもなく、しばらく文箱の底に隠していた。時に、正徳五年（一七一五）三月、浮き草が初めて生える日にあたって、事情を書きつけることは、この通りである。

一枝軒主人
尚房

［注釈］

1唐代に顔師古は『漢書』の注を付して「漢書の忠臣」と崇められた。それを踏まえた表現。2『源氏物語』に「その筋をぞ枕言《まくらごと》にせさせたまふ」（桐壺の巻、二三頁）とあり、『源氏物語湖月抄』では「枕言」を、「明けくれのことわさをいふ云々と奥入にあり」と注す。「奥入」は藤原定家編『源氏物語奥入』を指す。3「子曰、温故而知新、可以為師矣（子曰《いは》く、故《ふる》きを温《たづ》ねて新しきを知れば、以て師為《た》るべし）」（論語、為政第二）による。先人の学説などを繰り返し研究しながら、現実に即した新しい発見ができるようになれば、人の師となる資格があるという意で、学問に対する姿勢を表わす。4「面を垣にする恥」とは、「人而不為周南・召南、其猶正牆面而立也歟（人にして周南・召南を為《まな》ばずんば、其れ猶ほ正しく牆に面して立つがごときか）」（論語、陽貨第一七）による。人として（詩経の最初の二編である）周南・召南を学ばないと、土塀の真ん中に面と向かって立っているようなもので、前進も出来ず、また土塀の内側も見られず、まったく融通の利かない人間になってしまうという意。［参考］「面を垣にしてたてらんがごとし」（千載和歌集、序）。5「不能弁菽麥（菽麥を弁ずること能《あた》はず）」（春秋左氏伝、成公一八年）による。「菽」は大豆、「麥」は麦で、それらの区別もできないほど愚かだという意。6「頬ゆがむ」は、事実と違う、間違えるの意。『源氏物語』に「すこし頬ゆがめて語るも聞こゆ」（帚木、九五頁）、「頬ゆがむこともあめればこそ」（朝顔、四七七頁）、「うち頬ゆがみ」（若菜上、五三頁）の用例がある。7「古柄小野の本柏」は「もと」を導く序詞。例「いそのかみふるから小野のもと柏もとの心は忘られなくに」（古今和歌集、雑上、八八六番、よみ人知らず）。柏は落葉樹であるが、枯葉は枝についたまま越冬し、その葉を本柏という。老境に達した編者を暗示するか。『三玉挑事抄』は享保八年（一七二三）に刊行され、その六年後に野村直房は亡くなる。8「萍」は浮き草、根なし草。

（湯本美紀）

資料

凡例

一、第一冊の巻頭にある二件の序文、第五冊の巻末にある「三玉集作者伝」「引用書目」と刊記を翻刻した。

一、翻刻は原文のままを原則として、誤字・脱字・濁点・当て字・仮名遣い等も底本の通りにしたが、読解や印刷の便宜を考慮して次の操作を行った。

1　句読点を付け、底本の旧漢字・異体字は通行の字体に改めた。

2　誤写かと思われる箇所には、右側行間に（ママ）と記した。

3　序文の漢文には、左右と中央に短い縦線（合符）が引かれている。これは左が和訓読み、右と中央が字音読みであることを示すが、一部の中央の線以外は割愛した。

4　「引用書目」には通し番号を付した。

三玉挑事抄序

和歌《ノ》之為《タルヤ》レ道也、開《キ》二源《ヲ》於二神《ノ》之言《ニ》一、導《ク》二流《ヲ》於八雲《ノ》之辞《ニ》一。爾《レヨリ》来《カタ》、世々尊卑継《キ》二其《ノ》風《ヲ》一由《リ》二其《ノ》轍《ニ》一触《レ》レ感《ニ》乗《シテ》レ興《ニ》而、言《フノ》二其《ノ》志《ヲ》一之中、自然《ノ》之節奏、異《ナル》二于常言《ニ》一者《ノ》、名《テ》レ之《ヲ》曰《フ》レ歌《ト》。然《レトモ》上古、世風質朴、只在《テ》レ言《フニ》二性情《ヲ》一、未《タ》三曽《テ》渉《ラ》二文飾《ニ》一、故《ニ》其《ノ》所《ロ》レ詠《スル》、於《テハ》下引二用《スル》典故《ヲ》一之事《ニ》上、則尋《テ》レ百《ヲ》而無レ一。中古以来、世風漸《ク》向《フ》二文飾《ニ》一。譬《ハ》如《シ》二花木《ノ》之遇《フカ》レ春《ニ》。因《テ》レ茲《レニ》其《ノ》所レ詠《スル》、求《テ》二種々《ノ》之典故《ヲ》一以為《スル》二文飾《ノ》之助《ト》一者《ノ》、歴《テ》レ世《ヲ》而愈〱《ク》多、其《ノ》後、了到《ニル》下于捜二索《シテ》和漢百家《ノ》之書《ヲ》一而為《スニ》中之《レカ》歌料《ト》上。亦是《レ》自然《ノ》之理《ニシテ》而、非三人事之《ノ》所《ロニ》二強《テ》為《ス》一也。方《テ》二此時《ノニ》一聞《ク》二名家之《ノ》吟《ヲ》一者《ノ》、徒《ニ》返《テ》二古風《ニ》一空《ク》忘《ル、時ハ》二新風《ヲ》一、則惘然《トシテ》無《シ》二所得一。宛如《シ》二暗中摸《ルカ》レ物《ヲ》。実《ニ》為《スル》レ可レ歎《シトス》耳。野村一枝軒者《ハ》歌林之《ノ》翹々、且《ツ》於《テ》二和漢之《ノ》竹帛《ニ》一千漁万猟実《ニ》蓄《ハフ》二不世之《ノ》才《ヲ》一矣。近来有二一盛事一。何也《ソヤ》、以《テ》下三玉集之《ノ》中引二用《スル》典故《ヲ》一之和歌甚《タ》多《シテ》而、常見難《キヲ》上レ及《ヒ》、各抄二出《シ》之《ヲ》一別成《ニシ》二一書《ト》一、一々表二出《シテ》和漢之《ノ》典故《ヲ》一而、付《シ》二之《ヲ》各条之《ノ》下《ニ》一、使《メ》下学者《ヲ》瞭然《トシテ》如《クナラ》上レ向《フカ》二白昼《ニ》一、何《ソ》止《タ、》暗夜之《ノ》灯燭《ノミナラン》。実《ニ》後世、歌流之《ノ》菱花《ナリ》也。其《ノ》功、不レ可二勝称《テス》一矣。茲者《コノコロ》使《メ》下愚《ヲシテ》見上レ之、且叩《ツクニ》レ愚以《ニテス》三書名《ト》与《トヲ》二晃語一。懇求無《ク》レ由《シ》レ逃《ル、ニ》レ之《ヲ》、試《ニ》名《クルニ》レ之以《ニシ》二三玉挑事抄《ヲ》一、且《ツ》筆《シテ》二数行《ヲ》一敢呈《スト》二梧前《ニ》一云。

正徳乙未九月日

松井河楽書

三玉挑事鈔序

吾曹《カ》尚房、生野村氏《ハ》備之《ノ》前州岡山人《ナリ》也。其《ノ》為《リ》レ人《ト》性敏従《フ》レ仕《ヘニ》。余力委《ネ》二志《ヲ》於和調《ニ》一刻《ム》二意《ヲ》於古風《ニ》一。所謂《ル》和歌《ニ》有《リ》二六義一、比賦興風雅頌、蓋《シ》是《ナリ》也。宇宙之《ノ》間四《タ》叙音《ノ》律、自然《ニ》在《テ》レ物《ニ》而鶯歌之《ノ》及《ヒ》レ春《ニ》蟬吟之《ノ》至《ル》レ秋《ニ》。夏韻冬籟、暨《ヒ》若《キモ》二井蛙土蚓《ノ》一亦復無《キ》レ非《スト云コト》三其声《ノ》悉《ク》発《スルニ》二和調《ヲ》一而已《ノミ》矣。

素盞烏尊、始看《テ》二出雲詠歌《ヲ》一而《シテ》後《チ》及《テ》二人代《ニ》一自《リ》二天子一以至《ルマテ》二於庶人《ニ》一此道大《ニ》興《ル》。既《ニシテ》而長歌、短歌、旋頭、混本之《ノ》類《ヒ》、華《サキ》二於詞叢一実《ノリテ》二於理窟一而詠歌漸備《クル》焉。柿本《ノ》大夫是《ハ》、則歌聖《ナリ》也。山《ノ》辺《ノ》赤人是《ハ》、則歌仙《ナリ》也。他《ノ》人賢者《ハ》嘗《テ》得《タリ》下貫之・忠岑泊《(ママ)》ヒ、基俊・俊成・定家・為家《ヲ》上。其《ノ》歌挙《テ》出《テ》二乎丹府《ニ》一其道偕《モニ》存二乎方策《ニ》一其《ノ》余《ノ》文献不レ可二枚挙《ス》一也。悪《ア、》倭歌之《ノ》道統、古今出《テ》レ自《リ》二皇朝一流《フ》二芳《ヲ》於公卿《ニ》一故《ニ》、官家和歌者流之《ノ》風俗、今猶《ヲ》レ視《ルカ》レ古《ヲ》也歟。凡《ソ》詠二和歌一者《ノハ》則志依《シテ》レ物《ニ》而感《シ》焉、詞《ハ》依《テ》レ感《スルニ》而成《ル》焉。風花雪月千変万化、体用一源六義弗《ス》レ隔《テ》、其《ノ》理於《テ》レ是《ニ》乎極《マル》矣。庶人《ノ》詠調独《リ》不レ然、頗有《ル》乙伝習陵夷《シ》風雅傾頽《シテ》而其《ノ》志《シ》外《ニシ》レ本《ヲ》内《ニシテ》レ末《ヲ》飾《リテ》二卑詞《ヲ》一而索《メ》レ隠《タルヲ》好《テ》二奇事《ヲ》一而行《ヒ》レ恠《ヲ》各自《ニ》不《ル》四敢《テ》弁《セ》三陥二-溺《スルコトヲ》於定家卿《ノ》未来記・雨中吟《ニ》一者《ノ》甲也矣。生多年好《テ》レ文《ヲ》而切瑳琢磨積《テ》二功《ヲ》於柏玉・雪玉・碧玉《ノ》三集《ニ》一々中捃二-摭《シ》其《ノ》事実《ヲ》一発二-揮《シテ》其《ノ》意味《ヲ》一編集大成《ス》。名曰《テフ》三玉挑事鈔《ト》一。其《ノ》為《ル》レ鈔証二-引《スルコト》和漢《ノ》書《ヲ》一甚精微《ニシテ》而為《ス》下詠《スル》二和歌《ヲ》一者之筌蹄《ト》上矣。乃《イ》可《キ》下読《シテ》二此《ノ》書《ヲ》一而拠《テ》二其《ノ》事実《ニ》一以《テ》知《ル》中其《ノ》意味《ノ》深長《ナルコトヲ》上耳《ミ》。然《レトモ》如《キ》下本《トシテ》二其《ノ》事実《ヲ》一而徒《ニ》末《ニスルカ》上レ其《ノ》意味《ヲ》一不《ル》レ誤《マラ》者《ノ》、幾《ント》希《レ也》。於戯《アヽ》生《ノ》之詠謌必《スヤ》也、将《ニ》《ス》下温《ネテ》レ故《キヲ》知《リ》レ新《キヲ》換《ヘテ》レ骨《ヲ》脱《セント》上レ体《ヲ》。其学、旧来従《テ》二吾《カ》之所《ニ》レ好《ム》而離索至《ルマテ》二于今一唯《タヽ》和謌《ノミ》之《レニ》耽《ル》、不《ヤ》二亦《タ》楽《カラ》一乎。宣阿樗老忘《テ》レ吾《ヲ》狼《リニ》応《シテ》二此《ノ》序《ノ》之需《メニ》一偶《〱》事《トス》二翰墨《ヲ》於雒陽桃華《ノ》市隠梅月堂《ニ》一。

（田村安希）

（第五冊の巻末）

柏玉集中　百三十九首

雪玉集中　五百七十三首

碧玉集中　三十三首

　三玉抄出和謌都七百四十五首

三玉集作者伝

第百五代
後柏原院　諱勝仁

紹運録曰、後土御門院第一皇子、御母准三宮源朝子、寛正五十廿降誕。文明十二十二十三親王、十七。明応九十廿五践祚、三十七。今日被渡剣璽内裡小御所為御所有此儀。永正十八三廿二即位、五十八。大永六四七崩、六十四。同年五三葬泉湧寺。

西三条実隆　逍遥院

伝云、内大臣公保男、長禄二十二廿六叙位五歳、于時公世。同廿八日侍従、于時公延。文明元九月十八正五位下、于時改実隆。同二三十八従四位下、少将如元。同六四廿二右中将。同七正廿八蔵人頭。同九十二参議、中将如元。同十二三廿九権中納言廿七歳。同四月十七日兼侍従。長享三二廿三権大納言。同六月十六日兼侍従。延徳元十二廿六内膳別当。文亀二正廿三正二位四十九歳。永正三二五内大臣五十三歳。同四月辞。同十三四十三出家六十三歳法名堯空。天文六十三薨。

冷泉政為

伝云、権大納言持為冷泉祖男。文明九正十七参議三十二歳。同壬正二兼侍従。同十二三廿九播磨権守。同十四六七正三位。同十七二二権中納言四十一歳。延徳二十廿三辞。同三民部卿。明応二正五従二位四十九歳。同七二二正二位五十四歳。永正三十十六権大納言六十二歳。同十八八出家法名暁覚。于時六十九歳。大永三九廿一薨。

引用書目　惣計百三十余部

1日本書紀　2続日本紀　3万葉集　4古今和歌集　5後撰和歌集　6拾遺和歌集　7後拾遺和歌集　8新古今和歌集　9新続古今和歌集　10伊勢物語　11源氏物語　12狭衣物語　13竹取物語　14大和物語　15大鏡　16枕草子　17江次第　18延喜式　19令義解　20河海抄引本朝月令　21禁秘抄　22朗詠集　23新撰朗詠　24和名抄　25八雲御抄　26本朝文粋　27花鳥余情　28河海抄　29公事根元（ママ）　30桃花蘂葉　31梁塵愚案抄　32中臣祓　33拾芥抄　34野宮歌合　35文亀歌合　36伊勢集　37順集　38神社考　39本朝神社考ニ引寛平御記　40河海抄引丹後風土記　41古語拾遺　42歌林良材　43浦嶋子伝　44十訓鈔　45古今童蒙鈔　46孟津抄　47元亨釈書　48史記　49前漢書　50後漢書　51晋書　52唐書　53宋史　54白氏文集　55詩経　56書経　57易　58礼記　59論語　60小学　61蒙求　62荀子　63列子　64荘子　65淮南子　66韓非子　67魏志　68文選　69古文前集　70同後集　71山谷詩集　72埤雅　73爾雅　74白氏六帖　75述異記　76事文類聚　77杜律　78説文　79格物論　80三体詩　81錦繍段　82高士伝　83才子伝　84十八史略　85酉陽雑俎　86博物志　87周礼　88拾遺記　89戦国策　90円機活法　91東坡全集　92開元遺事　93万姓統譜　94遊仙窟　95列仙伝　96山海経　97南史　98呂氏春秋　99七書　100捜神記　101書言故事　102古今詩話　103西京雑記　104左伝　105事物紀原　106義楚六帖　107漢武故事　108氏族排韻　109唐詩訓解　110家語　111風俗通　112白虎通　113論衡　114類書纂要　115張華禽経　116大明一統志　117法華経　118観仏三昧経　119楼炭経　120法苑珠林　121涅槃経　122仏名経　123大論　124双観経　125観無量寿経　126秘密念仏抄　127往生要集　128聖徳太子伝　129弥勒所問経　130薬師本願経　131無量寿経　132延命地蔵経　133地蔵十論経　134梵網経　135首楞厳経　136阿含経　137禅蒙求

刊記

備前国岡山
作者　野村権六郎尚房

享保八年卯霜月吉日

二条通麩屋町西入町
吉田四郎右衛門

京都

堀川通綾小路下町
銭屋庄兵衛　板

四条通東洞院西入町
経師屋三右衛門　行

御幸町通八幡町下町
美濃屋勘右衛門

解説

『三玉挑事抄』は野村尚房が、『三玉集』の中から和漢の故事を典拠とする和歌を選び、その出典を付けたもので、享保八年（一七二三）に刊行された。『三玉集』とは三人の家集（下冷泉政為の『碧玉集』、後柏原天皇の『柏玉集』、三条西実隆の『雪玉集』）の総称であり、その名称は「柏」が後柏原天皇の称号、「雪」が実隆の号「聴雪」に由来するが、「碧」は不明である。生没年は政為が一四四五〜一五二三年、実隆が一四五五〜一五三七年、後柏原天皇が一四六四〜一五二六年で、活躍した時期は重なる。三人とも応仁・文明の乱（一四六七〜七七年）を経験しており、後柏原天皇は一五〇〇年に践祚したが朝廷の経済は逼迫していて、即位式は一五二一年に執り行われたという有様で、『三玉集』にも当時の時世を反映した和歌が見られる（749番歌など）。

『三玉集』は江戸時代になると『古今集』への架け橋として愛好され（後述）、まず『柏玉集』が寛文九年（一六六九）、その翌年に『雪玉集』、そして『碧玉集』が同一二年に刊行された。それから約半世紀後に『三玉挑事抄』を出版した野村尚房は武家歌人で生年未詳、備中鴨方（現、岡山県浅口市鴨方町《かもがたちょう》）藩士にして郡奉行を務め、香川宣阿の高弟であり、享保一四年（一七二九）に没した。[1]

『三玉挑事抄』全五冊の構成は①序文、②和歌と注釈、③「三玉集作者伝」、④「引用書目」、⑤自跋、⑥刊記であり、①は第一冊、②は第一冊から第五冊にわたり、③以下は第五冊の末尾に収められ、本書では①から⑥まですべて翻刻した。①の序は二件あり、正徳五年（一七一五）の松井河楽と、梅月堂（香川宣阿の号）の手に成る。松井河楽（生没一六四三〜一七二八年）は備前岡山藩の池田光政・綱政に仕えて藩校学監になり、尚房とは互いに相手の作品の序文を書く仲であった。(2) 香川宣阿（生没一六四七〜一七三五年）は周防（山口県）岩国藩士で、京に出て和歌を白川雅喬王、次いで清水谷実業などから学び、二条家流の地下の宗匠家梅月堂を起こし、香川景樹に至る香川家の祖になった。(3) ②は七五〇首の和歌とその典拠を示し、上下巻に分かれ、上巻は四季部、下巻は恋部と雑部から成る。四季部は春夏が第一冊、秋冬が第二冊、恋部が第三冊、雑部が第四・五冊に収載される。③は後柏原天皇・実隆・政為の伝記、④は②の典拠に引用した作品の書名一覧、⑤は野村尚房の跋文を掲載する。⑤に付された署名「一枝軒」は、師の宣阿の号と同じである。

『三玉挑事抄』の写本は見当たらず、版本は十数件が現存するが、⑥の刊記・版元はいずれの伝本も同じで異版は見出せない。(4) 半丁の行数は①と⑤が一〇行、②③④が一三行であり、丁数は遊紙を除くと第一冊が二五丁、第二冊が三一丁、第三冊が三三丁、第四冊が二三丁、第五冊が二四丁、計一三六丁である。

歌数は②の末尾に、「柏玉集中、百三十九首。雪玉集中、五百七十三首。碧玉集中、三十三首。三玉抄出和謌、都七百四十五首」と記された通り、『雪玉集』が際立って多い。ただし各々の家集の総数は版本では『柏玉集』が二四三四首、『雪玉集』が八二〇〇首、『碧玉集』が一三八五首とかなり異なり、採用された割合を見ると『柏玉集』が六％、『雪玉集』が七％とさほど違わず、『碧玉集』だけが二％と少ない。『三玉挑事抄』所引の『三玉集』には集付が散見され、私に数えると「柏」または「柏玉」は一三七首、「碧」か「碧玉」は三三首に付けられ、『雪玉集』は次の一首（171番歌）の注記にのみ見られる。

雪玉十巻百首歌中、於南京春日被詠之云々
此ころの都の秋よあはれいかにあはまく野へのおほく成行

この一首以外で集付が無いものはすべて『雪玉集』かというと、そうではない。「柏」の集付はないが『柏玉集』所収歌（142・145番歌など）もある。また、集付は「柏」で『雪玉集』にも見られるもの（107番歌など）があり、その殆どは同じ題を二人が詠作していて、『雪玉集』に後柏原天皇の歌も載せているからである。(5) また、前掲した『三玉挑事抄』171番歌の肩書き「雪玉十巻百首歌中、於南京春日被詠之云々」は、『雪玉集』第十巻にある百首歌「春日陪　春日社壇詠百首和歌」を尚房が見て記したと考えられる。その一方、『三玉挑事抄』所載歌の中には版本『三玉集』にないものが散在する。では尚房は何を見たのであろうか。

　『三玉挑事抄』巻末の自跋には、

　三玉の外も更にまた続撰吟、一人三臣抄、一字御抄なとの中、おなし作者の歌に一ふしのよしゆかりある歌は、かつ〳〵是をもましへ入侍し程に、かれこれ抄出の和歌すへて七百四十余首（下略）

とあり、『三玉集』以外の作品も参照している。跋文中の「続撰吟」は徳大寺実通が編纂したと推測される和歌集『続撰吟抄』で、天文初年（一五三二）頃に成立した。「一人三臣抄」は、後柏原天皇と臣下の三条西実隆・冷泉政為・冷泉為広の歌集『一人三臣和歌』、「一字御抄」は後水尾天皇編『一字御抄』全八巻で、一字の歌題を三八四題設け、それぞれの題詠歌を置く。このほか松井幸隆[6]が『三玉集』を歌題別に編纂し直して元禄九年（一六九六）に刊行した『三玉和歌集類題』（以下『類題』と略す）も、野村尚房は見ていた可能性がある。たとえば『三玉挑事抄』の431～435番歌の歌題はいずれも「寄催馬楽恋」であるが、その和歌の出所を『三玉集』で調べると『雪玉集』『柏玉集』『碧玉集』に分かれる。一方『類題』では「寄催馬楽恋」七首の中にその五首はすべて含まれるので、『三玉集』から抜き出すよりも簡便である。ただし431～435番歌の配列は『類題』とは異なり、典拠として引用した催馬楽の注釈書『梁塵愚案抄』の順とも異なる。

　そこで『三玉挑事抄』の和歌を、版本『三玉集』を収めた『新編国歌大観』で検索したところ、三三首以外は版本に存在した。無い場合はまず『類題』を調べた。当書の部立は『三玉挑事抄』と同じで探しやすいからである。それにも見つからないものは元禄三年（一六九〇）版『一字御抄』に当たった。歌題から検討をつけられるからである。最後に『一人三臣和歌』を通読して調べた。それは版本がなく、写本は伝本により異同が見られるが、書陵部所蔵本（伏・171）によった。以上の調査により全七五〇首のうち、『類題』は二七首（32、43、62、64～66、75、93、94、111、118、147、177、180、205、238、262、263、276、278、374、437、544、557、620、657、660）、『一字御抄』は四首（27、136、279、579）、『一人三臣和歌』は二首（14、329）になり、それら以外はすべて版本『三玉集』に見られた[7]。自跋に記された『続撰吟集』に関しては、たとえば『三玉挑事抄』305番歌は、版本『雪玉集』では一六八九番歌であり、その歌肩に「続撰五大永三二廿五」とある通り『続撰吟抄』巻五に収められ、大永三年（一五二三）二月二五日に詠まれ、詞書には「禁裏御月次御短尺に」とある。ただし本書の凡例でも断ったが、和歌の解釈に関わる記述以外は割愛した。

『三玉挑事抄』に引用された作品は、尚房自身が和書・漢籍・仏書に大別し、「引用書目　惣計百三十余部」と題して一三七作を列挙している。また、本書の巻末に置いた書名索引を見ると、和書では『源氏物語』の一四六例、漢籍では『白氏文集』の五四例が最多である。『源氏物語』の版本で当時流布していたのは絵入り承応版本と北村季吟『源氏物語湖月抄』であるが、『三玉挑事抄』に引かれた本文に関してはあまり異同は見られず、396番歌所載において承応版本の方が『湖月抄』より異同が少ないのが目立つ程度である。また、『狭衣物語』は六首に引かれているが、そのうちの三例（346・397・473番歌）は狭衣が飛鳥井の姫君と出会う場面、一例（458）は飛鳥井の姫君の辞世歌を狭衣が見つける箇所で、偏りが見られる。本文を見ると、前掲の四例は版本と一致するが、他の二例（378・650）は版本と二か所ずつ異なり、それは版本からではなく孫引きによるのかもしれない[8]。

『狭衣物語』に限らず『三玉挑事抄』所載の漢籍や仏書の中には、原典から直接引用されたのもあるかもしれないが、多くは『古今事文類聚』のような類書や『和漢朗詠集』のような詞華集の類によると推定される。たとえば『博物志』は152・522番歌にだけ見られるが、いずれも『博物志』の本文とは異なり、522番歌のは『円機活法』と一致し、152番歌のは未詳である。また『高士伝』は101・511番歌に引かれ、511番歌のは『高士伝』にあるが、101番歌のは『高士伝』には見当たらず『古今事文類聚』に見出せる。[9]

『三玉挑事抄』は『三玉集』が典拠とした和漢の故事を引くが、さすがの尚房もお手上げの箇所が数件ある。705番歌では、「雪ののり物、いまたかうかへ侍らす。按、首楞厳経巻九ニ（中略）もし此経文の心にても侍らは、雲ののり物なるへき歟。猶、証本を尋ね侍るへし。」と記している。[10] また、540番歌には和歌のあと四行分の空白があり、601番歌は三行分空いている。それはその所に典拠を記す予定であったか、あるいは刊行する直前に不適切と考えて削ったかと思われる。そのほか、310番歌の後に二行分の空白を残して丁の表が終わり、裏の丁の最初も二行分の空きがある。310番の歌題は「晩頭鷹狩」、311番歌は「夕鷹狩」であり、当初は311番歌とは別の出典を用意していた、または設ける予定であったが刊行間際に不適当、あるいは311番歌と同じ出典でよいと判断したのであろうか。

最後に『三玉挑事抄』が刊行された当時における『三玉集』の評価について見ておこう。その家集が御水尾院歌壇において編集・刊行された背景については、鈴木健一氏が、

> 三玉集時代は近世堂上歌人たちにとって、勅撰集なき時代にとって和歌はどうあるべきかについての指針を示した中興の祖という意味合いがあり、御水尾院らが三玉集に寄せる思いはまた格別のものがあったのである。[11]

と指摘されている。ただし、

> 三玉集個々は等価ではない。評価の頂点には実隆が位置し、それに後柏原院、下冷泉政為の順で続いており、特に実隆への評価は群を抜いている。[12]

であり、その精神は御水尾院の皇子である霊元天皇にも受け継がれ、その家集『桃蘂集』によると、毎年元日には人麻呂・定家・実隆の画像を掛けて詠歌を手向けていた、という。[13]

そのほか近衛家熙の言動を山科道安が筆記した『槐記』においても、実隆崇拝の記事が見られる。以下、『三玉挑事抄』にも引かれた和歌が掲載されている、享保一〇年（一七二五）一〇月二一日と同一一年正月八日の箇所を

引用する。なお文中の「左大臣」は近衛家久、「御前」は家久の父、家熙である。[14]

二一日、参候。左大臣様御成、御前ノ御ウハサニ、「頃日ノ御幸ノ詩歌ノ通題ハ「山皆紅葉」トコソ、ムツカシキ題ナリ。和歌題ニテ詩作、別シテムツカシカルベシ」ト仰ラル。左府公ノ仰ニ、「近代ニテ逍遥院ノ証歌アル由」ヲ仰セ上ラル。

モミチハニタチカクサレテ見シ花ノカタハラナリシ常磐木モナシ（二五七番）

御前ニモ御感心ニテ、「近代ノ上手ナリ。此証歌ニテハ、皆人々ノ迷惑ナリ」ト仰ラル。「花ノカタハラノ常磐木」ハ、『源氏』の紅葉ノ賀ノ言葉ナル由ヲ聞テ、及バズナガラ奉㆓恐感㆒。左府公還御ノ後モ、「逍遥院ハ大テイノ人ニアラズ、自由ナルコトナリ。夫ニ付、古ヘヨリ傀儡子ヲ歌ニヨムニハ、浮レ女ヲ読コト作例ナリ。詩ニ作ルトハ各別ノコトナリ。シカルニ逍遥院ノ傀儡ノ歌ニ、

何トカク迷フ心ソ木ヲ削リ糸ヲ引ニモ似タルスカタヲ（四八七番）

ト読レタリ。異ナ歌ト思ヒシガ、『聯珠詩格』ノ梁鍾ガ詩、

刻㆑木牽㆑糸作㆓老翁㆒、鶏皮鶴髪与㆑真同、須臾曲罷寂無㆑事、還似人生一夢中

トアル。コレヨリ作ラレタリト見ユ。サテハ此人モ、妓女ノミヲ読テハ無念ナリ。全ク人形ニシテハ作例ニハヅル。其間ヲ読テ、自由ヲナサレシコトノ不思議サヨ」ト仰ラル。

八日。参候。「御会初ノ題ハ、広キヤウニテ狭キモノナリ。読オホスル人モアルベキカ。山景移水トナリ。是ニツキ逍遥院ハ、歌ノ趣向ニハ、古今ニ超絶シタル人ナリ。コノ頃サル方ヨリ、「硯ノ蓋ニ銘ヲカキテ下サレヨ」ト所望ニ逢テ、何ヲカ記スベキゾト思惟スレドモ、古硯ノ銘モアマリニ耳ナレタリト思シガ、幸ニ逍遥院ノ硯ノ歌ニ、古硯銘ヲ一イキニ読レタルヲ書テヤリタリ。

墨筆をさぞあたものと見る石のおのれ静に世をつくし筒《ツヽ》（六四三番）

トセラレタルヲ書テ遣セシ」ト仰ラル。

二一日の記事には和歌の出典も記され、一首目の『源氏物語』は二年前に刊行された『三玉挑事抄』にも指摘されているが、二首目の『聯珠詩格』は尚房の注釈とは異なる。ことによると『三玉挑事抄』に刺激されて、別の漢詩文を示したのかもしれない。ともあれ『三玉挑事抄』は『三玉集』『類題』[15]重視の歌壇において、まさに機に乗じた書といえよう。

注

（1）神作研一氏「一枝軒野村尚房の伝と文事」、「近世文芸」六三号、一九九六年一月。後に同氏著『近世和歌史の研究』（角川学芸出版、二〇一三年）に再録。

（2）注（1）に同じ。

（3）神作研一氏「初代梅月堂香川宣阿のこと」、同氏著『近世和歌史の研究』（角川学芸出版、二〇一三年）。

（4）ちなみに、刊記に記された吉田四郎右衛門の京都文壇における活動については、加藤弓枝氏「六位の書肆吉田四郎右衛門―出版活動の実態と古学の伝播に果たした役割―」（「近世文芸」一〇二号、二〇一五年七月）などに詳しい。

（5）重出する和歌の歌番号は以下の通り。107、157、202、216、218、241、253、256、385、449、601、722。このうち218・256以外は百首歌で、『雪玉集』に実隆と後柏原天皇の歌を並置している。

（6）松井幸隆に関しては、神作研一氏「松井幸隆の歌学一斑」（注（1）の著書に再録）に詳しい。

（7）ちなみに『三玉集』の第四句をイロハ順に並べた『三玉類句』が、『三玉挑事抄』刊行の前年、享保七年に出版された。しかしながら『一字御抄』と『一人三臣和歌』にしか見出せない六首は、『三玉類句』（静嘉堂文庫蔵）にも見当たらない。

（8）版本は承応三年（一六五四）版（三谷栄一氏『平安朝物語板本叢書』有精堂、一九八六年）による。なお『狭衣物語』の写本とは異同が多すぎるため、本書では取り上げない。

(9) ちなみに北村季吟における類書の利用については、宮川真弥氏「『枕草子春曙抄』における類書の利用とその隠匿―『円機活法』『事文類聚』を中心に―」(「詞林」五一号、二〇一二年四月)に詳しい。

(10) 当歌の出典が義門著『活語余論』に書かれていることは、丹羽雄一氏(同志社大学院生)の指摘による。

(11) 鈴木健一氏著『近世堂上歌壇の研究』七一頁、汲古書院、二〇〇九年。

(12) 鈴木健一氏「近世における三玉集享受の諸相」(「東京大学教養学部人文科学科紀要(国文学漢文学)」九七号、一九九三年三月)。後に注(11)の著書、一三六頁に再録。

(13) 和田英松氏「霊元天皇と逍遥院実隆」、「心の花」第一二巻第一号、一九〇八年一〇月。後に同氏著『国史説苑』(明治書院、一九三九年)に再録。

(14) 当該記事は、是澤恭三氏「逍遥院実隆公崇拝に就て—江戸時代初期を中心に—」(「歴史と国文学」第二三巻第四号、一九四〇年一〇月)に示されているが、中略された箇所があるので、本文は佐伯太氏『槐記注釋』(立命館出版部、一九三七年)により、私に句読点や「 」を付け、歌脚の( )内には『三玉挑事抄』の通し番号を記す。

(15) 『類題』は元禄九年(一六九六)に刊行された後、「寛政四年(一七九二)に元禄版の一部に修訂を加え、跋と奥付を新彫して再版、近世を通じて堂上派歌人の参考書として広く普及した。」と久保田啓一氏が指摘されている(『和歌文学大辞典』所収「三玉和歌集類題」項、古典ライブラリー、二〇一四年)。

編集後記

本書は、同志社大学大学院文学研究科国文学専攻の演習で『三玉挑事抄』を輪読して、各人が担当した箇所の翻刻および出典と異同、現代語訳や考察・参考に、岩坪が加筆したものである。当作品を初めて知った契機は『源氏作例秘訣　源氏物語享受歌集成』（「源氏物語と和歌」研究会、青簡舎、二〇〇八年）である。その巻末に、『三玉挑事抄』において『源氏物語』を出典とする箇所が列挙されていて、興味を覚えた。当研究会会員の浅田徹氏にその全文翻刻と注釈を雑誌に掲載してもよいか伺ったところ、快諾をいただき、勤務校の雑誌「人文学」に連載を始めた。『三玉挑事抄』全五冊のうち、まず恋部（第三冊）から取り組んだのは、私が専門とする『源氏物語』が多く引かれているからである。次いで雑部の前半（第四冊）、それから四季部（第一・二冊）、そして最後に雑部の後半（第五冊）と読み進め、五年半を要した。

この年月の間に、出典の調査方法は随分と変化した。最初の頃の検索は活字本に頼っていたが、そのうち『四庫全書』などはＣＤを使うようになった。またネットの進歩で、早稲田大学古典籍総合データベース、国立公文書館デジタルアーカイブ、国会図書館デジタルコレクションなどを利用するようになり、さらには国際日本文化研究センターのホームページで公開されている米国議会図書館蔵書など海外の資料も見られるようになった。その変遷の過程を物語る例を挙げると、『三玉挑事抄』に『高士伝』からの引用が二箇所あり、本文異同に用いたのが101番歌は『新編古今事文類聚』（「人文学」第一九四号所収）、511番歌は『四庫全書』（同一九一号）と異なるのは、当初は『四庫全書』のＣＤを用いて検索していたが、やがて類書の存在に気づいたからである。一書としては不統一ではあるが、試行錯誤の痕跡としてご容赦願いたい。すべては全体にわたり手直しした編者（岩坪）の責任である。

　本書を刊行するにあたり、お二方のご指導を仰いだ。お一人は浅田徹氏（お茶の水女子大学教授）で、抜き刷り（「人文学」第一八八～一九五号）をお送りすると、和歌の解釈について事細かに添削してくださった。和歌に疎い編者には啓発されることが大で、現代語訳を全面的に書き直すこともあった。もう一人は畏友の高津孝氏（鹿児島大学教授）である。蘇東坡を専門とする中国文学者であるが、日本の古典文学にも造詣が深く、出典などがお手上げの場合、メールを送ると、すぐに版本などを載せた添付ファイルが届き、全く感謝の至りである。このお二方の啓蒙がなければ、本書は完成しなかったといっても過言ではない。「人文学」に掲載した訳や解釈と大幅に違う箇所は、ご教示の賜物である。

　また、平成二九年度より同僚になった大山和哉氏には、研究室が隣りということもあり、ご好意に甘え235・718番歌の「見ずや」、734番歌の「時をかへぬ」、そして747番歌全体の解釈を教えていただいた。そのほか、筑紫平安文学会の方々にも深謝申し上げる。和歌には門外漢である私に声をかけてくださり、「順百首」と「好忠百首」の輪読会に参加して、和歌の解釈などを一から学ばせていただいた。また、教え子の田村安希氏は序文と四季部をすべて翻刻して、パソコンで打ち込んでくれた。とりわけ序文は漢文で、返り点などは入力するのに時間がかかるが、ワードが普及し始めたころで四苦八苦しながら取り組んでくれた。この場を借りてお礼を申しあげたい。また、底本の使用を許可してくださった新潟大学附属図書館にも感謝する次第である。

　最後に、この輪読を担当してくれた院生の氏名を、年度別に列挙する。平成二三年度に大学院前期課程に進学した森あかね氏は、すべての授業に参加してくれ、担当者の相談に乗ったりなど、まとめ役を担ってくれた。そして読了して半年後、香川高等専門学校に就職された。最後まで見届けてくれて、ほんとうにありがとう。

○平成二三年度、恋部、333～467番歌（「人文学」第一八八・一九〇号）。森あかね・木村能章・早川広子・中村香生里・佐藤未央子・田中佑果・徳田詠美・栃本綾・趙智英・由留木安奈。

○平成二四年度、恋・雑部、468〜634番歌（「人文学」第一九〇〜一九二号）。森あかね・田中佑果・倉島実里・太井裕子・玉越雄介・藤原崇雅・増井里美・壁谷祐亮・永田あや・山内彩香・梅田昌孝。

○平成二五年度、春・夏部、1〜137番歌（「人文学」第一九三・一九四号）。森あかね・大八木宏枝・風岡むつみ・城阪早紀・植田彩郁・吉岡真由美・牛窓愛子・松井佑生。

○平成二六年度、秋部、138〜264番歌（「人文学」第一九五・一九六号）。森あかね・風岡むつみ・廣瀬薫・平石岳・劉野・加藤森平・呉慧敏・大杉里奈・竹田有佳。

○平成二七年度、冬部、265〜332番歌、雑部、635〜694番歌（「人文学」第一九七〜一九九号）。森あかね・風岡むつみ・廣瀬薫・松本匡由・島田薫・金子将大・北井達也・小森一輝・村上泰規・松田望。

○平成二八年度、雑部、695〜750番歌（「人文学」第一九九・二〇〇号）。森あかね、八木智生、橋谷真広、嶋中佳輝、丹羽雄一、溝口利奈、湯本美紀。

末尾ながら、小著『『しのびね物語』注釈』に引き続き、本書の刊行を引き受けてくださった和泉書院社主、廣橋研三氏に厚く御礼申し上げる。なお本書は出版にあたり、二〇一八年度同志社大学研究成果刊行助成の補助を受けたものである。

平成三一年立春

著者識

書名索引

凡　例

一、『三玉挑事抄』に記された出典の書名を五十音順に並べ、簡単な解説を加え、末尾に歌番号を列挙した。また、本文異同に用いた伝本（とくに版本）も挙げたが、『大蔵経』や『四庫全書』の類は省略した。

一、書名索引であるが、作者名が『三玉挑事抄』に記されている場合は取り上げた。なお作者名のあとの（〇〜〇年）は生没年を示す。

一、同じ作品に複数の呼称がある場合は、一つにまとめた。例えば「和漢朗詠集」は「朗詠集」とも呼ばれるが、「和漢朗詠集」にまとめた。ただし「朗詠集」の項も設けて、「「和漢朗詠集」参照」と記した。

一、「A」に引用された「B」とある場合は、両書とも採用した。例えば「河海抄引丹後国風土記」（286番歌）の場合、「河海抄」と「丹後国風土記」の項を設けた。

一、『三玉挑事抄』に引用されているのは孫引きと推定される場合、元の出典も挙げた。例えば710番歌に「涅槃経」とあるが、『往生要集』所引の「涅槃経」と推定されるので、両書とも採用した。

一、『三玉挑事抄』には漢詩文の作品名しか掲載されていない場合、出典（例えば『文選』）を推測して、その書名を挙げた。ただし「帰去来辞」のように『文選』や『文章規範』など複数の作品に収録されているものは「帰去来辞」の項を立てた。

ア行

阿含経　釈尊直説と見なされた経典を多く含んだ、原始仏教経典。　　708

伊勢集　三十六歌仙の一人で、古今和歌集時代を代表する女流歌人である伊勢の家集。正保四年（1647）版『歌仙家集』。　　582

伊勢物語　在原業平（825〜880年）にまつわる歌語りを中心とする歌物語。北村季吟『伊勢物語拾穂抄』延宝八年（1680）版。　　23, 39, 41, 58, 80, 98, 128, 129, 130, 220, 227, 250, 309, 310, 311, 335, 339, 350, 352, 355, 358, 375, 386, 418, 419, 420, 456, 479, 513, 533, 546, 552, 635, 654

逸士伝　西晋の皇甫謐（215〜282年）（『高士伝』の著者）が編纂した隠者伝。原文は散佚。　　631

衣服令　「令義解」参照。

うつほ物語　作者未詳の長編物語。全二〇巻。一〇世紀後半に成立か。『源氏物語』にも影響を及ぼした。文化三年（1806）補刻版（三谷栄一『平安朝物語板本叢書』有精堂、1986年）。　　49, 50

淮南子　前漢の淮南《わいなん》王、劉安の編著。道家の思想を基に諸家の思想を総合的に記す。高誘注・茅坤批評『淮南鴻烈解』寛文四年（1664）版。
71, 85, 133, 143, 144, 145, 168, 224, 246, 266, 416, 514, 554, 633, 738, 739, 747

円機活法　『円機詩学活法全書』の略。明の王世貞撰。古典・故事などを挙げ、作詩のために編集された実用書。
3, 93, 100, 116, 142, 186, 229, 235, 249, 426, 487, 522, 574, 575, 607, 624, 628, 633

延喜式　延喜五年（905）、醍醐天皇の命により編纂された式（律令の施行細目）。享保八年（1723）版。
2, 226, 289, 508, 645, 672, 718

延命地蔵経　唐の不空の訳とされるが、日本で作られた偽経。『真言宗聖典』（小林正盛編、森江書店、1926年）。　701

往生要集　源信著。985年頃の成立。往生するための教理や実践についてまとめたもの。のちの文学や美術にも多大の影響を与えた。元禄一〇年（1697）版。
698, 710

大鏡　歴史物語。文徳天皇の850年から後一条天皇の1025年まで、紀伝体で物語風に綴る。整版。　230

温庭筠　晩唐の詩人。字は飛卿。唐末屈指の詩人。天保四年（1833）版『温飛卿詩集』。　191, 301

カ行

開元遺事　『開元天宝遺事』の略。五代の王仁裕（880～956年）撰。唐の開元・天宝時代（713～756）における、逸聞瑣事の記録。玄宗に関する逸話が多い。寛永一六年（1639）版。　212

河海抄　四辻善成編『源氏物語』の注釈書。一四世紀に成立。玉上琢彌編『紫明抄　河海抄』（底本は一六世紀末の写本。角川書店、1968年）。
196, 283, 286, 322, 323, 579, 580, 645, 649

鶴賦　阮籍（210～263年）の作か。阮籍は魏・晋時代、竹林の七賢の一人。　117

格物論　『古今合璧事類備要』にある、宋代の謝維新撰の百科事典の類。内容は天文・地理から君道・臣道、鳥獣、香茶など多岐にわたり、各項目に「格物総論」という説明を付す。
100, 142, 235, 604, 620, 633

花鳥余情　一条兼良著『源氏物語』の注釈書。文明四年（1472）成立。『源氏物語古註釈叢刊』2（底本は江戸初期の写本。武蔵野書院、1978年）。　63, 297, 652

賈島　中唐の詩人。字は浪仙。「推敲」の故事で有名。著書に「長江集」。『賈浪仙長江集』（『和刻本漢詩集成』10）。南宋の魏慶之撰『詩人玉屑《しじんぎょくせつ》』（『和刻本漢籍随筆集』17）は、南宋の詩に関する評論を抜粋して配列したもの。　92, 584

歌林良材集　一条兼良著の歌学書。文明七年（1475）頃成立。『続群書類従』一七輯上。　391, 402, 437, 477

漢書　『前漢書』ともいう。中国の歴史書、正史の一つ。後漢の班固著。明暦（1655～1658）版（『和刻本正史　漢書』汲古書院、1972年）。高木友之助・片山兵衛『中国古典新書続編　漢書列伝』（明徳出版、1991年）。　60, 64, 224, 330, 368, 564, 587, 626, 641, 644, 736

顔潜庵詩　明代の道教の僧侶、顔潜庵の詩。姓は顔、名は復膺、字は安仁、号は潜庵。詩集『潜庵詠物詩』は散逸。　487

韓退之　韓愈（768～824年）。退之は字《あざな》。四六駢儷《べんれい》文を批判し、散文文体（古文）を主張した。　298, 528, 541

韓非子　韓非子（始皇帝一四年に没）とその一派の著作。法律と刑罰を政治の基礎と説く。　299, 300, 409, 410, 628, 629

寛平御記　宇多天皇の在位（887～897年）中の日記。『続々群書類従』五。233, 716

漢武故事　前漢の武帝に関する物語。作者未詳。竹田昇・黒田真美子編『中国古典小説選　穆天子伝・漢武故事・神異経山海経他』（底本は『古小説鉤沈』。明治書院、2007年）。　138

観仏三昧経　『観仏三昧海経』の略。東晋の仏陀跋陀羅の訳で、広く観仏念仏の功徳を説く。54番歌に掲出した『安楽集』（貞享版本）は唐の道綽《どうしゃく》著、浄土真宗で重んじられた。　54, 706

観無量寿経　「双観経」参照。　676, 694

帰去来辞　晋の陶潜（365～427年）の作。宮仕えを辞め、故郷の田園に帰る心境を述べる。　48, 176, 547, 589, 638, 639

義楚六帖　五代の僧義楚（902～975年）撰の類書。仏典関係の用語や故事などを集めて分類。　495

紀長谷雄　菅原道真の門下生（845～912年）。　252, 737

玉京記　196

玉燭宝典　杜台卿（536～600年）撰。北周の時代に成立した中国年中行事の記録。日本には現存するが、中国では明代に散逸。　3

漁夫辞　「楚辞」参照。

魏略　魏朝の歴史書。散逸したが『文選』などに引用。　443

錦繡段　室町時代の文学僧であった建仁寺の天隠龍澤が、初学者のために唐宋元時代の代表的詩人の七言絶句の中から三二四首を選び、門別に編集して一巻とした漢詩集。万治元年（1658）刊。　521, 656

錦繡万花谷　南宋時代の類書。　184

琴操　古代の琴曲と作者について、後漢の蔡邕《さいよう》（132～192年）が解説した書。　660

禁秘抄　順徳天皇著。1220年頃成立。有職故実書。『群書類従』二六。　508

公事根源　一条兼良の著。有職故実書。応永三〇年（1423）頃成立。松下見林が注した元禄七年（1694）版『公事根源集釈』。　72, 245

旧事本紀　『先代旧事本紀《くじほんぎ》』の略。神代から推古天皇までの歴史書。編者未詳。平安初期に成立か。寛永二一年（1644）版。　714

家語　『孔子家語』の略。三国魏の王粛（195～256年）偽撰。孔子の言行や門人との問答などを記す。　544

元亨釈書　虎関師錬の著。高僧伝。元亨二年（1322）成立。『訓読元亨釈書』（禅文化研究所、2011年）。　539

源氏物語　紫式部著。11世紀初め頃に成立。北村季吟『湖月抄』延宝三年（1675）版。承応年間（1652～55）絵入り版本。
10, 16, 17, 20, 35, 36, 40, 49, 50, 56, 79, 104, 107, 110, 120, 126, 132, 140, 141, 148, 155, 158, 160, 175, 180, 181, 182, 183, 188, 193, 202, 203, 215, 228, 232, 237, 239, 240, 241, 248, 257, 259, 272, 273, 274, 275, 283, 284, 290, 291, 292, 293, 294, 296, 305, 306, 307, 308, 331, 333, 334, 336, 337, 340, 341, 342, 343, 344, 347, 349, 357, 359, 360, 361, 362, 363, 367, 369, 370, 372, 376, 377, 379, 380, 381, 382, 384, 387, 388, 394, 396, 398, 400, 401, 404, 406, 407, 408, 421, 422, 423, 424, 425, 427, 429, 430, 438, 445, 446, 447, 448, 451, 454, 455, 457, 460, 462, 467, 471, 475, 476, 480, 481, 483, 506, 507, 509, 525, 531, 532, 579, 581, 588, 600, 602, 613, 614, 622, 623, 636, 638, 639, 649, 664, 665, 670

元稹　唐の人（779～831年）。白居易との親交は有名で、「元白」と併称される。　666

江家次第　大江匡房著。恒例、臨時の儀式や行事について詳述した有職故実書。天永二年（1111）頃成立。渡辺直彦校注

『神道大系　江家次第』（底本は承応二年（1653）版。神道大系編纂会、1971年）。『江家次第鈔』は一条兼良の注釈書で、『続々群書類従』六に所収。
1, 2, 4, 147, 148, 225, 328, 329, 703

孔子家語　「家語」参照。

高士伝　西晋の皇甫謐《こうほひつ》（『逸士伝』の著者）編。世俗を超越した名士の伝記集。
101, 511, 536

後漢書　後漢一代について記した紀伝体の歴史書。二十五史の一つ。本紀・列伝は南朝宋の范曄《はんよう》（398～446年）撰、志は晋の司馬彪《しばひよう》の『続漢書』による。長澤規矩也『和刻本正史　後漢書』（古典研究会、1991年）。　326, 575, 619, 738, 739

古今童蒙抄　『古今集童蒙抄』の略。室町時代後期、一条兼良が著わした『古今和歌集』の注釈書。文明八年（1476）成立。『群書類従』一六。　715

古今和歌集　延喜五年（905）に醍醐天皇の下命により、紀友則、紀貫之、凡河内躬恒、壬生忠岑によって編纂された最初の勅撰和歌集。仮名で書かれた仮名序、漢文で記された真名序を付す。北村季吟『八代集抄』天和二年（1682）版。
22, 55, 108, 187, 287, 465, 659, 715

古今和歌集仮名序　紀貫之の作。北村季吟『八代集抄』。
5, 7, 14, 43, 57, 75, 83, 103, 113, 122, 162, 201, 211, 288, 428, 439, 491, 527, 545, 549, 555, 556, 557, 606, 611, 727, 750

古今和歌集真名序　紀淑望の作。北村季吟『八代集抄』。　609

古硯銘　北宋の唐子西（1068～1118年）の作。
643

古語拾遺　斎部広成《いんべのひろなり》著の歴史書。天地開闢から天平年間までの祖先の功績を記す。大同二年（807）成立。元禄九年（1696）跋、文化四年（1807）版『校正古語拾遺』。『古語拾遺』の版本については、『飯田瑞穂著作集　古代史籍の研究』（吉川弘文館、2001年）参照。　314, 315, 724

古今事文類聚　「事文類聚」参照。

古今詩話　宋の李頎の作品で、現在は散逸。『宋史』藝文志によれば李頎著『古今詩話録』七〇巻があった。郭紹虞が収集した『宋詩話輯佚』は、呉文治主編『宗詩話全編』（江蘇古籍出版社、1998年）に再録。　426

後拾遺和歌集　四番目の勅撰和歌集。白河天皇の下命により、撰者は藤原通俊。応徳三年（1086）成立。北村季吟『八代集抄』。　82, 172

後撰和歌集　二番目の勅撰和歌集。天暦五年（951）、村上天皇の下命により梨壺の五人が撰進。北村季吟『八代集抄』。390

古文真宝後集　宋の黄堅撰。戦国時代から北宋までの文を収録。元文五年（1740）版『魁本大字諸儒箋解古文真宝後集』。
27, 38, 127, 198, 221, 222, 492, 493

古文真宝前集　宋の黄堅撰。漢から北宋までの詩を収録。天和三年（1683）版『古文真宝前集諺解大成』（榊原篁洲編『漢籍国字解全書』11、早稲田大学出版部、1910年）。宝暦一二年（1762）版『魁本大字諸儒箋解古文真宝前集』。
238, 265, 541, 564

金光明最勝王経　護国三部経の一つ。四世紀頃に成立した『金光明経』を、唐の義浄が漢訳したもの。日本には八世紀頃に伝来。　703

サ行

才子伝　『唐才子伝』の略。元の辛文房撰。唐の詩人の評伝。『唐才子伝』（上海・古典文学出版社、1957年）。　523

催馬楽　民間で歌われていた歌謡が、平安時代に雅楽に取り入れられて宮廷歌謡に

なったもの。元禄二年（1689）版『梁塵愚案抄』。「梁塵（秘）抄」参照。 131, 150, 258, 276, 278, 383, 385

狭衣物語　狭衣大将の悲恋物語。『源氏物語』の影響を受けて作られた、平安後期の物語。承応三年（1654）版（三谷栄一『平安朝物語板本叢書』有精堂、1986年）。 346, 378, 397, 458, 473, 650

雑説　唐代の詩人、韓愈の作。 630

左伝　『春秋左氏伝』の略。孔子の弟子、左丘明の著と伝える。『春秋』（春秋時代の編年体の史書）の注釈書。 474

山谷詩　北宋の詩人、黄庭堅（山谷道人と号す）の詩。詩集に『山谷外集』。『山谷詩集注』は寛永六年（1629）版（『和刻本漢詩集成　宋詩』）。 32, 538

三国志　西晋の陳寿撰。魏・呉・蜀、三国の歴史書。寛文一〇年（1670）版『和刻本正史』。 519

三千仏名経　「仏名経」参照。

三体詩　宋末、周弼《しゅうひつ》（1200～1257年）撰。唐の詩人一六七人の近体詩を、七言絶句・七言律詩・五言律詩の三体に分類。元禄一六年（1703）版。18, 102, 263, 277

爾雅　十三経の一つ。著者は周公あるいは孔子の門人というが、秦・漢代にまとめられたか。現存最古の字典。北宋の邢昺《けいへい》『爾雅注疏』はその注釈書。『和刻本辞書字典集成』１。 630

史記　中国の歴史書。前漢の武帝の代に司馬遷が編纂。紀元前九一年頃の成立。訓点付き寛永一三年（1636）版『史記評林』（『和刻本正史』、汲古書院、1972年）。 77, 78, 256, 279, 442, 466, 470, 516, 642, 653, 729, 733, 738, 739, 746

詩経　漢の毛亨《もうこう》が伝えた書が唯一の完本であるため「毛詩」ともいう。中国最古の詩集で、五経の一つ。撰者未詳。『詩経集註』は宋の朱熹が注した『集伝』を基に、儒学者の松永昌易（1619～1680年）が評註を付す。寛文四年（1664）版。 12, 13, 171, 173, 174, 175, 312, 348, 530, 550, 634, 637

四時詩　陶潜の作とされる。 116, 238, 265

地蔵十輪経　『大乗大集地蔵十輪経』の略。唐の玄奘による『十輪経』の異訳。 701

氏族排韻　『新編排韻増広事類氏族大全』の略。元の闕名撰。歴史上の人物を姓の韻字により排列して、小伝を付けた人名辞書。 504

順家集　三十六歌仙の一人、源順の家集。正保四年（1647）版『歌仙家集』。 163, 247

十訓抄　建長四年（1252）序、作者未詳。年少者向けの説話を、朋友・思慮など、一〇の儒教的教訓に分類。 534

事物紀原　北宋の高承編。天地・自然・社会など事物について起源・由来を記す。 487

事文類聚　『古今事文類聚』の略。南宋の祝穆《しゅくぼく》編。淳祐六年（1246）成立。『藝文類聚』『初学記』の体裁にならい、古今の群書の要語・事実・詩文を集めて分類した類書。前集・後集・続集・別集は祝穆撰、新集・外集は元の富大用撰、遺集は元の祝淵撰。寛文六年（1666）版『新編古今事文類聚』。『和刻古今事文類聚』（寛文六年版、ゆまに書房、1982年）。 65, 66, 67, 99, 101, 109, 133, 169, 209, 244, 253, 266, 298, 300, 301, 624, 648, 651, 730

謝恵連　南朝宋の詩人（397～433年）。族兄の謝霊運（27番歌）と並び称せられる。 302

拾遺記　東晋の王嘉（字は子年）撰。三皇五帝から東晋までの奇怪な出来事を記す。『和刻本漢籍随筆集』10。『漢魏叢書』32。 170, 500

拾遺和歌集　三番目の勅撰和歌集。一一世

紀初頭に成立。花山法皇撰か。北村季吟『八代集抄』。 338

拾芥抄　鎌倉時代に成立した原形に、一四世紀に洞院公賢《とういんきんかた》が編纂した有職故実の事典。寛永一九年（1642）版。 161, 200, 590

秋声賦　欧陽修（1007〜1072年）の作。北宋の政治家・文学者。唐宋八大家の一人。字は永叔。 221, 222

十八史略　宋末元初の曽先之《そうせんし》が著わした史書。『史記』をはじめ一八の正史に宋代の史料を加えて要約し、編年体で記す。万治二年（1659）版『十八史略』。 112, 735

秋風辞　漢の武帝（前159〜前87）の作。 234

周礼　十三経の一つで、『儀礼』『礼記』と並ぶ三礼の一つ。『周礼注疏』は『十三経注疏』に所収。 161, 590

述異記　六朝時代の志怪小説集。南朝斉の祖沖之《そちゅうし》（429〜500年）作と、南朝梁の任昉（460〜508年）作とがある。前者は『古小説鉤沈』（『魯迅輯録古籍叢編』所収）、後者は享保元年（1716）原版・安永四年（1775）重修版（『和刻本漢籍随筆集』13）に収録。両者の抄出は佐野誠子編『中国古典小説選　捜神記・幽明録・異苑他』（明治書院、2006年）。 52, 204, 441, 468, 469, 486

首楞厳経　『大仏頂如来密因修証了義諸菩薩万行首楞厳経』の略。禅法の要義を説く、唐代の偽経。 705

荀子　中国、戦国時代末（紀元前３世紀）の思想家、荀子（前319？〜前230？年）の著。孟子の性善説に対して性悪説を唱えた。 24, 124, 255, 282, 303, 478

春秋左氏伝　「左伝」参照。

小学　南宋の朱熹の門人にあたる劉清之（字は子澄）編。古今の書から教学の要旨や修養の方法など、小学教育に関する部分を抄録した、初学者向けの教訓・教養書。 210

聖徳太子伝　『聖徳太子伝暦』の略。平安時代に成立した聖徳太子伝で、太子の一生を編年体で記す。寛文一二年（1672）版。 709

勝非録 624

書経　儒教の教典である五経の一つ。孔子の編と伝える。主に君主や重臣の訓告を記し、儒家の理想政治を説く。 33, 490, 537, 632

続日本紀　平安初期の官撰国史。六国史の二番目で『日本書紀』に次ぐ。文武天皇（697年）から桓武天皇（791年）までの編年体の史書。『新訂増補国史大系』（底本は実隆筆本の写し）。 77, 502

書言故事　宋の胡継宗が編纂したと伝える類書。標題ごとに出典を挙げ、注解や解説を加える。正保三年（1646）版（長澤規矩也編『和刻本類書集成』３、汲古書院、1977年）。 351, 663

進学解　韓愈（韓退之）の作。唐・宋代の八人の大文章家の選集である『唐宋八大家』に所収。 528

新古今和歌集　八番目の勅撰和歌集。後鳥羽院の下命により藤原定家らが撰。元久二年（1205）に一応成立。北村季吟『八代集抄』。 69, 161, 247, 577, 578, 590

神社考　『本朝神社考』の略。「本朝神社考」参照。

晋書　中国の正史の一つ。晋代の歴史書。貞観二二年（648）成立。元禄一四年（1701）版。 109, 154, 249, 271

新続古今和歌集　第二一番目の最後の勅撰和歌集。後花園天皇の下命により飛鳥井雅世を撰者として、永享一一年（1439）に成立。正保四年（1647）版。 702

神仙伝　東晋の葛洪《かつこう》（284〜363年）撰。八

新撰朗詠集　藤原基俊撰。『和漢朗詠集』にならい、朗詠に適した漢詩文と和歌を分類編纂。高野辰之『日本歌謡集成 巻三中古編』(底本は寛永版。東京堂出版、1960年)。　472

神名帳　神社とその祭神の名を記す帳簿で、特に「延喜神名式」(延喜神名帳)を指すことが多い。『延喜式』(新訂増補国史大系、底本は享保八年(1723)版)。226

酔翁亭記　北宋の政治家である欧陽脩の作。
　492, 493, 594, 595

西京雑記　前漢の劉歆(りゅうきん)(前?〜後23年)著、東晋の葛洪(かつこう)(284〜363年)編か。西京(前漢の首都、長安)をめぐる逸話を収集。元禄三年(1690)版(長澤規矩也『和刻本漢籍随筆集』13)。福井重雅編『訳注西京雑記・独断』(東方書店、2000年。底本は抱経堂叢書所収本)。　374

説文　『説文解字』の略。中国の現存最古の字書で、字形で分類した最初の字典。後漢の許慎(30?〜124?年)の著。永元一二年(100)成立。　96

山海経　最古の地理書(地誌)。中国古代の戦国時代から秦朝・漢代(前四世紀〜三世紀頃)にかけて増補されて成立。
　270, 674

前漢書　「漢書」参照。

戦国策　前漢の劉向(りゅうきょう)(前79〜前8年)編。戦国時代に遊説家が諸侯に説いた策略を国別に編集した書。　198

前赤壁賦　北宋の政治家・文学者、蘇軾の作。元豊五年(1082)七月、武漢市の西にある赤鼻山を古戦場の赤壁と誤り、遊覧した際の作。　127

禅蒙求　金の錯庵志明撰の禅宗事典『禅苑蒙求』。正大二年(1225)成立。初学者のために禅宗の公案を、李瀚の『蒙求』に倣い四字対句の韻語により分類。寛永

一六年(1639)版。　671

双観経　『観無量寿経』と『無量寿経』を指し、『阿弥陀経』とともに浄土三部経と総称する。　676, 694, 695, 697

荘子　中国の戦国時代、紀元前四世紀後半に活躍した荘子の著。儒教を批判して、自然に帰ることを主張。『老子』と並び道教の根本経典。
　34, 121, 206, 251, 321, 482, 596, 603

宋史　中国の歴史書、正史の一つ。1345年に完成。宋代(960〜1279年)の歴史を記録した紀伝体の書。　199

捜神記　中国、六朝時代、東晋の干宝(?〜336?年)が著わした怪異小説集。
　285, 627

雑令　「令義解」参照。

続古事談　鎌倉前期の説話集。編者未詳。跋文によると建保七年(1219)成立。源顕兼編『古事談』に倣う。　217

楚辞　中国、戦国時代の楚の歌謡集。『詩経』と並ぶ中国最古の詩集。「楚」は民歌、「辞」は宮廷知識人(屈原など)の作。　169, 661

蘇東坡　「東坡」参照。

タ行

大明一統志　中国、明代に国家事業として編集された地理書。1461年成立。正徳三年(1713)版。　641

大論　『大智度論』の略。大乗仏教の論書。龍樹(150〜250年頃)著と言われる。
　675

篁記　別名「篁物語」「小野篁集」「篁日記」「小野篁記」。平安後期頃に成立した作者未詳の物語。文人政治家として著名な小野篁(802〜852年)に名を借りた人物を主人公とする実録風の短編物語で、二話よりなる。　283

竹取物語　作者未詳。『源氏物語』では

「物語の出《い》で来《き》はじめの親」（最古の物語）と呼ばれる。絵入り無刊記版。 403, 413, 414

為長　菅原為長（1158～1246年）。鎌倉前期の儒学者、漢詩人。五代にわたり天皇の侍読を務める。 196

丹後国風土記　古代官撰地方誌。和銅六年（713）元明天皇の命により諸国で編纂された地誌。 286

竹林抄　連歌集。宗祇撰。一条兼良序。文明八年（1476）成立。『新日本古典文学大系』（底本は室町期写本）。 496

張華禽経　鳥類の百科事典『禽経』に張華（232～300年）が注したもの。 621

長恨歌序　中国に伝来しないため、日本人の作かと見なされていたが（近藤春雄『説林』1959年６月号）、陳翀（『域外漢籍研究集刊』７、2011年）は白楽天の真作と論じた。正安二年（1300）写（ノートルダム清心女子大学古典叢書『正宗敦夫文庫本長恨歌』、福武書店、1981年）。永享九年（1437）写『長恨歌幷序』（早稲田大学蔵）。 36, 395

桃花蘂葉　一条兼良が、家督を継いだ子息冬良に与えた遺誡の書。文明一二年（1480）成立。内容は、装束着用の方式、相伝の文書など多方面にわたる。『改定史籍集覧』27。 95

唐才子伝　「才子伝」参照。

唐詩訓解　『唐詩選』に李・袁の二人の評語を付けて出版されたもの。『新刻李袁二先生精選唐詩訓解』。 523

唐詩選　唐代詩人の詩選集。明の李《り》攀《はん》竜《りよう》（1514～1570年）撰か。日本では寛文年間（1661～1673）頃までに刊行され、漢詩の入門書として盛行。 524, 655

唐書　中国の正史、紀伝体の史書。五代の劉《りゅう》昫《く》（888～947年）が唐代の歴史を記録した『旧《く》唐書《とうじょ》』と、北宋の欧陽脩（1007～1072年）等が資料を補充・改訂した『新唐書』とがある。 651

陶潜　中国東晋の詩人（365～427年）。字《あざな》は淵明。「帰去来辞」が有名。 116, 238, 265

東坡　北宋の文人、政治家の蘇軾（1036～1101年）。号は東坡居士。唐宋八大家の一人。無刊記版『東坡全集』。『蘇東坡詩集』（続国訳漢文大成、蘇東坡全詩集６）。『蘇軾詩集校注』（蘇軾全集校注２、詩集２。河北人民出版社。2010年）。 133, 192, 415

杜詩　唐の詩人、杜甫（712～770年）の詩。明暦二年（1656）版『杜詩集註』（『和刻本漢詩集成』４）。元禄九年（1695）版『杜律集解』（『和刻本漢詩集成』３）。 94, 123, 321

杜荀鶴　唐の詩人（846～907年）。 508

杜牧　唐の詩人（803～852年）。 263

ナ行

中臣祓　『延喜式』所載の「大祓詞《おおはらえのことば》」の別称。 137, 717

南史　中国の正史、紀伝体の史書。唐の李延寿撰。南朝の宋・斉・梁・陳の通史。清朝の順治一三年（1656）版。 254

南風歌　舜帝（古代中国の説話に見える五帝の一人）の作という。 93, 494

日本紀　『日本書紀』の略。元正天皇の養老四年（720）に完成したとされる我が国最初の勅撰国史。撰者は舎人親王ほか。神代から持統天皇紀までを編年体で記す。寛文九年（1669）版。

2, 74, 105, 134, 135, 136, 149, 151, 216, 289, 317, 353, 356, 411, 412, 444, 488, 497, 616, 640, 646, 713, 717, 721, 723, 728, 740, 741, 742, 743, 745, 748

涅槃経　『大般《だいはつ》涅《ね》槃《はん》経《ぎよう》』の略。295番歌の『涅槃玄義発源機要』は宋代の智円が著

わした『大般涅槃経玄義』の注釈書。673番歌の『大般涅槃経後分』二巻は釈迦の入滅を中心に記述する。
　　　　　　　　295, 448, 673, 700, 710

野宮歌合　規子内親王が天禄三年（972）に催した前栽歌合。「女四宮歌合」「斎宮歌合」「規子内親王前栽歌合」とも称され、源順が判者を務めた。正保四年（1647）版『歌仙家集』。　　　163

ハ行

白氏文集　王朝人が最も愛好した白居易（字は楽天）（772～846年）の漢詩文集。金沢文庫本（鎌倉時代の写本）。元和四年（1618）版那波本。明暦三年（1657）版（『和刻本漢詩集成』）。
　　　　　11, 19, 20, 29, 36, 47, 53, 73, 76, 87, 97, 111, 114, 115, 118, 139, 146, 153, 177, 178, 179, 189, 197, 231, 262, 332, 337, 345, 354, 392, 393, 395, 399, 436, 440, 453, 485, 520, 521, 553, 561, 563, 565, 566, 567, 568, 569, 570, 593, 608, 621, 667, 669, 707

白氏六帖　『白氏六帖事類集』の略。白居易が成語故事を類聚して、詩文作成の便宜をはかったとされる類書。46, 261, 612

博物志　晋の張華（232～300年）著。原本は、三世紀末に完成したと推定される。地理・歴史人物・動植物・神仙などを記す。佐野誠子編『中国古典小説選　捜神記・幽明録・異苑他』（明治書院、2006年）。　　　　　　　　　　152, 522

班婕妤　前漢の成帝の官女。その作「怨歌行」は有名で、日本文学にも影響。
　　　　　　　　　　　　159, 194, 195

万姓統譜　明の凌迪知の撰。万姓を統括した系譜という意味で、上古から明の中頃までの人物の略伝を、二十一史の列伝や通志・統志・郡邑志などの書中から抜抄。　　　　　　　　　　　　　　219

埤雅　北宋の陸佃（1042～1102年）撰の字義書。『爾雅』の内容を補足したもので、動植物と天文気象の由来・解釈を記す。
　　　　　　　　　　　　　　　　42, 617

秘密念仏鈔　鎌倉時代前期、道範（1178～1252年）の著、全三巻。真言密教の立場から弥陀浄土教の諸概念を解釈し、顕教浄土系の所説を批判した。　　　696

白虎通　後漢の章帝の建初四年（79）、詔勅により宮中の白虎観に儒者を集め、五経の異同を論定してまとめたのが『白虎通徳論』であり、さらに班固（32～92年）に命じて整理編集させたのが『白虎通義』（略称『白虎通』）。　　　725

風俗通　『風俗通義』の略。後漢の応劭編。当時の事物の考証を記す。　　　612

扶桑略記　延暦寺の学僧、皇円（1169年没）編。神武天皇から堀河天皇の嘉保元年（1094）までの編年史。　464, 559

仏名経　『三千仏名経』の略。過去荘厳劫千仏名経、現在賢劫千仏名経、未来星宿劫千仏名経より構成。　　　325

文亀三年歌合　後柏原天皇の命により文亀三年（1503）に催された勅題の歌合。三十六番歌合ともいう。判者は冷泉為広。『新編日本古典文学全集49　中世和歌集』（小学館、2001年）。貞享二年（1685）版『歌合部類』。　　　　　749

法苑珠林　唐の道世撰。668年成立。仏教の百科全書。寛文一二年（1672）版。
　　　　　　　　　　　　　　　186, 698

北山移文　南斉の孔稚珪（447～501年）の作。　　　　591, 592, 597, 598, 599

法華経　妙法蓮華経の略。八巻二八品。日本で最も親しまれた経典の一つ。慶長六年（1601）版。　9, 498, 558, 668, 677, 678, 679, 680, 681, 682, 683, 684, 685, 686, 687, 688, 689, 690, 691, 692, 693, 711, 712

本朝月令　一〇世紀前半に編纂された年中

行事の書。『本朝書籍目録』によると撰者は惟宗公芳。『群書類従』六。322, 323

本朝神社考 林羅山（道春）著。全国の神社の源流や由緒を考証して注解し、神仏習合を非難して神儒合一を唱える。正保二年（1645）版。 217, 233, 716

本朝文粋 藤原明衡撰の漢詩文集。康平年間（1058〜65）成立か。寛永六年（1629）版（新訂増補『国史大系』の底本）。 70, 106, 165, 737

梵網経 鳩摩羅什（344〜413年）が漢訳したと伝えられる大乗仏教の経典。 704

マ行

摩訶止観 天台止観とも。中国の仏教書。597年頃に成立。座禅に基づく修行の過程など、天台宗の修行実践法（止観）を説く。天台三大部の一つ。 125

枕草子 清少納言の随筆。北村季吟『枕草子春曙抄』延宝二年（1674）成立。 283, 364

万葉集 現存する我が国最古の歌集。八世紀後半に成立。表記はすべて漢字で、万葉仮名と呼ばれる。寛永二〇年（1643）版。 6, 44, 51, 69, 171, 210, 236, 243, 365, 452, 501, 554, 615

弥勒所問経 698

明妃曲註 王介甫（宋代の詩人・政治家である王安石の字）作「明妃曲二首」に榊原篁洲が注したもの。 564

無量寿経 『仏説無量寿経』の略。「双観経」参照。 695, 697

蒙求 唐の李瀚編。現行本は宋の徐子光が増補注釈したもの。幼学書・教養書として盛んに用いられ、日本文学に与えた影響は多大で、和刻本も多い。 16, 610, 625, 638, 639, 647

毛詩 「詩経」参照。

孟津抄 九条稙通が著わした『源氏物語』の注釈書。天正三年（1575）成立。 588

文選 中国の周から南朝梁まで約千年間の詩文を、文体別に編纂した詞華集。南朝梁の昭明太子（501〜531年）等の編。慶安五年（1652）版。 27, 28, 46, 68, 138, 190, 218, 242, 267, 268, 269, 302, 328, 329, 366, 417, 459, 503, 515, 529

ヤ行

薬師本願経 『薬師瑠璃光如来本願功徳経』の略。薬師瑠璃光如来の浄土、薬師瑠璃光如来の名を唱えることで得られる功徳、経典や仏像の供養などを説く。元禄一六年（1703）跋版。 700

八雲御抄 順徳天皇（1197〜1242年）編。鎌倉時代前期に成立。先行する歌学書の説の集大成。片桐洋一編『八雲御抄の研究 枝葉部 言語部』（和泉書院、1992年）。 45

大和物語 平安中期、一〇世紀中頃に成立した歌物語。一七〇余段から成る。作者未詳。北村季吟『大和物語抄』承応二年（1653）版。 62, 371, 405, 484

遊仙窟 張鷟（658〜730年）著。唐代の伝奇小説。『万葉集』や『源氏物語』など日本文学に多大な影響を与えた。蔵中進『江戸初期無刊記版 遊仙窟 本文と索引』（和泉書院、1979年）。 248, 561

酉陽雑俎 唐の段成式（803?〜863年）撰。860年頃成立。仙仏人鬼から動植物に及ぶ怪奇異聞を記す。 119, 205

ラ行

礼記 古代中国、儒教の経書。五経の一つ。寛文四年（1664）版『礼記集説』。 213, 214, 362, 481, 618

六韜 兵法書。周の太公望の著とされるが、後世の書。岡田脩『六韜・三略』（底本は宋刊武経七書本。明徳出版社、1979

年)。 574

陸務観　南宋の詩人(1125～1210年)。521

李白　盛唐の詩人(701～762年)。延宝七年(1679)覆明刊本『李太白詩』(『和刻本漢詩集成』2)。 84, 510, 512, 658

劉商　中唐の詩人、画家。26番歌の『対床夜語』は宋の范《はん》晞《き》文《ぶん》の撰、漢から宋までの詩を論じる。 26

梁塵(秘)抄　後白河院編『梁塵秘抄』ではなく、一条兼良が著わした神楽と催馬楽の注釈『梁塵愚案抄』を指す。康正元年(1455)以前に成立。元禄二年(1689)版。 208, 315, 316, 318, 319, 320, 431, 432, 433, 434, 435, 720, 722

令義解　『養老令』の官撰注釈書。天長一〇年(833)成立。寛政一二年(1800)版。 8, 289

呂氏春秋　秦の宰相呂《りよ》不《ふ》韋《い》(?～紀元前235年)が学説・思想・伝説などを編集させた百科全書。江戸前期版本(長澤規矩也編『和刻本諸子大成』汲古書院、1976年)。 280, 373, 573, 574

類書纂要　明代の璩崑玉の撰。天文・地理・時令・人事など二八部を二四〇類に分け、語彙を集めて説明。寛文九年(1669)版『古今類書纂要』(長澤規矩也編『和刻本類書集成』5、汲古書院、1977年)。 731, 732

列子　中国、戦国時代の道家である列子の著書とされる。寛永四年(1627)版『列子鬳斎口義』(長澤規矩也編『和刻本諸子大成』汲古書院、1976年)。 37, 280, 373, 552, 665, 744

列仙伝　本書所引の「列仙伝」は明代に編まれた『列仙全伝』を指し、前漢の劉《りゆう》向《きよう》撰『列仙伝』や東晋の葛洪撰『神仙伝』に代表される「仙伝もの」の一つ。慶安三年(1650)版『有象列仙全伝』。 281, 449, 450, 571, 572

朗詠集　「和漢朗詠集」参照。

楼炭経　『大楼炭経』の略。157番歌の『万松老人従容録』は南宋末の1223年に万松行秀が編集した仏教書。「従容録」の名称は、編者が住んでいた従容庵に由来する。曹洞宗の禅師であったため、その宗派で重視された。 157, 726

廬山記　北宋の陳《ちん》舜《しゆん》兪《ゆ》(?～1074年)が廬山(江西省の名勝)を遊覧して著わした歴史地理書。 585, 586

論語　孔子(前551～前479年)の言行などを集録した書。儒家の最重要の経典。 86, 167, 437, 499, 505, 515, 517, 518, 542, 548, 551, 652, 662

論衡　後漢の王充(27～97?年)が著わした哲学書。合理主義の立場から旧来の学説や習俗を批判・否定して、気の思想を説く。 734, 737

ワ行

和漢朗詠集　藤原公任撰。上巻を四季、下巻を雑に部類し、朗詠に適した漢詩句と和歌を収録。寛仁二年(1018)頃成立。北村季吟『和漢朗詠集註』寛文一一年(1671)版。 11, 15, 18, 25, 30, 31, 59, 61, 64, 81, 88, 89, 90, 91, 111, 156, 158, 164, 166, 185, 207, 216, 223, 252, 259, 260, 264, 304, 313, 324, 327, 389, 443, 461, 489, 508, 526, 560, 562, 576, 583, 605, 666, 719

和漢朗詠集私注　釈《しやく》信《しん》阿《あ》(信救・覚明)が著わした『和漢朗詠集』の注釈書。応保元年(1161)成立。寛永六年(1629)版。『和漢朗詠集古注釈集成』1(大学堂書店、1989年)。 18, 443

和名鈔　『和名類聚鈔』の略。勤子内親王(醍醐天皇皇女)の命により源順が撰進した漢和辞書・百科事典。930年代成立。 21, 463

初句索引

凡　例

一、『三玉挑事抄』所引の『三玉集』全750首の初句を、五十音順に配列した。なお初句が同じ和歌が複数ある場合に限り、第二句も示す。

一、歴史的仮名遣いに直し、濁点は省略した。推量の助動詞は、底本では「む」と「ん」が混在するが、「む」に統一した。

あ行

あかしかた　509
あかつきの　270
あかつきを　517
あかなくに　311
あきかせそ　141
あきかせに　194
あききりの　700
あきさむし　236
あきちかき　117
あきのあめ　261
あきのかせ　165
あきのきく　249
あきのしも　216
あきのつき
　うつりてすむも　217
　なかにありてふ　184
あきのみつ　218
あきはきぬ　145
あきはまた
　きのふけふかの　139
　みなみにかりの　234
あきをへて　226
あきをまたて　113
あくかるる　18
あくるまて　362
あくるよの　129
あけまきの　382
あけやすき　118
あさことに　144
あささむに　243
あさひかけ　510
あさほらけ　227
あさみとり　25
あさゆふの　588
あたならむ　154
あたにちる　441
あたらしき
　としのいくとせ　431
　はしうちわたす　192
あちきなく　414
あつきひの　116
あつきひも　683
あつさゆみ　544
あつめきて　16
あとたれし　743
あととめて　161
あはらなる　23
あはれいかに　480
あはれとも
　とふひとあらは　479
　なかはのつきの　453
あひおもふ
　ともねしてたに　285
　にしきともみる　64
あひかたき　684
あひにあひて
　そらもはなにや　70
　ねのなにおへる　730
あひみても　366
あふきても　488
あふことの　409
あふさかの　507
あふひとも　80
あまくたる　703
あまそそき
　あきのしくれと　613
　かかるよもきの　343
あまつひと　650
あまとふや　224
あまのかは
　うききのみちの　152
　きみきまさなむ　150
　すめるをそらの　149
　せきいれてくもの　512
　とわたるかちの　143
あまれりや　546
あめにきる　82
あらかりし　333
あらしふく　387
あらすなる　358
あらはるる
　なにやたかさこ　288

ひかりをあふけ 712
あらはれし 717
いかならむ
　おほたのまつの 471
　にしきのとはり 47
　わかれかなしき 423
いかにいはむ 40
いかにこは 407
いかにして 549
いかにせむ 392
いかにとか 435
いかにねて 347
いかにみて 370
いかはかり
　こころのきよき 501
　のりをそしりし 711
いくかへり 450
いくくすり 495
いくたひか 304
いくめくり 45
いくよわれ 190
いけみつの
　かれぬためしも 732
　よよのいはほも 726
いけるひの 393
いさやこら 6
いそくらむ 655
いそやまの 39
いたつらに 376
いたはしの 301
いつまてと 312
いてしとは 585
いとたけに 737
いとたけの 521
いとはすや 172
いとをたに 246
いにしへの
　いのちのほとを 687
　かものかはきり 716
　はるにかへらぬ 632
いはしみつ 72
いははこそ 367
いはひこし 9
いまそみむ 749
いまはさは 478
いまはみの 321
いまはよに 724
いまみるも 582
いまもかも 714
いまもよに 515
いもにこひ 615
いろくさを 160
いろこきは 273
いろとるも 652
いろにつき 545
いろもかも 71
うきてのみ 433
うきてよる 128
うきふしの 384
うすくこき 65
うたふよの 314
うちむれて 503
うちわたす 191
うちわひて 552
うつりかや 454
うみかはに 279
うらとほき 282
うらなしと 380
うらみあれや 267
うらみしな 563
うらみても 372
うらめしな 563
うらやまし 619
うれしくも 695
うゑおきし 685
うゑたてし 163
うゑわたす 106
えたのゆきも 272
えたをかはし 354
えならすと 424
えのもとの 577
おいすてふ 576
おいにける 629
おきいてて 4
おとはやま 140
おなしくは 590
おなしその 543
おのかうへに 375
おのかすむ 731
おのかため 277
おのつから
　みちありけりな 68
　みみをそあらふ 511
おひしろく 317
おもかけの
　いまもくもとや 459
　これにたりとて 537
おもかけは 195
おもかけを 88
おもひいつる 386
おもひおけ 634
おもひたつ 402
おもひとけは 532
おもひわく 221
おもふこそ 338
おもふこと
　しるしみするや 155
　ならむもさそな 137
おもふそよ 123
おもふとち 528
おもふとて 388
おもふにも 583
おもふみちに 466
おもへかし
　こころにかなふ 484
　そのひとならぬ 374
おもへとも 206

おやをおもふ	621	はねをならへむ	406	くもにあふ	
おろかなる		かへのそこも	214	あかつきつきに	211
あまのさかても	691	かみはその	136	あかつきつきの	103
こころのみつの	83	かみわさや	722	かけをおもへは	57
おろかにそ		かめのうへの		くもにいる	89
おやのまもりと	686	やまなるたまの	413	くものうへに	247
なをもとめける	698	やまをあひみる	332	くものうへや	201
か行		かやりたく	473	くもまよひ	181
		からころも		くもりある	550
かきくらし	363	とほるひかりを	713	くもをしのく	
かきりなき	747	ひもときさけて	126	こころやこもる	658
かくやまの	721	みこしととめて	531	まつのうへなる	84
かけきよき	699	からたまを	322	くるあきも	142
かけこしを	692	からろおす	560	くれたけの	520
かけていはは	646	かれねたた	477	くれなゐの	
かけてしも	397	きえぬまは	350	こすゑのあきは	260
かけにきて	555	きえねたた	429	ちりふみならす	607
かさねしと	378	きかすやは	481	くれにけり	90
かしこしな		きかてやは	612	くれぬとて	493
いまそさかへむ	578	ききわかぬ	271	くれゆかは	220
みちのゆくての	739	ききわたる	527	けさのまの	
みつのにこりの	631	きくたひに	420	またほのほのに	305
むすひしなはも	746	きしかけに	24	ゆふへをまたぬ	542
かすかなる	12	きみかため	587	けふにあひて	2
かすとても	158	きみかへむ	606	けふにあへは	153
かすならぬ	308	きみとおみの	745	けふみすは	256
かすめても	457	きみをあふく	96	ここにかも	623
かせたたて	46	きみをいのる	736	ここにても	203
かせもまた	19	きりきりす		こころなき	230
かそふれは	728	おのかやとりに	213	こころなと	416
かそへみし	540	なくゆふかけの	114	こころゆく	654
かちひとは	300	きりにむせふ	666	こすのうちも	196
かちまくら	523	きりのうちは	401	ことにいてて	500
かのくにと	676	きりのはは	604	ことのはの	22
かはみつの	135	くすのはの	55	ことのはを	351

ことりつくる 228
このころの
　あきもみかてら 202
　つきにゆめみる 210
　みやこのあきよ 171
こはたやま 198
こひしなむ 403
こひせしの 474
こひわひぬ 448
こほりけり
　したひのみつよ 280
　ひまなくみつも 278
こほるよは 284
これやこの 600
ころもうつ 240
こゑをなほ 100

さ行

さかつきの 704
さくからに 21
さくはなの 29
ささなみに 287
さされいしの 609
さしもその 445
さすそとは 193
さとはあれぬ 639
さはにみち 529
さむきよに 534
さもあらぬ 410
さらにこの 715
さわきたつ 101
しかをさして 78
したかせの 120
したもみち 255
しつかなる 595
しのふなよ 337
しはしとて 85
しほせより 134
しめのうちに 725
しもさやく 720
しもののち
　はるかにいはむ 166
　ゆめのみとほく 562
しもののちの 389
しもはらふ 276
しもふれは 674
しらくもに 43
しらさりき 394
しらさりし 385
しらしかし 625
しらすたれ 538
しらすわれ 486
しらせはや 399
しらなみの 738
しられしな 335
しるしとて 669
しるひとも 373
しるへある 653
しるへする 36
しるへせよ 656
しろたへの
　そてかとみつつ 254
　つきのきぬたや 239
しをれあしの 274
すさましき 283
すすしさは
　ここそとまりと 127
　なみのはなもや 494
すすしさを 170
すつといふ 159
すまのうらや 183
すみすてし 605
すみふてを 643
すみよしや 723
すむひとは 589
すむやいかに 614
すゑとほく 13
すゑのつゆ 682
せみのこゑ 178
せみのこゑに 177
せんにんの 138
せんりをも 630
そこにすむ 185
そてかけて 443
そてぬるる 369
そてのうみの 411
そてはへて 8
そてもさそ 508
そのかみの 315
そのこまも 320
そのひとと 418
そのやまと 492
そめいろの 186
そらかけて 69
そらにあらは 440
そらにふく 572
そらねをも 516
それときく 419

た行

たかさとに 121
たかためと 504
たききとる 558
たくひとて 664
たくひやは 696
たけかはの 446
たけくらき 601
たけのはの 522
たたにやは 37
たちいてて 222
たちかへり
　たのむゆふへも 348
　ふるきをおもふ 417
たちかへる 3
たつことや 41
たつたかは 330
たつたひめ 690

たとへても	125	ちるをのみ	334	とははやな	208
たとへまて	689	つきにもや	212	とひきても	422
たとりきて	360	つきのうちの	205	とふにたに	444
たなはたの	157	つきはなほ	241	とふひとに	396
たにかせに	252	つきもはや	462	とふほたる	109
たにふかみ	586	つきもひも	514	とほつひと	502
たのむそよ	345	つきもまた	570	ともとなる	597
たのめとの	672	つきやすむ	199	ともにこそ	400
たのめなほ	675	つきよいかに	188	とやまなる	319
たのもしな	668	つきをのみ	463	とりのあとに	554
たひにして	237	つくはやま	496	とりもみな	91
たふさより	324	つたかへて	130		
たへかたき		つめのうへの	710	**な行**	
あきかせもこの	132	つもりては	253	なかつきや	245
ちきりをやおもふ	148	つゆしもに	174	なかにある	119
たまかつら	475	つゆしもの	611	なかのへの	645
たまくしけ	559	つゆのみの	701	なかめやる	133
たまさかに	468	つゆもらぬ	229	なからへは	644
たますたれ	197	つらからぬ	434	なきたまの	565
たまつはき		つりにともす	11	なきなとは	442
はるとあきとの	603	つれなくも	377	なくかはつ	339
ふたたひかはる	472	つれなさは	452	なくひはり	61
たまてはこ	286	てをひらき	662	なけやわか	175
たまのをの	391	ときしありて	33	なつころも	95
たみのくさ	741	ときしあれは		なにかおもふ	548
たみのとの	289	あをきをふみし	32	なにことも	
たらちねの	678	はなうくひすの	10	のりをこえゆく	505
たらちねも	688	ときならて	626	よくなりぬとの	635
たれかしる	575	ときならぬ	490	なにしおはは	167
たれをいま	638	ときのまも	415	なにたかき	295
たをやめの	561	ときをかへぬ	734	なににかく	487
ちかひあれは	702	とことはの	439	なににこの	464
ちかやふく	99	とこよにも	74	なにはかた	371
ちきりなほ	729	としくるる	328	なのみして	77
ちさとをも	630	としさむき	327	なへてよの	

なほそおもふ	455	ならひわすれぬ	14	ふけぬるか	146
なほのこる	20	はつうくひすの	75	ふしのねは	498
なみかせは	636	はなのいろを	336	ふたはより	
なみたより	421	はなのなかに	81	にほふはやしに	54
なみならぬ	447	はなはなほ	151	にほはやしに	706
なみまより		はるあきに		ふちはかま	164
あさひさしきて	526	とみのをかはの	733	ふちよりも	627
よるふねちかし	27	とめるのこりの	663	ふみにたに	648
なもしるじ	318	はるあきの	302	ふゆきては	265
なれてたに	430	はるかすみ	7	ふゆくさの	275
にきはへる	244	はるかなる	740	ふりにけり	26
にしになかれ	461	はるすきて	489	ふりのこる	182
にしになる	200	はるのうちの	44	ふりはつる	53
にはのおもは	608	はるのみつ		ふりはてし	482
にほへなほ	67	はるのかせもや	76	ふりみたれ	291
ぬれてゆく	231	みちてしほとや	238	ふるあめの	680
のとかなる	60	はるはると	215	ふるさとと	640
		はるやきぬ	569	ふるすありと	62
は行		はるをまつ	331	ふるたひに	296
はかなしや		はれまなき	104	ふるままに	681
あらしふきそふ	359	ひかりなき	59	へたてある	364
いはほもいかか	180	ひきうゑし	115	へたてこし	
なたかきゆきの	705	ひきたてて	451	おもかけみせて	657
はかりなき	352	ひとかたの	665	はなよりいつる	48
はしのもとの	97	ひとならは	87	ほしまつる	147
はつかせの	541	ひとにさて	425	ほたるにも	405
はつせやま		ひとのよの	673	ほとときす	
かけてそあふく	580	ひとはいさ	299	おのかとこよの	105
もろこしまても	579	ひとはにも	266	かへるやまちの	102
はなあれは	73	ひとよいかに	449	ほとへても	408
はなすすき	169	ひれふりし	365	ほとほとに	624
はなちかふ	34	ふえたけの	242	ほのかなる	173
はなにあかぬ		ふかかりし	697		
たかなみたをか	94	ふかきよの	290	**ま行**	
なけきこるてふ	52	ふかくいとふ	591	まきはしら	458
はなにさき	679	ふかくいりて	592	まことなき	

またいかに	483	みやまきの	56	ゆくかりの	28
またきても	398	みるひとよ	49	ゆくすゑは	647
またたくひ	533	みをかへて	436	ゆくそても	259
またみすや	667	みをしるも	111	ゆくみつも	110
まつもいさ	719	むかひみる	651	ゆくものは	
まてしはし	342	むさしのの	325	かくこそありけれ	499
まとろまぬ	390	むすひても	642	かくこそとおもふ	551
まねきてや	168	むすふへき	58	ゆふこりの	637
まほろしに	566	むはたまの	709	ゆふすすみ	131
まもるには	742	むらすめ	622	ゆふつゆの	179
まゆすみも	568	めくりあはぬ	437	ゆふひかけ	
まよひきて	298	ものいはぬ	567	いろこきままに	263
まよひこし	677	もみちはに	257	おちくるたかに	310
まれにきて		もみちはは	262	にしきとみえて	309
はらふもかなし	381	もみちはも	248	ゆふへこそ	269
むすふかめゐの	708	ももちとり	79	ゆふまくれ	594
みしつきの	427	もるいほは	602	ゆめにても	361
みしひとは	641	もろくちる	162	ゆめをたに	404
みしゆめの	268	もろこしの	659	よきひとの	51
みすやその		もろひとの	1	よしやその	379
からかみとても	718			よそにのみ	355
くもゐをわたる	235	**や行**		よにしらぬ	412
みせはやな	293	やすみこし	556	よのうきめ	539
みたれあふ	35	やすらはむ	557	よのしもに	694
みちしあれな	233	やちとせの	251	よのつねの	581
みちとせの	66	やとりきの	476	よのなかに	671
みちのくは	250	やとりけむ	530	よのなかを	525
みちをきく	518	やまさとは		よのほかの	395
みつちかく	107	あしかきまかき	258	よもきふに	294
みつにちかき	219	なへてのはるの	17	よもすから	92
みつのうへの	574	やますみは	596	よものくに	225
みつもその	661	やまとりも	209	よものたみ	535
みなといりに	313	やまはいま	50	よものやまの	307
みなみより	93	やまふかみ		よものやまも	306
みにそしむ	465	あめよりのちに	617	よるきては	519
みねたかみ	281	つゆわけいてむ	232	よるのたつ	

よるわけし	292	わかれをは	485	をくるまの	
よろつよの		わけいれは	633	ゆくかたてらせ	112
きみかたからは	735	わけかへる	584	わりなきみちや	346
はるまちいてて	15	わけきつる	438	をさまれる	
よろつよも	744	わけまよふ	297	くにのなにおふ	748
よをこめて	38	わするなよ	187	みちをしるてふ	620
よをしらぬ	341	わすれすは	353	をしますや	329
		わすれては	98	をしむへき	108
ら行		わたつうみを	616	をとめこか	323
らにきくの	707	わつかなる		をののえに	469
		かはらのいろも	30	をののえを	204
わ行		ゑをかくはしみ	573	をりしもあれ	42

■編著者紹介

岩　坪　　健（いわつぼ　たけし）

昭和32年　京都市生

大阪大学大学院博士課程修了　博士（文学）

現職：同志社大学文学部教授

編著書：『源氏物語古注釈の研究』（和泉書院）

『『源氏小鏡』諸本集成』（和泉書院）

『錦絵で楽しむ源氏絵物語』（和泉書院）

『源氏物語の享受―注釈・梗概・絵画・華道―』

（和泉書院）（第十五回紫式部学術賞受賞）

『『しのびね物語』注釈』（和泉書院）

『仙源抄・類字源語抄・続源語類字抄』（おうふう）

『光源氏とティータイム』（新典社）

『セミ日本文学―古典文学の舞台裏―』（新典社）

研究叢書506

『三玉挑事抄』注釈

二〇一九年二月二〇日初版第一刷発行

（検印省略）

編著者　岩坪　健

発行者　廣橋研三

印刷所　亜細亜印刷

製本所　渋谷文泉閣

発行所　有限会社　和泉書院

大阪市天王寺区上之宮町七－六

〒五四三－〇〇三七

電話　〇六－六七七一－一四六七

振替　〇〇九七〇－八－一五〇四三

ISBN978-4-7576-0894-8 C3395

═ 研究叢書 ═

栄花物語新攷 思想・時間・機構	渡瀬 茂 著	471	二〇〇〇円
鷹書の研究 宮内庁書陵部蔵本を中心に	三保忠夫 著	472	三八〇〇〇円
伊勢物語校異集成	加藤洋介 編	473	一八〇〇〇円
中世近世日本語の語彙と語法 キリシタン資料を中心として	濱千代いづみ 著	474	九〇〇〇円
中古中世語論攷	岡崎正継 著	475	八五〇〇円
紫式部日記と王朝貴族社会	山本淳子 著	476	二〇〇〇円
国語論考 語構成の意味論と発想論的解釈文法	若井勲夫 著	477	九〇〇〇円
万葉集防人歌群の構造	東城敏毅 著	478	一〇〇〇〇円
『保元物語』系統・伝本考	原水民樹 著	479	一六〇〇〇円
近世寺社伝資料 『和州寺社記』・『伽藍開基記』	神戸説話研究会 編	480	一四〇〇〇円

（価格は税別）

研究叢書

堀景山伝考	高橋俊和著	481	一八〇〇〇円
中世楽書の基礎的研究	神田邦彦著	482	一〇〇〇〇円
テキストにおける語彙的結束性の計量的研究	山崎誠著	483	八五〇〇円
節用集と近世出版	佐藤貴裕著	484	八〇〇〇円
近世初期『万葉集』の研究 北村季吟と藤原惺窩の受容と継承	大石真由香著	485	一二〇〇〇円
小沢蘆庵自筆 六帖詠藻 本文と研究	蘆庵文庫研究会編	486	二六〇〇〇円
古代地名の国語学的研究	蜂矢真郷著	487	一〇五〇〇円
歌のおこない 萬葉集と古代の韻文	影山尚之著	488	九〇〇〇円
軍記物語の窓 第五集	関西軍記物語研究会編	489	一三〇〇〇円
平安朝漢文学鉤沈	三木雅博著	490	一二五〇〇円

（価格は税別）

== 研究叢書 ==

書名	著者	番号	価格
古代文学言語の研究	糸井通浩 著	491	三〇〇〇円
「語り」言説の研究	糸井通浩 著	492	三〇〇〇円
源氏物語古注釈書の研究 『河海抄』を中心とした中世源氏学の諸相	松本 大 著	493	二〇〇〇円
源氏物語論考 古筆・古注・表記	田坂憲二 著	494	九〇〇〇円
近世初期俳諧の表記に関する研究	田中巳榮子 著	495	一〇〇〇〇円
後嵯峨院時代の物語の研究 『石清水物語』『苔の衣』	関本真乃 著	496	六五〇〇円
中世の戦乱と文学	松林靖明 著	497	三〇〇〇円
言語文化の中世	藤田保幸 編	498	一〇〇〇〇円
形式語研究の現在	藤田保幸・山崎誠 編	499	三〇〇〇円
桑華蒙求の基礎的研究	本間洋一 編著	500	三五〇〇円

（価格は税別）